HEYNE <

W0401785

Das Buch
Zwanzig Jahre sind seit Rebeccas Tod vergangen. Nach wie vor ist ungeklärt, ob die schöne und lebensfrohe Frau von Maxim de Winter Selbstmord begangen hat. An ihrem Todestag erhält der Richter Arthur Julyan ein Notizbuch mit der Aufschrift »Rebeccas Geschichte«. Schon immer bezweifelte er die Aussage des Ehemannes, Rebecca habe ihn von Anfang an betrogen. Aber hatte Maxim seine Frau aus diesem Grund getötet? Kann ihr Notizbuch die Rätsel der Vergangenheit aufklären?

Die Autorin
Sally Beauman wurde in Devon geboren und studierte in Cambridge. Als Journalistin schrieb sie für das *New York Magazine* und den *New Yorker*. In England arbeitete sie für den *Daily Telegraph* und für *Vogue*. Ihre Romane wurden in mehr als zwanzig Sprachen übersetzt und waren weltweite Bestseller. Die Autorin lebt mit ihrer Familie in London und Gloucestershire.

Sally Beauman

Rebeccas Geheimnis

Roman

Aus dem Englischen
von Barbara Röhl

WILHELM HEYNE VERLAG
MÜNCHEN

HEYNE ALLGEMEINE REIHE
Band-Nr. 01/13876

Die Originalausgabe
REBECCA'S TALE
erschien 2001 bei Little, Brown and Company, London

Umwelthinweis:
Das Buch wurde auf
chlor- und säurefreiem Papier gedruckt.

Taschenbucherstausgabe 01/2004
Copyright © 2001 by Sally Beauman
Copyright © dieser Ausgabe 2004 by
Ullstein Heyne List GmbH & Co. KG, München
Copyright © der deutschsprachigen Ausgabe 2002 by
Marion von Schröder Verlag
Der Wilhelm Heyne Verlag und der Marion von Schröder Verlag
sind Verlage der
Ullstein Heyne List GmbH & Co. KG, München
Printed in France 2004
Umschlagillustration: Fred J. Maroon
Umschlaggestaltung: Hauptmann und Kampa Werbeagentur,
München–Zürich
Gesetzt aus der Sabon
Satz: EDV-Fotosatz Huber/Verlagsservice G. Pfeifer, Germering
Druck und Bindung: Maury Eurolivres, Manchecourt

ISBN: 3-453-87327-0

Wir fuhren vor Morgengrauen über gefrornes Feld,
Der rote Flügel hob sich, noch war es Nacht.
Und plötzlich lief dicht vor uns ein Hase vorbei,
Und einer von uns zeigte auf ihn mit der Hand.

Das war vor langer Zeit. Sie leben heute nicht mehr,
Der Hase nicht und nicht der ihn entdeckte.

Du meine Liebe, wo sind sie, wohin verrinnen
Die Blitze der Hand, die Linien des Laufs, das Rascheln
der Scholle –
Ich frage danach nicht in Trauer, nur im Besinnen.

BEGEGNUNG Czeslaw Milosz, *Gedichte 1933–1981*

Sie dachten, das lohne den Tod, aber ich
Habe ein Selbst, eine Königin aufzulesen.
Ist sie tot oder schläft sie?
Wo ist sie gewesen
Mit ihrem löwenroten Leib, ihren Flügeln aus Glas?

Nun fliegt sie,
Schrecklicher als sie je war, eine rote
Narbe am Himmel, ein roter Komet,
Über den Motor, der sie getötet hat –
Das Mausoleum, das Wachshaus.

STICHE Sylvia Plath, *Ariel*

Teil 1

Julyan

12. April 1951

1. Kapitel

Heute Nacht träumte mir, dass ich wieder nach Manderley fuhr. Diese quälenden Bilder treten jetzt beunruhigend oft auf, und ich beginne sie zu fürchten. Alle Träume von Manderley lassen mir das Blut in den Adern stocken, aber dieser war fraglos bisher der schlimmste.

Im Schlaf rief ich Rebeccas Namen, so laut, dass ich davon erwachte. Kerzengerade saß ich dann da, starrte in die Finsternis und fürchtete, wenn ich nach dem Lichtschalter griff, könnte diese kleine Hand sich wieder um die meine legen. Ich hörte nackte Füße über den Korridor tappen. Immer noch in meinem Traum befangen, erlebte ich immer wieder den grauenvollen Moment, in dem der winzige Sarg sich zu bewegen begann. Wohin hatte ich ihn gebracht? Warum war er so *klein* gewesen?

Die Tür öffnete sich, ein schmaler Lichtstrahl huschte über die Wände, und eine blasse Silhouette bewegte sich lautlos auf mich zu. Erschrocken stöhnte ich auf. Dann sah ich, dass das Gespenst einen Morgenmantel trug und sein Haar zerzaust war. Ich zog die Möglichkeit in Betracht, dass es sich um meine Tochter handelte – aber war sie wirklich da, oder gehörte sie ebenfalls in meinen Traum? Sobald ich mir sicher war, dass die Gestalt tatsächlich Ellie war, ließ mein Herzklopfen nach, und der Traum verblasste ein wenig. Ellie verbarg ihre Besorgnis hinter häuslichem Getue: Sie holte mir warme Milch und Aspirin, zündete den Gasofen an, schüttelte meine Kissen auf und machte sich an meinem auf Abwege geratenen Federbett zu schaffen. Eine halbe Stunde später, als wir beide ruhiger waren, gab sie meinem Eigensinn die Schuld an meinem Albtraum – und meiner Schwäche, spätabends noch Brot und Käse zu naschen.

Diese angebliche Magenverstimmung sollte mich beruhigen – und sie lieferte Ellie einen guten Vorwand für ihre besorgten Fragen nach meinen Schmerzen. Ob ich Stiche in der Herzgegend spüre? Allerdings, aber davon sagte ich nichts. Atembeschwerden? »Nein, ich habe verdammt noch mal nichts dergleichen«, knurrte ich. »Das war nur ein Albtraum, nichts weiter. Mach um Himmels willen keinen solchen Wirbel, Ellie, und hör auf, so herumzuwieseln ...«

»Quatsch!«, erwiderte meine wunderschöne, aufgeregte unverheiratete Tochter. »Warum hörst du nicht auf mich, Daddy? Nicht einmal, sondern tausendmal habe ich dich gewarnt ...«

In der Tat. Aber ich bin noch nie gut darin gewesen, Warnungen zu beherzigen, einschließlich meiner eigenen.

Schließlich pflichtete ich ihr bei, dass meine Gelüste um elf Uhr abends schuld gewesen waren; ich gab zu, dass es unbesonnen und unklug gewesen war, meine gesamte Wochenration Cheddarkäse – eine ganze Unze! – auf einmal zu verschlingen. Inzwischen waren meine Ängste verflogen, und eine vertraute Trostlosigkeit ergriff Besitz von mir. Ellie stand am Fußende meines Betts und umklammerte das Messinggestell. Ihr offener Blick ruhte auf meinem Gesicht. Mitternacht war vorüber. Meine Tochter ist mit Unschuld gesegnet, aber sie lässt sich von niemandem zum Narren halten. Sie sah auf ihre Uhr. »Es ist Rebecca, stimmt's?«, fragte sie in sanftem Ton. »Heute ist ihr Todestag – und das macht dir immer zu schaffen, Daddy. Warum machen wir uns etwas vor?«

Weil das besser so ist, hätte ich antworten können. Rebecca ist jetzt zwanzig Jahre tot, und damit habe ich zwei Jahrzehnte Zeit gehabt, die Vorteile solcher Selbsttäuschungen kennen zu lernen. Das war allerdings nicht die Antwort, die ich Ellie gab; tatsächlich sagte ich überhaupt nichts darauf. Irgendetwas – vielleicht der Ausdruck in ihren Augen, der Umstand, dass ihre Stimme weder vorwurfsvoll noch anklagend klang, oder einfach die Tatsache, dass meine einunddreißigjährige Tochter mich immer noch »Daddy« nennt – irgendetwas jedenfalls versetzte mir an diesem Punkt einen Stich. Ich sah zur Seite, und der Raum verschwamm vor meinen Augen.

Ich lauschte dem Rauschen des Meeres, das in ruhigen Nächten, wenn der Wind es nicht übertönt, in meinem Schlafzimmer deutlich zu vernehmen ist. Die Wellen schlugen gegen die Felsen der kargen kleinen Bucht unterhalb meines Gartens: Flut. »Öffne das Fenster ein wenig, Ellie«, bat ich.

Ellie, die sehr feinfühlig ist, tat dies ohne weitere Bemerkungen oder Fragen. Über die vom Mond erhellte Bucht sah sie zu der Landspitze gegenüber, auf der Manderley liegt. Das große, heute verfallene Haus der de Winters ist weniger als eine Meile Luftlinie entfernt. Wenn man sich ihm über Land nähert, scheint die Strecke weit zu sein, da unsere Landstraßen hier schmal und gewunden sind und in zahlreichen Schleifen um die vielen kleinen Buchten verlaufen, die in unsere Küste einschneiden; aber per Boot ist es schnell zu erreichen. In meiner Jugend bin ich mit Maxim de Winter häufig in meinem Dingi hinübergesegelt. Dann pflegten wir in der Bucht unterhalb von Manderley anzulegen – derselben, in der Jahrzehnte später seine junge Frau Rebecca unter mysteriösen Umständen ums Leben kommen sollte.

Ein leises Stöhnen drang aus meiner Kehle, das Ellie nicht zu hören vorgab. Sie fuhr fort, über das Wasser zur Landzunge von Manderley zu schauen, auf die Felsen, die die Spitze der Halbinsel bezeichnen, den Wald, der das Haus schützt und vor Blicken abschirmt. Ich dachte, sie würde vielleicht sprechen, aber das tat sie nicht; stattdessen seufzte sie leise, öffnete den Fensterflügel ein wenig, wie ich sie gebeten hatte, und wandte sich mit resignierter Miene ab. Sie ließ die Vorhänge einen Spaltbreit offen, machte mich zum Schlafen fertig und ließ mich dann mit einem letzten sorgenvollen, bedauernden Blick allein mit der Vergangenheit.

Ein schmaler, heller Streifen Mondlicht fiel schräg ins Zimmer, und die Luft trug einen Hauch von Salz und Meeresfrische heran. Rebecca trat vor mein inneres Auge. Wieder sah ich sie wie beim ersten Mal, als ich noch nicht ahnte, welche Macht sie später über mein Leben und meine Vorstellungskraft ausüben sollte – obgleich die meisten Menschen bestreiten würden, dass ich überhaupt so etwas wie Fantasie besitze. Immer wieder sah ich sie in den Salon von Manderley treten, der einem gewaltigen Mausoleum glich – ein Raum, ja ein ganzes Haus, das sie binnen kurzem vollständig verwandeln würde. Sie war sich nicht bewusst gewesen, dass jemand auf sie wartete, und stürmte herein, brach aus dem hellen Sonnenlicht hervor: eine seit drei Monaten verheiratete Braut, eine junge Frau in einem weißen Kleid, an dem direkt über ihrem Herzen eine winzige blaue Emailbrosche in Form eines Schmetterlings steckte.

Durch den Tunnel der Jahre betrachtete ich sie. Immer wieder blieb sie, genau wie damals, stehen, als ich aus dem Halbdunkel trat. Wieder und wieder sah ich in ihre außerordentlichen Augen. Kummer und Schuldgefühle stiegen in meinem Herzen auf.

Ich wandte den Blick von dem Streifen Mondlicht ab. Wie alle früh Verstorbenen bleibt Rebecca ewig jung; ich habe weitergelebt und bin alt geworden. Mein Herz pumpt nicht mehr allzu kräftig; wenn man unserem Arzt glaubt, einem notorischen Unheilspropheten, haben die Arterien sich verengt, und es weist Anzeichen einer Klappenstörung mit einem unaussprechlichen Namen auf. Vielleicht läuft der Motor noch ein paar Jahre, andererseits könnte ich auch morgen früh umfallen. Kurz gesagt, ich habe möglicherweise nicht mehr viel Zeit und sollte – wie der gute Doktor das gern ausdrückt – »meine Angelegenheiten bald in Ordnung bringen«. Eingedenk dessen und in Erinnerung an meinen Traum gestand ich mir ein, dass ich aus Gründen, die ich stets bewusst nicht genau untersucht habe, seit Jahrzehnten gezaudert, Ausflüchte gesucht und mir, wie Ellie zu Recht bemerkte, *etwas vor-*

gemacht habe. Zu lange habe ich die Wahrheit über Rebecca de Winter verborgen.

Ich spürte, wie sich etwas in mir veränderte. Auf der Stelle beschloss ich, Frieden mit den Toten zu schließen. Eine kluge Wahl des Zeitpunkts, zweifellos beeinflusst durch den Umstand, dass ich jeden Moment den Löffel abgeben und mich zu ihnen gesellen konnte – das will ich gern zugeben. Wie auch immer, ich beschloss, zum ersten Mal alles, was ich über Manderley, die de Winters, Rebecca, ihr geheimnisumwobenes Leben und ihren mysteriösen Tod weiß, aufzuzeichnen und nichts auszulassen – und aus Gründen, die ich später erläutern werde, weiß ich mehr als andere, ich weiß *eine ganze Menge.* Dort in meinem Zimmer, wo der Mondschein die vertraute Umgebung fremd erscheinen ließ, traf ich meinen Entschluss.

Es war zwei Uhr morgens. Als ich endlich die Augen schloss, wobei ich fürchtete, mein Traum werde wiederkehren, konnte ich immer noch den Atem der See hören, obwohl die Ebbe eingesetzt hatte und das Wasser jetzt schnell zurückwich.

2. Kapitel

Ich bin ein alter Soldat. Militärische Gewohnheiten haben Bestand, und sobald ich mich endlich zu etwas entschlossen habe, handle ich.

»Ellie«, erklärte ich bei einem guten Frühstück aus Speck und Eiern, »heute Nachmittag wollen wir im Wald von Manderley spazieren gehen. Ich werde Terence Grey anrufen und ihn bitten, uns zu begleiten. Ihn juckt es schon lange, dort herumzuschnüffeln, daher bezweifle ich, dass er ablehnen wird.«

Meine Ankündigung wurde mit einem kurzen Schweigen quittiert. Ellie, die zwischen Herd und Küchentisch hin und her geflitzt war, drückte mir einen Kuss aufs Haar – eine Vertraulichkeit, die sie sich nur erlauben kann, wenn ich sitze, denn im Stehen bin ich zu groß für solche Faxen. »Wie schneidig du heute Morgen bist«, rief sie aus. »Sehr stattlich! Ist der Schlips neu? Fühlst du dich besser? Du siehst jedenfalls besser aus. Aber bist du dir sicher, dass ...«

»Bin munter wie ein Fisch im Wasser«, versicherte ich energisch. »Also fang nicht wieder an, Ellie. Grey ist seit Ewigkeiten darauf aus, nach Manderley zu kommen, und ich kann ihn nicht immer hinhalten. Heute ist der Tag!«

»Wenn du dir sicher bist«, meinte Ellie nachdenklich. Sie nahm mir gegenüber Platz und hantierte zuerst mit ihrer Serviette, dann mit der Morgenpost; ihre Wangen liefen rosig an. »Vielleicht würde er gern zuerst zum Mittagessen kommen«, fuhr sie beiläufig fort. »Das würde dir doch sicher Spaß machen. Oh, sieh mal, da ist ein Päckchen für dich. Das ist ungewöhnlich. Mal etwas anderes als Rechnungen ...«

Spürte ich schon da eine Vorahnung? Vielleicht, denn ich beschloss, das Päckchen nicht in Ellies Anwesenheit zu öffnen, obwohl es nichts besonders Bemerkenswertes aufwies – das dachte ich damals zumindest. Ein stabiler brauner Umschlag, mit Klebeband verschlossen, der etwas enthielt, das sich wie eine Art Broschüre anfühlte; adressiert war er an Herrn A. L. Julyan, J. P., The Pines, Kerrith. Das war insofern bemerkenswert, als die meisten Menschen mich immer noch als »Oberst Julyan« ansprechen, obwohl ich schon vor fast einem Vierteljahrhundert meinen Abschied von der Armee genommen habe. Das »J. P.« für »Justice of the Peace« war nicht korrekt; es ist fünfzehn Jahre her, dass ich hier als Friedensrichter tätig war. Ich erkannte weder die Handschrift, noch hätte ich sagen können, ob sie von einem Mann oder einer Frau stammte – und dabei finde ich, dass man für gewöhnlich eine weibliche Schrift erkennt. Frauen können gewissen blumigen kalligraphischen Tricks und Schnörkeln nicht widerstehen, die ein Mann vermeiden würde.

Ich gebe zu, dass ich mich über das Päckchen freute. Heutzutage bekomme ich sehr wenige Briefe, da die meisten meiner früheren Freunde und Kollegen schon lange den Rasen von unten betrachten. Sicher, meine Schwester Rose, die Dozentin in Cambridge ist, schreibt gelegentlich, aber ihre gelehrte Spinnwebschrift ist ebenso unverkennbar wie unleserlich. Von ihr stammte der Umschlag nicht. Ich schleppte ihn in mein Arbeitszimmer wie ein Köter einen Knochen, während mein eigener Hund, der alte Barker, der zu alt und zahnlos ist, um sich mit Knochen abzugeben, hinter mir hertrottete. Dort ließ Barker sich auf dem Kaminvorleger nieder, und ich setzte mich an den Schreibtisch meines Vaters gegenüber dem undichten Erkerfenster, aus dem man auf eine schwermütige Araukarie, eine Palme, ein paar verkümmerte Rosen und über eine kleine Terrasse aufs Meer blickt.

Ich nahm meinen Federhalter zur Hand und begann die Liste meiner morgendlichen Aufgaben niederzuschreiben. Selbst heute behalte ich diese Gewohnheit bei, die mir seit meinen Tagen als Subalternoffizier in Fleisch und Blut übergegangen ist. Immer noch schreibe ich jeden Tag diese verflixten Listen, obwohl sie selbst meine große Erfindungsgabe auf die Probe stellen. Ich kann wohl kaum schreiben »herumkramen«, »Schreibtisch aufräumen« oder »*Daily Telegraph* lesen, bis die Dämlichkeit der modernen Welt droht, Herzversagen auszulösen«. Und ich weigere mich, »Däumchen drehen« als potenzielle Tätigkeit aufzunehmen, obwohl ich viel zu viel von meiner Zeit auf diese Weise verbringe.

Heute war meine Liste ausgesprochen viel versprechend. Sie lautete:

1) Rebeccas Tod: Hauptsächliche Fakten zusammenfassen. Objektive Tatsachen aufführen.
2) Liste von »Zeugen« bzgl. Manderley und Familie de Winter usw. aufstellen.
3) Alles vertrauliche Material in Bezug auf Rebecca ordnen und zügig ablegen.
4) Terence Grey anrufen.
5) Päckchen öffnen. Falls Inhalt dringend (unwahrscheinlich), beantworten.

Ungefähr zwei Minuten lang gab diese Liste mir Auftrieb. Dann stieg eine vertraute Panik in mir auf. Den Namen »Rebecca« zu schreiben hatte mich sofort aus der Fassung gebracht; und das Wort »Fakten« entmutigte mich. Wann immer ich über Rebeccas kurzes Leben und die aufrührenden Umstände ihres Todes nachdenke, fällt es mir irgendwie schwer, meine übliche Objektivität beizubehalten: Die Faktendecke ist ohnehin dünn; nach wie vor grassieren Gerüchte, und gewisse Vorurteile lassen sich beim besten Willen nicht vermeiden.

Entschlossen, sie auszumerzen, nahm ich meine Feder, zog ein Blatt Papier hervor und begann zu schreiben. In der Schule hatte mich ein melancholischer Pauker namens Hanbury-Smythe, ein Mann, der in Cambridge zwei Fächer mit »sehr gut« abgeschlossen und dann eine kurze, hervorragende Karriere im Auswärtigen und im Kolonialamt hingelegt hatte, die verzwickte Kunst des *Précis* gelehrt. Er hatte außerdem eine Schwäche für die Flasche, aber *darüber* will ich mich nicht weiter auslassen. Hanbury-Smythe behauptete, es gebe kein Problem, keine Situation, wie komplex diese auch sein mochten, die man nicht in drei Sätzen zusammenfassen könne, und dass diese *Reduzierung* die Klarheit des Denkens fördere. Dann, so glaubte er, sähe man seine daraus folgende Handlungsweise, seine Ziele, glasklar vor sich. Diese Überzeugung muss ihm während seiner Zeit als Diplomat auf dem Balkan einige Schwierigkeiten bereitet haben, aber egal: Ich habe mich früh zur Hanbury-Smythe-Methode bekehrt und mich ihrer während meiner Militärkarriere mit bemerkenswertem Erfolg bedient.

Nun wandte ich die Hanbury-Smythe-Methode an. Nicht lange danach – nun ja, eine Stunde später – hatte ich Folgendes zustande gebracht:

Das Rätsel um Rebeccas letzte Stunden

Am Abend des 12. April 1931 traf Mrs. Maximilian de Winter, von einem Besuch in London zurückkehrend, irgendwann nach acht Uhr abends auf Manderley, ihrem Besitz in Cornwall, ein; gegen neun Uhr verließ sie allein das Haus und ging zu Fuß zu der darunter liegenden Bucht, wo ihr Segelboot ankerte – das letzte Mal, dass sie lebend gesehen wurde.

Vierzehn Monate später wurden in der Folge eines Schiffsunfalls, der nichts mit der Sache zu tun hatte, und lange, nachdem man jede Suche aufgegeben hatte, sowohl ihr vermisstes Boot, das versenkt worden war, als auch ihre Leiche entdeckt. Das Urteil »Selbstmord«, zu dem die gerichtliche Untersuchung der Todesursache gelangte, war kontrovers; doch in der Folge entdeckte man als direktes Ergebnis der brillanten und energi-

schen Nachforschungen des örtlichen Friedensrichters, dass Mrs. de Winter unheilbar krank gewesen war und ein Londoner Arzt ihr diese Diagnose am Tag ihres Verschwindens mitgeteilt hatte; so ergab sich jetzt das zuvor anscheinend fehlende Motiv für einen Selbstmord, und die Angelegenheit war geklärt.

Niedergeschlagen betrachtete ich meinen Text. Mit Hilfe einer plumpen Satzkonstruktion und ausreichend Semikola kann man immer pfuschen. Meine Zusammenfassung war schwerfällig, und obwohl sie sachlich »korrekt« war, enthielt sie mindestens acht Ausweichmanöver und eine Irreführung; ich zählte nicht weniger als acht *Suppressio veri*, sämtlich von gewaltigem Kaliber. Ich hatte die Sache in drei Sätze gebracht und eine Karikatur der Wahrheit produziert. Hanbury-Smythe war ein Esel und Trunkenbold und seine Methode nutzlos. »Die Angelegenheit geklärt?« Wäre dem doch so gewesen! Ich war nicht besonders stolz auf mich. Rebecca hatte Besseres verdient.

Ich beschloss, meine Bemühungen zu intensivieren, und öffnete die Schreibtischschublade, in der ich die Zeitungsausschnitte, die sich auf Rebeccas Tod und Verschwinden beziehen, sorgfältig archiviert habe. Es ist eine dicke Akte, die im Lauf der Jahre unaufhörlich angewachsen ist – dieser Fall hat eine Faszination, der die Reporter nicht widerstehen können. Sie sind natürlich wie besessen von der Idee, dass ein Justizirrtum vorliegt; die meisten scheinen zu glauben, dass die Sache eine konzertierte Verschleierung war – ich sollte hinzufügen, dass sie nicht zögern, mit dem Finger auf die Betreffenden zu zeigen –, und angesichts von Rebeccas Schönheit und *Réclame* gibt die Geschichte unbestreitbar eine gute »Story« ab, wie mir kürzlich jemand sagte – Terence Grey, glaube ich.

Sorgfältig inspizierte ich die Ausschnitte. Nachdem ich mit dem Hanbury-Smythe-Ansatz gescheitert war, konnten mir vielleicht diese professionellen Schmierfinken ein paar Tipps geben. Sie haben, zusammen mit dem lokalen Klatsch, dafür gesorgt, dass die Geschichte lebendig blieb, sodass die Spekulationen über Rebeccas Person und die Art ihres Todes nie verstummt sind, wie ich das einst in meiner Naivität erwartet hatte. Eher ist das Gegenteil der Fall: Ihr Verschwinden und ihr Ende sind immer noch häufig das Thema von Artikeln; der Großteil davon ist – wie Grey dies verächtlich ausdrückt – das Werk von »Artikelausschneidern«, die durch reine Wiederholung die dubiosesten Informationen in den Rang der »Wahrheit« erhoben haben. Mindestens zwei Bücher haben sich mit dem Thema beschäftigt, die beide vorgeben, neue und sensationelle Informationen zu enthalten – und beide sind, zumindest meiner Ansicht nach, reine Belletristik.

Im Ergebnis ist das »Geheimnis von Manderley«, wie es inzwischen genannt wird, eines der »klassischen Rätsel des Verbrechens« geworden – ich zitiere einen Mann namens Eric Edwards, dem ich einmal aus reiner Dummheit ein Interview gewährt habe. Zu dieser Zeit – das war vor dem letzten Krieg – hatte es eine solche Flut an Skandalberichterstattung gegeben, die so lange über mein Haupt niedergegangen war, dass ich endlich beschloss, mein Schweigen zu brechen. Ich würde den Beweis für Rebeccas unheilbare Krankheit liefern und klare Verhältnisse schaffen. Heute weiß ich, dass ich mich in einem Irrtum erster Ordnung befand: Kein Zeitungsmensch von Selbstachtung ist daran interessiert, »klare Verhältnisse zu schaffen«. Schmutzige Wäsche waschen, das wollen diese Leute.

Mr. Evans stellte sich mir als erfahrener Kriminalreporter vor, ein Mann mit einem Riecher für die Wahrheit. Er schrieb mir auf Papier mit dem Briefkopf des *Daily Telegraph*, das er höchstwahrscheinlich zweckentwendet hatte, wie mir später klar wurde. Mir war zwar aufgefallen, dass dieser Brief schlecht getippt war und voller Rechtschreib- und Grammatikfehler, doch das hielt ich für die Schuld einer unerfahrenen Sekretärin. Ich Esel glaubte ihm auch, als er von einem »Kreuzzug für die Wahrheit« sprach. Ich erinnere mich, dass ich mich an einem Tiefpunkt befand – der Klatsch in Kerrith war inzwischen so schlimm geworden, dass ich mein Richteramt aufgeben musste. Trotzdem hätte ich es besser wissen müssen. Zwei Minuten, nachdem ich ihn gesehen hatte, wusste ich, dass Evans ein Spinner war, und warf ihn umgehend hinaus – womit ich mir natürlich einen nagelneuen Feind schuf.

Unser Interview, das hier in meinem Arbeitszimmer auf The Pines stattfand, spielte sich folgendermaßen ab:

(Ein Novembernachmittag im Jahr 1936. Oberst Julyan, bis vor kurzem Friedensrichter für den Distrikt von Kerrith und damit auch für Manderley, eine stattliche Erscheinung, sitzt an seinem Schreibtisch. Seine Frau Elizabeth, deren Gesundheitszustand schlecht ist, öffnet die Tür, kündigt den Besucher an und zieht sich dann zurück. Auftritt Eric Evans, ein Mann in den Fünfzigern mit schütterem Haar, bleicher Haut, Hornbrille, einem nordenglischen Akzent und fanatischem Blick. Er trägt einen Koffer, den er sofort öffnet. Wie sich zeigt, ist dieser mit Zeitungsausschnitten, aus Zeitschriften ausgerissenen Fotografien von Rebecca de Winter und den handschriftlichen Notizen für das Buch gefüllt, das Evans, wie er jetzt verkündet, über das »Rätsel von Manderley« schreibt. Mit einem bösen Blick auf Barker, den jungen Hund des Obersts, der knurrt, setzt er sich. Evans zieht weder Notizbuch noch Stift hervor, sondern beginnt sofort mit seinen Fragen.)

EVANS: Es war Mord, nicht wahr?
OBERST J.: *(nach einer Pause)* Sie werden feststellen, dass die Untersuchung zu dem Urteil »Selbstmord« gelangt ist.
EVANS: Der Ehemann hat es getan. Das sieht doch jeder Esel.
OBERST J.: *(ruhig)* Sind Sie mit den Gesetzen dieses Landes über Verleumdung vertraut, Mr. Evans?
EVANS: Wer war Rebeccas Liebhaber? Hat de Winter die beiden *in flagranti* ertappt?
OBERST J.: *(weniger gelassen)* Sagten Sie nicht, Sie arbeiten für den *Telegraph*?

EVANS: Die Wahrheit ist vertuscht worden. Sie haben Ihren Freund de Winter gedeckt. Ich lasse mich nicht mundtot machen! Es ist eine verfluchte Schande! *(Abgang Evans, verfolgt von dem Hund)*

Nun ja, zweifellos übertreibe ich – warum sollte ich mir nicht genau wie alle anderen ein paar Erfindungen erlauben? Aber so ungefähr hat sich die Szene schon abgespielt. Und Evans ließ sich tatsächlich nicht zum Schweigen bringen. Er war unermüdlich, ja besessen. Im Lauf der Jahre veröffentlichte er nicht weniger als sechzehn Artikel über den Fall de Winter; er schrieb ein Buch – *Die verschwundene Lady: Eine Lösung des Rätsels von Manderley* –, das zu einem gewaltigen Bestseller wurde. Er entwickelte sich zum Fluch meines Lebens, und bevor er schließlich bei einem deutschen Luftangriff starb, als sein möbliertes Zimmer von einer V-1-Rakete getroffen wurde – ja, es gibt noch einen Gott –, da hatte er eine Industrie begründet. Er ganz allein hatte dauerhaft für Unruhe gesorgt. Sex und Tod sind leicht entzündbare Komponenten, und Edwards hatte ohne Zögern die Lunte angebrannt. Das Ergebnis? Ein Feuerwerk. Er erhob Rebecca zur Legende und machte ihren Tod zu einem Mythos.

Ich zog einen seiner frühesten Versuche aus meiner Akte. Der Artikel war ursprünglich 1937 erschienen, ein paar Monate nach unserem Zusammentreffen; in der Zwischenzeit hatte jemand – ich habe Jack Favell im Verdacht – Evans in den Ohren gelegen. Trotz seiner unverhohlenen Voreingenommenheit, seiner schier unglaublichen Vulgarität, seiner Manipulationen, ungerechtfertigten Verunglimpfungen, groben Ungenauigkeiten und wahrhaftig kolossalen Dummheit übte er eine nachhaltige Wirkung aus. Dies war der Artikel, der Rebecca, Maxim und mich selbst zu einem kuriosen, zwielichtigen Nachleben verdammte, in dem Gestalten, die uns vage ähneln, in alle Ewigkeiten Gesten vollführen, die von fern Dinge widerspiegeln, die wir tatsächlich getan oder gesagt haben. Es ist eine Pantomime, ein Jahrmarkts-Zerrspiegel, und ich – der Letzte von uns, der noch am Leben ist – stehe immer noch davor und gestikuliere herum. Ich erkenne die Menschen im Spiegel nicht, aber wer gibt schon etwas darauf, was ich denke?

Um die Wahrheit zu sagen, dachte ich, als ich noch einmal Evans' bedauerliche Prosa las, lag eine herkulische Arbeit vor mir. Das Problem bestand zugegebenermaßen darin, dass einige von Evans' Fragen durchaus sachdienlich waren; ihm fehlte nicht eine gewisse Bauernschläue, und zumindest machten seine Methoden den *Hintergrund* ein ganzes Stück klarer als meine. *O tempora, o mores,* dachte ich bei mir. Mein Dilemma wird nicht verständlich, ohne Evans zu zitieren, daher will ich es tun: Zum Besseren oder Schlechteren war dies der Artikel, der die Rebecca-Industrie begründete und seither häufig plagiiert worden ist:

Am Abend des 12. April 1931 begab sich eines der faszinierendsten ungelösten Rätsel der neueren Zeit. Die Ereignisse dieser Nacht und die dramatischen Monate, die ihnen folgten, stellen den Ermittler vor eines der klassischen Rätsel der Kriminalgeschichte: Wer war die bezaubernde Rebecca de Winter, die gefeierte Schönheit und Gastgeberin, die Herrin des legendären Anwesens Manderley im West Country? Welche Ereignisse führten zu ihrem tragischen Verschwinden an diesem linden Aprilabend, und wer war für ihren Tod verantwortlich?

Zur Zeit ihres mysteriösen Verschwindens war Rebecca de Winter seit ungefähr fünf Jahren verheiratet. Ihr Ehemann Maximilian (besser bekannt als Maxim) stammte aus einer alteingesessenen Familie in Cornwall und konnte seine Vorfahren bis ins elfte Jahrhundert und darüber hinaus verfolgen. Manderley, sein legendärer Familiensitz, hoch über einem wilden, entlegenen Stück Küste gelegen, war dank des Geschmacks und der Energie seiner jungen Frau zu neuem Leben erwacht: Ständig fanden Feste, Lustbarkeiten, Gesellschaften und Kostümbälle statt. Die Einladungen waren sehr be-

gehrt, und die bunt gemischte Gästeliste umfasste viele berühmte und einige berüchtigte Namen.

Die Gesellschaftsjournale berichteten häufig über Mrs. de Winter, die berühmt war für ihre Schönheit, ihren Geist, ihren Charme und ihre Eleganz. Sie segelte und gewann zahlreiche Pokale bei lokalen Regatten; sie besaß umfangreiche Kenntnisse des Gartenbaus, und der Park von Manderley, der während ihrer Jahre dort neu entworfen und bepflanzt wurde, erlangte Berühmtheit. In der Umgebung war sie sehr beliebt, besonders bei den Pächtern der de Winters, aber einige der alteingesessenen Familien in diesem konservativen Teil der Welt hegten Vorbehalte: Sie fühlten sich durch ihre unverblümte Redeweise düpiert und lehnten ihre oft unkonventionellen Ansichten ab. Manche drückten ihr Erstaunen darüber aus, dass Maxim de Winter – zehn Jahre älter als sie und, wie es heißt, sehr traditionell eingestellt – sie geheiratet hatte. Sie betrachteten sie als Eindringling, und es stimmt, dass ihre Herkunft geheimnisvoll blieb. Wer waren ihre Eltern? Wo wuchs sie auf? Darüber ist so gut wie nichts bekannt.

Obwohl die beiden Gatten nach ihrer Herkunft, ihren Interessen und ihrem Alter so unterschiedlich waren, schien die Ehe der de Winters erfolgreich zu sein, wenn nach dem Verschwinden der jungen Frau die Leute auch zu reden begannen. Der Keim der Tragödie, so hieß es hinter vorgehaltener Hand, sei schon Jahre zuvor gelegt worden. Gerüchte griffen um sich, aber es sollte noch mehr als ein Jahr dauern, bis im Gefolge schockierender, schrecklicher Ereignisse nach und nach die Wahrheit ans Licht kam. Ein Skandal folgte. Doch es ist offensichtlich, dass über die Geschehnisse des 12. April 1931 und das Intrigengewirr, das zu ihnen führte, noch weitere Einzelheiten zu entdecken bleiben. Manderley schützt die Geheimnisse der Familie de Winter ... sogar heute noch.

Lassen Sie uns die Ereignisse des 12. April und die Fragen, die sie aufwerfen, genauer betrachten. An die-

sem Abend kehrte Mrs. de Winter von einem kurzen Besuch in London heim, dessen Zweck niemals zufriedenstellend geklärt werden konnte. War sie dorthin gefahren, um einen Liebhaber zu treffen, wie mancher behauptet? Warum unternahm sie eine solch beschwerliche Reise – sechs Stunden Autofahrt hin und sechs zurück – an einem Tag, obwohl sie eine Wohnung in London besaß? Warum begab sie sich nach ihrer Heimkehr, bei der sie sich, wie mehrere Hausangestellte bemerkten, in einem erregten, bedrückten Zustand befand, gegen neun Uhr abends zu Fuß zum Strand unterhalb des Hauses? Wollte sie in dem Bootshaus, das sie dort unterhielt, jemanden treffen? Gerüchte gingen um, dass sie es für heimliche Stelldicheins benutzte. Oder wollte sie nur segeln gehen, wie ihr Mann bei der nachfolgenden Untersuchung behauptete – bei Nacht und allein?

Wie immer die Antworten auf diese Fragen lauten mögen, eine Tatsache ist unstrittig: Die schöne, damals dreißigjährige Rebecca de Winter kehrte niemals von diesem letzten, verhängnisvollen Segelausflug zurück, und es sollte vierzehn Monate dauern, bis ihr Boot – ein umgerüstetes bretonisches Fischerboot mit dem prophetischen Namen »Je reviens« – entdeckt wurde. Als man es aus der Bucht unterhalb von Manderley barg, wo es über ein Jahr im Verborgenen gelegen hatte, machte man zwei schreckliche Entdeckungen. Das Boot war versenkt worden ... und in der verschlossenen Kabine fand man die Leiche einer Frau: Sie war entsetzlich entstellt und befand sich in einem fortgeschrittenen Stadium der Verwesung. Die genaue Todesursache wurde niemals festgestellt, und in Ermangelung eines exakten Gegenbeweises ging man von Ertrinken aus. Erstaunlicherweise konnte die Leiche, sobald sie an Land gebracht worden war, sofort identifiziert werden. Jeder, der bei dieser makabren Gelegenheit anwesend war, wusste sofort, wen er vor sich hatte. Denn an der Hand trug die Tote immer noch die beiden Ringe, die sie im Leben niemals abgenommen hatte ...

Endlich hatte man Rebecca de Winter gefunden. Weitere tragische Ereignisse folgten – und ein Hohn auf die Gerechtigkeit. Eilig trommelte man eine Untersuchungskommission zusammen, und die Geschworenen – hauptsächlich Pächter der de Winters, die dem Gatten der Toten nur zu bereitwillig ihre Reverenz erwiesen – kamen zu dem Urteil, sie habe Selbstmord begangen. Der ältliche Vorsitzende fasste Maximilian de Winter, damals einundvierzig, im Zeugenstand mit Samthandschuhen an. Und der damalige Friedensrichter für den Distrikt, Oberst A. L. Julyan, von dem die Einheimischen erklärten, er sei »ein Snob, der sich gern lieb Kind bei den Honoratioren macht« und außerdem ein Jugendfreund von Rebeccas Mann, lehnte es ab, weitere Nachforschungen zu betreiben. Wie er bis heute behauptet, sei die Angelegenheit geklärt.

Doch betrachten wir einmal die folgenden sieben Tatsachen, die angsichts der ungewöhnlichen Umstände dieses »Selbstmords« auf jeden Fall weitere Nachforschungen hätten veranlassen müssen:

1) *Nicht lange nach dem Verschwinden seiner Frau hatte Mr. de Winter eine Leiche, die in einigen Meilen Entfernung an die Küste gespült worden war, als die Rebeccas identifiziert. Bei dieser Identifizierung, die sich später als »Irrtum« erwies, war er allein.*
2) *Weniger als ein Jahr nach dem Tod seiner ersten Frau heiratete Mr. de Winter wieder. Seine zweite Frau, die er bei einer Spritztour nach Monte Carlo kennen lernte, war nur halb so alt wie er.*
3) *Seine Bewegungen in der Todesnacht seiner ersten Frau konnten nicht vollständig geklärt werden. Er aß mit seinem Gutsverwalter, Mr. Frank Crawley, der in der Nähe wohnte, zu Abend, aber für die entscheidenden Stunden ab zehn Uhr fehlt ihm offensichtlich ein Alibi.*

4) Im benachbarten Kerrith und in der Umgebung hielten sich beharrlich Gerüchte, seine Ehe mit Rebecca, die kinderlos blieb, sei stürmisch verlaufen.

5) Die de Winters teilten auf Manderley nicht dasselbe Bett, und Mrs. de Winter übernachtete häufig in ihrer Londoner Wohnung oder in ihrem Bootshaus, was ihr Mann anscheinend stillschweigend duldete.

6) Am 12. April hatte Mrs. Danvers, Mrs. de Winters ergebene Haushälterin, die auch als ihr persönliches Mädchen fungierte, einen ihrer seltenen freien Abende. Wer aus dem Haushalt wusste, dass Mrs. Danvers – die Erste, die am nächsten Morgen Alarm schlug –, nicht auf Manderley weilen würde? Erklärt ihre Abwesenheit, warum Mrs. de Winter ausgerechnet an diesem Abend verschwand?

7) An dem Nachmittag vor ihrem Verschwinden suchte Mrs. de Winter Dr. Baker, einen Gynäkologen, in dessen Praxis in Bloomsbury auf. Dies war ihr zweiter Termin. Was war bei ihrem ersten Besuch geschehen? (Dr. Baker, der ein inoperables Krebsgeschwür diagnostiziert hatte, ist seitdem »ins Ausland verzogen«.)

Diese und zahlreiche andere Fragen sind bis heute nicht geklärt. Und Rebecca de Winter ruhte nicht in Frieden, jedenfalls behaupten das die Einheimischen. Nach der Untersuchung wurde sie in der Gruft der de Winters begraben, neben den Vorfahren ihres Mannes. Nur Stunden nach dieser hastigen, verstohlenen Beisetzung brannte Manderley bis auf die Grundmauern nieder ... Zufall? Oder waren da finstere Mächte am Werk? War Rebecca, ein Opfer der Ungerechtigkeit und anscheinend von ihrem Gatten nicht betrauert, von den Toten zurückgekehrt, um Rache zu nehmen? Hatte sie sich aus ihrem Grab erhoben, so wie sie aus dem Meer aufgestiegen war? Vergessen Sie nicht den Namen dieses Bootes ... Je reviens.

Auf der Suche nach Antworten auf diese und andere Fragen machte ich mich letzten Monat nach Kerrith auf, die Manderley am nächsten gelegene Kleinstadt. In den Schenken und bescheidenen Häuschen dieses malerischen, entlegenen Ortes traf ich auf viele Menschen, die Rebecca de Winter geliebt und geachtet hatten. In ihrer Empörung über die Ereignisse, so stellte ich fest, waren sie nur zu gern bereit, mit mir zu sprechen.

Innerhalb eines Tages war ich mit neuem und sensationellem Beweismaterial gerüstet und zweifelte nicht mehr daran, dass die Wahrheit über Rebecca de Winters Tod durch eine Verschwörung vertuscht worden war. Endlich stand ich auf der sturmgepeitschten Landzunge bei den Ruinen von Manderley und blickte über die dunkle See, wo Rebecca ihr Ende gefunden hatte. Und ich wusste ohne den Schatten eines Zweifels, dass Mrs. de Winter nicht von eigener Hand gestorben war. Ich kannte den Namen ihres Mörders und wusste, wie er vorgegangen war. Nur eine Frage blieb noch: Warum war Rebecca umgebracht worden? Lag die Antwort auf diese Frage vielleicht in ihrer geheimnisumwobenen Vergangenheit? Ich wandte den von Gespenstern bewohnten Ruinen von Manderley den Rücken und machte mich auf die Suche nach der Wahrheit über ihre Herkunft ...

Zum Glück hat er sie nie vollendet. Die Rakete hat ihn zuerst erwischt. Aber der Schaden war natürlich schon geschehen.

Ich begrub den Kopf in den Händen. In dem Jahrmarktsspiegel, in dem ich in alle Ewigkeit gefangen bin, gestikulierten zwei Geister und ein Clown. Mein unzuverlässiges Herz machte wieder Schwierigkeiten. Ich fühlte mich ausgesprochen unwohl.

3. Kapitel

Ich schloss den Aktendeckel mit den Zeitungsausschnitten und sah durch das Fenster auf meine klägliche Araukarie. Barker zuckte im Schlaf mit den Pfoten, und mein eigener Traum von letzter Nacht kehrte zurück. Wie Faulgas stieg er aus dem Sumpf meines Unterbewusstseins auf. Wieder fand ich mich gefangen am Steuer dieses unheimlichen schwarzen Wagens, der sich ohne mein Zutun zu steuern und fortzubewegen schien. Noch einmal fuhr ich jene endlose Auffahrt nach Manderley entlang; ich fuhr durch einen Schneesturm, und als ich auf die Bremsen trat, reagierten sie nicht. Neben mir, merkwürdig unpassend auf dem Beifahrersitz, begann der winzige Sarg sich zu bewegen.

Ich stand von meinem Stuhl auf, ging ein paar Male durch das Zimmer und inspizierte meine Bücher – der Raum ist mit Büchern voll gestopft. Energisch und zielbewusst hatte ich mich an meinen Schreibtisch gesetzt, doch nun fühlte ich mich wie schon so oft alt, schwach und unzureichend, geblendet von einem Sturm an Desinformationen, der zwanzig Jahre und länger zurückreicht.

Eric Evans mochte behaupten, er habe »neues und sensationelles Beweismaterial« entdeckt, aber was hieß das schon? Herzlich wenig. Wie die Zeitungsschnüffler, die nach ihm gekommen waren, hatte er den übel riechenden Müllhaufen des Klatsches in Kerrith durchwühlt; ehemalige Angestellte auf Manderley und dergleichen hatten ihm ein paar stinkende Knochen zugeworfen. Aber weder er noch seine Nachfolger haben jemals einen Beweis über das zu Tage gefördert, was Rebecca in der letzten Nacht ihres

Lebens zugestoßen ist. Sie hatten praktisch nichts über ihre Vergangenheit vor Manderley entdeckt. Selbst Terence Grey, der Historiker und kein Journalist ist, aber trotzdem ein cleverer Bursche, hat mit derlei Nachforschungen rein gar nichts herausgebracht – jedenfalls nicht, dass ich wüsste. Das wundert mich nicht. Ich war Rebeccas Freund, und ich wusste besser als jeder andere, wie gut Rebecca ihre Spuren verwischt hatte, wie verschlossen sie war. Würde ich diese Aufgabe übernehmen, fragte ich mich, als ich an meinen Schreibtisch zurückkehrte, ohne den Einfluss von Terence Grey, diesen eigenartigen jungen Mann, der vor kurzem nach Kerrith gekommen war – ein junger Mann, der aus unerklärten Gründen in letzter Zeit ein so hartnäckiges Interesse an den Umständen von Rebecca de Winters mysteriösem Leben und Tod gezeigt hat?

Wahrscheinlich nicht. Seit er aufgetaucht ist und sich daran gemacht hat, alle Leute zu befragen, haben meine Träume sich jedenfalls verschlimmert. Ich zog das Telefon zu mir heran: Zeit, mit dem Mann zu reden und für den Nachmittag einen Gang nach Manderley vorzuschlagen – einen lange verschobenen Besuch, den ich als Test zu betrachten begann. Wie würde Grey reagieren, wenn er endlich das Haus zu Gesicht bekam, von dem er anscheinend besessen war? Und *warum* war er das eigentlich?

Ich nahm den Hörer, legte aber wieder auf. Wir hatten erst zehn Uhr – ich stehe früh auf, und Ellie und ich frühstücken zeitig; die Einladung konnte warten. Mr. Grey ist ein beeindruckender Mensch. Er ist jung und energisch, und gewisse Aspekte des Mannes bereiten mir Sorge – am wenigsten jedoch seine Beweggründe, die für mich immer noch im Dunkeln liegen.

So langsam sah ich ein, dass Grey mir nützlich sein könnte, aber bevor ich mit ihm sprach, musste ich nachdenken. Ich nahm das Päckchen, das heute Morgen gekommen war, wog es in der Hand und beschloss, dass es bis später warten konnte. Dann wandte ich die Aufmerksamkeit der zweiten meiner selbst auferlegten Aufgaben zu: meiner Liste von »Zeugen«.

Im Unterschied zu den Zeitungsschreibern und Mr. Grey brauchte ich im Grunde keine Aussagen von anderen, um die Wahrheit über Rebecca zu schreiben. Ich war ihr Freund gewesen, vielleicht ihr engster, so schmeichelte ich mir zumindest; und Maxim hatte ich fast mein Leben lang gekannt. Mit Manderley bin ich von frühester Kindheit an vertraut, und es gibt nur sehr wenig, das ich über die Familie de Winter nicht weiß. Wie Mr. Grey mir immer wieder erklärt, bin ich eine erstrangige Quelle – die allerbeste seit Maxims Tod. Trotzdem weist, wie meine Gespräche mit Grey mir gezeigt haben, mein Wissen ein oder zwei Lücken auf – nichts von großer Bedeutung, aber dennoch irritierend. Ich hege von jeher eine Vorliebe für Kriminalgeschichten, Sherlock Holmes, Hercule Poirot und so weiter ... Ein bisschen Nachbohren, ein wenig Detektivspielen wäre vielleicht nicht verkehrt, daher meine Zeugen. Wer könnte etwas wissen, das ich nicht wusste?

Konzentration, Konzentration, sagte ich mir. Ich musste mich zur Ordnung rufen. Wie schon erwähnt, trödle ich dank meiner Selbstdisziplin und meiner militärischen Ausbildung niemals, aber in letzter Zeit habe ich an mir eine gewisse Tendenz bemerkt, mich ablenken zu lassen. Dass ich zweiundsiebzig Jahre alt bin, mag noch dazu beitragen. Mir ist aufgefallen, dass diese Neigung sich verschlimmert, wenn ich mich einsam, gereizt, unsicher, misstrauisch oder aufgeregt fühle – suchen Sie sich etwas aus. Doch ich erhole mich immer rasch, und so schrieb ich zügig die folgende Liste nieder:

1) Rebecca
2) Maxim de Winter
3) Beatrice (Maxims Schwester)
4) die ältere Mrs. de Winter (seine Großmutter, die ihn aufgezogen hat)
5) Mrs. Danvers (zu Rebeccas Zeit Haushälterin auf Manderley)
6) Jack Favell (Rebeccas nichtsnutziger Cousin und einziger bekannter Verwandter)

7) ehemaliges Personal (Dienstmädchen, Lakaien usw. auf Manderley, von denen viele noch hier in der Gegend leben)
8) Frith (ehemals Butler auf Manderley und Faktotum seit ewigen Zeiten)

Keine lange Liste. Der Umstand, dass die ersten vier Kandidaten verstorben sind, hätte manche Leute entmutigt, aber nicht mich, denn ich besitze Briefe von ihnen, und ich habe meine Erinnerungen. Auf diese Weise können die Toten sprechen.

Trotzdem deprimierte es mich, allein ihre Namen niederzuschreiben. Beatrice, die am Ende des letzten Krieges starb, hatte ich seit ihrer Kindheit gekannt, und Maxim, der acht Jahre jünger war als ich, seit dem Tag seiner Geburt. Seine Furcht einflößende Großmutter war mir aus meiner Knabenzeit nur zu lebendig in Erinnerung: Sie war während seiner Ehe mit Rebecca noch am Leben gewesen und hatte die junge Frau angebetet; wenn ein Mensch in Rebeccas zahlreiche Geheimnisse eingeweiht gewesen war, dann sie, so argwöhnte ich – tatsächlich habe ich oft vermutet, dass sie mehr über Maxims Frau wusste als Maxim selbst. Natürlich könnte ich mich auch irren.

In den Ecken des Zimmers schwebten Geister. Ich hatte sie heraufbeschworen, indem ich ihre Namen niederschrieb. Barker hob sein gewaltiges Haupt; sein Nackenfell wogte. Er schenkte mir einen tiefsinnigen, tröstlichen Blick. Wir beide dachten an meinen alten Freund Maxim, der jetzt seit fünf Jahren tot war, umgekommen bei einem Autounfall, den er mit Sicherheit selbst herbeigeführt hatte, kurz vor den Toren von Manderley auf der kurvenreichen Landstraße. Das geschah nur Monate nachdem sein langes Exil im Ausland mit seiner zweiten Frau endlich zu Ende war; ganz kurz, nachdem die beiden nach England zurückgekehrt waren, um sich wieder hier niederzulassen.

Ich weiß, was es heißt, von Furien verfolgt zu werden, und ich habe nie bezweifelt, dass diese Geister Maxim, nachdem er Manderley verlassen hatte, mit ihrer gewohnten Beharrlichkeit nachsetzten, obwohl er damals die Verbindung zu mir abbrach und meine Briefe nie beantwortete, sodass ich dies nicht bestätigen kann. Ich wurde nicht einmal zu seiner Beisetzung eingeladen; dieser Affront schmerzt mich bis heute. Dabei bin ich meinem alten Freund Maxim gegenüber loyal gewesen – zu loyal sogar vielleicht.

Die zweite Frau – »dieses traurige kleine Phantom«, wie meine Freundinnen, die Schwestern Briggs, sie bezeichnen – verstreute, wie ich gehört habe, seine Asche unterhalb von Manderley. Fand sie die Vorstellung unerträglich, dass er in der Gruft der de Winters neben Rebecca ruhen würde? Erstaunen würde mich das nicht, denn besitzergreifende Frauen ändern sich auch durch den Tod nicht. Seither soll sie sich nach Kanada abgesetzt haben, das erzählt man mir jedenfalls. Ich überlegte, ihren Namen auf meine Zeugenliste zu setzen, und entschied mich dann dagegen.

Bei den wenigen Gelegenheiten, zu denen ich ihr begegnet bin, fand ich sie nichts sagend; ich konnte mich nicht für sie erwärmen, obwohl ich wegen meiner Bewunderung für Rebecca wahrscheinlich voreingenommen war. Gewiss, die zweite Mrs. de Winter könnte mehr über Rebeccas Tod wissen als jeder andere Mensch; ich zweifle nicht daran, dass Maxim sie ins Vertrauen gezogen hätte. Aber würde sie mir ihr Wissen jemals enthüllen? Eher würden Weihnachten und Ostern auf einen Tag fallen, dachte ich – und praktisch überlegt, hätte ich sie überhaupt nicht aufspüren können. Laut meinen Spießgesellinen, den alten Jungfern Elinor und Jocelyn Briggs, steht niemand in dieser Gegend noch in Verbindung zu ihr. Es heißt, sie hätte sich oben in Toronto – oder war es Montreal? – eingeigelt, und niemand kennt ihre Adresse.

Ich überflog meine Liste noch einmal: Viele Namen blieben nicht übrig. Wie Terence Grey einmal bemerkte, besteht in diesem Fall ein ausgesprochener Mangel an Informanten. Von den verbleibenden Kandidaten waren mehrere rasch auszuschließen. Ich hegte keinerlei Absicht, den verknöcherten Frith zu konsultieren, den einstigen

Butler, Lakai, Stiefelknecht und so weiter auf Manderley. Ich gebe zu, dass er ein vorbildlicher Butler war, aber er war auch ein beispielhafter Wichtigtuer, und er hatte eine unerklärlich überlegene Art, mich anzusehen, die mich immer noch ärgert. Er lebt heute in einem Altenheim hier in der Gegend und ist sowieso praktisch senil. Wieso hatte ich seinen Namen überhaupt auf die Liste gesetzt? Wahrscheinlich, weil Terence Grey Interesse an ihm gezeigt hat, entschied ich. Pech für ihn. Ich zog einen dicken Strich durch den Namen des Trottels. Wer noch?

Zu Rebeccas Zeit, in den Ruhmestagen von Manderley, als das Haus jedes Wochenende mit hochrangigen Gästen gefüllt war, hatte es ganze Scharen von Dienstboten gegeben, von denen die meisten unsichtbar blieben – unsichtbar, taub und stumm zu sein war damals natürlich die wichtigste Eigenschaft eines gut ausgebildeten Dieners. Viele davon sind noch am Leben, und ein großer Teil wohnt in der Gegend von Kerrith. Anders als Evans und seine Jünger, die sich nicht zu gut waren, ehemalige Zimmermädchen zu interviewen und eifrig danach auszufragen, wer wo schlief und so weiter, ziehe ich bei den weiblichen Angestellten die Grenze. Die meisten waren hohlköpfige Klatschweiber, die von nichts eine Ahnung hatten – nicht, dass dieser Umstand sie davon abgehalten hätte, Unmengen von Zeug für die Zeitungsschmierer zu erfinden und über Bettlaken, Geschrei, Zerwürfnisse und Versöhnungen et cetera zu plappern. Einige der Diener allerdings, zum Beispiel Robert Lane, könnten möglicherweise ein Stückchen Wissen beizutragen haben.

Wie das in einem kleinen Ort so ist, stolpere ich ab und zu über Robert, und er ist mir immer als ganz netter Bursche aufgefallen. Er war einst ein junger Lakai auf Manderley – Lakai! Wie antiquiert das klingt –, hat den letzten Krieg überlebt und ist laut der Briggs-Schwestern, meinen unschätzbar wertvollen lokalen Informantinnen, heute verheiratet und hat vier Kinder. Er trägt Brillantine im Haar und arbeitet hinter der Bar eines wenig einnehmenden Hotels in Tregarron, einer mit Souvenirs vollgestopften, mit Gipsornamenten verschandelten Touristenfalle etwa drei Meilen von hier.

Man munkelt, Robert, der früher in Kerrith wegen seiner Schwäche für Rothaarige berüchtigt war, sei redselig. Konnte das stimmen? Meine Zuversicht schwand: Mitteilsam mochte Robert ja sein, aber mir ist noch nie aufgefallen, dass er die geringste Beobachtungsgabe besitzt, und die Aussicht, ihn über eine Theke hinweg mit Fragen einzudecken, gefiel mir ganz und gar nicht. Das hatte etwas unsagbar Schmieriges an sich. Einen Mann zu verhören, der mir üblicherweise einen Whisky mit Soda brachte? Undenkbar! Aber wer noch, wer noch? Meine Informantenliste schrumpfte mit jeder Sekunde. Nur zwei Namen waren noch übrig. Mit einem gewissen Widerstreben kam ich zu meiner nächsten Kandidatin: Mrs. Danvers. Eine eigenartige Frau, diese Mrs. Danvers.

Sicher, sie war insofern eine offensichtliche Kandidatin, als sie während der Jahre, die Rebecca auf Manderley lebte, dort Haushälterin war und immer behauptet hatte, Rebecca näher zu stehen als jeder andere Mensch. Ich schenkte dieser Behauptung allerdings wenig Glauben. Wem immer Rebecca vertraute, wirklich vertraute – sie war das nicht. Auf jeden Fall hatte sie Rebecca schon als Kind gekannt, aber da weder sie noch Rebecca sich je darüber ausgelassen hatten, wann oder unter welchen Umständen, war dieses Körnchen Information mir niemals besonders nützlich erschienen. Die Danvers war eine Hysterikerin, wie ich gleich erkannte, als sie mir zum ersten Mal unter die Augen kam – bei der Armee schnappt man derart nützliche psychologische Erkenntnisse auf. Abgesehen davon, dass sie eine blühende Fantasie besaß und daher als »Zeugin« nur von begrenztem Nutzen war, stand sie mir ebenfalls nicht zur Verfügung. Sie hat die Gegend in der Nacht des großen Feuers auf Manderley verlassen, und meines Wissens hat seither niemand sie gesehen oder von ihr gehört. Sie könnte noch unter den Lebenden weilen – das meint auf jeden Fall Grey –, aber wahrscheinlicher ist, dass sie ebenfalls die Radieschen von unten anschaut.

Damit blieb mir nur ein weiterer offensichtlicher Kandidat: Jack Favell, Rebeccas Cousin, ein schwarzes Schaf und ein außerordentlich abscheulicher Mensch. Favell war ein Halunke und Prasser. Er ist aus der Marine geflogen – mir ist ein Rätsel, wie er überhaupt hineingelangt war –, und als er begann, ab und zu bei einem Fest in Manderley aufzukreuzen (ich bin mir sicher, dass er sich selbst einlud), hatte er eine weit erfolgreichere Laufbahn als Schnorrer eingeschlagen. Während meiner Jahre bei der Armee hatte ich zu viele Männer von Favells Kaliber getroffen, um ihn nicht gleich richtig einzuschätzen. Ich lernte ihn kennen, kurz nachdem er begann, als ungeladener Gast bei Gesellschaften auf Manderley aufzutauchen – das muss um 1928 gewesen sein, etwa zweieinhalb Jahre nach Rebeccas Heirat –, und verabscheute ihn von dem Augenblick an, in dem wir uns die Hand schüttelten. Wie sich herausstellte, reichte ich meiner Nemesis die Hand, doch das ahnte ich damals leider nicht.

Ich habe immer den Verdacht gehegt, dass Favell einen Einfluss auf Rebecca besaß, der bis in beider Jugend zurückreichte; abgesehen von Mrs. Danvers, die über dieses Thema kein Wort verlor, bin ich sonst niemandem, wirklich keinem Menschen begegnet, der Rebecca als junges Mädchen gekannt hätte ... Nicht dass Favell je mit mir darüber geredet hätte. Unsere Abneigung beruhte auf Gegenseitigkeit; daher sprachen wir nur knapp miteinander. Ich bezweifle, dass wir vor Rebeccas Tod jemals mehr als drei Sätze auf einmal gewechselt haben. Und ich stand nicht allein mit meiner Ablehnung; mir schien, dass auch Rebecca ihren Vetter nicht besonders mochte, obwohl gewisse Zeitungskleckser anderes angedeutet haben. Maxim verabscheute ihn von Anfang an und gab sich keine Mühe, das zu verbergen. Er und Favell waren natürlich so verschieden wie Tag und Nacht. Maxim legte hohe Maßstäbe an, so wie ich; Favell mit seinem losen Mundwerk, der stark trank, zum Fluchen neigte und sich Frauen gegenüber plump vertraulich verhielt, wäre auf Manderley niemals ein gern gesehener Gast gewesen – obwohl ich immer geargwöhnt habe, dass die Probleme tiefer lagen.

War Maxim eifersüchtig auf Favell? Meine Frau jedenfalls war dieser Ansicht; vielleicht haben Frauen ein besseres Gespür für solche Gefühle als Männer. Ich selbst neige nicht zur Eifersucht. Mein Instinkt sagte mir, dass Favell, der gern Unruhe stiftete, Maxim Geschichten aus Rebeccas Vergangenheit erzählte, die ihre Ehe belasteten – das muss gegen Ende gewesen sein, im letzten Jahr vor Rebeccas Tod. Während dieser Zeit herrschte auf Manderley jedenfalls eine bedrückte Atmosphäre, und selbst Rebecca mit ihren beachtlichen schauspielerischen Fähigkeiten konnte die Spannungen zwischen ihr und Maxim nicht immer verbergen. Meiner Erfahrung nach wittert man Eheprobleme immer schon auf große Entfernung.

Ich weiß, dass Maxim Favell nach einer skandalösen Episode, bei der dieser sich schwer betrank, aus dem Haus wies, aber immer wieder schlich er sich ein. Vielleicht habe ich die Sache Rebecca gegenüber ein- oder zweimal erwähnt. Ich argwöhnte, sie habe sich überreden lassen, Favell Geld zu leihen, und war der Ansicht, jemand sollte sie warnen. Als ich ihr Vorhaltungen machte – bei allem, was Favell betraf, ging mir der Hut hoch, sodass ich mich möglicherweise reichlich drastisch ausgedrückt habe –, lächelte Rebecca. Wahrscheinlich hat mein »Beschützerinstinkt« sie immer amüsiert. Sie erklärte, sie wisse ganz genau, was für eine Art von Mensch ihr Vetter sei, und setzte dann auf ihre rätselhafte Weise hinzu – Rebecca konnte eine Sphinx *und* ein Biest sein –, trotz all seiner Fehler sei Favell »korrekt«. Korrekt? Davon sah ich verdammt wenig, obwohl ich zugeben muss, dass ich nach ihrem Tod begriff, was sie gemeint haben mag.

Schon der Gedanke an Favell wühlte mich auf; so etwas kommt heute vor, und da mein Arzt, dieser Schwarzseher, mir ständig erklärt, das sei nicht gut für mich, stand ich wieder auf und spazierte im Zimmer umher. Die geisterhaften Präsenzen, die angefangen haben, sich an meine

Fersen zu heften, waren wieder da: Sie ließen sich in den Ecken nieder, vermutlich, um sich auf Dauer festzusetzen. Barker knurrte sie an. Erfolglos versuchte ich die Geister zu ignorieren. Ich kehrte an meinen Schreibtisch zurück. Meine Hände waren unstet. Ich überprüfte meine Zeugenliste noch einmal.

Ich dachte an meine letzte Begegnung mit Favell. Das war an dem Tag gewesen, der sich als entscheidend für den gesamten Fall erweisen sollte, dem Tag nach der Untersuchung, die Rebeccas Todesursache feststellen sollte. Favell war nicht zufrieden mit dem Urteil »Selbstmord« gewesen, und ich ebenfalls nicht, um die Wahrheit zu sagen. Ich fand, dass das Ganze keinen Sinn ergab: Es gab keinen Hinweis auf ein Motiv, sie hatte keinen Abschiedsbrief hinterlassen, und ich konnte einfach nicht glauben, dass die Rebecca, die ich gekannt hatte, sich das Leben nahm. Daher regte ich etwas eigentlich sehr Offensichtliches an, nämlich Rebeccas Schritte am letzten Tag ihres Lebens zu überprüfen. Man hätte meinen sollen, dass der Untersuchungsrichter den Grips dazu aufgebracht hätte, doch das war nicht der Fall.

Wir untersuchten Rebeccas Terminkalender, den Mrs. Danvers glücklicherweie aufbewahrt hatte, und so entdeckten wir, dass Rebecca an ihrem letzten Lebenstag um zwei Uhr nachmittags, insgeheim und ohne jemandem etwas davon zu sagen, einen Arzt in London konsultiert hatte – einen Spezialisten für Frauenleiden. Rebecca hatte diesen Termin auf eine eigenartige, halb verschlüsselte Weise festgehalten, was mich misstrauisch machte. Dieser Mann war einer der letzten Menschen, die Rebecca lebend gesehen hatten. Warum hatte sie sich an ihn gewandt und nicht an ihren üblichen Hausarzt? Was hatte er ihr an jenem letzten Nachmittag mitgeteilt?

Am folgenden Tag fuhr ich nach London, um ihn zu befragen. Begleitet wurde ich von Maxim, dessen zweiter Frau sowie Jack Favell. Letzterer bestand darauf, anwesend zu sein, und wahrscheinlich war das als Rebeccas Vetter sogar sein Recht. Favell behauptete damals sogar, er habe Rebecca näher gestanden als ein Cousin und stellte die allerschmutzigsten und verwerflichsten Behauptungen über ihre Beziehung auf. Er war ein gewohnheitsmäßiger Lügner, daher glaubte ich ihm nicht unbedingt, aber ich sah, dass seine Behauptungen, falls sie stimmten, Maxim das Motiv für einen Mord lieferten. Das bereitete mir Sorgen, zumal ich ohnehin tiefe Bedenken hegte, was Maxims mögliche Verwicklung in Rebeccas Tod anging.

Wir sprachen Dr. Baker zu Hause, nicht in seiner Praxis. Ich erinnere mich, dass es ein ganz normales, nettes Anwesen irgendwo nördlich von London war. Als das Gespräch vorüber war, traten wir auf eine grün belaubte Vorstadtstraße. Ein armes Fossil aus dem Ersten Weltkrieg spielte auf einem Leierkasten *Die letzte Rose*, eine Melodie, die ich seitdem nicht hören kann, ohne mich niedergedrückt zu fühlen. Ich stand unter einem schweren Schock: Dr. Baker, so hatten wir erfahren, hatte Rebecca zweimal gesehen. Bei dem ersten Termin eine Woche vor ihrem Tod hatte er Röntgenaufnahmen durchgeführt und verschiedene Tests angestellt; bei ihrem zweiten Besuch hatte er ihr die Ergebnisse mitgeteilt. Er hatte ihr erklären müssen, dass sie unter Gebärmutterkrebs litt und die Geschwulst inoperabel war; ihr stand eine Zeit der Invalidität und zunehmender Schmerzen bevor, und sie hatte im besten Fall noch drei bis vier Monate zu leben.

Dies war nicht die Information, die ich von Baker zu hören erwartet hatte. Als ich dann vor seinem Haus stand, musste ich darum kämpfen, mir den Schock und das Mitgefühl, die ich empfand, nicht anmerken zu lassen. Ich bin in dem Glauben großgezogen worden, dass es unmännlich sei, Gefühle zu zeigen, und im Ergebnis verabscheue ich Tränen.

Ob Rebecca geahnt hatte, dass sie krank war? Oder hatte Bakers Diagnose sie vollständig überrumpelt? Es schmerzte mich, mir vorzustellen, wie sie dieses Wissen verborgen hatte, und zuerst war ich zu betäubt, um weiterzudenken. Dann wurde mir klar, dass diese Information von beträchtlicher Tragweite war. Nun gab es ein klares Motiv für einen Selbstmord; nun würde das Untersuchungsergebnis *niemals* angefochten, und die Polizei hatte keinerlei Beweggrund, ihre Ermittlungen wieder aufzunehmen – ganz gleich, welche Vorwürfe Favell oder sonst jemand erheben mochte. Maxim de Winter war entlastet, aus dem Schneider. Ich wandte mich um und sah meinen alten Freund an; sein kleines Frauchen hatte gerade zärtlich seine Hand ergriffen, und entsetzt und empört sah ich, dass sich Erleichterung auf seine Zügen malte.

Ich glaube, da wusste ich es genau – aber nein, ich zeichne hier die Wahrheit auf, daher will ich zugeben, dass ich schon zuvor an Maxims Unschuld gezweifelt hatte, bei zwei Gelegenheiten. Zum ersten Mal, als Rebeccas armer Körper geborgen wurde und ich sein Gesicht beobachtete, während er sich darüber beugte, um sie offiziell zu identifizieren. Und zum zweiten Mal bei dieser Farce von einem Begräbnis, das Maxim für Rebecca arrangiert hatte, als wir beide als einzige Trauergäste Seite an Seite in der Gruft der de Winters standen.

Mit niemandem, nicht einmal mit Ellie oder meiner verstorbenen Frau, habe ich jemals über diese Beisetzung gesprochen. Aber sie will sich nicht vergessen lassen und schleicht sich nachts in meine Träume. Beisetzung ist nicht einmal das richtige Wort; man hat sich ihrer unmittelbar nach der Untersuchung in ungebührlicher Hast *entledigt*. Die Zeremonie fand eilig und verstohlen statt – in der Hinsicht stimmte alles, was dieser Evans darüber schrieb. Es war Abend, und es regnete stark. Die Gruft, eine Reihe niedriger Gewölbe mit eisernen Toren, ist sogar noch älter als die Kirche von Manderley selbst, und die ist schon uralt. Sobald man sich unter der Erde befindet, spürt man die Nähe des Flusses und des Kirchhofs, der an einigen Stellen direkt darüber liegt. Und dann die Blicke, die man auf tote de Winters in bleibeschlagenen Särgen erhascht, die rechts und links zur Ruhe gelegt sind, die neueren Särge noch intakt, die älteren nicht – nun, dies ist kein Ort, an dem jemand länger würde verweilen wollen. Und bei dieser Gelegenheit fühlte ich ... aber darauf kommt es nicht an. Ich will nur sagen, dass ich sehr tiefe Zuneigung für Rebecca empfand und am Ende meiner Nerven war.

In der Gruft war es bitterkalt, und an den Wänden rann die Feuchtigkeit herunter. Die Elektroleitungen, die in stark verrosteten Metallrohren unter der Erde verlegt waren, schlossen sich immer wieder kurz, sodass, als wir dort standen und den Worten des Trauerrituals lauschten, die Lichter ständig flackerten, verloschen und wieder angingen. Der Pfarrer, der sich ebenso unwohl fühlte wie ich, rasselte die Gebete herunter. Ich hatte gebeugten Hauptes dagestanden, aber irgendwann spürte ich eine Bewegung von Maxim neben mir, und sah auf. Einen kurzen Moment lang, als ein Stromstoß die Lampen heller werden ließ, trafen sich Maxims und meine Blicke – zumindest glaubte ich das zuerst. Er war kalkweiß im Gesicht und schwitzte trotz der Kälte sichtlich; mir wurde klar, dass er nicht mich anschaute, sondern eine Stelle in der Luft ein Stückchen über meiner Schulter. Und was immer er dort erblickte, ließ ihn vor Entsetzen erstarren. Nie werde ich seine Miene vergessen und die Todespein, die ich in seinen Augen sah. Ich übertreibe nicht, wenn ich sage, dass ich das Gefühl hatte, er schaue der Verdammnis direkt ins Auge. Ich habe den Ersten Weltkrieg erlebt, ich habe in den Schützengräben gekämpft, daher kann ich mit einer gewissen Sachkenntnis sprechen: Ich erkannte diesen Ausdruck, weil ich ihn – Gott helfe mir – schon auf den Gesichtern anderer Männer gesehen habe, die heute lange tot sind.

Bestürzt sah ich meinen Freund an; der Moment kann nur kurz gewährt haben, obwohl es mir wie Stunden vorkam. Dann flackerten mit einem Zischen und Knistern die Lichter und wurden wieder trüb. Bevor die Gebete vorüber waren, noch während die Worte »Sie ruhe in Frieden« gesprochen wurden, wollte Maxim gehen. Er versuchte sich an mir vorbeizuschieben; ich legte die Hand auf seinen Arm, um ihn zurückzuhalten, und stellte fest, dass er zitterte. Damals konnte er mir nicht in die Augen sehen – und er wäre auch heute nicht in der Lage dazu.

Als ich auf jener Vorstadtstraße stand, sagte mir jeder

Instinkt, den ich besaß, dass Rebecca sich nicht umgebracht hatte. Ich *wusste*, dass Maxim irgendwie mit ihrem Tod zu tun hatte. Ich glaube, ich war verwirrt, stand noch unter Schock, und mein Verstand funktionierte nicht richtig. Als ich ihn ansah, stellte ich mir bereits mögliche mildernde Umstände vor – vielleicht einen heftigen Streit. War es möglich, dass er Rebecca geschlagen hatte, sie gestürzt war und sich tödlich verletzt hatte? Konnte es Totschlag gewesen sein? Ich konnte nicht glauben, dass Maxim zu einem vorsätzlichen Mord in der Lage war. Er war schließlich mein Freund und ein Ehrenmann ... Damals glaubte ich natürlich noch an so etwas wie Ehre.

Bis auf den heutigen Tag bin ich der Meinung, dass Maxim mir, wenn ich ihn in diesem Moment beiseite genommen und nach der Wahrheit gefragt hätte, vielleicht alles erzählt hätte. Er befand sich in einem entsetzlichen Zustand und war einem Zusammenbruch nahe. Einige Minuten herrschte Schweigen. Ich sah die belaubte Straße entlang. Wir waren, wie ich jetzt erkenne, zum endgültigen moralischen Wendepunkt meines Lebens gelangt. Ich stand kurz davor, eine Entscheidung zu treffen, die mir seitdem keine Ruhe gelassen hat. Hätte Favell in diesem entscheidenden Augenblick geschwiegen, wäre möglicherweise alles anders gekommen. Wer weiß das schon? Ich ganz bestimmt nicht.

Aber Favell hielt *nicht* den Schnabel – dazu war er nicht in der Lage. Um Gerechtigkeit walten zu lassen, glaube ich, dass er ebenfalls ehrlich schockiert war, denn er hegte durchaus Gefühle für Rebecca. Wie benommen war er auf und ab geschritten und hatte erklärt, er könne das alles nicht glauben und er brauche einen steifen Drink. Dann fragte er in einem Ton, der mich anekelte, ob Rebeccas Krebs »ansteckend« sei – eine Anspielung, die typisch für den Mann und die gemeine Art war, in der er dachte. Nachdem niemand auf seine Bemerkung ansprang, ging er auf Maxim und mich los. Fiel bei dieser Gelegenheit zum ersten Mal das Wort »vertuschen«? Ich weiß, dass Favell Maxim auf seine höhnische Art dazu gratulierte, dass er jetzt »wieder ganz obenauf« sei. Ich weiß, dass er es eilig hatte anzudeuten, die Information des Arztes müsse mich ebenfalls erfreut haben, weil mein alter Freund aus allem heraus sei. Ich weiß, dass er andeutete, ich würde die Sache vertuschen, dass das Netzwerk der »alten Kameraden« alles von allein regeln würde. Ich sei ein Snob, der Wert darauf lege, nach Manderley eingeladen zu werden, sagte er; man könne sich darauf verlassen, dass ich einen de Winter schützen würde.

Ich war zutiefst verärgert. In meiner Abscheu vor Favell, meiner Verachtung für ihn, seine Moral und alles, wofür er stand, traf ich meine Entscheidung auf der Stelle, dort auf der Straße. Es existierte ein klares Selbstmordmotiv; es gab keinen Hinweis auf Mord und erst recht keinen Beweis. Man kann einen Menschen nicht wegen eines Ausdrucks in seinem Gesicht vor Gericht stellen; man kann einen Mann nicht verurteilen, weil man glaubt, Schuld in seinen Augen gesehen zu haben – nicht, wenn auf Mord die Todesstrafe steht. Also beschloss ich, der Sache ein Ende zu machen. Ich würde dafür sorgen, dass Dr. Bakers Information in Umlauf gebracht würde. Darüber hinaus würde ich keine weiteren Schritte unternehmen. Alles war vorbei. Zieh einen Schlussstrich, lass die Angelegenheit auf sich beruhen, dachte ich.

So kam es natürlich nicht, wie ich hätte vorhersehen können. Aber all diese Zeitungsschmierer, all die Klatschmäuler in Kerrith, die andere Gründe für mein Handeln fanden, irrten sich gründlich. Für sie war ich schlimmstenfalls ein Speichellecker der de Winters und im besten Fall allzu loyal gegenüber meinem Freund. Sie waren sich alle so sicher, dass ich versuchte, Maxims Interessen zu wahren, dass sie die Wahrheit nicht erkannten, obwohl diese offensichtlich genug war: *Rebecca* versuchte ich zu schützen, nicht ihren Mann.

Ich wusste immer, was geschehen würde, wenn ihr Tod weiter untersucht würde; mir war klar, dass man ihren Ruf den Wölfen zum Fraß vorwerfen würde. Ich wusste, dass alles herauskommen würde, all die schmutzigen Behauptungen über Liebesaffären, Betrug und Intrigen, mit denen zu prahlen Favell nur zu begierig war. Wenn die Leute zu argwöhnen begannen, Maxim habe seine Frau umgebracht, würden sie nach einem Motiv suchen – und allzu weit würden sie nicht schauen müssen: Welches andere Motiv als ihre Untreue könnte er gehabt haben? Insgeheim glaubte ich natürlich selbst an diese Untreue. Ich sagte mir, dass es stimmen müsste, dass Maxim seiner Frau niemals etwas zu Leide getan hätte, außer sie hätte ihm einen sehr triftigen Grund gegeben. Was für ein Verrat an Rebecca!

Zu dem Zeitpunkt, als ich meine Entscheidung fällte, waren die Schleusen des Klatsches noch geschlossen. Was immer Journalisten behaupten mögen, es gingen noch keine Gerüchte über Liebhaber oder heimliche Stelldicheins um – jedenfalls nicht, soweit ich gehört hatte. Nun, da Rebecca tot war, wollte ich mehr als alles andere, dass es bei diesem Zustand blieb. *Deswegen* versuchte ich jeden zu überzeugen, dass Rebecca sich lieber umgebracht hatte, statt einen langsamen, schmerzhaften Tod zu erleiden. Ich wollte, dass die Menschen sich so an sie erinnerten, wie ich sie immer gesehen hatte: als schöne, tugendhafte und mutige Frau. Ich wollte, dass *mein* Bild von ihr überdauerte.

Wie hätte Rebecca darüber gelacht! Sie teilte meine Vorstellungen von Tugend nicht und dachte immer realistischer als ich. Sie hätte gewusst, dass die Klatschmäuler um so heftiger lästern, je mehr man versucht, sie zum Schweigen zu bringen. Bevor ich auch nur aus London zurück war, telefonierte Jack Favell schon mit seinen Saufkumpanen in Kerrith. Nie bestand auch nur die geringste Hoffnung, dass ich dem Tratsch, der Bosheit und der reinen Neigung, *Dinge zu erfinden*, die so tief in der menschlichen Natur verwurzelt sind, Einhalt gebieten könnte. Die Gerüchte zum Verstummen bringen? Ich war wie ein Kanufahrer, der die heranrollenden Wogen zur Umkehr aufrief.

Kein Gesetz verbietet, die Toten zu verleumden; da es nie eine Gerichtsverhandlung gab, hat nie ein Anwalt für Rebecca plädiert. Seit zwanzig Jahren ist sie zum Schweigen verurteilt. Sie vermag sich weder zu verteidigen, noch die Lügen zu entkräften oder sich zu erklären; nie konnte sie ihre Geschichte erzählen oder sagen: *Nein, so ist das nicht gewesen.* Das ist das Schlimme daran, wenn man tot ist, wie ich jetzt im Alter erkenne: Die Menschen können einem auf dem Grab herumspringen, und man kann nicht das Geringste dagegen tun. Man ist geknebelt. Man kann nicht *widersprechen* ... Nicht ohne jemanden, der einem zur Hilfe kommt, nicht, ehe irgendein guter, weiser, unermüdlicher Mensch herumstöbert und die Wahrheit für einen herausfindet.

Konnte ich Rebecca diesen Dienst erweisen? Letzte Nacht im Mondschein hatte ich das geglaubt. Ich hatte gedacht, ich könnte Wiedergutmachung für mein Versagen in der Vergangenheit leisten, aber jetzt fühlte ich mich sehr unsicher. Ein zweiundsiebzigjähriger alter Stümper mit einem angeknacksten Herzen? Ein moralischer Pfuscher, der nicht einmal einen wahren Bericht über Rebeccas Tod schreiben konnte und erst recht nicht über ihr Leben? Ich war schließlich nicht gerade Sir Lancelot. Eine schöne Hilfe würde ich ihr sein, dachte ich.

Inzwischen – das kann ich ebenso gut zugeben – fühlte ich mich sehr schlecht. Introspektion ist zwangsläufig schmerzhaft, und eigentlich hatte ich den Tag nicht damit beginnen wollen, meine Verbrechen und Vergehen unter die Lupe zu nehmen. Meine Augen tränten, mein Herz rumpelte und holperte, wie es das heutzutage tut. Wahrscheinlich stieg auch mein Blutdruck. Barker jaulte leise, stand auf und rieb seine graue Schnauze an meinem Bein. Ich versuchte erfolglos, mich zu beruhigen, überprüfte meine törichte »Zeugen«-Liste noch einmal und zerriss sie dann. Das war wohl das Aus für meine potenziellen Informanten. Die Toten, die Abscheulichen und die rundweg Unzuverlässigen. Wenn ich Rebecca finden wollte, dann nicht auf diesem Weg.

Mir verschwamm alles vor den Augen. Ich vergaß meinen Anruf bei Terence Grey, vergaß das Päckchen, dessen Inhalt sich später als so außerordentlich erweisen sollte, und erhob mich unsicher. Am Schreibtisch vorbei stolperte ich zur Terrassentür. Draußen herrschte an Rebeccas Todestag wolkenloses Aprilwetter.

Ich stieß die Glasflügel auf, tastete mich die Stufen hinunter, die in den Garten führen, und schritt den Weg entlang. Barker, mein getreuer Schatten, folgte mir sogleich. Vorbei an der eselsohrigen Palme, der traurigen Araukarie und meinen brutal beschnittenen Rosen ging ich zu der mosaikgepflasterten Terrasse am anderen Ende. Von dort aus fällt der Grund steil zu der bereits erwähnten ungastlichen Bucht ab, die etwa fünfundzwanzig Meter tiefer liegt. Ich habe diese Grenze meines Besitzes mit einer niedrigen, inzwischen baufälligen Mauer befestigen lassen, und dort setzte ich mich nieder. Ich sah auf das Meer hinunter, das in Ufernähe azurn und weiter draußen bei der Landspitze von Manderley tintenblau schimmerte, und warf dann einen Blick zurück auf The Pines, dieses exzentrische Haus und mein Heim seit Kindertagen.

Trockne deine Tränen, Arthur, hörte ich die sanfte Stimme meines Großvaters – und das erstaunte mich nicht besonders, obwohl er seit fünfzig Jahren tot ist. Die Toten sprechen jetzt häufig zu mir; eine der Nebenwirkungen des Alters. Bevor ich wusste, wie mir geschah, hatte ich mich seinen begütigenden Worten ergeben und ließ zu, dass meine Vergangenheit zurückkehrte, ließ mich von ihren Strömungen tragen, wohin sie wollten – und wie so oft führten sie in das Manderley, das ich als kleiner Junge kannte.

Dort warteten einige der toten Zeugen von meiner Liste darauf, zu mir zu sprechen. Nicht Rebecca selbst, noch nicht – das Manderley, das ich sah, existierte lange bevor sie die Bildfläche betrat. Aber trotzdem wusste ich, dass ich etwas entdecken würde, wenn ich diese de Winters genau genug beobachtete. Ich bin immer der Meinung gewesen, dass man Rebecca und das, was aus ihr geworden ist, nur begreifen kann, wenn man die Familie versteht, in die sie eingeheiratet hat. Stets habe ich das Gefühl gehabt, wenn ich nach dem Schlüssel zu Rebeccas Schicksal suchte, wäre Manderley der erste Platz, an dem ich nachschauen musste.

4. Kapitel

Ich kam mit sieben Jahren nach The Pines, begleitet von meiner Mutter und meinem neuen Kindermädchen Tilly. Das war Ende der achtziger Jahre des neunzehnten Jahrhunderts. Himmel, wie alt ich schon bin! Wir sollten bei meinem verwitweten Großvater leben, in dessen Haus am Meer, in einer Gegend, die damals ein entlegener Teil Englands war und in gewissem Grad auch noch heute ist, eines Landes, über das ich viele fantastische Vorstellungen hegte, das ich aber noch nie betreten hatte. Zu der Zeit war mir nicht klar, warum wir Indien verlassen hatten und warum mein Vater dort geblieben war; ich wusste nur, dass er erst in ein paar Monaten Urlaub von seinem Regiment bekommen konnte und meine Mutter sich unterdessen von dem indischen Klima erholen musste. Wie ich heute weiß, damals aber nicht ahnte, erwartete sie ihr zweites Baby, meine Schwester Rose. Über so etwas sprach man nicht, besonders nicht vor einem Kind.

Zuerst vermisste ich Indien; mir fehlten mein zahmer Mungo und meine Ayah, deren getragene Schlaflieder noch heute aus der Vergangenheit zu mir herüberklingen. Nach den Bungalows, in denen wir zuvor gelebt hatten, kam The Pines mir merkwürdig vor. Immer war mir kalt; ich zitterte schon, wenn ich von dem heiseren Kreischen der Möwen erwachte und aus meinem Schlafzimmerfenster zur gegenüberliegenden Landspitze von Manderley hinübersah.

Bald würde ich das Gefühl haben, hierher zu gehören, erklärte mir mein Großvater tröstend, denn mein eigener Vater sei hier aufgewachsen, und seit Generationen hätten

Julyans in diesem Teil der Welt gelebt. Es gab viele alte Familien hier, erklärte er mir, und weil die Gegend abgelegen war, versteckt am unteren Ende Englands, überdauerten die Familien und ihre Häuser. Da waren zum Beispiel die Grenvilles und die Raleghs, aber die älteste von allen war die Familie de Winter, die sich rühmen konnte, dass sie ihre direkte Abstammung achthundert Jahre vom Vater auf den Sohn zurückverfolgen konnte. »Können das nicht alle Familien?«, fragte ich. Nein, antwortete Großvater, denn dazu brauchte man Söhne; ohne Söhne starben Familien aus.

Als er sah, dass ich nicht begriff, erteilte er mir meine erste Lektion in Genealogie. Wir stammten von einem jüngeren Zweig der Familie Julyan ab, erklärte er, aber ich solle stolz auf meine Vorfahren sein, deren Blut in meinen Adern floss. Er holte den von ihm gezeichneten Stammbaum hervor und zeigte mir einen verwirrenden Wald von Verbindungen: die Heirat mit einer Grenville-Erbin im Jahr 1642, eine Allianz mit einer de-Winter-Schwester 1820, die männlichen Julyans, die ihrer Kirche, ihrem Land oder der Justiz gedient hatten. Und dort, ganz am Ende dieser Verästelungen von Landbesitzern, Richtern, Soldaten und Geistlichen, entspross ein winziger Zweig, und der sei ich, sagte er.

Mein Großvater Henry Lucas Julyan war Gemeindepfarrer von Kerrith und Manderley; vom Tag meiner Ankunft an wurde er mein Freund, und er gehörte zu den ganz wenigen wirklich guten Menschen, die ich je gekannt habe, gütig, gelehrt und scharfsinnig. Bevor er die Priesterweihe empfing, war er ein hervorragender klassischer Gelehrter in Cambridge gewesen, wo er Darwin begegnet war und Freundschaft mit ihm geschlossen hatte. Er führte ein einfaches Leben, aß maßvoll, unternahm lange Spaziergänge, las, schrieb und hegte einen Abscheu gegen jegliche Art von Angabe oder Wichtigtuerei. Er war ein Mann, der nicht von dieser Welt schien – vielleicht ist sein Einfluss teilweise schuld daran, dass auch ich weltfremd, altmodisch und unrealistisch bin.

Großvater war ein hervorragender Amateurbotaniker und führte mich in die Freuden des Sammelns und Katalogisierens ein. Bevor mein erster Sommer auf The Pines vorüber war, wusste ich bereits vieles über Fossilien und wilde Blumen; ich begann Schmetterlinge und Falter zu studieren, und mein Großvater lehrte mich, sie schnell und schmerzlos mit Chloroform zu töten. Admirale, Schwalbenschwänze, Distelfalter ... Ich habe unsere Sammlung immer noch; sie befindet sich in meinem Arbeitszimmer, in Schaukästen verwahrt. Heute kann ich es nicht ertragen, sie anzusehen.

Mein Großvater unternahm mit mir Expeditionen entlang der Küste; wir erforschten die Strände, die dunklen kleinen Buchten, die weiter landeinwärts liegenden Moore und die Wälder, die oft die besten Jagdreviere für Schmetterlinge abgaben, insbesondere der Wald, der Manderley umgab. Die de Winters lebten seit der Zeit der normannischen Eroberung auf Manderley, erklärte mein Großvater mir, wenngleich das Haus selbst seitdem viele Male verändert und neu erbaut worden war. Ihr ungewöhnlicher Name war eine korrumpierte Form aus dem normannischen Französisch, wahrscheinlich abgeleitet von dem Wort »ventre«, das Leib oder Schoß bedeutete. Lionel de Winter, das gegenwärtige Familienoberhaupt, war exakt so alt wie mein Vater. Sie waren Freunde und Schulkameraden gewesen, obwohl die Freundschaft, wie Großvater unbestimmt hinzusetzte, in den letzten Jahren eingeschlafen war – vielleicht, weil mein Vater sich schon so lange in Indien aufhielt.

In diesem ersten Sommer in England brachte man mich nach Manderley. Dort lernte ich Lionel de Winter und seine Frau Virginia kennen; sie war eine der für ihre Schönheit berühmten Grenville-Schwestern, auch bekannt als die »drei Grazien«, erklärte mir mein Großvater. Evangeline, die Älteste, hatte kürzlich Sir Joshua Briggs geehelicht, einen Schifffahrtsmagnaten; Isolda, die Jüngste, war noch unverheiratet – sie war sehr hübsch und charmant, und ich würde sie eines Tages kennen lernen. Aber der

Liebling meines Großvaters war die mittlere der Schwestern, Virginia, Lionels Frau. Ich würde sie mögen, sagte er mir; ihre Gesundheit sei angegriffen, aber sie sei lieb und nett.

Virginia – von meiner Mutter immer als die »arme Virginia« bezeichnet – war eine sanfte Invalidin, die mit leiser Stimme sprach und sogar noch öfter liegen musste als meine Mutter. Die arme Virginia kam mir immer vor, als wäre sie auf Manderley nur zu Gast; jedes Mal, wenn ich dorthin kam, erwartete ich fast zu hören, sie hätte ihre Koffer gepackt und sei abgereist. Mit der Führung des Haushalts schien sie nichts zu tun zu haben; alle Entscheidungen wurden von ihrer Schwiegermutter getroffen, der älteren Mrs. de Winter, eine geborene Ralegh und eine Furcht einflößende Persönlichkeit. Als ich ihr vorgestellt wurde, warf sie einen scharfen Blick auf mein Haar und verkündete, es sei zu lang – ich sähe ja wie ein Mädchen aus. Trotzdem muss ich die Musterung bestanden haben oder zumindest als nützlich eingestuft worden sein, denn sie zitierte mich wieder nach Manderley. Ich sollte mit Lionels und Virginias einzigem Kind spielen, ihrer Tochter Beatrice, einem pummligen, herrischen kleinen Mädchen, dessen Hauptinteresse im Leben Pferde waren. Ich mochte sie bald ganz gern, aber wir beide hatten nicht das Geringste gemeinsam.

Im Lauf der Zeit wurde ich häufiger gerufen, aber ich war mir nie ganz klar darüber, ob ich gern nach Manderley ging. Ich liebte die Expeditionen durch die Wälder mit meinem Großvater, aber das Haus fand ich bedrückend und seltsam. Es war sehr groß, sehr düster und sehr kalt. Versteckt hinter den umgebenden Bäumen kauerte es auf seiner hohen Warte. Die riesigen, dunkel getäfelten Räume im Inneren wirkten bedrohlich. Sie waren derart mit Möbeln voll gestopft, dass man sich kaum bewegen konnte. Ich stand immer Todesängste aus, ich könnte rückwärts gegen irgendein Tischchen stoßen und die zahlreichen verschnörkelten Nippsachen darauf krachend zu Boden reißen. Wohin man auch blickte, begegneten einem

Gefahren dieser Art: glotzende Porträts, denen kein Schnitzer entging, Wandbehänge, hinter denen ein versteckter Beobachter stehen konnte, und laut Beatrices Auskunft mindestens ein Geist, eine schöne Vorfahrin von ihr, die sich in den Korridoren von hinten an einen heranschlich und jeden, der sie ansah, augenblicklich mit Blindheit schlug.

Ich fand das Haus ziemlich hässlich, und es kam mir schrecklich *stickig* vor. Tatsächlich war ich wie besessen von der Frage der Luft auf Manderley. Meine Jahre in Indien hatten mich zu einem Luft-Connaisseur gemacht: Meine Mutter und die anderen Offiziersfrauen hatten ohne Unterlass darüber diskutiert. Ich wusste, dass es gute und schlechte Luft gab, und jeden Sommer zogen wir uns nordwärts in die Hügel zurück, um der »schlechten Luft« zu entfliehen, die alle Arten von Gebrechen und verborgene Krankheiten mit sich brachte.

Daher glaubte ich Tilly zu verstehen, als sie mir augenzwinkernd erzählte, die de Winters bräuchten etwas frischen Wind. Das Bedürfnis nach *Luft* auf Manderley war mir nur zu offensichtlich. Trotz der hohen Fenster, trotz der Nähe des Meeres war ich noch nie in einem Haus gewesen, das so drückend wirkte. Kein Wunder, dass die arme Virginia invalide war: Die Luft im Haus – klamm, dick und hallend, als würde sie von den Geheimnissen von Jahrhunderten beschwert – reichte aus, um jeden krank zu machen. Eine schlechte, wie von Krankheiten behaftete, bedrückende Atmosphäre herrschte; immer, wenn ich dort war, versuchte ich Beatrice zu überreden, zum Meer hinunter zu gehen, in die Bucht, in der viele Jahre später Rebecca sterben sollte.

Wirklich, das Haus brauchte frischen Wind, wie Tilly sagte, und zwar, einen besonderen Wind – schön wie der Zephyr, den mein Großvater mir auf den Bildern in seinen Büchern gezeigt hatte. Einen solchen Zephyr pflegte ich mir vorzustellen, wenn ich in diesem scheußlichen Salon eingepfercht saß und der polternde, tyrannische Lionel seine Scherze mit mir trieb und mir das Haar zauste oder

– noch schlimmer – ich von seiner Mutter verhört wurde, dem »Drachen«, wie Tilly sie getauft hatte.

Glücklicherweise war Lionel de Winter häufig fort. Er neigte zu Stimmungsschwankungen und schmollte häufig, und wenn ich mit ihm zusammentraf, klagte er oft darüber, wie langweilig sein Leben verlaufe. »Rückständige, gottverlassene Gegend hier«, sagte er. »Findest du nicht? Nichts zu tun, und immer dieser Regen. Nächste Woche verschwinde ich nach London – jede Menge Spiel, Gesellschaften, gutes Essen und Wein. Muss mal weg von den Schürzenbändern des alten Mädchens, wenn du verstehst, was ich meine ... Du weißt ja bestimmt, wie das ist, was, Junge?«

Und dann blinzelte er mir zu, oder er schlug mir von Mann zu Mann auf die Schulter. »Ja, Sir«, antwortete ich dann, aber ich verstand ganz und gar nicht, was er meinte. Wer war das »alte Mädchen«? Seine Mutter oder die arme Virginia? Keine von beiden trug eine Schürze. Ich hielt Lionel mit seinem roten Gesicht, seinen mürrischen Launen und Seidenwesten für einen Esel und Gecken. Und ich mochte den herrischen, groben Ton nicht, in dem er mit seiner Frau sprach. Mein eigener Vater wäre nie auf die Idee gekommen, meine Mutter auf diese Art anzureden. Dass er nicht ein einziges Mal nach meinem Vater fragte, seinem einstigen Freund, verletzte mich zuerst und erzürnte mich dann. Offensichtlich war er nicht im Geringsten an seinem Befinden interessiert – aber andererseits zeigte er keinerlei Interesse am Wohlergehen irgendeines Menschen außer sich selbst.

Mit dem Drachen war die Geschichte eine andere. Sie war beträchtlich intelligenter als ihr Sohn – ich glaube, das erkannte ich nach Kinderart instinktiv und sehr schnell. Tilly behauptete, sie sei die Herrin im Haus und hege keinerlei Absicht, sich aufs Altenteil zurückzuziehen. Wirklich, die arme Mrs. Lionel tat ihr Leid, sagte Tilly, mit einem solchen Mann und einer solchen Schwiegermutter – sie wolle nicht in ihrer Haut stecken, meinte Tilly, nicht für alles Gold der Welt.

Der Drachen war sehr groß und ihre Stimme sehr laut; sie versetzte jedermann in Angst und Schrecken, ihren Sohn eingeschlossen. Mrs. de Winter schien mir nur zwei Formen der Konversation zu kennen – entweder sie blaffte Befehle, oder sie bombardierte einen mit Fragen: Wie alt bist du? Warum lässt deine Mutter dir nicht die Haare schneiden? Reitest du? Du kannst *lesen*? Ein Knabe in deinem Alter? Lionel hat sich nie mit Büchern abgegeben – was ist bloß mit dir los? Du solltest mehr herumlaufen. Erzähl mir von Indien – vermisst du Indien? Warum? Wann kommt dein Vater zurück? Ist er krank? Jeder in Indien wird früher oder später krank. Nicht? Dann hat er Glück gehabt ...

Und dann folgte für gewöhnlich eine Schmährede, denn sie schien schon den Gedanken an Indien zu hassen – aus keinem besonderen Grund, glaube ich, abgesehen von dem Umstand, dass sich diese Weltgegend ihrem Einfluss entzog. Heftig tat sie alles ab, was sie mit einer wegwerfenden Handbewegung als »Ausland« bezeichnete. Eines denkwürdigen Tages, als Virginias Schwestern zum Tee in den Garten von Manderley kamen und Evangeline von ihrer kurze Zeit zurückliegenden Hochzeitsreise nach Frankreich sprach, seufzte die hübsche, bezaubernde Isolda und meinte sehnsüchtig, sie würde auch gern reisen. Doch Lionels Mutter nannte die beiden dumme Gänse. »Wie töricht ihr doch seid«, sagte sie und wies mit der Hand über die Wiesen zum Meer hin. »Etwas Schöneres als das bekommt ihr nicht zu sehen, so weit ihr auch reist. Da seid ihr hier besser aufgehoben.«

Evangeline warf ihr einen kühlen Blick zu und hob die Augenbrauen, die arme Virginia seufzte, und die hübsche Isolda zog ein Gesicht, sobald sie ihr den Rücken gekehrt hatte. Als die ältere Mrs. de Winter kurz darauf ins Haus zurückgerufen wurde, lachten die drei Schwestern. »Was für ein altes *Biest* sie ist – wie hältst du es nur mit ihr aus, Virginia?«, fragte Isolda und warf ihre Locken zurück. »Du solltest dich wehren, Liebes – sie ist ein Ungeheuer«, erklärte Evangeline verärgert. »Psst«, unterbrach sie die arme Virginia mit einem Blick auf Beatrice und mich. »*Pas devant les enfants* – nicht vor den Kindern. Sie hören alles, was sie nicht hören sollen.«

Ich teilte Isoldas Meinung: Mrs. de Winter war wirklich ein altes Biest – und wie sie in jenem ersten Sommer auf dem Thema Indien herumritt! Ich glaube, sie wusste, dass ich das nicht leiden konnte, und das reizte sie: Schmutz, Krankheiten, Unehrlichkeit. Besonders heftig schimpfte sie auf Krankheiten und sah mich dabei an, als trüge ich die Keime eines halben Kontinents an meiner Kleidung. Langsam wich ich vor ihrer hochgewachsenen Gestalt und ihren kalten blauen Augen zurück, während meine kostbaren Erinnerungen an Indien eine nach der anderen unter dieser entsetzlichen Salve zerstoben. Dann sehnte ich mich nach meinem Zephyr und betete, er möge erscheinen. Ich senkte den Kopf, kniff die Augen zusammen und versuchte ihn herbeizuzaubern. Heute erkenne ich, dass mein Zephyr eine mehr als flüchtige Ähnlichkeit mit Virginias Schwester Isolda aufwies, in die ich im Alter zwischen sieben und neun heftig verliebt war. Er war ein prachtvolles Wesen mit langem, wehendem Haar; er stürzte in den stickigen Raum, brachte die schweren Vorhänge mit ihren Fransen und Paspeln zum Beben, ließ die Gobelins flattern und schlug mit den Türen. Dieser Zephyr war mächtig und gnadenlos genug, um den Drachen zu stürzen und die alte Frau bis in alle Ewigkeit zum Schweigen zu bringen.

Mein Großvater pflegte zu sagen, ich solle mir nichts daraus machen. Mrs. de Winter meine es gut, Hunde, die bellten, bissen nicht und so weiter – aber mein Großvater war geradezu ein Heiliger, und eine der Einschränkungen der Heiligkeit besteht in einer Neigung, solche Menschen zu entschuldigen oder zu unterschätzen. Ich glaube, Tilly kam der Sache weit näher, als sie erklärte, die Frau sei eine Tyrannin und Tatarin; als sie dann hinzusetzte, der Sohn der Tatarin, ihr Augapfel, sei ein Schürzenjäger, fand ich das hochinteressant. Schon wieder ging es um Schürzen.

»Ich habe vielleicht Geschichten über ihn gehört ...«, meinte Tilly zu unserer Haushälterin, Mrs. Trevelyan, wobei ich vermute, dass diese selbst die Quelle einer ganzen Reihe dieser Geschichten war, da Tilly aus London stammte und Mrs. Trevelyan aus der Gegend. Natürlich hätte ich diese Geschichten sehr gern gehört, und im Lauf der Zeit wurde dieser Wunsch immer stärker, aber niemand gab mir Aufschluss. Alles, was ich je erfuhr – und das viel später, als ich, dringend auf der Suche nach Informationen über dieses und jedes andere Erwachsenenthema, eine kurze, erfolglose Laufbahn als Lauscher an der Wand einschlug –, war, dass Sprünge auf geheimnisvolle Weise damit zu tun hatten, vor allem solche zur Seite. Was hatten Schürzen mit Seitensprüngen zu tun? Mir war das alles schleierhaft.

Was die Verhöre des Drachens anging, so glaubte ich damals, dass meine gestammelten Antworten von geringem Belang waren. Egal, was ich antwortete, bei meinem nächsten Besuch wurden mir die gleichen Fragen von neuem gestellt. Heute bin ich der Meinung, dass die ältere Mrs. de Winter mich auf die Probe stellte und sich schon damals ein Urteil über mich bilden wollte. Sie bedrängte mich einfach, weil es sie interessierte, wie weit sie mich unter Druck setzen konnte, ehe ich aufbegehrte.

Ich rebellierte nie – Höflichkeit und die Angst davor, sich Erwachsenen gegenüber grob zu benehmen, waren so tief in mir verwurzelt und meine Seele so davon durchdrungen, dass ich sogar meine Tränen im Verborgenen vergoss, wenn die alte Frau mich zum Weinen brachte. Ich glaube, zum Teil handelte sie aus Gewohnheit so – sie sprach mit jedem auf diese Weise –, und zum Teil, weil sie dadurch Kenntnisse gewann, die sie speicherte, bis sie irgendwann, wenn überhaupt, einen Nutzen daraus ziehen konnte. Und in meinem Fall kam es viele Jahre später dazu – aber auf diese spezielle Episode, die sich 1915 während des Ersten Weltkriegs begab und mich noch heute beschämt, komme ich an anderer Stelle zurück.

Im Übrigen war Mrs. de Winter besser informiert, als ich damals ahnte, und einige ihrer Andeutungen trafen durchaus zu, wie mir später klar wurde. Mein Vater war tatsächlich krank, obwohl man mich darüber bewusst in Unkenntnis ließ. Er zog sich in Kaschmir Unterleibstyphus zu, erholte sich in einem Militärhospital in Delhi, erlitt einige Wochen später einen Rückfall und starb einen Monat vor der Geburt meiner Schwester Rose.

Eine Woche lang erzählte mir niemand davon. Ich wusste, dass etwas nicht stimmte: Mit der Luft auf The Pines geschah etwas, das mich an Manderley erinnerte. Das Haus war erfüllt von Geflüster, abgebrochenen Gesprächen, Türenknallen und eiligem Gelaufe über den Flur. Tilly hatte rote Augen, die Miene meines Großvaters war ernst, und ich durfte meine Mutter nicht sehen. Ich konnte sie weinen hören, aber sie sagten, sie sei krank, und sperrten sie in ihrem Zimmer ein.

Schließlich nahm mein Großvater mich bei der Hand, führte mich hierher, auf diese Terrasse über dem Meer, und erklärte mir alles. Er hatte seinen einzigen Sohn verloren, aber in dem kindlichen Egoismus meiner Trauer ging mir gar nicht auf, dass auch er einen unwiederbringlichen Verlust erlitten hatte. Heute bin ich älter, als er damals war, und habe selbst allerlei Kümmernisse erlebt, daher weiß ich, wie viel es ihn gekostet haben muss, so ruhig und gelassen zu bleiben. Als er zu Ende gesprochen und ich mich ausgeweint hatte, nahm er meine Hand in die seine und fragte mich ganz sanft, ob ich jetzt wohl gern hier wohnen wolle, mit meiner Mutter und dem kleinen Geschwisterchen, das bald zur Welt kommen würde, und ob ich ihm erlaube, für mich zu sorgen, nun, da mein lieber Vater nicht mehr sei.

Ich sagte ja und brach von neuem in Tränen aus – und so kam ich her, so wurden meine Bande zu diesem Teil der Welt geknüpft. Ich kannte diesen Ort sowohl vor Rebeccas Ankunft als auch danach, ich kannte Maxim von Geburt an, ich weiß noch, wie die arme, stolze Viriginia, die ihren Sohn vergötterte, ihn in seinem Kinderwagen schob. Ich erinnere mich, dass die Verkündung seines Namens – Maximilian! – ungläubig aufgenommen wurde, und an Tillys Voraussage. »Dieser Drachen hat ihm den Namen verpasst«, rief sie, »und sie will ihn in die Finger bekommen. Die arme Mrs. Lionel wird keinen Stich kriegen, das werdet ihr noch sehen!«

Tillys Prophezeiung bewahrheitete sich. Wie ich heute weiß, hatte die arme Virginia unzählige Fehlgeburten hinter sich, und nachdem sie endlich einen Erben hervorgebracht hatte, lebte sie nicht mehr lange. Sie schien dahinzuschwinden, wurde täglich trauriger und stiller, und ihr schmales Gesicht hellte sich nur auf, wenn man ihren geliebten Sohn zu ihr brachte. Sie starb, als Maxim drei war, und meine Schwester Rose hat mir bestätigt, dass Maxim sich beharrlich an die wenigen traurigen, verschwommenen Erinnerungen klammerte, die er an sie hatte.

Er ähnelte seiner Mutter in verblüffendem Maß. Beatrice mochte das Aussehen der de Winters besitzen, aber in Maxims schmalem Gesicht und seinen dunklen, intelligenten, wachsamen Augen lebten Virginia und seine Grenville-Vorfahren weiter. Auch einige Charakterzüge hatte er von ihr geerbt. Als kleines Kind war er still, verträumt und schüchtern, fürchtete sich sichtlich vor seinem Vater und lebte in ehrfürchtiger Scheu vor seiner übermächtigen Großmutter. Ich erinnere mich gut daran, wie mein Großvater ihm als kleinem Jungen in den Sommerferien Nachhilfestunden erteilte. Obwohl Maxim offensichtlich intelligent war, lernte er schlecht, vielleicht weil seine Großmutter für Bildung nur äußerste Geringschätzung empfand und ihm ständig erklärte, Bücher seien reine Zeitverschwendung. Manderley besaß eine ausgezeichnete Bibliothek, gut ausgestattet durch einige von Maxims aufgeklärteren Vorfahren, aber die einzigen Bände, die sie je konsultierte, befassten sich mit Stammbäumen – denen von Menschen wie auch von Pferden.

Die ältere Mrs. de Winter deutete gern an, Bücher, Universitäten und so weiter seien ja ganz schön für meinesgleichen. Ich besäße weder Land noch Güter und würde irgendwie meinen Lebensunterhalt bestreiten müssen. Aber Maxim würde einmal *all dies* besitzen, pflegte sie zu sagen und umfasste mit einer Geste ihren schrecklichen Salon: Dieses Haus, diese Felder, dieses Gut, dieses Meer waren seine Bestimmung. Unterdessen war nur wichtig, ihn in derselben Schule unterzubringen, die seit undenklichen Zeiten jeder de Winter besucht hatte; sobald dieses kleine Hindernis aus dem Weg geräumt war, würde Maxim nach Hause zurückkehren und die einzige Lektion lernen, auf die es ankam: Manderley zu leiten.

Tagein, tagaus wurde Maxim dieser Gehirnwäsche unterzogen. Ich glaube, dank dem Einfluss meines Großvaters – und in einem weit geringeren Maße auch des meinen – erkannte er schon, dass irgendwo eine andere Welt existierte. Aber ich habe immer das Gefühl gehabt, als betrachte er diese Welt ein wenig wehmütig, als würde er sie gern erforschen, als sehnte er sich sogar danach, aber hätte bereits akzeptiert, dass sie jenseits der Palisaden von Manderley lag. Eines Sommers, als ich die Semesterferien zu Hause verbrachte, hatte ich Mitleid mit ihm. Totenbleich erschien er aus dem Arbeitszimmer meines Großvaters, wo er mit den lateinischen Verben gerungen hatte, und als ich ihn fragte, wohin er jetzt wolle, antwortete er, er gehe wohl nach Hause. Er sah so verloren und niedergeschlagen aus, dass ich ihn in meinem Dingi mit aufs Meer nahm und ihn das Segeln lehrte – die erste unserer vielen Fahrten quer über die Bucht nach Manderley.

Wir hatten einander immer gekannt, aber an diesem Tag überwanden wir unseren Altersunterschied und wurden Freunde. Maxim mag damals zehn oder elf gewesen sein; ich nehme an, in gewisser Hinsicht sah er zu mir auf. Ich schloss ihn ins Herz, empfahl ihm Bücher und nahm ihn im Großen und Ganzen unter meine Fittiche. Mein Großvater unterstützte diese Freundschaft, denn er fand, Maxim sei einsam. Ich glaube, dass er Recht hatte; auf jeden Fall galt das für die Zeit, als er vierzehn, fünfzehn war.

Damals begann sich die Krankheit seines Vaters zu offenbaren und nahm unvorhersehbare – und unangenehme

– Formen an, bis Lionel de Winter sich schließlich überzeugen ließ, sein Krankenzimmer nicht mehr zu verlassen. Besucher wurden nicht ermutigt, und wenn Maxim in den Schulferien nach Hause kam, war er oft allein. Ich war inzwischen fortgegangen und diente in der Armee. Meine Schwester Rose, die Maxim altersmäßig näher stand als ich, nahm meinen Platz als seine Vertraute ein, und kurze Zeit, nicht lange vor dem Ersten Weltkrieg, stand sie ihm auch auf andere Weise nahe. Rose pflegt bis heute zu behaupten, dass Maxim immer einsamer war, als wir ahnten.

Wie nahe diese Jahre mir jetzt zu sein scheinen! Das Leben der de Winters hat sich mit dem meinigen immer überschnitten und verkettet. Mein Arbeitszimmer ist voller Zeichen dieser Nähe, Briefe, Fotografien, Einladungskarten, all das Treibgut, das zusammengenommen vielleicht ihre Geschichte erzählt. Als ich an diesem Morgen auf meiner Grenzmauer saß, sagte ich mir, dass die Lücken in dieser Geschichte – falls es sie gab – ausgefüllt werden könnten, solange mein Gedächtnis mich nicht im Stich ließ.

Irgendwo dort war Rebecca, falls es mir gelang, sie zu finden. Wenn man sie überhaupt verstehen konnte, dann im Zusammenhang mit dieser Familie und diesem Haus – das habe ich zumindest immer geglaubt. »Wer sind Sie?«, hatte ich einmal zu ihr gesagt, wie sich herausstellte, nicht allzu lange vor ihrem Tod. »Wer *sind* Sie, Rebecca?«

»Ich bin die Herrin von Manderley«, antwortete sie mit einem dieser rätselhaften Seitenblicke, die so charakteristisch für sie waren. Es war Winter, und wir spazierten einen der Küstenpfade entlang. Rebecca war dicht am Rand der Klippe stehen geblieben; sie wägte ihre Worte stets genau ab. »Ganz wie in einem dieser Schauerromane«, fuhr sie lächelnd fort. »Meinen Sie nicht, dass das zu mir passt? Ich schon. Sagen Sie Max, dass ich diese Worte auf meinem Grabstein haben möchte: ›Hier ruht Rebecca, Herrin von Manderley‹. Oder ›Rebecca von Manderley‹, das reicht. Ich will einen einfachen Stein, Granit aus

Cornwall, mit schönen, klaren, einfachen Buchstaben. Und ich will auf dem Kirchhof begraben werden, mit Blick auf das Meer – lassen Sie nicht zu, dass sie mich in dieser de-Winter-Gruft verstecken, ja?«

»Sonst noch etwas?«, fragte ich, denn ich erwartete noch mehr. Rebecca war in allem eine Perfektionistin. Ich nahm dieses Gespräch nicht für bare Münze, obwohl ich das hätte tun sollen, wie ich jetzt einsehe. Rebecca zog mich gern auf – es fiel mir immer schwer einzuschätzen, wann sie im Ernst sprach –, und sie war so jung, gerade einmal dreißig. Ich war zwanzig Jahre älter; falls in nächster Zeit ein Begräbnis anstand, dann höchstens mein eigenes. »Blumen?«, fuhr ich fort. »Was für ein Sarg? Kirchenlieder? Sollte ich einer der Sargträger sein?«

»Ja, das hätte ich gern. Was das Übrige angeht ...« Sie blickte fort und runzelte die Stirn. »Darauf kommt es mir nicht an – nicht wirklich. Aber die Sache mit dem Stein ist mir wichtig, und der Kirchhof. Also vergessen Sie das nicht, und geben Sie nicht klein bei, wenn Max ein Gesicht zieht und sagt, das sei vulgär und unpassend ...«

»Und wenn?«, gab ich mit einem Lächeln zurück.

»Das würde Ihnen Leid tun. Ich hasse diese Gruft, und ich hasse die Menschen darin. Dann komme ich zurück und erscheine Ihnen als Geist. Dort unten werde ich niemals in Frieden ruhen.«

Was sie wohl mit dieser Bemerkung gemeint hatte? Warum hätte sie die Insassen der Gruft hassen sollen? Sie hatte keinen von ihnen gekannt; selbst die zuletzt hinzugekommenen, Maxims Eltern, hatten schon Jahre vor ihrer Heirat dort gelegen, lange bevor Rebecca nach Manderley kam. Ich weiß nicht mehr, ob ich sie danach fragte; wenn ja, dann habe ich keine Antwort erhalten.

Fünf Monate später war sie tot. Im folgenden Jahr, als ihre Leiche endlich aus dem Meer geborgen wurde, begrub man sie in der Gruft der de Winters in der kleinen grauen angelsächsischen Kirche, die eine Meile von Manderley entfernt liegt. Diese schreckliche Beisetzung habe ich bereits beschrieben: den Pfarrer, der hastig ein Gebet stammelte, keine Lieder, keine Blumen; ein so genannter Trauergast, Frank Crawley, der am Auto wartete, und nur Maxim und ich selbst begleiteten den Sarg. Wir begruben sie am Abend, während eines Sommergewitters. Der Himmel war bedeckt und der Horizont bleigrau. Rebecca wurde nicht einmal an den Platz gelegt, der ihr rechtmäßig zugestanden hätte, nämlich zu Maxims Eltern, neben Lionel und die arme Virginia. Maxim hatte andere Vorstellungen, und so wurde sie in die düsterste und abgelegenste Ecke dieses unseligen Ortes abgeschoben, einen Teil, der noch nicht durch andere Särge belegt war und durch eine dicke Säule und ein durchhängendes gemauertes Gewölbe von den anderen vergangenen Ehemännern und Ehefrauen getrennt wurde.

Ich hatte mein Versprechen nicht vergessen, aber angesichts von Maxims Zorn hatte ich zurückgesteckt. Vielleicht war das mein erster Verrat. Und Rebecca kehrte zurück, um mich zu verfolgen, aber schließlich stand sie meiner Erfahrung nach immer zu ihrem Wort.

5. Kapitel

So saß ich auf meinem Mäuerchen über dem Meer und betrachtete eine halbe Stunde lang, die Jahrzehnte währte, meine Vergangenheit. Ich hatte gewusst, dass die Toten, wenn ich ihnen nur gut genug zuhörte, mich in die richtige Richtung weisen würden. Ich fühlte mich wiederhergestellt und bereit, die nächsten Punkte auf meiner Checkliste in Angriff zu nehmen – auf der Mauer wurde mir ohnehin kühl. Wir profitieren hier in Kerrith zwar von den klimatischen Vorzügen des Golfstroms, aber die Frühlingswinde von See wirken sich verheerend auf die Gelenke aus, und der April ist ein grausamer Monat für mein Rheuma. Ich hievte mich in die Höhe. Zeit, mein Päckchen zu öffnen, dachte ich – und außerdem musste ich Grey anrufen. Barker reckte sich und gähnte. Er ist wirklich ein äußerst träger Hund. Gemeinsam gingen wir den Weg zum Haus hinauf. Aus der Küche wehten köstliche Düfte heran: Ellie buk Brot.

Ich inspizierte meine hübsch heruntergeschnittenen Rosen nach Anzeichen von Blattläusen – man kann nie zu früh mit dem Spritzen beginnen – und beglückwünschte mich dazu, wie ordentlich sie aussahen, seit ich das Kommando übernommen hatte. Es sind so genannte »alte« Rosen, wie Gartensnobs sie lieben, und ursprünglich von meiner Mutter angepflanzt worden – im Jahr 1900, zur Feier des neuen Jahrhunderts. Sie waren Ableger der berühmten Rosensammlung der Grenvilles und stammten aus den Gärten ihres Hauses, St. Winnow's, das weiter den Fluss hinauf liegt. Ihr Gärtner hat die Schösslinge geschnitten, und eine jener drei Grenville-Schwestern schenkte sie meiner Mutter. Nicht Maxims Mutter, die arme Virginia, die zu der Zeit schon tot war, und auch nicht die hübsche kleine Isolda, die mir das Herz gebrochen hatte, als ich neun war, denn sie hatte inzwischen die Gegend verlassen und geheiratet – katastrophal, wie die Leute erzählten. Also muss es Evangeline gewesen sein.

Sowohl meine Mutter als auch meine verstorbene Frau liebten und hegten diese Rosen, nicht zuletzt wegen ihrer »romantischen« Namen, von denen viele französisch sind – ich glaube sogar, dass einige der Rosen ursprünglich aus Frankreich stammten, wo die Grenvilles Verwandte hatten. *Honorine de Brabant, Duchesse d'Angoulême, Cuisses de Nymphe* ... Namen, die übersetzt nicht mehr ganz so edel klingen. »Nymphenschenkel« – *absurd*, pflegte ich zu denken. Trotz meiner Proteste ließ das Weibervolk den Rosen freien Lauf, und sie wuchsen zu gewaltigen, üppigen Büschen heran, die den gesamten Garten zu überwuchern drohten. Wenn ich glaubte, dass niemand hinsah, schnippelte ich immer ein Stückchen ab – sie steckten voll heimtückischer Dornen und sollten meiner Meinung nach energisch zurechtgestutzt werden.

Im Juni, wenn sie am schönsten aussahen – die einzige Zeit, zu der sie überhaupt etwas hermachten; während der übrigen elf Monate des Jahres waren sie unübertroffen scheußlich –, unternahmen die Leute Pilgerfahrten zu uns, um sie zu bewundern. Rebecca vergrub einmal ihr Gesicht in einer dieser Rosen – eine tiefrote, deren Namen ich vergessen habe – und erklärte mir, sie rechne zwar nicht damit, in den Himmel zu kommen, aber wenn, dann werde er so duften. Himmelsduft, sagte sie, und die Farbe, so setzte sie hinzu, entspräche genau der eines bestimmten Pomerol-Weins. Ich warf ihr einen kühlen Blick zu. »Ach, tatsächlich? Welcher ist das?«, fragte ich.

Mein Ton war schroff. Zu jener Zeit kannte ich sie kaum – dieser Vorfall begab sich, kurz nachdem ich vorzeitig in Pension gegangen und mit meiner Familie von meinem letzten Kommando in Singapur nach The Pines zurückgekehrt war. Es muss Juni gewesen sein, also war Rebecca erst drei oder vier Monate mit meinem Freund Maxim verheiratet, und ich war ihr vielleicht zweimal begegnet. Ich misstraute ihr, wenn auch aus keinem besonderen Grund: Ich misstraute den meisten jungen Frauen, besonders den charmanten. Ich weiß noch, dass ich dachte, diese Schwärmereien wären entweder eine Affektiertheit von ihr oder ein Scherz. Und wenn man nicht bemerkte, dass sie einen aufzog, konnte sie einen wie einen vollständigen Idioten dastehen lassen; also musste man, wie ich schon sagte, auf der Hut sein.

Bei dieser Gelegenheit waren sie und Maxim am frühen Abend auf The Pines eingetroffen. Ich glaube, meine Frau, die Rebecca mochte, hatte gefragt, ob sie unseren Garten sehen wolle, und das junge Paar schaute auf dem Weg zu einer Gesellschaft vorbei. Ich erhielt den Auftrag, Rebecca die Rosen zu zeigen; Maxim, der sie schon tausendmal gesehen hatte, blieb im Haus und plauderte mit meiner Frau. Dieser Vorschlag gefiel mir nicht: Ich befand mich an diesem Abend nicht in ritterlicher Stimmung. Daher marschierte ich in der kühlen, duftgeschwängerten Abendluft, während in der Ferne das Meer flüsterte, rebellisch die Wege auf und ab und verhunzte die romantischen Namen mit einem Akzent, der alles andere als französisch klang. Aus irgendeinem Grund fühlte ich mich in der Gegenwart von Maxims junger Frau befangen und steif. Ich fand sie exotisch und eigenartig. Wie ich schon jetzt entdeckte, schien sie nicht die geringste Vorstellung von konventionellen gesellschaftlichen Feinheiten zu besitzen, und man wusste nie, welch seltsame und unerwartete Äußerung sie als Nächstes von sich geben würde.

Als sie innehielt, um sich über die Rosen zu beugen, die jede Farbschattierung vom tiefsten Purpur über sanfte Malventöne bis zu einem fleischfarbenen Rosa aufwiesen, warf ich ihr verstohlene Blicke zu. Ich verstehe nichts von Frauenkleidern, und sie sind mir vollständig egal, aber selbst ich sah, dass sie ein exquisites Modell trug; später informierte meine Frau mich seufzend darüber, dass es von Chanel sei, in Paris gekauft und der allerneueste *Chic*. Es war aus einem schweren, weich fallenden Stoff geschneidert – Seide, vermute ich – und sehr, sehr einfach geschnitten. *Understatement, mein teurer Arthur*, erklärte mir meine Frau geduldig. Über dem bootförmigen Ausschnitt konnte ich die bläulichen Höhlungen unter Rebeccas Schlüsselbein erkennen; an ihrem zarten Hals trug sie eine berühmte de-Winter-Kette aus rosigen Perlen, und auch das Kleid war rosa – ein Ton, wie ich ihn nie zuvor gesehen hatte. Es war das zarteste, blasseste, schimmerndste Rosa, beinahe hautfarben. Ich stellte fest, dass ich es eingehend betrachtete und versuchte, ein Wort für die Farbe zu finden, als das richtige Wort, *exakt* der richtige Begriff, sich plötzlich ungebeten in meine Gedanken drängte: *Cuisses de Nymphe ...*

Ich errötete, trat ein paar Schritte beiseite und versuchte, diese Roseninspektion zu beschleunigen; ich sah auf meine Uhr. Aber Rebecca ließ sich nicht hetzen. Sie fuhr fort, langsam und konzentriert zwischen den Rosen dahinzuschreiten, beugte sich über sie, nahm die Form ihrer Blüten in Augenschein und sog ihren Duft ein. Sie wirkte ernst, bedächtig und unglaublich jung. Mir ging auf, dass sie trotz ihres raffinierten Kleides und ihrer Größe – sie war hochgewachsen und außergewöhnlich schlank – wie ein Kind aussah, wie ein wunderschönes, ernstes kleines Mädchen, das man seiner fernen Heimat entrissen und hier in einem Land ausgesetzt hatte, wo niemand seine Gebräuche kannte, seine Sprache sprach oder sein Volk verstand.

Jäh spürte ich den Impuls, sie zu beschützen, was mich beunruhigte. Sie wandte sich mir zu und musterte mein Gesicht; ich hatte das unangenehme Gefühl, dass sie meine Gedanken lesen konnte, dass sie mich vielleicht langweilig fand oder vollkommen lächerlich. Obwohl sie keinerlei Anzeichen dessen gezeigt hatte, spürte ich ein unbestimmtes Bedürfnis nach Revanche. Ärgerlich und nervös wollte ich sie brüskieren und wurde immer barscher. Sie machte ihre Bemerkung über Rosen und Wein, und ich gab meine abfällige Antwort. Ich wollte die junge Frau in ihre Schranken weisen, und natürlich wusste sie das. Sie richtete sich auf und runzelte leicht die Stirn, die außerordentlichen und undeutbaren Augen auf mein Gesicht gerichtet. Sie sagte mir den Namen des Weins, den sie gemeint hatte – im Gegensatz zu mir war ihre französische Aussprache vollkommen korrekt –, und erklärte, sie kenne ihn gut, da er einer der Lieblingsweine ihres Vaters gewesen sei. Dann ging sie.

Dies war der einzige Anlass, bei dem sie mir gegenüber jemals ihren Vater erwähnte; damals wusste ich noch nicht, wie ungewöhnlich diese Bemerkung für sie war. Als sie fort war, fühlte ich mich gereizt – und neugierig. Ich begab mich in meinen gut sortierten Weinkeller, stellte fest, dass ich eine Flasche von dem speziellen Wein besaß, den sie genannt hatte, und nahm sie mit nach oben. Ich schenkte ein Glas ein und hielt es an die Rose. Der Wein wies tatsächlich dieselbe Farbe auf, und Rebecca hatte vollkommen Recht gehabt. Meiner Erfahrung nach drücken Frauen sich selten präzise aus, und noch seltener haben sie die geringste Ahnung von Wein. Aus diesen Gründen zollte ich Rebecca von da an größere Aufmerksamkeit als zuvor.

»Haben Sie sich vergewissert? Hatte ich Recht?«, fragte sie mich, als ich sie das nächste Mal sah. Die Gelegenheit war irgendeine Gartenparty auf Manderley. Es war sehr heiß. Rebecca trug ein weiteres exquisites Gewand, dieses Mal milchfarben. Gesicht, Arme und Hals waren leicht gebräunt, was mich zutiefst schockierte; zu jener Zeit mieden Frauen die Sonne und schätzten weiße Haut über alles. Das war das Kennzeichen einer Lady, hieß es. Diese Mode sollte sich bald ändern, aber Rebecca machte sich wenig aus Modediktaten – sie tat einfach, was sie wollte. Sie trug weder Handschuhe noch Hut – und ich fand diese Zurschaustellung nackter Haut ebenfalls schockierend.

»Ja, auf beide Fragen«, gab ich zurück.

Ich hätte so tun können, als verstünde ich ihre Anspielung nicht – der unvermittelten Frage war keinerlei Erinnerung oder Einleitung vorausgegangen –, aber ich hatte das unbestimmte Gefühl, dass ich auf die Probe gestellt wurde, und mit einem Mal war mir sehr daran gelegen, diesen Test zu bestehen.

»Gut.« Sie schenkte mir ein leises beifälliges Lächeln und überließ mir die Entscheidung darüber, ob sie erfreut über diese Bestätigung ihrer Genauigkeit war oder darüber, dass ich mir die Mühe des Nachprüfens gemacht hatte. Sie hakte mich unter – das Kleid hatte kurze Ärmel, und ihr Arm war bloß. »Sie dachten, ich sei anmaßend«, fuhr sie fort. »Das brauchen Sie nicht abzustreiten. Sie hatten vollkommen Recht, so zu denken – schließlich kennen Sie mich noch nicht.«

Ich gab irgendeine alberne Antwort. Ich kann – und will – mich nicht erinnern, wie sie lautete, aber sie war schmeichelhaft und herablassend und mit einem »meine Liebe« eingeleitet, das mich wie einen aufgeblasenen alten Kauz klingen ließ, und das in voller Absicht. Damals war ich gerade sechsundvierzig, nicht so viel älter als Rebeccas Mann, aber aus irgendeinem Grund erschien es mir sicherer, so zu tun, als wäre ich sechsundsechzig. Eine Tarnung, an der ich mindestens schon zehn Jahre arbeitete.

»Ich freue mich jedenfalls, dass ich mich nicht geirrt habe«, fuhr sie fort, indem sie meine Bemerkung ignorierte – sie wusste wohl, dass sie mich ertappt hatte. »Wenn ich Unrecht gehabt hätte, dann hätten Sie mich gleich abgetan. Mich von Ihrer Liste gestrichen. Dann wären wir niemals Freunde geworden – und das wäre eine traurige Verschwendung gewesen. Ich wünsche mir Freunde. Und schauen Sie – abgesehen von Ihnen gibt es keinen einzigen Kandidaten.«

Mit verschmitztem Blick wies sie auf eine Gruppe anderer Gäste, die auf der Terrasse standen. Maxim und seine Schwester Beatrice waren dort; ich entdeckte Frank Crawley, Maxims Freund aus dem Vierzehn-achtzehn-Krieg und inzwischen sein Gutsverwalter. Mehrere alte Jungfern aus der Gemeinde waren anwesend, darunter meine Freundinnen Elinor und Jocelyn Briggs, Töchter der verblichenen Evangeline Grenville. Eine Reihe der üblichen Familien aus dem Landadel; der Bischof war gekommen ... und es liefen viel zu viele langweilige alte Knaben herum, die Panamahüte und Anzüge trugen, die meinem eigenen aufs Haar glichen – eine richtige Invasion von Oberst-Julyan-Doppelgängern, was mich ein wenig deprimierte.

Ich kannte alle Leute dort. Die meisten von ihnen waren grauenvolle Langweiler, und ich hatte mich selbst in dem verzweifelten Bemühen, ihnen aus dem Weg zu gehen, in meinen Schmollwinkel hinter den Büschen zurückgezogen; ich schätze, Rebecca wusste das. Aber was war dann passiert? Ich vermute, Rebecca kehrte zu ihren Gästen zurück, denn trotz ihrer Bemerkungen war sie bei solchen Gelegenheiten gewissenhaft. Ich fühlte mich geschmeichelt, obwohl ich glaube, dass Rebecca nicht beabsichtigte, mir zu schmeicheln. Und in der Folge wurden wir tatsächlich Freunde, wofür ich wahrscheinlich diesen Rosen zu danken habe.

Jetzt suchte ich nach der Rose mit dem Himmelsduft – war es die dritte von links oder die vierte? Die Schildchen sind schon lange abgefallen, sodass ich mir nicht sicher war; und außerdem sehen die Rosen dank meiner unkonventionellen Beschneidungstechnik heute ganz anders aus. Einst große, wogende Büsche, schwer mit Blüten beladen, sind sie jetzt kleine, spillerige Dinger, die nur Kniehöhe erreichen. Ich mag es, wenn Blumen in dicht geschlossenen Reihen stehen wie auf einem Paradefeld. Dies entspricht natürlich nicht jedermanns Geschmack.

Es bestand zumindest eine geringe Gefahr, dass ich meine erfolglose Suche nach der Rose als Omen betrachtete. Heutzutage sehe ich an jeder Ecke Zeichen, und ich werde abergläubisch. Ich erwische mich dabei, wie ich demonstrativ um Leitern herumgehe oder auf Holz klopfe wie ein verflixter Specht. Kein gutes Zeichen. Erste Symptome der Gehirnerweichung – was für ein unangenehmes Wort, wenn man richtig darüber nachdenkt –, was mir Sorgen bereitet. Aber ich hege nicht die Absicht, solch törichten

Schwächen nachzugeben. Entschlossen stapfte ich auf die gläsernen Terrassentüren zu.

»Barker – *Platz*«, befahl ich energisch und deutete auf den Kaminvorleger. Barker umkreiste den Raum viermal, kratzte sich und betrachtete mich tiefsinnig. Dann legte er sich endlich hin und schlief ein, nachdem er, wie er das gern tut, seine geistige Unabhängigkeit von mir demonstriert hatte.

Ich griff nach dem Telefon, um mit Grey zu sprechen, denn ich war zu dem Schluss gelangt, dass Terence Grey mir ausgesprochen nützlich sein konnte. Angesichts seines Interesses an allem, was Manderley betraf, war es sicher kein Fehler, ihn hinzuzuziehen und zum Assistenten bei meiner neuen »Wahrheitssuche« zu ernennen. Doch bevor ich ihn ins Vertrauen zog, würde ich an meinem Entschluss festhalten und beobachten, wie er sich auf unserem Spaziergang auf Manderley verhielt. Dann fiel mir ein, dass ich ihn immer noch nicht dazu eingeladen hatte. Ich begann seine Nummer zu wählen, entschied mich aber anders. Mir fiel ein, dass ich mein Päckchen ganz vergessen hatte. Ich nahm es hoch und untersuchte es. Bestimmt irgendwelcher Papierkram, sagte ich mir, aber dennoch fühlte ich ein wenig gespannte Vorfreude. Wenn ich gewusst hätte, was es enthielt, wäre ich wohl um einiges aufgeregter gewesen.

In dem Umschlag befand sich eine schwarz bezogene Kladde, wie man sie früher in der Schule gebrauchte, nur kleiner als diese. Ein Detail war ungewöhnlich, denn das Büchlein wurde durch fest angebrachte Lederbändchen geschlossen, die ganz herumgewickelt und auf dem Rücken zu einer ordentlichen Schleife gebunden waren.

Aus Gründen, die ich nicht genau bestimmen konnte, kam mir dieses Notizbuch bekannt vor und erfüllte mich mit einem vagen, aber spürbaren Unbehagen. Ich tastete in dem Umschlag herum; ich nahm das Buch beim Rücken, löste die Bänder und schüttelte es. Zu meinem Erstaunen fiel eine alte, sepiafarbene Ansichtskarte von Manderley heraus. Ich sah, dass sie sich von der letzten

Seite des Notizbuchs gelöst hatte. Auf der Karte stand jedoch nichts geschrieben, und dem kleinen Buch war kein Brief beigefügt. Ich runzelte die Stirn. Mehr als seltsam. Eine anonyme Gabe also.

Schon jetzt sah ich, dass ein Großteil der Seiten, wenn nicht alle, leer waren. Mein Unbehagen wuchs – wer sollte mir anonym ein leeres Notizbuch schicken, und warum? Ich legte es auf meinen unordentlichen Schreibtisch, um es genauer zu untersuchen. Ganz leer war es doch nicht; eine Seite, die erste, war verziert worden. Jemand hatte ein kleines Schwarzweißfoto eingeklebt.

Die etwas verblichene, in Sepiatönen gehaltene Aufnahme zeigte ein Kind, ein Mädchen. Die Kleine schien ungefähr sechs oder sieben zu sein; sie besaß üppiges, tintenschwarzes, zigeunerhaftes Haar, ungewöhnlich große und sehr bemerkenswerte Augen und trug einen Hauch von Schminke auf den Lippen, denn sie waren so deutlich umrissen und sinnlich, dass dies nicht ihre natürliche Farbe sein konnte. Ich runzelte die Stirn. Allgemein halte ich nichts davon, wenn Frauen Make-up auflegen, und ganz bestimmt bin ich dagegen, kleinen Mädchen, die gern reizend aussehen wollen, das Gesicht anzumalen. Dieses Kind hatte jedoch – um den Zweifelsfall zu seinen Gunsten auszulegen – vielleicht bei einer Amateuraufführung mitgewirkt oder war für ein Kostümfest herausgeputzt worden. Denn als ich das Foto mit dem Vergrößerungsglas genauer untersuchte, sah ich, dass auf dem Rücken dieses sonderbaren Mädchens ein Paar mit Draht verstärkter, zarter, mit Pailletten übersäter Flügel befestigt war.

Fee, Kobold, Engel? Unmöglich festzustellen, was das Kostüm hatte darstellen sollen; der Gesichtsausdruck des Kindes wirkte jedenfalls nicht engelhaft. Das Bild war schwer zu datieren, aber nach dem Stil des gemalten Hintergrunds – wie es aussah, eine Studio-Kulisse auf Leinwand, die üppiges, unwahrscheinliches Laubwerk und Graburnen abbildete – schloss ich, dass die Aufnahme mindestens vierzig Jahre alt war. Diese kleine Fee hatte ihre Flügel um 1910 oder 1912 angelegt, auf jeden Fall vor dem Ersten Weltkrieg.

Ich erkannte sie jedoch nicht. Um es noch einmal ganz deutlich zu sagen: *Ich habe Rebecca nicht erkannt.* Jetzt sehe ich, dass die Ähnlichkeit zwischen diesem Kind und der Frau, die ich kannte, offensichtlich war – Haar und Augen waren schon damals unverkennbar. Heute ist mir klar, dass ich die Verbindung sofort hätte ziehen müssen; schließlich ist seit fünfundzwanzig Jahren kein Tag vergangen, ohne dass ich an Rebecca gedacht hätte. Aber damals – verwirrt, beklommen und aufgeregt – sah ich die Ähnlichkeit nicht. Die erkannte ich erst, als ich die Seite umblätterte und die zwei Wörter sah, die als Titel in ein ansonsten leeres Notizbuch gesetzt worden waren. Sie waren mit schwarzer Tinte geschrieben, in einer steilen Kinderschrift, und das Ende des letzten Buchstabens war in einem langen, verspielten Schnörkel über die Seite hinuntergezogen. *Rebeccas Geschichte.*

Ich war erschüttert – zutiefst erschüttert. Wer wollte mich jetzt quälen, und warum? Ich schäme mich, es zuzugeben, werde es aber dennoch tun: Mein erster Gedanke war, dass Rebecca selbst dies geschickt hatte, eine Botschaft aus dem Grab. Einen Moment lang fühlte ich mich schwindlig. Ich sah auf die Worte *Rebeccas Geschichte*, und mein Schreibtisch neigte sich zur Seite. Konnte das ihre Handschrift sein? War das der Keim der Schrift, die ich so gut kannte? Ich glaubte schon. Ich betrachtete die großen, geschwungenen Anfangsbuchstaben und dachte an den kleinen Sarg, den *Kindersarg* aus meinem Traum.

Ich war sehr aufgewühlt. Mein Herz begann wie üblich zu rumpeln und pochen. Als ich das Gefühl hatte, mich etwas gefasst zu haben, untersuchte ich die sepiafarbene Ansichtskarte. Sie hatte einmal auf der letzten Seite geklebt, und die Flecken, die der Leim hinterlassen hatte, schienen alt zu sein. Diese spezielle Karte von Manderley hatte ich noch nie gesehen, und sie in diesem Notizbuch zu finden verwirrte mich. Soweit ich wusste, hatte Rebecca in ihrer Kindheit keine Beziehung zu dieser Gegend gehabt und war niemals hier gewesen. Warum also sollte sie ein Bild von Manderley in ein Notizbuch kleben, das sie als Mädchen besessen hatte?

Die Handschrift auf dem Umschlag ähnelte weder der Rebeccas noch der Schrift in dem Notizbuch, wie ich gleich erkannt hätte, wäre ich nicht so schockiert gewesen. Der Poststempel war nicht zu entziffern. Ich untersuchte den ganz gewöhnlichen stabilen Umschlag. Er hätte überall im Land gekauft sein können, in einem von tausend Schreibwarengeschäften oder Dorfläden; ich bewahre ein paar von genau derselben Sorte in meinen Schreibtischschubladen auf. Durch das Vergrößerungsglas sah ich den Poststempel an; möglich, dass einer der Buchstaben ein »K« war, vielleicht aber auch ein »E«.

Ich starrte auf dieses Beweisstück. Plötzlich kam mir ein Verdacht, und ich rief sogleich Terence Grey an.

Das Mittagessen, das Ellie vorgeschlagen hatte, erwähnte ich nicht. Sollte doch der beharrliche Terence – alias der Terrier oder der Terror, wie ich ihn manchmal nenne – sehen, wo er blieb. Ich hegte Grey gegenüber bestenfalls gemischte Gefühle, und in diesem speziellen Moment war ich ihm ganz und gar nicht freundlich gesonnen. War es möglich, dass er mir das Päckchen geschickt hatte? Und wenn ja, warum? Ich entschied, dass ich Antwort auf diese Fragen bekommen würde, ehe der Tag vorüber war.

»Ist etwas passiert, Oberst Julyan?«, fragte Grey, nachdem ich ein paar Bemerkungen über das Wetter gemacht hatte. »Ich hoffe doch, alles ist in Ordnung. Sie klingen sehr aufgeregt, Sir.«

Ich ignorierte seine Frage und schlug wie geplant den Nachmittagsspaziergang vor. Von anonym zugesandten Notizbüchern, geflügelten Kindern oder meinem Traum erwähnte ich nichts. Wie erwartet, stimmte Mr. Geheimnisvoll sofort zu.

»Ich komme ohnehin zum Mittagessen, Sir«, erklärte er. »Ich dachte, Sie wüssten davon. Ellie hat mich vorhin angerufen. Ich sehe Sie also gegen zwölf Uhr dreißig. Ich freue mich darauf, Oberst Julyan, ich habe Ihnen nämlich viel zu erzählen. Heute Morgen habe ich von Jack Favell gehört. Er hat mich aus London angerufen und endlich eingewilligt, mich zu treffen. Ach ja, und gestern habe ich Frith besucht, in dem Pflegeheim, das Sie erwähnten ...«

»Sie haben *was?*«, fiel ich ein.

»Ich habe Frith aufgesucht, Sir. In St. Winnow's. Er ist natürlich sehr gebrechlich, aber Sie irren sich, senil ist er nicht. Wer immer Ihnen das berichtet hat, liegt ziemlich daneben. Sein Gedächtnis ist ausgezeichnet. Wir haben uns zwei Stunden lang unterhalten, faszinierendes Material ...«

Material? Ich legte auf. Zwei Schocks innerhalb einer halben Stunde verkraftete ich nicht. Frith, den ich vorhin von meiner Zeugenliste gestrichen hatte, ist einhundertundneunzig Jahre alt – vorsichtig geschätzt. Er war den de Winters hündisch ergeben und hat Rebecca, die er als Eindringling betrachtete, nie gemocht. Kurz gesagt, der einstige Butler ist ein unzuverlässiger Zeuge, wenn nicht plemplem, ein Snob, ein Schnüffler, ein Fossil und ein unverbesserlicher Trottel.

Grey hatte kein Recht, ihn ohne mich zu befragen, und der Umstand, dass er das getan hatte, erfüllte mich mit Besorgnis. Schon früher hatte Grey diese Tendenz zu Alleingängen gezeigt. So ist er letzte Woche nach London gefahren, um seine Recherchen über die de Winters fortzusetzen, und ich kenne den Grund immer noch nicht, was nicht daran liegt, dass ich nicht gefragt hätte. Nun würde er, ehe ich mich's versah, diesen Lügner Favell treffen, und mit Frith hatte er schon gesprochen. Manchmal habe ich das Gefühl, dass Grey sich nicht in die Karten schauen lässt. Frith weiß eine Menge über mich und über die Familie de Winter, und wenn er zwei Stunden lang geredet hat – *zwei Stunden!* –, dann weiß nur der Himmel, was für einen Unsinn er von sich gegeben hat.

Konnte es sein, dass Grey nicht ehrlich war? Dieser Verdacht ist mir mehr als einmal in den Sinn gekommen. Ellie will natürlich nichts davon hören. Sie behauptet, ich läse zu viele Kriminalromane, und sagt, ich wäre unnatürlich argwöhnisch und würde als Nächstes noch sie der Verschwörung verdächtigen. Stets lobt sie Greys Tugenden in den höchsten Tönen, deren größte laut Ellie weder sein auffallend gutes Aussehen noch sein Junggesellenstand sind, sondern seine Freundlichkeit mir gegenüber. »Er bringt dich auf andere Gedanken«, sagt sie. »Es tut dir gut, jemanden zu haben, mit dem du über die Vergangenheit, Manderley und ... und so weiter reden kannst. Vor allem, da er sich selbst so für das Thema interessiert. Sei nicht so ein alter Griesgram«, ruft sie dann aus. »Er muntert dich auf, das hast du selbst gesagt.«

Diesen Refrain bekam ich an diesem Vormittag mehrmals zu hören. Ich bemerkte, dass Ellie sich umgezogen hatte. Zu Ehren des Terriers war sie heute einundzwanzig, das heißt, zehn Jahre jünger als noch gestern, und zehnmal hübscher dazu. Wie bringen Frauen bloß diese Verwandlungen zustande? Ausnahmsweise war sie anständig gekleidet, nicht in Hosen – sonst läuft sie grundsätzlich in Hosen herum –, sondern in einen dezenten Rock und eine schlichte Bluse, und sie trug die Perlenkette, die meine Frau und ich ihr zum einundzwanzigsten Geburtstag geschenkt haben. Sie sah unschuldig, schelmisch und strahlend aus. Ihr feines braunes Haar war frisch gewaschen, ihre Haut schimmerte, und in ihren treuherzigen Augen stand ein Glanz, der mich um sie fürchten ließ. Ich wünsche mir eine glückliche Zukunft für Ellie und kann den Gedanken nicht ertragen, dass sie in ihrem Streben nach Glück verletzt werden könnte.

Ellen, meine Ellie, ist alles, was ich noch habe. Meine Frau Elizabeth starb nach jahrelanger Krankheit während des Krieges; mein Sohn Jonathan wurde zwei Wochen vor dem Waffenstillstand mit seinem Jagdflugzeug abgeschossen und nie gefunden; meine ältere Tocher Lily, von der ich mich entfremdet hatte, starb vor fünf Jahren in Australien im Kindbett, und ihr neugeborener Sohn überlebte sie nur um zwei Wochen. Ich spreche nie über diese Abfolge tragischer Ereignisse und erwähne sie hier auch nur, um das Offensichtliche hervorzuheben: Ich habe für niemanden außer Ellie zu hoffen und zu planen – und während ich an diesem Vormittag darauf wartete, dass Grey zum Essen kam, machte ich mir alle möglichen Gedanken um sie.

Ich wusste nichts mit mir anzufangen, und so tigerte ich herum, zuerst in meinem Arbeitszimmer, dann im Garten und schließlich in der Küche, wo ich störte und Ellie im Weg stand. Irgendwie kam ich nicht zur Ruhe: Ich sorgte mich um Ellies Zukunft und fühlte mich verfolgt von dem geflügelten Kind auf dem Foto; wieder einmal fühlte ich mich alt, schäbig und ungeschickt. Mein edler Entschluss von gestern Abend erschien mir immer unrealistischer. Die Wahrheit schreiben? Was war überhaupt die Wahrheit? Vielleicht sollte ich mich nicht um die Vergangenheit kümmern, sondern um die Gegenwart.

Mir kam eine Idee: Wenn ich Grey wie vorläufig geplant in meine Nachforschungen einbezog, musste er zwangsläufig öfter nach The Pines kommen. Dann würde Ellie häufiger mit ihm zusammentreffen. Ich selbst hielt zwar nicht besonders viel davon, aber ihr würde das bestimmt gefallen, denn wir führen hier ein ziemlich isoliertes Leben, und Ellie kommt nicht viel heraus. Meine Großmut munterte mich augenblicklich auf. Frisch beflügelten Schrittes kehrte ich von einem Abstecher zu der melancholischen Araukarie zurück.

Als ich das Haus erreichte, traf eben Terence Grey ein. Und Ellie, die den ganzen Vormittag in der Küche geschuftet und Brot und eine Hähnchen-Pastete gebacken hatte, erklärte ihm ohne mit der Wimper zu zucken, sie wisse nicht genau, was es gebe; er müsse halt vorlieb nehmen. Diese unschuldige Täuschung erfreute mich. Wie der Vater, so die Tochter, sagte ich mir. Ich mag ja langsam alt werden, aber noch bin ich im Vollbesitz meiner Geisteskräfte. Ich habe im Ersten Weltkrieg gekämpft, und im Zweiten war ich wieder in der Tretmühle und habe Codes geknackt. Immer noch ein gerissener alter Fuchs, sagte ich mir. Ich spürte, dass ich Grey mehr als gewachsen war und ausgezeichnet in der Lage, ihn in die richtige Richtung zu lenken und mit allen einzelkämpferischen Ambitionen, die er vielleicht an den Tag legen würde, fertig zu werden.

Lange würde ich nicht brauchen, um herauszufinden, was genau der alte Frith ihm erzählt hatte. Und unter anderem mit dieser tröstlichen Absicht bot ich Grey ein Glas von meinem neuesten Sherry aus einem Gelegenheitskauf an – gar nicht übel; ein wenig süß, aber trotzdem eine Entdeckung. Dann nahm ich ihn an seinem grauen Anzugärmel und bat ihn überaus freundlich in mein Arbeitszimmer, um vor dem Essen noch ein wenig zu plaudern.

6. Kapitel

»Und, wie haben Sie den alten Frith angetroffen?«, begann ich. Sinnlos, um den heißen Brei herumzureden. »Etwas Interessantes erfahren? Ist Ihnen warm genug hier drinnen, Grey? Heute Morgen war es ganz schön frisch, fand ich. Ellie hat den Kamin für mich angezündet. Wie ist der Sherry? Ich hoffe, er entspricht Ihrem Geschmack.«

Ich hatte mich mit dem Rücken zum Feuer niedergelassen, das sehr zufrieden stellend vor sich hinloderte. Wie fast immer, wenn er herkommt, wanderte Grey im Zimmer umher, bevor er sich setzte. Seine Blicke glitten über meine Bücherregale, die wie zur Zeit meines Großvaters alle vier Wände bedecken und vom Boden bis zur Decke mit einer ausgezeichneten Auswahl von Büchern bestückt sind. Bevor er ein Gespräch mit mir beginnt, unternimmt Grey gern einen kurzen Inspektionsgang an diesen Regalen entlang, und dieser Morgen machte da keine Ausnahme. Wie gewöhnlich begann er herumzustreichen und schaute sich die Titel an; ich lächelte in mich hinein. Ich habe oft beobachtet, dass manche Gäste es lieben, in fremden Bücherregalen zu »lesen« und daraus alle möglichen übereilten Schlüsse über den Charakter oder die intellektuellen Neigungen des Betreffenden zu ziehen. Grey gehört dazu. Da ich diese Gewohnheit irritierend finde, habe ich seit seinem letzten Besuch einige Veränderungen in der Anordnung auf den Regalen vorgenommen. Ich hatte einen kleinen Test für ihn vorbereitet und war neugierig: Würde er es bemerken oder nicht?

Wenn man eintritt, stehen zur Linken die älteren, ledergebundenen Bände, einst der Grundstock der Bibliothek meines Großvaters. Grey ging vorüber und warf ihnen einen flüchtigen Blick zu. Dahinter, am Erkerfenster, folgen die Abteilungen Naturgeschichte, Militärgeschichte und die in Maroquinleder gebundenen Klassiker, die zu lieben mein Großvater mich gelehrt hat, zuerst die Griechen und dann die Römer. Ellie staubt sie gewissenhaft ab, aber ich fürchte, oft wird darin nicht gelesen. Mein Großvater hat mich allerdings gut unterrichtet, sodass ich immer noch lange Passagen aus der *Ilias* aus dem Gedächtnis zitieren kann. Barker ist bei diesen mitreißenden Vorträgen mein einziges Publikum, was wahrscheinlich auch besser ist.

Bei dieser Abteilung hielt Grey kurz inne und ging dann weiter zur hinteren Ecke, wo diese Gottheiten ihren englischen Pendants die Hände reichen. Hier beginnen wir mit Chaucer und Malory: Sein abgegriffenes Werk *Le Morte d'Arthur* war das Lieblingsbuch meiner Mutter und als Kind auch meines; Malory verdanke ich meine Vornamen Arthur und – Gott helfe uns; ich bewahre Schweigen darüber – Lancelot.

Grey verweilte in Camelot und schritt dann rasch an all den offensichtlichen Standardwerken vorbei: Shakespeare, Milton, Dryden, Pope – all die Lyriksammlungen, die mein verstorbener Sohn liebte. Nachdenklich blieb er in der dunklen Ecke stehen, in der auf einem hoch gelegenen Bord die Romantiker schmachten, hielt bei Housman an und begann mit den Romanen. Dort, an der Rückwand, streifen wir über Sterne und den unvergleichlichen Fielding durch das achtzehnte Jahrhundert, verweilen ausführlich bei Walter Scott, überspringen die Zimperliese Austen, nehmen Reißaus vor den verflixten Brontë-Schwestern und erreichen schließlich das Gelobte Land, nämlich Dickens und Hardy. Zum großen Finale geben wir eine kräftige Mischung aus Russen, ein oder zwei deutsche Irrläufer und ein paar clevere Franzosen, die meiner Meinung nach – die ich aus offensichtlichen Gründen niemals äußere – bei pikanten Themen unschlagbar sind.

Als Letztes haben wir an der vierten Wand, die uns nicht länger zu beschäftigen braucht, obwohl Grey sich davor aufhielt, ein bisschen Mischmasch, das heißt, die Bücher, die ich im Augenblick nützlich finde. Dazu gehören Tennyson, Conan Doyle – noch ein Arthur –, Miss Agatha Christie, Shakespeares gesammelte Werke, ein von meinem Großvater verfasster Band mit dem Titel *Die Geschichte der Gemeinden Manderley und Kerrith, mit Wanderrouten*, Bowmans 1930 erschienener Klassiker *Große Mordprozesse unserer Zeit*, die beiden Bücher über das »Rätsel von Manderley«, die 1890er Auflage von *Abenteuergeschichten für Knaben – Sonderausgabe* sowie die vollständigen Werke von Marcel Proust.

In dieser letzten Abteilung hatte ich seit Greys letztem Besuch einige Änderungen vorgenommen. Würde er mein Manöver entdecken? Verstand er die Anspielung? Ihm entgeht sehr wenig, und er besitzt ein enormes Gedächtnis. Ich erhaschte ein amüsiertes Aufblitzen in seinem Blick; er nahm einen der Bände aus dem Regal – gut erkannt, Mr. Grey, Sie haben den Test bestanden – und lächelte. Dann ging er – wie ich ebenfalls vorhergesehen hatte – beiläufig an meinem Schreibtisch vorbei.

Wie gesagt, ist er unaufgeräumt, aber ich hatte mein morgendliches Päckchen in einer auffälligen Position zurückgelassen. Da lag der Umschlag und direkt in der Mitte das schwarze Schulheft, geschlossen, mit zugebundenen Lederbändchen. Ich beobachtete Grey genau. Kein Anzeichen einer Reaktion. Dies sagte mir leider nicht viel, denn a) hatte er es vielleicht wirklich nicht bemerkt und b) ist er ohnehin nur schwer aus der Ruhe zu bringen.

Schließlich drehte er am Kamin bei, wo ich saß. Er beugte sich hinunter und tätschelte Barker, der ihn zum Dank mit seiner übel riechenden Zunge ableckte. Barker hielt an diesem Punkt mehr von Grey als ich. Ich behielt mir mein Urteil noch vor. Viel hing davon ab, wie Grey beim Essen sein Besteck handhabte und was er über Frith erzählte, und von seinem Verhalten, wenn ich ihm bei unserem Spaziergang Manderley zeigte. Ich hatte mir eine Frist bis zum

Ende dieses Tages gesetzt, um mir eine Meinung zu bilden – und das tat ich auch, obwohl nicht ganz so, wie ich erwartet hatte, wie im Folgenden klar werden wird.

Grey besitzt ein ausgezeichnetes Gehör, aber wenn es ihm passt, kann er sich auch eigenartig taub stellen. So war es heute. Irgendwie vernahm er meine Frage bezüglich des Sherrys, aber nicht die nach dem Befinden des verknöcherten Frith. Er hielt sein Glas gegen das Licht, nahm einen Schluck und erlitt einen kurzen Hustenanfall. »Hmm, höchst ... ungewöhnlich«, bemerkte er. »Wo haben Sie denn diesen Tropfen aufgetrieben, Oberst Julyan?«

»Freut mich, dass er Ihnen schmeckt«, gab ich zurück. »Ich bin über die Schwestern Briggs darangekommen. Irgendein Bursche drüben in Tregarron hat ihnen eine Kiste davon verkauft. Ist wohl hinten von einem Boot gefallen ...« Ich tippte an meine Nase. »Außerordentlich preiswert. Die Damen Briggs hatten ein schlechtes Gewissen, daher schienen sie ganz erpicht darauf, die eine oder andere Flasche davon loszuwerden ...«

»Schwarzmarkt. Tsss, tss ...«, meinte Grey und nahm noch einen Schluck. »Die Farbe ist bemerkenswert, Sir. Und der Geschmack ... Ich finde keine Worte, ihn zu beschreiben ...« Er bückte sich, um Barker noch einmal zu streicheln, was ich überflüssig fand. Dann wanderte er zum Fenster und bemerkte, was für einen schönen Tag wir doch hätten. Ich hegte nicht die Absicht, ihm das durchgehen zu lassen.

»Und was hatte der alte Frith nun zu sagen?«, wiederholte ich, dieses Mal nachdrücklicher. »Sie hätten erwähnen sollen, dass Sie ihn besuchen wollten, ich hätte Sie gern begleitet. Es ist Jahre her, dass ich ihn gesehen habe – mindestens fünfzehn ... Hat er über Lionel de Winter geredet, Maxims Vater? Er war ihm sehr ergeben und hat Lionel während seiner tödlichen Krankheit gepflegt, war zugegen, als er 1914 starb ...«

»1915, Sir. Glaube ich jedenfalls.«

»Ja, ja. Wie ich mich erinnere, neigt er dazu, ein bisschen darauf herumzureiten. Ein wenig morbide, unser alter Freund Frith.«

»Tatsächlich? Ist mir gar nicht aufgefallen. Sicher, er hat Lionel de Winter ein- oder zweimal erwähnt, aber nur beiläufig. Der alte Herr ist natürlich einsam, erschien mir aber trotzdem bemerkenswert vergnügt. Inzwischen sitzt er im Rollstuhl, aber er ist sehr rüstig und hält die Schwestern auf Trab ...«

Das konnte ich mir nur zu gut vorstellen: Frith, der auf Manderley einst ein Heer von Dienstboten befehligt hatte, Frith, der ein Staubkörnchen auf hundert Schritte Entfernung ortete ... Ich stellte fest, dass das Wort »rüstig« mich seltsam deprimierte. Nur ein junger Mensch würde es gebrauchen. Grey ist irgendwo in den Dreißigern. Ich war mir auch nicht sicher, ob das Wort »einsam« mir gefiel. War es möglich, dass Grey auch mich für einsam hielt? Das wäre unerträglich. Ich nahm einen ordentlichen Schluck Sherry; er hatte einen höchst eigenartigen Beigeschmack irgendwo zwischen Fisch und Sirup, der zuerst ein wenig erschreckend wirkte, aber der Geschmack verbesserte sich entschieden, nachdem der Sherry Luft bekommen hatte. Ich bohrte weiter.

»Hat er denn Rebecca erwähnt?«, fragte ich gespielt lässig. »Wahrscheinlich schon. Offen gesagt, er hatte etwas gegen sie ...«

»›Etwas‹, Sir?«

»Nun ja, er hat sie nie gemocht – hatte ich das nicht erwähnt? Tatsächlich lehnte er sie ab. Sie hatte Mrs. Danvers als Haushälterin mitgebracht, und Frith fühlte sich vor den Kopf gestoßen. Eine Haushälterin, die ihm das Wasser reichen konnte – darauf war der alte Frith nicht allzu erpicht. Nicht dass an Mrs. D. etwas auszusetzen gewesen wäre. Sie hat ihre Arbeit ausgezeichnet gemacht – und ich hatte immer den Eindruck, dass ihn das noch mehr geärgert hat. Ich hoffe, Sie haben das alles berücksichtigt, Grey. Und denken Sie erst recht daran, wenn Sie diesen verflixten Jack Favell sehen – treffen Sie sich wirklich mit Favell?«

»Allerdings. Er hat jetzt endlich zugestimmt, nachdem er mich wochenlang hingehalten hatte. Jetzt will er mich auf einmal so bald wie möglich kennen lernen. Ich fahre Freitagmorgen nach London.«

»Nun ja, ich hoffe, Sie erinnern sich an das, was ich Ihnen schon die ganze Zeit rate. Frith ist nicht zu trauen – und Favell ganz bestimmt nicht. Er wird Ihnen einen Haufen Lügen auftischen. Sie sollten seine Aussage auf keinen Fall für bare Münze nehmen. Hundert Mal habe ich Sie schon gewarnt, Grey – hüten Sie sich vor befangenen Zeugen!«

»Allerdings haben Sie mich gewarnt, Sir«, antwortete Grey. »Und ich denke ständig an diesen speziellen Rat. Er steht mir immer vor Augen.«

Trocken. Seine Art war trocken. Sein Ton klang eindeutig ironisch. Man hätte sagen können, dass er ins Sarkastische spielte, obwohl ich keine Ahnung habe, warum. Ich wollte Grey schon auf sein Verhalten ansprechen, als Ellie, rosig überhaucht nach ihren Mühen in der Küche, den Kopf durch die Tür steckte und verkündete, das Essen sei fertig.

»Ellie, Liebes, da bist du ja!«, rief ich aus. »Wo hast du bloß gesteckt? Lass dir ein Glas Sherry einschenken ...«

Zugegeben, diese harmlose Bemerkung war eine kleine Vortäuschung falscher Tatsachen. Ich wusste nur zu gut, wo Ellie gewesen war, denn die Fleischrationierung erschwert das Kochen, und bei den – inzwischen allzu seltenen – Gelegenheiten, bei denen wir Gäste haben, macht sie einen Aufstand aus der Zubereitung der Mahlzeit. Ellie war in der Küche gewesen, mit dem Kopf im Backofen oder den Händen im Spülstein. Sie hatte geschält und vorgekocht und gequirlt und gerührt – aber ich möchte nicht, dass Fremde davon erfahren. Ellie sagt, dass ich albern bin, fast niemand hätte heutzutage noch eine Köchin und erst recht kein Hausmädchen, und außerdem koche und putze sie *gern*. Warum also versuchte ich, ein Geheimnis daraus zu machen? Darauf weiß ich keine Antwort, außer dass solche Tätigkeiten mich beschämen, und so sehr ich es auch versuche, kann ich das nicht überwinden.

Vielleicht, wenn ich einer anderen Generation angehörte; wenn ich mir nicht bitter bewusst wäre, dass solche

Tätigkeiten offenbaren, wie kläglich meine Pension ist, dass sie meine erbärmliche Zaghaftigkeit bei Investitionen verraten, durch die etwas, das einmal ein gutes, ausreichendes Privateinkommen war, zerronnen ist wie Butter in der Sonne ... Kurz gesagt, Geld ist bei uns ein bisschen knapp, und ich würde lieber sterben, als dass Grey oder sonst jemand davon erfährt.

Ellies Blick huschte zu Greys Gesicht. Ihre Wangen röteten sich noch mehr. Ellie geht sehr fürsorglich mit mir und meinen Schwächen um, und ich war mir ziemlich sicher, dass sie Greys Miene auf das geringste Anzeichen von Ironie überprüfte. »Danke, ich möchte lieber keinen Sherry, Daddy«, begann sie. »Er ist bestimmt köstlich, aber ...«

»Ich kann ihn nur empfehlen«, meinte Grey. Seine und Ellies Blicke trafen sich, und er lächelte. Sein Zuraten schien sie zu überzeugen.

»Ach, warum eigentlich nicht?«, sagte sie und erwiderte sein Lächeln. »Aber nur ein halbes Glas, nicht mehr, sonst schlage ich über die Stränge ...«

Dieses Geständnis war irgendwie charmant. Ich glaube, Grey war sehr angetan – auf jeden Fall entdeckte ich wieder dieses amüsierte Funkeln in seinen Augen. Seine bedauerliche ironische Art war verschwunden. Er wurde lebhafter und plauderte mit Ellie höflich über dieses und jenes. Ich ignorierte seine Einwände und füllte sein Glas zur Belohnung noch einmal auf. Etwa zehn Minuten später erklärte Ellie, die Pastete könne nicht mehr viel länger warten, und als ersten Gang gebe es eingelegte Shrimps – mein Leibgericht. Also begaben wir uns, ich sehr nachdenklich, ins Speisezimmer – ich hatte mich geweigert, in der Küche zu essen – und setzten uns zu einem köstlichen Mittagsmahl nieder.

Gerade war ich von neuem daran erinnert worden, wie aalglatt Grey ist: Kaum hat man ihn an der Angel, da windet er sich schon wieder los. Von ihm eine klare Antwort zu bekommen ist schwieriger als bei jedem anderen Menschen, den ich kenne – mich selbst ausgenommen. Offenkundig verbarg er etwas. Die Frage war nur, was.

7. Kapitel

Zu unserem Essen und dem darauf folgenden Spaziergang im Wald von Manderley komme ich gleich. Die Geschehnisse des Nachmittags waren seltsam und sehr aufschlussreich, aber sie versetzten mich in einen sehr beunruhigten Zustand, und ich möchte mir sicher sein, dass ich mich der Aufgabe, sie aufzuzeichnen, gewachsen fühle. Unterdessen wird mit klar, dass ich mich wie angekündigt mit einem verwandten Thema beschäftigen muss, nämlich Terence Grey selbst. Ursprünglich hatte Grey in meiner Erzählung eine kleinere Rolle spielen sollen; ich sah ihn wie gesagt als eine Art Sekretär und Handlanger, als Watson, während ich den Holmes gab. Aber die Ereignisse, die sich im weiteren Verlauf des Tages zutrugen, sollten meine Einstellung zu ihm ändern. Sie machten mir klar, dass Grey bei meiner »Suche« nach Rebecca eine entscheidende Rolle spielte. Ich habe vielleicht gezögert, mich mit der Person des Terriers, oder Terrors, zu befassen, aber nun muss ich in den sauren Apfel beißen, erklären, was es mit ihm auf sich hat, und ihn vorstellen.

Grey kam vor ungefähr sechs Monaten nach Kerrith, zu einer Zeit, als mein eigenes Geschick sich an einem Tiefstand befand. Nach zeitweiligen Schwindelanfällen und einem mysteriösen Zusammenbruch hatte man mich aus dem Verkehr gezogen. Unser guter Doktor, ein Unheilsprophet, hatte einen leichten Herzanfall diagnostiziert. Ich war und bin bis heute mit diesem Urteil nicht einverstanden, aber niemand hörte auf mich, und man stellte mich sogleich unter Arrest.

Meine »Behandlung« bestand aus Pferdepillen, von denen keine auch nur die geringste Wirkung zeitigte; außerdem sollte ich jede Aufregung vermeiden und viel ruhen. Ich bin noch nie ein guter Patient gewesen, und ich gestehe, dass diese Kur mich reizbar machte. Ich war miesepetrig und gelangweilt, und meine Sorgen trieben mich um. Damals begann ich unter Albträumen zu leiden und versank in Depressionen. Weder das Wetter, das scheußlich war – einer der schlimmsten Winter, an die ich mich erinnere –, noch Ellies Verhalten, das mir überbesorgt erschien, trugen dazu bei, meine Lage zu verbessern. Es regnete; Tag für Tag goss es, und ich saß hier am Feuer, dachte über Rebecca nach, überlegte, wie ich mein Versagen in der Vergangenheit wieder gutmachen könnte – kurz gesagt, ich war schwach und tat mir selbst Leid.

Ich glaube – nein, ich weiß –, dass ich Ellie das Leben sehr schwer gemacht habe. Ich wünschte, ich könnte behaupten, dass Alter und Krankheit plötzlich meine noblen Charakterzüge an den Tag brachten, doch das Gegenteil war der Fall. Ich verwandelte mich in jemanden, den ich nicht mochte, und je weniger ich mich leiden konnte, umso schlimmer wurde alles. Ellie war, glaube ich, ziemlich verzweifelt, und ich weiß, dass sie sich mit meinen alten Freundinnen beriet, den Briggs-Schwestern, den Töchtern von Lady Briggs, vormals Evangeline Grenville. Die Schwestern Elinor und Jocelyn sind alte Jungfern und, wie schon erwähnt, meine besten Freundinnen und Hauptinformantinnen in dieser Gegend. Die drei schmiedeten ein Komplott, und im Ergebnis wurde mir inmitten eines heulenden Dezembersturms zur Teezeit ein Neuankömmling in Kerrith vorgestellt – Terence Grey.

In mein Arbeitszimmer trat mit großen Schritten ein hochgewachsener, dunkelhaariger junger Mann mit festem Händedruck, der leichten Andeutung eines Dialekts – ein Schotte aus den Lowlands, vermutete ich – und einem Interesse an Lokalgeschichte, über das man mich bereits unterrichtet hatte. Er habe sich »darauf gefreut, mich kennen zu lernen und meine Geschichten über Manderley zu hören«, erklärten die Schwestern Briggs, und sie hätten kaum erwarten können, »uns zusammenzubringen«. Ich vernahm diese Botschaft mit Vorbehalt. Mir fiel auf, dass Ellie errötete, wenn Grey sie ansprach, und ich beobachtete verstimmt, dass die Schwestern Briggs, die unverbesserliche Kupplerinnen sind, dies ebenfalls bemerkten. Ich kam zu dem Schluss, dass man mir Mr. Grey nicht ausschließlich zu meinem eigenen Wohl vorgestellt hatte. Strengen Blickes betrachtete ich den Eindringling, ließ mich nicht einwickeln und gab mich kurz angebunden.

Nachdem er fort war, gerieten Ellie und ich in Streit, was sonst sehr selten vorkommt. Ich gab alles andere als freundliche Kommentare über Greys Akzent, Kleidung, Haarschnitt, seine Art, Tee zu trinken, und so weiter ab. Dann machte ich eine vollkommen harmlose Bemerkung – »Viel Staat kann man mit ihm ja nicht machen«, »Warum lässt der Bursche sich die Haare nicht ordentlich schneiden?«, etwas in der Art –, und Ellie ging an die Decke. Sie erklärte mir, ich sei ein totaler Snob, ich lebe im falschen Jahrhundert und solle mich schämen. Sie ließ mich links liegen, und mein Frühstückstoast war angebrannt. Eine Woche lang musste ich zu Kreuze kriechen, ehe sie mir ganz verziehen hatte. Natürlich initiierte ich sogleich Nachforschungen bezüglich Greys Vorleben und seiner Position.

Wie ich erfuhr, hatte Grey mit seinem Eintreffen die Damenwelt von Kerrith in Aufruhr versetzt. Zu Beginn durch sein gutes Aussehen und seinen angenehmen Umgang; dazu kam dann noch die elektrisierende Kunde, er sei ledig. Seit dem Krieg sind Junggesellen jeder Art in dieser Gegend eine Rarität, und *heiratsfähige* Junggesellen muss man mit der Lupe suchen. Nicht lange nachdem er mir erstmals vorgestellt wurde, konnte ich mich aus erster Hand davon überzeugen, welch machtvolle Anziehungskraft diese Kombination darstellte.

In der Zwischenzeit hatte ich noch einige Gespräche mit Grey geführt; das Wetter hatte sich gebessert und meine Gesundheit bis zu einem gewissen Grad ebenfalls. An milden Tagen ging ich schon wieder aus, und Marjorie Lane, die gegenwärtige Sekretärin unserer Gesellschaft für lokale Geschichte, eine schreckliche Frau mit progressiven Ansichten, hatte mich überredet, einen Vortrag zu halten. Sie ist vor ungefähr zehn Minuten aus London hergezogen und hält sich für eine Expertin in Themen, von denen sie nicht die geringste Ahnung hat, einschließlich Manderleys und Rebeccas natürlich. Derzeit bewohnt sie ein »schmuckes« kleines Cottage über dem Hafen, wo sie mit Ölfarben kleckst und töpfert.

»Dieser nette Mr. Grey wird auch zu unserer Versammlung kommen«, erklärte sie mir, als wir uns, die Lebensmittelmarken in der Hand, beim Metzger begegneten. Er hält immer ein Huhn für Ellie vorrätig – unter der Theke natürlich. »Wir beiden sind schon die *allerbesten* Freunde – und ich habe ihn überredet, unserer Gesellschaft beizutreten. Wir brauchen junges Blut, meinen Sie nicht auch, Oberst? Ich weiß, dass er sich auf Ihren Vortrag freut – wie wir alle. Haben Sie sich schon für ein Thema entschieden? Oder ist das noch ein Geheimnis? Ich weiß, dass Mr. Grey hofft, Ihre ›Erinnerungen an Manderley‹ zu hören oder ›Manderley, wie ich es kannte‹ – dürfen wir uns vielleicht darauf freuen?«

»Nicht viel hier, das einen in Versuchung führen könnte, nicht wahr?«, gab ich zurück, indem ich ihre Frage ignorierte, und wies auf die Nachkriegsfülle in der Auslage – einen Strang Würstchen, ein Stück Hammelhals und mehrere gehäutete Kaninchen, die nicht einmal Barker angerührt hätte. Das fürchterliche Weib quittierte meine Bemerkung mit einem schelmischen Lächeln.

»So sieht es aus«, antwortete sie mit einer höchst eigenartigen und unnötigen Betonung. »Aber die verstecken eine Menge saftiger Brocken – zumindest habe ich das gehört ...«

Der Abend meines Vortrags kam. Mit einem Tweedanzug ausstaffiert, machte ich mich auf den Weg; ich hatte mit der Idee gespielt, die zahlreichen bemerkenswerten Verbindungen dieser Gegend mit der Artus-Legende zu erörtern, aber schließlich lieferte ich eine höchst unterhaltsame und sogar gelehrte Abhandlung über die alten Galgenhügel, von denen unsere historische Stadt umgeben ist, wobei ich nur selten auf meine umfangreichen Notizen zurückgriff. Terence Grey saß tatsächlich im Publikum, und seine Anwesenheit verursachte ... nun, dieses Ereignis eine Sensation zu nennen ist keine Übertreibung.

Am Ende der Versammlung wurden wie immer Erfrischungen gereicht: vom Stehen bitterer Kaffee, steinharte Rosinenplätzchen und Würstchen im Schlafrock. Ellie und ich hielten uns zurück; Mr. Grey war augenblicklich umzingelt. Ein ganzes Aufgebot alter Schachteln, angeführt von der Lane, rückte ihm auf den Leib. Diskutierten sie über Galgenberge und meine diesbezüglichen Offenbarungen? Nein, sie hatten sofort das Thema Heirat angesteuert, das ihnen natürlich auch sonst ständig im Kopf herumschwirrt.

»Warum sind Sie denn nicht seit Jahren in festen Händen, Mr. Grey?«, meldete sich Elinor Briggs zu Wort, während ich mich aus der Nachhut näherte, um ihn zu retten. Aber Elinor hat schon immer schnell geschaltet. All die alten Krähen bleckten ihre Zähne zu einem spitzbübischen Lächeln, und ich erwartete Greys Antwort mit Interesse. Würde er eine witzige Bemerkung anbringen? Oder geschickt dementieren? Nein, keines von beidem. Er lief rot an und stammelte eine verlegene Antwort. Würden die Damen jetzt das Interesse verlieren? Ganz im Gegenteil. Frauen können Schüchternheit bei einem attraktiven Mann nicht widerstehen, und die weibliche Bevölkerung von Kerrith streckte augenblicklich die Waffen.

Heute, Monate später, ist diese wichtige Frage noch immer unbeantwortet, doch Greys Biografie lässt sich in kurzen Worten zusammenfassen. Er stammt aus Schottland, ich glaube, aus der Grenzregion. Nach dem Besuch eines Gymnasiums, von dem ich nie gehört habe, erlangte er ein Stipendium für Cambridge, meine eigene Alma Mater. Ich war zuerst auf dem Trinity und dann in Sandhurst; Grey besuchte irgendein anderes College. Das

King's? Caius? Vergessen. Er machte einen guten Abschluss in Geschichte – kann sogar eine Eins gewesen sein – und arbeitete, glaube ich, als eine Art Lehrer, bis 1939 der Krieg dazwischenkam. Ich nehme an, dass er sich freiwillig meldete oder eingezogen wurde – aber über diese Zeit mag er nie diskutieren, und da ich selbst ein solches Schweigen respektiere, habe ich ihn nicht bedrängt. Kürzlich scheint er eine Krise durchgemacht zu haben, die fast mit Sicherheit mit einer Frau zu tun hat. Was immer geschehen ist, hat ihn bewogen, Veränderungen in seinem Leben vorzunehmen.

Anscheinend hat er seine Stellung aufgegeben, alle Verbindungen gekappt und ist von allen unwahrscheinlichen Orten ausgerechnet in diese Gegend gekommen, um Arbeit zu suchen. Einmal angekommen, bewarb er sich, obwohl er dafür lächerlich überqualifiziert ist, um eine befristete Teilzeitstelle in der Bibliothek unseres Grafschaftsarchivs in Lanyon und bekam sie auch – ein Posten, der auf so kurze Zeit bemessen, so langweilig und unterbezahlt ist, dass er seit Monaten vakant war. Dort arbeitet Grey jetzt drei Tage pro Woche und katalogisiert die Grundbücher des de-Winter-Besitzes, die, soweit ich weiß, nach Maxims Tod von den Anwälten der zweiten Mrs. Winter dort deponiert wurden. Er hat ein winziges Cottage am Rand von Kerrith gemietet und widmet den Rest seiner umfangreichen Freizeit dem, was er seine »Recherchen« nennt. Er spricht immer in sehr bescheidenem Ton davon, aber ich glaube, an Mr. Grey ist eine Menge mehr, als es auf den ersten Blick scheint, und ich habe ihn im Verdacht zu *schreiben*. Meiner Meinung nach sollen seine »Recherchen« die Grundlage für ein *Buch* liefern. Ich habe auch eine ziemlich genaue Vorstellung davon, was das Thema sein soll ... aber ich will nicht vorgreifen.

Als mir dieser Verdacht zum ersten Mal kam, kannte ich Grey etwa sechs Wochen. Wir hatten begonnen, uns regelmäßig zu treffen, und ich fand ihn sympathisch. Er ist ein ausgezeichneter Zuhörer; scharfsinnig, gebildet, beharrlich und hochintelligent. Mir gefiel die Vorstellung, dass Grey vielleicht Material verwenden würde, das ich ihm gab. Damals stellte ich mir vor, dass er ein sehr allgemeines Buch schrieb, so etwas wie das unschätzbare Werk meines Großvaters, *Geschichte der Gemeinden Kerrith und Manderley, mit Wanderrouten.*

In diesem Glauben wiegte ich mich und wurde gesprächiger. Dann wurde mir bewusst, dass Greys Interesse sich verengte. Hatte er sich zunächst mit einem großen Gebiet unserer Umgebung und mehreren alten Familiengütern beschäftigt, so schoss er sich jetzt auf einen speziellen Besitz ein: Manderley. Aber immer noch war ich so davon überzeugt, dass Grey ein stumpfsinniger Bibliothekar war, dessen Hauptinteresse Themen wie mittelalterlichen Grenzmarkierungen galt, dass ich selbst da noch keine Besorgnis empfand. Ich ließ mich von ihm aus der Reserve locken, was rückblickend vielleicht etwas unbesonnen war.

Dann fiel mir nach und nach auf, dass mittelalterliche Grenzsteine für ihn *nicht* von Belang waren; und er interessierte sich auch nicht wirklich für die frühe Geschichte der Familie de Winter. Sie ist wild bewegt, und besonders das achtzehnte Jahrhundert war ereignisreich mit seinen Bettgeschichten, Bastarden und Amouren. Aber all meine Erzählungen über diese de Winters, sogar die farbigste über die verdorbene Caroline de Winter und ihren Schwerenöter von Bruder, stießen auf taube Ohren, denn Mr. Greys Interesse galt weit moderneren Zeiten.

Als ich das endlich erkannte – heute verfluche ich mich für meine Begriffsstutzigkeit –, wurde ich sofort vorsichtig und nahm meine Nachforschungen von neuem auf. Wer genau war Mr. Terence Grey, der erst seit kurzem unter uns weilte? Warum war er so erpicht darauf gewesen, diese schlecht bezahlte, unbedeutende Stelle anzunehmen – und warum gab er sich so große Mühe, Freundschaft mit mir zu schließen? War der Grund wirklich, wie Ellie behauptete, dass er mich mochte? Ich begann an seinen philanthropischen Motiven zu zweifeln.

Die Briggs-Schwestern, Marjorie Lane und andere setzten mich ins Bild. Terence Grey, so schien es, hatte eine traurige und rührende Vergangenheit: Als kleiner Junge oder als Säugling verwaist – in diesem Punkt drückten sich alle verdächtig vage aus –, hatte er seine frühe Kindheit in diversen Heimen verbracht. Dann war er von einer Frau adoptiert worden, die er »Tante May« nannte, eine gutherzige Seele, die in der Nähe von Peebles oder vielleicht auch Perth lebte. »Tante May« besaß Verwandtschaft in dieser hinterwäldlerischen Gegend und hatte den Knaben in den Ferien häufig mit hergenommen. Er war am Strand herumgetollt, auf den Küstenpfaden spazieren gegangen und so weiter und so fort. So hatte er eine große Anhänglichkeit an Kerrith und die Umgebung entwickelt.

Nach dem Krieg war »Tante May« gestorben und hatte ihrem kleinen Terence ein bescheidenes Erbe hinterlassen. Dieses schenkte ihm ein gewisses Maß an Unabhängigkeit und ermöglichte es ihm, an den Schauplatz seines Kindheitsidylls zurückzukehren. Derzeit besserte er damit sein unzureichendes Gehalt auf, und es ging sogar das Gerücht, jene umsichtige Schottin habe so viel Geld auf die hohe Kante gelegt, dass Grey überlege, das Häuschen zu kaufen, das er zur Miete bewohnte. Für diesen Aspekt der Geschichte erwärmten sich die Schwestern Briggs besonders, denn aus Gründen, die über mein Verständnis hinausgingen, schienen sie zu glauben, die Frage, ob Grey gut genug situiert war, um Eigentum zu erwerben, sei für mich von Belang.

»Natürlich haben wir ihn in jeder Weise bestärkt!«, rief Jocelyn, die jüngere der beiden Briggs. »Wir finden, das wäre in jeder Hinsicht äußerst passend, nicht wahr, Elinor? Er hat das Cottage ganz gemütlich und bezaubernd hergerichtet – und es sind nur zehn Minuten zu Fuß nach The Pines, eher weniger! Praktischer geht es gar nicht.«

»Praktischer für wen?«, fragte ich kühl.

»Wie? Für *alle* natürlich, lieber Arthur«, stotterte Jocelyn, die nervös wurde.

»Wir meinen«, schaltete sich Elinor ein und warf ihrer Schwester einen mahnenden Blick zu, »dass es reizend wäre, wenn Mr. Grey sich hier *auf Dauer* niederlassen würde. Und nett für Sie, lieber Arthur! Sie beide sind inzwischen so gute Freunde, und Sie teilen so viele Interessen ...« Sie unterbrach sich. »Ich kann kaum glauben, dass er Ihnen nie von seiner Kindheit erzählt hat. Er hat wirklich nie von seiner Tante May gesprochen? Wie merkwürdig! Jocelyn und ich hatten eigentlich damit gerechnet, dass Sie einige Lücken schließen könnten – wir dachten, Sie wären vertraut mit der ganzen Geschichte ...«

Das war ich auch: Ich hatte diese Geschichte beziehungsweise Variationen davon in zahllosen Romanen gelesen. Ihre Anklänge an Charles Dickens verunsicherten mich. Sollte ich Grey seine Tante May alias Betsy Trotwood abnehmen? Da ich nicht so leichtgläubig bin wie die altjüngferlichen Briggs-Schwestern, war ich mir da gar nicht sicher. Ich vermutete, dass der Terrier mich aus sehr gutem Grund mit diesen Einzelheiten verschont hatte – mir konnte er keinen Sand in die Augen streuen, und ich denke, das wusste er.

Mein Misstrauen war geweckt. Was verbarg Grey? Könnte er unehelich geboren sein? Allmächtiger Gott, war es möglich, dass er verheiratet war und Frau und Kind in Perth oder Peebles zurückgelassen hatte? Ich passte auf, was ich preisgab, und beobachtete mit Argusaugen, wonach genau er sich erkundigte. Sogleich wurde sein Blickwinkel klar. Mittelalterliche Grenzsteine? Was war ich doch für ein Schwachkopf gewesen! Grey interessierte sich schon für die Familie de Winter, aber sein Hauptinteresse hatte immer Rebecca gegolten.

Und aus welchem Grund? Diese Frage stellte ich mir, sobald ich sein Interesse bemerkt hatte. Konnte eine weitläufige persönliche Verbindung bestehen, die eine Erklärung lieferte? Wenn man Greys Behauptungen Glauben schenkt, er habe in seiner Kindheit hier die Ferien verbracht, dann muss er während der zweiten Hälfte der zwanziger Jahre hergekommen sein, als Rebecca noch lebte und auf der Höhe ihres gesellschaftlichen Ruhms stand. Wenn diese Besuche sich bis in seine Jugendzeit fortgesetzt hatten, war denkbar, dass er sich zur Zeit ihres Verschwindens oder der darauf folgenden Untersuchung hier aufgehalten hatte. Die Seiten der Zeitungen waren voll von Einzelheiten gewesen, und die Gerüchteküche brodelte. Konnten Grey und seine Tante, die wohl in einer bescheidenen Pension abstiegen, diese Geschichten gehört haben? War damals der Keim für Greys Interesse gelegt worden? Möglich schien das zu sein. Verbrechen – und Strafe – waren auf jeden Fall Themen, die ihn interessierten.

Schließlich war ich entnervt und fragte ihn ohne Umschweife. Ich schilderte ihm dieses Szenario, doch er wies alles von sich. Sicher hatte er als Junge von Manderley gehört – wie hätte es anders sein können, da doch jeder zweite Laden Ansichtskarten mit Aufnahmen des Hauses verkaufte? Seine Tante und er seien normalerweise weiter flussaufwärts untergekommen; sie pflegten ein kleines Cottage am Wasser zu mieten, nahe der alten Kirche von Pelynt. Er glaube sich zu erinnern, dass er einmal der Kirche von Manderley einen Besuch abgestattet hatte, um Messingplatten an den mittelalterlichen de-Winter-Gräbern abzupausen. Aber er und seine Tante hätten sich in sehr einfachen Kreisen bewegt, und er könne sich nicht erinnern, dass über Rebecca und Maxim de Winter, diese hochrangigen Personen, geredet worden sei. Was die gerichtliche Untersuchung und das darauf folgende Feuer anging, so meinte er sich zu erinnern, dass er in den überregionalen Zeitungen darüber gelesen hatte – aber zu dieser Zeit war er mindestens fünfzehn und verbrachte die Ferien nicht mehr in dieser Gegend.

Grey hielt inne und wechselte dann das Thema, als sei er zufrieden mit diesem Miniaturporträt eines ernsten Knaben und jungen zukünftigen Historikers. Alles in allem nahm ich ihm die Geschichte über das Abpausen der Grabplatten ab. So etwas war typisch für ihn: Selbst als Erwachsener hat sich Grey seine Begeisterung für Kirchen und Grabmäler bewahrt, und er wandert bei jedem Wetter meilenweit, um sie zu besichtigen. Dies geht Hand in Hand mit seiner Leidenschaft für alte Bücher und Dokumente und dafür, tagelang Bibliotheken, Zeitungsarchive und Antiquariate zu durchstöbern.

Er ist ein Mann – jedenfalls dachte ich das zu Anfang –, der *Beweismaterial* liebt, der Freude daran hat, mittels der Aufzeichnungen von Gütern, Kirchenregistern, Inkunabeln, Geburts-, Heirats- und Sterbeurkunden die Vergangenheit zu rekonstruieren; jemand, der Testamente überprüft, staubige und vergessene Briefe, Tagebücher und Notizhefte ausgräbt – und ich konnte gut verstehen, dass für einen solchen Menschen Manderley eine besondere Herausforderung darstellte. Warum? Weil diese Geschichte Lücken aufweist – gewaltige Lücken – und der Historiker in Grey sich von diesem augenscheinlichen Vakuum sofort angezogen fühlte.

Als Manderley niederbrannte, wurde alles, was sich im Haus befand, vollständig zerstört. Das Feuer brach sechsunddreißig Stunden nach der gerichtlichen Untersuchung über Rebeccas Todesursache aus. Es begann bei Nacht und raste durch das Gebäude. Alles ging dahin: das exquisite Mobiliar, das Rebecca zusammengetragen hatte, die Porträts mit den stechenden Augen, die mir als Kind solche Angst eingejagt hatten, und sämtliche Familienpapiere der de Winters.

Aber die Unterlagen des Gutes sind erhalten geblieben, wie ich schon sagte: Zur Zeit des Brandes waren sie im Büro des Verwalters untergebracht, wo sie von Frank Crawley pingelig gehütet wurden; inzwischen sind sie in genau das Archiv gewandert, in dem Grey arbeitet. Überflüssig zu sagen, dass er sich schnell vertraut damit gemacht hat. Zuerst amüsierte mich seine Faszination für dieses staubtrockene Zeug. Es kam mir absurd vor, dass ein gesunder, aktiver junger Mann von Verstand sich freiwillig mit diesen Details über Anbauflächen, Pächter, Pachteinnahmen und Fruchtwechsel beschäftigte. Mich selbst fasziniert eher die romantische Seite der Historie; Malory hat mir ein bleibendes Erbe hinterlassen. Ich mag Liebesaffären, verhängnisvolle Leidenschaften, Schurkereien, Schlachten und verwegene Taten – und ich war so dumm, mich Grey gegenüber auch noch gönnerhaft zu fühlen, weil diese läppischen Dinge ihn so gefangen nahmen. Je mehr er sich wie ein Maulwurf darin vergrub, desto geringer schätzte ich ihn.

Jetzt begreife ich, dass er sich dadurch auf sein eigentliches Ziel vorbereitete; und ich hege den Verdacht, dass Grey in diesen Akten einige kleine Juwelen entdeckt hat, von denen niemand etwas ahnte. So hat er ein ausgesprochenes Interesse an einer Pächterfamilie der de Winters an den Tag gelegt, den Carminowes, an die ich mich aus meiner Kindheit gut erinnere und über die ich schon lange meine eigenen Vermutungen hege. Eine traurige Geschichte – drei Söhne sind im Ersten Weltkrieg gefallen, und ihre hübsche, verwitwete Mutter musste die beiden jüngsten Kinder, von denen eines – Ben, der Junge – von Geburt an schwachsinnig war, allein durchbringen.

Grey hatte sich die Mühe gemacht, ihre Geschichte weiterzuverfolgen, und er war es auch, der herausfand, dass Ben Carminowe, der in den Buchten unterhalb von Manderley herumzustreichen pflegte, tot war – anscheinend ist er im Irrenhaus der Grafschaft verstorben. Vielleicht hatte ich zum ersten Mal ein ungutes Gefühl, als Grey begann, mich über diese loyalen Pächter der de Winters auszufragen. Bald verstärkten sich meine Bedenken. Nachdem er die Papiere des Besitzes ausgewertet hatte, wandte Grey seine Aufmerksamkeit meinem kleinen Archiv zu. Die Familienpapiere der de Winters mochten in Rauch aufgegangen sein, aber was war mit der Fülle an Informationen, die in meinem Arbeitszimmer verborgen lagen – und in meiner Erinnerung?

An diesem Punkt begann der Terrier mich regelrecht ins Kreuzverhör zu nehmen. Er wollte alles über Lionel, die arme Virginia und den alten Drachen hören. Er wollte wissen, wie Maxim als Junge war, und er wurde ganz lebhaft, als ich fallen ließ, dass vor unendlichen Zeiten, als meine Schwester Rose, der Blaustrumpf, noch jung und hübsch war, sie und Maxim kurze Zeit vorhatten zu heiraten. »Kurz vor dem Ersten Weltkrieg?«, versetzte Grey scharf.

»Ungefähr um die Zeit«, antwortete ich und trat schnell den Rückzug an. »Wenn ich heute darüber nachdenke, war vielleicht gar nichts daran. Die Leute haben ständig spekuliert – Maxim war schließlich der Erbe von Manderley. Er und Rose waren fast im gleichen Alter, und sie waren befreundet, was in mancherlei Hinsicht erstaunlich ist ...«

»Warum das?«

»Weil Rose schon damals immer die Nase in die Bücher steckte. Und das entsprach im Grunde gar nicht Maxims Geschmack. Wenn ich recht überlege, waren die meisten de Winters ziemliche Banausen, und Maxim stand unter ihrem Einfluss. Er hielt sich gern im Freien auf, segelte, ritt. Andererseits sah er gut aus, war schneidig. Und selbst damals, noch vor dem Krieg, hatte er einen melancholischen Zug – ich vermute, das faszinierte Rose ...«

»Natürlich war er auch sehr reich. Eines Tages würde ihm Manderley gehören.«

Ich war verärgert. »Wenn Sie glauben, dass das meine Schwester beeinflusst hätte, dann befinden Sie sich auf dem Holzweg«, widersprach ich einigermaßen erregt. »Sie kennen Rose nicht. Schon im Kinderwagen war sie Sozialistin und mit sechs Suffragette. Rose wünschte sich nur eines: nach Cambridge zu gehen – Gott helfe uns – und den Rest ihres Lebens damit zu verbringen, unverdauliche Bücher mit Massen von Fußnoten zu schreiben. Und genau das hat sie auch getan. Jetzt ist sie *Dr.* Julyan, vielleicht sogar *Professor* Julyan. Sie ist eine Feministin, eine männerhassende Exzentrikerin und blamiert die ganze Familie.«

»Ich verstehe schon, dass Sie ihr sehr zugetan sind«, meinte Grey lächelnd. »Ich würde Ihre Schwester gern einmal kennen lernen. Ob sie wohl mit mir sprechen würde?«

»Keine Chance«, erwiderte ich leicht pikiert. »Zum Ersten ist Rose schon ewig und drei Tage hier fort. Sie ist zum Girton College entfleucht und lebt seither in Cambridge. Zum Zweiten ist sie zerstreut und unzuverlässig. Und drittens ist sie praktisch eine Einsiedlerin ...«

»Einsiedlerin? In Cambridge? Tatsächlich? Ellie hat mir erzählt ...«

»Na schön, dann halt ungesellig«, unterbrach ich ihn rasch. »Vergessen Sie die ganze Idee, Grey. Worüber sprachen wir noch? Ich glaube, wir sind ein wenig vom Thema abgekommen. Wo waren wir? Helfen Sie mir auf die Sprünge.«

»Wir sprachen über Rebecca de Winter. Darüber sind Sie auf ihren Mann gekommen und auf die Art Frau, für die er sich interessierte ... Wahrscheinlich haben wir tatsächlich ein bisschen den roten Faden verloren. Aber es war wie immer äußerst aufschlussreich, Sir.«

Wieder dieser ironische Ton! Ich warf einen kurzen Blick in seine Richtung. Grey neigte zum Understatement, und ich war mir nie sicher, ob er mich piesackte. Seine Miene war jetzt vollständig ausdruckslos und unschuldig. Er legte die Fingerspitzen aneinander. »Tatsächlich«, fuhr er fort, »sprachen wir über die Umstände von Rebeccas Tod. Die mich interessieren, wie Sie wissen. Ein geheimnisvolles Leben, von dem wir so wenig Kenntnis haben, und ein ebenso mysteriöser Tod. Ich hatte mich gefragt, Oberst Julyan, ob ...«

»Zeit für mein Nickerchen«, erklärte ich bestimmt. »Darüber reden wir ein andermal weiter. *Platz*, Barker – um Himmels willen, was hat dieser verflixte Hund bloß? Wirst du wohl mit diesem höllischen Gejaul und Geschnober aufhören? *Platz*, verdammt, Grey kommt nicht – er will jetzt gehen ...«

Wir diskutierten tatsächlich ein andermal darüber – bei vielen weiteren Gelegenheiten. Zumindest versuchte Grey das, während ich zunehmend unwilliger wurde und ihm immer mehr auswich. Das Schweigen ist eine schwer abzulegende Gewohnheit, und mehr als zwanzig Jahre Zurückhaltung zu diesem Thema waren für mich beinahe unüberwindlich. Das Bewusstsein, dass mein Mangel an Kooperationsbereitschaft in Kerrith die Ausnahme darstellte, machte mir die Sache nicht leichter. Jeder andere war nur zu gern zum Reden bereit – eingeschlossen Leute wie Marjorie Lane, die vollständig unwissend ist. Alle waren sie eifrig bei der Sache, schwatzen Grey das Ohr ab und überhäuften ihn mit ihrem unzuverlässigen Tratsch aus zehnter Hand und ihren, ehrlich gesagt, lächerlichen Theorien. Sie gaben sich nicht zufrieden mit ungesicherten Spekulationen über Rebeccas Abstammung, darüber, wie sie Maxim kennen gelernt hatte etcetera – Gebiete, auf denen ich über unendlich überlegenes Wissen verfüge –, sondern sie zerrissen sich die Mäuler über die Frage ihres Todes, so wie sie es seit zwei Jahrzehnten regelmäßig tun, wenn ihnen das Bridgespielen zu langweilig wird oder das Wetter schlecht ist.

Marjorie Lane und ihresgleichen setzten Grey die Groschenheft-Version vor, die ursprünglich dieser elende Evans in Umlauf gebracht hatte: Rebecca habe eine Affäre unterhalten, wobei die Identität des Liebhabers im Dunkel blieb; sie habe häufig Rendezvous in dem Bootshaus unterhalb von Manderley gehabt. Sie sei entweder von dem Liebhaber oder noch wahrscheinlicher von ihrem Ehemann ermordet worden, der die beiden *in flagranti* erwischte – erwürgt, erstickt, erstochen, je nach Geschmack. Dann brachte der Mörder ihre Leiche auf ihr Boot, die *Je reviens*, segelte in die Bucht hinaus und versenkte es.

Marjorie Lane verdrehte diese Vermutungen noch auf ihre eigene Art: Ihrer Meinung nach – so sagte sie zu Grey, der es mir wiedererzählte – sei Maxim de Winter offensichtlich pervers, ein Homosexueller, »vom anderen Ufer« gewesen, wie sie es ausdrückte, der mit seinem Gutsverwalter Frank Crawley »etwas hatte« und in der Folge seine Frau umbrachte, als sie drohte, bei einem Scheidungsverfahren seine Neigungen vor der Welt zu enthüllen. Die Anhaltspunkte, die sie dafür anführte, waren ein wenig verworren, hoben aber besonders hervor, dass Maxim und seine zweite Frau in getrennten Betten geschlafen hätten, wie sie aus allerbester Quelle wusste, das heißt, von dem ehemaligen Hausmädchen auf Manderley, das die Bettwäsche wechselte.

Als ich dies hörte, war ich empört. Unglaublich, wie grob und unverfroren diese Frau war. Ich konnte nicht fassen, dass sie die Frechheit besaß, Grey diesen Haufen Unsinn zu erzählen, und bemerkte, dass sie nicht wagte, mir gegenüber davon zu reden. »Sprechen Sie mit den Briggs-Schwestern«, riet ich ihm. »Sie werden die Sache klären. Die beiden kannten Maxim sehr gut und wissen genau, was passiert ist.«

Das tat Grey. Wie erwartet gaben die Briggs-Schwestern ihm meine »autorisierte Version«. Beide Schwestern waren Rebecca treu ergeben gewesen und sprangen sofort für sie in die Bresche. Sie erklärten ihm, die arme Rebecca habe von einem Arzt in London erfahren, dass sie unheilbar krank war; sie sei sofort nach Manderley zurückgekehrt, bei Nacht mit ihrem Boot hinausgefahren und habe ihr Leben so entschlossen und mutig beendet, wie sie es geführt hatte. Das Urteil »Selbstmord«, zu dem die Untersuchung kam, so setzten sie hinzu, war demnach korrekt und vollkommen gerechtfertigt.

Offensichtlich war diese Version durch ihre Gespräche mit mir beeinflusst; aber leider sind die Briggs-Schwestern nicht besonders scharfsinnig. Tausendmal habe ich ihnen gesagt, dass angesichts der Aussage des Arztes das Selbstmordurteil nicht *angefochten* werden konnte. Sie verstehen einfach nicht – oder sie haben es vergessen –, dass ein sehr bedeutsamer Unterschied zwischen »unanfechtbar« und »gerechtfertigt« besteht.

Ich rechnete gar nicht damit, dass Grey, der ebenfalls nicht auf den Kopf gefallen ist, ihre Geschichte akzeptierte, und tatsächlich glaubte er sie nicht.

»Eine ziemlich ungewöhnliche Art, sich umzubringen, finden Sie nicht?«, bemerkte er. »Sein eigenes Segelboot leckzuschlagen und dann in der Kabine darauf zu warten, dass man ertrinkt ... Was wäre verkehrt an einer Überdosis Schlaftabletten gewesen? Sich in einem warmen Bad die Pulsadern aufzuschneiden? Oder von einer Klippe zu springen, wenn es schon sein muss? Allen Ernstes, hier gibt es jede Menge geeigneter Klippen. Was in Gottes Namen haben sich die Geschworenen bei der Untersuchung gedacht? Zu diesem Zeitpunkt hatten sie, wenn ich mich nicht irre, nicht einmal die Information, dass Rebecca krank war.«

»Ja. Sie haben Recht.«

»Dann erscheint das Urteil ›Selbstmord‹ noch unsinniger. Kam denn der Verdacht eines gewaltsamen Todes auf?«

»Kurz, ja. Der Vorsitzende brachte diese Möglichkeit zur Sprache, wie zu erwarten war. Aber dem Gericht lagen keine Hinweise darauf vor, dass Rebecca Feinde gehabt oder jemand ihr übel gewollt hätte. Ihr Körper wies keinerlei Spuren von Gewalteinwirkung auf ...«

»Die Leiche hatte über ein Jahr im Wasser gelegen und war stark verwest, zumindest geht das aus den Aussagen vor der Untersuchungskommission hervor. Stimmt das, Oberst Julyan? Soweit ich weiß, waren Sie dabei, als Rebecca geborgen wurde ...«

»Ja. Das war ich. Ich war anwesend in meiner Eigenschaft als hiesiger Friedensrichter, und ... Hören Sie, Grey, ich möchte nicht weiter darüber reden. Die Erinnerung daran schmerzt mich noch heute.«

»Das verstehe ich, Sir.« Er klang nachsichtiger, aber er fuhr fort, mich eindringlich anzusehen. »Sie waren schließlich Rebeccas Freund und auch der Freund ihres Gatten. Aber – verzeihen Sie mir – ich bin immer noch verwirrt. Ich sehe ein, dass die Aussage des Londoner Arztes ein Selbstmordmotiv geliefert hat, doch dabei sind gewiss sehr viele Fragen offen geblieben. Rebecca hinterließ keinen Abschiedsbrief. Sie hat sich, gelinde gesagt, auf sehr ungewöhnliche Weise umgebracht. Hatte sie vielleicht doch Feinde? Die Leute scheinen praktisch nichts über ihre Ehe oder ihre Lebensumstände zu wissen, aber trotzdem fällen sie nur zu gern ihr Urteil: Entweder Rebecca hat sich umgebracht, dann ist sie eine Heilige; oder sie wurde ermordet, dann ist sie eine Sünderin. Jede einzelne Analyse dieses Falles läuft auf dasselbe hinaus: Wenn sie ermordet wurde, dann weil sie einen – oder mehrere – Liebhaber hatte. Aber stimmt das? Wo sind die Beweise dafür?«

»Ich werde nicht darüber diskutieren. Wir reden hier über eine Frau, die ich zutiefst bewundert habe ...«

»Dann müssen Sie doch der Überzeugung gewesen sein, dass sie Rechte besaß, Sir. Und ist nicht eines davon das Recht auf eine möglichst vollständige Untersuchung ihres Todes?«

»Er *wurde* untersucht.«

»Bei allem Respekt, Oberst Julyan, da muss ich Ihnen widersprechen. Wenn Rebecca de Winter ermordet wurde, dann kam ihr Mörder ungestraft davon. Kaum war sie tot, begannen die Angriffe auf ihre Person. Fast sofort schob man ihr die Schuld zu: Sie war ihrem Mann untreu, und *deswegen* wurde sie umgebracht. Ist Ihnen angesichts der fehlenden Beweise niemals der Gedanke gekommen, dass, was Rebecca angeht, vielleicht sogar ein doppelter Justizirrtum vorliegt?«

»Das alles ist über zwanzig Jahre her«, gab ich nach einer längeren Pause zurück. »Ich bedaure die Geschichten über Rebecca mehr, als ich sagen kann, aber es steht nicht in meiner Macht, sie zu unterbinden. Heute kann man ohnehin nichts mehr beweisen. Rebecca ist tot. Maxim de Winter ist tot. Ich selbst werde auch nicht mehr viele Sommer erleben. Die Welt dreht sich weiter, Grey. Sie sind jung. Sie haben keinen dieser Menschen gekannt. Ich verstehe nicht, welche Bedeutung das Ganze für Sie hat.«

»Auf die Wahrheit kommt es an«, erwiderte er störrisch. »Das ist mir wichtig, und ich glaube, Ihnen auch ...«

»Verschwinden Sie. Gehen Sie nach Hause«, fuhr ich ihn an. »Sie sind störrisch wie ein Esel, und Sie erschöpfen mich. Mir reicht es jetzt. Sie erinnern mich ...« Abrupt unterbrach ich mich.

An meinen Sohn, hätte ich hinzusetzen können – was ich unterließ. Aber es stimmt, Grey erinnert mich manchmal an Jonathan. Er stellt die Fragen, die mein Sohn mir gestellt hätte, wenn er noch leben würde, und wenn ich eine Ähnlichkeit zwischen den beiden entdecke – manchmal, um die Augen herum –, dann fühle ich mich äußerst schwach und sehne mich danach, Grey mein Herz auszuschütten.

Während unseres Mittagessens dachte ich an dieses Gespräch zurück. Eine Woche war seit unserer Diskussion vergangen, und ich wusste, dass sie mich beeinflusst hatte. Das letzte Argument, das Grey vorgebracht hatte, war in der Tat schlagend. Ja, auf die Wahrheit kam es an, wenn man mit sich selbst leben wollte. Und zwar dringend, wenn man wie ich möglicherweise nur noch herzlich wenig Zeit hatte.

Während des Essens beobachtete ich Grey sehr genau und hörte ihm zu. Ich versuchte, mir ein Bild von ihm zu machen. Aber wie beurteilt man einen Menschen? Ich gab ihm folgende Noten: Neun von zehn für seine Tischmanieren – ziemlich gut angesichts von »Tante May« und diesem obskuren Gymnasium. Sieben von zehn für seinen Anzug – von der Stange, aber frisch gebügelt, und die Krawatte durchschnittlich. Fünf von zehn für die Konversation – wie die meisten Schotten neigt er zur Schweigsamkeit – und zehn Punkte für Langmut, denn wir waren schon bei der Nachspeise angelangt, ehe er Manderley erwähnte.

Ich hatte gehofft, diese »Noten« würde mir etwas sagen, aber das war natürlich nicht der Fall. Ich schämte mich für diese Art von Bewertungen, auf die ich mich mein Leben lang verlassen habe. Sie waren vollständig trivial und nicht die Wegweiser, an denen ich mich jetzt orientieren sollte. *Sub specie aeternitatis:* Jede Sekunde könnte ich vor meinen Schöpfer treten, also sollte ich mich lieber bessern und moralisch am Riemen reißen.

Wieder fühlte ich mich bedrückt und war so tief in Gedanken versunken, dass ich Ellie, wenn sie mich gefragt hätte, nicht hätte sagen können, ob ich gerade Apfel- oder Kaktuskompott aß. Ich war damit beschäftigt zu entscheiden, ob ich diesem jungen Mann trauen konnte, ob ich mich ihm offenbaren sollte, ob er mein Watson sein oder vielleicht in Zukunft sogar eine noch bedeutendere Rolle auf The Pines spielen sollte ... Dann wurde mir plötzlich etwas ganz Offensichtliches klar. Terence Grey war mein *Gewissen.* Mir gegenüber saß mein Gewissen – es trug einen Konfektionsanzug und aß Apfelkompott mit Vanillesauce.

Diese Vorstellung brachte mich völlig aus dem Konzept, so sehr, dass Grey und Ellie schon eine ganze Weile über Rebeccas berühmte Kostümbälle auf Manderley sprachen, ehe ich etwas davon mitbekam. Erst als Ellie das Kostüm erwähnte, das Rebecca bei ihrem letzten Ball gewählt hatte, und ich die Worte »Caroline de Winter« und »Raeburn-Porträt« hörte, wurde ich hellhörig. Ich ergriff die Gelegenheit und unterbrach die beiden.

»Diese Gesellschaften haben den Dienstboten viel Arbeit bereitet«, warf ich ein. »Frith pflegte darüber zu klagen. Was mich daran erinnert, Grey – was hat er denn nun erzählt, als Sie ihn gestern besucht haben?«

»Frith? Er schickt Ihnen Grüße, Sir. Darauf hat er großen Wert gelegt.«

»Grüße?« Ich warf Grey einen scharfen Blick zu. »Ist das alles, was er mir in letzter Zeit hat zukommen lassen? Er hat wahrscheinlich nicht erwähnt, ob er mir noch etwas anderes geschickt hat?«

»Nein.« Grey wirkte verblüfft. »Was sollte das sein, Sir? Ich kann Ihnen nicht ganz folgen ...«

»Nichts, nichts. Schon gut. Zeit für unseren Spaziergang.« Ich erhob mich. »Ellie, lass um Himmels willen das Geschirr stehen. Nicht nötig, dass du dich damit befasst, soll doch das Mädchen abräumen. Den Kaffee lassen wir aus. Wir haben sowieso schon den besten Teil des Nachmittags verpasst. Barker – wo steckt denn dieser verdammte Hund? Barker – *bei Fuß ...*«

In der Diele stattete ich mich aus: Hut, Schal, Handschuhe, Stock, Überzieher. Ich nahm Barker fest an die Leine und wartete mit Grey unter dem Vordach, während Ellie den Wagen aus der Garage holte. Ich beäugte mein Gewissen von oben bis unten. »Hören Sie, Grey. Ich muss

Sie etwas fragen«, platzte ich dann heraus. »Haben Sie mir ein Päckchen geschickt? Kam heute Morgen an. Ungefähr *so* groß, brauner Umschlag.«

»Nein, Sir.« Grey runzelte die Stirn. »Ich verstehe nicht ganz. Wenn ich Ihnen etwas zeigen wollte, würde ich es Ihnen selbst bringen. Und wenn ich es per Post schicken würde, würde ich einen Brief beilegen.«

»Natürlich. Ich dachte nur – vielleicht sind der Brief oder die Notiz versehentlich nicht hineingekommen. Egal, ist nicht wichtig. Vergessen Sie, dass ich davon gesprochen habe ...«

Ich ließ mir von Grey den Weg hinunter und zum Wagen helfen. Vor ihm lag eine letzte Prüfung, und viel hing davon ab, wie er sich auf Manderley hielt. Unterdessen hatte seine Reaktion auf meine Frage mich überrascht.

Als ich sagte, ich müsse ihn etwas fragen, hatte er sich sichtbar verspannt. Als ich die Frage dann stellte und er verneinte, etwas von dem Päckchen zu wissen, sah ich Aufrichtigkeit – aber auch Erleichterung.

Warum das? Grey hat eine andere Frage erwartet, dachte ich. Er hatte damit gerechnet, dass ich etwas anderes von ihm wissen wollte ...

Und was immer das war, diese Aussicht hatte ihn mit Besorgnis erfüllt. Zum ersten Mal hatte ich ihn sichtlich nervös erlebt.

8. Kapitel

Ellie fuhr unseren betagten Morris Oxford vor das Eingangstor und verstaute mich mit Greys Hilfe darin. Angesichts meines Rheumas und meiner allgemeinen Klapprigkeit ist es ein ziemliches Unterfangen, mich in ein Auto zu schieben, aber schließlich schafften wir es. Grey nahm auf dem Rücksitz hinter Ellie Platz, und Barker setzte sich hinter mich, leckte mir gelegentlich von hinten die Ohren und hechelte erwartungsvoll.

Wir hatten wirklich herrliches Wetter, und meine Laune besserte sich, als wir dahinrauschten. Ellie ist eine stürmische Fahrerin. Wir polterten den schmalen Hügel hinunter, der von unserem Horst nach Kerrith führt, schipperten an den bunt angestrichenen Cottages vorbei, die am Hafen stehen, und schlugen einen Bogen um die Anlegestelle, von der die Fähren flussaufwärts nach Dörfern wie Pelynt ablegen, wo Grey in seiner Kindheit abgestiegen ist – oder auch nicht.

Als wir die Stadt auf der anderen Seite verließen, lag jenseits des glitzernden Wassers die Landspitze von Manderley direkt vor uns. Wir passierten die Golden-Guinea-Bucht, wo Greys gemietetes Häuschen liegt und dem Vernehmen nach einst Schmuggler ihre Beute lagerten. Allerdings findet man hier in der Gegend kaum eine Bucht, in der sie das angeblich nicht getan haben. Ellie, die für Le Mans trainierte, riss das Steuer herum; wir zischten um die berüchtigte Haarnadelkurve, in der Maxim kurz nach seiner Heirat mit Rebecca sein neuestes Automobil zu Schrott fuhr und Glück hatte, die Sache zu überleben. Wir machten uns auf die lange Klettertour landeinwärts, auf der die Straße sich an den Einschnitten der Buchten entlangschlängelt, und näherten uns den dichten Anpflanzungen von Eichen, Buchen und Kiefern, die die äußerste Grenze des Waldes von Manderley bezeichnen.

Grey war sogar für seine Verhältnisse ungewöhnlich still; Ellie konzentrierte sich auf die Straße, und ich trieb wie üblich auf den Wassern der Vergangenheit dahin. Um Viertel nach drei kamen wir an den Kreuzweg, die »Four Turnings«, wo, wie ich in meinem Vortrag vor der Historischen Gesellschaft erklärt hatte, einst ein Galgen stand. Damals waren öffentliche Hinrichtungen eine preiswerte Form der Volksbelustigung. Wir parkten vor dem jetzt verbarrikadierten und verlassenen Pförtnerhäuschen an dem Four-Turnings-Eingang nach Manderley, und ich begann mein gewohntes Ritual der Suche nach dem Schlüssel zu den hohen Toren, der in jeder meiner fünfzehn Tweedtaschen stecken kann und grundsätzlich immer in der letzten auftaucht.

In den hiesigen Kreisen bewahre ich Stillschweigen über diesen Schlüssel, und ich habe Grey diesbezüglich Verschwiegenheit geloben lassen. Ursprünglich gehörte er meinem Großvater. Der alte Drachen hatte ihm den Schlüssel gegeben, vermutlich, damit er bei seinen Schmetterlings-Expeditionen Zugang zu den Wäldern hatte. Damals gebrauchten wir den Schlüssel kaum, da für gewöhnlich der Pförtner anwesend war, um uns einzulassen; später habe ich ihn vielleicht ein- oder zweimal benutzt, denn Rebecca, die wusste, wie sehr ich diesen Wald mochte, hatte mir mehr oder weniger gestattet, nach Belieben und kommen und zu gehen. Als Manderley nach dem Brand aufgegeben wurde, rechnete ich damit, dass die Schlösser an den Toren ausgetauscht würden, aber das geschah nie. Daher kann ich meinen Schlüssel immer noch benutzen, wenn Ellie, Barker und ich an einem Ort spazieren gehen wollen, wo wir sicher sein können, niemandem zu begegnen – ein wichtiger Gesichtspunkt in den Sommermonaten, denn sogar Kerrith wird inzwischen von Touristen überschwemmt, und man muss sich immer weiter zurückziehen, um die herrliche Abgeschiedenheit zu finden, die mich seit meiner Kindheit entzückt.

Wo war dieser verteufelte Schlüssel? Ich begann meine Taschen abzuklopfen, die bekannte Prozedur. Ellie seufzte. Grey ging zum Tor und betrachtete die Wildnis dahinter, dieses herrliche Eden. Überzieher, Jackett, Hosentaschen ... nichts. Grey betrachtete das große Schild, das seit zwanzig Jahren windschief am Tor hängt. Die Gutsverwalter, die seit dem verheerenden Brand für die Wälder und das, was heute von Manderley selbst übrig ist, verantwortlich zeichnen, haben es angebracht.

Ursprünglich hatten sie während Maxims jahrelangem, selbst auferlegten Exil im Ausland für ihn gearbeitet; da Maxims zwei Ehen kinderlos geblieben waren, sind sie heute für den entfernten Zweig der de Winters tätig, an den all dies nach Maxims Tod gefallen ist. Wer immer diese Erben sind – sie wohnen, glaube ich, in einem riesigen Kasten in Yorkshire, aber es heißt, dass sie ihre Villen in Südfrankreich bevorzugen, oder ihr Schloss im schottischen Hochland –, jedenfalls hegen sie nicht das geringste Interesse an Manderley und haben, soweit ich weiß, nie einen Fuß hierher gesetzt. Wahrscheinlich sind sie es zufrieden, ihre Pachteinnahmen einzustreichen, die immer noch reichlich fließen, und wollen sich nicht mit einer Ruine abgeben. Und ich nehme an, dass die Verwalter eine ähnliche Ansicht vertreten, da sie sich anscheinend den Teufel darum scheren. Sie inspizieren den Besitz vielleicht einmal im Jahr, aber sie haben nichts unternommen, um die Wälder in Ordnung zu halten, die einst wunderschönen Gärten zu pflegen oder auch das Haus selbst abzustützen, obwohl inzwischen das letzte Stück Dach eingestürzt ist und das Gelände, wie ich häufig zu Ellie sage, regelrecht gefährlich ist.

Das Schild, das Grey betrachtete – einziger Hinweis darauf, dass die Verwalter sich jemals geregt haben – war verbeult, die Farbe blätterte ab, und der Text war gerade noch zu erkennen: PRIVATBESITZ – ZUTRITT VERBOTEN.

Ich bedachte es mit einem verächtlichen Blick. Ich habe immer das Gefühl gehabt, dass solche Warnungen sich nicht auf mich beziehen. Als alter Freund der Familie habe ich das Recht, herzukommen. Maxim hätte es so gewollt, Rebecca hätte es so gewollt, und zum Kuckuck mit den faulen Verwaltern. Bei diesem Gedanken schloss meine Hand sich endlich um den fehlenden Schlüssel, der in meiner Manteltasche unter einer Menge Viertelpennies und Fusseln vergraben lag. Ich sah, dass Grey die Stirn runzelte, als ich ihn mit einem triumphierenden Aufschrei hervorzog; er drehte den eisernen Griff an dem hohen Eisentor; die Flügel quietschten, und siehe da, sie öffneten sich.

Grey schien dieses Phänomen weniger zu verwundern, als ich gedacht hätte; ich für meinen Teil war ziemlich verblüfft. »Du meine Güte«, sagte ich. »Also, da bin ich baff. Ellie, meinst du, wir haben vielleicht ...«

»Ganz bestimmt nicht. Wir waren zuletzt vor einer Woche hier. Ich entsinne mich genau, weil das der Tag war, an dem Mr. Grey nach London gefahren ist. Und wir haben das Tor abgeschlossen, als wir gingen, das weiß ich. Erinnerst du dich nicht, Daddy? Das Schloss ging schwer, und ich musste dir helfen ...«

Sie verstummte. Mit besorgter Miene blickte sie durch das offene Tor und die gewundene Zufahrt entlang. Ich muss gestehen, dass ich selbst gewisse Befürchtungen hegte. Mein erster Gedanke war, dass einer der Verwalter beschlossen hatte, sich an diesem schönen Aprilnachmittag hier blicken zu lassen. Wenn dem so war, dann war ich nicht erpicht darauf, ihm zu begegnen. Ich fühlte mich meiner Rechte hier zwar sicher, aber ich hatte keine Lust, sie einem wichtigtuerischen Einfaltspinsel in einem Tweedanzug auseinander zu setzen, der jung genug sein würde, um mein Enkelsohn zu sein. Vielleicht verstand er mich nicht, er wusste nicht, wer ich war, oder er erkannte mein Recht nicht an ... Ich zögerte und zweifelte mit einem Mal an unserer Expedition. Die Sonne verschwand hinter einer Wolke, kurz verdunkelte sich die Landschaft, und ich spürte den zarten Hauch jener abergläubischen Ängste, die mich in letzter Zeit ohne Vorwarnung überfallen. Als ich die gewundene Auffahrt betrachtete, stand mir mein Traum wieder vor Augen: Ich sah den winzigen Sarg und hörte die leise, beharrliche Stimme, die aus seinem Inneren aufstieg: *Lass mich hinaus. Ich kann nicht schlafen … finde keine Ruhe. Heb den Deckel hoch – ich muss mit dir sprechen.*

Ein Schauer überlief mich; neben mir stieß Barker ein leises Jaulen aus, und ich sah, dass sein Nackenfell sich gesträubt hatte. Heute war Rebeccas Todestag, und plötzlich fürchtete ich mich. In diesen Wäldern konnte man auf Schlimmeres treffen als einen namenlosen, unwichtigen Verwalter. Sie steckten voller Geister, wie ich bereits wusste: In der Vergangenheit hatte ich zwischen diesen Bäumen oft einen Blick auf meinen Großvater oder meine Mutter erhascht, und wenn diese schweigenden Gestalten nur eine Projektion meiner Gedanken waren – umso trauriger, denn ich hätte sie gern getroffen. Dies waren die freundlicheren Schemen. Während ich den Weg hinaufblickte, der jetzt durch das Gestrüpp auf beiden Seiten schmaler erschien, hatte ich das Gefühl, dass ich in der Vergangenheit Glück gehabt hatte. Heute waren die Wesenheiten, von denen ich beinahe spürte, wie sie aus den Schatten winkten, weniger freundlich, eher bedrohlich.

Ich wollte schon vorschlagen, nach Hause zu fahren und unseren Besuch zu verschieben, als Grey das Tor weit aufstieß und hindurchging. »Hier ist vor kurzem jemand mit einem Wagen gefahren«, erklärte er. »Schauen Sie, man sieht noch die Reifenspuren.«

Er wies auf eine schlammige Stelle ein paar Meter hinter dem Tor, wo der Kiesbelag, der einst täglich von einem Bataillon von Gärtnern geharkt wurde, dünn geworden war. Ellie ging die Abdrücke untersuchen.

»Jemand könnte in diesem Moment hier sein«, meinte sie zögernd. »Vielleicht sollten wir an einem anderen Tag wiederkommen. Seltsam ist das. Gewöhnlich kommt niemand hierher. Wir begegnen nie einer Menschenseele …«

Sie hielt inne; ich verzichtete darauf, ihr zu widersprechen.

»Wir wollen keinen Zusammenstoß ...« Sie senkte die Stimme, aber ich konnte sie noch hören. »Genau genommen haben wir das Gelände wahrscheinlich unbefugt betreten, und wenn jemand uns darauf anspricht ... Daddy würde sich aufregen. Er neigt ohnehin dazu, missmutig und gereizt zu werden, wenn wir herkommen, aber ich kann ihn nicht davon abhalten. Er will unbedingt hierher. An Rebeccas Todestag kommt er immer ... und er wollte Ihnen so gern alles zeigen.«

»Ich glaube nicht, dass wir uns Sorgen zu machen brauchen.« Grey warf mir über die Schulter einen Blick zu. »Diese Spuren sind wahrscheinlich Tage alt – und wenn nicht, dann können wir uns bestimmt herausreden, wenn wir jemandem begegnen. Wir richten schließlich keinen Schaden an. Ich übernehme die Verantwortung. Meine einzige Sorge ist der lange Weg. Wie weit ist es von diesem Eingang bis zum Haus?«

»Ziemlich weit. Diese Zufahrt ist endlos. Wir sind seit Ewigkeiten nicht mehr bis zum Haus gekommen.« Ellie zögerte. »Wir spazieren sonst einfach nur ein Stückchen. Da ist eine Stelle, die mein Vater mag. Dort hört man zum ersten Mal die Brandung. Im Winter kann man von dort aus das Haus sehen. Und letztes Jahr haben wir einmal den Wagen mitgenommen und sind vom Haus zum Glücklichen Tal gegangen – dem Platz, an dem Rebecca diese wilden Azaleen pflanzen ließ. Von dort aus gelangt man zum Meer – aber das war früher, als Daddy noch kräftiger war.«

»Genauso sollten wir es machen«, meinte Grey. »Mit dem Auto bis zum Haus fahren, etwas herumlaufen, falls Ihr Vater sich stark genug fühlt, und dann umkehren.« Er senkte die Stimme, beugte sich zu ihr hinunter und sagte noch etwas, das ich nicht ganz verstand; was immer das war, es schien sie zu überzeugen. Mit vor Entschlossenheit leuchtendem Gesicht drehte sie sich wieder zu mir um – das bedeutete, dass sie erwartete, ich würde Schwierigkeiten machen.

Ich sperrte mich nicht. Das Wort »missmutig« schwirrte mir im Kopf herum; mir gefiel nicht, dass Ellie und Grey solche Vertraulichkeiten austauschten und sich gegen mich verbündeten. Doch ich war auf jeden Fall entschlossen, das Haus zu sehen, und mir war inzwischen durchaus klar, dass ich nicht in der Lage sein würde, bis dahin zu laufen.

Grey öffnete das Tor, schloss es hinter uns wieder und gesellte sich von neuem zu uns. Ellie trat behutsam aufs Gas, und wir rollten in den kühlen Tunnel aus Bäumen, die sich hinter hohen Böschungen, auf denen smaragdgrünes Moos, Zungenfarn und Wiesenschlüsselblumen leuchteten, in die Höhe wölbten. Meine Ängste und meine Geister wichen. Als wir weiterfuhren, kehrte meine Vergangenheit zurück, wie sie das heute zu tun pflegt, nachdem das Alter mir die seltsame Möglichkeit geschenkt hat, die Welt wie durch ein Fernglas zu betrachten. Ich brauche nur meine unsichtbaren Gläser anders einzustellen, und die Entfernung und die Jahrzehnte verschwinden; dann kann ich die Vergangenheit aus der Nähe sehen, direkt vor meinen Augen. Natürlich existiert sie die ganze Zeit, fern am Horizont der Gegenwart – und manchmal tun mir Menschen wie Grey und Ellie Leid, die zu jung und noch zu kurzsichtig sind, um sie zu erkennen.

Und so schaue ich zu, wie ich in einem Matrosenanzug aus blauem Serge zwischen den Bäumen dahinlaufe, immer dicht hinter dem Schmetterling, den ich verfolge. Ich sehe meine Mutter, würdevoll, träumerisch und sanft, in der Trauerkleidung, die sie nie wieder ablegte, wie sie sich über eine dieser Böschungen beugt, um eine wilde Orchidee zu untersuchen, deren Blüten ein verblüffendes Magentarot aufweisen. »Schau, Arthur«, sagt sie. Dann richtet sie sich auf und wendet sich achtzehn Jahre in die Zukunft, um meine Schwester zu begrüßen, die über die Auffahrt gelaufen kommt. Wunderhübsch in einem rosa Kleid, schwingt Rose an einem Lederriemen einen Stapel Bücher und lacht Maxim über die Schulter zu. »Die Leute fragen mich immer, warum ich Max geheiratet habe«, sagt Rebecca zu mir, während weitere Jahre über der langen, teuren Motorhaube ihres tief gelegten, schnellen Autos mit den Silberflügeln darauf im Fahrtwind verwehen. Sie bremst heftig und hält an, hier auf dieser Zufahrt, genau an dieser Kurve, oder der nächsten. Sie dreht sich zu mir und sieht mich an. Ihr Haar ist vom Wind zerzaust, ihre Haut schimmert, und ihre Augen, die von der Sonne hell sind und dann wieder umschattet werden, wenn sich die Äste über unserem Kopf bewegen, wirken einmal jubelnd, dann geheimnisvoll, unvorhersehbar wie der April.

»Wenn sie mich fragen, erzähle ich schreckliche Lügen, weil ich sie für ihre Neugier verachte. Ich sage, dass ich ihn an einem verregneten Wochenende aus einer Laune heraus geheiratet habe, oder wegen des Geldes – wie sie es lieben, wenn ich das sage! Das gibt ihnen den ganzen Winter lang Stoff zum Klatschen. Aber Sie fragen nie, daher werde ich Ihnen die Wahrheit sagen. Ich habe ihn *deswegen* geheiratet. Lauschen Sie! Von hier aus kann man das Meer hören. Wenn man zwischen diesen Bäumen hindurchgeht, sieht man es. Wie viele Blumen sehen Sie? Wie viele Vögel können Sie bestimmen? Dort drüben nistet eine Drossel, sie hat sechs himmelblaue Eier. Einmal habe ich hier einen Sperber gesehen. *Deswegen* habe ich Max geheiratet. Manderley gehört mir, und ich gehöre hierher. Das wusste ich, als ich es zum ersten Mal sah.«

»Da waren Sie bereits mit Maxim verlobt«, wandte ich ein und klammerte mich an nüchterne Fakten. Wie immer fühlte ich mich in der Defensive und fürchtete, ihrem Blick zu begegnen, weil mich dann vielleicht alle Regeln meines Lebens im Stich lassen würden. »Sie waren schon verlobt. Maxim hat es mir erzählt. Also muss etwas anderes Einfluss auf Ihre Entscheidung genommen haben. Sie übertreiben.«

»Sie irren sich. Ich kenne diesen Ort schon mein ganzes Leben lang. Ich habe ihn gesehen und mir in meiner Fantasie vorgestellt. Und nun gehört er mir ...«

»Mit Maxims freundlicher Genehmigung.«

»Wenn Sie meinen. Sie sind heute im wahrsten Sinne des Wortes ermüdend. Schluss.« Sie streckte einen bloßen, gebräunten Arm aus, griff über mich hinweg und öffnete die Beifahrertür. »Den Rest des Weges werden Sie laufen. Wenn – falls – Sie aufgehört haben, sich wie ein Gerichtsdiener zu benehmen, bekommen Sie noch Ihren Tee. Nein, das ist mir ernst. Hinaus mit Ihnen. Ich will keine Gerichtsdiener in meinem Wagen haben, und auch nicht auf Manderley ...«

»Rebecca«, sagte ich, und Ellie langte herüber und tätschelte meine Hand. »Du bist eingenickt«, sagte sie. »Schau, wir sind fast da.«

Ich rieb mir die Augen; hinter mir winselte Barker leise. Grey wirkte nervös. Der Kies knirschte, die Bäume standen weniger dicht, und hinter einer Wildnis aus hohem Dornengestrüpp lagen, von der Aprilsonne beschienen, wie hingekauert in dem ansteigenden Grund, die zerborstenen Mauern und das kahle Balkengerippe von Manderley. Ich drehte mein Fenster hinunter und lehnte mich begierig nach draußen. In der Ferne wurde das Licht vom Meer reflektiert. Ich schmeckte Salz in der Luft. In einem Busch sang eine Amsel, und durch ihr Lied hindurch hörte ich, wie die Flut auflief, immer weiter.

Wir parkten auf dem Kiesvorplatz, der inzwischen ziemlich abgesackt und von Unkraut überwuchert ist. Hier pflegten die Kutschen meiner frühen Kindheit und später die Automobile vor dem mit schweren Ornamenten geschmückten Portikus vorzufahren. Hier stieg vor langer Zeit Frith feierlich die Treppe herunter, um Gäste zu begrüßen. An dieser Stelle war Rebecca, die von ihrer Hochzeitsreise zurückkehrte und zum ersten Mal als Ehefrau herkam, von Frith mit der ganzen Pracht von Manderley empfangen worden: Alle Dienstboten, die im Freien arbeiteten, vom Obergärtner bis zum niedrigsten Stalljungen, waren mit dem Hut in der Hand auf dem Platz angetreten; und dahinter, in der weitläufigen Eingangshalle, hatte das gesamte Hauspersonal in Reih und Glied und vollständiger Livree, mit gebürsteten Jacken, gestärkten Schürzen und niedergeschlagenen Augen, auf seine neue Herrin gewartet.

»*Vielleicht* hat Frith ja gehofft, er könnte mich einschüchtern«, meinte Rebecca und schenkte mir einen kleinen, verhohlen belustigten Seitenblick. »Da stand er, der Hüter des Familienstammsitzes. Er wünschte sich nichts mehr, als dass ich einen Fehler machte. Beinahe hätte ich das sogar getan, nur um des Vergnügens willen, seine Reaktion zu beobachten. Aber ich hatte Max versprochen: keine Tricks! Und ich habe mein Wort gehalten. Ich habe meine Rolle fehlerlos gespielt – ich wünschte, Sie wären dabei gewesen.«

»*Ich* habe aber gehört, Sie hätten Ihre Handschuhe fallen gelassen, sodass Frith sich bücken und sie aufheben musste«, warf ich ein. »Das haben Sie doch nicht vielleicht mit Absicht getan?«

»Ganz bestimmt nicht. Diese Handschuhe waren das erste Geschenk, das Max mir gemacht hatte. Wunderschöne Handschuhe aus ganz weichem Veloursleder – meine Mutter hatte einmal ganz ähnliche. Ich hätte sie um nichts in der Welt verschmutzt, nicht einmal, um Frith zu ärgern. Außerdem habe ich nur einen fallen gelassen – draußen auf der Treppe, als sich vor mir plötzlich das Portal erhob wie ein riesiges Grabmal. Das war ein Versehen, ehrlich.«

Zu diesem Portikus blickte ich jetzt auf. Sein Giebel war von tiefen Rissen durchzogen, aus denen üppig Efeu und junge Weidenröschen sprossen. Eine der vom Feuer geschwärzten Säulen, die ihn stützten, stand noch aufrecht, die andere neigte sich bedenklich. Ich bückte mich, um Barker die Leine abzunehmen; sofort trabte er in die Richtung davon, die Grey und Ellie eingeschlagen hatten, und ich folgte ihm langsameren Schrittes.

Später im Jahr, wenn die Brombeerbüsche und Gräser Zeit gehabt haben, sich vom Winter zu erholen, aus dem Boden zu schießen und sich mit frischer Kraft auszubreiten, gestaltet es sich sehr schwierig, einen Rundgang um

Manderley zu machen. Aber Anfang April ist das noch möglich, besonders in Jahren wie diesem, wenn der Winter streng und lang gewesen ist. Misstrauisch nach Kaninchenlöchern Ausschau haltend, fasste ich meinen Stock fester und trat auf die einst glatte Rasenfläche. Ich umrundete die große, zerfallene Nordflanke des Hauses und ging zur der einmal berühmten langen Westfront mit ihrem herrlichen ungehinderten Blick über den Ozean.

In diesem Mitteltrakt des Westflügels, dem schönsten Teil des Hauses, hatten Rebecca und Maxim unter Missachtung der Tradition ihre Zimmer eingerichtet und sich geweigert, die windgeschützteren, nach Süden liegenden Schlafräume zu beziehen, in denen seit jeher die Familienoberhäupter gelebt hatten. Hier, im Erdgeschoss, lag der große Salon, in dem ich Rebecca nach meiner Rückkehr aus Singapur zum ersten Mal sah; hier kam sie in ihrem weißen Kleid aus dem Garten hereingestürmt, seit drei Monaten verheiratet und erstaunlich jung. Irgendwo in dieser Richtung lag der Raum, den ich nie gesehen habe, von dem ich aber weiß, dass sie ihn zu ihrem Schlafzimmer erklärt hatte. »Dort kann ich immer schlafen«, sagte sie einmal zu mir. »Ich lasse die Fenster weit offen. Selbst wenn es stürmt, öffne ich sie. Ich höre das Meer. Ich kann die Salzluft *riechen*. Das beruhigt mich immer.«

Heute existiert keine Spur mehr von diesen Zimmern. Ich glaube, das Feuer ist in diesem Teil des Hauses ausgebrochen – das habe ich jedenfalls immer gehört –, und in diesem Flügel hat es besonders heftig gewütet. Ich berührte die geschwärzten Steine, alles, was davon übrig war; ich lehnte mich gegen einen zerbröckelnden Eckstein, der einmal Teil einer Fenstereinfassung gewesen war. Ich spähte ins Innere und versuchte, mich in dem Schutt, den verkohlten, herabgestürzten Balken und den Windungen der Dornenranken zu orientieren, versuchte, das Ganze vor meinem inneren Auge wieder erstehen zu lassen, die Wände zusammenzusetzen und die richtigen Dimensionen herzustellen, um zu entscheiden, ob das der Kamin gewesen war, und dort eine Tür. Aber das Chaos verwirrte und bedrückte mich.

Ich wandte mich ab und betrachtete das, was von der Rasenfläche übrig geblieben war. Dort drüben, unter dieser Buche, hatte einst ein kleiner Junge im Matrosenanzug gesessen, Tee mit den Grenville-Schwestern getrunken und sich in die hübsche Isolda verliebt. Da zu meiner Rechten hatte ich einmal zugesehen, wie Rebecca große Zweige weißen Flieders pflückte. Jetzt kam sie auf mich zu, den Strauß in den Armen. Diese ganze Vergangenheit, die für mich so gegenwärtig und für andere vollständig unsichtbar war ... Ich schaute das Meer und den Himmel an, und mein Blick verschwamm.

Einen Moment lang spürte ich mein Alter. Ich fühlte mich hinfällig, und meine Hände zitterten leicht. Dann lief Barker, der immer meine Stimmungen spürt, an meine Seite zurück und drückte seine feuchte graue Schnauze an meine Beine. Eine Brise trug frische, salzige Luft heran, und ich fühlte mich gleich besser. Ich führte mir vor Augen, dass ich einen Grund hatte, heute herzukommen. Jedes Jahr unternehme ich an diesem Datum diese zweifellos törichte Pilgerfahrt als einen Akt – wovon? Buße, Respekt, Sentimentalität –, denn leider bin ich manchmal etwas gefühlsselig. Aber dieses Jahr verfolgte ich noch eine weitere Absicht, die zu vergessen ich übrigens im Begriff war.

»Komm weiter, Barker«, rief ich und schritt über das verwilderte, büschlige Gras hinter meiner Tochter und Terence Grey her. Sie waren vor mir hergegangen und an der südwestlichen Ecke stehen geblieben, wo Lionel de Winters Räume gelegen hatten. Dieses Ende des Hauses war am wenigsten beschädigt: Das turmähnliche Gebilde, in dem Lionel seine letzten, scheußlichen Jahre hingebracht hatte und schließlich gestorben war, stand noch, obwohl das Dach lange verschwunden war und jetzt Eulen hinter dem dichten Efeu nisteten, das ihn einhüllte. Ich sah zu dem Fenster auf, das seines gewesen war, und mein jüngeres Ich, das Uniform trug, blickte auf mich herunter.

1915: Ich hatte zwei Tage Urlaub in England, um meine Frau und meinen neugeborenen Sohn zu sehen; heute

Abend würde ich schon auf einem Truppentransporter sein und morgen wieder in Frankreich; und am nächsten Tag, oder nächste Woche, wäre ich höchstwahrscheinlich tot wie so viele meiner Freunde. Unterdessen hatte die ältere Mrs. de Winter mich wieder einmal nach Manderley rufen lassen. Ich sollte das geänderte Testament ihres Sohnes Lionel bezeugen; Frith, der kurz darauf zum Butler befördert werden würde, sollte den anderen Zeugen abgeben. Warum gerade ich? Weil Mrs. de Winter vor Jahren erkannt hatte, wie weit sie mich unter Druck setzen konnte, ohne dass ich Widerstand leistete? Oder weil die Statistik dafür sprach, dass ich Lionel wahrscheinlich nicht lange überleben und daher wohl nicht reden würde? Lionel war mit Sicherheit zu krank, um zu begreifen, was für ein Dokument er unterzeichnete, obwohl seine Mutter das Gegenteil behauptete. Er starb noch am selben Tag; ich widerlegte die Statistiken und lebe seit sechsunddreißig Jahren weiter – und diese meine Tat liegt mir auf dem Gewissen: Zweimal in meinem Leben, dessen bin ich mir heute bitter bewusst, habe ich mich von den de Winters ausnutzen lassen.

Diesen Teil von Manderley habe ich nie gemocht. Beatrice hat mich als Kind einmal hierher geführt und erklärt, in den Korridoren sei es nicht geheuer, und wir würden eine Furcht einflößende Erscheinung sehen – einen kopflosen Mann oder den bösen, todbringenden Geist der Caroline de Winter. Uns begegnete nichts, aber mir wurde ziemlich bange, und ich habe diese kindliche Angst nie ganz abschütteln können. Selbst jetzt näherte ich mich zögernd und sah erleichtert, dass Ellie auf mich wartete. Grey war nicht länger bei ihr; er ging bereits schnellen Schrittes in Richtung Meer davon. Ich blieb stehen.

»Sieht es in diesem Licht nicht wunderhübsch aus?«, meinte Ellie und trat zu mir. »Manchmal finde ich, dass so alles noch schöner aussieht als früher. Natürlich, das Haus war damals imposant – aber jetzt ist die Ruine so still und friedlich. Es ist magisch. Dort unter dem Turm hat eine Füchsin ihren Bau – ich glaube, sie hat Junge.

Ich konnte sie hören. Noch ein paar Jahre, und von dem Haus ist nichts mehr übrig. Die Natur wird es sich für die Vögel, die Füchse und die Dachse zurückgeholt haben ... Der Efeu wird gewinnen – und das Brombeergestrüpp.«

»Vielleicht, kann sein«, gab ich zurück. »*Sitz*, Barker.«

Ellie legte die Hand auf meinen Arm. Die Brise wehte ihr das weiche Haar aus dem Gesicht; ihre Wangen hatten sich im Wind gerötet. Ein paar Minuten lang sprach keiner von uns; Ellie schaute weiter zum Wald, der gerade grün zu werden begann. Das Licht fiel schräg durch die Äste. Sie sah auf die blassen Kissen von Schlüsselblumen; weiter hinten, wo es unter den Bäumen kühl war, würden in einem Monat Tausende und Abertausende Glockenblumen aufblühen. In der Ferne wogte das Meer, und die Wellen glitzerten. Ich spürte den Lenz; seine Rastlosigkeit und Verheißung lagen in der Luft – und ich sah den Frühling in den Augen meiner Tochter, die so hübsch war, dass mir das Herz aufging und ich zugleich Kummer und Schmerz empfand.

Ellie ist auf mich eingestimmt; ich glaube, sie spürte das alles, denn sie seufzte und riss sich aus ihren Tagträumereien. »Na, wenigstens sind wir niemandem begegnet«, meinte sie, und die Versonnenheit wich aus ihrer Stimme, als hätte sie sich um meinetwillen entschlossen, sich auf alltäglichere Dinge zu konzentrieren. »Da bin ich froh. Ich frage mich, ob die Gesellschaft jetzt einen Aufseher beschäftigt, der in den Wäldern seine Runden geht. Vielleicht haben sie ja auch jemanden geschickt, der sich das Haus ansehen sollte – um es abzustützen möglicherweise? Es ist so gefährlich – das hätten die Verwalter schon lange tun sollen. Ich schätze, sie haben sich endlich dazu aufgerafft. Auf jeden Fall ist jemand hier gewesen, Daddy. Hast du nichts bemerkt?«

»Nein. Wie kommst du darauf?«

»Na ja, schau ...« Ellie wies auf eine Stelle. »Dieses Stück Nesseln und Ranken ist ganz niedergetreten. Und dort drüben, an Lionels Turm ... erinnerst du dich, dass die Fenster vor Jahren mit Brettern vernagelt waren? Jetzt sind sie nicht mehr versperrt. Die Bretter sind weg ...«

»Könnte ein Sturm gewesen sein. Während des Winters. Diese Bretter waren morsch.«

»Nein, das ist kein Sturmschaden. Jemand hat ein Werkzeug benutzt, um die Bretter loszustemmen – an den Rändern sieht man die Abdrücke. Und sieh, der ganze Efeu ist weggerissen, und auf dem Fenstersims liegt Erde. Ich glaube, dort ist jemand eingestiegen, und zwar vor kurzem ... Terry meinte, es wären vielleicht nur Kinder gewesen, eine Mutprobe oder so etwas. Aber ich habe ihm gesagt, dass niemals Kinder herkommen ...«

Stirnrunzelnd unterbrach sie sich. Ich folgte ihrem Blick und betrachtete das fragliche Fenster. Tatsächlich, dort hatte sich jemand mit Gewalt Zutritt verschafft – und Ellie hatte Recht – wahrscheinlich keine Kinder. Ruinen und verlassene Orte wirken zwar einladend, aber nicht nur auf Kinder, sondern auch auf andere, die Abgeschiedenheit suchen, wie einsame Wanderer oder verliebte Paare. Aber dennoch ist Manderley seltsam unangetastet geblieben, nie hat es hier Vandalismus oder Zerstörungen gegeben.

Und sowohl Ellie als auch ich kannten den Grund: Der Atmosphäre hier am Haus und in den umgebenden Wäldern eignet etwas Primitives, Düsteres. Uralte Mächte schützen diesen Ort, zumindest habe ich manchmal dieses Gefühl, und wenn man sich hier bewegt, meint man, in ein Heiligtum zu treten. Ähnliches habe ich in der Vergangenheit gespürt, als ich im Fernen Osten durch verfallene Tempel ging, oder in heiligen Hainen in manchen Teilen von Griechenland oder Italien. Dabei kommt es nicht darauf an, ob man an die Gottheiten glaubt, die einmal dort verehrt wurden; man spürt ihre Macht, und ich habe immer das Gefühl gehabt, dass nur ein unkluger, tollkühner Mensch sie abtut oder leugnet. Nennen Sie es Instinkt oder Aberglaube, aber ich würde heute nicht gern allein herkommen, besonders nach dem Dunkelwerden, und Ellie würde ich das niemals erlauben. Ich schaute zu dem

Fenster, auf das Ellie wies; ich sah meine Tochter an. *Terry* ... So hatte sie ihn noch nie genannt. Wann war dieser Wandel eingetreten?

Eine leichte Brise wehte vom Meer heran, und ich dachte an den Zephyr meiner Kindheit. Ich erschauerte ein wenig und wandte mich von dem Fenster ab. Wieder überkam mich diese schreckliche Neigung, die ich in letzter Zeit bei mir entdeckt habe, und das ärgerte mich. Ich wies auf Grey, der noch zu sehen war, sich aber inzwischen ein ganzes Stück entfernt hatte. »Wo will der denn hin?«, fragte ich. »Scheint es verteufelt eilig zu haben – er hätte ruhig warten können ...«

»Er möchte ... nun ja, sich die Stelle ansehen, wo Rebeccas Boot untergegangen ist. Die Bucht. Ihr Bootshaus ...« Ellie warf mir einen nervösen Blick zu. »Er wusste, dass der Weg zu weit für dich ist, und er wollte nicht, dass du dich aufregst. Also meinte er, er wolle nur schnell allein hinuntergehen und dann gleich zurückkommen ...«

»Zu weit? Zu weit? Das ist höchstens eine Viertelmeile.« Ich wurde zornig. »Eingebildeter junger Spund. Wer ist er, dass er entscheidet, was für mich zu weit ist?«

»Aber Daddy ...«

»Man könnte meinen, ich wäre ein nutzloser alter Klepper ... Ich habe ihn hergebracht, verdammt. Er hat kein Recht ... Aufregen? Natürlich rege ich mich auf. *Er* regt mich auf. Überall treibt er sich herum. Entschwindet nach London, Gott weiß, warum. Besucht Frith, ohne mir ein Sterbenswörtchen davon zu sagen. Wer hat ihm denn erzählt, wo Frith ist? Ich. Schreibt Favell, verabredet ein Treffen. Und jetzt das. Schleicht durch die Gegend, lässt dich einfach stehen. Keine Manieren, noch feucht hinter den Ohren. Mir reicht's. Zu weit? Dem werd ich's zeigen ...«

Nun ja, etwas in dieser Art werde ich gesagt haben. Ich schimpfte eine ganze Weile, während ich immer hitziger wurde, immer empörter, verwirrter und erregter. Und die ganze Zeit über wusste ich, dass Grey Recht hatte; der Weg war tatsächlich zu weit und zu steil; die ganze Zeit war mir klar, dass es mich bedrücken würde, zu dieser Bucht hinunterzugehen – seit Jahrzehnten habe ich keinen Fuß mehr dorthin gesetzt. Je klarer mir wurde, wie Recht Grey hatte, wie Recht »Terry« hatte, umso wütender wurde ich. In einem Moment war ich Oberst Julyan, der weise alte Fuchs, und im nächsten führte ich mich auf wie König Lear. Der Umstand, dass ich das genau wusste, machte das Ganze nur noch peinlicher.

»Daddy, beruhige dich – bitte«, warf Ellie in regelmäßigen Abständen ein. »Das ist doch lächerlich«, erklärte sie schließlich. Sie war sichtlich verärgert und verlor langsam die Geduld. »Warum bist du bloß so dickköpfig? Du weißt genau, was passiert ist, als wir letztes Mal dort entlanggegangen sind. Wir sind bis zum Glücklichen Tal gekommen, und dann bist du zusammengebrochen. Ach, um Himmels willen! Der Arzt hat dich gewarnt, ich habe dich gewarnt, dein eigener Körper hat dich gewarnt. Dir geht es nicht gut, und der Weg ist zu weit und zu steil ...«

»Lass mich in Ruhe, Ellie«, schrie ich. »Misch dich nicht ein. Seit wann lasse ich mich von dir herumkommandieren?«

»Ich erteile dir keine Befehle – ich *bitte* dich. Hör mir doch einmal in deinem Leben zu, denk nach, und sei vernünftig ...«

»Verflucht, lass meinen Arm los! Augenblicklich! Und fang um Gottes willen nicht an zu heulen. Mit roten Augen und laufender Nase erreichst du gar nichts, Ellie. Wenn du für Mr. Terence Grey hübsch aussehen willst, und daran zweifle ich nicht, dann ist das nicht die richtige Art, glaub mir.«

»Daddy ... hör auf ...« Ellie ließ meinen Arm los und tat einen Schritt rückwärts. Sie blickte so furchtbar verletzt drein, dass ich mich selbst hasste – und das erzürnte mich noch mehr.

»Kochst für ihn! Machst ihm beim Essen schöne Augen! Glaub nicht, dass ich das nicht gesehen habe. Angehimmelt hast du ihn! Du machst dich verdammt noch mal zum Narren, Ellie. Man kann es gar nicht mit ansehen –

und er ist *nicht interessiert.* Sieh doch, wie er bei der ersten Gelegenheit davontanzt. Ständig dein Gesäusel – Daddy hier und Daddy da –, wahrscheinlich ist er es gründlich leid. Verdammt, ich kann es auch nicht mehr hören. Lass mich in Ruhe und geh um Gottes willen woanders heulen ...«

Ellie lief dunkel an; die Röte stieg ihr vom Hals ins Gesicht. Als sie endlich etwas sagte, klang ihre Stimme schrecklich, ganz atemlos und erstickt. Sie war sehr zornig.

»Wie kann man nur so etwas Gemeines sagen – *gemein* bist du. Ich habe nicht ... ich bin nicht ... Ausgerechnet du sagst so etwas! Ich sehe dich noch, wie du geseufzt und Trübsal geblasen und jeden außer Rebecca angeschnauzt hast. Mutter hast du das Herz gebrochen, und ich war unglücklich, todunglücklich. Mich zum Narren machen? Du hast dich fünf Jahre lang lächerlich gemacht ... Dann geh doch, wenn du willst. Mir ist das jetzt egal. Lauf doch hinunter an ihren Strand. Sie wollte dich damals nicht dort haben, und sie würde dich auch heute nicht sehen wollen. Vielleicht kapierst du das endlich einmal, du dummer, dummer, alter Mann ...«

Sie stieß einen erstickten Laut aus, drehte sich um und schlug die Hände vors Gesicht. Ich sah, dass sie von Kopf bis Fuß zitterte. Ein furchtbares Schweigen folgte, eine Stille, die mir sehr lange zu währen schien. Ein weinendes Mädchen, das ich von ganzem Herzen liebte, und ein sturer, erschrockener, ja wirklich dummer alter Mann. Auch mir traten Tränen in die Augen, aber ich wischte sie wütend beiseite. Ungläubig, beschämt und verwirrt sah ich mir selbst zu, wie ich herumfuhr und mit meinem Stock auf das Gras einschlug. Ohne ein weiteres Wort ließ ich meine Tochter stehen und marschierte in Richtung Meer davon.

9. Kapitel

Ich wünschte, ich könnte schreiben, dass ich sofort alles bereute und zu Ellie zurückging, sie um Verzeihung bat und Frieden mit ihr schloss. Doch genau das tat ich nicht. Ich stolperte weiter auf das Meer zu, fuchtelte mit meinem Stock in der Luft herum und schrie den armen Barker an. So völlig außer mir vor Wut, Furcht und Selbsthass war ich, dass ich nicht denken und erst recht nicht vernünftig handeln konnte. Ich hielt nur mein Gesicht in den auffrischenden Wind und zwang mich zum Weitergehen. Das Herz hämmerte in meiner Brust, und jeder Atemzug schmerzte mich mehr. Ich kann meinen Zustand gar nicht richtig beschreiben. Ich fühlte mich blind, taub und schrecklich *wütend*. Ellies Vorwürfe summten mir in den Ohren; in meinem Kopf herrschte ein furchtbarer Tumult wie das Krachen von Haubitzen.

Das ist nicht wahr, ist nicht wahr, sagte ich mir immer wieder, aber die Worte kamen nicht zur Ruhe. Andere drängten sich dazwischen, kleine Sticheleien aus der Vergangenheit: »Je öller, je döller, was, Oberst Julyan?« Und meine Frau, die ihr blasses, abgehärmtes Gesicht zur Wand dreht und meine Appelle, Rechtfertigungen und Beteuerungen nicht mehr hören will. »Bitte, sag nichts mehr, Arthur. Ich sterbe, und es interessiert mich nicht länger.«

Ich versuchte die Stimmen auszusperren; ich wollte sie nicht hören – nicht einmal, Gott vergebe mir, die Stimme meiner Frau, die in den langen Jahren unserer Ehe selbst im Zorn niemals etwas zu mir gesagt hat, das ungerecht oder unzutreffend gewesen wäre. »*Verschwinde*«, brüllte ich den armen Barker an, der mich ständig umkreiste und mir vor die Füße lief. Kaum wusste ich, wo ich mich befand. Unsicheren Schrittes hastete ich weiter. Meine Brust hob und senkte sich. Dann umrundete ich einen dicken Stechginsterbusch und sah, dass die Blüten sich *bewegten.*

Abrupt blieb ich stehen und wischte mir keuchend über das schweißnasse Gesicht. Ich schaute noch einmal hin und erkannte, dass die sich bewegenden Blüten Schmetterlinge waren, die eifrig Nektar saugten, neugeboren, viel zu früh geschlüpft und todgeweiht. Ich tat noch einen Schritt vorwärts, dann hielt ich an, weil mir plötzlich schwindlig wurde. Unter mir fiel der Boden steil ab. Ich hatte nicht den richtigen Weg eingeschlagen; der Pfad zur Bucht – wenn er noch existierte – lag irgendwo zu meiner Linken. Aber ich konnte den Kieselstrand der Bucht erkennen, ein weißes Hufeisen unter mir, und die Felsen, die den Eingang der Bucht hüten und die Maxim und ich in unserer Jugend Scylla und Charybdis getauft hatten.

Das Wasser war kabbelig, die Flut lief schnell auf. Von Grey, den ich fast vergessen hatte, war nichts zu sehen, aber unter mir lag der kleine Landesteg, an dem Maxim und ich unser Dingi zu vertäuen pflegten und wo Rebecca später die Jolle der *Je reviens* festmachte. Und dort stand, ganz zur Rechten der Bucht, das Bootshaus – nach zwanzig Wintern immer noch gut in Schuss –, in dem sie manchmal schlief, wenn sie bei Nacht allein hinausgesegelt war, wie sie es liebte; das Bootshaus, das sie zu einem einfachen Cottage ausgebaut hatte. Bei Flut schlug das Wasser bis an seine Mauern, und wenn es stürmte, peitschte die Gischt gegen das zum Meer gehende Fenster; auf der Landseite reichten die Bäume fast bis zum Ufer, und der Grund stieg steil an, sodass Manderley von diesem Fenster aus nicht zu sehen war.

Während der letzten sechs Monate ihres Lebens hielt Rebecca sich häufig dort auf. Manchmal unternahm sie kurze, hektische Expeditionen nach London, wo sie eine Wohnung in der Nähe der Themse unterhielt, aber wenn sie von einem dieser Ausflüge zurückkehrte, war sie fast immer hier anzutreffen und nur noch selten auf Manderley selbst. Was immer andere behaupten mögen – und zum Thema dieses Bootshauses und seiner Nutzung sind jede Menge Verleumdungen im Umlauf –, ich glaube, dass es der einzige Ort war, an dem Rebecca Frieden fand. Dies war ihre Zuflucht.

Mein Herz krampfte sich zusammen, als ich auf das Haus schaute. Ich stieß ein Krächzen aus, sodass Barker nervös zu mir gelaufen kam. Auf meinen Stock gestützt, rang ich nach Luft, und als der Boden unter meinen Füßen zur Seite kippte und das Meer sich zu drehen begann, sodass es in einer Sekunde nah und in der nächsten fern schien, schloss ich die Augen. Das Schwindelgefühl verging, und ich konnte wieder klar sehen. Da lag das quadratische Bootshaus. Mit seinen vier Fuß dicken Steinmauern, seinem weit heruntergezogenen schützenden Dach und den kleinen, tief eingelassenen Fenstern war es dazu errichtet, Stürmen zu widerstehen. Rauch stieg aus dem neu eingebauten Kamin auf – wenn es nicht zu dunkel war und der Mond oder die Sterne Licht spendeten, konnte man ihn aus einiger Entfernung erkennen. Hinter den Fenstern brannte Licht und ließ sie golden schimmern. Manchmal, wenn ich spätabends über die Pfade an der Küste wanderte, wie ich es damals gern tat, blieb ich an einem günstigen Aussichtspunkt stehen, sah auf die Fenster und wusste, dass Rebecca dort war, wie fast jede Nacht während des letzten Winters.

Ich fragte mich, warum sie es vorzog, sich hier aufzuhalten, da ihr Zuhause nicht mehr als zwanzig Minuten Fußweg entfernt lag, eher weniger. Dort oben auf dem höher gelegenen Gelände stand ein Haus mit dreißig Zimmern, einem Heer von Dienstboten und jedem erdenklichen Luxus und Komfort, ein Haus, das *sie* verwandelt und mit Schönheit erfüllt hatte. Weiche Sessel, Holzfeuer im Kamin, exquisite Mahlzeiten, parfümierte Bäder, Damastbettwäsche ... Dort oben lag ein Anwesen, das man weit und breit bewunderte, kopierte und voller Neid betrachtete und in dem jede Einzelheit von den Bildern und

Möbeln bis zu den winzigsten Details – dem Besatz eines Kissens, der Anordnung der Blumen, der Platzierung der kleinsten Gegenstände – Rebeccas Schöpfung darstellte.

Fünf Jahre lang hatte sie die Maschinerie, die Manderley in Gang hielt, mit einer nonchalanten Anmut organisiert, hinter der sich militärische Präzision verbarg. Nichts entging ihr: Sie überwachte die Einladungen, die Abholung der Gästescharen vom Bahnhof, die Menüs, die Tischdekorationen, die Einrichtung jedes Zimmers und die Anlage der Gärten; sie führte peinlich genau Buch, damit niemand das gleiche Gericht zweimal serviert bekam, selbst wenn sein letzter Besuch ein Jahr oder länger zurücklag. Sie behielt im Gedächtnis, welche Gäste bestimmte Zimmer bevorzugten; sie vergewisserte sich, dass die Blumen in diesen Räumen und die Bücher darin dem Geschmack und den Interessen des betreffenden Gastes entsprachen. All dies und mehr, viel mehr, erledigte sie mit zwanghafter Sorgfalt und doch so reibungslos und diskret, dass manche Besucher niemals erkannten, dass sie die Hand im Spiel hatte, und annahmen, sie und Maxim hätten einfach Glück mit ihren vorbildlichen Dienstboten.

Und doch mied Rebecca jetzt diesen wunderbaren Ort, den sie selbst geschaffen hatte. Sie erschien bei den offiziellen Gelegenheiten, wie sie dies immer getan hatte, aber wenn die vorüber waren oder sie freie Zeit hatte, kam sie hierher, in ein winziges, ebenerdiges Steingebäude am Meeresufer. Ich wollte, ich *musste* den Grund wissen, und eines Abends Anfang April, ungefähr eine Woche vor ihrem Tod, wanderte ich in der Dämmerung an den Klippen entlang, sah das goldene Licht hinter den kleinen Fenstern und ging hinunter, um sie zu fragen.

Jasper, ihr letzter und liebster Hund, war bei ihr. Entweder er oder Rebecca selbst hörte meine Schritte auf dem Kies knirschen, als ich näher kam. Das nehme ich zumindest an, denn mein Besuch schien keinen von beiden zu verwundern oder zu erschrecken.

Ich klopfte an die Tür und trat ein. Und an diesem Nachmittag, als ich auf meinen Stock gestützt mit geschlossenen Augen neben dem Stechginsterbusch stand, ging ich noch einmal hinein, noch einmal und ein weiteres Mal, und sah mich genau um, ganz genau, damit mir keine Einzelheit entging. In dem kleinen, weiß getünchten Raum war es warm; er roch schwach nach Holzrauch und den türkischen Zigaretten, die Rebecca in letzter Zeit ohne Unterlass rauchte. Auf dem Boden lag ein roter Flickenteppich, ein einfaches, handgewebtes Stück, wie man es in dieser Gegend häufig in Cottages sieht. Auf dem schmalen Bett zu meiner Linken, das als Sofa diente, hatte sich Jasper auf einer karierten Decke zusammengerollt. Da war ein Regalbrett mit einer Reihe kleiner Modellboote, grob geschnitzt, aber hübsch. Ein weiteres Bord enthielt Bücher, Tassen und Teller, und darunter war ein kleiner Primuskocher untergebracht. Neben dem Kamin, in dem Treibholz loderte, stand ein kleiner Armsessel mit abgewetztem Bezug, ein Stuhl, der aussah, als hätte er einmal auf Manderley in der Kammer eines Hausmädchens seinen Dienst getan.

Auf der anderen Seite des Feuers, gegenüber dem Bettsofa, befand sich ein kleiner Tisch aus Kiefernholz, an dem Rebecca saß. Darauf stapelten sich Bücher, Tintengläser und Schreibfedern, außerdem ein leuchtend rosa Tintenlöscher und ein Aschenbecher, in dem eine ihrer unverwechselbaren Zigaretten qualmte, die oval, nicht rund waren. Eine Öllampe stand da, deren Messingkörper auf Hochglanz poliert war; sie schuf in dem stillen Raum einen warmen Lichtkreis und verlieh ihm eine angenehm ruhige Atmosphäre. Ich schaute und schaute, und noch heute, zwanzig Jahre später, sehe ich alles so wie damals zum ersten Mal: ein einfaches Zimmer, wunderbar schlicht eingerichtet. Etwas – vielleicht die leuchtenden Farben, die Modellboote oder die kleinen Möbel – erinnerte mich an das Zimmer eines Kindes. Es besaß dieselbe tröstliche Ausstrahlung, die ich zu Recht oder Unrecht mit jenem Zufluchtsort, diesem Palast des Spiels in Verbindung bringe, der auf The Pines einmal Roses und mein Kinderzimmer war.

Rebecca saß an ihrem improvisierten Schreibtisch, Gesicht und Haar durch den runden Schein der Lampe erhellt. Sie trug ihre alte, aber bequeme Segelkluft: Hosen und einen dicken Guernsey-Pullover. Ihr Haar, das früher lang gewesen war, hatte sie sich kürzlich abschneiden lassen, wie es damals Mode war. Das hatte ihr Aussehen radikal verändert – ich hatte mich immer noch nicht daran gewöhnt, sodass ich jedes Mal, wenn ich sie sah, von neuem überrascht war. Mit diesem Haarschnitt wirkte sie beunruhigend androgyn, jungenhaft und zugleich äußerst weiblich; falls das überhaupt möglich war, vermehrte er ihre Schönheit noch.

Als ich eintrat, blickte sie auf, aber sie lächelte weder, noch begrüßte sie mich. Ich sah ihre Hände in dem Lichtkreis. Sie waren schmal, langgliedrig und vom Segeln im letzten Sommer gebräunt. Sie saß still, aber die Hände bewegten sich ruhelos über das behelfsmäßige Schreibpult, schoben den Tintenlöscher einen Zoll weiter, nahmen eine Feder auf, um sie dann wieder hinzulegen. Schöne und geschickte Hände waren das: Rebecca trug niemals Handschuhe, wenn sie im Garten arbeitete, ritt oder segelte. Sie hätte über die Vorstellung von »damenhaften Händen« verächtlich gelacht, glaube ich. Immer wieder sah ich auf ihre Hände; durch einen zwanzig Jahre langen Tunnel schaute ich sie an.

Am Ringfinger der linken Hand trug sie zwei Ringe – wie immer; nie habe ich sie ohne die beiden Schmuckstücke gesehen: einen schmalen goldenen Trauring und einen dünnen Diamantreif von der Art, die man »Memoire-Ring« nennt. Ihre rechte Hand war bloß, Daumen und Zeigefinger waren tintenbeschmiert.

Ich spürte, dass Rebecca in Gedanken versunken war und mein Besuch unwillkommen. Lange blieb ich nicht, höchstens zehn oder fünfzehn Minuten – und an diesem Nachmittag stand ich wahrscheinlich noch kürzere Zeit an der Stelle über der Bucht. In meinen Gedanken kam es mir vor, als wäre ich lange Zeit da gewesen, vom Feuer gewärmt, und hätte geschaut, geschaut. Aber in Wirklichkeit währte die Vision – oder die Erscheinung – nur ungefähr eine Minute. So schwindlig und bekümmert ich mich fühlte, *wusste* ich doch, dass ich etwas suchte. Den ganzen Tag hatte ich unterschwellig gewusst, dass ich es finden konnte, wenn ich mich konzentrierte.

Also betrachtete ich alles genau: die karierte Decke, die Bücher, das helle Feuer, Rebeccas Gesicht und ihre rastlosen Hände ... Dann jaulte Jasper – und endlich sah ich es, neben dem rosafarbenen Tintenlöscher, unter ihrer linken Hand: eine kleine, schwarz bezogene Schulkladde. Sie hatte darin geschrieben, bevor ich gekommen war, und dann schnell die Seite abgelöscht und zugeklappt, als ich eintrat. Sie verschnürte das Büchlein, band die Lederbänder auf dem Rücken zu einer ordentlichen Schleife und schob es außer Sichtweite, bevor sie aufstand ...

»Ich habe Sie unterbrochen. Sie waren beschäftigt. Was haben Sie geschrieben, Rebecca?«

»Großmama, was hast du für scharfe Augen! Einen Brief wohl.«

»Sie schreiben Ihre Briefe in Notizbücher?«

»Ach, schon gut. Die Geschichte meines Lebens. Heute war mir autobiografisch zumute. Ich habe Seite um Seite gefüllt! Wahrscheinlich werde ich morgen alles zerreißen. Oder ich behalte es doch ... Für meine Enkelkinder. Für meine eigenen Kinder. Dann können sie an einem Regentag darin lesen ... Ein oder zwei Stunden kann man damit schon verbringen, meinen Sie nicht? Ich möchte, dass sie mich kennen lernen ...«

»Rebecca, sie werden Sie auf jeden Fall kennen ...«

»Ja. Wahrscheinlich. Vielleicht.«

Ich öffnete die Augen und blickte auf das Meer und die Bucht, die wieder ruhig dalagen. Das Schwindelgefühl war vergangen. Ich spürte noch Herzschmerzen, aber mein Kopf war klar – angesichts dessen, was als Nächstes geschah, möchte ich dieses Faktum ausdrücklich hervorheben. Ich stand da, ganz sicher, dass ich mich richtig an dieses Gespräch erinnerte, dass ich mich an den Innenraum des Bootshauses, an den Ton von Rebeccas Stimme erinnerte. Auch bezüglich des Notizbuchs war ich mir vollkommen sicher. Das Buch, das jetzt auf meinem Schreibtisch in The Pines lag, war identisch mit dem, das ich im Bootshaus gesehen hatte. Deshalb war es mir, als ich es heute Morgen zum ersten Mal sah, bekannt vorgekommen und hatte mir ein beklommenes Gefühl eingeflößt. Beide Bücher glichen sich aufs Haar, bis auf einen entscheidenden Unterschied: Das Notizbuch, das ich mit der Post bekommen hatte, war leer. In dem, an das ich mich erinnerte, stand etwas geschrieben.

Wo befand sich dieses Exemplar jetzt? War es bei dem Brand auf Manderley zerstört worden? Oder hatte jemand es gerettet und all diese Jahre aufbewahrt? Meine Gedanken überschlugen sich; mir kam eine Idee.

Jemand rief nach mir. Ich blickte über die Schulter und sah Ellie, die von links auf mich zugerannt kam. Ich sah auf die Bucht hinab und entdeckte Grey, der auf das Bootshaus zuging. Er blieb stehen, schaute zu Ellie und mir hinauf, drehte sich dann um und rannte über den Strandpfad auf uns zu.

Ich schaute zum Bootshaus selbst. Das landwärts gelegene Fenster konnte ich deutlich erkennen. Trotz meines Alters ist mein Sehvermögen ausgezeichnet – auch das möchte ich hervorheben –, und wenn überhaupt, dann bin ich heute leicht weitsichtig und trage die Brille nur für feinere Arbeiten oder zum Lesen. Daher sah ich dieses Fenster vollkommen deutlich; es war nicht im Geringsten verschwommen. Ich sah, dass sich hinter der Scheibe jemand bewegte. Ich sah, wie dieser Jemand die Hand hob, nach etwas fasste und es dann vor das Fenster zog. Es hätte der Überrest eines Vorhangs sein können, ein Stück altes Sackleinen oder eine Plane, alles Mögliche. Aber jemand war dort drinnen, jemand, der nicht gesehen werden wollte – und darauf beharre ich immer noch, obwohl Grey und Ellie skeptisch sind.

Ich weiß jedenfalls, was ich gesehen habe – und ich hätte bessere Aussichten gehabt, meine Gefährten zu überzeugen, hätte ich mich anschließend nicht so töricht verhalten. Aber in meinem Herzen wallte eine große, vollkommen unsinnige Hoffnung auf. Sie ist nicht tot, dachte ich. Wir haben die falsche Frau begraben. Sie lebt. Und jetzt ist sie endlich zurückgekehrt ... Wieder vernahm ich die Stimme aus meinem Traum: *Lass mich hinaus, ich muss mit dir reden ...*

»Rebecca«, stöhnte ich, als Ellie neben mir ankam. Und dann geschah etwas Seltsames. Was, weiß ich immer noch nicht genau; jedenfalls fand ich mich auf dem Boden wieder. Ich lag der Länge nach da, Greys Jackett unter den Kopf gestopft. Jemand hatte meinen Kragen gelockert, meinen Schal losgebunden und meinen Mantel aufgeknöpft. Grey kniete neben mir und beugte sich über mich, und Ellie hielt mein Handgelenk. »Der Puls ist sehr schwach und unregelmäßig ...«, sagte sie.

»Jetzt aber, Ellie«, hörte ich mich in einer höchst eigenartigen, näselnden Altmännerstimme sagen. »*Fang nicht wieder damit an* – ich bin gleich wieder in Ordnung.«

»O Gott, o Gott«, jammerte Ellie und begann zu weinen.

Die beiden brachten mich zum Wagen zurück. Wie, das tut nichts zur Sache. Es dauerte lange und war mühsam und schwierig. Ohne Terence Grey wären wir nicht zurechtgekommen. Er hat sich – das sage ich ohne Umschweife – großartig verhalten. Frauen sind in einer solchen Krise immer hoffnungslos; sie geraten in helle Panik, werden gefühlsduselig und dumm. Grey dagegen bewahrte die Ruhe. Er überließ mir die Leitung des Unternehmens, und der Umstand, dass er äußerst gut in Form und kräftig ist, erwies sich als unschätzbar wertvoll. Schließlich verstauten die beiden mich auf der Rückbank, und inzwischen hatte ich mich so weit für Grey erwärmt, dass ich froh war, als er sich neben mich setzte. Ich dankte ihm. Vielleicht habe ich sogar gesagt: »Danke, Terry«.

Auf The Pines wurde der Arzt gerufen. Ellie war so ungewöhnlich streng, dass ich nicht wagte, Einwände zu erheben, und ich hatte ohnehin nicht die Energie dazu.

Glücklicherweise gebärdete der gute Doktor sich ausnahmsweise nicht als Unglücksprophet. Er untersuchte mich, ging dann ins Nebenzimmer, um kurz mit Ellie und Grey zu sprechen, und kehrte dann mit dem Urteil zu mir zurück. Eine Ohnmacht. So einfach. Ich hatte mich überanstrengt und einen Schwächeanfall erlitten.

»Das hätte ich Ihnen auch sagen können«, meinte ich. Meine Stimme erholte sich.

Natürlich zog die Begebenheit noch einiges nach sich. Erwartungsgemäß wurde ich wieder kaserniert. Ich hörte kaum hin, während der Arzt seine Litanei über Ruhe, Diät und Pferdepillen herunterleierte und mir jede Aufregung untersagte. Das Wichtige war, dass es sich um eine ganz gewöhnliche *Ohnmacht* handelte. Keine weitere Herzattacke, *kein* Schlaganfall – nichts, das in irgendeiner Weise meine Fähigkeiten beeinträchtigt hatte oder dazu angetan wäre, dies zu tun. Bloß eine Ohnmacht, verursacht durch Zorn, mein unentschuldbares Benehmen Ellie gegenüber, durch Kummer und Überanstrengung – und dadurch, dass ich jemanden am Fenster des Bootshauses gesehen hatte.

Das erwähnte ich dem Doktor gegenüber natürlich nicht. Er ist kein Mann von Fantasie, und ich wollte nicht, dass er glaubte, ich hätte nicht mehr alle Tassen im Schrank.

»Und jetzt geben Sie auf sich Acht, Arthur«, meinte der Arzt, als er sich zum Gehen anschickte. »Versuchen Sie, sich nicht aufzuregen. Betrachten Sie den Vorfall als eine weitere Warnung, und seien Sie ein guter Junge. Und sehen Sie dieses Mal zu, dass Sie sich danach richten.«

Das werde ich. Ich will nicht ausgerechnet jetzt den Löffel abgeben – dazu ist zu viel zu tun. Einen Anfang habe ich bereits gemacht. (Der geneigte Leser wird bemerken, dass mehr Zeit verstrichen ist, als ich am Beginn dieser Erzählung angekündigt habe. Das Schreiben hat länger gedauert als vorausgesehen, vor allem da ich anscheinend ziemlich schnell ermüde. Die Ereignisse, die ich schildere, liegen jetzt ungefähr einen Tag zurück, aber sie stehen mir noch lebendig vor Augen.)

Also erstens: Ich habe mich bei Ellie entschuldigt, Frieden mit ihr geschlossen und sie um Verzeihung gebeten. Ellie hat mich ihrerseits um Verzeihung gebeten, aber ich habe ihr erklärt, was sie mir gesagt habe, sei die Wahrheit gewesen, und für die Wahrheit brauche man sich nicht zu entschuldigen. Zweitens: Ich habe beschlossen, Terence Grey zu vertrauen, und ihn als meinen Assistenten gewonnen. Ich werde ihm seine Freundlichkeit nach diesem törichten Schwächeanfall nicht vergessen. Drittens habe ich zu meinem und zu Greys Nutzen diese Aufzeichnungen angelegt, damit wir uns alle klar darüber sind, wie dieses Unternehmen begann, und damit ich mich, sollte das notwendig sein, an die vielen Hinweise erinnere, die ich hier detailliert ausgeführt habe, sowie an die Lage der Dinge, wie sie sich zu Beginn darstellte.

Grey kommt mich in ein, zwei Tagen besuchen, wenn ich mich richtig ausgeruht habe. Wir haben uns bereits auf eine Aufgabenverteilung geeinigt. Wie sich herausgestellt hat, verfügt er über eine Anzahl von »Indizien« – ich glaube, so kann ich sie nennen –, die seinen Gesprächen mit Frith und seinem kürzlichen Besuch in London entstammen. Er wird sein Treffen mit Jack Favell um ein paar Tage verschieben, bis er Gewissheit hat, dass ich mich erhole. Außerdem hat er mir versichert, er werde zu jeder Zeit die Frage der Voreingenommenheit im Gedächtnis behalten und mich im Zweifelsfall konsultieren. Unterdessen werde ich meine Schachteln und Akten öffnen und meine Erinnerungen durchforschen, und ich werde ihm *die ganze Geschichte* erzählen, entweder persönlich oder – wenn ich mich der Sache gewachsen fühle – schriftlich. Bis dahin sicherheitshalber – man weiß nie, vielleicht segne ich ja doch noch das Zeitliche – hier dieses Zeugnis.

Um die Bedeutung des Pakts hervorzuheben, den wir am Abend nach unserem Besuch auf Manderley schlossen, schüttelten wir uns die Hand und tauschten gewisse Bekenntnisse aus. Grey setzte mir genau auseinander, was er in den verstaubten Hauptbüchern von Manderley entdeckt hatte – keine Überraschungen; wie ich vermutet hatte, ging es um die Familie Carminowe – und was er in London im Somerset House und im Nationalarchiv herausgebracht hatte. Und das erstaunte mich wirklich. Ziemlich bewegt zeigte ich ihm darauf das seltsame schwarze Notizbuch, das mir ein Unbekannter geschickt hatte, mit dem Bild des geflügelten Kindes darin. Ja, ich zeigte ihm *Rebeccas Geschichte* ... Und schließlich – dazu musste ich mich sehr durchringen – gab ich ihm meinen Schlüssel zu den Toren von Manderley.

»Gehen Sie morgen noch einmal hin«, bat ich. »Und was immer Sie sonst noch tun, Grey, sehen Sie sich das Bootshaus auf jeden Fall genau an. Jemand ist dort gewesen, das weiß ich. Und außerdem bin ich mir verdammt sicher, wer ...«

»Natürlich tue ich das«, gab er behutsam zurück. »Sobald ich kann, gehe ich hinüber. Machen Sie sich keine Sorgen deswegen. Versuchen Sie, für den Moment nicht daran zu denken. Die Tabletten, die der Arzt Ihnen gegeben hat, müssten Sie eigentlich schläfrig machen. Ich finde, Sie sollten jetzt ruhen.«

»Das werde ich auch – gleich. Hören Sie mir zu, Grey. Ich bin der Meinung, dass jemand auf derselben Spur ist wie wir. Aber verraten Sie bitte meiner Tochter nichts davon, ja? Ellie wird nur sagen, dass ich mir etwas einbilde; sie wird behaupten, ich sähe überall nur Verschwörungen ... Aber in diesem Fall irrt Ellie sich. Nein, Grey, *hören Sie mir zu* ... Wer immer in dem Bootshaus war, ich glaube, das war dieselbe Person, die mir das Notizbuch geschickt hat. Jemand, der darauf aus ist, Schwierigkeiten heraufzubeschwören, das sagt mir mein Gefühl. Und wenn ich richtig liege, dann kann es sich nur um eine von zwei Personen handeln ...«

Ich nannte ihm die beiden Namen. »Das ist erstaunlich, Oberst Julyan«, antwortete Grey höflich. »Äußerst brillant. Ich wäre nie darauf gekommen, Sir. Aber jetzt dürfen Sie nicht mehr reden. Sie hatten einen anstrengenden Tag, und Ellie ist sehr besorgt um Sie. Ich musste ihr versprechen, nicht länger als fünf Minuten zu bleiben ... Sie müssen wirklich schlafen.«

Seine Freundlichkeit und die Sorge, die ihm ins Gesicht geschrieben stand, rührten mich. Ich glaube, Grey lässt sich diese sentimentalere Seite seines Charakters nicht gern anmerken, denn er bückte sich, um mein Federbett zu richten, sodass ich seine Miene nicht erkennen konnte. (Das hätte ich erklären sollen: Inzwischen hatte man mich ins Bett gepackt, und dieses Gespräch fand in meinem Schlafzimmer statt.) Er wünschte mir eine gute Nacht und schickte sich an, zur Tür zu gehen.

»Nur noch ein Letztes, Grey«, sagte ich, als er sie öffnete.

»Ja, Oberst Julyan?«

»Dies ist wichtig, Grey. Wenn Sie über die Angelegenheit sprechen wollen, und ich sollte zufällig nicht verfügbar sein – sagen wir, ich ruhe aus oder ich halte ein Nickerchen, etwas in der Art –, dann denken Sie immer daran, dass Sie nichts Besseres tun können, als mit Ellie zu reden. Sie besitzt ein gutes Herz und ein kluges Köpfchen.«

»Ich weiß, Sir«, gab er ruhig zurück. »Das ist mir fast sofort aufgefallen, als ich sie kennen lernte.«

Ich war zufrieden mit dieser Antwort und der Bestimmtheit, mit der sie vorgetragen wurde. In diesem Moment schwanden meine letzten Vorbehalte, und ich vergab Grey alles, was mir bisher Bedenken bereitet hatte: sein gelegentliches Ausweichen, seine unglücklichen ironischen Bemerkungen, seine Neigung zur Einseitigkeit, ja sogar dieses obskure Gymnasium.

»Dann übergebe ich jetzt an Sie«, sagte ich.

Als Grey gegangen war, ließ ich mich in meine Kissen sinken. Der getreue Barker wachte an meinem Bett, und das Rauschen des Meeres war schwach zu vernehmen. Ich nickte ein. Augenblicklich war ich wieder im Wald von Manderley, und Rebecca, die ihr weißes Kleid und diese kleine blaue Schmetterlingsbrosche aus Email trug, lief zwischen den Bäumen auf mich zu.

Teil 2

Grey

13. April 1951

10. Kapitel

Donnerstag, 13. April. Ein Uhr morgens. Der Wind hat nach Südwest gedreht, was Regen bedeutet, und es stürmt. Das Cottage ist eisig kalt, weil ich zu spät zurückgekommen bin, um noch ein Feuer anzuzünden. Ich sitze hier in drei Pullovern und mit einem Glas von dem Malt-Whisky, den ich in London auf dem Schwarzmarkt gekauft habe. Heute Nachmittag haben Oberst Julyan und Ellie mich endlich zu meinem offiziell ersten Besuch nach Manderley mitgenommen – mit katastrophalem Ausgang. Angesichts des Geschehenen kann ich Kerrith im Moment nicht verlassen; ich muss meinen Zeitplan ändern – und ich werde Jack Favell erst nächste Woche in London treffen, frühestens am Montag.

Als ich The Pines schließlich verließ, war es nach elf. Ich fühlte mich nervös und rastlos, also unternahm ich einen langen, einsamen Spaziergang flussaufwärts von Kerrith in Richtung Pelynt und kehrte dann auf demselben Weg hierher zurück. Ich hoffte, dies würde eine beruhigende Wirkung haben oder zumindest die Ereignisse des Tages in die richtige Perspektive rücken, aber bis jetzt bemerke ich nichts davon. Ich habe versucht, die Angelegenheit unter jedem möglichen Blickwinkel zu betrachten. Gern würde ich Ellie glauben, die sagt, so etwas hätte jederzeit passieren können, und der Arzt habe sie gewarnt. Ich würde gern glauben, dass, wie sie behauptet, der Schlaganfall des Obersts durch einen Streit zwischen den beiden hervorgerufen wurde, aber das kann ich nicht. Ich bin schuld daran.

In letzter Zeit habe ich den alten Herrn mit meinen Fragen zu sehr bedrängt – ich hätte vernünftig sein und mich zurückhalten sollen. Und ich habe den egoistischen Fehler begangen, heute Nachmittag zu der Bucht mit dem Bootshaus hinunterzugehen; ich wollte sie im Tageslicht sehen und bin nicht auf die Idee gekommen, er könnte versuchen, mir zu folgen. Bis er heute Abend mit mir geredet hat, war mir nicht klar, wie viel dieser Ort ihm bedeutet. Und das ist nur ein Beispiel für die ärgerliche Weise, auf die er Informationen zurückhält. Er hatte mir nie erzählt, wie viel Zeit Rebecca in den Monaten vor ihrem Tod dort verbrachte, und er hatte mir nie erklärt, dass es seiner Ansicht nach ihre letzte Zuflucht war. Ich wünschte, das hätte ich schon vor Monaten gewusst. Im Lichte dessen, was der Oberst mir heute erklärt und gezeigt hat, werde ich alles noch einmal überdenken müssen.

Trotzdem hätte ich vorhersehen müssen, wie sehr er sich aufregen würde. Ich weiß, dass ihm vor allem daran gelegen ist, Rebecca zu schützen, und sie ist schließlich an diesem Ort *gestorben*. Blind und dumm war ich, nicht zu verstehen, dass ich ohne seine Zustimmung nicht hätte hinuntergehen dürfen – diesen Ort einfach so zu betreten, ohne seine Erlaubnis, stellte in seinen Augen eine Art Sakrileg dar.

Ich hatte das Bootshaus noch nicht einmal erreicht, als ich Ellie rufen hörte. Aus dieser Richtung hatte ich mich der Bucht noch nie genähert. Der Pfad ist stark zugewachsen und an mehreren Stellen durch Erdrutsche blockiert. Ich ging gerade auf das Bootshaus zu, als ich Ellie aufschreien hörte, hochblickte und den Oberst zusammenbrechen sah. Sie erreichte ihren Vater zuerst und war verzweifelt. Ich glaube, sie hielt ihn für tot, und einen Moment lang fürchtete ich dasselbe. Dann sah ich, dass er atmete, wenn auch sehr flach. Ich wusste sofort, dass es ein Schlaganfall war. Seine Lippen waren blau, und die linke Seite war leicht gelähmt; zuerst bemerkte ich das an seinen Gesichtsmuskeln, und als er dann langsam zu sich kam, war seine Sprache unartikuliert. Seine rechte Hand funktionierte – er packte meinen Arm mit erstaunlicher Kraft, als wolle er mich nie wieder loslassen –, aber der linke Arm und die linke Hand waren vollständig paralysiert.

Ich musste eine Entscheidung treffen, und zwar schnell. Was war schlimmer, den Oberst bei Ellie zu lassen, die nicht von seiner Seite weichen wollte, und Hilfe holen zu gehen oder der Versuch, ihn zu bewegen? Manderley liegt sehr isoliert. Das nächste Haus mit einem Telefonanschluss, von dem Ellie wusste, war ein Cottage in der Nähe der Landstraße, in dem früher die Familie Carminowe gewohnt hat. Aber das bedeutete gut drei Meilen. Anschließend wäre noch mehr Zeit mit dem Warten auf die Helfer vergangen. Ich fürchtete, dass dann der Oberst in Ellies Armen sterben könnte und sie allein am Meer mit ihm zurückbliebe. Das wollte ich ihr ersparen, und daher beschloss ich, dass ich riskieren würde, ihn zu bewegen.

Ich musste ihn tragen, was allerdings kein Problem war. Er ist ein großer Mann – heute geht er gebückt, aber früher muss er einmal ungefähr meine Statur gehabt haben –, und auf den alten Fotos, die Ellie mir gezeigt hat, erkennt man, dass er einst stattlich gebaut war. Aber heute ist er schrecklich mager. Er hüllt sich in mehrere Lagen Tweed, daher bemerkte ich erst, wie dünn er wirklich ist, als ich ihn hochhob. Der Oberst ist ein Mann von enormer Ausstrahlung und gewaltigem Willen, aber er ist bedauernswert zerbrechlich. Ich konnte ihn so leicht tragen wie ein großes Kind oder eine Frau.

Wir brachten es fertig, ihn zurück zum Wagen zu schaffen und auf den Rücksitz zu legen. Ich setzte mich neben ihn. Immer noch fürchtete ich, er könnte sterben, ehe wir The Pines erreichten. Und Ellie wollte nichts davon wissen, ihn anderswo hinzubringen. Das nächste Krankenhaus liegt noch weiter entfernt als Kerrith, aber das war nicht der Grund. »Ich bringe ihn nach Hause«, erklärte sie. »Das hätte er so gewollt, und deswegen fahre ich ihn dorthin.«

Ich wusste, dass sie Recht hatte, und erhob keine Einwände. Ich saß neben dem Oberst, der sich mit geschlossenen Augen zurückgelehnt hatte. Sein Hund Barker hockte vorn und hatte den Kopf auf die Rückenlehne gelegt, und ich schwöre, dass dieses außerordentliche Tier während der gesamten Fahrt nicht ein einziges Mal den Blick von seinem Herrn wandte.

Ellie chauffiert gut und schnell. Wir jagten über die endlose gewundene Auffahrt zurück, und dann geschah etwas Seltsames. Sobald sich das Tor hinter uns geschlossen hatte und wir auf der Straße waren, schien der alte Mann aufzuleben. Zuerst streckte er die rechte Hand aus und umfasste meinen Arm, dann nahm sein Gesicht nach und nach wieder Farbe an. Er öffnete die Augen und schaute sich um. Ich sah, dass er sprechen wollte, und versuchte ihn zu beruhigen, sagte ihm, er solle ausruhen. Aber ich weiß nicht, ob er mich hörte oder verstand.

Ich sah in seine leuchtend blauen Augen und dachte an die vergangenen Monate und die Katz-und-Maus-Spielchen, die er mit mir veranstaltet hatte. Ich dachte daran, wie oft ich wütend und schrecklich ärgerlich auf ihn gewesen war, wie oft ich weggegangen war und ihn für seine Reizbarkeit, seine Hinterlist und seine Bockigkeit verflucht hatte.

Nichts davon war jetzt noch wichtig, nicht das Geringste. Was machte es mir in diesem Moment aus, dass er einer der schwierigsten, voreingenommensten, manipulierendsten alten Halunken war, die mir je begegnet waren? Nichts. Ich *mochte* ihn. In diesem Moment empfand ich mehr als Sympathie. Ich wollte, dass er lebte, und es verblüffte mich selbst, wie stark ich diesen Wunsch plötzlich empfand. Ich habe nie einen Vater gekannt, und Nicky behauptet, dass ich aus diesem Grund nicht nur ein Bastard bin, sondern, wie er das so freundlich ausdrückt, »ein kaltblütiger Bastard«. Aber ich glaube, in diesem Moment wusste ich, wie ein Sohn empfindet. Ich spürte so widerstreitende und unerwartete Gefühle in mir aufwallen, dass ich wegschauen musste. Und ich glaube, der Alte fühlte das, obwohl er dem Tod nahe war. Er begann an meinem Arm zu zupfen, und schließlich verstand ich, was er stammelte. Er rief mich mit dem Namen seines verstorbenen Sohnes. »Danke«, sagte er. »Danke, Jonathan.«

(Kurze Pause; einer der Fensterläden hatte sich durch den Wind gelöst, und ich musste aufstehen und ihn festmachen.) Ich fahre fort. Bevor ich The Pines verließ, musste noch eine letzte Szene ausgespielt werden, und wenn ich jetzt darüber nachdenke, bin ich mir im Rückblick sicher, dass Oberst Julyan sie geplant hat. Um Ellie zu schonen, tat er so, als glaube er an die Diagnose »Schwächeanfall«, aber ihm war mit Sicherheit klar, dass das Unsinn war. Genauso deutlich, als ob der Arzt es ihm erklärt hätte, wusste er, dass die nächsten achtundvierzig Stunden kritisch waren und er die Nacht vielleicht nicht überleben würde. Und krank oder nicht, er war entschlossen, nicht zu schlafen, bis er mit mir gesprochen hatte. Komme, was da wolle, er würde nicht zulassen, dass ich das Haus verließ, ehe das Ritual, das er sich vorstellte, durchgespielt war.

Der Arzt hatte ihm genug Medikamente verabreicht, um »einen Ochsen zu fällen«, wie er sich ausdrückte, doch sie zeigten nicht die geringste Wirkung. Dem Oberst lag es fern, sich fällen zu lassen; stattdessen führte er sich auf, als hätte er eine Handvoll Hallo-wach-Pillen geschluckt. Ellie und ich schafften es, ihn ins Bett zu bringen, worauf der Oberst, dessen Sprachfähigkeit sich mit jeder Sekunde verbesserte, sie aus dem Zimmer schickte. Ellie war sich unschlüssig. Der Arzt hatte erklärt, wir müssten unbedingt jegliche Aufregung vermeiden. Da allerdings nichts den Oberst mehr aufregt, als seinen Willen nicht zu bekommen, zögerte Ellie nicht lange und ließ uns allein.

»Setzen Sie sich dorthin, Grey«, begann der Oberst und deutete auf einen Stuhl. »Setzen Sie sich und hören Sie zu.«

Ich nahm Platz. Die Vorhänge waren ein wenig zurückgezogen, wie er es mag. Das Fenster stand einen Spalt breit offen. Der uralte Gasofen brannte und zischte leise. Barker, ein Hund, der halb wie ein Bär und halb wie ein Schaf aussieht, eine Art wandelnder brauner Kaminvorleger, saß zu meinen Füßen und betrachtete mich tiefsinnig. Durch den Fensterspalt hörte ich entfernt das Rauschen des Meeres, das flüsterte, unablässig flüsterte. Dort draußen im Dunkel, auf der anderen Seite der Bucht, lag Manderley und ungefähr eine Meile weiter die kleine, graue angelsächsische Kirche, in der Rebecca begraben ist. Ich wusste, dass der Oberst sie einmal geliebt hatte – ich glaube, das war mir schon sehr, sehr früh klar. Beinahe von unserem ersten Gespräch an hatte ich es in seinen Augen erkannt. Ich bin mir sicher, dass er dieser Liebe niemals Ausdruck verliehen hat und sie unerwidert blieb, aber darum war das Gefühl nur um so machtvoller. Die Emotionen, die wir nie eingestehen, die wir nicht bekennen, sind immer die stärksten und manchmal die dauerhaftesten, wie ich selbst zu einem hohen Preis gelernt habe.

Ich sah den alten Mann an, der die Nacht vielleicht nicht überleben würde. Er trug einen gestreiften Flanellpyjama, das weiße Haar stand ihm wie eine Aureole in Büscheln um den Kopf, und seine Nase, auf die er sich etwas einbildet – eine »Julyan-Nase« und seiner Ansicht nach eine »Adlernase« – ragte mir entgegen. Er hatte die dichten Brauen zusammengezogen, und seine gewitzten, leuchtend blauen Augen sahen mich unverwandt an. Der Anblick war beeindruckend, absurd und ergreifend zugleich. Ich fragte mich, was jetzt kommen würde: endlich die Offenbarung oder weitere seiner geschickten, sorgfältig abgewägten Verquickungen von Wahrheit, Ausweichen und Lüge?

Er brauchte eine Weile, bis er sprach, und während ich wartete, hatte ich plötzlich eine Vision von mir, wie ich irgendwann in der Zukunft noch immer darauf warte, dass dieser nervenaufreibende alte Mann sich entscheidet, mir zu trauen. Die Nacht überleben? Ha! Dieser Mann besitzt eine unnatürliche Widerstands- und Willenskraft. Ich sah mit einem Mal vor mir, wie sich dieser listige alte Vogel noch zwanzig Jahre ans Leben klammerte und mich immer noch auf die Folter spannte. Ich beäugte ihn mit einer gewissen Belustigung, mit dem Respekt, den man einem würdigen Gegner zollt, und mit Zuneigung, tiefer Zuneigung. Und dann begann der Oberst zu meiner großen Überraschung zu reden.

Manches von dem, was er erzählte, war verworren und irrational. So glaubte ich keinen Augenblick lang, dass er wirklich jemanden in dem Bootshaus gesehen hatte, obwohl er darauf beharrte und das Erlebnis für seine »Ohnmacht« verantwortlich machte. Aber als er fortfuhr und seine Stimme kräftiger und seine Diktion auf wundersame Weise klarer wurde, begann ich zu begreifen, wohin diese Unterhaltung führte. Er hatte mich wieder einmal überlistet. Dieser gewiefte alte Stratege hatte blitzschnell meine Verteidigung umgangen und mir den Rückzug abgeschnitten. Er hatte mich dazu gebracht, ihn zu mögen, er hatte mich gezwungen, mich zu ergeben, und ich glaube, das spürte er.

Anscheinend hatte er ebenfalls beschlossen, dass er mich gern hatte. Es sah aus, als hätte ich die »Tests« bestanden, denen er mich heute unterzogen hatte und die, wie ich vermute, sowohl meine Tischmanieren beim Mittagessen als auch mein Benehmen auf Dornröschens Schloss alias Manderley umfassten. Anscheinend war er der Ansicht, ich hätte ihm das Leben gerettet – jedenfalls behauptete er das, was ihm die Gelegenheit zu weiterer schamloser emotionaler Erpressung lieferte. Aus all diesen Gründen – und umso dringender, da er »jeden Moment den Löffel abgeben« konnte – war es an der Zeit, dass wir beide einen feierlichen Pakt schlossen. Wir sollten mit vereinten Kräften vorgehen. In anderen Worte, er würde reden, wenn ich ebenfalls die Karten auf den Tisch legte.

Ich hätte mir denken können, dass er Bedingungen stellen würde. Aber das war schon in Ordnung: den Großteil dessen, was ich wusste, erzählte ich ihm gern. Wenn er mich je danach gefragt hätte, hätte ich das schon viel früher getan. Probleme hätte ich höchstens bekommen, wären seine Fragen persönlicher ausgefallen: Ein Kreuzverhör über Mr. Terence Greys Vergangenheit oder »Tante May« und dergleichen wäre mir unangenehm gewesen. Aber zum Glück kamen keine solchen Fragen; wir blieben bei den Themen Manderley, Rebecca und den de Winters.

Besonders lange sprachen wir nicht. Ich war bemüht, den Oberst nicht aufzuregen, und wusste, dass er schlafen sollte. Aber mir war auch klar, dass er nicht ruhen würde, dass er sich *weigern* würde zu schlafen, ehe die Angelegenheit geregelt war.

Nach ungefähr zwanzig Minuten stand ich auf und wandte mich zum Gehen. Ich erklärte ihm, ich würde meine Fahrt nach London und mein Gespräch mit Favell aufschieben, bis ich mir sicher war, dass er sich auf dem Weg der Besserung befand. Ich weiß nicht, ob er diesen Vorschlag registrierte oder auch nur wahrnahm. Er versuchte mühsam, sich im Bett wieder aufzusetzen, Barker trabte nervös hin und her, und ich stellte fest, dass, ehe ich gehen durfte, noch ein Element im Ritual fehlte. Ob ich ihm wohl den Schlüssel holen würde, der auf seiner Kommode lag, und das schwarze Notizbuch? Er hatte Ellie gebeten, das Buch nach oben zu bringen, und es lag daneben.

Das tat ich und war erstaunt. Den ganzen Tag über hatte der Oberst sich Gedanken um ein Päckchen in einem braunen Umschlag gemacht, das er heute Morgen erhalten hatte. Jetzt entdeckte ich, dass es keinen Absender trug. Dieses Notizbuch war darin gewesen, das einmal Rebecca gehört hatte. Nach all diesen Monaten der Suche war ich tief bewegt – und kämpfte darum, meine Gefühle zu verbergen. Meine Hände zitterten. Auf der ersten Seite befand sich ein Foto von ihr als Kind. Sie trug ein eigentümliches Kostüm. Auf der letzten – ich sah die Spuren des Klebstoffs, aber es hatte sich gelöst – lag eine Ansichtskarte von Manderley. Dies war das Alpha und Omega des Notizbuchs, denn abgesehen von der Titelseite war es ansonsten leer.

Diese Seite enthielt nur zwei Worte: *Rebeccas Geschichte*. Der Oberst war sich sicher, Rebeccas Handschrift zu erkennen. Das Kind auf dem Foto war ungefähr sechs oder sieben Jahre alt, doch die Schrift gehörte jemand Älterem – einem vielleicht zwölfjährigen Mädchen, hätte ich gesagt, aber das war reine Vermutung. Das letzte »e« des Worts »Geschichte« wand sich in einem kindlichen, spielerischen Schnörkel über die ganze Seite hinunter.

Hatte Rebecca als Kind die Absicht gehegt, Aufzeichnungen anzulegen, vielleicht die Geschichte ihres Lebens zu erzählen? Wenn, dann hatte sie den Versuch aufgegeben, denn der Rest des Buches war unbeschrieben; ich blätterte es sorgfältig durch für den Fall, dass dem Oberst etwas entgangen war, aber nein. Alle übrigen Seiten waren vollständig leer. Ich dachte an die Szene aus *Was ihr wollt*, in der Orsino Viola-Cesario fragt, was aus der Frau geworden sei, deren Geschichte sie ihm erzählt habe. *Ein leeres Blatt, mein Fürst*, anwortet Viola. *Sie sagte ihre Liebe nie* ... Den Rest des Shakespeare-Zitats habe ich vergessen.

Ein leeres Blatt, mein Fürst. Dieses Buch in der Hand zu halten – ein Geschenk, das zugleich so viel und so wenig bedeutete – frustrierte mich zutiefst. Immer wieder schlug ich die Seiten um und sagte mir, dass da einfach etwas sein *musste*, ein einziges Wort, eine Notiz – aber da war nichts. Das Kinderfoto wirkte, als wäre es professionell aufgenommen, aber schon in diesem Alter waren Rebeccas Augen unverwechselbar gewesen. Ich hätte sie überall erkannt. Die sepiafarbene Postkarte von Manderley war nicht beschriftet, und bis auf die Bezeichnung des Hauses, den Namen des Fotografen und die Adresse des Studios in Plymouth enthielt sie keine gedruckten Informationen. Mit diesen Hinweisen bewaffnet kann ich die Karte möglicherweise genauer datieren, aber grob würde ich beide Bilder zwischen 1907 und 1915 einordnen. Rebecca als Kind – und Manderley. Meine Gedanken überschlugen sich: Hieß das, konnte das wirklich bedeuten, dass Rebecca Manderley gekannt hatte, lange bevor sie als Maxims Frau dorthin kam? Besagte dies, dass ihre Verbindung zu diesem Haus viel älter war, als ich oder sonst jemand vermutet hätte?

Dieses Beweisstück durfte ich nicht mit fortnehmen; der Oberst wollte sich keinesfalls davon trennen. Ich überredete ihn, mir die Ansichtskarte zu überlassen, die jetzt hier auf meinem Schreibtisch liegt. Aber das Notizbuch musste ich zu meinem größten Bedauern zurückgeben. Dann wurde mir der Schlüssel – der berühmte Schlüssel zu den Toren von Manderley, mit dem er so geheimnisvoll tut – in die Hände gelegt. Jetzt gehörte er mir.

Ich brauche diesen Schlüssel natürlich gar nicht. Außer diesem Tor existieren noch andere Wege nach Manderley, die ich ohne Wissen des Obersts schon seit einiger Zeit nutze. Aber dennoch war ich tief gerührt. An diesem Punkt begann ich die wahre Bedeutung dieses Rituals zu verstehen. Der Oberst mag es vielleicht vorziehen, sich als stereotypes Bild eines alten Militärschädels darzustellen, aber diese Tarnung habe ich schon vor Monaten durchschaut. Arthur Lancelot Julyan ist ein heimlicher Romantiker. Das erkennt man gleich, wenn man seine Bücherregale anschaut. Nie hat er den Einfluss seines geliebten Malory abgeschüttelt. Und nun richtete der alte Soldat sich auf, der alte Kämpe, fixierte mich strengen Blickes und schickte seinen Knappen aus, die Mission, die er nicht hatte beenden können, zu erfüllen. Jetzt musste ich die Wahrheit entdecken, ich musste die Antwort auf die Frage finden, die ihn, wie er endlich gestand, so lange umgetrieben hatte: *Wer bist du, Rebecca?*

Inszenierte er bewusst Malorys *Le Morte d'Arthur*, wo die Suche nach dem Gral von Lancelot auf dessen Sohn Galahad übergeht? In dem Bemühen, den Oberst besser zu verstehen, habe ich Malory noch einmal gelesen, und ich hielt dies für möglich. Das rührte und betrübte mich. Galahad war offensichtlich rein, was mich für diese Rolle ungeeignet macht. Der Oberst ähnelt eher Don Quichotte als Lancelot. Und was die Suche angeht – hat Oberst Julyan nie daran gedacht, dass er die Wahrheit über Rebecca vielleicht lieber nicht wissen möchte?

Er glaubt an »seine« Rebecca. Heute Abend schien er sich sicher zu sein, den Großteil ihrer Geschichte zu kennen, was ich allerdings bezweifle. Und wenn wir es schafften, »die paar Fragmente« an Informationen zu entdecken, die ihm noch verborgen waren, würden diese sie entlasten. Jede neue Information, die wir erhielten, würde endlich die Menschen aus der Gegend der Lüge überführen, die behaupten, sie habe andere Menschen manipuliert, sei untreu und skrupellos gewesen. Aber wird das so kommen? Ich war davon keineswegs so überzeugt, wie der Oberst das zu sein schien. Ich machte mir Sorgen um ihn, denn ihm Informationen zu bringen, die ihm wehtun würden, war ungefähr das Letzte, was ich wollte.

Natürlich sagte ich nichts von alldem. Am liebsten hätte ich ihm tausend Fragen gestellt, aber die würden warten müssen, bis er kräftiger war. Endlich schien der Oberst müde zu werden und legte sich schlafen. Barker rollte sich an seinem Bett zusammen. Ich ging nach unten und unterhielt mich noch mehrere Stunden mit Ellie; wir aßen zusammen zu Abend.

Nachher unternahm ich diesen langen Spaziergang und ließ mir alles noch einmal durch den Kopf gehen. Ich war aufgeregt über das, was der Oberst mir gezeigt hatte, besorgt um ihn und zutiefst aufgewühlt. So langsam wurde mir klar, dass man nicht einfach irgendwo hinkommen, seine Nachforschungen anstellen und dann wieder wegfahren kann, wie ich geglaubt hatte. Täglich werde ich tiefer hineingezogen, und es wird immer schwieriger, als unparteiischer Beobachter und Ermittler zu agieren. Ich habe hier Freundschaften geschlossen, was ich niemals vorhatte. Jemanden zu täuschen, den man interviewt, einen Informanten, ist nicht besonders angenehm, obwohl ich festgestellt habe, dass ich ohne große Probleme in der Lage dazu bin. Aber Menschen zu belügen und hinters Licht zu führen, die ich lieb gewonnen habe – vor allem den Oberst, aber auch Ellie und die Briggs-Schwestern, die mir alle große Freundlichkeit erwiesen haben –, das ist widerwärtig. Ich verabscheue diese Vorgehensweise und folglich auch mich selbst.

(Noch eine Pause; es regnet jetzt stark, der Wind hat aufgefrischt, und dieser verdammte Fensterladen ist immer noch lose. Ich muss ihn morgen früh richtig reparieren.) Ich bin müde. Ich werde ins Bett gehen und mich morgen darum kümmern. Unterdessen *muss* ich nachdenken. Was haben die beiden Fotos in dem Notizbuch, das ich gesehen habe, zu bedeuten? Wer kann es geschickt haben? Ist es möglich, dass ein weiteres Notizbuch Rebeccas existiert, wie der Oberst mir gegenüber heute Abend behauptet hat? Wäre denkbar, dass es sich noch irgendwo verbirgt? Und wenn ja – wie bekomme ich es in die Hand?

Ich habe sehr viel zu tun: Ich habe unzählige persönliche Briefe zu schreiben, da ich mein eigenes Leben leider nicht in dem Maße auf Eis legen kann, wie ich gehofft hatte. Was meine Arbeit hier angeht, so *muss* ich diese Mrs. Danvers aufspüren, obwohl sich das schwierig darstellt. Ich hoffe nur, Favell wird wissen, wo sie steckt. Ich muss noch einmal mit Frith reden. Immer noch will ich ihn nach Lionel de Winters Frauengeschichten und nach seinem Tod fragen. Dann muss ich noch einmal an Frank Crawley schreiben, der sich höflich, aber bestimmt weigert, mit mir zu kooperieren, und ich brauche jemanden, der diese Einzelheiten in der Bretagne für mich überprüft. Ob Nicky der Richtige wäre? Er hält sich zur Zeit in Paris auf, daher könnte er leicht dort hinfahren.

Unterdessen muss ich die Zeit nutzen, da ich die nächsten paar Tage hier bleiben muss. Abgesehen von Frith könnte ich einen weiteren Vorstoß bei den Schwestern Briggs unternehmen, die mir inzwischen aus der Hand fressen, sowie bei James Tabb, dem ehemaligen Bootsbauer, der die *Je reviens* für Rebecca umgerüstet hatte. Im Unterschied zu den Briggs-Schwestern habe ich Tabb noch nicht für mich gewonnen. Der Mann will einfach nicht mit mir reden.

Und dann ist da noch das Versprechen, das ich dem Oberst gegeben habe. Vielleicht gehe ich irgendwann nach Manderley und sehe mir das Bootshaus an. Aber dabei muss ich diskret vorgehen. Wie mir langsam klar wird, ist eines der Hauptprobleme hier, dass man ständig unter Beobachtung steht. Ich bin noch nie in einer Gegend gewesen, die so gut mit Ferngläsern ausgestattet war. Jedes Boot, jedes Haus, jeder Wanderer ist damit ausgerüstet. Unter dem Vorwand, Schiffe oder Vögel zu beobachten, mutieren selbst kleine alte Damen zu den schamlosesten Spioninnen – kein Wunder, dass die Gerüchteküche in Kerrith derart brodelt, wie ich es noch nie erlebt habe.

Ich möchte nicht, dass meine Aktivitäten Aufmerksamkeit erregen. Wenn ich also tatsächlich zum Bootshaus gehe, sollte ich den Zeitpunkt sorgfältig wählen. Sonntagmorgen wäre gut – vorzugsweise bei Sonnenaufgang.

11. Kapitel

16. April, Sonntag. Ich hatte den Wecker auf fünf Uhr morgens gestellt, wachte aber schon um halb fünf auf – schlecht geschlafen. Da die Waschgelegenheit in meiner Hütte primitiv ist, bade ich morgens meist im Meer; heute beschloss ich, zur Landspitze von Kerrith hinauszuschwimmen, bevor ich nach Manderley aufbrach. Ich hatte genug Zeit, und ich hoffte, so bekäme ich vielleicht meine Träume aus dem Kopf, obwohl es noch dunkel war und das Wasser nicht besonders einladend wirkte.

Das Meer war schwarz, unbewegt und eiskalt. Je nach dem Stand von Ebbe und Flut können die Strömungen gefährlich sein – hier verläuft eine starke Unterströmung, besonders wenn man sich hinaus zur Landspitze von Manderley wagt. Selbst auf der nach Kerrith gelegenen Seite meiner Bucht kann der Sog der Gezeiten sehr stark sein. Aber ich hatte die richtige Zeit für meinen Ausflug gewählt und bekam keine Probleme. Ich schwamm bis zu der Boje hinaus, die den Eingang des Hafens bezeichnet, hievte mich auf die flachen Felsen am Ende der Halbinsel und ruhte dort einige Minuten aus. Von hier aus konnte ich die schmale Landzunge, auf der The Pines liegt, deutlich erkennen; in Kerrith war kein Licht zu entdecken, aber vor dem hell werdenden Himmel zeichnete sich das Haus des Obersts ab, dieses exzentrische viktorianische Schloss mit seinen Ecktürmchen, und dort brannte Licht. Ich wusste, dass es nicht das Zimmer des Obersts war, also musste es Ellies sein.

Sie konnte wohl nicht schlafen, obwohl der Oberst zum Erstaunen des Arztes jeden Tag kräftiger zu werden scheint. Ich schaue jeden Morgen vorbei, um mich nach seinem Befinden zu erkundigen. Zwar ist er noch zu schwach für lange Gespräche, aber er hat bereits begonnen, die Leitung des Unternehmens in die Hand zu nehmen. Er genießt es in einem solchen Maß, mich herumzukommandieren, dass ich das Gefühl habe, er ist sich sicher, dass er sich vollständig erholen wird. Taktvollerweise erwähne ich dies aber nicht.

Eine Zeit lang beobachtete ich Ellies Fenster, um zu sehen, ob sie das Licht wieder löschte, aber das geschah nicht. Ich fragte mich, ob sie las, und wenn ja, was – Ellie gibt mir manchmal Rätsel auf. Dann erhob ich mich von den Felsen und glitt wieder in das dunkle, stille Wasser. Die Ebbe setzte ein; ich spürte den Sog. Ich schwamm wieder zu meiner Bucht und kehrte in meine Hütte zurück, wo es mir mehrere Grad kälter vorkam als im Wasser.

Ein Bad gibt es hier nicht, nur eine Zinkwanne im Schuppen, die man vor den Kamin stellt. Ich fand, dass dies einen gewissen bizarren Charme besaß, bis ich entdeckte, wie viele Kessel heißes Wasser man braucht, um sie auch nur zu einem Viertel zu füllen. Auch ein Waschbecken existiert nicht, daher wasche und rasiere ich mich an dem Ausguss in der schlecht beleuchteten, von Bohrasseln befallenen Spülküche. Die mit Federn gefüllte Matratze ist ständig klamm, und ich bereite meine Mahlzeiten auf einem Paraffinofen, was egal ist, da ich ohnehin nicht kochen kann. Kurz gesagt, das Cottage ist malerisch, und wie die meisten pittoresken Hütten hat es seine Nachteile. Aber diese werden durch viele Dinge wettgemacht. Ich liebe die Stille und Abgeschiedenheit. Ich mag die unaufhörlichen Veränderungen des Meeres, die ich vom Fenster aus beobachten kann, so wie früher in Mays Haus. Und so wie heute sehe ich gern zu, wie im ersten schwachen Morgenlicht auf der gegenüberliegenden Landspitze von Manderley langsam die Wälder erscheinen.

Ich zog warme Kleidung und Wanderstiefel an, verstaute dieses Tagebuch und meine Papiere in dem üblichen Versteck und brach auf. Eingedenk dessen, was Oberst Julyan mir kürzlich abends erzählt hatte, wollte ich mir das Bootshaus einmal genauer ansehen, rechnete allerdings nicht damit, irgendwelche Entdeckungen zu machen. Ganz bestimmt erwartete ich nicht, Hinweise auf den »Beobachter am Fenster« zu finden, daher war ich – wie ich jetzt einsehe – unzureichend für die Überraschungen gewappnet, die meiner harrten.

Ich schlug den Küstenpfad ein, der von dieser Bucht direkt zur Landspitze hinaufführt. Die Sonne begann aufzugehen, der Himmel schimmerte gräulich, und in der Stille des frühen Morgens war die Umgebung erstaunlich schön. Dieser Pfad, der ziemlich zugewuchert, extrem steil und an einigen Stellen gefährlich ist, wird anscheinend selten begangen. Auch heute begegnete ich dort niemandem.

Auf den Kanten der Klippen zu meiner Linken blühten große Gruppen rosafarbener Grasnelken. Rechts von mir, auf der Landseite, war das Ufer üppig mit Primeln, Himmelsschlüsseln und einer kleinen Wicke bewachsen, nach deren Namen ich den Oberst oder Ellie einmal fragen muss. An einigen Stellen ging es schwindelerregend steil hinunter, senkrecht zu den Felsen und dem brodelnden Wasser. Auch hier sieht man die Spuren von Erdrutschen – die Klippen sind instabil –, und manchmal verschwindet der Weg vollständig. Dann muss man einen Umweg landeinwärts einschlagen. Bei der ersten meiner nächtlichen Expeditionen bin ich mehrere Male knapp einer Katastrophe entgangen, als der Pfad ohne Vorwarnung verschwand oder ich auf eine Stelle trat, die sich wie fester Boden anfühlte, um dann unter mir wegzubröseln.

Aber jetzt bin ich mit dieser Route vertraut, und im Tageslicht ging es sich viel leichter. Als die Sonne kräftiger schien und ich an Höhe gewann, konnte ich auf die hellen, winzigen Cottages von Kerrith zurückblicken und sah die ganze Stadt vor mir liegen, die sich um die Kirche mit ihrem Turm schart. Im Westen blendete mich die gewaltige glitzernde Fläche des Ozeans. Angesichts der frühen Stunde richteten sich bestimmt noch keine Ferngläser hierher; das einzige Anzeichen von Leben war ein türkisfarben und scharlachrot gestrichenes Fischerboot, das aus dem Hafen von Kerrith aufs Meer hinaustuckerte. Es ist ungewöhnlich, dass ein Boot am Sonntag ausläuft; genau wie in dem Teil Schottlands, aus dem ich stamme, wird der Sabbat hier immer noch streng eingehalten. Ich zog mich in den Schutz der Uferböschung zurück und hob mein Fernglas; doch auf dem Deck des Fischerboots antwortete mir kein Aufblitzen. Ich konnte den Skipper im Steuerhaus erkennen, der sich glücklicherweise nicht um mich kümmerte, sondern, den Blick auf den Horizont gerichtet, seine Pfeife schmauchte.

Endlich erreichte ich die vertraute, mit Stechginster bewachsene Felsnase, wo der Küstenpfad heute endgültig zu Ende ist. Von hier aus konnte man einst die Landspitze umrunden und zu den Buchten hinuntersteigen, die unterhalb von Manderley liegen. Ich habe die alten Karten dieser Gegend studiert, auf denen der Weg deutlich zu erkennen ist. Aber die Klippen werden immer weiter unterspült, und vor ungefähr zehn Jahren ist ein Steinschlag niedergegangen, sodass diese Route praktisch unpassierbar ist. Ich würde es gern einmal probieren – das wäre eine herrliche Kletterpartie –, aber ohne Seile und eine richtige Ausrüstung wage ich den Versuch nicht. So ist man also gezwungen, sich landeinwärts zu wenden und einem kaum noch erkennbaren Pfad zu folgen, der parallel zu den Mauern des Guts verläuft und nach Meilen von Schlamm, Dornenranken und Nesseln schließlich auf die Landstraße mündet. Aber ungefähr eine halbe Meile hinter den Klippen existiert eine Stelle, an der man ohne große Probleme über die Mauer steigen kann und die außerdem den Vorteil besitzt, dass sie selbst mit dem Fernglas von Kerrith aus nicht einzusehen ist.

Auf diesem Weg verschaffte ich mir Zugang und schlug den schon vertrauten Pfad durch den Wald ein. Im Halbschatten war es kühl, die ersten Glockenblumen blühten eben auf, und die stille Luft roch nach moderndem Laub und Frühling. Ich finde, bei Mondschein oder in der Morgendämmerung ist dies der schönste, melancholischste Platz auf Manderley. Im Geäst gurrte eine Ringeltaube, ein Rotkehlchen bezeichnete zwitschernd sein Revier. Ich sah einen Fuchsrüden, der früh auf Jagd gezogen war. Das Tier hob den Kopf, schnupperte und glitt dann offensichtlich unbesorgt durch das Unterholz davon, sodass ich allein zurückblieb.

Hier hätte ich lange Zeit verweilen mögen. Die Leute aus der Gegend behaupten, diese Wälder seien böse und es spuke hier, aber ich habe nie so empfunden. Als ich nach Kerrith kam, war ich innerlich aufgewühlt; ich hatte Julias Tod und Nickys Kummer immer noch nicht verwunden und wurde nicht mit den Schuldgefühlen fertig, die mich während der letzten Monate ihrer Krankheit gequält hatten. Dass ich in Kerrith war und nach Jahren des Zögerns und der Ausflüchte meine Suche begonnen hatte, versetzte mich zusätzlich in Aufruhr. Aber ich glaube, die Schönheit und Einsamkeit hier haben sich wohltuend ausgewirkt. Etwas oder jemand, vielleicht sogar der Oberst, beginnt jedenfalls, mich wieder in einen normaleren Zustand zu versetzen, und ich spüre, dass ich mein Gleichgewicht und meine Hoffnung wiedergewinne.

Oberhalb des so genannten »Glücklichen Tals« trat ich aus dem Wald. Dort überdauern noch einige der unzähligen Azaleenbüsche verschiedener Arten, die Rebecca de Winter angepflanzt hat; die meisten sind allerdings schon vor langer Zeit unter Nesseln und Unkraut erstickt. Ich roch ihren süßen, intensiven Duft, als ich das grobe Gras oberhalb der Bucht erreichte und mich über den zugewachsenen Pfad, der hinunterführt, zu tasten begann. Der dunkle Umriss von Manderley lag jetzt hinter mir; auf halbem Weg nach unten hielt ich inne und beschattete die Augen mit der Hand. Es wurde heller, und das Meer leuchtete gleißend. Ich ließ den Blick über das Wasser schweifen und machte schließlich die dunkle Linie aus, die das quer durch die Bucht verlaufende Felsriff markiert.

Dieses Riff ist auf allen Seekarten klar verzeichnet, und ich wollte es eingehend betrachten. Daher setzte ich mich auf einen Stein und richtete mein Fernglas darauf.

Wie ich festgestellt habe, ist Rebeccas Leben voller Geheimnisse gewesen, und ebenso rätselhaft sind die Umstände ihres Endes. Dieses Felsriff steht im Mittelpunkt der Rätsel, die ihren Tod umgeben. Wäre es nicht gewesen, hätte man Rebeccas Boot und ihre Leiche vielleicht nie entdeckt. Das Ganze war purer Zufall: Mehr als ein Jahr war vergangen, nachdem Rebecca mit der *Je reviens,* ihrem umgebauten bretonischen Fischerboot, verschwunden war. Allgemein glaubte man, dass sie bei Nacht hinausgesegelt und auf dem Meer untergegangen sei und man ihr Boot niemals finden würde. Dann, im zweiten Sommer nach ihrem Verschwinden, verirrte sich bei schwerer See und dichtem Nebel ein deutsches Handelsschiff in diese Bucht. Es lief auf genau dieses Felsriff auf, das ich jetzt durch mein Fernglas inspizierte.

Die Mannschaft wurde vom Schiff gebracht; man holte ein Bergungsschiff und schickte einen Taucher auf den Grund, um den Rumpf des deutschen Schiffs auf Beschädigungen zu untersuchen. Doch er stieß auf ein gesunkenes Segelboot, die *Je reviens,* wie sich herausstellte. Sie lag kurz vor dem Riff auf dem Sand und war anscheinend unbeschädigt; der Taucher schaute durch das Bullauge hinein und sah die Leiche in der Kabine liegen. Es war Rebecca, und obwohl sie so lange unter Wasser gewesen war, identifizierte man sie rasch an den beiden Ringen, einem Trauring und einem Memoire-Ring, die man an einem Finger fand. Der Körper war stark verwest, aber sie waren an ihrem Platz geblieben, da die Sterbende anscheinend die Hände zu Fäusten geballt hatte.

Vierzehn Monate waren seit Rebeccas Verschwinden vergangen. Und während dieser Zeit hatten sich zwei Dinge ereignet, die mich sehr interessierten. Erstens hatte Maxim de Winter – irrtümlich, wie sich zeigen sollte – die Leiche einer Unbekannten, die viel weiter oben an der

Küste angespült worden war, als die seiner Frau identifiziert. Und zweitens hatte er weniger als ein Jahr nach ihrem Tod wieder geheiratet.

Die Parteigänger der de Winters aus der Gegend beeilten sich, mir zu versichern, dass er diese Frau nur wenige Monate nach Rebeccas Tod identifiziert hatte, zu einer Zeit, in der er unter großem seelischem Druck stand, um seine Frau trauerte und sich am Rande eines Zusammenbruchs befand. Unter solchen Umständen, so sagen sie, kann man sich irren. Zu dieser Zeit schwebten sie in größter Sorge um ihn, sagen sie – und waren zutiefst erleichtert, als er in der Folge beschloss, Manderley für eine Weile zu verlassen und eine Reise ins Ausland zu unternehmen. Er wollte die Route, die er und seine geliebte Frau in ihren Flitterwochen zurückgelegt hatten, noch einmal zurückverfolgen. Eine rührende Geschichte. Ich wäre geneigter, sie zu glauben, hätte de Winter es nicht so eilig gehabt, sich eine neue Frau zu suchen.

Weniger als zwölf Monate nach dem plötzlichen und tragischen Tod seiner jungen Frau wieder zu heiraten würde sogar heutzutage Aufsehen erregen; vor zwanzig Jahren stellte es einen flagranten Verstoß gegen jegliche Konvention dar. *Wollte* de Winter ins Gerede kommen? Wenn ja, dann hat er sicherlich Erfolg gehabt. Oder war es ihm egal? War er so verliebt in seine zweite Frau, dieses »traurige kleine Gespenst«, wie die Briggs-Schwestern sie beschreiben, dass er bereit war, sich über die Konventionen hinwegzusetzen? Möglich, denn er heiratete sie überstürzt, nur wenige Wochen nachdem er sie in einem Hotel in Monte Carlo kennen gelernt hatte.

Ich finde das schwer begreiflich. De Winter war damals zweiundvierzig, doppelt so alt wie seine zukünftige Frau. Er war kein impulsiver junger Bursche, sondern sechs Jahre älter, als ich heute bin. Er hätte doch voraussehen können, dass er seine junge Frau durch diese überstürzte zweite Ehe in eine sehr prekäre Lage brachte, wenn er sie hier einführte. Auch wenn ihm sein eigener Ruf gleichgültig war – ich hatte das Gefühl, wenn er seine zweite Frau wirklich geliebt hätte, dann hätte er den Wunsch hegen müssen, sie vor der leisesten Spur eines Skandals zu schützen.

Was hätte es ihn gekostet, noch ein paar Monate zu warten und sie dann unter weniger unangenehmen Umständen nach Manderley zu bringen? Wäre ich in dieser Lage gewesen, hätte ich anders gehandelt, zumindest hoffe ich das. Andererseits vielleicht auch nicht. Wer handelt schon vernünftig, wenn er verliebt ist? Ich habe diesen Zustand einmal erlebt und mich immer noch nicht davon erholt; ich bin nicht erpicht darauf, dieses Chaos noch einmal zu erfahren. Kann ich behaupten, dass ich mich anständig oder zumindest rational benommen habe? Nein, ganz im Gegenteil.

Stirnrunzelnd sah ich aufs Meer hinaus. Geheimnisvoll – jeder Aspekt dieser Geschichte steckte voller Rätsel, und ganz besonders Maxim de Winters Verhalten. Manche Leute hier behaupten, er habe seine erste Frau nie geliebt und schließlich sogar gehasst – aber wenn das stimmt, warum sollte er dann nach ihrem Tod diese seltsame Pilgerfahrt antreten und die Stationen ihrer Hochzeitsreise noch einmal aufsuchen? Andere sagen, er habe Rebecca doch geliebt, sei geradezu *besessen* von ihr gewesen – aber konnte das der Wahrheit entsprechen? Schließlich hatte er weniger als ein Jahr um sie getrauert, um sich dann wieder zu verheiraten. Und wenn er sie *ermordet* hat – wie die meisten Journalisten, die über den Fall geschrieben haben, glauben –, warum dann dieses ungeschickte Verhalten? Warum hat er dann die falsche Leiche identifiziert, sie sogar in der Familiengruft beisetzen lassen, um dann in dem Moment, als er jedermanns Mitgefühl besaß, durch seine zweite Ehe diese Sympathien zu verwirken und Anlass zu einer Flut von Gerüchten zu geben?

Wenn er tatsächlich, wie seine Ankläger glauben, für Rebeccas Tod verantwortlich war, dann war diese rasche Wiederheirat ungefähr das Dümmste, das de Winter tun konnte ... Nein, noch törichter wäre gewesen, die Leiche im Boot zu lassen und dieses so dicht vor der Küste, in Sichtweite von Manderley, zu versenken. Ich habe den

Grundriss des Hauses studiert und schätze, dass er vom oberen Stockwerk des Westflügels, in dem seine und Rebeccas Zimmer lagen, dieses Stück Meer deutlich erkennen konnte. Von diesen Fenstern aus hätte er auf die Stelle geblickt, an der die Leiche seiner Frau lag ... Daher ist es vielleicht von Bedeutung, dass er, wie Frith mir erzählt hat, Zimmer auf der anderen Seite des Hauses bezog, als er wieder heiratete.

Ich betrachtete die dunkle Linie, die das unterseeische Riff bezeichnete. Gerade noch war das hellere Wasser daneben zu erkennen, wo Rebeccas Boot gefunden wurde und der darunterliegende Sand das Wasser azurblau erscheinen lässt. Ich für meinen Teil war mir sicher, dass sie tatsächlich umgebracht wurde, und in Ermangelung eines anderen Kandidaten hatte ich das Gefühl, dass ihr Ehemann der Mörder war. Und ich glaube, tief im Herzen ist auch Oberst Julyan davon überzeugt. Aber warum ist de Winter dann das Risiko eingegangen, Rebeccas Boot so nah am Ufer zu versenken? Am Ausgang der Bucht fällt der Meeresgrund steil ab. Die *Je reviens* hätte dort etliche Faden tief gelegen, und die Gefahr einer Entdeckung wäre äußerst gering gewesen. War der Mörder in Panik geraten, oder hatte er unbewusst gewollt, dass Rebeccas Boot gefunden wurde? Wenn de Winter tatsächlich seine Frau getötet hatte, dann schien er es mit seinem anschließenden Verhalten darauf anzulegen, die Aufmerksamkeit auf sich zu lenken und Verdacht zu erwecken. Als hätte er gesagt, *Ja, ich bin schuldig, ich habe sie getötet, verhaftet mich ...*

Fragen über Fragen. Als ich so oberhalb der Bucht saß, hatte ich das Gefühl, sie nur beantworten zu können, wenn ich Rebecca selbst verstand, wenn ich mehr über sie wusste. Aber gerade das stellte sich seltsam schwierig dar: Ob mit Absicht oder zufällig, Rebecca hatte praktisch keine Spur ihrer Existenz hinterlassen. Es war, als hätte sie reinen Tisch gemacht. Dieser Gedanke erfüllte mich plötzlich mit Ungeduld. Ich steckte das Fernglas weg, stand auf und stieg weiter den steilen Pfad zur Bucht hinunter. Über Sand und Kies ging ich auf das Bootshaus zu.

Ich dachte über meine Fortschritte nach, beziehungsweise den Mangel daran. Der Umstand, dass alle neueren Familiendokumente der de Winters durch den Brand von Manderley zerstört wurden, hat meine Suche nicht gerade erleichtert – aber dieses Feuer erklärt nicht das außerordentliche Fehlen der üblichen Urkunden. Rebeccas Totenschein machte ich sehr schnell ausfindig, das war kein Problem. Aber zu meinem Erstaunen habe ich immer noch weder ihre Heirats- noch ihre Geburtsurkunde in die Hand bekommen. Jedes Mal, wenn ich glaube, einen neuen Anhaltspunkt entdeckt zu haben, lande ich in einer Sackgasse. Bis jetzt kenne ich nicht einmal ihren Mädchennamen. Dieses Unvermögen, die offensichtlichen Dokumente zu lokalisieren, die ein Ausgangspunkt für mich wären, macht mich misstrauisch. In meinen schwächeren Augenblicken – und heute Morgen hatte ich einen davon – glaube ich inzwischen, dass sie mit Absicht ihre Spuren verwischt hat, um Nachforschungen wie die meinen zu vereiteln.

Über den Kieselstrand ging ich weiter und wandte mich zum Bootshaus. Dieses kleine quadratische Gebäude mit seinen dicken Wänden und winzigen Fenstern barg auf gewisse Weise alle Widersprüche über Rebecca in sich, die aufzulösen ich mich bemühe, seit ich hergekommen bin. Für den Oberst und andere, die seine Überzeugung teilen, war es der Zufluchtsort einer schönen, unglücklichen Frau in ihren letzten Monaten auf dieser Welt. Für Rebeccas Kritiker stellte es einen Treffpunkt dar, an den sie ihren – oder ihre – Liebhaber brachte, einen Ort, der schamlose, erniedrigende Handlungen gesehen hatte, sogar Perversitäten ... Die Vorstellung von »Perversität« versetzt natürlich die Klatschmäuler von Kerrith in genüssliche Erregung.

Für Rebeccas Anhänger ist das Haus der Ort, an dem sie beschloss, lieber zu sterben, als sich noch monatelang mit einer schmerzhaften Krankheit zu quälen, die sie immer weiter schwächen würde. Für die Kritiker ist es der Platz, an dem sie ihre gerechte Strafe erhielt. Was diese

Leute angeht, so ist Mord vollständig gerechtfertigt, wenn eine hübsche Frau Dummheiten macht. »Ja und?«, sagte einer von ihnen zu mir, ohne rot zu werden. »Bei ihren Affären. Sie hat es doch geradezu herausgefordert, oder?«

Aus verschiedenen Gründen – nicht zuletzt, weil ich ein Hirn besitze – kann ich solche Argumente nicht gelten lassen. Aber andererseits sind meine Ansichten darüber, was Moral oder auch Perversion ausmacht, an Orten wie Kerrith nicht allzu weit verbreitet. Also halte ich den Mund. Es ist schon schwierig genug, verlässliche Informationen zu bekommen, ohne alle Leute vor den Kopf zu stoßen. Also bleibe ich der »nette Mr. Grey« – ein sehr praktischer Name, dachte ich, während ich auf das Bootshaus zuging ... Abrupt blieb ich stehen. Ein süßer, vertrauter Duft ließ mich wie angewurzelt verharren. Vielleicht bin ich nicht so immun gegenüber den Spukgeschichten über Manderley, wie ich gern wäre; vielleicht entdeckte ich gerade, dass ein zwanghaftes Interesse an einer verstorbenen Person ohnehin eine Art von Geisterbeschwörung darstellt. Was immer der Grund war – ich fuhr heftig zurück.

Vor dem Bootshaus war eine kleine Fläche mit dickem kornischem Granit gepflastert. Und in der Mitte dieser Steinplatten lag ein Kranz. Zumindest glaubte ich, dass es einen solchen darstellen sollte, wenn auch von eigentümlicher Art; nicht die monströsen Gebilde, die man mit Beerdigungen in Verbindung bringt, sondern eher wie die Kränze, mit denen man einst die Stirn von Poeten, Helden oder Generälen schmückte. Der Kranz war allerdings nicht aus Lorbeerblättern gewunden, sondern aus den Zweigen der Azaleen, die einst in solchem Überfluss im Glücklichen Tal geblüht hatten.

Diese Azaleen waren – wie mir die Briggs-Schwestern, die beide leidenschaftliche Gärtnerinnen sind, erklärt haben – außergewöhnlich wegen ihres zarten Wuchses und ihres Duftes. Nach Aussage der Schwestern trug Rebecca stets ein spezielles Parfum, dessen Duft dem dieser Blumen sehr ähnlich war; Elinor sagte, sie hätten ihn so sehr mit Rebecca in Verbindung gebracht, dass sie an diesen

Büschen nicht hätten vorbeigehen können, ohne an sie zu denken. Ich hatte diesen Geruch in der Luft bemerkt, als ich die wenigen überlebenden Pflanzen im Glücklichen Tal streifte. Die kleinen, blassgelben Blüten besaßen in der Tat einen frischen, reinen Duft, der mich hatte innehalten lassen; ich hatte die Blumen, eine Sekunde bevor ich sie sah, gerochen.

Die dünnen Zweige waren sorgfältig zu einem Kranz gewunden. Ich kauerte mich nieder, um die Blumen zu berühren. Sobald man sie bewegte, intensivierte sich der Duft noch. Die Zweige waren in den Schatten gelegt worden und noch keine Spur verwelkt, gegen Mittag aber würden diese Pflastersteine in der prallen Sonne liegen. Wäre der Kranz gestern hergebracht worden, wäre er jetzt vertrocknet. Also hatte ihn jemand viel später abgelegt, frühestens gestern Abend oder in der Nacht – vielleicht sogar erst heute Morgen.

Inzwischen war es sieben. Ich hatte gar nicht bemerkt, wie lange ich dagesessen und das Riff betrachtet hatte. Während der vergangenen Stunde hatte die Bucht vor meinen Augen gelegen, und ich hatte niemanden gesehen. Wer würde ausgerechnet an diesen Ort kommen, mit diesem besonderen Zeichen des Gedenkens? Bestimmt jemand, der Rebecca geliebt hatte. Ein Mensch, der noch zwanzig Jahre nach ihrem Tod an sie dachte. Wer konnte das sein?

Ich spürte ein nagendes Unbehagen. Als ich mich aufrichtete, verstärkte sich dieses Gefühl noch. Ich sah, dass das Schloss an der Tür des Bootshauses – eine wacklige Angelegenheit aus Türhaken und Vorhängeschloss – aufgebrochen war. Die Tür war durch die Feuchtigkeit aufgequollen, aber als ich zweimal kräftig daran zerrte, öffnete sie sich.

Auch hier drinnen war jemand gewesen. Als ich in das halbdunkle Innere spähte und darauf wartete, dass meine Augen sich an das Zwielicht gewöhnten, sah ich Fußabdrücke auf dem staubigen Boden, und die beiden Fenster waren mit Sackleinen verhängt worden. Also war der

Oberst doch keiner Halluzination aufgesessen. Es war wirklich jemand hier gewesen, vielleicht genau an dem Tag, an dem wir nach Manderley gekommen waren. War ich gesehen worden, als ich auf die Bucht zuging? Hatte jemand meine Schritte auf dem Kiesgrund gehört? Der Stoff an den Fenstern war trocken und neu. Wie der seltsame Kranz draußen war er erst vor kurzem hier angebracht worden.

Mit wachsendem Staunen sah ich mich um. Ich hatte erwartet, die Hütte leer vorzufinden. Aber jetzt wurde es heller, und ich sah, dass das Mobiliar, das Oberst Julyan mir beschrieben hatte, noch vorhanden war. Es war auf beiden Seiten gestapelt, sodass die Mitte des Raums frei blieb, aber etliche Gegenstände waren erkennbar. Ich sah den Kieferntisch und auch das Bettsofa, von dem der Alte gesprochen hatte. Rostflocken blätterten von dem Metallrahmen. Darauf stand ein Haufen modernder Schachteln. Der ganze Raum roch muffig, und die Wände waren grün vor Schimmel. Aber unglaublicherweise befanden sich nach zwanzig Jahren einige von Rebeccas Besitztümern noch an ihrem Platz.

Plötzlich war ich sehr aufgeregt. *Hier ist nie aufgeräumt worden,* dachte ich. Nicht nach Rebeccas Tod oder zumindest nicht nach dem Brand auf Manderley. Niemand hatte das Bootshaus angetastet. Maxim de Winter war einfach fortgegangen, ins Ausland; die Dienstboten waren nicht mehr da. Niemand dachte an dieses Haus, und niemand hat es angerührt.

War das denkbar? Ich wusste, dass so etwas schon möglich war. De Winters überstürzte Abreise aus Manderley war ein Aspekt der Geschichte, über den sich alle einig waren, die ich befragt hatte. Als das Feuer, das das Haus zerstören sollte, ausbrach, befanden er und seine zweite Frau sich auf der Rückfahrt von London, wo sie den Arzt aufgesucht hatten, der den Beweis für Rebeccas tödliche Krankheit lieferte. Sie fuhren die Nacht hindurch und entdeckten in den frühen Morgenstunden des nächsten Tags aus sechs Meilen Entfernung das Feuer, das den

Horizont im Westen erhellte. Inzwischen hatte der Brand, angefacht von der Meeresbrise, vom Westflügel auf das gesamte Gebäude übergegriffen, und nach Zeitungsberichten war das Prasseln der Flammen bis nach Kerrith zu hören. Bis die de Winters Manderley erreichten, war das Haus nicht mehr zu retten.

Ich konnte mir vorstellen, was für einen vernichtenden Schlag das für Maxim de Winter bedeutet hatte. Die Vorfahren de Winters hatten seit der normannischen Eroberung hier gelebt; Generationen seiner Familie hatten das Haus umgebaut, Anbauten errichtet, Teile abgerissen und neu erbaut. Hier waren sie geboren worden, hatten geheiratet und waren gestorben. Nun war all das nicht mehr, und das erschien de Winter wohl unerträglich. Er blieb gerade einmal zwei Tage und befasste sich nur mit den unabdingbarsten Formalitäten. Dann reisten er und seine Frau aufs Festland, wo sie viele Jahre verbringen sollten. Seinem Gutsverwalter Frank Crawley blieb es überlassen, alle anderen letzten Verfügungen zu treffen. Dann ging auch er fort, und die Verwaltungsgesellschaft übernahm das Regiment.

»Und so habe ich mich nie von Mr. de Winter verabschieden können«, hatte Frith mir erzählt. »Nach all den Jahren, die ich für die Familie gearbeitet habe. Das hat mich schwer getroffen, wirklich. Vierzehn Jahre alt war ich, als ich auf Manderley in Dienst gegangen bin. Ich erinnere mich an den Tag, als Mr. de Winter geboren wurde, ich erinnere mich an seine Mutter und seinen Vater. Und ich dachte, er würde zu mir kommen, bevor er abreiste. Nicht um sich zu bedanken – Dank hab ich nicht erwartet, schließlich hab ich nur meine Pflicht getan. Aber ich dachte, er würde mir Lebewohl sagen. In so etwas war Mr. de Winter sonst sehr korrekt. Natürlich war er sehr niedergeschlagen. Das darf man nicht vergessen, und außerdem war er sehr großzügig. Da kann ich nicht klagen, für mich wurde gut gesorgt, für alle Dienstboten. Nachdem ich gehört hatte, dass er fort war – Mr. Crawley hat es mir gesagt –, da dachte ich, er würde vielleicht schreiben. Aber das hat er nie. Hat ihm das Herz gebrochen, Manderley zu verlieren. Konnte es nicht ertragen, an die alte Heimat erinnert zu werden ... Das wird's wohl gewesen sein – meinen Sie nicht auch, Sir?«

Was ich dachte? Meiner Meinung nach traf Friths Erklärung teilweise zu; aber ich war auch der Ansicht, dass es, wie der Oberst angedeutet hatte, noch andere Gründe für Maxims langes, selbst auferlegtes Exil gab, das wie eine Buße wirkte. Aber das war jetzt nicht meine Sorge: Das Wichtige war, dass er überstürzt abgereist war. Der Besitz war der Landverwaltungsgesellschaft in aller Eile übergeben worden. Ich hatte die Einzelheiten in den Papieren gelesen. Frank Crawleys Briefe waren erhalten geblieben; peinlich genau hatte er alle Vorkehrungen für die Auszahlung der Dienstboten, die zukünftige Unterhaltung der verpachteten Höfe und so weiter getroffen. Aber der penible Frank Crawley hatte eines übersehen. Er hatte Rebeccas Bootshaus vergessen.

Meine Erregung wuchs. Ich wusste, dass das absurd war, aber ich konnte nichts dagegen tun. Das Notizbuch, von dem der Oberst mir erzählt hatte, war einmal hier gewesen, *und Rebecca hatte darin geschrieben.* Was, wenn Rebecca es während jener letzten Monate hier aufbewahrt hatte? Wenn es immer noch hier lag, zwischen all diesem feuchten, modernden Gerümpel?

Ich suchte danach. Natürlich suchte ich. Nahm jeden einzelnen Gegenstand in dieser verdammten Hütte in die Hand. Ich durchwühlte die Schachteln. Jeden Behälter, jeden Schrank überprüfte ich und kehrte das Unterste zuoberst. Ich sah alles einmal durch, und als ich dann noch nicht zufrieden war, schaute ich ein weiteres Mal überall nach. Ich entdeckte, dass sich hinter diesem Raum noch ein weiterer, kleinerer befand, in dem wohl einmal Segelausrüstung gelagert worden war. Auch dort kramte ich herum, hob vermoderte Planen hoch, schob ein abgebrochenes Ruder zur Seite, wühlte mich durch alte Rollen faulender Taue und tastete mich durch dicke, klebrige Spinnweben. Nichts. Ich fand nichts.

Nun ja, ganz stimmt das nicht. Ich entdeckte Hinweise auf die Bewohnerin des Bootshauses. Alles war so, wie der Oberst es mir beschrieben hatte. Da waren ein Fetzen einer alten karierten Decke und ein schmutziges Kissen, aus dem Federn quollen. Ein paar schmierige Tassen und Gläser. Eine Anzahl Bücher, die zusammenklebten und mit braunen Stockflecken überzogen waren. Ein paar zerrissene, fast unleserliche Seekarten. Zwei der Modellboote fand ich unbeschädigt vor, von den anderen nur noch Bruchstücke. In einer Büchse entdeckte ich etwas Tee, der zu einem dicken, harten schwarzen Block verklumpt war. Ich fand eine zerbrochene Schreibfeder, und als ich die Hand in eine der Kisten steckte, zog ich eine rosafarbene, breiige Masse hervor und erkannte schließlich, dass das vielleicht einmal der Tintenlöscher gewesen war. Ich fand eine rostige Keksdose; sie war schwer, und mein Herz tat einen Satz – ein perfekter Aufbewahrungsort in einem feuchten Bootshaus, dachte ich. Mit Gewalt öffnete ich sie und schnitt mir dabei in die Hand, aber die Büchse enthielt nur weitere alte Bücher, darunter die vom Großvater des Obersts verfasste Geschichte von Manderley und Kerrith. Keuchend stand ich da, saugte das Blut von meiner Hand und kam langsam wieder zu Verstand.

Ich schämte mich ob meiner gierigen Suche. Ein Dummkopf war ich. Es war nicht hier, das Notizbuch war nicht hier – und soviel ich wusste, war es das vielleicht nie gewesen. Ich hatte nur das Wort des Obersts darauf, dass es überhaupt je existiert hatte.

Aber ich benutzte mein Hirn nicht. Ich dachte nicht klar. Dieses Bootshaus war keine Zeitkapsel, die seit Rebeccas Lebzeiten unangetastet überdauert hatte. Wie Oberst Julyan erzählt, hat sich der arme, einfältige Ben Carminowe zu Rebeccas Lebzeiten oft am Strand herumgedrückt. Auch nach ihrem Tod war er immer wieder hierher zurückgekehrt und hatte manchmal in dem Lagerraum hinter mir sein Nachtlager aufgeschlagen. In jüngerer Vergangenheit hätte jeder, der dazu Lust hatte, sich hier einquartieren können; der Bau war nicht gesichert, aber er lag versteckt, auf Privatgelände. Ich fragte mich, ob verliebte Paare ihn wohl nutzten. War das Bootshaus ein günstig gelegener und abgeschiedener Platz für heimliche Stelldicheins? Möglich, wenn auch ziemlich feucht und nicht gerade einladend. Und doch war unzweifelhaft jemand hier gewesen, und zwar noch vor kurzer Zeit. Eine unbekannte Person hatte diesen Kranz hinterlassen. In diesem Gebäude war jemand gewesen und hatte sich die Mühe gemacht, die Fenster zu verhängen. Könnte der Unbekannte nach etwas gesucht haben, so wie ich? Warum? Und wer war diese Person?

Die Antworten auf diese Fragen würde ich ebenso wahrscheinlich entdecken, wie ich dieses Notizbuch finden würde. Ich räumte auf und legte alle Gegenstände, die ich herausgenommen hatte, in die Kartons zurück. Dann schob ich die Möbelstücke zurück an ihren Platz. Ich ging hinaus in die Sonne und an die frische Luft und drückte die aufgequollene Tür wieder zu. Den Kranz ließ ich liegen, wo er war. Wütend auf mich selbst, weil ich auf diese idiotische, undisziplinierte Weise einer Anwandlung erlegen war, machte ich mich zu dem Pfad über die Klippen auf.

Unglaublich – ich hatte mich über zwei Stunden in dem Bootshaus aufgehalten. Jetzt war es nach neun. Ich würde fast eine Stunde für den Rückweg brauchen, und sobald ich den Küstenpfad erreicht hatte, würde jeder Beobachter in Kerrith mich gut sehen können. Ich musste mich säubern, umziehen und wieder in Terence Grey verwandeln.

Der »nette Mr. Grey« wurde auf The Pines erwartet und war anschließend zum Sonntagsessen in das Häuschen der Briggs-Schwestern eingeladen. In diesem Moment hasste ich den netten Mr. Grey; wieder zu ihm zu werden war das Letzte, wozu ich Lust hatte. Mr. Grey hatte weitere Befragungen vor – und auf eine irrationale Weise warf ich ihm mein Benehmen im Bootshaus vor. Wie ein Grabräuber hatte ich mich aufgeführt. Ich war Mr. Grey von Herzen leid und mich selbst auch; konnte es nicht erwarten, aus Kerrith fortzukommen und wieder ans Kings's College zurückzukehren – oder nach London zu fahren.

Ich könnte all dies hinter mir lassen, dachte ich, während ich den steilen Pfad erkletterte. Ich brauche das nicht zu tun, ich tue das aus freiem Willen. Ich kann aufhören, ich kann die ganze Suche jederzeit aufgeben. Ohnehin werde ich wahrscheinlich nie die Wahrheit über Rebecca finden – und was ist eigentlich die Wahrheit? Meiner Erfahrung nach keine feste Größe – niemals. Die Wahrheit fluktuiert, wandelt sich. Schau sie durch dieses Fenster an, und sie nimmt die eine Gestalt an, sieh durch ein anderes Fenster, und sie verändert sich wiederum. *Wer bist du, Rebecca?* Was für eine hoffnungslose Frage. Oberst Julyan hatte sie fünf Jahre lang gut gekannt, die Briggs-Schwestern ebenfalls und Frith auch – und wenn diese Personen die Frage nicht beantworten konnten, welche Chance hatte ich dann?

Am oberen Ende des Wegs blieb ich stehen. Die Sonne brannte mir auf den Kopf. Ich sah in die Bucht hinunter und dann zurück zu den kühlen Wäldern. Ich würde nicht aufgeben. Ich konnte nicht. Zu viel hing für mich davon ab.

Ich wandte mich zu den Bäumen, und da nahm ich ein Aufflackern, einen kleinen Blitz am Rande meines Gesichtsfelds, wahr. Ich blieb stehen und schaute über das Wasser. In der Mündung der Bucht ankerte das Fischerboot, das ich vorhin gesehen hatte. Ich zog mich in den Schutz der Bäume zurück und zückte mein Fernglas. Aber was immer ich gesehen hatte, war nicht das Blitzen einer Linse gewesen, da war ich mir beinahe sicher. Auf dem Bootsdeck befand sich niemand, und der Skipper saß wie zuvor im Ruderhaus, wandte mir den Rücken zu und richtete den Blick, wie ich vermutete, auf den fernen Horizont.

Ich ging nach Hause, säuberte mich und beendete, ehe ich nach The Pines aufbrach, den aufgeschobenen Brief an Nicky. Darin fragte ich vorsichtig an, ob er vielleicht Lust habe, einen raschen Abstecher in die Bretagne zu unternehmen und ein paar Nachforschungen für mich anzustellen. Eine einfache Aufgabe für jemanden mit seinen Fähigkeiten: Ich spreche ganz ordentlich Französisch, aber Nicky ist zweisprachig aufgewachsen. Ich formulierte den Brief vorsichtig – ich wollte nicht, dass er den wahren Grund erriet, aus dem ich ihm schrieb, denn er weiß nicht, was ich vorhabe, und würde sich Sorgen machen. Aber andererseits unterscheiden seine Herkunft und seine Lebensumstände sich so sehr von den meinen, dass er diese Seite meines Wesens nie verstanden hat.

»Du weißt wenigstens, wer du bist«, hatte ich einmal zu ihm gesagt. Das war in Cambridge gewesen, in meinem Zimmer im King's College, glaube ich. Vielleicht gingen wir auch am Fluss spazieren. Nicht, dass es darauf ankäme. »Du weißt, wer du bist, Nicky, und ich nicht. Das ist der Unterschied zwischen uns.«

»Einer der Unterschiede«, hatte er ruhig geantwortet. »Aber nicht der größte.«

Ich warf den Brief auf dem Weg nach The Pines ein. Er würde zwar erst am folgenden Tag weiterbefördert, aber ich wollte nicht Gefahr laufen, dass ich mich anders entschied und ihn nicht abschickte. Ich habe keine Zeit, in der Bretagne herumzustromern, daher brauche ich Nickys Hilfe. Es fällt mir niemals leicht, andere um Hilfe zu bitten, aber bei dieser Gelegenheit hatte ich das Gefühl, das Richtige getan zu haben.

12. Kapitel

Niedergeschlagen brach ich nach The Pines auf; die Durchsuchung des Bootshauses hatte mir die Hindernisse, die sich mir auf der Suche nach Rebecca in den Weg stellen, noch einmal deutlich gemacht. Ich musste mir ins Gedächtnis rufen, dass ich tatsächlich Fortschritte gemacht hatte, wenn auch nicht so rasche, wie ich gehofft hatte.

Ich sollte meine sklavische Abhängigkeit von Fakten ablegen, sagte ich mir, während ich den Hügel zum Haus des Obersts hinaufschritt. Zu viele Jahre habe ich in Bibliotheken verbracht, zu lange mit Dokumenten gearbeitet, und ich lasse mich immer noch zu sehr von meiner Disziplin und meiner wissenschaftlichen Ausbildung einengen. Instinktiv gehe ich an diese Nachforschungen heran, als wären sie Teil meiner akademischen Arbeit oder ein Kapitel meines nächsten Buchs, aber der historische Ansatz funktioniert hier nicht richtig. Er mag brauchbar sein, wenn ich über Menschen schreibe, die seit mehr als vierhundert Jahren tot und begraben sind. Aber jetzt, da ich mit kürzer zurückliegenden Ereignissen und lebenden Zeitzeugen zu tun habe, könnte er sich als kontraproduktiv erweisen – der Umgang mit diesen Leuten kann wirklich sehr verzwickt sein. Mit dem Entziffern von Dokumenten kenne ich mich aus, aber mir ist klar geworden, dass ich mich weniger gut darauf verstehe, Menschen zu durchschauen.

Jetzt lerne ich hoffentlich, *hinzusehen* und *zuzuhören*. Sehr oft ist nicht das am aufschlussreichsten, *was* mir jemand erzählt, sondern *wie* er es sagt. Zweifellos wäre ich diesen pessimistischen Anwandlungen nicht so stark ausgesetzt, wenn ich jemanden hätte, mit dem ich reden könnte, jemanden, mit dem ich am Ende eines Tages all dies bei einem Drink diskutieren könnte. Wenn ein Freund aus Cambridge hier wäre oder May noch lebte, würde ich mich nicht manchmal so entmutigt fühlen. Aber das sind sie nicht, und in Kerrith habe ich niemanden, dem ich mich anvertrauen könnte, daher fühle ich mich hier gelegentlich einsam und abgeschnitten.

Dabei macht mir das Alleinsein an sich nichts aus; im Waisenhaus habe ich sehr rasch gelernt, Wert auf meine Privatsphäre zu legen. Wenn man jeden Tag von morgens bis abends in einer Herde zusammengetrieben wird, wenn jede Handlung öffentlich stattfindet, unter jedermanns Spott, wenn man beim Schlafengehen verhöhnt wird und das nach dem Aufwachen gleich so weitergeht, dann empfindet man Alleinsein als Luxus. Für mich ist das immer so gewesen und wird sich wahrscheinlich nie ändern, und wenn ich das Alleinsein zu lange entbehre, beginne ich mich danach zu sehnen. Das ist eine der Hinterlassenschaften der Jahre im Waisenhaus – Nicky würde sagen, eine der Narben. Aber ich mag diesen Ausdruck nicht; er ist so abgedroschen. Außerdem sind Narben ein Zeichen von Heilung, und sie sind harmlos.

Aber zwischen Alleinsein und Einsamkeit besteht ein großer Unterschied – wie ich jetzt entdecke, liegt eine ganze Welt zwischen den beiden Gemütszuständen. Ich bin nicht mehr das Kind, das ich war – Gott sei Dank –, und auch nicht mehr der mürrische, misstrauische junge Mann, als der ich ans King's gekommen bin. Jetzt brauche ich Freunde und kann mir das sogar eingestehen; tatsächlich habe ich so große Fortschritte gemacht, dass Nicky sagt, ich sei schon beinahe normal, obwohl er immer noch Raum für Verbesserungen sieht. Er sagt, ich könne jetzt mit anderen reden, als wären sie Menschen und nicht Roboter. Noch ein paar Jahre, und mit etwas Glück werde ich emotional »stubenrein« sein, wie er das so charmant ausdrückt.

Ich dachte an Nickys Bemerkungen, als ich endlich The Pines erreichte. Vielleicht wäre ich bei Oberst Julyan ja besser und schneller vorangekommen, wenn ich ihm gegenüber offener gewesen wäre – obwohl der Grad meiner Offenheit natürlich zwangsläufig begrenzt war. Ich beschloss, heute den Versuch zu unternehmen, denn ich mochte den alten Herrn und freute mich darauf, ihn zu sehen. Er hatte versprochen, sich in seinen Schachteln und Akten auf die Suche nach Briefen zu machen, die er mir zeigen wollte.

Ich war mir nicht sicher, ob das »Archiv« des Obersts – wie er es in letzter Zeit nennt – etwas Brauchbares enthielt oder nur den nichts sagenden Müll von Jahrzehnten. Aber ich hegte Hoffnungen. Er hatte mir kurze Blicke auf den Inhalt gewährt, genug, um das Gefühl zu haben, dass einige Juwelen zu Tage kommen könnten, besonders, wenn der Oberst die Aktenordner wiederfindet, von denen er behauptet, sie verlegt zu haben, und die »Notizen von Rebecca« und »Briefe von Maxim« enthalten.

Zwar haben wir unseren Pakt geschlossen, und er hat mich jetzt »kooptiert«, aber natürlich ist mir nicht gestattet, dieses Material selbst durchzusehen. Das muss der Oberst tun, und zwar unter Ausschluss der Öffentlichkeit. Daher habe ich den Verdacht, dass er alles, was er findet, inhaltlich überprüfen will, bevor er es mir zeigt. Aber er beginnt mir zu trauen, daher würde ich heute vielleicht einen Durchbruch schaffen. Bei dem Gedanken hellte sich meine Stimmung auf. Sobald ich ins Haus trat, erhielt ich allerdings sogleich einen Dämpfer. Der Oberst war nirgendwo zu sehen, und Ellie erwartete mich mit der Nachricht, dass er sich gestern bei der Durchsicht seiner Unterlagen überanstrengt habe. Heute Morgen sei er sehr misslaunig gewesen. Während sie mich in die Küche führte, erklärte sie mir, sie habe ihn ins Bett geschickt, wo er jetzt friedlich schlummere.

Ich war besorgt und aufrichtig betrübt zu hören, dass ihn seine Arbeit für mich aufgeregt hatte; aber trotzdem zog ich ein langes Gesicht und konnte meine Enttäuschung nicht verbergen. Ellie, der kaum etwas entgeht, bemerkte das sofort. Vielleicht war sie verletzt, aber wenn, dann verbarg sie es schnell.

»Schauen Sie nicht so unglücklich drein«, meinte sie lächelnd. »Ich weiß, dass Sie eigentlich meinen Vater besuchen wollten, aber es wird Ihnen schon nicht wehtun, wenn Sie fünf Minuten mit mir reden. Ich koche uns einen Kaffee, und wir können uns nach draußen setzen – das Wetter ist so herrlich. Nein, laufen Sie jetzt nicht davon. Seit dem Tag, an dem wir nach Manderley gefahren sind, hatte ich noch keine Gelegenheit, Sie allein zu sprechen, und ich möchte Ihnen etwas sagen.«

Sie machte den Kaffee und wies mich an, Tassen und ein Tablett zu holen. Die Küche auf The Pines ist ein angenehmer Raum. Sie wirkt, als wäre hier seit Jahren nichts Neues hinzugekommen, und ich bin mir sicher, dass sie sich seit Ellies Kindheit nicht verändert hat. Ich konnte mir vorstellen, wie Ellie einmal hier mit ihrem Bruder und ihrer älteren Schwester gesessen hatte, und wahrscheinlich mochte ich die Küche deswegen umso mehr. Da ich nie eine Familie im üblichen Sinne gekannt habe, bin ich in diesem Punkt sentimental. Auf dem Tisch lagen ein Stapel Sonntagszeitungen und ein Buch, in dem Ellie offensichtlich gelesen hatte, bevor ich gekommen war. Gern hätte ich nachgeschaut, was es war, aber ich konnte den Titel nicht lesen, ohne die Zeitungen beiseite zu rücken, daher musste ich warten, bis sie mir den Rücken zudrehte. Ich bin mir nicht sicher, was ich erwartet hatte: vielleicht einen dieser Frauenromane über Ehe und Häuslichkeit oder – von ihrer Tante Rose beeinflusst – Jane Austen oder eine der Brontë-Schwestern. Es war *Der Fremde* von Camus. Ich schob den Band wieder unter die Zeitung.

Im Garten gingen wir vorbei an der Palme und der Araukarie zur Terrasse am anderen Ende. Die Kirchenglocken läuteten zum Morgengottesdienst, und eine leichte Brise von See her brachte die Takelage der Jachten, die unter uns ankerten, zu einem seltsamen rhythmischen Surren und Hallen. Der Blick über den Hafen mit den Booten, die an den Ankerketten träge schaukelten, und der Fähre, die beim Ablegen vom Pier das Wasser aufschäumen ließ, war unendlich interessant und zugleich beruhigend. In Häfen vergeht die Zeit langsamer; und von allen, die ich kenne – eingeschlossen den winzigen, abgelegenen Hafen, über den man von Mays und Edwins Haus blickte –, mag ich den von Kerrith am liebsten, denn ich bringe ihn mit der Zeit in meiner Kindheit in Verbindung, als ich zum ersten Mal Freiheit und Glück erlebte.

In der Sonne reckte Ellie sich wie eine Katze, setzte sich dann auf die Mauer, schlang die Arme um ihre hochgezogenen Knie und beobachtete das Wasser. Ich versuchte zu entscheiden, ob sie sich in den Monaten, seit ich sie kennen gelernt hatte, verändert hatte oder ob ich sie erst jetzt richtig sah. Ich glaube, lange Zeit nahm ich nur den Umstand wahr, dass sie die Tochter des Obersts war; auf jeden Fall hat es eine ganze Weile gedauert, bis ich bemerkte, dass sie hübsch ist, tatsächlich auf eine jungenhafte Weise sehr attraktiv. Sie ist sehr schlank. Heute hatte sie sich das weiche braune Haar nachlässig aus dem Gesicht gebunden, trug eine kurzärmlige Bluse und enge Hosen. Die Schuhe hatte sie weggeschleudert, und ich bemerkte, dass ihre Füße genau wie ihre Arme und ihr Gesicht von der Sonne golden überhaucht waren. Das Licht war gleißend hell; Ellie zog eine Sonnenbrille hervor und setzte sie auf. Sofort sah sie wieder anders aus, und mir wurde klar, wie sehr ich mich darauf verließ, in ihren Augen zu lesen. Ellie besitzt bemerkenswerte Augen von einem klaren Haselnussbraun. Sie blicken außerordentlich offen drein, aber jetzt verbargen sie sich hinter diesen dunklen Gläsern, und ich fühlte mich aus dem Konzept gebracht. Ich hatte das Gefühl, keine Ahnung zu haben, wer sie war und wie ich sie ansprechen sollte.

Vielleicht spürte sie das, denn sie ergriff die Initiative. Wahrscheinlich, um mir die Befangenheit zu nehmen, begann sie mir von ihrem Vater und seinen Fortschritten zu erzählen. Ich dachte daran, wie wenig ich über sie wusste. Die Schwestern Briggs hatten mir erzählt, als Kind sei Ellie außerordentlich klug gewesen. Sie sei ihrer Tante Rose nachgeschlagen, habe ein Stipendium für Cambridge bekommen und ans Girton gehen wollen, um Literatur zu studieren. Aber ihre Mutter wurde krank, daher gab sie ihre Pläne auf und blieb hier, um sie zu pflegen. Nun betreute sie ihren Vater. Ich fragte mich, ob sie jemals unruhig wurde, bedauerte, auf diese Weise ihr Leben geopfert zu haben, aber ich glaubte nicht. Ellie hat nichts Verbittertes an sich. Sie ist großmütig, loyal und aufmerksam – und von einer oft unvermutet aufblitzenden Intelligenz, die mich zu Anfang erstaunte. Hätte ich Ellie anders betrachtet, wenn sie nach Cambridge gegangen wäre und dort einen Abschluss gemacht hätte? Ich wusste, dass dem so war, und schämte mich dafür. Jetzt kannte ich sie besser, und mir wurde klar, dass ich Ellie möglicherweise unterschätzt hatte.

»Ich möchte Ihnen etwas erklären«, begann sie, nachdem wir eine Weile in der Sonne gesessen hatten. »Es geht um meinen Vater. Nein, nicht um seine Gesundheit, jedenfalls nicht direkt. Ich möchte Sie bitten, ihn nicht zu verurteilen.«

Das verblüffte mich. Wenn Ellie mich besser kennen würde, dann wüsste sie, dass ich mich nicht in der Position befinde, ein Urteil über andere Menschen zu fällen. »Wie kommen Sie darauf, dass ich so etwas tun würde?«, fragte ich.

»Möglich wäre das. Die Leute haben es getan. Die Journalisten. Und mein Vater hat entsprechend gelitten. Er hat gelernt, damit zu leben – aber Sie mag er gern. Es ist ihm wichtig, was Sie von ihm denken, obwohl er das natürlich niemals zugeben würde. Wie Sie wahrscheinlich bemerkt haben, ist er stolz. Ich bin mir sicher, dass er sich nie rechtfertigen würde. Also möchte ich das an seiner Stelle tun.«

»Das brauchen Sie nicht, Ellie.«

»Doch. Ich möchte, dass Sie ihn verstehen. Die Leute hier werfen meinem Vater vor, die Wahrheit vertuscht zu haben. Ich weiß, dass sie Ihnen das erzählt haben. Außerdem werden Sie all die Artikel gelesen haben und diese verdammten, dummen Bücher. Es heißt, Rebeccas Tod sei nicht richtig untersucht worden, man hätte mehr tun können – ich wüsste nicht, was, und die Leute auch nicht, aber das stopft ihnen nicht den Mund. Sie reden und schreiben einen solchen Unsinn – manche behaupten sogar, mein Vater hätte das ganze Beweismaterial dafür, dass Rebecca Krebs hatte und unheilbar krank war, erfunden. Nun, das hat er nicht. Wäre mein Vater nicht gewesen, hätte man diesen Londoner Arzt niemals aufgespürt. Und Rebecca war tatsächlich todkrank. Ich hoffe doch, dass Sie diesbezüglich keine Zweifel hegen? Dr. Baker hat alles schriftlich bestätigt. Ich habe die Briefe gesehen.«

»Daran habe ich nie gezweifelt, Ellie.« Ich zögerte, da ich wusste, wie empfindlich sie war, wenn es um ihren Vater ging, und dies war schwieriges Terrain. Dem Oberst waren die Hände gebunden gewesen, das sah ich ein. Trotzdem hielt er sich nicht für schuldlos. Sollte ich es riskieren, Ellie in diesem Punkt unter Druck zu setzen? Ich entschied mich dafür. »Ich habe Ihren Vater mehrere Male danach gefragt«, sagte ich. »Aber eines ist mir immer noch nicht ganz klar. Was dachte Ihr Vater damals? Was hat er tief im Herzen geglaubt, Ellie?«

Ellie warf mir einen Blick zu, der verächtlich oder amüsiert hätte sein können; wegen der dunklen Brille konnte ich das nicht beurteilen. Unruhig schwang sie die Beine von der Mauer und zog ein Päckchen Zigaretten aus der Tasche. Ich hatte sie noch nie rauchen gesehen, aber andererseits hatte ich bisher fast nur in Gegenwart ihres Vaters mit ihr gesprochen. »In seinem Herzen?«, fragte sie jetzt und zündete ihre Zigarette an. Sie warf mir einen schnellen Blick zu, und ich war mir beinahe sicher, dass sie amüsiert war. »Na ja, es ist natürlich immer schwierig, die Gedanken anderer zu lesen ... Aber er hat es gewusst, natürlich wusste er es. Ganz zu Anfang nicht – ich bin mir sicher, dass er zuerst an den Segelunfall glaubte wie alle anderen. Er hegte keinen Verdacht, als diese erste Frauenleiche gefunden wurde und Maxim sie als Rebecca identifizierte. Damals tat Maxim ihm Leid. Alle dachten so.«

Sie hielt inne. »Später sah alles anders aus, als Maxim ins Ausland ging und wieder heiratete. Das hat einen gewaltigen Skandal verursacht. Meine Mutter war entsetzt, und Leute wie die Briggs-Schwestern ... nun, ich glaube, sie waren verblüfft. Verstehen Sie, alle hatten geglaubt, Maxim hätte Rebecca geliebt, sie angebetet. Und nun war ihr Grab noch nicht kalt – so drückt Elinor Briggs das aus –, als er mit einer Kindbraut aus Frankreich zurückkehrte. Wie bei *Hamlet* – kennen Sie die Zeile aus *Hamlet*?«

»*Das Gebackne vom Leichenschmaus gab kalte Hochzeitsschüsseln?*«

»Genau. Mein Vater versuchte Maxim zu verteidigen. Aber ich weiß, dass er ebenfalls schockiert war, weil er noch ganz von der alten Schule ist. Konventionen sind ihm wichtig. Aber er war Maxim gegenüber loyal und fertigte Menschen, die ihn kritisierten, sehr kurz ab ... Ich will Ihnen sagen, wann er zu zweifeln begann, nämlich als Rebeccas Boot gefunden wurde. Mein Vater war dabei, als es gehoben wurde. Im Morgengrauen gingen sie in die Bucht hinunter, in der das Bootshaus liegt – aus diesem Grund mag er sie seitdem nicht betreten. Die Erinnerung verfolgt ihn. Man brachte die *Je reviens* in den schmalen Flussarm in der Nähe von James Tabbs alter Werft. Diese Flussmündung verschlammt bei Niedrigwasser und wurde schon damals nicht mehr benutzt. Niemand geht mehr dorthin – kennen Sie die Stelle?«

»Ich bin daran vorbeigekommen.«

»Sie wollten einen ruhigen Ort, wo sie ungestört waren. Einen schönen, abgelegenen Platz ...« Ellie sah aufs Wasser hinaus; der Rauch ihrer Zigarette kräuselte sich. »Mein Vater war in seiner Eigenschaft als Friedensrichter dort, außerdem natürlich Maxim und unser hiesiger Arzt, Dr. Phillips. Der Hafenmeister war anwesend und ein Inspektor von der Polizei ... Alles ging sehr offiziell zu. Sie dürfen nicht vergessen, dass an diesem Punkt jedermann glaubte, Rebeccas Leiche sei bereits gefunden worden. Daher wusste niemand, wer diese Tote war, nicht einmal, ob es sich um einen Mann oder eine Frau handelte. Als die Leiche endlich an Land gebracht wurde und es zur Identifikation kam, versuchte Maxim, Rebeccas Ringe zu berühren; die trug sie nämlich noch. Mein Vater hat mir das erst Jahre später erzählt, aber ich weiß, dass er zu diesem

Zeitpunkt zu zweifeln begann. Vielleicht hat er etwas in Maxims Augen gesehen. Dann, nach der Verhandlung, war er zutiefst beunruhigt ...«

»Wegen Tabbs Aussage, das Boot sei versenkt worden?«

»Nun, offensichtlich«, entgegnete sie kühl. »Diese Verhandlung war eine Farce. Der Vorsitzende muss ein Esel gewesen sein. Aber es war nicht nur das, sondern etwas weniger Greifbares. Hat mein Vater je mit Ihnen über Rebeccas Begräbnis gesprochen?«

Ich schüttelte den Kopf. Wie ich festgestellt hatte, war dieses Thema tabu für den Oberst. »Maxim und er gerieten deswegen in Streit«, fuhr Ellie fort. »Maxim bestand darauf, dass Rebecca in der Familiengruft der de Winters beigesetzt wurde, und mein Vater wusste, dass Rebecca das nicht gewollt hätte. Aber Maxim hörte nicht auf ihn. Er bestand darauf, dass alles ganz schnell erledigt wurde, sofort nach der gerichtlichen Untersuchung ...«

»Was geschah mit der anderen Frau – der Leiche, die er irrtümlich identifiziert hatte? Sie lag bereits dort begraben.«

»Ich weiß. Ihr Sarg musste entfernt werden. Ich glaube, das geschah während der Verhandlung. Wahrscheinlich hat Frank Crawley die Vorkehrungen getroffen, wie üblich. Ich weiß, dass Polizei da war. Sie haben die Fremde verschwinden lassen, als sie wussten, dass keine Gefahr bestand, die Sache könnte publik werden, weil alle Journalisten in der Gerichtsverhandlung saßen. Keine Ahnung, was aus ihr geworden ist. Arme Frau – für sie hat sich niemand interessiert.« Eine Pause trat ein. Als ich nichts sagte, wandte Ellie sich stirnrunzelnd ab, den Blick auf das Wasser unter uns gerichtet. »Bis zu einem gewissen Punkt kann ich verstehen, warum sie so geheimnisvoll getan haben«, fuhr sie fort. »Sie haben ja die Zeitungsberichte gelesen. Mein Vater lehnte diese Art von Publicity ab, und Maxim war sie ein Gräuel. Daher verstehe ich, warum die Vorkehrungen so verstohlen getroffen werden mussten. Aber dann Rebeccas Beisetzung – warum hat man sie so schäbig und hastig über die Bühne gebracht? Sie war schließlich Maxims *Frau* gewesen, und hier lebten Menschen, die sie geliebt und bewundert hatten. Und trotzdem wurde sie verscharrt wie in einem Armengrab, wie eine Verbrecherin.«

»Das hat wahrscheinlich Bemerkungen hervorgerufen, was?«

»*Empörung* trifft die Sache wohl eher«, versetzte Ellie scharf. »Niemand in Kerrith wusste von der Beisetzung, und wir erfuhren nur davon, weil mein Vater dabei war. Ich erinnere mich gut an diesen Abend. Mein Bruder war auf dem Internat, aber wir anderen waren hier. Meine Mutter war tief erschüttert, und meine Schwester Lily ebenfalls – Lily hatte Rebecca verehrt. Sie wohnte in London und war extra nach Hause gekommen, um an Rebeccas Beerdigung teilzunehmen. Und nun konnte sie nicht gehen, weil es keine gab. Nur diese entsetzliche, hastige, schuldbewusste Prozedur. Als mein Vater an diesem Abend heimkam, war er blass, aschfahl. So hatte ich ihn noch nie gesehen. Er wollte mit niemandem reden, sondern ging in sein Arbeitszimmer und schlug uns die Tür vor der Nase zu.

Ich bin mir sicher, dass mein Vater Maxim damals für schuldig hielt. Aber darüber hat er nie mit mir gesprochen. Über das, was an diesem Abend in der Gruft geschah, redet er mit niemandem. Und er äußert sich auch nicht gern zu dem, was später an diesem Abend auf Manderley geschah. Und wenn, dann sehr zurückhaltend, zumindest fast immer. Wichtige Punkte lässt er aus. Darauf versteht er sich sehr gut, wie Sie zweifellos bemerkt haben ...« Sie zögerte und warf mir einen Blick zu. »Ich hoffe, Sie verzeihen ihm das. Verstehen Sie, er hat Rebecca sehr geliebt. Und er ist ein altmodischer Mann, daher wird er Himmel und Erde in Bewegung setzen, um jede Information zu unterdrücken, die seiner Meinung nach ein schlechtes Licht auf sie wirft.«

Mir war klar, dass sie an mein Verständnis appellierte, und ich war gerührt. »Da ist nichts zu verzeihen«, begann ich. »Das verstehe ich. Ich respektiere seine Haltung. Ich kann allerdings nicht verhehlen, dass es mich aufbringt, wenn er meinen Fragen ausweicht. Aber man muss bewundern, wie rasch er das Thema wechseln kann ...«

»Dachte ich mir, dass Sie das sagen würden«, unterbrach mich Ellie ironisch. »Ich verstehe Ihre Bewunderung dafür, wie er Fragen aus dem Weg geht. Sie sind selbst recht geschickt darin. Vielleicht haben Sie sich ja etwas von ihm abgeschaut. Noch Kaffee?«

Während sie sprach, hatte sie die dunkle Brille abgenommen. Sie lächelte und füllte ohne weiteren Kommentar gelassen meine Tasse nach. Bis sie wieder zu sprechen begann, hatte ich das unangenehme Gefühl, dass ich die falsche Antwort gegeben hatte oder sie mich der Unaufrichtigkeit verdächtigte. Wie ich langsam erkannte, verstand Ellie sich darauf, ihr Gegenüber zu verunsichern.

Dieses Mal musste ich aber das Richtige gesagt haben, denn sie kam jetzt auf die Ereignisse, die sich am Abend von Rebeccas Begräbnis auf Manderley zugetragen haben – sie gab mir einige hochinteressante Informationen und schilderte Umstände, die Oberst Julyan mir entschlossen vorenthalten hatte.

Nur etwa eine Stunde nach der Beisetzung war Oberst Julyan nach Manderley zurückgerufen worden. Dort hatte er, wovon ich keine Ahnung gehabt hatte, Maxim und seine zweite Frau angetroffen, den allgegenwärtigen Frank Crawley sowie Jack Favell, der stark angetrunken war. Favell ließ mehrere Bomben platzen. Zuerst zog er eine handschriftliche Notiz von Rebecca hervor, die er am Nachmittag nicht als Beweisstück vorgelegt hatte, obwohl er bei der Untersuchung zugegen gewesen war. Den Zettel hatte Rebecca persönlich beim Portier seines Wohnhauses abgegeben, kurz bevor sie London zum letzten Mal verließ. Zweitens verkündete er – und zwar anscheinend ohne das geringste Anzeichen von Scham oder Verlegenheit –, dass Rebecca und er nicht nur eine Affäre unterhalten hätten, sondern sie im Begriff gewesen sei, für ihn ihren Ehemann zu verlassen, und dies auch getan hätte, wäre sie nicht gestorben.«

Ich starrte Ellie nur an. »Sind Sie sich da ganz sicher?«

»Vollkommen. Früher hätte mein Vater nie mit mir über das geredet, was an diesem Abend geschah. Aber seit seinem Herzanfall hat er sich verändert. Und auch seit Sie begonnen haben, Ihre Fragen zu stellen. Er spricht jetzt offener mit mir.« Sie zögerte. »Vielleicht ist Ihnen gar nicht klar, wie sehr ihm die Sache auf der Seele lastet.«

»Aber eines verstehe ich nicht. Warum war Ihr Vater dort? Warum hat Maxim ihn nach Manderley gebeten? Er kann doch sicher nicht gewollt haben, dass Ihr Vater Zeuge einer solchen Szene wird.«

Ellie warf mir einen kurzen Blick zu, möglicherweise zustimmend, obwohl ich das nicht beurteilen konnte, da sie die Sonnenbrille wieder aufgesetzt hatte. Sie zuckte die Achseln. »Ja, das finde ich auch«, gab sie zurück. »Aber Maxim hatte einen plausiblen Grund. Verstehen Sie, Favell war ziemlich betrunken auf Manderley aufgetaucht und hatte versucht, mittels Rebeccas Notiz Geld zu erpressen. Favell war immer hinter dem Geld her – wenn Sie ihn morgen kennen lernen, werden Sie feststellen, was für ein übler Mensch er ist. Sie treffen ihn doch morgen, stimmt's?« Sie hielt kurz inne. »Fragen Sie ihn auf jeden Fall nach dieser Nachricht. Sie muss das Letzte gewesen sein, das Rebecca jemals schrieb, und – jetzt kommt das Interessante – darin teilte sie mit, sie müsse Favell dringend etwas sagen. Sie bat ihn, sie am selben Abend in ihrem Bootshaus auf Manderley zu treffen ... Ein ziemlich merkwürdiges Anliegen, wenn man vorhat, dorthin zurückzufahren, in sein Boot zu steigen und Selbstmord zu begehen.«

»Allerdings. Hat Favell ihre Bitte erfüllt?«

»Nein, anscheinend nicht. Den Grund weiß ich nicht, danach müssen Sie ihn fragen. Aber der springende Punkt ist doch, dass diese Notiz das Selbstmordurteil in Frage stellte. Wahrscheinlich glaubte Favell deshalb, Geld daraus schlagen zu können. Er nahm wohl an, Maxim wolle um jeden Preis eine Aufhebung des Urteils oder weitere

Untersuchungen vermeiden. Und ich vermute, damit lag er richtig. Trotzdem hat Maxim es darauf ankommen lassen. Deswegen wurde mein Vater dazugebeten, mehr in seiner Funktion als Friedensrichter denn als Freund, und man forderte Favell auf, ihm seine Beweise und seine Anschuldigungen vorzulegen.«

»Er hat ihm die Notiz gezeigt? Ihr Vater hat sie gelesen?«

»Ja, sicherlich. Dann veranstaltete Favell ein großes Geschrei und prahlte, erzählte all diese Dinge über sich und Rebecca. Und er beschuldigte Maxim, sie getötet zu haben. Behauptete, er sei rasend vor Eifersucht gewesen. In anderen Worten – er nannte ein Motiv.« Sie unterbrach sich kurz. »Ich schätze, das war eine ziemlich hässliche Szene. Mein Vater konnte nicht fassen, dass Maxim diesem Mann erlaubte, solche Sachen über Rebecca zu sagen, in ihrem eigenen Heim und nur Stunden nach dieser schrecklichen Bestattung. Und es kam noch schlimmer. Mrs. Danvers wurde hinzugerufen, um zu bestätigen, dass Rebecca untreu gewesen war. Können Sie sich vorstellen, wie mein Vater darauf reagiert hat? Eine Dienstbotin über Rebeccas eheliche Treue ins Kreuzverhör zu nehmen? Er war entsetzt. Aber er sah ein, dass die Sache untersucht werden musste. Daher schlug er vor, Rebeccas letzte Schritte in Augenschein zu nehmen. Wenn man wüsste, was sie an jenem letzten Tag in London getan habe, so dachte er, würde man vielleicht herausbekommen, was sie Favell so dringend mitteilen wollte. Mrs. Danvers holte dann Rebeccas Tagebuch ...«

»Mrs. Danvers?«, fragte ich scharf. »Warum in aller Welt hatte die Haushälterin Rebeccas Tagebuch in Verwahrung?«

»Keine Ahnung, darüber habe ich nie nachgedacht.« Ellie zog die Brauen zusammen. »Vielleicht war es eher ein Terminkalender. Mrs. Danvers hatte nach Rebeccas Tod alles so gelassen, wie es war, ihr Zimmer, ihre Kleider, alles. Ich erinnere mich, dass Maxims Schwester Beatrice meiner Mutter davon erzählt hat. Mrs. Danvers hat Rebecca wie eine Göttin verehrt. Ich glaube, sie hat sie irgendwann in ihrer Kindheit einmal betreut. Das hat mein Vater Ihnen doch sicherlich gesagt?«

»Ja, er hat davon gesprochen. Trotzdem, ein Tagebuch, ihre persönlichen Aufzeichnungen ... merkwürdig. Egal. Erzählen Sie weiter, Ellie.«

»Also, sie sahen sich die Einträge von ihrem letzten Lebenstag an. Und da entdeckten sie diesen Arzttermin. Mein Vater bestand darauf, dass sie den Mann aufsuchten ... Verstehen Sie, er war Spezialist für Frauenleiden, ein Gynäkologe.«

Ich starrte ihre dunkle Brille an. Eine Szene, die der Oberst mir nie geschildert, die ich nur aus dritter oder vierter Hand gehört hatte, löste sich aus den Schleiern des Klatsches und begann neue Gestalt anzunehmen. Mir wurde klar, dass ich die Ereignisse aus heutiger Sicht betrachtet hatte, vom falschen Ende des Teleskops aus. In der Reihenfolge, in der sie sich tatsächlich zugetragen hatten, fügten sie sich plötzlich ganz anders zusammen. Enthüllungen über Untreue, ein Termin bei einem Gynäkologen ...

»Rebecca und Maxim waren fünf Jahre verheiratet«, sprach Ellie weiter. »Ihre Ehe blieb kinderlos. Manderley hatte keinen Erben, worüber in der Gegend viel spekuliert wurde. Als mein Vater also entdeckte, dass sie einen Arzt in London konsultiert hatte statt ihres Hausarzts, als er hörte, dass der Mann ein Frauenspezialist war, da können Sie sich vorstellen, was er dachte.«

»Er glaubte, Rebecca sei schwanger gewesen?«

»Ja, genau. Und wenn sich das als wahr herausstellte, dann sah offenkundig alles ganz anders aus. Der Befund ›Selbstmord‹ hätte dann natürlich keinen Bestand mehr. Aber Rebeccas Boot war nicht zufällig gesunken. Es war versenkt worden. Damit blieb nur eine Möglichkeit übrig. Ich glaube, als sie nach London fuhren, sah mein Vater schon, wie sich die Schlinge des Henkers um Maxims Hals zusammenzog ...« Sie hielt inne. »Aber das war es nicht allein, verstehen Sie? Die Geschichte zog noch weitere Folgerungen nach sich, sehr schwerwiegende ...«

»Ich verstehe. Verstehe.« Ich stand auf, ging zum Rand der Terrasse und betrachtete die Jachten, die am Pier schaukelten. Warum hatte Oberst Julyan mir nie davon erzählt? Das hieß doch, dass er auf der Fahrt nach London die Möglichkeit erwogen hatte, dass Maxim de Winter nicht nur seine Frau, sondern auch ihr ungeborenes Kind getötet hatte. Wenn ja, dann warf das eine grauenhafte Frage auf: War es denkbar, dass Maxim Rebecca umgebracht hatte, obwohl er sich in dem Glauben befand, sie sei schwanger? Darauf konnte ich nicht annähernd eine Antwort geben, und der Oberst wahrscheinlich auch nicht, aber die Vorstellung beschwor dunkle, schreckliche Bilder in mir herauf. Wo war das Verbrechen geschehen? Am Strand – nein, weder am Strand noch auf ihrem Boot. Im Bootshaus, genau dort, wo ich noch heute Morgen gestanden hatte. Dessen war ich mir plötzlich auf irrationale Weise sicher.

Die Szene stand mir deutlich vor Augen, und ich spürte, wie Maxim de Winter in meiner Achtung sank. Seitdem kämpfe ich gegen diese Neigung – ich hatte die Szene völlig aus dem Nichts beschworen, es gab keinen Beweis. Aber ich werde das Gefühl einfach nicht los.

Den wenigen Einzelheiten, die Ellie noch zu erzählen blieben, lauschte ich weniger aufmerksam. Sie waren mir schon bekannt. Ob Rebecca geahnt hatte, dass sie krank war? Oder war sie von der Diagnose vollkommen überrumpelt worden?

»Die Nacht hat mein Vater dann in London verbracht«, sagte Ellie gerade, und mir wurde klar, dass ich ihr in den letzten paar Minuten kaum zugehört hatte. »Er war schrecklich angespannt, nachdem er den ganzen Tag versucht hatte, seine Gedanken zu verbergen. Er übernachtete bei Rose, in ihrem Haus in St. John's Wood. Wahrscheinlich wollte er die Sache mit ihr durchsprechen ...«

Sie unterbrach sich, und die dunkle Brille wandte sich in meine Richtung. »Rose besaß damals ein Haus in London. Das heißt, sie hat es immer noch. Sie hält sich im

Moment dort auf, um an ihrem neuen Buch zu arbeiten. Hat mein Vater Ihnen erzählt, dass sie sich in Cambridge ein Jahr Forschungsurlaub genommen hat?«

Mühsam zwang ich mich, in die Gegenwart zurückzukehren. »Nein«, antwortete ich. »Nein. Eher hat er versucht, mich von Rose wegzulenken. Er tut gern so, als führte sie ein Einsiedlerleben in den Niederungen von East Anglia. Natürlich wusste ich, dass das so nicht stimmt. Ihre Tante ist in akademischen Kreisen sehr bekannt. Sie ...« Ich brach ab.

»Ach ja«, meinte Ellie trocken. »Sie haben ja ein paar Semester in Cambridge studiert, stimmt's? Das hatte ich vergessen.«

Ich glaube nicht, dass sie das vergessen hatte, ganz im Gegenteil. Rasch wechselte ich das Thema. Ich war wütend auf mich selbst wegen meines Schnitzers, und ich wollte mich nicht auf das Thema Cambridge einlassen, ob Vergangenheit oder Gegenwart. Wir redeten noch ein wenig über Ellies Vater, die Zwangslage, in der er sich damals befunden hatte, und seine Entscheidung, einen Schlussstrich unter die ganze Sache zu ziehen.

»Wäre diese Untersuchung in Schottland durchgeführt worden«, bemerkte ich, »dann hätte eine Einstellung der Ermittlungen mangels hinreichender Beweise erfolgen können. Schade, dass diese Möglichkeit in England nicht existiert ...«

»Nicht wahr?«, gab Ellie zurück und wandte mir ihre Sonnenbrille zu. »Warum besitzt Schottland eigentlich ein anderes Rechtssystem? Ich wünschte, ich würde Schottland besser kennen – ich bin nie dort gewesen, und auch mein Vater nicht. Wir sind also sehr unwissend. Ohne auf eine Karte zu sehen, könnte ich nicht zwischen Perth oder Peebles unterscheiden.«

Ihr Ton war unschuldig. Wollte sie mich aushorchen, oder nahm sie mich auf den Arm? Ich weiß es bis heute nicht. Ein Blick auf die Uhr verriet mir, dass der pünktliche Terence Grey zum Sonntagsessen bei den Briggs-Schwestern spät dran war.

Wir machten uns auf den Rückweg zum Haus, und plötzlich stellte ich fest, dass ich mich nur ungern verabschiedete. Ich wünschte, ich hätte nicht diese Essensverabredung mit zwei älteren Damen, obwohl ich die beiden mag. In letzter Zeit habe ich so viel Zeit damit verbracht, mit Leuten zu reden, die doppelt so alt sind wie ich, dass ich fast vergessen hatte, wie es ist, mit jemandem aus meiner eigenen Generation zu sprechen. Mir wurde klar, dass ich viel früher mit Ellie über all das hätte reden und sie nach Rebecca hätte fragen sollen. Ellie war eine aufmerksame Beobachterin, und bei ihr brauchte ich mich nicht durch eine Unzahl von Ausflüchten und Weitschweifigkeiten zu kämpfen.

»Wie alt waren Sie eigentlich, als Sie nach The Pines zurückkehrten?«, fragte ich, als wir das Haus umrundeten und auf das Seitentor zugingen, das direkt auf den Feldweg führt.

»Sieben Jahre.« Ellie zupfte an einem Grasbüschel und begann einen Halm zwischen ihren Fingern zu reiben. »Ich hatte vorher nie in England gelebt. Aufgewachsen bin ich im Fernen Osten, zuerst in Malaysia, dann in Singapur ...« Sie warf mir einen amüsierten Seitenblick zu. »Ich weiß, das interessiert Sie nicht. Also, wie Sie wahrscheinlich wissen möchten, war ich sieben, als ich Rebecca kennen lernte, und zwölf, als sie starb. Ich kann nicht behaupten, sie richtig gekannt zu haben, dazu war ich zu jung, aber ich sah sie ständig. Sie kam her zu uns, und wir fuhren häufig nach Manderley. All diese Einladungen! Ich besuchte einige der Gartenpartys, und meine Mutter pflegte mir von den Gesellschaften der Erwachsenen zu erzählen. Ganze Menschentrauben kamen ständig aus London, alle möglichen Leute von Botschaftern bis zu Künstlern. Ich glaube, meine Mutter fühlte sich davon eingeschüchtert – sie fühlte sich ärmlich, ein bisschen wie eine Landpomeranze, die sie im Übrigen gar nicht war. Jedenfalls bin ich Rebecca häufig begegnet ...«

»Und?«

»Und ich war ein sehr aufmerksames kleines Mädchen.

Ich pflegte sie die ganze Zeit zu beobachten. Sie faszinierte mich.«

»Erzählen Sie mir, warum.«

»Zu Anfang, weil sie schön war. Ich weiß, das sagen die Leute immer. Sie reden alle über ihre Schönheit, ihren Geist und ihren Charme, aber das sind so leere Worte. Sie sind oberflächlich und allgemein und vermitteln nicht die geringste Ahnung davon, wie Rebecca tatsächlich auf andere wirkte. Sie lassen sie hohlköpfig und frivol klingen. Die schöne Dame der Gesellschaft. Die bekannte Gastgeberin – noch so ein Wort, das ich hasse.« Ungeduldig zuckte sie die Achseln. »Als hätte Rebecca nur an Partys gedacht. Das ist so irreführend. Wenn ich mich jetzt an sie erinnere, dann sehe ich sie dort, wo sie am glücklichsten war, auf ihrem Boot, beim Spazierengehen im Wald oder mit ihren Hunden ... Für gewöhnlich allein, was merkwürdig ist. Ich sehe sie *allein* vor mir ...

Aber man kommt natürlich nicht um ihr Aussehen herum. Ich hatte noch nie eine so schöne Frau gesehen – und seither ebenfalls nicht. Sie besaß ganz außerordentliche Augen, unvergesslich. Sie war hinreißend. Man fühlte sich wie in einen Bann geschlagen. Und dabei war ich ein kleines Mädchen. Stellen Sie sich vor, wie sie auf Männer gewirkt haben mag. Sie glotzten und glotzten. Rebecca redete, und ich glaube, die Hälfte der Zeit haben sie nicht einmal gehört, was sie sagte. Das ärgerte und langweilte sie.«

»Ließ sie sich denn nicht gern bewundern? Die meisten Frauen würden das genießen.«

»Tatsächlich?« Die dunkle Brille neigte sich in meine Richtung. »Dann war sie eben nicht wie die meisten Frauen.«

Der milde Tadel traf mich dennoch schwer, und ich lief rot an. Wie ich schon sagte, kann Ellie einen ziemlich verunsichern. »Sie sagten ›zu Anfang‹«, fuhr ich fort. »Was haben Sie damit gemeint?«

»Ich meinte, dass ihre Schönheit einen blendete. Lange Zeit konnte ich einfach nicht dahinterschauen. Als ich es schließlich tat, war ich immer noch fasziniert.« Sie runzelte die Stirn. »Teilweise, weil ich sah, wie sehr mein Vater sie bewunderte, und ich wollte den Grund verstehen. Ich hatte nicht vor, sie zu gern zu haben, aber ich mochte sie trotzdem. Sie besaß eine ungewöhnliche Art zu reden, sehr direkt. Sie wissen ja, dass Menschen manches denken, aber niemals sagen würden. Also Rebecca sprach alles aus, ohne Umschweife. Ich glaube, ihr ist gar nicht aufgegangen, wie unkonventionell das war. Aber schließlich hat sie sich nie einen Pfifferling um Konventionen geschert. Sie konnte sehr witzig sein, sehr lebhaft – und äußerst unbarmherzig, wenn jemand sich wichtig tat oder hochtrabend redete. Und ich fand, dass sie traurig war. Hinter all dieser Munterkeit und diesem Witz kam sie mir traurig vor. Nicht unglücklich, sondern melancholisch. Das ist doch nicht ganz das Gleiche, oder?«

»Nein.« Ich öffnete das Tor. »Melancholie ist ein dauerhafterer Zustand. Unglück ist irgendwie vorübergehend.«

Ellie bemerkte nichts dazu, obwohl ich glaube, dass sie mich verstand. Schweigen senkte sich zwischen uns; ein Windstoß wirbelte den Staub auf dem Feldweg auf. »Haben Sie je herausgefunden, warum sie so traurig war?«, sagte ich schließlich und bedauerte die Frage sofort. Vielleicht hätte ich nicht ganz so viel auf dem Thema Rebecca herumreiten sollen. Ich neige dazu, andere Menschen vor allem als Informationsquelle zu betrachten, und manchmal nehmen sie das übel. Als ich Ellie ansah, hatte ich das vage, aber unabweisbare Gefühl, eine Gelegenheit verpasst zu haben.

»Nein. Nein.« Ellie schaute auf die Uhr. »Wie ich Ihnen schon sagte, war ich zu jung. Lily kannte sie viel besser. Meine Schwester war damals in London und studierte am Slade. Sie wollte Malerin werden, das heißt, ich glaube, sie wollte vor allem aus Kerrith fort. Der Golfclub, der Tennisclub, die Regatta – Lily konnte gar nicht abwarten, dem zu entfliehen. Sie teilte sich mit ein paar Künstlern ein Haus in der Tite Street in Chelsea, am Fluss und nur einen Katzensprung von Rebeccas Londoner

Wohnung entfernt. Sie hatten gemeinsame Freunde, Maler, Schriftsteller, Schauspieler. Aber Lily ist natürlich jetzt tot.«

Wieder trat Schweigen ein. Plötzlich fielen mir viele Fragen ein, die ich Ellie gern gestellt hätte, und nicht alle betrafen Rebecca. Ich zögerte. »Noch eines, bevor ich gehe – hat Ihr Vater Ihnen das Notizbuch gezeigt, das er mit der Post bekommen hat?«

»*Rebeccas Geschichte*? Ja, das hat er.« Sie schloss das Tor hinter sich und verriegelte es. Ihr Tonfall war jetzt anders, forsch. »Hören Sie, ich muss wirklich ins Haus zurück ...«

»Sagen Sie mir nur noch eines. Erinnern Sie sich an die Ansichtskarte von Manderley? Ich möchte diesem Hinweis nachgehen. In London kenne ich jemanden, der mir dabei möglicherweise behilflich sein kann ... Diese Karte legt eine ganze Menge Möglichkeiten nahe ...«

»Vielleicht.« Sie klang jetzt kühl. »Ich würde keine voreiligen Schlüsse ziehen. Jeder hätte zu jeder Zeit die Karte in das Notizbuch kleben können, einschließlich der Person, die es meinem Vater geschickt hat.«

»Das weiß ich auch, und ich ziehe keine vorschnellen Schlüsse. Aber die Klebstoffflecken sind alt und ... Ellie, haben Sie je etwas gehört, das darauf hindeutete, dass Rebecca aus dieser Gegend stammte? Oder dass sie als Kind herkam?«

»So wie Sie, meinen Sie?« Die Sonnenbrille neigte sich. »Nein.«

Ich war mir jetzt sicher, dass ich irgendwie Ellies Unwillen erregt hatte. Trotzdem bohrte ich weiter. »Haben Sie je gehört, woher sie stammte? Wurde je darüber gesprochen, soweit Sie sich erinnern? Über ihre Herkunft? Ihre Eltern?«

»Niemals. Und man konnte sich auch nicht danach erkundigen. Sie hasste Fragen, besonders persönliche. Jetzt muss ich aber wirklich gehen. Wenn Sie Daddy besuchen wollen, kommen Sie heute Abend vorbei. Ich weiß, dass er sich freuen würde, Sie zu sehen.«

Sie hob die Hand, drehte sich um und lief zum Haus zurück. Jetzt war ich mir ganz sicher, dass ich sie vor den Kopf gestoßen hatte. Mir fiel ein, dass ich nichts von meinem Besuch im Bootshaus oder dem Azaleenkranz erzählt hatte, was ich jetzt bedauerte. Ellie hatte mir gerade eine bessere Beschreibung Rebeccas geliefert als irgendjemand sonst, und mir wurde klar, dass Ellies Eindruck mir sehr nützlich gewesen wäre.

In der heißen Sonne ging ich den steilen Hügel zum Cottage der Briggs' hinunter. Ich dachte über den Azaleenkranz nach. Wer konnte ihn dort abgelegt haben? Ich dachte an die Gerüchte über Liebhaber und erwog mögliche männliche Kandidaten. Dann dachte ich an Ellie, an das Buch auf ihrem Küchentisch, und entdeckte, dass ich eine halbe Meile gewandert war, ohne es zu bemerken, und vor dem Gartentor der Schwestern stand. Ich trat auf die Tür zu, die sich augenblicklich öffnete. Jocelyn und Elinor Briggs erschienen und stießen spitze Begrüßungsschreie aus.

»Wie schön, lieber Mr. Grey ... Kommen Sie doch herein. Sind Sie auf The Pines gewesen? Sie sehen etwas besorgt aus. Wie geht es Arthur? Und der lieben Ellie?«

»Wir kommen gerade aus der Kirche zurück. So ein wunderbarer Gottesdienst! Und der Pfarrer isst mit uns zu Mittag ... Herr Pastor, dies ist Mr. Grey, von dem wir Ihnen erzählt haben ... Ja, unser neuer Nachbar, unser Lokalhistoriker! Wenn Sie mich jetzt entschuldigen, ich muss nur eben in der Küche nach etwas sehen. Jocelyn, Liebes, kümmere dich um die beiden!«

»Selbstverständlich! Mr. Grey, Herr Pfarrer, darf ich Ihnen ein Glas von dem Sherry anbieten, den wir so günstig bekommen haben ...«

Ich erstarrte. Der nichts ahnende Pfarrer meinte, ein Glas Sherry wäre nett. Ich sah, dass ich weder dem Sherry noch Terence Grey entgehen würde, daher nahm ich das Glas und hüllte mich in Greys graue Persönlichkeit.

13. Kapitel

Der morgendliche Gottesdienst hatte den Briggs-Schwestern sehr gefallen. Der Tagesspruch hatte gelautet: »Wirf dein Brot auf Wasser, denn noch nach vielen Tagen wirst du es wiederfinden«, und sowohl Jocelyn als auch Elinor gefiel die Bibelstelle. Sie fanden, sie sei sehr *tiefsinnig*, und es lohne, darüber nachzudenken, und sie waren des Lobes voll über die Predigt, die der Pfarrer darüber gehalten hatte.

Aus meiner Kindheit erinnerte ich mich nur zu gut an diesen Text; im Waisenhaus trieb man uns sonntags dreimal in die Kapelle. Die Vorstellung, Brot irgendwo hinzuwerfen, kam bei uns nicht besonders gut an – aber andererseits nahmen wir »Waisenkinder« alles wörtlich, und hungrig waren wir immer. Ich sagte jedoch nichts dazu, und der Pfarrer bemerkte nichts darüber, dass ich nicht in der Kirche gewesen war, daher wusste ich, dass man ihn instruiert hatte. Dank dem Einfluss von »Tante May« ist Terence Grey ein strenger Presbyterianer, und die nächste presbyterianische Kirche liegt passenderweise dreihundert Meilen entfernt.

Der Pfarrer – er wurde erst vor kurzem ernannt und lebt kaum länger hier als ich – schien ein liebenswürdiger Mensch zu sein. Er sagte, er habe von meinem Interesse für alte Kirchen gehört, und ich müsse ihm erlauben, mich demnächst einmal durch die Kirche von Manderley zu führen. An den de-Winter-Gräbern im Hauptschiff befänden sich einige sehr schöne mittelalterliche Messingarbeiten, die Aussicht vom Glockenturm sei bemerkenswert, und die Gruft lohne die Erforschung. Architektonisch sei sie faszinierend und außerdem viel älter als das Hauptgebäude der Kirche. Terence Grey antwortete höflich, dass er sich sehr freuen würde.

An diesem Punkt brach in der Küche eine Krise aus – bei weitem nicht die erste, aber dies war offensichtlich eine größere –, und die Briggs-Schwestern verließen uns unter kurzen Aufschreien. Über den Rand seines Sherryglases warf der Pfarrer mir einen Blick zu. »Du meine Güte«, sagte er. »Was ist das bloß?« Ich erklärte, der Sherry stamme vom Schwarzmarkt, und vermutete Paraffin. Der Pfarrer hatte das Gefühl, Hustensaft treffe die Sache eher. »Hustensaft – und *Sirup«*, setzte er hinzu. »Wo haben die guten Schwestern den nur her?«

»Oberst Julyan, der Gute, hat ihn aufgetrieben«, antwortete Elinor, die rosig und zerstreut aus der Küche auftauchte und nur den letzten Satz seiner Bemerkung mitbekommen hatte. »Ich glaube, er hat ihn Robert Lane abgekauft. Robert war früher Lakai auf Manderley, und er und seine Frau betreiben eine höchst fragwürdige Schenke drüben in Tregarron. Mrs. Lane ist eine geborene Manack, und seit urdenklichen Zeiten sind alle Manacks Schmuggler gewesen ... Wir waren ein wenig im Zweifel, ob das wohl illegal wäre, und wir wollten nicht, dass die Zollbehörde an die Tür klopft. Aber der Oberst hat darauf bestanden, also müssen wir jetzt eine ganze Kiste leertrinken! Lassen Sie sich noch ein Glas einschenken, Herr Pastor!«

Wie ich bemerkte, nicht ganz die Version, die Oberst Julyan mir erzählt hatte. Ich brachte es fertig, mich einem zweiten Glas zu entziehen; und Geschichten über den Schmuggel – Legenden aus der Vergangenheit und gegenwärtige Gerüchte – beherrschten die Konversation der beiden Briggs-Schwestern, bis wir am Tisch saßen und die schwierige Operation, das Brathähnchen zu tranchieren – was der Pfarrer übernahm – und das Gemüse herumzureichen – meine Aufgabe –, abgeschlossen war.

Schließlich hörten die Schwestern auf, nervös herumzuwieseln, und wir setzten uns in dem winzigen Speisezimmer ihres Cottages zum Essen. Das ganze Häuschen der Briggs' würde in einen der höhlenartigen Räume auf The Pines passen. Es ist wie ein winziges, exquisites Puppenhaus, innen und außen weiß getüncht, und liegt hoch über dem Hafen von Kerrith. Die Schwestern sind vor ungefähr fünfundzwanzig Jahren hergezogen, aber aufgewachsen sind sie in St. Winnow's, einem palastartigen Queen-Anne-Haus, das heutzutage zu einem Altersheim umgebaut worden ist – genau dem, wo ich Frith später am Nachmittag treffen sollte.

Ihr Vater, Sir Joshua Briggs, war, glaube ich, ein Schiffsmagnat und stammte ursprünglich nicht aus dieser Gegend; aber ihre Mutter Evangeline, eine berühmte Schönheit, war eine geborene Grenville, und ihre Tante Virginia war Maxim de Winters Mutter gewesen. Nach dem Tod ihrer Eltern nahmen Schulden, von denen niemand etwas geahnt hatte, und die Erbschaftssteuern den beiden einen großen Teil ihres Vermögens, und die Schwestern stellten fest, dass sie in bescheideneren Verhältnissen leben mussten.

Dieses Cottage, das die de Winters ihnen auf unbegrenzte Zeit verpachtet hatten – anscheinend dank einer Intervention Rebeccas –, wurde ihnen gerade noch rechtzeitig angeboten, zu einem Zeitpunkt, als sie sich schon damit abgefunden hatten, den Distrikt zu verlassen. Als sie herzogen, konnten sie es nicht ertragen, sich von all ihren Familienbesitztümern zu trennen, und nahmen so viel wie möglich mit. Im Ergebnis beherbergt das Esszimmer, das – wenn überhaupt – zehn mal acht Fuß misst, einen georgianischen Mahagoni-Tisch und die passenden Stühle, eine riesige georgianische Anrichte und einen Weinkühler von der Größe eines Sarkophags. An den Wänden hängen unzählige Bilder, darunter ein lebensgroßes Ölporträt der jungen Evangeline Grenville, zwei kleine Pastelle, die ihre Schwestern Virginia und Isolda zeigen, sowie etliche gewaltige viktorianische Seestücke, die heute stark nachgedunkelt und verfärbt sind, aber irgendwo Schiffe in sich verbergen. Ich mag das Cottage, den Raum und die Schwestern sehr gern, aber man muss aufpassen, sich unter diesem Tisch nicht die Knie anzustoßen, und man muss, wie auch auf The Pines, so tun, als seien in der Küche eine unsichtbare Köchin und vielleicht noch einige unsichtbare Hausmädchen am Werk.

Natürlich können die Briggs-Schwestern beide nicht kochen. Sie sind nicht zum Kochen, sondern zum Heiraten erzogen worden. Ich vermute, dass Elinor, die ältere, klügere und größere, mit achtzehn ein Auge auf Arthur Julyan geworfen hatte. Jocelyn, die molligere, hübschere und naivere der beiden, hatte einen Verlobten, der im Schützengraben gefallen ist. Heutzutage gärtnern die beiden Schwestern – ihr Garten ist ebenso gepflegt wie ihr Haus; dort findet man keine traurigen Araukarien – und tun gute Werke; mir selbst haben sie unendliche Güte erwiesen. Ihre Erinnerungen an Manderley reichen so weit zurück wie die des Obersts und sind, genau wie die seinen, manchmal unzuverlässig.

Beim Huhn und dem arg zerkochten Gemüse hielten wir uns an neutrale Themen. Der Pudding war eine merkwürdig klumpige Angelegenheit und mit Marmelade gemischt; und bei diesem klumpigen Pudding, in dem gelegentlich eine Johannisbeere auftauchte, gelang es mir, das Gespräch zurück auf Manderley zu lenken. Wir schweiften durch die Erinnerungen der Schwestern. Sie erzählten lang und breit über Rebeccas berühmte Kostümbälle und die verschiedenen Verkleidungen, die die Teilnehmer dazu wählten. Ich interessierte mich für die Frage der Kostüme. Maxim de Winter weigerte sich anscheinend grundsätzlich, ein Kostüm zu tragen, und erschien im Abendanzug. Oberst Julyan, der große Angst hatte, sich zum Narren zu machen, trug jedes Jahr dasselbe Kostüm. Er ging stets als Oliver Cromwell, Lordprotektor, und angesichts seiner Zuneigung zu Rebecca erschien mir das passend. Zu den Kostümen der Schwestern hatten im Lauf der Jahre Kleopatra und die Königin von Saba gehört; bei einer denkwürdigen Gelegenheit – dem Ball, der im Jahr vor Rebeccas Tod stattfand – war Elinor als Medusa gegangen und Jocelyn als Nell Gwynn, die Schauspielerin und Geliebte von Charles II., mit Orangen und allem.

Das hätte ich gern gesehen, meinte ich wahrheitsgemäß. Ich fragte die beiden, ob sie sich an Rebeccas Kostüme erinnern könnten. Zu meinem Erstaunen waren sie dazu in der Lage – beide Schwestern können sehr zerstreut sein, und ihre Geschichten zu entwirren ist manchmal so, als müsse man einen Meter Gestricktes aufribbeln.

»Oh ja, ich erinnere mich ganz genau«, rief Jocelyn aus. »Mal sehen, insgesamt waren es vier Bälle. Zum dem ersten kam sie als französischer Adliger auf dem Weg zur Guillotine – sie sah ziemlich erstaunlich aus. In einem anderen Jahr, ich glaube, dem dritten, ging sie als elisabethanischer Page, nun, eigentlich als junger Kavalier. Sie sah ganz so aus wie einer dieser wunderschönen jungen Männer auf einer Miniatur von Hilliard. Ich sagte ihr, Rebecca, wenn Shakespeare hier wäre, würde er ein Sonett für Sie schreiben ... Dann, mal überlegen, im zweiten ... was trug sie im zweiten Jahr, Elinor?«

»Jocelyn, du bringst alles durcheinander. Das Kostüm sollte diese Hosenrolle aus *Was ihr wollt* darstellen. Oder war es einer der Prinzen in *Richard III.*? Ich hab's vergessen, jedenfalls etwas von Shakespeare. Und im zweiten, war das nicht etwas Griechisches? Medea? Nein. Iphigenie? Ich weiß es nicht mehr genau, aber sie trug eine Toga ...«

»Einen Chiton, Liebes. Togen sind römisch.«

»Ich nehme alles zurück und behaupte das Gegenteil. Einen Chiton. Mit einem Blumenkranz im Haar ...«

Ich hatte nicht besonders gut zugehört. Jetzt horchte ich auf. »Einen Blumenkranz? Was für Blumen, Miss Briggs, können Sie sich daran erinnern?«

»Du meine Güte, aber natürlich! Sie hatte so herrliches Haar – das war noch, bevor sie es abschneiden ließ. Es waren Rosen, weil die Bälle immer im Juni stattfanden. Ihr Kleid war weiß und ihr Haar ganz dunkel, fast schwarz, und dann diese weinroten Rosen, die ganz himmlisch dufteten …«

»Und dann auf dem letzten Ball, in dem Jahr vor ihrem Tod«, warf Jocelyn ein, »da kam sie als Caroline de Winter. Und wir haben gesagt – nicht wahr, Elinor –, dass sie noch nie liebreizender ausgesehen hat. Aber sie wurde zu dünn. Damals wussten wir natürlich nichts von ihrer Krankheit, niemand hatte eine Ahnung davon. Wir überlegten, ob sie wohl Diät gehalten hatte …«

»Du hast darüber spekuliert, Liebes. Weil du zu dieser Zeit ständig mit deiner Banting-Diät beschäftigt warst. Aber Rebecca war schlank wie eine Tanne, immer schon.«

»Praktisch keine Hüften. Darum habe ich sie immer beneidet. Hüften können ein schreckliches Schicksal sein.«

»Trotzdem hast du Recht, Liebes. Sie hatte wirklich zu sehr abgenommen. Und wir haben beide unsere Bemerkungen gemacht. Auf jeden Fall war das Kostüm ein großer Erfolg. Überwältigend! Sie hatte es nach dem berühmten Porträt von Raeburn kopiert, das sie auf Manderley hatten. Es pflegte in der Galerie über der Haupttreppe zu hängen. Jedes Detail stimmte genau, die Ähnlichkeit war außerordentlich. Leider war Maxim nicht allzu erfreut über ihre Wahl. Ich bin mir sicher, dass sie ihn nicht vorgewarnt hatte …«

»Nicht allzu erfreut! Elinor, Liebes, er war den ganzen Abend lang in scheußlicher Stimmung. Als ich ihm gegenüber bemerkte, wie reizend Rebecca aussähe, hat er mir fast den Kopf abgerissen. Ich fürchte, der gute Maxim konnte ein wenig launisch sein.«

»Na ja, Caroline de Winter war eine große Schönheit, und natürlich war sie eine Ahnin von Maxim, daher war das Kostüm wohl passend. Aber die liebe Rebecca schockierte ganz gern, und sie hat da vielleicht eine recht gewagte Wahl getroffen …«

»Gewagt?«, hakte der Pfarrer nach. Ich brauchte nicht nachzufragen – die Geschichte der Caroline de Winter kannte ich und ahnte bereits, warum diese Kostümwahl »gewagt« gewesen war, und hochinteressant dazu.

»Oh, Caroline war berüchtigt, ebenso wie ihr Bruder Ralph de Winter«, begann Jocelyn eifrig, aber mit einem kurzen Blick auf ihre Schwester. »Sie machte später eine gute Partie ... mit einem Politiker von den Whigs, oder, Elinor? Aber ihr Bruder hat sich natürlich das Leben genommen, und vor Carolines Heirat gab es fürchterliche Skandale, wirklich die schockierendsten Geschichten über die beiden ...«

»Damit wollen wir uns aber nicht aufhalten«, warf Elinor rasch ein. »Weder Jocelyn noch ich erinnern uns an alle Einzelheiten. Der Mann, den Sie fragen müssen, ist Arthur Julyan, er kennt sich unglaublich gut mit diesen alten Geschichten aus ...«

Das stimmt allerdings, und in den ersten Monaten unserer Bekanntschaft hatte der Oberst mir diese rasante Geschichte erzählt: Das berühmte Raeburn-Porträt hatte Caroline de Winters Bruder Ralph in Auftrag gegeben, ein notorischer Schwerenöter. Das weiße Kleid, das seine damals unverheiratete Schwester darauf trägt, war so geschnitten, dass es die skandalöse Veränderung ihrer Figur verbarg, denn die lasterhafte Caroline – so ging die Geschichte – hatte ihrem Bruder von frühester Jugend an großzügig ihre Gunst gewährt. In letzter Zeit war sie ebenso freigebig gegenüber einem hübschen jungen Stallknecht auf Manderley gewesen. »Wie, Sir, soll ich Ihre Schwester malen?«, soll Raeburn gefragt haben. Über die Antwort, die er erhielt, gehen die Meinungen auseinander. »Als die Dirne und Hure, die sie ist, Sir. Also soll sie in den Hof hinuntergehen und sich bei den Zuchtstuten porträtieren lassen«, lautet die erste Version. »Als meine Liebste und meine Verdammnis«, heißt die zweite, provozierendere Fassung.

Rebecca hatte also ein überraschendes Kostüm gewählt, und es war, wie ich bemerkte, typisch für den Oberst, dass er mir den alten Teil der Geschichte erzählt hatte, aber nicht ihr modernes Nachspiel. Interessiert zu sehen, wie sie sich herauswinden würden, sah ich die Briggs-Schwestern an, da es undenkbar war, diese Einzelheiten an ihrem Tisch zum Besten zu geben. Ich sah, dass Jocelyn weniger bereitwillig war, auf die Geschichte zu verzichten, als Elinor.

»Jedenfalls«, meinte Elinor, »sind diese alten Erzählungen alle dummes Zeug ...«

»Oh Elinor, das glaubst du doch selbst nicht«, widersprach Jocelyn störrisch. »Beatrice hat immer gesagt, Caroline de Winter bringe Unglück. Und sie hatte Recht. Rebecca hat dieses Kostüm getragen, und dann starb sie, möge sie in Frieden ruhen. Und die zweite Mrs. de Winter wählte genau das gleiche Kleid für den einzigen Kostümball, den sie je auf Manderley gegeben hat. Wir waren nicht auf diesem Ball, stimmt's, Elinor?«

»Wir nicht. Andere sind gegangen, Leute, die nachsichtiger waren als wir.«

»Aber wir haben davon gehört, Beatrice hat uns alles berichtet! Was für ein Desaster! Das Kleid sollte anscheinend eine Überraschung sein, also wusste natürlich kein Mensch davon, und niemand konnte Mrs. de Winter warnen. Als sie die Treppe herunterkam – also, einen schrecklichen Moment lang glaubte jeder, Rebeccas Geist zu sehen. Maxim wurde weiß wie ein Laken, und Mrs. de Winter musste sich umziehen und ein gewöhnliches Kleid tragen. Beatrice sagte, sie sei in Tränen aufgelöst gewesen. Maxim hatte ihr wohl einige harte Worte gesagt, und zunächst weigerte sie sich, überhaupt wieder herunterzukommen ...«

»Dieses Mädchen hatte keinen Mumm«, warf Elinor ein. »Mausbraunes Haar, keinen Sinn für Kleider und kein Rückgrat.«

»Und sehen Sie, was passiert ist! Sie suchte sich dieses Kostüm aus, und weitere Katastrophen folgten! Rebeccas Boot wurde gefunden, dann die Gerichtsverhandlung, und schließlich brannte Manderley bis auf die Grundmauern nieder. Uns war ziemlich unwohl dabei. Ich konnte eine Störung in der Geisterwelt spüren. Es war, als versuche jemand, von der anderen Seite aus Kontakt zu uns aufzunehmen. Ich war mir sicher, dass das eine Botschaft war … Ich wollte meine Alphabettafel konsultieren, aber Elinor ließ mich nicht.«

»Jocelyn hatte gerade eine spiritistische Phase«, erklärte Elinor bestimmt. »Sie hatte auch eine Tarotkarten-Phase, aber beides ist jetzt vorbei. Sie werden mir gewiss zustimmen, Herr Pastor, dass es sehr unklug ist, mit solchen Dingen herumzuspielen.«

»Allerdings«, pflichtete der Pfarrer ihr bei. »Unklug und gefährlich.«

Nachdem Jocelyn auf diese Weise gemaßregelt war, wechselte Elinor entschlossen das Thema. Ich musste warten, bis wir alle in den Salon der Schwestern übergewechselt waren, um das lauwarme Wasser einzunehmen, das in Kerrith als Kaffee durchgeht, ehe ich das Thema Manderley wieder ansprechen konnte. Dieses Mal halfen mir die Schwestern, die das Gespräch auf das Thema Hochzeiten gelenkt hatten; ein Thema, das sie über alles lieben und niemals diskutieren, ohne unaufhörlich in meine Richtung zu nicken und zu lächeln.

Zu meiner Erleichterung riss der Pfarrer das Gespräch an sich und begann über die Taufen, Hochzeiten und Begräbnisse zu plaudern, die er in letzter Zeit vorgenommen hatte. Wahrscheinlich würde er mich für einen Monomanen halten, aber das war mir gleich, daher lenkte ich das Gespräch bald auf eine spezielle Hochzeit, nämlich die äußerst mysteriöse Eheschließung zwischen Rebecca und Maxim de Winter. Ich fragte die Schwestern, ob sie dabei gewesen wären. Diese Frage hatte ich den beiden schon ungefähr zehnmal gestellt, aber irgendwie waren sie immer wieder vom Thema abgekommen.

»Oh, haben wir das nicht erzählt?«, gab Jocelyn zurück. »Wir haben das große Ereignis verpasst, was, Elinor? Das war nicht lange nach dem Tod unserer lieben Mama. Wir befanden uns in einer traurigen Verfassung: St. Winnow's musste verkauft werden, und dann war da diese Köchin, weißt du noch, Liebes? Ständig drohte sie zu kündigen – eine sehr aufreibende Zeit. Also beschlossen wir, unsere Cousinen in Kenia zu besuchen. Wir sind auf Safari gefahren, haben Löwen gesehen ...«

»Und wir wohnten bei unseren Freunden in Happy Valley!«

»Genau. Vier Monate waren wir verreist, vielleicht auch fünf, das weiß ich nicht mehr. Daher haben wir die ganze Aufregung auf Manderley verpasst! Als wir zurückkamen – und natürlich haben wir sofort unsere Aufwartung gemacht –, da waren der liebe Maxim und Rebecca schon verheiratet. Wir haben ihr alles über unsere Reise erzählt, und deswegen hat sie ihrem Tal diesen Namen gegeben. Das Glückliche Tal! So charmant! Wie reizend sie aussah – weißt du noch, Elinor – an dem Tag, als wir sie kennen lernten? Manche Leute fanden sie irritierend, aber wir nicht, stimmt's, Liebes?«

»Irritierend? Ganz bestimmt nicht. Sie hatte nur diese sehr direkte Art, und das war damals ungewöhnlich ...«

Eine direkte Art? Ich seufzte. Ein bisschen Direktheit dann und wann hätte ich gut gebrauchen können. Aber wie ich aus meinen langen Gesprächen mit älteren Menschen zu lernen beginne, ist diese Eigenschaft selten. Und man macht einen Fehler, wenn man sie zu sehr drängt oder das geringste Anzeichen von Ungeduld erkennen lässt, denn dann bekommt man keinen Ton mehr aus ihnen heraus.

Die Briggs-Schwestern waren nicht die Einzigen, denen die berühmte Hochzeit entgangen war. Auch Oberst Julyan hatte das Ereignis verpasst – damals befand er sich noch auf seinem letzten Armeeposten in Singapur. Bis jetzt hatte ich keine einzige Person gefunden, die dabei gewesen war, obwohl ich alle offensichtlichen Kandidaten durchgegangen war. Und noch merkwürdiger, ich hatte bis auf die lakonische Anzeige in der *Times* keinerlei Zeitungsberichte darüber aufspüren können, was mir höchst rätselhaft vorkam, denn die Vermählung hatte zu einer Zeit stattgefunden, als Hochzeiten in besseren Kreisen Menschenmengen anzogen und detailliert und mit Fotos darüber berichtet wurde.

Ich fragte die Briggs', wie schon andere vor ihnen, ob sie, nachdem sie das große Ereignis verpasst hätten, auf Manderley wenigstens Hochzeitsfotos gesehen hätten. Dies stürzte die beiden Schwestern in helle Aufregung: ja, nein, vielleicht, nein, wenn sie jetzt darüber nachdächten, wahrscheinlich nicht. Aber Rebecca hatte ihnen ihr Kleid beschrieben, daher hatten sie das Gefühl, es gesehen zu haben. Der Pfarrer wurde unwillig, aber ich unternahm noch einen allerletzten Versuch. Ich fragte, ob sie sich erinnern könnten, wo die Hochzeit stattgefunden hatte. »Jemand hat mir erzählt, es wäre nicht in London gewesen«, sagte ich, was der Wahrheit entsprach. Ich hätte zig Orte nennen können, wo sie nicht stattgefunden hatte.

»Oh nein, eindeutig nicht in London«, antwortete Elinor. »Wenn sie dort gewesen wäre, dann wären unsere Cousinen, die Wyckhams, hingegangen, oder, Jocelyn? Und sie sind auch nicht auf der Hochzeit gewesen, obwohl sie nicht verreist waren, und der liebe Maxim hätte sie bestimmt eingeladen. Lass mich überlegen ... es scheint absurd, dass wir das nicht wissen, aber alles ist so lange her! Natürlich hätte ihre Familie die Feier ausrichten müssen. Aber lebten ihre Eltern überhaupt noch?«

»Rebeccas Eltern? Ich glaube nicht, Liebes.«

»Sie haben im Winter geheiratet, da bin ich mir ganz sicher, weil ich noch weiß, wann wir in Kenia waren. Februar oder März, ein ziemlich merkwürdiges Datum für eine Hochzeit. Ich finde immer, eine Junibraut ist so eine hübsche Idee.«

»Im Ausland!«, krähte Jocelyn, sodass ich zusammenzuckte. »Ich bin mir sicher, dass es im Ausland war, Liebes. Italien vielleicht? An einem fernen, romantischen Ort. Hat nicht einmal jemand von Kanälen gesprochen, Elinor? Mal sehen ... Venedig?«

»Nein, nein, sie sind nicht in Venedig getraut worden; ich bin mir fast sicher, dass sie auf ihrer Hochzeitsreise dort waren. Aber zuerst sind sie nach Frankreich gefahren – hatte die liebe Rebecca nicht Verwandte in Frankreich? Weißt du, ich glaube schon. Ganz bestimmt, jemand hat einmal von einem *Château* gesprochen. Und ich bin mir beinahe sicher, dass sie dann nach Monte Carlo gereist sind, das Maxim aus irgendeinem Grund nicht gefiel, und dann nach Venedig. Ich erinnere mich, dass Rebecca mir von den Gondeln erzählt hat ...«

»Ah, Gondeln«, meinte Jocelyn seufzend. »Weißt du, dass ich immer schon einmal mit einer Gondel fahren wollte? Immer wollte ich nach Venedig und bin niemals hingekommen.«

»Ich habe gehört, das sei hygienisch sehr bedenklich«, erklärte Elinor kategorisch. »Da bist du hier besser aufgehoben, Liebes.«

Wahrscheinlich hätte ich noch einen Versuch unternehmen können. Ich hätte nach der »Familie in Frankreich« fragen können, aber ich hatte die Gelegenheit verpasst, und ich sah, dass der Pfarrer zapplig wurde, und gab auf. Ich parierte ein paar Fragen über Schottland, erspähte dann das fanatische Glitzern in den Augen des Geistlichen und wusste, wenn ich blieb, würde er mich in ein Kreuzverhör über den Presbyterianismus nehmen. Daher stand ich auf und schickte mich zum Gehen an.

Die Schwestern geleiteten mich hinaus. In ihrer winzigen Diele, eingezwängt zwischen in Öl gemalten Ahnenporträts, tauschten sie einen Blick. Sie liefen leicht rosig an und erklärten mir, ich müsse mich nach meiner Rückkehr aus London unbedingt bei ihnen sehen lassen. »Wir wollen ein Dinner ausrichten«, rief Jocelyn aus. »Ein Dinner im kleinen Kreis«, verbesserte sie Elinor. »Mit dem lieben Arthur, wenn es ihm gut genug geht. Und natürlich Ellie ...« Die Schwestern wechselten ein bedeutungsvolles Lächeln.

»Ich freue mich darauf«, sagte ich. »Ich komme Sie besuchen, sobald ich zurück bin. Und ich bringe Ihnen aus London ein paar Pralinen mit ...«

»Lieber Mr. Grey! Pralinen! Das kommt gar nicht in Frage.«

»Veilchentrüffel«, setzte ich hinzu. »Mein Wort darauf.«

Ellie hatte mir erzählt, dass die beiden eine Schwäche für Veilchentrüffel hegten. Allerdings sind Veilchentrüffel ebenso wie Malt-Whisky, genießbarer Sherry, Bohnenkaffee und die meisten anderen grundlegenden Artikel für ein zivilisiertes Leben in Kerrith nicht zu bekommen. Beide Schwestern erröteten tief. Sie hätten nicht peinlicher berührt sein können, hätte ich entdeckt, dass sie eine Vorliebe für spitzenbesetzte Hemdhöschen hegten.

Vom Haus der Briggs', das wie das von Oberst Julyan auf der östlichen Seite von Kerrith liegt, wanderte ich flussaufwärts. Das St.-Winnow's-Altenheim liegt etwa eine Meile außerhalb der Stadt an einer wunderschönen Biegung des Kerr, in der Nähe des kleinen Fischerdorfs Pelynt.

Es war ein angenehmer Spaziergang. Die schmale Straße schlängelte sich am Flussufer entlang, und das schöne Wetter hatte die Menschen ans Wasser gelockt. Etliche Jachten und Skiffs, die für die Regatta von Kerrith trainierten, ein großes Ereignis auf dem lokalen Kalender, zogen an mir vorbei. Ich passierte die dunkle, schmale Flussmündung, die Ellie mir beschrieben hatte und die nur bei Flut zugänglich ist, den Fluss, in den Rebeccas Boot geschleppt und wo ihre Leiche schließlich identifiziert wurde. Ich hielt bei der Werft an, die einmal James Tabb gehört hatte, dem Mann, der Rebeccas bretonisches Boot für sie umgebaut hatte.

Tabb hatte mit seiner Aussage bei der gerichtlichen Untersuchung enthüllt, dass Rebeccas Boot *Je reviens* mit Vorbedacht zum Sinken gebracht worden war. Er hatte darauf bestanden, das Boot zu inspizieren, und herausgefunden, dass die Flutventile geöffnet waren und jemand von innen Löcher in die Planken geschlagen hatte. Seine Aussage rief damals, wie aus den Zeitungsberichten hervorgeht, eine Sensation hervor, aber in der Folge scheint seine Ehrlichkeit ihm Probleme bereitet zu haben. In der Atmosphäre aus Klatsch und Gerüchten, die die Verhandlung begleitete, verlor James Tabb Kundschaft, das berichten mir zumindest die Briggs-Schwestern, die große Stücke auf ihn halten. Ein paar Jahre später ging er bankrott. Seit vier Generationen hatte seine Familie hier Boote gebaut; heute war die Werft verlassen.

Tabb weigerte sich immer noch, mit mir zu sprechen, und als ich jetzt zu der verblassten Schrift an der Seite des Gebäudes aufsah – »James Tabb & Sohn, Bootsbauer« –, verstand ich, warum. Der Sohn, von dem auf dem Schild die Rede war, fiel bei der Invasion in der Normandie; James Tabb unterhält jetzt eine kleine Autowerkstatt in den Außenbezirken von Kerrith und schlägt sich schlecht und recht als Mechaniker durch. Ich hatte Verständnis dafür, dass er vielleicht verbittert war und nicht gern über die de Winters und Rebeccas Tod sprechen mochte.

Tabbs ehemaliges Gelände bestand aus schönen, soliden, viereckigen Gebäuden, unmöglich zu datieren, aber wahrscheinlich Jahrhunderte alt. Ich dachte an die liebevolle, hoch spezialisierte Arbeit, die hier früher einmal Männer in Brot und Lohn gehalten hatte, und spürte Melancholie in mir aufsteigen. Wieder sah ich den langen, spielerischen Schnörkel, den die junge Rebecca an den letzten Buchstaben ihrer »Geschichte« gehängt hatte.

Selbst zwanzig Jahre nach ihrem Tod war ihre Geschichte nicht zu Ende. Rebeccas Geschichte ging weiter. Ein großes Haus lag in Trümmern, ihr Gatte war tot – gestorben als gebrochener Mann, wie man mir erzählt hatte. Ihr Freund Arthur Julyan hatte sein Richteramt aufgegeben und jahrelange Diffamierungen ertragen. Frith sitzt im Rollstuhl und trauert um eine verlorene Welt. Und sogar James Tabb, ein Mann, der in Rebeccas Geschichte nur eine Nebenrolle spielte, war betroffen. Er hatte seine Werft und seinen Lebensunterhalt verloren – und in meinen Augen wog dieser Verlust an Handwerkskunst und der Arbeit von Generationen genauso schwer wie die Zerstörung von Manderley.

Dort, bei der Werft, versuchte ich mir zu sagen, dass diese Geschichte und ihr Nachspiel beinahe vorüber waren, dass ich gerade noch rechtzeitig gekommen war, um ihr Ende mitzuerleben. Noch ein paar Jahre, und alle, die Rebecca gekannt hatten, alle, deren Leben sie verändert oder gestreift hatte, würde nicht mehr da sein.

Aber stimmte das so? Noch während mir der Gedanke durch den Kopf ging, zweifelte ich daran. Ich sah die Nachwirkungen an Ellie. Seit ihr Vater sich von seinem Amt zurückgezogen hatte, um sich den bösartigen Vorwürfen in Kerrith zu entziehen, teilte sie gezwungenermaßen seine Isolation. Abgesehen von den Briggs-Schwestern pflegen die beiden nur mit sehr wenigen Menschen Umgang, sodass Ellie, eine intelligente, hübsche junge Frau, ebenso eine Gefangene der zwanzig Jahre zurückliegenden Ereignisse war wie ihr Vater. Sie selbst würde diese Analyse heftig zurückweisen, aber ich fragte mich manchmal, ob sie sich danach sehnte, aus der Festung, die ihr Vater errichtet hatte, gerettet zu werden – und wer dieser Retter sein sollte. Und was war mit der zweiten Mrs. de Winter, Maxims Witwe? Sie war immer noch eine relativ junge Frau, und ich bezweifelte, dass sie die Geschichte schon als abgeschlossen betrachtete. Nach dem Tod ihres Mannes ist sie nach Kanada gezogen, aber sie muss die Geschichte mitgenommen haben, da sie ein Teil ihrer Fortsetzung war. Und ich selbst bildete keine Ausnahme: Nie hatte ich beabsichtigt, mich so tief in die Sache hineinziehen zu lassen. Ich hatte vorgehabt, höchstens drei Monate in Kerrith zu verbringen, herauszufinden, was ich wissen wollte, was ich erfahren musste, und dann alles hinter mir zu lassen.

Aber nun waren sechs Monate vergangen, und ich war immer noch hier. Und ich war tiefer hineinverwickelt, weiter hineingerutscht denn je. Manchmal kam es mir vor, als wäre ich immer ein Teil dieser Geschichte gewesen, gleichsam in einem Winkel verborgen. Und manchmal hatte ich das Gefühl, dass ich mich eigenmächtig selbst hineinschrieb, und diese Vorstellung beunruhigte mich.

Rasch zog ich weiter und schlug den Feldweg zu der Anhöhe ein, auf der St. Winnow's liegt. Durch den gepflegten Garten ging ich zum Haus. Wie ich an einem so warmen Tag erwartet hatte, saß Frith in seinem Rollstuhl draußen auf der geschützten Terrasse. Von hier aus genoss er eine herrliche Aussicht über den Fluss und auf das Meer. Und in der Ferne, wie er mir während meines letzten Besuchs regelmäßig ins Gedächtnis gerufen hatte, lag Manderley.

Obwohl ich wusste, dass ich die Kopie von Lionel de Winters Totenschein eingesteckt hatte, überzeugte ich mich noch einmal, dass ich das Dokument dabeihatte, und gesellte mich dann auf der Terrasse zu dem alten Mann. Ich war mir sicher, dass er keine genaue Vorstellung davon hatte, wer ich war, aber das schien ihn nicht im Geringsten zu stören. Er erinnerte sich von meinem letzten Besuch her an mich und schien erfreut, mich zu sehen.

14. Kapitel

Bevor ich Frith kennen lernte, hatte der Oberst ihn mir in wenig schmeichelhaften Worten beschrieben: Er sei mindestens fünfundneunzig und senil; ein strenger Zuchtmeister, eine Neugiernase, ein Umstandskrämer, der die Hausmädchen terrorisiert habe, ein alter Esel und ein raffinierter Bursche mit einem Blick für die große Chance. »In einer Minute war er Stiefelknecht und in der nächsten Butler«, hatte der Oberst erklärt. »Ziehen Sie Ihre eigenen Schlüsse.«

Stiefelknecht war Frith nie gewesen, und auch sonst war die Beschreibung des Obersts ungenau ausgefallen, wobei der Blick für die große Chance möglicherweise eine Ausnahme bildete. Frith war alles andere als senil; er ist 1867 geboren – das habe ich überprüft – und damit fünfundachtzig, obwohl er behauptet, neunzig zu sein. Sein Vater hatte an einem anderen Ort im West Country in Diensten gestanden, und Frith war als Junge nach Manderley gekommen. Bevor er 1915 Butler wurde, hatte er sich nach oben gedient und eine Zeit lang als Lakai und als Lionel de Winters Kammerdiener gearbeitet. Er war außerordentlich gut über die Familie de Winter informiert und stolz auf seine einzigartigen Kenntnisse ihrer Historie. Wie er mir gegenüber gern andeutete, kannte er die wahre Geschichte.

Frith war ein gewitzter, kleiner Mann, der einmal von einiger Statur gewesen sein mag, heute aber ziemlich zusammengeschrumpft ist. Sein Kopf war von einem ordentlichen weißen Haarschopf bedeckt, und sein schlecht sitzendes Gebiss war ihm ein ständiges Ärgernis. In sehr ferner Vergangenheit hat er möglicherweise ein scharfes Auge auf hübsche Mädchen geworfen – jedenfalls war er sehr eifersüchtig auf die Aufmerksamkeit der Schwestern, besonders der jüngeren, bedacht. Ich hatte allerdings den Eindruck, dass er seine Vorliebe stark beherrscht hat. Frith hat niemals einer Frau den Hof gemacht oder geheiratet, und er hat keine Kinder. Warum hätte er den Wunsch hegen sollen zu heiraten, hatte er abfällig zu mir bemerkt. Wieso hätte er sich Frau und Kinder anschaffen sollen? Schließlich hatte er eine Familie: die de Winters.

Die Pension, die er von den de Winters erhält, reicht aus, um seinen Aufenthalt hier zu finanzieren, aber niemand besucht ihn, wie die junge rothaarige Schwester – Friths Liebling – mir erzählt hat. Und er ist sogar jetzt noch auf seinen Status bedacht. Heute Nachmittag hatte er sich – ich nehme an, das ist sein übliches Verfahren – in einiger Entfernung von den anderen Heiminsassen niedergelassen. An einem Ende der Terrasse saß eine Gruppe Frauen, von denen mehrere strickten, und am anderen drängte sich eine Gruppe männlicher Patienten um ein Radio und lauschte einem Kricket-Bericht. Frith hatte sich von beiden Gruppen abgesondert und den besten Platz auf der Terrasse okkupiert, der im Schatten einer Markise lag. Von dort aus konnte er die Boote unten auf dem Fluss beobachten und über Kerrith hinweg bis zu dem verschwommen Umriss der Landspitze von Manderley sehen. Allerdings hat er grauen Star auf beiden Augen, und seine Sehkraft ist beeinträchtigt, daher bin ich mir sicher, dass er nicht viel erkannte.

Er hatte gut gegessen und nach dem Lunch ein wenig geschlafen, und jetzt war er bereit, noch einmal über die alten Zeiten zu reden, woran er seine Freude hatte. »Alles wird wieder lebendig«, sagte er, während er meine Hände umfasste und mich auf den Stuhl neben sich dirigierte. »Sachen, an die ich seit Jahren nicht gedacht habe, die sehe ich wieder vor mir, so deutlich, wie ich Sie sehe, Sir. Mr. Lionel als jungen Mann, und seine Frau, die arme

Mrs. Lionel. Sie war eine Grenville, Virginia Grenville, die Schwester von Miss Evangeline und Miss Isolda, Gott hab' sie selig. Ah, damals ging es noch ganz anders zu. Einen Nachmittag im Monat hatte ich frei. Und die Arbeit! Die Schwestern jammern über ihre Arbeit, und ich sage ihnen immer, ihr habt ja keine Ahnung. Ich saß oft tagelang im Silberzimmer: Messer, Gabeln, Löffel, Gedecke für fünfzig Personen. Und dann die ganzen großen Teile, und wenn man auch nur ein bisschen von dem Silberpulver in einer winzigen Ritze vergaß, verstehen Sie, dann kriegte man Probleme ...«

Er stieß einen pfeifenden Seufzer aus. »Und als ich dann bei Tisch bediente – ein Fleckchen auf meinen Handschuhen, und ich war dran. Die ältere Mrs. de Winter – Mr. Lionels Mutter – hatte Augen im Hinterkopf, jawohl. In diesem Haus ging nichts vor, wovon sie nicht wusste. Wenn Mr. Lionel etwas im Schilde führte, nahm er mich beiseite, zwinkerte mir zu und sagte, das bleibt unter uns, was, Frith? Passen Sie auf, dass das alte Mädchen nichts davon mitbekommt ... Aber sie kam ihm immer auf die Schliche. Manchmal war es ihr egal, und dann wieder nicht. Bei ihr wusste man nie. Und wenn Mr. Lionel es zu weit getrieben hatte – das kam auch vor, und oft genug –, dann ging er zu ihr. Und sie regelte dann alles ...«

Ich lauschte aufmerksam, besonders diesen letzten Bemerkungen. Das war das Problem. Bei Frith war es wie bei den Briggs-Schwestern hoffnungslos, ihn zu drängen oder ihm Vorschriften zu machen. Man konnte nur warten. Ich musste mir eine Million Einzelheiten über seine Silberputz-Methoden anhören, das Ausbürsten seiner Livree oder die Lagerung von Bordeaux, bis Frith sich auf verschlungenen Wegen einem Thema näherte, das mich interessierte.

Bei meinem letzten Besuch hatte ich versucht, Frith auf weniger lang zurückliegende Ereignisse auf Manderley zu lenken, hatte aber wenig Erfolg dabei gehabt. Er besaß praktisch keine Erinnerung an die zweite Mrs. de Winter und schien ihre kurze Zeit in dem Haus fast vollständig aus seinem Gedächtnis gestrichen zu haben. Über Rebecca de Winter mochte er sich nicht auslassen und erzählte mir nur, sie habe sowohl Maxim als auch dessen Großmutter im Sturm erobert, was ihn erstaunt habe, weil er damit gerechnet hatte, die alte Frau würde sich jeder Braut widersetzen, die Maxim sich selbst aussuchte.

»Schönheit, Geist und gute Kinderstube«, sagte er und warf mir einen Seitenblick zu. »Das hatte sie, in den Worten der alten Dame. Seit dem Tag, an dem sie Miss Rebecca kennen lernte, hatte sie sich diese Heirat in den Kopf gesetzt. Mr. Maxim war bis über beide Ohren verliebt, aber trotzdem hatte seine Großmutter großen Einfluss auf ihn, darauf wette ich. Er hatte gewaltigen Respekt vor ihr – verstehen Sie, Sir, sie hatte ihn aufgezogen, denn seine arme Mutter, die war gestorben, als er erst drei war, armes Würmchen ...«

Weiter hatte Frith nicht gehen wollen. Zu Maxims erster Frau hatte er nichts weiter zu sagen, hatte er beharrt. Er konnte sich nicht erinnern, er ließ sich nicht antreiben. Lieber wandte er sich einer viel früheren Zeit zu. Wie viele ältere Menschen erinnert er sich am lebhaftesten an seine Jugend. Am glücklichsten und mitteilsamsten war Frith, wenn wir über Lionel de Winter sprachen.

Heute wollte auch ich über Maxims Vater reden, erst recht seit jenem viel sagenden Tischgespräch bei den Briggs-Schwestern. Warum hatte Rebecca sich dieses Kostüm für den letzten Ball, den sie gab, ausgesucht, und warum hatte ihr Mann derart zornig darauf reagiert? In diese Richtung wollte ich forschen – und Frith hatte mir gerade eine Eröffnung geliefert. Ich interessierte mich außerordentlich für die Gelegenheiten, bei denen Lionel de Winter »es zu weit getrieben« hatte; und ebenso neugierig war ich darauf, welche »Regelungen« seine Mutter dann für ihn traf. Ich ließ Frith noch ein wenig um Lionels amouröse Abenteuer herumschweifen, die in der Gegend immer noch berühmt sind, und versuchte ihn dann festzunageln.

»Frith«, warf ich ein. »Erzählen Sie mir von den Carminowes.«

Zu meiner Erleichterung sperrte sich Frith nicht, noch lenkte er ab. »Ja, John Carminowe war einer der Aufseher, Sir«, begann er. »Wie sein Vater vor ihm. Ein hübsches kleines Cottage hatten sie, nicht weit von der Landstraße. Eine Zeit lang hatte ich ein Auge darauf geworfen, für meinen Ruhestand. Hätte mir ausnehmend gut gefallen, das Häuschen ...«

»Und Mrs. Carminowe, Frith?«

»Hatte als Hausmädchen bei uns angefangen. Ich erinnere mich gut an sie. Ein hübsches Mädel war sie, groß und kräftig. Konnte ordentlich arbeiten, das muss ich ihr lassen. Wunderschönes Haar hatte sie, und so eine gewisse Art ... John Carminowe sah sie an und war hinüber. Also fingen sie an, miteinander zu gehen, und dann heirateten sie – das Mädchen war erst sechzehn –, und dann kamen die Kinder. Zuerst drei stramme Jungen, und dann nach ein paar Jahren noch zwei Kinder. Und diese zwei jüngsten, mit denen hatte die Mutter viel Kummer. Erst ein kleines Mädchen, und dann Ben, der schwachsinnig zur Welt kam. Hat ihr das Herz gebrochen, wirklich. Alle seine Brüder haben später auf Manderley gearbeitet, in den Ställen oder im Garten – damals war genug Arbeit für alle da. Und Ben lief ihnen nach und drückte sich dort herum. Der Familie gefiel das nicht. Er war kein schöner Anblick, der arme Junge, und er war ein Gucker. Er schlich vor den Türen herum, sie erwischten ihn dabei, wie er am Fenster lauschte, und er wollte ums Verrecken nicht von dem alten Bootshaus unten am Strand wegbleiben. Mr. Lionel konnte seinen Anblick nicht ertragen. Er bekam Wutanfälle, schrie, wenn er ihn noch einmal hier sähe, würde er ihm eins mit der Reitpeitsche überziehen. Vielleicht hätte er das sogar gemacht. Sie würden nicht glauben, was Mr. Lionel für ein Temperament hatte ...«

Ich glaubte ihm, denn ich kannte wahrscheinlich den Grund für Lionel de Winters Stimmungsschwankungen und Zornausbrüche. Den Beweis dafür trug ich in der Tasche.

»Was hatte denn Lionel gegen Ben, Frith?«, fragte ich. »Lag das nur an seinem Äußeren, oder war mehr daran?«

»Könnte mehr gewesen sein …« Zu meinem Erstaunen begann der Alte zu kichern und sog dann pfeifend den Atem ein. »Ich hab's Ihnen ja gesagt, alle drehten sich nach Mrs. Carminowe um, jawohl. Sogar als Witwe. Schwarzes Haar, schwarze Augen, schwarzes Kleid … als John starb, war sie noch keine dreißig. Hab immer gedacht, sie hätte noch mal heiraten können. Auswahl hätte sie in Kerrith genug gehabt. Aber sie wollte nicht. Und die de Winters haben für sie gesorgt, als gehörte sie zur Familie. Das Häuschen behielt sie bis zu dem Tag, als sie starb, dafür hatte Mr. Lionel gesorgt, und dann seine Mutter, nachdem er nicht mehr da war … Sarah hieß sie. Sarah Carminowe. Liegt drüben auf dem Kirchhof von Manderley begraben …«

Das wusste ich bereits. Ich hatte Sarah Carminowes Grab und das ihres Mannes aufgesucht. Und in den Büchern des Guts hatte ich gesehen, wie gut die Familie de Winter sich um sie gekümmert hatte. Nachdem Sarahs Mann gestorben und ihre drei ältesten Söhne im Ersten Weltkrieg gefallen waren, blieb sie mit ihrer einzigen Tochter und ihrem einfältigen Sohn in der Hütte wohnen. Andere Pächter in ihrer Lage wurden hinausgeworfen, um produktiveren Arbeitskräften Platz zu machen, aber nicht Sarah Carminowe. Noch zu Maxim de Winters Zeiten bewohnte sie ihr Haus und erhielt eine »Pension«. Da war sie in den Fünfzigern und ihr Mann seit zwanzig Jahren tot. Die de Winters hielten die Hand über sie und ihre zwei jüngsten Kinder. Ben wurde erst nach Sarahs Tod in die Irrenanstalt der Grafschaft überstellt, und das war mehrere Jahre nachdem Maxim de Winter das Land verlassen hatte. Ben war inzwischen ebenfalls tot; was aus der Tochter geworden war, wusste ich nicht.

Ich sah Frith an, der mich irgendwie verschmitzt von der Seite betrachtete. Er zupfte an der Decke herum, die um seine Knie lag, und ich steckte sie für ihn fest. Ich hatte großes Interesse an Sarah Carminowe und der außergewöhnlichen Mildtätigkeit, die ihr zuteil geworden war. Sehr aufschlussreich war ein Vergleich ihrer wichtigsten Lebensdaten mit denen der Familie de Winter gewesen. Sarah hatte 1893 mit sechzehn Jahren geheiratet, sechs Jahre nach Maxim de Winters Geburt. Ihre ersten drei Kinder, eben diese strammen Jungen, kamen im Lauf der nächsten fünf Jahre zur Welt. Dann folgte eine Lücke, und ihre letzten beiden Kinder, das kleine Mädchen und Ben, wurden 1905 beziehungsweise 1906 geboren. Den Familiennamen, den sie trugen, erhielten sie wahrscheinlich aus reiner Höflichkeit, denn Sarahs Mann war 1904 gestorben. Jemand hatte die schöne Witwe getröstet.

»Erzählen Sie mir von Sarahs beiden jüngsten Kindern, Frith«, bat ich. »Wer war ihr Vater? John Carminowe ja wohl nicht.«

Schweigen trat ein. Frith sah mich verstohlen an. Ich wusste, dass er die Antwort kannte, ich spürte es. Aber man konnte unmöglich voraussagen, welches Bedürfnis siegen würde: der Wunsch zu reden oder die gewohnte Diskretion.

»Kränklich waren sie«, meinte Frith nach einer langen Pause. »Der Junge und das Mädchen waren nicht gesund. Ben kriegte Anfälle – er war von Geburt an ein Idiot –, und das Mädchen, das hatte seinen Verstand beisammen, war aber sonst nicht in Ordnung, von Anfang an nicht. Konnte ihr Essen nicht bei sich behalten, sagten die Leute. Sie sind nie gewachsen, nie gediehen wie normale Kinder. Das Mädel war ein winziges Ding mit dunkelblauen Augen. Ben hatte auch blaue Augen, aber heller ...«

»Frith.« Ich musste es riskieren und energischer nachhaken. »Ben und das Mädchen wurden geboren, als John Carminowe schon tot war. Das kleine Mädchen zehn Monate nach seinem Tod und Ben zwei Jahre später. John Carminowe kann nicht ihr Vater sein. Aber wer dann? War es Lionel? Haben die de Winters deswegen für sie gesorgt?« Ich hielt kurz inne. »Waren die Kinder deshalb nicht gesund, Frith?«

»Fehltritte«, stieß Frith so unvermittelt hervor, dass ich erschrak. »Fehltritte waren sie. So pflegte die ältere Mrs. de Winter sich auszudrücken. Wir kümmern uns um sie, Frith, sagte sie immer zu mir. Aber wir reden nicht darüber. Mr. Lionel hatte so etwas, er war ein gut aussehender Mann. Die Frauen mochten ihn, nicht nur hier unten, nein. Auch oben in London, sogar im Ausland – er hatte eine ganze Reihe. Und er war immer großzügig. Wir führten ein kleines Buch, das heißt, als ich sein Diener war. Darin notierte ich die Geburtstage der Damen, und wenn einer bevorstand, erinnerte ich ihn daran. Dann ließen wir durch ein Geschäft in London etwas schicken. Ein kleines Schmuckstück, ein hübsches Paar Handschuhe. Er dachte an solche Dinge. Hatte etwas für Schauspielerinnen übrig.« Frith begann wieder zu kichern. »Er hatte eine fürchterliche Schwäche für Schauspielerinnen. Schätze, weil sie so verwegen waren. Das gefiel ihm. Und seine Frau, die arme Mrs. Lionel – nun ja, die konnte man nicht verwegen nennen. Nicht annähernd. Eine Lady, das war sie.«

Ich blickte hoch. In der Ferne wogte das Meer. Die rothaarige Schwester bewegte sich die Terrasse entlang und schob einen Servierwagen, auf dem eine Teemaschine und Teller mit kleinen Sandwiches und Kuchenstücken standen. Ich wusste, sobald der Tee bei Frith ankam, hatte ich keine Chance mehr bei ihm. Ich versuchte, in eine andere Richtung zu fragen und Vorsicht walten zu lassen.

»Frith«, sprach ich ihn an, »Lionel de Winter war doch krank, oder? Und zwar schon lange, Jahre vor seinem Tod. Würden Sie mir davon erzählen?«

»Es waren die Beine.« Frith seufzte pfeifend. »Seine Beine – er hatte Probleme mit den Beinen. Zuerst waren da diese dunkelroten Flecken an den Oberschenkeln. Dann kamen Geschwüre, die einfach nicht heilten. Egal, was wir probierten, sie wollten nicht weggehen. Wir haben sie gebadet und verbunden, aber nein, sie wurden nur schlimmer. Mrs. Lionel war da schon tot, und Mr. Maxim war noch ein kleiner Junge und konnte das nicht verstehen. Er vermisste seine Mutter; ständig hat sie ihn umarmt und auf ihren Schoß gesetzt. Sie liebte den Jungen abgöttisch, das arme Wesen, und als sie nicht mehr da war, da hungerte er nach dieser Zuneigung. Na ja, er musste es halt lernen – kleine Jungen finden sich damit ab –, aber wenn er mit sechs oder sieben Jahren seinen Vater sah, dann rannte er zu ihm, verstehen Sie, umklammerte seine Beine und bat, er möge ihn hochheben. Und das machte seinen Vater wütend. Er sagte, der Knabe sei verweichlicht und wäre verwöhnt worden. Dann schrie er ihn an, und es kam so weit, dass Mr. Maxim seinen Vater fürchtete ... Aber Mr. Lionel wollte nicht hart zu ihm sein, Sir; er war kein schlechter Mensch. Er hatte nur diese schrecklichen Schmerzen, und an manchen Tagen wurden die so schlimm, dass er kaum laufen konnte. Er wollte aber nicht, dass jemand davon erfuhr, erlaubte nicht, dass man darüber sprach, und er konnte nicht nach London fahren ...«

Frith verfiel in ein grüblerisches Brummeln, ein Zustand, der seine Erzählungen immer wieder unterbrach. Als er schließlich vergessen zu haben schien, dass ich da war, hakte ich noch einmal nach.

»Aber die Geschwüre an den Beinen sind am Ende geheilt, stimmt's, Frith?«

»Ja, Sir.« Seine Miene hellte sich auf. »Nach einem oder zwei Jahren waren sie verschwunden, einfach so. Und Mr. Lionel machte weiter wie zuvor; ungefähr einmal im Monat fuhr er nach London und markierte den großen Mann. Die Sache ist die, dass man den Schmerz vergisst, Sir. Man erinnert sich nicht mehr. Wenn meine Arthritis so richtig loslegt ...«

»Und wann wurde er das nächste Mal krank, Frith? Wissen Sie das noch?« Ich sah zu der rothaarigen Schwester mit ihrer Haube und der gestärkten weißen Uniform hinüber. Sie servierte den weiblichen Insassen am anderen Ende der Terrasse den Tee. Mir blieben noch bestenfalls fünf Minuten.

»Ach, das war lange danach. Als Mr. Maxim so um die zwölf war vielleicht, Sir. Der Junge lag mit dem Lernen zurück, und das war der Sommer, in dem der alte Pfarrer ihm Privatunterricht gab. Oberst Julyans Großvater war das, ein feiner Mensch. Mr. Maxim mochte ihn sehr. Ja, da fingen Mr. Lionels Kopfschmerzen an. Und seine Zähne, er hatte schreckliche Probleme mit den Zähnen, Sir. Er hatte diese Salbe bekommen, um sich das Zahnfleisch einzureiben, und die enthielt Quecksilber. Die Zähne wurden schwarz davon, und die Beschwerden waren so übel, dass er ganz unleidlich wurde. Es war sehr schwer, mit ihm auszukommen. Danach wurde alles nur noch schlimmer. Sogar mir gegenüber – an manchen Tagen war er fügsam wie ein Lamm, und dann wieder ging er in die Luft, explodierte ohne den geringsten Grund …«

Frith zupfte an seiner Decke herum und wandte seine wässrigen Augen zum Meer. Wenn auch sein grauer Star ihn hinderte, Manderley richtig zu erkennen, so sah er es bestimmt vor seinem inneren Auge – und was er jetzt beobachtete, begann ihn zu bekümmern.

»Manchmal ging es ihm besser«, fuhr er fort. »Monatelang. ›Ich bin gesund wie ein Fisch im Wasser, Frith‹, pflegte er zu mir zu sagen. Aber die Kopfschmerzen kamen immer wieder, und er bekam auch andere Symptome – ich glaube, das machte ihm Angst. Im Lauf der Zeit wurde er ziemlich unberechenbar, Sir. Schließlich wusste man nie, was er als Nächstes anstellen würde. Seine Mutter duldete das nicht, sie wollte nicht, dass die Leute redeten. Zum Beispiel kamen einige Damen zum Tee. Dann kam er ganz normal herein, und auf einmal sagte er Sachen …«

Frith schüttelte den Kopf. »Man musste etwas unternehmen, Sir. Also ließ Mrs. de Winter einen Arzt aus London kommen, und danach gaben wir ihm diese Spritzen, die ihn ruhig stellten. Morphium war das, Sir, gegen die Schmerzen, und zuerst brachte es ihm Erleichterung. Aber er bekam Albträume davon, ganz schreckliche Träume. Manchmal schrie er vor Angst. Während der letzten vier Jahre hat er sein Zimmer nicht mehr verlassen. Den Schlüssel hatte ich, und ich ließ nicht zu, dass das Personal redete. Mrs. de Winter wusste, dass sie sich auf mich verlassen konnte. Die Frau hatte einen eisernen Willen, wirklich. Sie ist fast daran zerbrochen, aber das hätte ihr niemand angemerkt. Niemals hat sie sich gehen lassen, keine Sekunde, nicht einmal vor mir. Und dann ging es zu Ende, und sie nahm mich beiseite und sagte, ich könnte Mr. Lionel einen letzten Gefallen tun. Also habe ich sein Testament bezeugt, Sir, an dem Tag, an dem er starb. Der andere Zeuge war Oberst Julyan – Hauptmann war er damals. Und ich wurde danach zum Butler befördert, was schon immer mein größter Wunsch war.«

Die letzte der Frauen war versorgt. Die rothaarige Schwester und ihr Teewagen bewegten sich jetzt auf uns zu. Ich hörte die Tassen klirren, und Frith auch. Ein paar letzte Fragen musste ich noch stellen; ich interessierte mich für Lionels 1915 verfasstes Testament. Ich beugte mich nach vorn.

»Frith – warum wurde dieses Testament so spät gemacht? Lionel war seit Jahren schwer krank. Er muss doch schon früher seinen letzten Willen aufgesetzt haben.«

»Genau, Sir. Und das war das Problem. Er hatte es ... ach, neun oder zehn Jahre zuvor gemacht, in einer seiner guten Phasen. Hat sich auch viel Mühe damit gegeben, und ich musste schwören, nichts darüber zu sagen. Seine Mutter hatte keine Ahnung. Und als sie es schließlich herausbekam, nicht lange vor seinem Tod, da war die Hölle los! Sie gab keine Ruhe, bis er es änderte. Ich habe nie herausgefunden, wer ihr von diesem Testament erzählt hat. Ich habe nie ein Wort davon gesagt, also das war wirklich ein Rätsel ... Ob da wohl der Tee kommt, Sir?«

»Nein, noch nicht. Gleich«, sagte ich. Die Rothaarige war stehen geblieben, um mit einer älteren Frau in der Uniform einer Oberschwester zu sprechen. Ich beugte mich noch einmal nach vorn und senkte die Stimme. »Frith, was hatte Lionels Mutter gegen seinen ursprünglichen letzten Willen? Hatte er Verfügungen getroffen, die sie missbilligte? Warum war es nötig, ein neues Testament aufzusetzen?«

»Weiß ich nicht mehr.« Frith wurde plötzlich unruhig. Er tastete auf seiner Decke herum. »Das ist lange her. Im Großen Krieg war das. Mr. Maxim diente in Frankreich, hätte jeden Tag umkommen können. Hauptmann Julyan war in Uniform, auf Urlaub ... Damals mochte ich Mr. Lionel gar nicht mehr anschauen. ›Er wird von innen heraus zerfressen‹, sagte die Schwester immer. Und die Krankenschwestern wollten nicht bleiben, es schlug ihnen auf den Magen. Wo ist der Tee? Ich will meinen Tee. Heute haben wir Sonntag, und sonntags gibt's immer Biskuit. Mein Lieblingskuchen ...«

Die Oberschwester ging. Die rothaarige Schwester kam auf uns zu. Noch ein letzter Vorstoß – und es schien mir klüger, Lionel de Winter nicht direkt zu erwähnen.

»Frith, wissen Sie noch, was Sie mir über Sarah Carminowes jüngste Kinder erzählt haben? Was ist aus der Tochter geworden? Ben hat noch gelebt, nicht wahr, aber was ist mit dem kleinen Mädchen geschehen? Lucy hieß sie. Ich habe im Kirchenregister den Eintrag über ihre Geburt gefunden. Was ist aus Lucy Carminowe geworden?«

»Sie ist gestorben. Sie sind alle gestorben. Alle sind tot.« Friths Stimme klang schrill und quenglig, und ich wusste, dass ich zu weit gegangen war. Ich hatte ihm über Gebühr zugesetzt und ihn geängstigt. »Sie sind alle tot. Alle sind weg. Nur ich bin noch übrig. Und ich will jetzt meinen Tee – Schwester, Schwester, ich möchte Biskuitkuchen ...« Er versuchte sich in seinem Stuhl zu drehen, um nach ihr zu suchen, dann sah er mich an. Sein Gesicht war gerötet, er war ärgerlich und konfus. »Wer sind Sie?«, verlangte er mit dünner, sich fast überschlagender Stimme zu wissen. »Warum rede ich mit Ihnen? Ich kenne Sie nicht. Ich habe Sie noch nie gesehen ... Schwester, Schwester, sagen Sie dem Mann, er soll mich in Ruhe lassen ...«

»Aber, aber, Mr. Frith ...« Die kleine Schwester trat zu uns und beugte sich über seinen Rollstuhl. Sie tätschelte ihm die Hand, dann richtete sie sich auf und verzog vielsagend das Gesicht. Das hieß, dass ich gehen musste, aber das war mir ohnehin klar gewesen. Ich stand auf und verabschiedete mich von Frith, obwohl ich glaube, dass er mich zu diesem Zeitpunkt überhaupt nicht mehr wahrnahm.

»Wie kann man sich nur derart hineinsteigern«, hörte ich die Schwester noch sagen. »So etwas, sich wegen nichts und wieder nichts aufzuregen, und dabei ist der nette Gentleman extra gekommen, um Sie zu besuchen! So, Mr. Frith, hier ist Ihr Biskuitkuchen ...«

Von der geschützten Terrasse ging ich ins Gelände hinunter, und als ich die großen Beete mit den Buschrosen, für die St. Winnow's berühmt ist, nicht mehr sehen konnte, zog ich Lionel de Winters Totenschein aus meiner Tasche und sah ihn noch einmal an.

Als Frith erzählte, hatte ich Manderley gesehen, wie es einmal war. Mit einer Lebendigkeit, von der ich wusste, dass sie täuschen konnte, war es vor meinen Augen erstanden. Ich hatte das Gefühl, Lionel und seine Mutter zu sehen. Aber konnte ich das wirklich? Nein, ich durfte mich nicht auf solche Bilder verlassen; lieber baute ich auf Dokumente, besonders solche wie das, was ich in der Hand hielt. Hier lag ein unwiderlegbarer Beweis.

Lionel war im Juni 1915 gestorben, als Todesursache war »Progressive Gehirnerweichung« angegeben. Oder, mit dem modernen Namen: Syphilis.

Bewusst oder unbewusst hatte Frith mir eben die Stadien dieser Krankheit beschrieben, primär, sekundär und tertiär. Und Lionels Leiden hätte beträchtliche Auswirkungen haben können. Die Syphilis ist eine grausame, hoch ansteckende Krankheit. Ein Mann, der daran erkrankt ist, kann seine Frau oder seine Geliebte infizieren – und seine Kinder.

Noch war es zu früh, mich auf The Pines sehen zu lassen, und außerdem musste ich allein sein, nachdenken. Nicht zum ersten Mal, seit ich hergekommen war, verfluchte ich, dass ich nicht motorisiert war. Ich hatte das Gefühl gehabt, dass ein Auto nicht zu Terence Grey passen würde, daher hatte ich meinen Wagen nicht mitgenommen, und das bedauerte ich jetzt. Hätte ich ein Auto gehabt, hätte ich jetzt zur Kirche von Manderley hinüberfahren und mir die Grabsteine der Carminowes noch einmal ansehen können. Nicht, dass das wirklich nötig gewesen wäre, ich erinnerte mich ganz genau daran. John Carminowe und seine Frau Sarah lagen in einem ruhigen Teil des Kirchhofs, unter den Ästen eines Baumes und mit Blick auf das Meer. Ihre drei älteren Söhne sind nicht neben ihnen beigesetzt. Die strammen Burschen hatte man in irgendeinem Winkel eines fremden Schlachtfelds begraben, und ihre Namen standen, zusammen mit denen von dreißig ihrer Zeitgenossen, auf dem Kriegerdenkmal in Kerrith. Sie waren im Alter von siebzehn, achtzehn und zwanzig gefallen. Ich empfand Mitleid mit ihrer Mutter, die mit ihren zwei jüngsten Kindern weiter in dem Cottage gelebt hatte. Sarah Carminowe muss an die Zukunft gedacht und Vorkehrungen für ihren Sohn Ben getroffen haben, den Stammgast auf Manderley, denn man hatte ihn neben ihr begraben. Aber einen Grabstein für Lucy Carminowe hatte ich nicht gefunden, und auch keine Aufzeichnungen über ihren Tod.

Langsam spazierte ich den Pfad am Fluss entlang, aber statt mich nach Kerrith zu wenden, gab ich einem Impuls nach und schlug einen anderen Weg ein, in Richtung Pelynt und zu dem Fischerhäuschen, das May und Edwin in dem Jahr, in dem wir herkamen, gemietet hatten. Es liegt direkt am Wasser, etwas abseits vom kleinen Dorf. Ich glaube es wird immer noch vermietet und ist nicht das ganze Jahr bewohnt, denn ich fand das Häuschen leer vor. Die Fensterläden waren von innen geschlossen, und der kleine Garten war vernachlässigt. Eine Zeit lang setzte ich mich auf der Treppe vor dem Haus in die letzte Nachmittagssonne. Müßig warf ich Steine ins Wasser und versuchte sie springen zu lassen wie damals als Junge. Ich war wütend auf mich selbst, denn ich war dabei, in die offensichtlichste aller Fallen zu gehen, die jeder werdende Historiker zu vermeiden lernt: In Ermangelung ausreichender Fakten versuchte ich die Tatsachen so zurechtzubiegen, dass sie in meine Hypothese passten.

Es war möglich, aber nicht gewiss, dass Lionel de Winter Sarah Carminowes zwei jüngste Kinder gezeugt hatte – Friths Erzählung stützte diese Sichtweise allerdings. Das würde bedeuten, dass Maxim de Winter mindestens zwei Halbgeschwister gehabt hatte, angesichts der zahllosen Affären seines Vaters vielleicht sogar mehr. Hatte Maxim gewusst oder irgendwann geargwöhnt, dass der Junge, den alle als Dorftrottel behandelten, mit ihm blutsverwandt sein könnte? Das wäre für einen jungen Mann eine schreckliche Erkenntnis gewesen, vor allem, da die Möglichkeit bestand, dass Lionel de Winters Krankheit die Ursache von Ben Carminowes geistiger Zurückgebliebenheit war. Maxim selbst war – zumindest nach meiner Kalkulation – beinahe mit Sicherheit vor der Erkrankung seines Vaters geboren worden. Aber wenn er wusste, woran sein Vater gestorben war – und ich sah keine Möglichkeit, wie er sich diesem Wissen hätte entziehen können –, dann mag er selbst sich nicht ganz sicher gewesen sein. Selbst wenn er vollkommen gesund war: Hätte diese Geschichte nicht einen Schatten über ihn geworfen, sodass er sich wie mit einem Makel behaftet fühlte?

Und dann Ben Carminowes Schwester. Warum verfolgte mich besonders in den letzten Tagen der Gedanke an Lucy Carminowe? Die Antwort darauf kannte ich: Der Grund war das Notizbuch, das jemand dem Oberst geschickt hatte, mit der Ansichtskarte von Manderley darin. Das wies darauf hin, dass Rebecca in ihrer Kindheit in irgendeiner Verbindung zur Familie de Winter gestanden hatte. Und ich hatte mich mit der Verzweiflung, die das Resultat monatelanger fruchtloser Nachforschungen nach Rebeccas Abstammung und Vorleben war, auf die Jagd nach dieser flüchtigen Spur gemacht.

Das war vollkommen idiotisch. Und ebenso dumm war es, mich durch ein Tischgespräch beeinflussen zu lassen, in dem es um Kostüme und Legenden aus dem achtzehnten Jahrhundert und um einen Inzest ging. Ich suchte nach einer Verbindung, die nicht existierte. Daten, Lebensalter, nichts passte zusammen. Nach ihrem Totenschein starb Rebecca 1931 im Alter von dreißig Jahren, sie muss also entweder 1900 oder 1901 geboren sein, in der Morgenröte dieses verderbten Jahrhunderts. Lucy Carminowe kam 1905 zur Welt. Zwischen dem armen kranken Kind, von dem Frith erzählt hatte, und Rebecca als erwachsener Frau bestand nicht die geringste Ähnlichkeit. Lucy Carminowe, dieses traurige kleine Wesen, war wahrscheinlich schon als Kind gestorben, und wenn ich mich noch einmal durch die Archive und Kirchenbücher wühlte, würde ich sie bestimmt doch noch finden. Wenn nicht, war sie vielleicht adoptiert worden, so wie ich. Und in diesem Fall war es, wie ich nur zu gut wusste, sehr schwierig, wenn nicht unmöglich, sie aufzuspüren.

Ich war dabei, nicht nur meine Objektivität einzubüßen, sondern auch meine Fähigkeit zum rationalen Denken. Die Halb- und Viertelwahrheiten, die endlosen Gerüchte, Legenden und Lügenmärchen, die an einem Ort wie Kerrith für Geschichte gehalten werden, beeinflussten mich. Was ich brauchte, so sagte ich mir, war etwas Erholung von diesem Ort und eine Dosis London. Morgen würde ich sie ja bekommen. Ich schleuderte den letzten meiner Steine so weit wie möglich über den Fluss hinaus und sah zu, wie die Wellen sich ringförmig ausbreiteten.

Ich drehte mich um und betrachtete das Cottage, in dem May, Edwin und ich in diesem ersten gemeinsamen Sommer gewohnt hatten. Zu jener Zeit grübelte ich verzweifelt über meine Herkunft nach. Ein Junge im Waisenhaus hatte mir erklärt, mein Vater könne jeder Mann mit fünf Shilling in der Tasche sein, und meine Mutter hätte mich erst bekommen, nachdem der Gin und die Stricknadel versagt hätten. Damals glaubte ich ihm – und vielleicht glaubt selbst heute noch ein Teil von mir daran, obwohl er, wie ich jetzt weiß, nicht mehr über meine Herkunft wusste als über seine eigene. »Das ist eine gemeine Lüge«, sagte May, als ich ihr eines Abends in dem kleinen Dachkämmerchen, das hier mein Schlafzimmer war, diese Geschichte gestand. »Eine ganz niederträchtige Lüge. Ach was, sie hat geweint, als sie dich verlassen musste. Die Schwester Oberin hat mir davon erzählt. Wer immer deine arme Mutter war, sie hat dich geliebt – so wie ich.«

Aber ich wusste, dass auch das nicht stimmte. May hatte kein solches Gespräch mit der Heimleiterin geführt, und die betreffende Oberin war meiner Mutter nie begegnet. Trotzdem glaubt ein Teil von mir auch an Mays Geschichte. Ich stand da, blickte zu dem Fensterchen unter dem Dach auf und überlegte, dass ich mit diesem besonderen Erbe eines Kindes in meiner Situation für diese spezielle Untersuchung schlecht geeignet war. Kein Wunder, dass ich der Geschichte von Ben und Lucy Carminowe nachlief, kein Wunder, dass ich übereilte Schlüsse zog und Schatten jagte. Es liegt mir im Blut. Ich bin Historiker geworden, aber auf meiner eigenen Geburtsurkunde klafft eine Lücke, und wo die Namen meines Vaters und meiner Mutter stehen müssten, heißt es »unbekannt«. Ich besitze die fatale Schwäche des illegitimen Kindes, eine Sehnsucht, Identität und Abstammung zu entdecken, bei mir selbst und bei anderen.

Ich wandte dem Cottage den Rücken und marschierte schnellen Schrittes nach Kerrith zurück. Wie Ellie vorgeschlagen hatte, schaute ich auf The Pines vorbei. Oberst Julyan war nach seinem ruhigen Tag sehr erholt und guter Laune, ich allerdings nicht. Ich glaube, er spürte, dass etwas nicht in Ordnung war, denn er verhielt sich sehr freundlich und nahm mich nicht ins Verhör.

Eine Weile saß ich mit ihm und seinem sanften Hund in seinem Arbeitszimmer. Barker, der so empfänglich für die Stimmungen seines Herrn ist, scheint sich jetzt auf die meinen einzustellen. Er ließ sich mit seinem gewaltigen Hinterteil auf meinem Fuß nieder und leckte mir ab und zu die Hand. Ich fühlte mich getröstet, obwohl Barker nicht einmal für einen Hund besonders angenehm riecht. Eine Zeit lang sprachen wir über Jack Favell; Oberst Julyan meinte, er wolle mich auf ihn vorbereiten. Dann hörte er sich die zensierte Version meiner heutigen Erlebnisse an. Ich war noch nicht bereit, über das zu diskutieren, was Frith mir berichtet hatte, aber ich erzählte ihm von dem Bootshaus und dem Azaleenkranz, den ich dort gefunden hatte.

Das schien ihn ziemlich zu verblüffen, und er kam immer wieder auf das Thema zurück. Er hatte angenommen, die Person, die er im Bootshaus gesehen hatte, sei identisch mit dem Absender des Notizbuchs, aber jetzt sah er sich gezwungen, diese Idee fallen zu lassen. »Das Notizbuch könnte Favell schon geschickt haben«, meinte er kopfschüttelnd. »Das kann ich mir vorstellen; Hauptsache, er kann Ärger anzetteln oder anderen Kummer machen, selbst nach zwanzig Jahren. Aber Favell hätte nie den Kranz dort hingelegt. Eine Azaleengirlande? Niemals.«

Wir waren uns einig, dass Favell zu den wenigen Menschen gehörte, die das Notizbuch in die Hand bekommen haben könnten. Der Oberst glaubte, Rebecca selbst könnte es ihm gegeben haben, oder er hatte es von Mrs. Danvers erhalten. Da Favell behauptet hatte, Rebecca mehr bedeutet zu haben als ein Cousin, hatte ich das Gefühl, er könne auch verantwortlich für den Kranz sein. Das wäre die typische Handlung eines Liebhabers – immer vorausgesetzt, Rebecca und er hätten wirklich eine Affäre unterhalten. Ich begriff nicht, warum der Oberst diese Vorstellung so vehement zurückwies, aber er wollte sich nicht näher darüber auslassen.

»Warten Sie ab, bis Sie ihn kennen lernen, Grey«, meinte er nur. »Dann werden Sie schon sehen. Aber ich sage Ihnen, das ist ein Ding der Unmöglichkeit.«

Doch der alte Herr war immer noch nicht beruhigt, und am Ende rief er Ellie herbei, um sie zu »konsultieren«, wie er sich ausdrückte. Das erstaunte mich. Bisher hatte ich nie erlebt, dass er geneigt war, Ellie zu Rate zu ziehen. Ich erzählte die Geschichte noch einmal, und Ellie lauschte ruhig und nachdenklich. Schließlich wurde sie aufgefordert, ihr Urteil zu sprechen: Konnte Jack Favell diesen Kranz vor Rebeccas Bootshaus zurückgelassen haben?

»Eindeutig nicht«, erklärte Ellie.

Für Oberst Julyan war die Angelegenheit damit erledigt. Er warf Ellie einen stolzen Blick zu und sah dann mich an. Ich stand immer noch vor einem Rätsel, denn Ellie hatte Favell genau einmal getroffen, als sie elf Jahre alt gewesen war, bei einer Gartenparty auf Manderley, die Favell »unterwandert« hatte, wie ihr Vater es ausdrückte. Konnte diese Begegnung die Grundlage für eine Antwort bilden, die sie ohne jedes Zögern gegeben hatte? Mein Instinkt sagte mir, dass Ellie auch nicht glaubte, dass Favell das Notizbuch geschickt hatte.

Ich befand mich allerdings nicht in der Stimmung, meinen Instinkten zu trauen. Ellie und ihr Vater drängten mich, zum Abendessen zu bleiben, aber ich lehnte ab. Ich wollte meine Aufzeichnungen über diesen Tag niederschreiben, solange mir die Einzelheiten noch frisch im Gedächtnis standen, und außerdem wusste ich, dass ich einen schlechten Gesellschafter abgeben würde. Daher stand ich auf und wollte gehen – und fand mich mit einem merkwürdigen *Fait accompli* konfrontiert. Der Oberst erklärte, er habe sich Gedanken über meine morgige Reise gemacht, wovon ich allerdings nichts bemerkt hatte. Welchen Zug ich nehmen wolle? Wie ich zum Bahnhof käme? Mit dem Bus? Die Busse fuhren langsam und waren unzuverlässig. Zum Glück war morgen Montag, und am Montag kam die Putzfrau der Julyans aus Kerrith nach The Pines. Ellie hatte also frei und würde mich zum Bahnhof fahren.

Ellie war, glaube ich, ebenso verblüfft über diese Entwicklung wie ich, aber der Oberst duldete keinen Widerspruch, und außerdem sind diese Busse tatsächlich langsam. Leicht verwirrt bedankte ich mich, streichelte den Hund und ging. Ellie brachte mich zur Tür, und ich trat in eine wunderschöne violette Abenddämmerung hinaus. Über dem Meer stieg dünner Nebel auf.

»Ich hole Sie dann um sieben ab«, sagte Ellie. Sie blieb auf der Türschwelle stehen, und ich verweilte in der Auffahrt. Einen Moment lang sah ich sie so wie heute Vormittag. Eine junge Frau aus einem Märchen, eine *Princesse Lointaine,* die gefangen und schwer bewacht in einem verzauberten, uneinnehmbaren Schloss auf Rettung wartet. Ich blickte zu den extravaganten Türmchen von The Pines auf. Aus der Ferne klang gedämpft das Plätschern der Wellen. Ich wusste, dass das Ganze abstrus war, aber ich spürte eine seltsame Abneigung zu gehen. Wie schon heute Morgen hatte ich das Gefühl, dass einer von uns jetzt eigentlich etwas sagen sollte. Aber es trieb im Nebel davon, und ich konnte es nicht erfassen.

»Der Azaleenkranz«, meinte Ellie nach einiger Zeit. »Eine Möglichkeit hat keiner von uns erwähnt. Vielleicht hat ja eine Frau den Kranz dorthin gelegt. Ist Ihnen der Gedanke noch nicht gekommen?«

Das war er nicht, und ich glaube, Ellie wusste das. Sie hob grüßend die Hand und glitt dann in die dunkle Diele zurück. Langsam wanderte ich nach Hause.

Im Rückblick halte ich dies für unwahrscheinlich, aber trotzdem ärgerte mich, dass ich nicht daran gedacht hatte. Im Laufe dieses Tages hatte ich genug blinde Flecke bei mir entdeckt und konnte weitere nicht gebrauchen. Wenn May hier wäre, hätte sie mir zweifellos eine Vorlesung über weibliches Verständnis und weibliche Intuition gehalten, aber darauf kann ich sehr gut verzichten.

Es ist sehr spät geworden. Ich werde packen gehen, obwohl ich nicht viel mitzunehmen brauche. Keine grauen Grey-Anzüge mehr, Gott sei Dank. In London warten meine eigenen Sachen auf mich.

15. Kapitel

Montag, 17. April – Der Zug verließ Lanyon pünktlich, aber die Fahrt zog sich in die Länge und war unbequem. Die Nichtraucherwaggons waren sämtlich besetzt, und schließlich landete ich in einem scheußlichen Wagen mit Pfeifenrauchern, schreienden Babys und einer Frau, die auf dem ganzen Weg nach London fast ununterbrochen Sandwiches mit Käse und Pickles kaute. Ich war ohne Frühstück aufgebrochen und fast am Verhungern, als wir Exeter erreichten. Aber ich konnte nicht riskieren, in den Speisewagen zu gehen, da die abscheuliche Marjorie Lane, eine Frau, die ich nicht ausstehen kann, im selben Zug fuhr. Ich hoffte, dass ich am Bahnhof ihrer Aufmerksamkeit entgangen war, und betete, dass sie Ellie und mich nicht zusammen in dem Wartesaal in Lanyon gesehen hatte. In Paddington, wo wir sechs Stunden später ankamen, drückte ich mich hinter einem Gepäckträger herum, nur um in der Schlange am Taxistand direkt in die Arme der eifrigsten Klatschbase von Kerrith zu laufen. Sie hatte sich mächtig in Schale geworfen und trug ein schwarzes Kostüm, schwarze Stöckelschuhe, schwarze Handschuhe und einen scheußlichen Hut mit einem grauenhaften Schleier und einer außerordentlich abstoßenden scharlachroten Feder daran.

»Mr. Grey!«, schrie sie. »Dachte ich mir doch, dass ich Sie in Lanyon gesehen habe! Ich habe gewinkt, aber Sie und Ellie waren so in Ihr Gespräch versunken ... Ich muss sagen, dass Sie voller Überraschungen stecken. Ja, stille Wasser sind tief! Ich bin nur für einen oder zwei Tage zum Einkaufen hier. Sollen wir uns ein Taxi teilen? In welche Richtung fahren Sie denn?«

Das hätte sie sicher gern gewusst, aber ich hegte keinerlei Absicht, es ihr mitzuteilen. »Potters Bar«, erklärte ich und verzog mich schnell in die U-Bahn.

Nur zwei Stationen bis Baker Street und dann ein kurzer Spaziergang durch den Regent's Park. Zwanzig Minuten später war ich hier, in meinem alten Zimmer mit dem vertrauten Blick über die geschwungene Häuserzeile der Nash Terrace und in den Park. Die Kirschbäume blühten, und der Rasen war mit Blütenblättern übersät. *Rus in urbe* – Natur und Baukunst in Harmonie. Als Nicky mich zum ersten Mal mit hernahm, damit ich seine Eltern kennen lernte, dachte ich, dies sei eines der schönsten Häuser, die ich je gesehen habe. Das war natürlich vor dem Krieg, und seitdem haben die Verhältnisse sich sehr geändert, aber ich bin immer noch dieser Ansicht, und meine Stimmung hellte sich auf, als ich mich dem Haus näherte. Trotz allem, was geschehen ist, besitze ich im Unterschied zu Nicky nur schöne Erinnerungen an das Haus der Osmonds.

Mrs. Henderson begrüßte mich und schien erfreut, mich zu sehen. Die Familie bewohnt das Haus kaum noch, und ich kann mir vorstellen, dass sie sich manchmal einsam fühlt. Wie immer hatte sie sich viel Mühe gegeben: Das Bett in dem kleinen Dachzimmer, das sie seit Jahren als »mein« Zimmer bezeichnet, war frisch bezogen. Trotz meiner Proteste hatte sie die Hemden, die ich bei meinem letzten Besuch getragen hatte, gewaschen und geplättet und unterzog das Hemd, das ich trug, einer kritischen Musterung. Ich sah ihr an, dass es nicht dem Hendersonschen Niveau entsprach, aber da ich es selbst gebügelt hatte, erstaunte mich das nicht.

Sie schleppte mich auf den üblichen Rundgang durch das Haus und zeigte mir das neueste Wunder: Nickys Vater hatte ihr einen Fernsehapparat besorgt. Er hat sich schon immer für technische Spielereien begeistert, und anscheinend fand er, ein solches Gerät könne ihr Gesellschaft leisten. Es steht in der Ecke ihres Wohnzimmers, ein riesiges Teil in einem glänzenden Mahagonischrank. Der Bildschirm ist ziemlich groß, ungefähr acht Zoll im Durchmesser. Mrs. Henderson führte mir den Apparat vor. Er brauchte einige Zeit zum Aufwärmen, wie ein Radio, und dann erschienen flackernde Geister aus der Dunkelheit. Ein etwas seltsames Erlebnis, als betrachte man einen Traum oder eine Erinnerung.

Mrs. Henderson hatte Sandwiches für mich vorbereitet, die ich in der Küche essen durfte – ein Privileg, das ich mir habe erkämpfen müssen. Sie setzte sich zu mir und brachte mich auf den neuesten Stand. Erst kürzlich hat sie von Nicky gehört und glaubt, dass er noch mindestens drei Monate in Paris bleiben wird. Seine Mutter befindet sich auf einem Kreuzfahrtschiff in der Karibik – wie ich vermute, mit ihrem neuesten Liebhaber, obwohl Mrs. Henderson davon nichts erwähnte. Nickys Vater zeigt noch kein Anzeichen dafür, dass er über Julias Tod hinwegkommt, obwohl seitdem über ein Jahr vergangen ist. Ich mag Sir Archie gern und hatte gehofft, ihn bei diesem Besuch zu treffen, aber Mrs. Henderson sagte, er verlasse das Haus in Oxfordshire kaum. Er verspreche ihr zwar immer wieder, nach London zu kommen, tue das aber nie. »Er hat Julia nie als Schwiegertochter gesehen«, meinte sie. »Für ihn war sie die Tochter, die er sich immer gewünscht hat.« Sie hielt inne und sah mich an. »Armer Mann. Verstehen Sie, er kann sie immer noch nicht loslassen«, setzte sie hinzu.

Nicky auch nicht, deswegen wird er wahrscheinlich noch wesentlich länger als drei Monate in Paris bleiben. Mrs. Henderson und ich wussten das beide, aber keiner sprach es aus.

Ich unterhielt mich noch ungefähr eine halbe Stunde mit ihr, doch dann fühlte ich mich zunehmend unruhig. Ich sollte Jack Favell um halb sieben in den Ausstellungsräumen des Autohauses Favell & Johnston Ltd. treffen. Wir hatten abgesprochen, dass wir auf einen Drink eine seiner »Trinkhallen« in der Nähe aufsuchen würden, wie er sich ausdrückte, und wenn ich die Inspektion bestand, würde er mir vielleicht gestatten, ihn zum Abendessen einzuladen.

Aufgespürt hatte ich Favell ohne Probleme – er steht im Londoner Telefonbuch und lebt in einem Wohnblock in Maida Vale. Aber ihn zu überreden, mich zu treffen, war nicht einfach gewesen. Meinen ersten Brief, den ich an seine Privatadresse schickte, beantwortete er nicht, und wenn ich dort anrief, nahm nie jemand ab. Ich schickte einen zweiten Brief an die Autohandlung in Mayfair und erhielt nach mehreren Wochen und einem weiteren Schreiben eine unverbindliche Antwort. Favell hielt mich hin; er schloss ein Treffen nicht aus, wollte sich aber auch nicht darauf festlegen. Dann, als ich gerade zu glauben begann, er würde mich in alle Ewigkeit am langen Arm verhungern lassen, rief er mich aus heiterem Himmel an und schlug vor, dass wir uns sehen sollten, und zwar bald.

Dieser Anruf kam am vergangenen Mittwochmorgen, an dem Tag, an dem der Oberst mich nach Manderley mitnahm, und ich weiß immer noch nicht, was Favells Meinung geändert hat. Ich glaube, er war neugierig – ich habe entdeckt, dass dies eine machtvolle Waffe ist, wenn man Menschen zum Sprechen bringen will –, aber vielleicht ist er auch knapp bei Kasse und hat Geld gerochen. Keine Ahnung, was schlussendlich den Ausschlag zu meinen Gunsten gegeben hat, aber ich weiß zumindest, dass dieses Zusammentreffen, dem er seit Monaten aus dem Weg geht, ihm jetzt aus irgendeinem Grund auf den Nägeln brennt, denn als ich den Termin verschieben musste, reagierte er verärgert.

Ich hatte bereits einen Tisch in einem französischen Restaurant in Soho reserviert, wo der Wein und das Essen gut sind. Weiter würde ich aber nicht gehen. Ich hatte nicht die Absicht, Favell mit Geld zu bestechen, und wenn er sich weigerte zu sprechen, würde ich ihn auf andere Weise überreden müssen. Unterdessen machte mich die Aussicht auf dieses Treffen nervös, und da ich nicht die nächsten zweieinhalb Stunden mit Däumchendrehen verbringen wollte, rief ich Simon Lang an, der inzwischen für Londons führendes Buch- und Manuskriptantiquariat arbeitet. Ich musste zahlreiche Fragen nach dem King's College, meinem jetzigen Aufenthalt und meinen Plänen abbiegen und weigerte mich zu erklären, warum mich seit sechs Monaten niemand mehr zu Gesicht bekommen hatte. Doch dann erhielt ich endlich den Rat, den ich erhofft hatte.

»Da ist ein Bursche im Compass Yard«, sagte Simon. »Ganz in der Nähe der Charing Cross Road – weißt du, wo das ist? Francis Browne – mit ›e‹, da ist er eigen. Sag, dass ich dich schicke. Er handelt mit solchem Zeug und hat ganze Zimmer damit voll gestopft, alles nach Thema und Ort katalogisiert. Er ist der beste Tipp für dich. Woher das plötzliche Interesse für solchen Quatsch? Nicht gerade deine Epoche, oder? Wahrscheinlich wirst du es mir nicht verraten, was? Nein? Na schön, das hätte ich mir denken können. Grüß Nicky von mir. Ach, übrigens, wir haben kürzlich eines deiner Bücher verkauft. Mal überlegen, welches. Den Band über Walsingham? Nein, die Sidneys waren es. Was für ein Wälzer! Eine Erstausgabe, in tadellosem Zustand. So druckfrisch, dass mir der leise Verdacht kam, es habe nie jemand darin gelesen. Schrecklich gelehrt, mein Lieber. Du buddelst vor dich hin wie ein Maulwurf. Haben sogar einen netten Preis dafür bekommen. Weißt du noch, wie hoch die Auflage war?«

»Zwanzig«, sagte ich, »vielleicht auch einundzwanzig. Sind alle an Bibliotheken gegangen.«

Simon lachte. »Das erklärt alles. Seltenheitswert, mein Lieber. Unschlagbar.«

Ich legte auf, nahm ein Taxi und stand zwanzig Minuten später vor Francis Brownes Geschäftsräumen. Der Laden lag neben einem gähnenden Bombentrichter und wirkte schmutzig, übel beleumdet und nicht besonders vielversprechend. Ich fürchtete, dass ich hier nur meine Zeit vergeudete, und zögerte, doch dann ging ich hinein, die Ansichtskarte von Manderley aus *Rebeccas Geschichte* in der Hand.

Francis Browne war anwesend und sah noch verrufener aus als sein Laden. Ich erblickte einen großen, dünnen Mann mit übertriebenem, weinerlichem Gehabe, einem silbrigen Bart, einem Nadelstreifenanzug, der schon bessere Zeiten gesehen hatte, und einem zweifelhaften Regimentsschlips mit Suppenflecken darauf. Er blickte verschlagen drein, senkte verstohlen die Stimme, als sei er sich unsicher, ob er in mir einen Zuhälter oder einen Polizisten vor sich hatte, und erklärte mir, er habe »speziellere Ware« für seine »anspruchsvolleren Kunden«, und ich »könne gern im Hinterzimmer nachsehen«, wenn ich nicht genau die Art Postkarte fände, die ich brauchte. Ich hingegen sah mich ungläubig um, denn ich begriff nicht, warum jemand den Wunsch hegen sollte, dieses Zeug zu kaufen oder gar zu sammeln.

Ich befand mich nicht auf der Suche nach einer bestimmten Art von Karte, aber wäre ich es gewesen, hätte ich sie bestimmt früher oder später gefunden. Der Laden war ziemlich groß, aber es war fast unmöglich, sich darin zu bewegen. Er quoll über vor Karten, Tausenden und Abertausenden. An allen vier Wänden stapelten sich Schachteln voller Karten vom Boden bis zur Decke, Kartons standen am Boden und auf Holzböcken. Ich sah Hunderte handgeschriebener Etiketten; auf dem Tisch vor mir standen: *Luftfahrt – früh, Luftfahrt – Mitte, Lokomotiven, Religiöse Motive – Kirchen A bis C, Lochs – diverse, Theater – gemischt* und *Panoramen – Midlands & Essex Marshes.* Auf einem Regalbrett zu meiner Rechten befand sich eine prallvolle Schachtel mit der einfachen Aufschrift *Schweinkram.*

Es dauerte einige Zeit, bis ich Francis Browne überzeugt hatte, dass ich nicht zum Kaufen gekommen war, sondern einen Rat brauchte. Simon Langs Name erwies sich als vollkommen nutzlos, wie ich schon befürchtet hatte. »Der? Mr. Hochnäsig? Mit dem spreche ich nicht, mein lieber Junge. Sagen Sie ihm, das soll er sich hinter den Spiegel stecken ... Na schön, wenn's sein muss. Lassen Sie mich mal einen Blick darauf werfen. Ah, Manderley. Davon habe ich irgendwo einen ganzen Schwung. Zeig dich, West Country! Ich glaube, ich hab den Karton herausgestellt, jemand hat ihn gerade kürzlich angeschaut. Mal sehen, *Kobolde* – nein. *Keramik* – nein. Wie war noch der Name des Fotografen? Ah, John Stevenson. Seine Arbeiten kenne ich natürlich gut. Ein paar von meinen Topografie-Sammlern sind sehr angetan von seinen Sachen – ausgezeichnete Qualität. Ich habe irgendwo einen Extra-Eintrag über ihn ... Mal sehen ... Mal schaun ...«

Er brauchte eine Ewigkeit. Francis Browne stürzte sich auf seine Schachteln und wühlte zwischen ihnen herum; er konsultierte Aktendeckel und verwarf sie. Staubwolken stiegen auf und setzten sich wieder. Das Ganze war ein reines Glücksspiel. Ich musste mich irgendwie unterhalten, und als ich die Unordnung und den Dreck nicht länger sehen konnte, begann ich die Kartons, die auf dem Tisch vor mir standen, zu durchblättern. Ich sah die *Lochs – verschiedene* an, von denen ich etliche gut kannte und sofort einordnen konnte. Ich betrachtete die *Kirchen A bis C*, von denen die meisten sich als viktorianische Monstrositäten erwiesen, und da ich keinerlei Interesse an Lokomotiven, der Luftfahrt oder den Marschen von Essex hegte, begann ich in *Theater – gemischt* zu blättern.

Wie das Etikett schon andeutete, war der Inhalt dieser Schachtel ein einziges Durcheinander. Alle Karten waren schwarz-weiß und die meisten alt. Browne benutzte kein Ablagesystem, das mir verständlich gewesen wäre: Cole Porter stand neben Lily Langtry, Ivor Novello kam vor Sarah Bernhardt, Henry Irving lag auf Tuchfühlung mit Noel Coward. Darunter waren bekannte Namen in berühmten Rollen, aber zwischen sie quetschte sich eine große Menge von Vergessenen und Anonymen: großbusige Schönheiten aus der Zeit Edwards VII., schnauzbärtige Männer in albernen Kostümen, Narren und Mörder und unendlich viele Liebende in schmachtenden Posen.

Shakespeare war gut vertreten. Da waren der junge Gielgud als Richard II. und Donald Wolfit als König Lear; ich betrachtete einen viktorianischen *Hamlet* im Lyceum und einen edwardianischen *Hamlet* in der Alhambra von Birmingham. Alternde Theaterritter – von den meisten hatte ich nie gehört – sprachen vor Agincourt zu ihren Truppen oder machten Julia auf ihrem Balkon den Hof. Sie umarmten ihre Frauen, erwürgten ihre Frauen oder reichten ihren mörderischen Gattinnen eine Reihe blutiger Dolche. Browne wühlte immer noch in seinen Kartons, und um mir die Zeit zu vertreiben, stellte ich mir die Aufgabe, an den Kulissen und Kostümen die Stücke zu erraten. Ich kam gut voran und war bei der zehnten Karte, als ich sie entdeckte.

Othello, Ein Mittsommernachtstraum, Richard III. ... Ich hielt inne und sah genauer hin. War sie das? Konnte das möglich sein? Ich betrachtete gerade das Foto eines dieser unbekannten Theaterritter, Sir Francis McKendrick. Er war als Richard III. ausstaffiert, mit einem furchteinflößenden Buckel, angemalten Augenbrauen und mörderischen, schwarz umrandeten Augen. Neben ihm stand in angeberischer Pose und einen winzigen Dolch schwenkend einer der beiden im Tower gefangenen Prinzen. Das nahm ich zumindest an. Ich sah mir diesen Prinzen genau an, der von einem Mädchen gespielt wurde – das erstaunte mich nicht, denn auf der Rückseite war das Bild mit »1909« datiert, und ich weiß, dass solche Rollen um diese Zeit oft von jungen Mädchen dargestellt wurden. Der Prinz besaß sehr dunkles Haar, atemberaubende Augen sowie eine ausgesprochene Ähnlichkeit mit dem geflügelten Kind aus dem Notizbuch, das jemand dem Oberst geschickt hatte.

Ich nahm das Bild aus der Schachtel, ging zur Tür und hielt es im Tageslicht hoch. Sofort erschien mir die Ähnlichkeit weniger auffallend. Ich kehrte an die Schachtel zurück und begann sie sehr rasch durchzusehen. Als ich das Bild des geflügelten Mädchens zum ersten Mal betrachtete, hatte der Oberst bemerkt, dass sie ein *Kostüm* zu tragen schien. Genau wie er hatte ich angenommen, es handle sich um eine Art kindlicher Verkleidung. Aber wenn es ein Theaterkostüm darstellte, zum Beispiel das einer Fee? Plötzlich fiel mir das Gespräch bei den Briggs-Schwestern ein: die Kostümbälle auf Manderley, die Kostüme, die Rebecca gewählt hatte. *Jocelyn, du bringst alles durcheinander – jedenfalls war es etwas von Shakespeare.*

Ich fand die Karte wieder, auf der eine Szene aus dem *Mittsommernachtstraum* abgebildet war. Da standen Oberon und Titania – aber keine der Feen ähnelte Rebecca auch nur im Mindesten.

»Gefunden!«, rief Francis Browne aus und tauchte aus einem Aktenstapel auf. »Wusste ich doch, dass ich es hatte. Das Studio von John Stevenson in Plymouth, spezialisiert auf topografische Aufnahmen im Gebiet West Country. Dorfszenen, hübsche Landschaften – und Herrenhäuser. Hat sich mit Häusern einen gewissen Namen gemacht, unser Mr. Stevenson. Die Frühzeit der Souvenirindustrie, mein lieber Junge. Mal schaun: John Stevenson gründete das Studio im Sommer 1913 und schloss es im Januar 1915. Schätze, er hat sich freiwillig gemeldet. 1920 Wiedereröffnung; er ist dann ziemlich früh zur Farbfotografie übergegangen. Da haben Sie die Datierung für Ihre Karte: Sie stammt eindeutig nicht aus der Nachkriegszeit, also ist die Aufnahme zwischen Sommer 1913 und Ende 1914 entstanden. Eine ziemliche Rarität. Wenn Sie möchten, nehme ich Ihnen die Karte ab. Ich habe jede Menge Postkarten von Manderley aus den zwanziger Jahren, aber alles die gleichen, von einem Gemälde abfotografiert. Reichlich langweilig. Aber eine so frühe Aufnahme habe ich noch nie gesehen. Nein? Na schön. Kann ich sonst noch etwas für Sie tun?«

»Die hier würde ich gern mitnehmen.« Ich reichte ihm die Karte mit der Szene aus *Richard III.* »Können Sie mir etwas darüber sagen?«

»Herrlich, nicht wahr?« Francis Browne sah das Foto bewundernd an. »Ist dieser Buckel nicht einfach wunderbar, mein Lieber? Das waren Schlachtrösser damals, schreckliche alte Schmierenkomödianten natürlich – aber ich habe selbst auch eine kleine Schwäche für Schauspieler. Mal schauen ... ah, der unsterbliche Sir Frank McKendrick. Tourneetheater, mein Lieber. Bis zum West End ist er nie gekommen, aber in der Provinz hat er sich ganz gut geschlagen. Im Repertoire Shakespeare, Shakespeare und noch mal Shakespeare. Sir Frank hat noch den Romeo gespielt, als er in den Fünfzigern war. Bewundernswert, oder? *Floreat* von 1890 bis ungefähr 1914 – der Krieg mal wieder, verstehen Sie. Heute erinnert sich natürlich niemand an ihn, aber zu seiner Zeit war er bekannt. Hat die Zuschauer begeistert, mein lieber Junge. Sie finden ihn in allen gängigen Theaterführern. Was? Das Mädchen? Ist das ein Mädchen? Ach, tatsächlich. Da habe ich leider keine Ahnung. Und McKendrick ist so eine Art Rarität; der *Richard* und der *Traum* sind die beiden einzigen Karten, die ich noch habe, also fürchte ich, dass ich mit dem Preis ein bisschen höher gehen muss. Eine halbe Krone für beide, speziell für Sie und weil Sie ein Freund von Mr. Hochnäsig sind ...«

Bis ich diesen Wucherpreis bezahlt und endlich aus Francis Brownes Laden geflüchtet war, hatten wir Viertel nach drei; zu spät für eine Suche in den Buchläden und zu spät, um eine Bibliothek aufzusuchen. Sir Frank McKendrick musste bis morgen warten, und wahrscheinlich war das auch gut so, entschied ich. Jedes Mal, wenn ich die verblichene Fotografie des todgeweihten Prinzen ansah, schien er dem Kind aus dem Notizbuch weniger zu ähneln. Außerdem müsste Favell mir mit Glück und guter Lenkung meinerseits schnelle und eindeutige Antworten auf meine Fragen nach Rebeccas Hintergrund und Herkunft liefern können. Ich brauchte keine Phantome zu jagen. Ohnehin bereitete mir meine Neigung dazu in letzter Zeit Sorgen.

Ich kehrte in das Haus am Regent's Park zurück, badete und zog einen meiner Anzüge aus Cambridge an. Dann nahm ich ein Taxi, bat den Fahrer, mich in der Park Lane herauszulassen, und ging von dort aus zu Fuß zu Favells Geschäftsräumen. Unterwegs betrachtete ich in Gedanken noch einmal meine Informationen über Favell, die ich selbst entdeckt habe und die Oberst Julyan mir gestern Abend gegeben hat.

Favell war älter als seine Cousine – immer vorausgesetzt, Rebecca war tatsächlich seine Cousine gewesen – und musste jetzt Mitte fünfzig sein. Auch seine Geburtsurkunde hatte ich nicht aufspüren können, aber ich kannte sein Alter aus Zeitungsberichten. Favell hatte eine bewegte Karriere hinter sich. Als junger Mann war er mit Pauken und Trompeten aus der Navy geflogen und anschließend in etliche dubiose Geschäfte verwickelt gewesen. Nicht lange nach der gerichtlichen Untersuchung von Rebeccas Tod wurde er wegen Betrug, Unterschlagung und Betreiben eines Spielklubs ohne Lizenz verurteilt und saß drei Jahre in Strangeways ab.

Danach verschwand er von der Bildfläche, und ich hatte keinen Hinweis darauf finden können, was er in der Zwischenzeit getrieben hatte, bis seine Firma vor ungefähr drei Jahren diese Räume mietete. Die Firma Favell & Johnston Ltd., in der er, wie er mir gegenüber behauptete, Partner und Kodirektor war, stand im Handelsregister, hatte aber bisher keine Jahresbilanzen eingereicht. Bei mehreren Anrufen in den Geschäftsräumen hatte ich nie seinen Kompagnon Johnston gesprochen, daher vermutete ich, dass der Mann nicht existierte oder ein äußerst stiller Teilhaber war. Die Räumlichkeiten, in der die Autohandlung untergebracht war, waren teuer, und ich bezweifelte, dass die Firma florierte. Die Unkosten in Mayfair mussten hoch sein. Bei meinem letzten Besuch in London war ich an den Ausstellungsräumen vorbeigegangen, und als ich mich jetzt von neuem den Schaufenstern näherte, bemerkte ich, dass von den Wagen, die ich damals gesehen hatte, noch keiner verkauft war. Das Benzin ist nicht mehr rationiert, aber ich vermutete, dass der Markt für diese Art klassischer Automobile – wunderschön, aber kostspielig in der Anschaffung und im Unterhalt – immer noch begrenzt war.

Kurz vor der Eingangstür hielt ich inne. Im Fenster standen ein britischer Jaguar-Sportwagen, ein herrlicher

Bentley und ein früher Hispano-Suiza. Ich dachte an Oberst Julyan, der mir diesen Mann als Erpresser, Trunkenbold und Schmarotzer beschrieben hatte. Ich rief mir Ellies Bemerkungen über ihn ins Gedächtnis und die interessanten Kommentare, die Oberst Julyan gestern Abend abgegeben hatte, hielt mir dabei aber den Rat vor Augen, den er selbst mir immer wieder gibt: Man hüte sich vor voreingenommenen Zeugen. Und beim Thema Favell argwöhne ich, dass nur wenige Zeugen voreingenommener sein können als Arthur Lancelot Julyan.

Wie der Oberst erklärte, hatte Favell zuerst keinerlei Interesse daran bekundet, die Wahrheit über den Tod seiner Cousine herauszufinden. Keinen »Piepser« habe er von sich gegeben, bis die Untersuchung vorbei war. Dann war Favell, wie Ellie mir erzählt hatte, auf Manderley aufgetaucht und hatte die Notiz hervorgeholt, die Rebecca an dem letzten Nachmittag ihres Lebens in seinem Wohnblock hinterlassen hatte. Im Briefkopf stand die Adresse ihrer Londoner Wohnung in der Nähe des Flusses. »Und man kann genau feststellen, wann sie geschrieben wurde«, hatte der Oberst hinzugesetzt und mir einen scharfen Blick zugeworfen. »Den Termin bei Dr. Baker hatte sie um zwei Uhr nachmittags, und dieser sagt, das Gespräch habe nicht lange gedauert. Der Portier in Favells Wohnhaus hatte ihm mitgeteilt, sie habe die Nachricht kurz vor drei abgegeben – Favell war nicht zu Hause. Das heißt, Rebecca war beim Arzt, ist kurz in ihre Wohnung zurückgekehrt, um die Notiz zu schreiben, die sie dann in Favells Haus hinterlegte, und ist dann sofort nach Manderley gefahren. Damals war das eine sechsstündige Fahrt – wenn man ordentlich Gas gab –, und sie war definitiv an diesem Abend um neun wieder in Manderley.«

Ich lauschte aufmerksam. Wie Ellie gesagt hatte, stand die Bedeutung dieser Notiz außer Frage. Und doch hatte der Mann, den ich gleich kennen lernen würde, den Geschworenen ihre Existenz verschwiegen. Stattdessen hatte Favell – daran ließ Oberst Julyan keinen Zweifel – versucht, damit Geld von Maxim de Winter zu erpressen. Worauf, wie Ellie berichtete, der Oberst hinzugezogen worden war – und seine Version der darauf folgenden Ereignisse hatte ich äußerst interessant gefunden.

»Als ich auf Manderley eintraf, war Favell bereits betrunken«, hatte Oberst Julyan erzählt. »Sein Benehmen war widerwärtig. Er wedelte mir mit dem verdammten Zettel unter der Nase herum und stellte die haarsträubendsten Behauptungen auf: Er und Rebecca hätten eine Affäre unterhalten, sie habe ihren Mann verlassen und mit ihm nach Paris durchbrennen wollen, und Maxim habe sie, rasend vor Eifersucht, umgebracht ...

Ich muss Ihnen sagen, dass ich ihm das nicht abgenommen habe. Zuerst einmal bewies diese Notiz gar nichts. Sie war knapp, und sie war kurz angebunden. Rebecca bat Favell, nach Manderley zu kommen und sie am selben Abend im Bootshaus zu treffen. Sie schrieb, sie habe ihm ›etwas zu sagen‹. Zugegeben, das klingt, als hätten sie Heimlichkeiten gehabt, aber Rebecca konnte Favell auf Manderley nicht offen treffen, da Maxim ihm schon Monate zuvor Hausverbot erteilt hatte. Der Brief wirkte nicht, als stamme er von einer Frau, die Selbstmordabsichten hegte – aber andererseits auch nicht wie ein Liebesbrief. Bemerkenswert war, dass jegliche Bekundung von Zuneigung fehlte. Die Nachricht war ein Befehl, der Tonfall kühl. Ja – *gebieterisch* ist wohl das richtige Wort dafür.«

Der Oberst hielt inne und warf mir aus seinen blauen Augen einen durchdringenden Blick zu. »Sehen Sie, ich glaube, Favell wusste, dass der Zettel keinen ausreichenden Anlass zu einer Wiederaufnahme der Untersuchung gab, und erst recht nicht, um das Ergebnis ›Selbstmord‹ in Frage zu stellen. Wenn er wollte, dass man seine Vorwürfe ernst nahm, musste er Maxim einfach ein Motiv für einen Mord unterstellen. Die Behauptung, Rebecca sei ihm untreu gewesen, gab ein ausgezeichnetes Motiv ab. Dieser Favell ist nicht dumm, daran sollten Sie denken, wenn Sie ihn treffen.«

Der Oberst wirkte aufgewühlt. Ich fragte ihn, ob er diese Behauptungen über eine Affäre glaube. Das kostete mich einigen Mut, und vor ein paar Wochen hätte er mir dafür noch den Kopf gewaschen und mich hinausgeworfen. Inzwischen ist er offener mir gegenüber, aber trotzdem fiel seine Antwort zögerlich aus. Schließlich meinte er, er habe nie geglaubt, dass Rebecca ihren Mann wegen ihres Vetters verlassen würde. Er habe das Gefühl gehabt, Favell habe improvisiert, um seine Position zu verbessern, und die Sache spontan erfunden. Was die Frage nach Rebeccas möglicher Untreue anging, so sagte er, habe er sich widerstrebend zu der Erkenntnis durchgerungen, dass sie »Trost« außerhalb ihrer Ehe gesucht habe. Aber daraus folge nicht, dass dieser Liebhaber Favell gewesen sei, auch wenn er das behaupte.

»Ich verweise Sie noch einmal auf Rebeccas Nachricht«, sagte er. »Diese Notiz ist entscheidend. Rebecca hätte nie in diesem Ton an jemanden geschrieben, den sie liebte. Aber warum hat sie die Nachricht dann verfasst? Warum wollte sie Favell an diesem Abend im Bootshaus sehen? Wollte sie ihm von ihrer Krankheit erzählen? Nur, wieso sollte sie ihn dann die weite Strecke nach Manderley zitieren? Sie hätte auf ihn warten und in London mit ihm sprechen können. Nein, diese Nachricht hat einen anderen Grund. Finden Sie den heraus, dann kommen Sie vielleicht weiter. Und das ist mein letztes Wort zu diesem Thema.«

Ich fand die Idee interessant, und der Oberst war freimütiger gewesen als je zuvor. Trotzdem kam mir seine Schilderung sehr verhalten vor. Ich nahm die Abneigung gegen Favell wahr, die hinter seinen Worten steckte, und konnte verstehen, dass der Oberst angesichts seiner Verehrung für Rebecca die Vorstellung vom Tisch wischen wollte, Favell könne ihr Liebhaber gewesen sein. Aber das hieß noch nicht, dass er Recht hatte. Ich dachte daran, wie parteiisch Oberst Julyan war und dass er mir Frith äußerst irreführend beschrieben hatte. Vielleicht traf dasselbe ja bei Favell zu. Favell mochte seine Schwächen haben, und seine Methoden waren verwerflich, aber schließlich bestand eine große Wahrscheinlichkeit, dass er Maxim zu Recht des Mordes beschuldigt hatte. Entschlossen, unvoreingenommen in das Gespräch zu gehen, trat ich an die Tür des Ausstellungsraums und erblickte Rebeccas Vetter zum ersten Mal.

Favell inspizierte sein Spiegelbild im Fenster des Jaguars und rückte sich den Windsorknoten seiner Krawatte zurecht. Sobald er mich sah, kam er auf mich zu und begrüßte mich bemerkenswert jovial. Er war groß und gut aussehend, aber um seinen Mund lag ein labiler, verdrießlicher Zug. Mit seinen blonden Haaren und blauen Augen wirkte er auf den ersten Blick zehn Jahre jünger, als er war, und zehn Jahre älter auf den zweiten. Favell trug einen alten, aber gut geschnittenen karierten Prince-of-Wales-Anzug, ein Hemd mit durchgescheuerten Manschetten, eine auffällige goldene Armbanduhr und braune Wildlederschuhe, bei deren Anblick den Oberst der Schlag getroffen hätte. Wir schüttelten uns die Hand und nahmen einander prüfend in Augenschein.

Zwei Dinge über Jack Favell lernte ich sehr rasch: Er »könnte einen Drink vertragen«, sagte er – und ich zweifelte nicht daran, dass dieser Zustand bei ihm so gut wie permanent war. Und unter einer »Trinkhalle in der Nähe« stellte er sich die Bar im Dorchester vor.

16. Kapitel

Da es noch relativ früh war, befanden sich nur wenige Menschen in der Bar. An einem Tisch saß eine Gruppe amerikanischer Geschäftsleute, an einem anderen diskutierten zwei Frauen, die elegant nach dem »New Look« gekleidet waren, über die Ausbeute ihrer neuesten Einkaufs-Expedition. »Wie herrlich, dass man nicht mehr mit diesen scheußlichen Bezugsscheinen zu tun hat«, zwitscherte eine, als wir vorübergingen. Ein Pianist im Smoking klimperte ein Potpourri aus Showmelodien. Ich verabscheue solche Lokale. Favell ging vor, vorbei an den Tischen und Stühlen im Art-déco-Stil, blieb stehen, um sich im Spiegel zu bewundern, und steuerte schließlich auf die Bar zu, als gehöre sie ihm.

»Walter heute Abend nicht da?«, fragte er den Barkeeper. Als der Barmann unbeeindruckt bemerkte, Walter arbeite seit einem halben Jahr nicht mehr hier, war Favell sichtlich irritiert. Im Polterton redete er weiter. »Na, das erstaunt mich zu hören, denn vorgestern hat er mich noch bedient. Ich komme ständig her – vielleicht sind Sie ja neu. Was soll's sein, Grey? Ein Scotch wahrscheinlich. Barmann, einen Scotch für meinen Scottie-Freund, und einen Single Malt für mich – einen großen. Glenfiddich. Na schön, dann eben Glenmorangie ... Kein Eis für Sie, alter Junge? Ich nehme Eis. Soda? Nein? Stecken Sie das weg, ich lade Sie ein ... Kommt gar nicht in Frage. Gut, wenn Sie darauf bestehen. Prost, Kumpel. Wo sollen wir uns niederlassen?«

Ich schlug vor, dass wir uns in möglichst großer Entfernung vom Klavier setzten. Favell hatte soeben etliche

Todsünden begangen: Ich kann es nicht ausstehen, wenn man mich »Scottie« nennt; ich kann schon Leute nicht leiden, die Eis in einen gewöhnlichen Blended Whisky tun, aber in einen Single Malt ... Und dass Favell den falsch ausgesprochenen Glenmorangie auch noch mit Soda mischte, nahm mich zusätzlich gegen ihn ein. Seine Brieftasche hatte er, wie ich bemerkt hatte, kurz geschwenkt und dann rasch wieder eingesteckt; es erstaunte mich nicht, dass ich diese Brieftasche im Laufe des nun folgenden langen Abends kein einziges Mal mehr sichtete.

Wir setzten uns in eine entfernte Ecke des Raumes, wobei Favell den Stuhl wählte, der einem Spiegel gegenüberlag. Er strich sich das Haar zurück, befingerte seinen Siegelring, kippte die Hälfte seines Drinks mit einem einzigen Schluck hinunter und sah mich durchdringend an. Ich bemerkte, dass seine Hände leicht zitterten, und fragte mich, ob das wohl ein Anzeichen für Alkoholismus oder für Nervosität war. Für beides, entschied ich. Auf jeden Fall fühlte er sich unwohl und gehörte möglicherweise zu den Männern, die in diesem Zustand zur Aggressivität neigen. Als Eröffnungstaktik – warum, sollte ich erst sehr viel später an diesem Abend verstehen – setzte er mir wegen meiner Versuche zu, Kontakt mit ihm aufzunehmen.

Hatte ich ihm nur den einen Brief geschickt? Ich erklärte, dass es zwei gewesen seien; an seinen Arbeitsplatz hätte ich erst geschrieben, nachdem ich auf den Brief an seine Privatadresse keine Antwort erhalten hatte. Aus irgendeinem Grund schien diese Auskunft ihn zu erleichtern. Ausweichend erklärte er, dass er nicht mehr dort wohne, wollte aber auch nicht damit herausrücken, wo er jetzt lebte. Ich drängte ihn nicht. Nach einigen weiteren Schlucken Whisky, die ihn zu beruhigen schienen, zog er ein schweres, verschnörkeltes Silberetui hervor, zündete sich eine Zigarette an und blies mir den Rauch ins Gesicht. Er betrachtete mich eingehend und kam zum Thema. »So, jetzt erzählen Sie noch mal«, sagte er. »Was genau wollen Sie?«

Darauf war ich vorbereitet. Ich war mir von Anfang an sicher gewesen, dass Terence Grey, der ernste junge Bibliothekar, Favell nicht besonders beeindrucken würde, so nützlich er mir auch in Kerrith ist. Also ließ ich diesen Mr. Grey sterben und erfand einen neuen. Dieser Grey besaß einen journalistischen Hintergrund und ein Interesse an Geschichten über Verbrechen, besonders solchen, bei denen es um mögliche Justizirrtümer ging oder ungelöste Mordfälle. Ich war mir ziemlich sicher, dass Favell zuvor schon mit Journalisten gesprochen hatte, wenn auch vorsichtig. Verlockend breitete ich jetzt die Aussicht auf mögliche Zeitungsbeiträge vor ihm aus, vielleicht sogar ein Buch, eine weitere Darstellung des »Rätsels von Manderley«. Diese Geschichte hatte genau die richtigen Elemente, erklärte ich: eine schöne Frau, ein berühmtes Herrenhaus, ein eifersüchtiger Ehemann, ein mysteriöser Tod und Gerüchte über Skandale und Liebesaffären ...

»Ich sehe nur ein Problem«, sagte ich. »Gott weiß, dass genug darüber geschrieben worden ist, aber was Rebeccas Person angeht, ist das Material ausgesprochen mager.«

Favell hatte aufmerksam zugehört, und nun trat ein Glitzern in seine blassblauen Augen. »Könnte also ein bisschen Geld herausspringen?«, fragte er. »Da ist doch sicher etwas für Sie drin, alter Junge?«

»Möglicherweise«, gab ich zurück. »Aber bis dahin dauert es noch eine Weile. Was ich brauche, sind *Hintergründe*. Neues Material. Die de Winters habe ich abgeklopft – schön. Aber Rebecca? Über sie gibt es sehr wenig Informationen. Ich muss wissen, wer sie war, woher sie stammte, wie es zu ihrer Heirat mit de Winter kam, einfach, wie sie war. Und da könnten Sie mir helfen. Ich habe gehört, dass Sie Rebecca als Kind gekannt haben. Und man hat mir erzählt, Sie wären weiter eng befreundet gewesen und Sie seien einer der wenigen Menschen gewesen, der sie verstand.«

Favells blasse Augen ruhten auf meinem Gesicht. Er war tatsächlich alles andere als dumm; ich musste aufpassen, dass ich die Schmeichelei nicht übertrieb. Er war immer noch dabei, mich zu taxieren; ich sah, wie seine Blicke meinen Anzug, mein Hemd und meine Manschettenknöpfe abschätzten, und spürte, wie die Zahnrädchen in seinem Gehirn arbeiteten. Sein Glas war bereits leer.

»Natürlich ist da noch Mrs. Danvers«, sagte er nachdenklich und sah mich unverwandt an. »Die Haushälterin auf Manderley. Sie stand Rebecca seit ihrer Kindheit nahe. Wissen Sie Bescheid über Danny? Haben Sie etwas von ihr gehört, als Sie in Kerrith herumgeschnüffelt haben?«

»Ich habe sie noch nicht aufgespürt. Und auf jeden Fall wollte ich zuerst mit Ihnen sprechen. Sie kann mir vielleicht behilflich sein, aber sie muss inzwischen alt sein, und außerdem ist sie eine Frau. Ich würde lieber die Meinung eines Mannes über die ganze Sache hören – besonders, wenn der Betreffende Rebecca nahe gestanden hat.«

»Da könnten Sie Recht haben. Und ich stand ihr näher als die meisten Menschen. Kannte sie intim, könnte man sagen ...« Favell zwinkerte mir zu und lachte. »Zigarette, alter Junge?«

»Danke, ich rauche nicht. Hab's mir im Krieg abgewöhnt.«

»Und, hatten Sie einen angenehmen Krieg? Bei welcher Truppe waren Sie?«

»Bei der Luftwaffe. Habe es aber nur bis zum Oberleutnant gebracht. Nichts Aufregendes, hauptsächlich Papierkram und Exerzieren. Ich bestelle Ihnen noch einen Drink ...«

Zu sagen, dass ich die Kriegsjahre beim militärischen Abwehrdienst verbracht hatte, wäre sicher keine gute Idee gewesen. Und die Royal Air Force vorzuschieben schien mir ungefährlich. Angesichts seines Alters war Favell wohl nicht einberufen worden. Diese Fehlinformation schien ihn zu meinen Gunsten einzunehmen; vielleicht war er ein Mensch, der gern die Gelegenheit wahrnahm, andere von oben herab zu behandeln.

»Einfacher Oberleutnant, eh?« Er lachte. »Ach was, wir können nicht alle Helden sein. Ich hatte mir einen netten kleinen Posten organisiert – Versorgungsministerium. Jede Menge Gelegenheiten da. Und dann hatte ich viele Freunde bei den Yankees. Daher konnte ich alles besorgen, was ich brauchte ... Ich hatte einen guten Krieg. Manchmal denke ich, das waren die besten Jahre meines Lebens ...«

Ich mache Fortschritte, dachte ich, und der zweite Drink half auch. Favell blieb wachsam, taute aber beträchtlich auf. Ich ließ ihn über die Kriegsjahre reden und unternahm keinen Versuch, ihn zu bremsen. Wie ich festgestellt habe, können die meisten Interviewpartner es nicht abwarten, sich auszulassen. Sie wollen reden und behaupten gern, einen besonderen Einblick zu besitzen, auch wenn sie im Grunde sehr wenig wissen. Hilfreich ist, die Schwäche eines Informanten zu erkennen und sich dann diese Achillesferse zu Nutze zu machen. Das kann Eitelkeit sein oder ein Hang, sich selbst zu rechtfertigen, manchmal auch schlichte Schwatzhaftigkeit. Was war Favells Schwäche? Während er weiterredete, wartete ich auf einen Anknüpfungspunkt.

Favell trank stark, das wurde offensichtlich, wenn man ihn nur ansah, und ich fragte mich, ob er schon getrunken hatte, bevor ich ihn heute Abend getroffen hatte. Ich sah, dass er eitel war und auf Schmeicheleien ansprang. Aber ich brauchte noch mehr – und endlich entdeckte ich es. Als ich lang vergrabenen Groll in seinen blassen Augen aufleuchten sah, wusste ich, dass ich den Punkt gefunden hatte, an dem ich ansetzen musste. Ich bestellte ihm noch einen Whisky – einen einstöckigen. Er durfte nicht zu betrunken und nicht zu nüchtern sein.

Ich fragte ihn nach Rebeccas Tod und der darauf folgenden »Vertuschungskampagne«. Dies führte zu einer zehnminütigen Schimpfkanonade gegen Max de Winter, wie Favell ihn nannte, und Oberst Julyan, »diesen alten Snob«, der für seinen Freund alles unter den Teppich gekehrt hatte. Ich hatte den Eindruck, dass Favell seine Vorwürfe seit Jahren auf Partys zum Besten gab.

»Max hat sie umgebracht«, erklärte Favell. »Ich gebe den Teufel auf die Aussage dieses Doktors. Ich glaube nicht, dass es Selbstmord war, und werde das verflucht auch nie. In Ordnung, Rebecca war krank, sterbenskrank – aber deshalb wollte sie mich natürlich an diesem Abend sehen. Sie muss vorgehabt haben, mir von ihrer Krankheit zu erzählen ...« Er zögerte und schien nicht mit der Sprache herausrücken zu wollen. »Ich bin nicht nach Manderley gefahren, wie sie mich bat, verstehen Sie. Hab ihre Nachricht zu spät bekommen. Ich war bei einer Party, hab eine Sause gemacht und bin erst um vier Uhr morgens nach Hause gekommen. Und ich habe verdammtes Glück gehabt, dass ich nicht gefahren bin, wie mir später klar wurde. Wenn Max uns zusammen angetroffen hätte, hätte er mich wahrscheinlich auch umgebracht. Er war von Eifersucht zerfressen – wenn es um Rebecca ging, war er nicht bei Verstand.«

Anschließend wechselte Favell das Thema, was mich erstaunte. Schnell kam er zu anderen Beispielen dafür, dass die ganze Welt ihm übel wollte. Wie ich entdeckte, hegte Favell nicht nur diesen einen Groll, sondern seine Beschwerden reichten weit zurück. Er führte Klage über seinen Vater, seine Lehrer in dem Internat, das er in Kenia besucht hatte, seine Ausbilder am Marinecollege von Dartmouth, die Offiziere des Schiffs, auf dem er als Fähnrich gedient hatte, seine vorgesetzten Offiziere auf jedem anderen Schiff, auf dem er seither gefahren war, den Offizier, der das Verfahren vor dem Militärgericht geleitet hatte, das zu seinem Ausschluss aus der Royal Navy geführt hatte, die so genannten »Freunde«, die ihm bei seiner Rückkehr ins Zivilleben ihre Hilfe verweigert hatten, und die zahllosen Freunde, die ihn seitdem enttäuscht hatten. Seine Gefängnisstrafe erwähnte er nicht, aber das hatte ich auch nicht erwartet. Und er ließ kein Anzeichen dafür erkennen, dass er seine Cousine Rebecca von diesen Vorwürfen der Vernachlässigung und Gleichgültigkeit ausnahm.

Ich lauschte ihm mit höchster Aufmerksamkeit und bemerkte etwas Interessantes. Natürlich die Information, dass er in Kenia aufgewachsen war, aber darüber hinaus fiel mir die verblüffende Einheitlichkeit seiner Klagen auf. Favell litt unter einem gewaltigen Verfolgungskomplex, und die einzige Person in der Saga seines Lebens, die er von seinen Vorwürfen der Verfolgung, des Snobismus und der Vernachlässigung ausnahm, war seine Mutter. Sie war »eine Heilige« gewesen. Seine Mutter hatte jeden Penny umgedreht, um in Afrika seine Schulgebühren aufzubringen; als er siebzehn war, hatte sie sich das Geld für seine Schiffspassage nach England vom Munde abgespart; sie hatte ein »erbärmliches« Leben mit einem geizigen Snob von einem Ehemann geführt, der auf sie herabsah und sie während Favells gesamter Kindheit körperlich und seelisch misshandelt hatte. Ihren Sohn hatte sie mit all ihrer Liebe, Hoffnung und Erwartung überschüttet – und dieser Sohn hatte jetzt das Gefühl, sie enttäuscht zu haben.

»Ich habe ihr das alles nie vergolten«, sagte Favell, und ihm wurden die Augen feucht. »Ich habe Kenia Anfang 1915 verlassen und sie nie wiedergesehen. Geschrieben habe ich schon, aber nicht so oft, wie ich es hätte tun sollen; ich bin nun mal kein großer Briefeschreiber. Ich versuchte ihr alles zu verheimlichen, wie sehr ich die Navy hasste und diese verdammte Farce von einem Kriegsgericht, aber sie hat es herausbekommen. Ein so genannter Freund hat ihr geschrieben und ihr alles erzählt. Wenn ich damals nach Kenia zurückgefahren wäre, hätte ich ihr alles erklären können – ich konnte sie immer um den Finger wickeln. Aber ich habe mich im Fernen Osten herumgetrieben, wo man damals praktisch umsonst ein gutes Leben führen konnte. Daher war ich auch nicht bei ihr, als sie starb. 1928. Das schlimmste Jahr meines Lebens. Da habe ich meine Zelte abgebrochen und bin zurück nach England – nicht das Schlaueste, was ich je gemacht habe, das sage ich Ihnen. Und dort habe ich dann Rebecca wiedergetroffen.«

Er zog an einer weiteren Zigarette und begann zu erklären, was bei seiner Rückkehr nach England passiert war. Was entdeckte er? Na so etwas, die kleine Cousine, von der er seit Jahren nichts gehört und gesehen hatte, war Herrin von Manderley und mit dem steinreichen Max de Winter verheiratet.

»Na, als ich das erfuhr, da besserte sich meine Laune, Kumpel, das sage ich Ihnen«, fuhr er fort. »Ich stellte ein paar Nachforschungen an. Rebecca und ich hatten den

Kontakt verloren – es muss gut zehn Jahre her gewesen sein, seit ich sie zuletzt gesehen hatte, und geschrieben hatte ich auch mindestens zehn Jahre nicht. Ich sagte ja schon, dass ich ziemlich schreibfaul bin. Aber Rebecca hat mich immer verdammt gern gemocht. Als wir jünger waren, standen wir uns ein paar Jahre lang sehr nahe. Und als ich ein bisschen knapp an Barem war – ich will mich da nicht weiter auslassen –, da dachte ich, sie würde mir bestimmt unter die Arme greifen. Hatte eine hübsche kleine Wohnung am Cadogan Square im Auge. Also habe ich mich in Schale geworfen und bin in Manderley aufgekreuzt. Bin aber nicht besonders herzlich empfangen worden, alter Junge. Sah den Ehemann – der kälteste Fisch, den ich je getroffen habe. Und sprach mit Rebecca – sie hatte sich ziemlich verändert, das kann ich Ihnen sagen. Ob sie Vetter Jack wohl helfen konnte? Nein. Konnte mich nicht unterbringen, weil sie am Wochenende das Haus voller Gäste hatte. Auch finanziell konnte sie mir nicht unter die Arme greifen. Behauptete, sie hätte kein eigenes Geld – das sagte sie mir ins Gesicht, und dabei hätte man von einem ihrer Ringe die Wohnung kaufen können *und* noch Geld übrig gehabt.«

Favell hielt inne, und seine Miene umwölkte sich, als sei ihm gerade eine Einzelheit eingefallen, die ihn besorgte. Er drückte seine Zigarette aus und zündete die nächste an. Ich fragte ihn, ob er etwas habe.

»Nein. Dachte nur gerade an etwas, das ist alles. Nicht so wichtig. Wo war ich? Ah ja, wie ich versuche, meine kleine Cousine zu bewegen, dass sie mir aus der Patsche hilft. Und sie mich abweist. Nicht sehr angenehm. Musste mir von ihr ein paar bittere Wahrheiten anhören. Rebecca hatte eine scharfe Zunge.«

Er zögerte. »Verstehen Sie mich nicht falsch, ich habe ihr die Sache nicht verübelt. Und als ich ein paar Monate später wirklich blank war, ist sie eingesprungen – zu ihren Bedingungen natürlich. So war Rebecca. Sie hat dann über mich einen Wagen gekauft – schon damals habe ich für Freunde ein bisschen mit Autos gehandelt. Dieser war ein richtiges Prachtstück, ein Bentley, der wie der Wind fuhr, und Rebecca hat ein ordentliches Stück über dem Listenpreis dafür bezahlt. Sie wusste ganz genau, dass sie viel zu viel blecht, denn ihr konnte man nichts vormachen, aber das war halt ihre Art, mir zu helfen. Vielleicht dachte sie auch, auf diese indirekte Art würde sie meinen Stolz weniger verletzen – so feinfühlig konnte Rebecca auch sein.«

Er unterbrach sich und lachte dann. »Andererseits hat sie vielleicht gedacht, damit könnte sie mich kaufen. Verstehen Sie, sie wollte mich nicht auf Manderley sehen. Ich hatte inzwischen noch ein paar Einladungen ergattert und kannte ein paar ihrer Londoner Freunde, von ihren *unkonventionelleren* Bekanntschaften.« Er warf mir einen kurzen Blick zu. »Auf ein paar Partys bin ich einfach hereingeplatzt, und das passte meiner kleinen Cousine überhaupt nicht. Kein Vertun ... sie wollte mich nicht dort haben.«

»Was, glauben Sie, könnte der Grund gewesen sein?« Ich konnte mir schon vorstellen, warum Rebecca diesen Cousin nicht auf ihren schicken Partys sehen wollte. Aber Favell hatte eine andere Erklärung.

»Ich kannte sie zu gut, alter Junge«, meinte er. »Kannte sie von klein an, oder? Rebecca konnte nichts vor mir verbergen. Ich hatte all die Geschichten gehört – Liebe auf den ersten Blick, wie glücklich sie waren, das ideale Paar, nach fast drei Jahren Ehe immer noch wie in den Flitterwochen ... Na, mich konnte sie nicht zum Narren halten. Nach zehn Minuten in diesem Haus wusste ich schon, dass sie nicht glücklich war, und er auch nicht. Als ich die beiden zum ersten Mal zusammen sah, wusste ich, dass etwas gründlich schief lief. Ganz tief drin ...«

Er machte eine Pause und sah stirnrunzelnd ins Leere. Wieder hatte ich den Eindruck, dass er mich kaum wahrnahm und in seinen Erinnerungen befangen war. Nach einer Weile schien er abrupt in die Gegenwart zurückzukehren. Er zuckte die Achseln.

»Keine Ahnung, ob ich je richtig dahintergestiegen bin, alter Junge. Irgendein Geheimnis gab's da. Aber eines sage ich Ihnen gratis. Ihre Ehe war nur Schau. Ein Schwindel von Anfang bis Ende. Wie war noch der Ausdruck, den die Franzosen benutzen? *Mariage blanc*, genau. Sie haben nicht zusammen geschlafen. Kein Sex, darauf hätte ich jede Summe gewettet.«

Ich sagte nichts, aber vielleicht habe ich die Brauen hochgezogen oder irgendwie anders meinem Unglauben Ausdruck verliehen, denn Favell zeigte sofort Anzeichen von Verärgerung. So langsam wurde mir klar, dass er nicht die leiseste Andeutung von Widerspruch vertrug.

»Schön. Dann glauben Sie mir eben nicht – juckt mich nicht im Geringsten, Kumpel. Aber ich sage Ihnen, dass ich Recht habe. Ach, ich zweifle nicht daran, dass er zu Anfang mit ihr geschlafen hat – wie ich Rebecca kenne, schon vor der Hochzeit. Und ich bezweifle nicht, dass er immer noch mit ihr schlafen wollte. Das stand ihm ins Gesicht geschrieben, jedes Mal, wenn er sie ansah. Dieser Mann starb innerlich, und das wunderte mich nicht. Rebecca hatte diese Wirkung auf Männer, und das fing schon früh an, als sie noch lange keine Zwanzig war. Mit vierzehn konnte sie einem mit einem einzigen Blick das Herz brechen – und das wusste sie ganz genau! Sie war dazu geboren, die Männer zu foppen, und sie war verdammt schamlos: Sie ließ sich gern bewundern, führte einen an der Nase herum und versetzte einem dann einen Tritt ... Ich sah Max an, und mir war, als schaute ich in einen Spiegel. Verstehen Sie, ich wusste, wie sich derjenige fühlt, der es abkriegt ...«

Abrupt unterbrach er sich. »Also hatte ich allerhand gemeinsam mit Max«, fuhr er nach einer Pause fort. »Und einmal machte ich den Fehler, ihm das zu sagen. Hätte ich wahrscheinlich nicht tun sollen – die Familie hält zusammen und so. Aber um ganz offen zu sein, Rebeccas Benehmen ärgerte mich, und vielleicht hatte ich auch ein paar Drinks zu viel intus, und da habe ich ihn aufgeklärt ... Wie sich herausstellte, war es nichts Neues für ihn, ich war sogar erstaunt, wie viel er wusste, weil Rebecca immer so geheimnisvoll tat. Das Ende vom Lied war jedenfalls, dass ich Hausverbot auf Manderley bekam. Achtkantig hinausgeflogen, alter Junge. Ach, hat keinen Sinn, das alles wieder aufzurühren. Wie wär's mit noch einem

Drink? Ich fühle mich nicht besonders gut. Hatte, ehrlich gesagt, eine verdammt miese Woche. Eins kam zum anderen – Probleme mit der Miete, den elenden Steuerprüfer im Nacken; dachte, ich hätte diesen Jaguar verkauft, und dann ist doch nichts daraus geworden ... Ich könnte noch einen Scotch vertragen ...«

In seinem Gesicht, in seinen Augen hatte ich etwas wahrgenommen, einen ausweichenden Ausdruck. Gern hätte ich gewusst, welche Information er de Winter gegeben hatte und ob sie wahr oder falsch war, aber ich war mir absolut sicher, dass er mir das nicht verraten würde.

Ich überredete ihn, noch ein paar Einzelheiten nachzuliefern, zum Beispiel die Namen einiger der »unkonventionelleren« Freunde Rebeccas oder was er über die erste Begegnung zwischen Rebecca und Maxim gehört habe. Beim ersten Punkt war er sehr mitteilsam, aber zum zweiten äußerte er sich vage und unbestimmt. Ich schlug vor, in das Restaurant in Soho umzuziehen, statt hier noch einen Drink zu nehmen. Als ich den Namen des Lokals erwähnte, schien Favell die Vorbehalte, die er am Telefon geäußert hatte, zu vergessen. »Gute Idee«, meinte er. »Könnte mich ein bisschen aufmuntern. Mal einen draufmachen, bisschen was Anständiges zu essen – ich komme nicht mehr so viel herum wie früher. Meine kleine Lady zieht ganz schön die Zügel an. Sie wissen bestimmt, wie das ist, oder? Sind Sie verheiratet, Grey?«

»Nein.« Ich stand auf. Favell warf einen letzten bedauernden Blick zur Bar und schob seinen Stuhl zurück.

»Früher mal?«, fuhr er fort, als wir in ins Foyer hinausgingen. »Nein? Ich auch nicht. Wie ich immer sage, soll man sich an die Freiheit klammern, solange man kann. Aber früher oder später fangen sie an, einem die Pistole auf die Brust zu setzen, finden Sie nicht? Normalerweise sehe ich die Warnsignale und bin verschwunden, aber dieses Mal ist die Sache ein bisschen verzwickt. Man sollte eben nie Geschäft und Vergnügen mischen, was? Ich hätte früher daran denken sollen, aber die Miete für den Ausstellungsraum war fällig. Ich war ein bisschen knapp bei

Kasse, aber meine kleine Susie war gerade flüssig – und das war's. Jetzt stecke ich bis zum Hals drin und komme so leicht nicht wieder heraus ...«

»Sie meinen, Ihr Partner – Johnston – ist eine Frau?« Wir traten auf die Park Lane, standen auf dem Gehweg und warteten auf ein Taxi.

»Sie haben's erfasst.« Favell zwinkerte. »Ein nicht ganz so stiller Teilhaber. Zu Anfang war alles ganz prima, aber Frauen verändern sich, meinen Sie nicht? Ich lernte dieses Mädchen kennen, richtig knackig, eine hübsche, kleine Blonde und sanft wie ein Lamm. Ein bisschen gewöhnlich, aber gutmütig – das dachte ich zumindest – und mit einem sehr schönen kleinen Notgroschen. Irgendein alter Knacker hatte ihr gerade ein paar Tausend hinterlassen. Sie suchte nach einer guten Gelegenheit, das Geld zu investieren, so hat sie sich ausgedrückt, und war erpicht darauf, mir zu helfen. Und was passiert dann? Knallhart, alter Junge. Will den Ring am Finger. Fängt an, Bedingungen zu diktieren. Also, das wollte ich mir nicht gefallen lassen ...« Seine Miene verdüsterte sich. »Zum Teufel mit ihr – ich bin sie sowieso los.«

Ein Taxi hielt vor uns, und wir stiegen ein. Ich gab dem Fahrer Anweisungen, und Favell ließ sich auf dem Sitz neben mir zurücksinken. Wieder schien seine Stimmung sich zu ändern, und sein forscher Mann-zu-Mann Ton verließ ihn. Als wir in Richtung Osten fuhren, starrte er aus den Fenstern auf die Straße, wo es dämmerte.

Ich hatte zahlreiche Anhaltspunkte, aber ich hielt es für besser, Favell nicht zu bedrängen, ehe wir das Restaurant erreichten, daher schwieg ich. Favell riss sich nur ein- oder zweimal aus seinem Brüten, um mir ein paar Fragen zu stellen. Er fragte mich nach meinen »Besuchen« in Kerrith, ob ich Manderley selbst gesehen habe, ob »der alte Kasten schon zusammengefallen« sei, aber meine knappen Antworten schienen kaum anzukommen. Er schien erstaunt zu hören, dass Oberst Julyan noch unter den Lebenden weilte.

»Dachte, der hätte schon vor Jahren den Löffel abgegeben. Dem habe ich's ordentlich gezeigt«, erklärte er und sah den vorbeifahrenden Autos nach. »Sah nicht ein, dass er für seinen Freund alles vertuscht und dann ungeschoren davonkommt. Mochte seine Art nicht. Verdammter Snob. Also habe ich die Sache überall herumerzählt; ich hatte den einen oder anderen Kontakt in Kerrith. Als ich hörte, dass er als Richter zurückgetreten war, wusste ich, dass ich gute Arbeit geleistet hatte. Natürlich habe ich seit der Gerichtsuntersuchung keinen Fuß mehr in diese Weltgegend gesetzt. Wollte ich mir, ehrlich gesagt, nicht antun. Mit einigen Leuten bin ich noch ein paar Jahre in Verbindung geblieben. Sind Sie zufällig mal Robert Lane begegnet? War früher Lakai auf Manderley – guter Kumpel, der alte Robert, kippte gern einen und liebte Rothaarige. Aber ich habe den Kontakt verloren, das Interesse, und dann kam der Krieg ... Sie wissen ja, wie das ist, alter Junge ...«

Allerdings, und noch wichtiger, ich glaubte ihm. Jetzt begriff ich, was der Oberst und Ellie gestern Abend gemeint hatten: Ich konnte mir nicht vorstellen, dass dieser Mann den Azaleenkranz vor das Bootshaus gelegt hatte, und ich war mir auch ziemlich sicher, dass er nichts mit dem Notizbuch zu tun hatte. Wie ich Favell einschätzte, wurde er fast ausschließlich von Eigennutz getrieben. Welchen Vorteil hätte er denn davon gehabt, Oberst Julyan diese anonyme Gabe zu schicken? Außerdem sah ich in Anbetracht dessen, was er mir erzählt hatte, nicht, wie Favell zu dem Buch hätte kommen sollen. Damit blieb nur noch eine offensichtliche Kandidatin übrig, die sich – wie Ellie mir berichtet hatte – nach Rebeccas Tod im Besitz von deren Terminkalender befunden hatte. Ich wartete eine Weile und warf dann die Frage nach Mrs. Danvers auf.

Favell legte wenig Interesse an den Tag, und ich hatte den Eindruck, dass er mit den Gedanken anderswo war. »Danny? Hab sie nicht mehr zu Gesicht bekommen seit ... wie lange? Acht Jahre? Neun? Nicht die geringste Ahnung, wo sie ist. Und um ehrlich zu Ihnen zu sein, ist mir das auch egal. Rebecca ist immer mit ihr fertig geworden – aber diese Danny ist eine unheimliche Person. Zwanghaft. Und knausrig. Ist mir nie eine Hilfe gewesen, sondern hat sich nur mit mir getroffen, weil sie die ganze Zeit über Rebecca reden wollte. Rebecca dies, Rebecca das, verdammt noch mal. Sie hat die Beziehung zwischen mir und Rebecca nie verstanden – schließlich war ich es leid. Ich meine, warum sollte ich mich mit ihr abgeben? Dazu ist das Leben zu kurz. Das Letzte, was ich weiß, ist, dass sie wieder in London war. Könnte bei den Luftangriffen umgekommen sein, an Altersschwäche gestorben. Oder an ihrer Verbitterung – als ich sie das letzte Mal traf, war sie auf dem besten Wege. Jetzt sehen Sie sich das an ...«

Wir näherten uns über Nebenstraßen dem Piccadilly Circus. Favell wies gestenreich auf eine Reihe von Häusern aus dem frühen neunzehnten Jahrhundert, in deren Mitte ein Bombenkrater klaffte. Die Stelle war mit einem Bretterzaun abgesperrt, aber man sah zerborstene Mauern und wucherndes Unkraut. Ein Kamin hing frei in der Luft, und an den Ziegelsteinen hafteten teilweise noch Putz und – außerordentlich, nach all diesen Jahren – dünne, hartnäckige Tapetenstreifen.

»Warum räumt man hier nicht auf? Wieso wird hier nichts Neues gebaut?« Favell warf finstere Blicke aus dem Fenster. »Sechs Jahre, und man könnte immer noch meinen, der Krieg wäre gestern zu Ende gegangen. Sehen Sie sich das an! Bitte schön, das ist London, das ist England. Man gewinnt einen verfluchten Krieg, und sechs Jahre später kann man nichts Anständiges zum Essen kaufen, ordentliche Kleidung ist nicht zu kriegen, und eine Flasche Scotch kostet ein Vermögen. Und niemand weiß mehr, wie man sich amüsiert. Schauen Sie sich um – hier ist alles wie ausgestorben. Sehen Sie das da, das Trümmergrundstück? Das war einmal ein Restaurant. Eines der besten. Französisches Essen, französische Weine, französische Kellner. Ich liebte dieses Lokal. La Pomme d'Or hieß es. Das war das erste Londoner Restaurant, in das mich jemand eingeladen hat. Ich kam direkt von dem Schiff aus Mombasa und war schrecklich grün hinter den Ohren. Siebzehn Jahre alt. Jack Devlin holte mich vom Zug aus

Southampton ab und führte mich her. Bestellte mir alles, was ich wollte – Austern, Champagner, Brandy. Nachher habe ich gekotzt wie ein Pferd. Ich konnte kaum glauben, wie hübsch alles war: die weißen Tischdecken, die Kerzen und das glitzernde Silber. Bei der Gelegenheit habe ich Rebecca zum ersten Mal gesehen. Sie saß am Tisch. Ich kann mich nicht erinnern, wie alt sie damals war, vielleicht vierzehn. Sie sah aus wie zwölf, und trotzdem konnte ich den Blick nicht von ihr losreißen. Kein einziges Wort sagte sie, den ganzen Abend nicht. An das schwarze Kleid erinnere ich mich. Genau, ein schwarzes Kleid, weil sie in Trauer um ihre Mutter war. Ein schwarzes Kleid, und dann die weiße Haut und die riesigen dunklen Augen ... Jesus. Sagen Sie doch dem Fahrer, er soll einen Zahn zulegen, ja?«

Das Taxi ruckelte über eine Kreuzung. Favell sank wieder auf seinem Platz zusammen. Ich verkrampfte mich und wagte kaum zu sprechen, damit er nicht einschnappte oder das, was er mir gerade erzählt hatte, wieder relativierte. Also wartete ich, bis wir in den Piccadilly-Circus einbogen und der Erosbrunnen vor uns lag.

»Jack Devlin?«, fragte ich und beobachtete ihn.

Favell warf mir einen irritierten Blick zu, als sei ich schwer von Begriff. »Ja. Jack Devlin. Mein Onkel. Meine Mutter hat mich nach ihm benannt; er war ihr Lieblingsbruder.«

Ich wartete. Seit sechs Monaten wartete ich auf diesen Moment, also konnte ich mich noch ein wenig länger gedulden. Wir bogen nach links ab. Das Restaurant war jetzt zu sehen, die Lichter von Soho glitzerten und Favell schien aufzuleben.

»Ach, jetzt verstehe ich«, sagte er. »Sie meinen, das wussten Sie nicht? Jack Devlin war Rebeccas Vater. Zumindest war er einmal mit ihrer Mutter verheiratet, also war er wahrscheinlich ihr Erzeuger, obwohl man da keine vorschnellen Schlüsse ziehen sollte, was, alter Junge?«

Allerdings nicht. Wir kletterten aus dem Taxi. Ich wusste, dass keinerlei Gefahr bestand, Favells Brieftasche könnte wieder auftauchen, daher bezahlte ich den Fahrer.

17. Kapitel

Ich hatte das Restaurant sorgfältig ausgewählt, denn ich konnte kein Lokal riskieren, das ich früher mit Nicky und Julia besucht hatte und wo man mich erkennen könnte. Außerdem wollte ich alles zu Laute und Modische vermeiden, wo Favell abgelenkt würde. Das »Chez Vincent«, in dem sich nichts verändert hatte, seit ich vor dem Krieg zum ersten Mal dort war, schien mir eine gute Wahl zu sein. Es war ein kleines, schlichtes Lokal von der Art, wie sie in London allzu selten sind. Man servierte ausgezeichnetes Essen, und die Weinkarte war gut. Die mit einfachen, makellosen Damasttüchern gedeckten Tische waren durch hohe hölzerne Raumteiler voneinander getrennt, perfekt für vertrauliche Gespräche. Heute, an einem Montagabend, war das Lokal nicht stark besucht; man führte Favell und mich an einen Ecktisch. Favells erste Reaktion, das sah ich ihm an, war nicht positiv.

»Ein ziemliches Loch, was, alter Knabe?«, meinte er. »Aber ich habe gehört, das Essen wäre gut. Was dagegen, wenn ich einen Aperitif trinke? Sagen Sie dem Kellner, ich nehme einen *Fine à l'eau* ...«

Ich gab die Bestellung auf; Favell nahm die Speisekarte in Augenschein. Sein Brandy wurde schnell gebracht; und nachdem Favell die üppigsten und teuersten Gerichte auf der Karte geordert und eine weitere Zigarette angezündet hatte, schien er zu der Meinung zu gelangen, dass das Lokal ihm doch behagte. Er tauchte aus seiner vorherigen besorgten, trübsinnigen Stimmung auf und bemerkte, das hier sei ja nicht gerade der Grill im Savoy, aber manchmal könnten diese kleinen Lokale überraschend gut sein. Er richtete die blassen Augen auf mich und unterzog mich einem langen, taxierenden Blick.

»So, wo soll ich anfangen, alter Junge?«, fragte er. »Mit Rebeccas Vater? Ihrem mutmaßlichen Vater? Über ihn kann ich Ihnen allerhand Geschichten erzählen. Ich glaube, Jack Devlin hegte, vorsichtig ausgedrückt, einige Zweifel an seiner Vaterschaft. Aber er sprach nicht darüber, wollte wahrscheinlich Rebecca nicht wehtun. Verstehen Sie, er betete das Mädchen an. Er war ihr nie begegnet, bevor ihre Mutter starb – aber dann ... Nichts war gut genug für sie. Rebecca konnte ihn um den kleinen Finger wickeln.«

Zum ersten Mal an diesem Abend fühlte ich mich ein wenig unwohl. In Favells Blick hatte ein merkwürdig grüblerischer Ausdruck gelegen, der darauf hinwies, dass er Hintergedanken hegte. Vielleicht würde er sich jetzt anschicken, Bezahlung für seine Informationen zu verlangen. Wenn, dann würde ich mich damit auseinander setzen, wenn es soweit war. Unterdessen hatte ich erkannt, dass Favell sich nicht gern unterbrechen ließ, also entschied ich, ihn einfach reden zu lassen. Nachhaken konnte ich später immer noch. Favell nahm einen tiefen Schluck Brandy und begann mit offensichtlichem Genuss zu erzählen.

»Jack Devlin war schon ein Original. Die Leute nannten ihn ›Black Jack‹ Devlin. Er war ein Pirat, immer bereit, seinen Hals zu riskieren, ein bisschen ein Desperado. In dieser Hinsicht schlage ich ihm nach ... Ich habe auch gern etwas riskiert. Natürlich ist es ihm besser ergangen als mir. Jack hatte wirklich das sprichwörtliche Glück der Iren und hat damit ein Vermögen gemacht. Und charmant war er – Jack Devlin konnte das Blaue vom Himmel reden. Als ich ihn kennen lernte, war er Ende dreißig und einer der bestaussehenden Männer, die mir je unter die Augen gekommen sind. Extravagant. War kein Gentleman und hat auch nicht versucht, so zu tun. Sechs Fuß groß, schwarzes Haar und blaue Augen. Onkel Jack war einmalig. Hatte eine Vorliebe für Pferde und wusste so gut wie alles über sie ...« Favell zündete sich eine neue Zigarette an.

»Jack Devlin konnte jeden unter den Tisch trinken«, fuhr er fort. »Er war ein Spieler – daher stammte sein Spitzname, abgesehen von seinem Äußeren –, und ich kann Ihnen sagen, dass es keine gute Idee war, sich auf ein Kartenspiel mit ihm einzulassen. Und wenn man eine Frau war – aufpassen. Nicht, dass die Mädels das je getan hätten, alter Junge. Auf diesem Gebiet war Jack nur zu erfolgreich ... Und das lag nicht nur an seinem Aussehen. Er war Frauen gegenüber höflich, aufmerksam. Er konnte einen Höllenspektakel machen, aber er hatte auch diese träumerische, sanfte Seite, und das mochten die Frauen. Und er hat seinen irischen Akzent nie abgelegt – er hatte diese weiche Redeweise der Leute aus Cork, und wenn er einem eine Geschichte erzählte, war man wie gebannt. Jack Devlin konnte reden wie ein Engel.«

Ich dachte über diesen Iren nach, diesen keltischen Charmeur, den leicht verruchten Spieler mit seiner Vorliebe für Pferde, und fand, dass ich – wie der Oberst es ausgedrückt hätte – nicht alles für bare Münze nehmen sollte. Aber schließlich hatte ich auch nicht damit gerechnet, dass Favell sich als besonders exakter Zeuge erweisen würde. Ich versuchte, ein paar Fakten zu erfahren, und gelockert durch den *Fine à l'eau* rückte er mit einigen heraus.

Jack Devlin, sagte er, war der jüngste Sohn aus einer Familie mit acht Kindern und in Cork aufgewachsen. Sein Vater hatte ein »hübsches kleines Geschäft« aufgebaut: Er hatte mit einem kleinen Kurzwarenladen begonnen und schließlich das größte und schickste Damenmodengeschäft in der Stadt besessen und sich auf den Import feinster französischer Seiden- und Brokatstoffe spezialisiert. Beide Eltern Devlins besaßen viel Geschäftssinn, waren gute Katholiken und zutiefst fromm. Von den fünf Kindern, die das Erwachsenenalter erreichten, gingen drei in die Familienfirma, und die beiden jüngsten, die Schönheiten der Familie, schlugen eigene Wege ein. Die Tochter Brigid, Favells Mutter, heiratete in den anglo-irischen niederen Adel ein, und das jüngste Kind, eben Jack Devlin, verließ Irland, schloss eine katastrophale Ehe und schlug über die Stränge.

Bezüglich seiner Herkunft war Favell eindeutig empfindlich, und – wie ich zuvor schon bemerkt hatte – er wurde aggressiv, wenn er sich unwohl fühlte. »Die Großeltern Devlin waren also im Handel«, sagte er, während der Kellner unseren ersten Gang brachte. Ich hatte Fisch bestellt, Favell hingegen ein reichhaltiges Gericht mit Sahne, Pilzen und Blätterteig. »Ich entschuldige mich nicht dafür. Warum auch? Ich weiß nicht, wie Sie das sehen, Kumpel, aber ich habe nichts für diesen ganzen antiquierten Snobismus übrig, für Leute, die auf mich herabsehen, weil mein Großvater sein Geld auf ehrliche Art verdient hat. Mein Vater war so, Max de Winter auch. Verdammte Snobs, alle beide. Man sollte meinen, der Krieg hätte dem allen ein Ende gemacht, aber das stimmt nicht. Na ja, ich selbst bin da ganz anders. Ich habe eine Schwäche für die Benachteiligten, bin auf meine leise Art immer so etwas wie ein Sozialist gewesen ...«

Der Sozialist, der mir seine Freundin als »gewöhnlich« beschrieben hatte, nahm einen Schluck von dem Weißwein, den ich bestellt hatte, und machte sich in aller Ruhe daran, eine weitere Klage zu führen.

»Mein Vater hielt sich für so verflucht großartig«, fuhr er fort. »Er war ein jüngerer Sohn einer reichen Familie und prahlte ständig mit dem Stammsitz der Favells und all seinen verdammten Verbindungen – dabei war der Stammsitz eine riesige Ruine, und was an Geld da war, ging an seinen älteren Bruder. Als Pa feststellte, dass er sich trotz seiner alten Schulkrawatte und seiner Verbindungen nicht über Wasser halten konnte, war er nur zu gern bereit, die Tochter eines Textilhändlers zu heiraten, vor allem, da sie eine großzügige Mitgift bekam – die er, nebenbei bemerkt, innerhalb von drei Jahren durchbrachte. Er schleppte meine Mutter nach Kenia, weil man dort Land fast umsonst bekam. Versuchte, sich bei der Schickeria einzuschmeicheln, schrieb an seine alten Schulkameraden und meinte, er könnte mit einer Kaffeeplantage groß rauskommen – und was ist schließlich aus ihm geworden? Ein verdammter jämmerlicher Angestellter einer In- und Exportfirma in Nairobi. Da ist mir ein Jack Devlin tausendmal lieber. Er hat nie einen Pfifferling darum gegeben, was andere von ihm dachten. Und er hat ein Vermögen gemacht, mehrere Male sogar. Das hat meinen Vater natürlich furchtbar gefuchst. Er pflegte zu sagen, wenn er schon einen Hungerlohn verdiene, dann wenigstens auf ehrliche Weise ...«

»Was heißen sollte, dass Jack Devlin nicht ehrlich war? Stimmte das? Wie hat Ihr Onkel sein Geld verdient?«

Favell warf mir einen Seitenblick zu und lächelte dann. »Schlussendlich in Südafrika. Und wie ich Ihnen schon sagte, ist er vielleicht ein bisschen hart am Wind gesegelt – er war ein geborener Spekulant. Aber jetzt greife ich vor. Angefangen hat er in der Firma der Familie und arbeitete ein, zwei Jahre für seinen Vater, fuhr nach Frankreich und tat neue Lieferanten für die Seidenstoffe und Bänder auf. Schätze, er hat in Paris ein schönes Leben geführt ...«

Favell unterbrach sich, um gierig den Rest seiner Vorspeise mit Brot aufzutunken, als hätte er seit Tagen keine richtige Mahlzeit zu sich genommen. Ich wägte seine Information ab. Mein Instinkt hatte mir von Anfang an gesagt, dass irgendwo eine Beziehung nach Frankreich existierte.

»Hat er dort Rebeccas Mutter kennen gelernt?«, fragte ich.

»Wie kommen Sie denn darauf, Sportsfreund?«

»Ich halte es für möglich, dass Rebecca Verbindungen in Frankreich hatte. Jemand hat mir gegenüber einmal erwähnt, sie habe dort vielleicht Familie. Sie segelte ein umgebautes bretonisches Fischerboot, obwohl sie sich leicht in Kerrith ein Boot hätte bauen lassen können. Das Schiff hatte einen französischen Namen: *Je reviens.* Außerdem ist von ihr keine Geburtsurkunde aufzufinden. Also könnte sie, genau wie Sie, im Ausland geboren worden sein ...«

»So, so, Sie haben also ein bisschen herumgeschnüffelt.« Lächelnd zündete Favell sich noch eine Zigarette an.

»Ich hatte mich schon gefragt ... Sonst noch etwas herausgekriegt, alter Junge?«

»Allerhand.« Ich dachte an die Postkarte mit McKendrick und beschloss, ein Risiko einzugehen. Wenn ich danebenlag, würde das nicht schaden; vielleicht konnte ich Favell trotzdem eine Enthüllung entlocken. »Zum Beispiel habe ich den Eindruck, dass Rebecca als Kind mit dem Theater zu tun hatte«, sagte ich. »Ich glaube, dass ihre Mutter Schauspielerin war.«

Favell zog die Augenbrauen hoch und lachte. »Gar nicht übel. Wie haben Sie das herausbekommen? Was ihre Mutter anging, war Rebecca sehr verschwiegen. Max wusste vielleicht davon, und ich glaube, seine Großmutter, diese alte Tatarin, war auch im Bilde – meiner Meinung nach entging ihr nichts. Aber ich glaube, sie sind nicht besonders erpicht darauf gewesen, auf Manderley Reklame damit zu machen. Was meinen Sie? Da hätten die feinen Leute da unten ganz schön die Nase gerümpft. Ich meine – eine Schauspielerin! In ihren Augen fast so schlimm wie ein leichtes Mädchen. Sie lebten immer noch in einer anderen Epoche, und wahrscheinlich hat sich nichts daran geändert. Sogar Max war in mancher Hinsicht schrecklich altmodisch und zugeknöpft. Voller Hemmungen. Außerdem war da noch die Geschichte mit seinem Vater, Lionel. Der hatte, wie ich gehört habe, keine Berührungsängste gegenüber Schauspielerinnen. Lungerte immer an den Bühneneingängen herum. Er war damals schon Jahre tot, aber sein Ruf lebte weiter. Man konnte keine fünf Minuten in Kerrith verbringen, ohne von seinen Heldentaten zu hören. Also hat Rebecca schön den Mund über den Beruf ihrer lieben Mama gehalten. Wäre bei ihren hochgestochenen Partys nicht gut angekommen ... Ah, das Essen. Und ein Bordeaux. Sie hängen sich ja ganz schön aus dem Fenster, Kumpel. Nicht, dass ich mich beschweren wollte ...«

Während die Kellner unseren Hauptgang servierten, trat eine Pause ein. Favell füllte sein Weinglas nach und nahm dann den Faden seiner Geschichte wieder auf. Er schien durchaus gern zu erzählen – unwillig wurde er erst später.

»Also, wo war ich? Paris, genau. Jack Devlin arbeitete von Paris aus, aber er reiste sehr viel, besuchte Lieferanten in Frankreich, aber auch in Italien und England. Und bei einem dieser Ausflüge begegnete er der schönen Isabel. Meine Mutter pflegte zu sagen, er hätte sie am Montag getroffen, am Dienstag geheiratet und am Donnerstag wieder verlassen. Jack Devlin war jedenfalls kein Mann, der Zeit verschwendete. Er war jung, ungefähr vierundzwanzig, und hat sich wohl auf den ersten Blick verliebt – den allerersten. Das hat er mir selbst so erzählt, und Jahre später auch Rebecca. Jedenfalls hat er die schöne Isabel in irgendeiner ländlichen Kirche in Frankreich geheiratet, meiner Mutter ein Telegramm geschickt und war überglücklich. Aber dann ist etwas schief gegangen. Sechs Monate später kam ein zweites Telegramm. Ich glaube, die schöne Isabel hielt sich noch in Frankreich auf, aber Jack nicht mehr. Er hatte seine Frau verlassen, seine Zelte abgebrochen und war nach Südafrika gesegelt, um einen neuen Anfang zu machen ...«

Er warf mir einen Blick aus seinen fahlen Augen zu. »Fragen Sie mich nicht danach – ich sehe schon, wie sich bei Ihnen die Rädchen in Bewegung setzen. Ich kann aber nichts darauf antworten. Sie dürfen nicht vergessen, dass das Ganze lange her ist. Muss im Jahr 1900 gewesen sein, weil er wegging, bevor Rebecca geboren wurde, und sie kam im November dieses Jahres zur Welt. Ich war damals drei, ich weiß also alles nur vom Hörensagen, über meine Mutter. Sie erzählte, diese Frau hätte Jack das Herz gebrochen. Jedenfalls hat er sich nicht scheiden lassen und nie wieder geheiratet. Aber ich selbst bin Onkel Jack erst vierzehn Jahre später begegnet. Bevor ich nach England kam, wusste ich nicht einmal, dass er ein Kind hatte, und ich glaube, auch meine Mutter hatte keine Ahnung ... Außerdem besteht sogar die Möglichkeit, dass Onkel Jack selbst davon überrascht wurde. Diese Idee ist mir mehr als einmal durch den Kopf gegangen, das kann ich Ihnen sagen.«

Favell hatte Recht: Ich hätte ihm gern tausend Fragen gestellt, aber ich beschloss zu warten. Er begann mit Appetit zu essen und setzte mich dabei über Jack Devlins anschließende Karriere in Südafrika ins Bild. Die Einzelheiten, die er mir schilderte, waren schillernd und, wie ich argwöhnte, größtenteils frei erfunden.

Nach einigen Jahren, in denen er sich mühsam durchschlug, hatte Jack Devlin anscheinend sein Metier gefunden, den Bergbau. In die Branche war er durch Zufall gerutscht. »In einer Bar in Jo'burg ist er einem alten Schnorrer begegnet«, berichtete Favell grinsend. »Zumindest hat er die Geschichte so erzählt. Der alte Bursche war eine Lachnummer, aber er trank gern einen und liebte Kartenspiele, also pokerten die beiden. Jack gewann. Er nahm dem Mann sein Pferd und seine Knarre ab. Schließlich hatte der Alte nichts mehr als die Kleider, die er am Leib trug, und die Besitzurkunde über ein kleines Stück Land in der Gegend von Modderfontein, von dem er schwor, dass dort Gold liege.

Die beiden köpften noch eine Flasche Schnaps und spielten noch ein einziges Mal. Der Mann hatte ein gutes Blatt, aber Jack Devlin hatte alle vier Asse. Also gewann Jack ein paar abgetragene Hosen, ein abgewetztes Hemd und ein kleines Stück Land, vom dem jeder schwor, es sei wertlos. Sie schüttelten sich die Hand, und Jack ließ dem alten Burschen seine Kleider und sein Pferd, aber er nahm die Pistole und diesen Besitztitel – und machte damit sein Glück.« Favell lachte. »In diesen Hügeln lag tatsächlich Gold. So wurde Jack reich, zumindest hat er das erzählt. Und die Geschichte könnte sogar stimmen, denn er hat den Revolver behalten – na, jedenfalls irgendeinen Revolver. Er hing an der Wand über seinem Schreibtisch in dem Haus, das er in Berkshire gekauft hatte. Die Waffe sei sein Glücksbringer, sagte er. Und bis Jack nach England zurückkehrte, ist das Glück ihm auch immer treu geblieben ...« Er unterbrach sich. »Etwas nicht in Ordnung, alter Junge?«

»Nein, alles klar«, antwortete ich.

»Glauben mir wohl nicht, was?« Favell hatte meine Reaktion bemerkt und falsch gedeutet. Er warf mir einen spöttischen Blick zu. »Kann ich Ihnen nicht mal übel nehmen. Aber so war Jack nun einmal, und wie er erzählte, konnte ich alles richtig vor mir sehen. Und wenn es nicht stimmte, was soll's? Am Ende läuft es auf dasselbe hinaus. Er ist ins Bergwerksgeschäft eingestiegen, investierte in Minen – nicht nur Gold-, sondern auch Diamantenminen –, und er machte Geld, großes Geld. Ich will nicht sagen, dass alles ganz korrekt war, und vielleicht betrieb er noch andere Geschäfte, als man auf den ersten Blick sah – später pflegte Rebecca ihn aufzuziehen und zu sagen, er habe sein Vermögen im Waffenhandel verdient ...« Favell lächelte. »Maxim-Gewehre vielleicht, wer weiß? Vielleicht hat Rebecca ihren Mann deswegen Max genannt – niemand sonst rief ihn so, bis auf mich natürlich. Ich habe es ihr nachgetan, weil ich mitbekam, dass es ihn höllisch ärgerte ... Retten Sie doch bitte die Flasche, ja? Für Sie nichts mehr? Dann mache ich sie leer. Keinen Sinn, den guten Tropfen zu vergeuden. Wo geht's denn hier für Knaben, alter Junge? Eine Treppe tiefer? Bin in einer Minute zurück.«

Favell stand auf. Ich dachte über das Wort »Berkshire« nach, das mir aus seiner Geschichte entgegengesprungen war und mich umso härter getroffen hatte, als ich nicht darauf gefasst gewesen war. Ich musste ihn überreden, noch einmal in diese Richtung zu schweifen. Und das versuchte ich auch, als er zurückkam. Aber genau an diesem Punkt, als ich am dringendsten Fakten brauchte, begannen meine Schwierigkeiten.

Bis zu diesem Moment war Favell durchaus bereit zum Reden gewesen, ja sogar begierig darauf. Seine Geschichten über Jack Devlin genoss er jedenfalls, und ich vermutete, dass sie einen regelmäßigen Teil seines Repertoires darstellten. Doch als er an den Tisch zurückkehrte, spürte ich, dass seine Stimmung sich geändert hatte. Ich bemerkte, dass er blass aussah und gereizt wirkte. Er ließ sich auf den Platz neben mir sinken und schob die Speisekarte weg.

»Glaube, ich habe zu viel gegessen«, erklärte er. »Bin so mächtige Sachen nicht gewöhnt, Kumpel – heutzutage nicht mehr, das ist das Problem. Bestellen Sie mir noch einen *Fine*, ja. Braver Bursche. Das beruhigt meinen Magen immer ...«

Ich bestellte den *Fine*, obwohl Favell meiner Meinung nach besser nichts mehr getrunken hätte, und einen Kaffee für mich. Dann wartete ich, bis er wieder munterer wurde, und versuchte es mit ein paar Fragen. Ich wollte ihn zu dem Moment bringen, in dem er mit siebzehn Jahren zum ersten Mal nach England kam – und Rebecca begegnete. Er sollte mir von dem Haus in Berkshire erzählen. Aber genau an diesem Punkt, an dem seine Geschichte und das Leben Rebeccas und ihres Vaters sich zum ersten Mal kreuzten, sperrte er sich. Zu Beginn musste ich ihm jede Antwort mühsam entlocken.

»Jack Devlin kehrte 1914 zurück, in dem Sommer, als der Krieg ausbrach«, sagte er. »Keine Ahnung, warum er Afrika verließ. Hatte vielleicht genug davon. Er hatte schließlich sein Schäfchen im Trockenen, und er war ein junger Mann im besten Alter, noch keine vierzig. Und nein, ich weiß verdammt noch mal nicht genau, wann Rebeccas Mutter starb. Sie war jung, es kam unerwartet, und es passierte, nicht lange bevor ich 1915 nach England kam – wie gesagt trug Rebecca noch Trauer, als ich sie kennen lernte. Ansonsten weiß ich nicht das Geringste über ihre Mutter. Die Frau hat mich nicht interessiert. Bin ihr nie begegnet. Interessiert habe ich mich für Rebecca.«

»Ich frage mich, ob Jack Devlin nach Europa zurückkehrte, *weil* Rebeccas Mutter gestorben war. Wie hat er Kontakt zu Rebecca aufgenommen, und warum?«

»Danny hat ihm geschrieben, glaube ich, und ihm mitgeteilt, dass Isabel tot war. Sie hat ihn aufgespürt und ihm geschrieben. Danny war im Bilde, immer schon. Sie war in Stellung, war ihr ganzes verdammtes Leben lang in Stellung gewesen, und ich glaube, sie hatte einmal für eine Familie gearbeitet, die Rebeccas Mutter kannte. Danny war Mutter und Tochter tief ergeben, und es hat keinen Sinn, mich nach den Einzelheiten zu fragen, weil ich erstens nichts darüber weiß und es mich zweitens ums Verrecken nicht interessiert. Ich weiß nur, dass Jack Devlin nach

Hause kam, dieses verflucht große Haus – so eine Vorortvilla, reichlich protzig – am Rande der Downs von Berkshire kaufte und groß mit Pferden einstieg. Baute diese riesigen Ställe, engagierte einen Trainer. Wollte einen Derby-Sieger heranziehen; ist ihm allerdings nicht geglückt ... Und als ich kam, lebten sie alle schon mehrere Monate dort. Danny kümmerte sich um Rebecca, führte Jack Devlin den Haushalt und machte sich unentbehrlich – ging ran wie Captain Flint, unsere Danny. Ziemlich komisch war sie damals schon. Hat nie geheiratet. Das ›Mrs.‹ war eine reine Höflichkeitsanrede. Haushälterinnen hießen zu der Zeit immer Mrs. Irgendwie – Gott weiß, warum.«

Er runzelte die Stirn und nahm einen Schluck von seinem Brandy. »Greenways«, fuhr er fort und blickte ins Leere. »So hieß das Haus: Greenways. Lag in der Nähe eines Dorfs namens Hampton und irgendwas. Nicht weit von Lambourn ... Schon mal in dieser Ecke der Welt gewesen, Sportsfreund?«

»Nein, aber ich habe davon gehört. Ich hatte eine Tante, die in der Umgebung von Lambourn aufgewachsen ist.«

»Nette Gegend. Ich frage mich, ob das Haus noch steht. Ein- oder zweimal habe ich daran gedacht, noch einmal hinzufahren und einen Blick darauf zu werfen. Wunderschöne Lage, vom Grundstück aus konnte man direkt in die Downs hinaufgehen. Dort sah ich Rebecca immer beim Reiten zu. Sie war eine brillante Reiterin, vollkommen furchtlos. Und mit fünfzehn sah sie im Reitanzug, mit der Gerte in der Hand, verdammt erstaunlich hübsch aus, das kann ich Ihnen sagen ...«

Favell ließ die Bemerkung in der Luft stehen, erwiderte meinen Blick und lächelte. Er wartete auf die nächste Frage, und da er mir gerade einen Hinweis gegeben hatte, stellte ich sie. »Sie haben davon gesprochen, dass Sie und Rebecca sich einige Jahre lang sehr nahe standen. Wann genau war das? Als Sie nach England kamen?«

»Habe ich das gesagt? Na, dann wird es schon so gewesen sein.« Er zögerte, und als er weitersprach, klang er anders, nicht mehr zweideutig, sondern eher defensiv. »Sehen Sie, ich war noch ein Junge, oder? Damals war ich anders, zum Beispiel hatte ich noch keine verdammten Rückschläge einstecken müssen. Also steckte ich voller Pläne und Optimismus. Ich wollte zur Navy gehen – ich hatte schon immer in der Marine dienen wollen. Meine Mutter hatte mir den Kopf mit einer Menge verfluchtem Unsinn über die Offizierslaufbahn voll gestopft, und ich war mächtig scharf darauf, die Ausbildung anzufangen ... Konnte es kaum abwarten, ein Schiff zu kommandieren und Deutsche abzuschießen ... So naiv war ich. Es war aufregend, Pläne zu schmieden. Rebecca und ich haben herumgealbert – Signalsprache geübt, das Morsealphabet gelernt –, wir hatten einfach Spaß. Für mich war sie wie eine kleine Schwester, und sie sah zu mir auf und konnte nicht abwarten, mich in Uniform zu sehen. Ich war ein Held für sie. In mancherlei Hinsicht war sie ein merkwürdiges Kind. Sehr drollig. Aber zwischen uns hat es gleich gefunkt. Wir lachten über dieselben Sachen. Wir verstanden uns einfach gut.«

»Und weiter?«, half ich ihm auf die Sprünge.

»Dann hat Onkel Jack ein paar Fäden gezogen und mir einen Platz in Dartmouth besorgt. Die Ausbildung war nicht so schlimm – ich konnte immer nach Greenways fahren und sie sehen. Aber Dartmouth war verdammt snobistisch, ich kam nicht mit den anderen Kadetten zurecht, die Disziplin passte mir nicht – und das konnte Rebecca nicht verstehen, was ausgerechnet von ihr reichlich komisch war. Also habe ich wohl in ihren Augen ein wenig von meinem alten Glanz verloren. Hatte eine oder zwei Auseinandersetzungen mit Onkel Jack – er glaubte, ich hätte einen schlechten Einfluss auf sie. Dann wurde ich auf meinen ersten Einsatz geschickt, und der war eine verdammte Katastrophe. Ich hasste es vom ersten Tag an. Wir hatten Krieg, und ich konnte nie Urlaub bekommen ...«

Er hielt inne; ein vertrauter gekränkter Unterton hatte sich in seine Stimme geschlichen. »Und als ich dann endlich nach Hause kam, gab Rebecca sich nicht gerade übertrieben herzlich. Sie war kein kleines Kind mehr. Sie wurde schnell größer; sie war schön und wusste es. Onkel Jack hat sie verzogen. Er wollte eine feine Dame aus ihr machen, daran hatte er sein Herz gehängt. Sie rauschte herein, in diesen tollen Kleidern, mit ihrem langen schwarzen Haar, und sie ... verspottete mich, verbot mir ständig den Mund. Das hat mich geärgert. Wir hatten einen kleinen Streit, nichts Ernstes. Aber seitdem sah ich sie weniger. Ich glaube, sie hatte aus der Schule geplaudert.« Er wandte den Blick ab. »Hat mich bei Onkel Jack angeschwärzt und ihm einen Haufen Lügen aufgetischt. Damit hat sie sich bei mir nicht gerade beliebt gemacht. Aber ich bin darüber hinweggekommen.«

Wieder spürte ich, dass er mir auswich. Ich glaubte, dass hinter dieser Folge von Ereignissen mehr steckte, als Favell zu sagen bereit war. Ich versuchte ihn zu drängen, erreichte aber nichts. Er wurde missmutig, und schließlich sah ich mich gezwungen, meine Taktik zu ändern.

»Hat Rebecca mit Ihnen je über ihre Kindheit gesprochen, über ihr Leben mit ihrer Mutter?«

»Ein paarmal. Hat mich nicht besonders interessiert.«

»War ihre Mutter Französin? Hat Rebecca als Kind eine Zeit lang in Frankreich gelebt? Wann sind die beiden nach England gekommen?«

»Ich glaube nicht, dass ihre Mutter Französin war, sie hielt sich nur gerade dort auf, als Devlin sie kennen lernte – den Eindruck hatte ich jedenfalls. Ich glaube, sie kehrten nach England zurück, als Rebecca noch klein war, fünf oder sechs Jahre. Aber weiter habe ich keine Ahnung, alter Junge.«

»Ist ihre Mutter unter dem Namen Devlin aufgetreten? Isabel Devlin?«

»Schon möglich, aber das kann ich wirklich nicht sagen. Verstehen Sie, Isabel war nicht gerade Sarah Bernhardt. Sie war ausnehmend hübsch – und, ich vermute, äußerst untalentiert. Rebecca ließ nichts auf ihre Mutter kommen. Hat sie angebetet. In ihrem Zimmer auf Greenways hatte sie ihr einen kleinen Schrein errichtet, ein kleines Triptychon aus Fotos: Mama als Statistin. Mama in einer Rolle, in der sie zwei Zeilen zu sagen hatte. Oh, und Mamas großer Augenblick. Wissen Sie, was Mamas großer Augenblick war? Sie spielte die Desdemona neben irgendeinem Schmierenkomödianten von Othello, in einem zweitrangigen Loch von einem Theater, auf einer drittklassigen Tournee ... Jesus ...«

Ärgerlich drückte er seine Zigarette aus. »Es war ein Bild des Jammers. Jeden Abend stellte Rebecca Blumen vor diese Fotos – wahrscheinlich zündete sie eine Kerze an und sagte davor ihr Nachtgebet. Als ich Rebecca kennen lernte, war sie in manchem noch sehr kindlich. Aber schließlich war sie nie zur Schule gegangen. Ihre Mutter hatte sie unterrichtet, und ehrlich gesagt glaube ich nicht, dass die Mama besonders qualifiziert war. Ganz die feine Dame, obwohl sie Schauspielerin war. Sie konnte Klavier spielen und nähen, vermute ich, und das war es schon. Daher war Rebecca damals ein komisches kleines Ding – konnte meterweise Shakespeare hersagen, wusste diese verfluchten Stücke in- und auswendig –, aber sie konnte nicht malnehmen und teilen, kaum zwei und zwei zusammenzählen. Wusste die einfachsten Dinge nicht: keine Ahnung von Geografie oder Geschichte. Jedenfalls nicht, bis Onkel Jack begann, eine Gouvernante nach der anderen anzuheuern, und denen hat Rebecca das Leben schwer gemacht. Sie war sehr eigensinnig. Französisch sprach sie natürlich, und zwar wie ihre Muttersprache, und sie war eine brillante Imitatorin. Sie konnte jeden Akzent, jede Stimme nachahmen; sie brauchte etwas nur einmal zu hören, und sie konnte es aus dem Effeff. Kam wohl von all den Jahren hinter den Kulissen ...

Natürlich gefiel das Onkel Jack, und er stachelte sie noch an. Meiner Meinung nach machte er einen verdammten dressierten Affen aus ihr – nicht, dass mich je ein Mensch nach meiner Meinung gefragt hätte. Wir setzten uns nach dem Abendessen zusammen, und dann hieß es: ›Becka, möchtest du nicht etwas aus einem Stück für deinen alten Vater rezitieren?‹ Alt – ich sagte Ihnen ja, dass er noch keine vierzig war. Und bevor man sich's versah, war sie schon aufgesprungen – und dann konnten wir uns das verfluchte Zeug stundenlang anhören. Ich habe Shakespeare noch nie gemocht, begreife einfach nicht, was das soll. Die meiste Zeit versteht man überhaupt nicht, was er will. Aber Onkel Jack war nicht dieser Ansicht, oh nein. Besonders, wenn seine kostbare Becka den Vortrag hielt. Sie gab ihm ein verflucht blödes Stück zu lesen – welches ist das noch, in dem die tote Frau als Statue zurückkehrt und der König wieder mit seiner Tochter vereint wird?«

»*Ein Wintermärchen?*«

»Genau. Das war sein Lieblingsstück. ›Meine verlorene Tochter‹ begann er sie zu nennen. So stellte er sie bei Leuten vor. ›Dies ist Becka, meine verlorene Tochter. Meine kleine ...‹ Wie hieß noch das Mädchen in dem Stück?«

»Perdita.«

»Richtig, Perdita. ›Meine kleine Perdita‹. Mir schauderte dann immer – er konnte ein sentimentaler Trottel sein, wenn ich jetzt darüber nachdenke.«

»War Rebecca das peinlich – wenn er so von ihr sprach?«

»Peinlich? Kein Gedanke! Man konnte Rebecca nicht in Verlegenheit bringen. Was andere von ihr dachten, scherte sie keine zwei Pence. Und sie ließ kein kritisches Wort gegen ihren Vater durchgehen. Sie liebte ihn, genau wie sie ihre Mutter liebte. Ich sagte Ihnen ja, dass sie in manchen Dingen sehr kindisch war. Sie klammerte sich an eine Idee, eine Person oder an einen Ort, sie hängte ihr Herz daran – und dann brachte sie nichts davon ab.«

»Dann standen ihr Vater und sie sich sehr nahe? Blieb das so? War er noch am Leben, als sie heiratete?«

»Was?« Favell starrte mich verständnislos an. »Nein. Natürlich nicht. Ich habe Ihnen doch ...«

»Ich glaube eher nicht.«

»Dann sage ich es Ihnen eben jetzt. Er ist jung gestorben. Als er nach England zurückkehrte, hatte er noch sechs Jahre zu leben, armer Teufel. Eins seiner Pferde hat ihn abgeworfen, eine riesige schwarze Bestie, aus dem Galopp. 1921 war das. Danny schickte mir ein Telegramm auf das Schiff, auf dem ich fuhr, aber diese Bastarde wollten mir keinen Urlaub wegen dringender Familienangelegenheiten geben. Und so bin ich nicht einmal zu seiner Beerdigung gegangen ...« Brütend blickte er zur Wand und kippte dann den Rest seines Brandy herunter.

»Bin nie nach Greenways zurückgekehrt, hab einen Strich unter alles gezogen. Geld war dort sowieso nicht zu holen. Kein roter Heller – ist das zu glauben? Onkel Jack war bis über beide Ohren verschuldet – er hatte Geld bei Investitionen verloren, mit diesen verdammten Pferden, und er stand bei den Banken in der Kreide, bei den Juden, alles, was Sie sich denken können. Das Ganze war nur Fassade gewesen, das verflixte Haus, die Ställe, die Pferde, Rebeccas Kleider, ein ganzes Haus voll Dienstboten – und das ganze verdammte Zeug auf Kredit. Das war ein verfluchter Schock. Ich meine, ich hatte nicht geahnt, dass er stirbt, und habe Ihnen ja erzählt, dass ich zu der Zeit nicht besonders gut bei ihm angeschrieben war ...«

Er unterbrach sich und blickte zur Seite. »Verstehen Sie, ich hatte angenommen ... ich hatte gedacht, ich könnte mit einem netten kleinen Erbe rechnen. Mir war schon klar, dass Rebecca den Löwenanteil bekommen würde, so vernarrt, wie er in sie war. Aber ich dachte, dass ich auch etwas abbekommen würde, wenigstens genug, um meinen Abschied bei der verfluchten Navy zu nehmen ... Nein, nichts. Ich bekam keinen Penny, und Rebecca auch nicht. Da sind wir uns ein bisschen in die Haare geraten. Ich schrieb ihr und wollte wissen, ob die Gläubiger ihr wenigstens ihren Schmuck gelassen hatten, etwas in der Art, eine vollkommen harmlose Nachfrage. Hat sie aber nicht besonders freundlich aufgenommen, Kumpel. Hat mir ein paar ziemlich hässliche Ausdrücke an den Kopf geworfen. Sie hatte immer eine böse Zunge. Ja, das war es dann. Das Ende einer wunderbaren Freundschaft. Sieben Jahre hatten wir keinen Kontakt, und fragen Sie mich nicht, was sie in der Zeit getrieben hat, weil ich keine Ahnung habe. Dann komme ich zurück nach England, und da finde ich sie wieder – auf Manderley. Und was dann passiert ist, wissen wir ja.«

Favell verstummte und spielte mit seinem Zigarettenetui. Seine Miene wirkte besorgt. Ich sah, dass er einem Gedankengang nachhing – und ich fragte mich, ob ihm wohl nicht gut war. Er wirkte sehr abgespannt und begann leicht zu schwitzen.

»Sie haben mich doch vorhin gefragt, wie Rebecca war, stimmt's?«, fuhr er fort. »Ich will Ihnen sagen, wie sie war: gefährlich. Oh, Sie werden viele Menschen treffen, die erklären werden, sie sei freundlich, schön, charmant und witzig gewesen. Aber ich kannte sie besser als die meisten Leute, und ich sage Ihnen, dass es keine gute Idee war, ihr in die Quere zu kommen. Wenn, dann zahlte sie es einem früher oder später heim. Und immer auf clevere Art ...«

Er zog die Brauen zusammen. »Seltsam, nicht wahr – man fängt an, über die Vergangenheit zu reden, und glaubt, sie verstanden zu haben, und plötzlich geht einem etwas auf: Vielleicht war ja alles nicht so, wie man damals dachte, vielleicht gibt es eine andere Erklärung. Zum Beispiel diese Nachricht, die Rebecca mir an ihrem Todestag geschickt hat. Den ganzen Abend habe ich darüber nachgedacht, und jetzt fange ich an zu begreifen ...«

»Was ist damit?«

»Ich sagte Ihnen ja, wenn Max mich mit Rebecca im Bootshaus angetroffen hätte, dann hätte er mich auch umgebracht. Daran hege ich nicht den geringsten Zweifel. Er war damals nicht allzu ausgeglichen, und er hasste mich zutiefst. Rebecca wusste das. Nun denken Sie einmal darüber nach: Angenommen, sie wollte, dass er mich tötete? Was, wenn sie mich in die Falle locken wollte? So wären wir am Schluss alle drei tot gewesen. Rebecca erspart sich monatelanges Leiden, Vetter Jack bekommt, was er verdient, und Max endet am Galgen. Sehr hübsch. Und sie wäre in der Lage gewesen, das durchzuziehen ...

Verstehen Sie nicht?« Wieder sah er mich düster an. »Dass ich die Nachricht so spät erhielt und nicht nach Manderley fuhr, war purer Zufall. Vollkommen zufällig, dass Danny Rebeccas Tagebuch aufbewahrt hatte und wir auf den Londoner Arzt stießen, denn Rebecca wollte nicht, dass wir den Doktor aufspürten, das sehe ich jetzt. Sie hatte ihre Spuren verwischt, niemandem verraten, dass sie krank war, nicht einmal Danny. Sie wollte nicht, dass der Arzt gefunden wird, darauf können Sie wetten. Schließlich hat seine Aussage Max den Hals gerettet ... Was für ein verdammter Scherz. Sie hatte es auf uns beide abgesehen, und ich habe bis jetzt nie an diese Möglichkeit gedacht. Zwanzig Jahre habe ich gebraucht, um etwas so verdammt Offensichtliches zu erkennen ...«

Favells Vermutung erschien mir ziemlich weit hergeholt; ich vermutete, dass der Alkohol ihm jetzt zusetzte. Aber ich sah ihm an, dass er diese Möglichkeiten im Geiste hin und her wälzte, und mir war klar, dass er daran glaubte. Zu verbittern schien ihn der Gedanke merkwürdigerweise nicht; sein Ton war ironisch, irgendwo zwischen Bewunderung und Belustigung.

»Das setzt voraus, dass Rebecca Sie töten wollte«, meinte ich und versuchte, keine Skepsis in meiner Stimme durchklingen zu lassen. »Haben Sie einen bestimmten Grund, das zu glauben?«

»Im Rückblick vielleicht einen oder zwei.« Favell warf mir einen raschen, ausweichenden Blick zu. »Wie ich Ihnen schon sagte, es war keine gute Idee, ihr ins Gehege zu kommen. Sie war rachsüchtig.«

»Hatten Sie sie denn verärgert? Auf welche Weise? Ich dachte, Sie beide hätten eine Affäre unterhalten.«

»Erzählen das die Leute in Kerrith, Sportsfreund?«

»Sie selbst haben das behauptet. Vor mehren Zeugen, von denen drei noch leben. Frank Crawley beispielsweise. Oberst Julyan. Die zweite Mrs. de Winter. Auf Manderley, an dem Abend nach dem Begräbnis Ihrer Cousine.«

Diese Bemerkung und der Ton, in dem ich sie vorbrachte, waren unklug gewesen, das war mir sofort klar. Favell wandte mir seine blassblauen Augen zu und schenkte mir einen scharfen, nachdenklichen Blick. »Na, dann wissen Sie ja schon alles, alter Junge, oder? Nicht nötig, dass ich es Ihnen erkläre, selbst wenn ich Lust dazu hätte, was nicht der Fall ist. Nicht jetzt.« Er schob seinen Stuhl zurück und warf seine Serviette auf den Tisch. »Warum lassen Sie sich nicht die Rechnung bringen? Ehrlich gesagt habe ich genug von diesem Lokal. Warum ziehen wir nicht woanders hin? Ich kenne einen Club gleich um die Ecke, wo wir einen Schlaftrunk kriegen. Da könnten wir unser kleines Plauderstündchen fortsetzen. Was meinen Sie?«

Der Vorschlag gefiel mir nicht, und ich versuchte ihn abzuwiegeln, aber Favell lächelte nur. Er spürte, dass er jetzt die Oberhand hatte, und genoss es. »Das liegt bei Ihnen, Kumpel«, meinte er. »Wenn Sie lieber abhauen wollen, dann nur zu. Aber wenn Sie unser kleines Gespräch fortsetzen wollen, dann in meinem Revier. Außerdem habe ich jetzt für mein Essen gesungen, und fairerweise bin ich jetzt an der Reihe, Fragen zu stellen. Sehen Sie, ich habe das Gefühl, dass Sie mir etwas verheimlichen. Mein Instinkt sagt mir das. Hinter Ihnen steckt mehr, als man auf den ersten Blick sieht. Könnte mich natürlich irren, aber bevor ich weiterrede, muss ich Sie etwas Wichtiges fragen ...«

Das war das Letzte, was ich wollte, aber Favell konnte stur sein. Nichts würde ihn dazu bringen, in dem Restaurant zu bleiben. Entweder stimmte ich zu, in den Club zu gehen, oder ich konnte mich von ihm verabschieden. Ich zahlte, und wir traten auf die Straßen von Soho.

Favells verändertes Verhalten beunruhigte mich. Was wusste er, was glaubte er über mich zu wissen? Ich sagte mir, dass er mich nicht durchschaut hatte, sondern einfach die Frage einer Bezahlung ansteuerte. Doch ich irrte mich, wie ich kurz darauf feststellte.

18. Kapitel

Favells Club lag weder »um die Ecke«, wie er behauptet hatte, noch in derselben Straße oder in der Gasse, in der wir auf Favells Drängen danach suchten. Endlich entdeckten wir ein Kellerlokal mit einem flackernden Neonschild in Form eines Dreizacks und mit der Aufschrift »Red Devil«. »Gefunden«, erklärte Favell. »Wusste ich doch, dass der verdammte Laden hier irgendwo ist ...«

Er stürmte die steile Treppe hinunter, vorbei an einem Schild, auf dem »Nur für Mitglieder« stand, und wurde von einem gedrungenen Mann in einem schlecht sitzenden Smoking abrupt aufgehalten. Nachdem ich dem Türsteher einen Fünf-Pfund-Schein zugesteckt hatte, ließ man uns ein. Wir betraten einen kleinen, dunklen Raum mit einem Pianisten und einer Brünetten in einem Kleid aus Goldlamé, die einen Song von Sinatra ins Mikrofon hauchte. Dicker Zigarettenrauch stand in der Luft; das Lokal roch nach Nikotin, Verzweiflung und Alkohol. Alle Gäste waren männlich, die »Hostessen«, die uns bedienten, betrachteten uns mit Raubtierblick, und das einzig erhältliche Getränk war Champagner, dreimal so teuer wie normal natürlich.

Ich stand kurz davor, die Geduld zu verlieren. Nepplokale kann ich nicht leiden; ich hatte genug von Favells Katz-und-Maus-Spielen, und ich wusste, wenn eine der Hostessen sich zu uns setzte – und zuerst schien diese Vorstellung es Favell angetan zu haben –, dann würde ich für den Rest des Abends kein Wort mehr aus ihm herausbekommen. Favell nahm mir gegenüber Platz; er wirkte missmutig und ärgerlich. Er sprach dem Champagner methodisch zu, und ich spürte, dass er über etwas brütete. Da ich bei diesem Stand der Dinge wenig zu verlieren hatte, ließ ich jeglichen Takt fahren und setzte ihm wegen seiner Bemerkungen gegen Ende unseres Essens zu. Verdrossen weigerte er sich, deutlicher zu werden. Ich stellte ihm eine ganze Reihe anderer Fragen. Nachdem ich auf keine davon eine brauchbare Antwort erhalten hatte, probierte ich es anders. Ich dachte an das Notizbuch und die Ansichtskarte und fragte ihn schließlich, ob Rebecca seines Wissens als Kind Manderley gekannt habe oder dort gewesen sei.

Mir war klar, dass das eine Frage zu viel war, aber das war mir jetzt gleich. Favell, der zunehmend aufbrausender wurde, verlor die Beherrschung.

»Nein, ich weiß es nicht«, fuhr er mich an. »Was soll das? Was für ein Spiel ziehen Sie ab, alter Knabe? Schöner Reporter sind Sie mir. Lassen Sie sich sagen, dass ich zu meiner Zeit ein paar Journalisten kannte, und manchmal, wenn es mir passte, habe ich mich auch ziemlich mit ihnen angefreundet – aber jemanden wie Sie habe ich noch nicht getroffen. Ich war misstrauisch, als Sie mir das erste Mal geschrieben haben, und ich habe gleich Lunte gerochen, als ich Sie sah. Schön, dachte ich, dann schlage ich wenigstens ein anständiges Dinner heraus, aber das habe ich jetzt, also legen wir die Karten auf den Tisch. Sie haben versucht, mich an der Nase herumzuführen, Kumpel. Haben mich angelogen. Sie behaupten, Sie hätten zweimal geschrieben, und das war's? Das glaube ich nämlich nicht. Wollen Sie wissen, warum ich einverstanden war, Sie zu treffen? Ich habe zugestimmt, weil Sie mir das hier geschickt haben. Kam letzten Donnerstag in einem braunen Umschlag, ungefähr so groß. Kein Begleitbrief, keine Vorwarnung.«

Verständnislos starrte ich ihn an. Ich war drauf und dran gewesen zu gehen und hatte bereits meinen Stuhl zurückgeschoben. Favell hatte einen kleinen, einen winzigen Umschlag aus seiner inneren Jackentasche gezogen.

»Das hier steckte in dem großen Umschlag. Ich hatte keine Ahnung, worum es sich handelte, bis ich es aufmachte und vor Schreck fast gestorben wäre. Ist das etwa Ihre Vorstellung von einem Scherz, nach zwanzig Jahren? Also, ich finde das nicht komisch, sondern verdammt schmerzhaft. Was immer Sie von mir halten, ich bin kein schlechter Kerl. Auf meine Art habe ich Rebecca verflucht gern gehabt.«

Er leerte das Tütchen in seine Hand und streckte sie mir entgegen. Auf seiner Handfläche lag ein kleiner Ring, der für einen schmalen Finger gemacht war, ein Memoire-Ring, ein kleiner diamantbesetzter Reif.

»Der Ring hat Rebecca gehört. Ich würde ihn überall wiedererkennen. Sie hat ihn immer getragen; ich habe nie gesehen, dass sie ihn abnahm. Sie trug ihn als Mädchen, sie trug ihn als Frau. Und dieser Ring steckte an ihrem Finger, als sie ihre Leiche hochzogen. So hat man sie identifiziert. An diesem Ring. Ich habe immer gedacht ... ich nahm an, dieser Bastard hätte sie damit begraben. Max hat die Beerdigung organisiert – und er hat mich nicht eingeladen, hat mir nicht einmal mitgeteilt, dass sie stattfand, obwohl ich ihr einziger Blutsverwandter war und am selben Tag keine zehn Fuß entfernt von ihm in diesem verdammten Gerichtssaal gesessen hatte. Aber ich dachte, sogar er würde Rebecca den Ring lassen. Sie hätte das so gewollt, und das muss er gewusst haben. Aber nein, er zog ihn ihr vom Finger, und zwanzig Jahre später schicken Sie ihn mir. Warum? In welcher Verbindung stehen Sie zu Rebecca? Wer sind Sie? Und wie sind Sie zu dem Ring gekommen?«

Ich betrachtete den Ring und hätte ihn gern berührt. Dann sah ich Favell an und erkannte, dass er ebenso aufgewühlt war wie ich. Was immer er gewesen war, was immer er heute war, ich hatte kein Recht, ihn zu verurteilen. Wie zwiespältig seine Gefühle gegenüber Rebecca auch gewesen sein mochten, ein Teil von Favell hatte sie geliebt, das sah ich jetzt in seinen Augen.

Ich erklärte ihm, er irre sich. Von dem Notizbuch, das ein Unbekannter am selben Tag unter ähnlichen Umständen an den Oberst geschickt hatte, erwähnte ich nichts, aber abgesehen von dieser und einer weiteren Auslassung sagte ich ihm die Wahrheit: Ich hätte in den Berichten der Untersuchungskommission von dem Ring gelesen, aber ich hätte ihm das Schmuckstück nicht geschickt und auch keine Ahnung, wer dahinter stecken könnte. Darauf gab ich ihm mein Wort.

Anscheinend glaubte er mir, aber meine abschlägige Antwort schien seine Nervosität noch zu vergrößern. Er warf mir einen verwirrten Blick zu, ließ den Ring wieder in den Umschlag gleiten und steckte diesen zurück in seine Tasche. Dann leerte er sein Champagnerglas und stand schwankend auf. Er sah so benommen aus, dass ich glaubte, er würde gleich umfallen.

»Ganz bestimmt gibt es eine Erklärung dafür.« Ich griff nach Favells Arm, um ihn zu stützen. »Setzen Sie sich lieber. Bei näherem Hinsehen hätten viele Menschen den Ring an sich nehmen können – die Männer im Bestattungsinstitut, der Pathologe oder die Polizei –, vielleicht hat man Ihnen den Ring aus einem bestimmten Grund geschickt. Möglicherweise ...«

Ich überzeugte weder Favell noch mich selbst. Favell schwankte jetzt deutlich, er sah entsetzlich krank aus. »Ich weiß, warum ich den Ring bekommen habe«, stieß er mit schwerer Zunge hervor. »Ich weiß, wer ihn geschickt hat. Jesus, sie ist wirklich erbarmungslos ...«

Als ich versuchte, ihn auf einen Stuhl zu setzen, schüttelte er mich ab; wild blickte er sich um, sah in alle Ecken des Raums und wischte sich mit den Händen über das Gesicht. »Jesus Christus«, sagte er. »Was für ein Höllenloch. Was für ein hoffnungslos elendes Loch. Dieser verdammte Affe an der Tür. Und diese Mädchen – sehen Sie sich mal die Mädchen an. Totenschädel alle miteinander. Was mache ich eigentlich hier? Was in Gottes Namen ist mit meinem Leben passiert? Bringen Sie mich hier raus, ja?«

Er stolperte an mir vorbei zur Tür und torkelte die Treppe hinauf und auf die Straße. Vielleicht entfaltete der Alkohol jetzt seine volle Wirkung, oder er hatte sich im

Restaurant heftiger betrunken, als mir klar gewesen war. Jetzt schien er stark alkoholisiert und stand unsicher auf den Beinen. Im Licht der Straßenlaternen wirkte sein Gesicht kalkweiß und gespenstisch. Ich erkannte, dass er fast mit Sicherheit vor dem Treffen mit mir getrunken hatte, und der ganze Alkohol, den er sich seitdem durch die Kehle gegossen hatte, hatte sich akkumuliert; wohl Favells Art, seine speziellen Dämonen auf Abstand zu halten. Vielleicht hatte der ganze Abend nur diesem Ziel gegolten.

»Hier«, sagte er, als ich neben ihn trat, hielt meinen Arm fest und kramte in seiner Tasche. »Bitte, das können Sie verflucht noch mal haben. Ich will den Ring nicht, ich wünschte, ich hätte ihn nie gesehen. Nehmen Sie ihn nächstes Mal mit nach Kerrith und werfen Sie ihn ins Meer. Oder verkaufen Sie ihn – mir scheißegal, was Sie damit anfangen. Ich behalte ihn jedenfalls nicht ...«

Er zog das Tütchen mit dem Ring hervor und versuchte es mir in die Hand zu drücken. Ich wollte ihn daran hindern, aber er hörte nicht auf mich.

»Ich will ihn verdammt noch mal nicht! Mag das Ding nicht in meiner Nähe haben – ich habe schon genug Pech. Entweder Sie nehmen es, oder ich werfe es jetzt in diesen Gully ...« Er versetzte mir einen harten Stoß vor die Brust und beugte sich mit dem Umschlag in der Hand über das Abflussgitter. Sein Gesicht war weiß und starr. Ich wusste, wenn ich den Ring nicht einsteckte, würde er seine Drohung wahr machen, daher nahm ich ihm den Umschlag ab. Favell richtete sich auf, torkelte ein paar Schritte rückwärts und warf wilde Blicke in alle Richtungen.

»Hören Sie, besorgen Sie mir ein Taxi, ja?«, bat er. »Ich habe einen Schock erlebt, mir geht's sowieso nicht gut – ich wusste ja, dass es ein Fehler ist, mit Ihnen zu reden.«

Ein Taxi kam die Straße entlang, und ich hielt den Wagen an. Ich bot Favell an, mit ihm zu fahren, aber er weigerte sich. Am Ende musste ich nachgeben, mir ging auf, dass ich nicht sehen sollte, wohin er fuhr. Als das Taxi meinem Blick entschwunden war, betrachtete ich den Ring, der im Licht der Straßenlaternen glitzerte. Der Reif war ungewöhnlich klein. Ich wusste, dass ich ihn nicht behalten durfte, so gern ich das auch getan hätte. Sobald Favell wieder nüchtern war, würde er ihn ohnehin wiederhaben wollen. Ich beschloss, ihm den Ring irgendwann morgen in der Autohandlung zurückzugeben.

Zu Fuß machte ich mich auf den Rückweg zum Regent's Park. Ich hoffte, die Nachtluft würde mir einen klaren Kopf verschaffen und meine Stimmung heben, doch das war nicht der Fall. Kurz nach elf kam ich im Haus an; Mrs. Henderson, die gerade zu Bett gehen wollte, teilte mir mit, für mich habe niemand angerufen. Das deprimierte mich noch tiefer. Ich hatte Ellie diese Nummer gegeben, damit sie mich erreichen konnte, sollte bei ihrem Vater ein Notfall eintreten. Aus einem anderen Grund hätte sie nicht angerufen, und trotzdem wünschte ich, sie hätte sich gemeldet. Ich hätte gern mit ihr geredet, oder überhaupt mit einem Menschen.

Ich machte mir Kaffee und setzte mich damit in die Küche. Zu viele Dinge waren zu schnell passiert, und ich fühlte mich verwirrt und rastlos. Noch einmal hörte ich Favells Vorwürfe gegen Rebecca. War es tatsächlich möglich, dass sie ihm den Tod gewünscht hatte? Ich sah ein junges Mädchen in einem schwarzen Kleid, das in einem Restaurant schweigend am Tisch saß. Ich sah den kleinen Altar mit den Fotos ihrer verstorbenen Mutter. Ich sah ein Haus namens Greenways in einem Dorf in Berkshire, an dessen Namen Favell sich nicht genau erinnerte. In der Nähe von Lambourn, Hampton irgendwas, hatte er gesagt. Das Dorf hieß Hampton Ferrars, und sicher war ich mir, weil ich den Namen kannte. Meine Adoptivmutter May ist dort aufgewachsen.

In das Haus vermochte ich nicht hineinzusehen noch zu erkennen, was sich dort vielleicht abgespielt hatte. Aber etwas war geschehen, und ich spürte, dass es sich irgendwo in den Windungen von Favells Geschichten verbarg. Ich betrachtete die Bewohner von Greenways: Cousin, Cousine und einen jugendlichen, attraktiven Vater, der seine Tochter abgöttisch liebte. Dann zog ich den kleinen Memoire-Ring hervor, den Rebecca als Kind und erwachsene Frau getragen hatte. Für gewöhnlich tragen Kinder keine Memoire-Ringe, nicht einmal unverheiratete Frauen. Wer hatte ihr diesen Ring geschenkt – und was hatte er ihr bedeutet? Warum hatte Favell das Gefühl, er bringe Unglück? Ich spürte, dass mir etwas durch die Finger glitt. Den ganzen Abend hindurch war mir etwas Entscheidendes entgangen, und so sorgfältig ich die Abfolge des Gesprächs rekonstruierte, ich konnte es nicht einordnen. Und doch empfand ich ein deutliches Unbehagen, ein Gefühl drohenden Unheils.

Ich beschloss, nach oben auf mein Zimmer zu gehen und meine heutigen Erlebnisse niederzuschreiben. Doch als ich in die Eingangshalle trat und eben die Treppe hinaufsteigen wollte, begann auf dem Tischchen neben mir das Telefon zu läuten. Ich erschrak heftig, denn plötzlich ging mir auf, dass die Anruferin nur Ellie sein konnte. Ellie rief an, es war beinahe Mitternacht – und das hieß, dass etwas nicht in Ordnung war. Ich riss den Hörer von der Gabel.

»Tom Galbraith?«, fragte eine Frauenstimme.

»Ja, am Apparat«, antwortete ich in meiner Aufregung, ohne zu überlegen.

Schweigen, ein Surren und Pfeifen, und dann war die Leitung tot. Ich stand da, plötzlich ergriffen von einer abergläubischen Furcht. Dann kam ich zur Vernunft. Die Toten können sich auf mancherlei Weise bemerkbar machen, aber anonyme Anrufe gehören nicht dazu.

Seitdem denke ich über den Anruf nach. Die Frau war eindeutig nicht Ellie gewesen. Die Stimme hatte mir nicht vertraut geklungen, aber nur sehr wenige Menschen kennen diese Nummer, und noch weniger wüssten, dass ich möglicherweise hier anzutreffen bin. Doch wer immer die Anruferin gewesen war, sie hatte den Zeitpunkt gut gewählt. An einem Abend, an dem ich weniger denn je wusste, wer ich war, hatte jemand sich meiner Identität vergewissern wollen.

Es war sehr spät, als ich meine Aufzeichnungen über das Treffen mit Favell beendet hatte, aber nach den Ereignissen des Abends fühlte ich mich rastlos und konnte nur schwer einschlafen. Ich träumte, dass ich durch den Wald von Manderley ging, und direkt vor mir bewegte sich zwischen den Bäumen rasch und lautlos eine Frau, von der ich wusste, dass sie Rebecca war. Immer wieder rief ich ihren Namen und versuchte sie einzuholen, aber ohne Erfolg. Stets befand sie sich gerade außerhalb meiner Reichweite; einmal, als ich am Verzweifeln war, wandte sie sich zu mir um, hob die Hand mit dem diamantbesetzten Memoire-Ring und winkte mir, ihr zu folgen. Als ich endlich erwachte, feststellte, dass es hell war, und mich aus dem Bett hievte, war es sechs Uhr morgens. Ich fühlte mich erschöpft und elend. In diesem Moment stand ich näher denn je davor, mich von dieser Suche zu befreien und aufzugeben.

Mrs. Henderson war noch nicht auf, und darüber war ich froh, denn ich hatte keine Lust, mit ihr oder sonst einem Menschen zu sprechen. Ich kochte mir Kaffee und trug ihn hinaus in den gepflasterten Garten hinter dem Haus. Im sanften Morgenlicht setzte ich mich unter den Kirschbaum, den Julia und Nicky anlässlich ihrer Heirat gepflanzt hatten. Seine Äste bogen sich unter ihrer Blütenlast; beim leisesten Windhauch regnete es Blütenblätter wie Konfetti bei einer Hochzeit.

Ich sagte mir, dass ich eine Entscheidung treffen musste: aufgeben oder weitermachen. Wie immer ich mich entschied, ich musste ehrlich zu mir selbst sein. Und ich musste aufhören so zu tun, als wäre meine Suche objektiv. Ich bin niemals unbeteiligt gewesen. Immer habe ich tief im Herzen geglaubt, dass zwischen Rebecca und mir eine Verbindung bestand, selbst wenn die Hinweise, die ich besaß, nicht schlüssig waren. Mein Gespräch mit Favell gestern Abend deutete darauf hin, dass es eine solche Verbindung tatsächlich gab. Warum schreckte ich dann davor zurück? Ich spürte, dass Favells Geschichten Geheimnisse bargen, und die machten mir Angst.

Aber ich wusste, dass ich nicht länger davor zurückscheuen durfte. Unter dem Hochzeitsbaum sitzend, ging ich zurück durch den Korridor meiner Vergangenheit und öffnete all seine verschlossenen Türen – auch die, die am festesten verriegelt ist, die Tür, die ich vor Jahren hinter all den schmerzhaften Fragen über meine Abstammung zugeschmettert habe. Ich öffnete die Waisenhaustür, die Adoptionstür und die Tür, auf der »Pelynt« stand. Ich betrachtete den Sommer, den ich dort mit Edwin und May Galbraith verbrachte, als ich elf Jahre alt und frisch adoptiert war. Ich schaute die Wochen dieses ersten Urlaubs an und sah mich selbst, wie ich damals war: ein kleines Tier, verbittert, eingeschüchtert, von Ängsten und Misstrauen gequält. Ich hatte gewusst, dass ich so etwas wie eine beschädigte Ware war; mir war klar gewesen, dass es nur eine Frage von Tagen war, bis man mich wie ein zerbrochenes Spielzeug verpackte und mit empörten Klagen an den Lieferanten zurückschickte.

Würde es reichen, wenn ich unhöflich, mürrisch und teilnahmslos war? Und wenn ich das Bett nassmachte, fluchte oder Geld aus Mays Börse stahl? Wenn Edwin entdeckte, wie dumm ich in Wirklichkeit war, oder Mary herausfand, dass ich log – würden sie dann beschließen, mich zurückzuschicken oder umzutauschen? Würde das diese Woche geschehen oder nächste? Wie ein misshandelter Hund wedelte und buckelte ich, um dann zuzubeißen. Ich war entschlossen, das Ereignis, das ich am meisten fürchtete, zu provozieren. Schließlich war die einzige Reaktion, die ich bei Erwachsenen hervorzurufen gelernt hatte, Strafe, und Strafe war immer noch besser als Gleichgültigkeit.

Diese Taktik hatte noch nie versagt, aber jetzt zeigte sie keine Wirkung. So sehr ich mich auch bemühte, May schrie mich nie an, und Edwin schlug mich nie. Einmal, als ich den Arm hob, um mein Gesicht vor dem erwarteten Schlag zu schützen, der niemals kam, sah ich, dass ich es geschafft hatte, ihn zum ersten Mal zu schockieren.

May und Edwin brachten mir bei, dass es so etwas wie »morgen« gab. Bis sie mit mir nach Pelynt fuhren, hatte ich nie begriffen, dass dieses Wort voller Verheißung stecken kann. Unter ihrer Anleitung begann ich zu entdecken, dass »morgen« etwas bedeutete, auf das man sich freuen konnte – und es gab mehr Quellen des Vergnügens, als ich früher für möglich gehalten hatte. Es machte Spaß, zum Strand zu gehen, in einem Boot hinauszufahren oder einen Picknickkorb zu packen. Ich fand es angenehm, mir vorlesen zu lassen, eine Burg oder eine Kirche zu erkunden, Pflanzen oder Vögel anzusehen und zu bestimmen. Heute verstehe ich, dass Edwin und May verzweifelt etwas zu finden suchten, auf das ich ansprach. Als sie entdeckten, dass ich Geschichten mochte, obwohl ich grauenhaft schlecht las, und dass ich Orte liebte, an denen man die Vergangenheit spürte, unterstützten sie mich darin. So begannen sie mich zu zähmen, aber ich wusste, dass es nicht lange dauern konnte. Ich wartete, und eines Morgens – auch diese Tür muss ich jetzt öffnen – erklärte mir May, sie wolle mich mit zu der angelsächsischen Kirche auf Manderley nehmen. Sie wollte mir zeigen, wie man Abriebbilder von Grabplatten herstellt.

Ihr Vorschlag war ungewöhnlich; zum einen kam Edwin nicht mit uns, und zum anderen konnte Mays munterer Ton eine gewisse Spannung nicht verbergen. Sogleich war mein Misstrauen geweckt. Ich sah in die lächelnden Gesichter und witterte Verrat. Als ich mich weigerte zu gehen und beide darauf bestanden, durchschaute ich ihren Plan. Sie würden mich nicht zurück ins Waisenhaus bringen und umtauschen, sondern mich an einen Ort fahren, an dem ich mich nicht auskannte, und dort aussetzen.

»Du willst mich dort lassen, stimmt's?«, hielt ich May vor, als wir in ihrem kleinen Ford von Pelynt aus über die gewundene Straße hügelaufwärts fuhren. »Du bringst mich dorthin und wirfst mich aus dem Wagen. Dann springst du wieder ins Auto und lässt mich verdammt noch mal stehen.«

»Oh Tom, wie kannst du nur so etwas denken?«, gab May seufzend zurück. »Natürlich werde ich das nicht. Warum sollte ich etwas tun, das uns beide unglücklich machen würde?«

»Mich würd's nicht unglücklich machen«, sagte ich. »Ist mir vollkommen egal. Scheiß drauf. Immer fort mit Schaden, sage ich ...«

»Tut mir Leid, dich zu enttäuschen«, erwiderte May. »Aber so leicht wirst du mich nicht los.«

»Das ist öde. Doofe langweilige Kirche. Blöde langweilige Grabplatten.« Ich trat gegen die Tasche zu meinen Füßen, in die May sorgfältig das Spezialpapier und die schwarzen Wachsstifte gepackt hatte. »Will nicht da hin. Will nicht bei dir sein. Grantige alte Kuh. Ich bin dich leid. Kann dich verdammt nicht mehr sehen.«

»Lass uns doch Zeit«, sagte May leise. »Gib mir eine Chance.«

Sie klang merkwürdig. Ich schaute sie an und sah, dass sie weinte.

Das brachte mich zum Schweigen; ich starrte auf die Straße vor mir und kaute an meinen Nägeln. Ich spürte eine entsetzliche Macht und wusste mit Bestimmtheit, dass ich sie soeben missbraucht hatte. Ich konnte sie weiter missbrauchen, das wäre das Leichteste auf der Welt. Ich konnte May richtig zum Weinen bringen, ich konnte sie leiden lassen – oder aufhören. Ich hatte die Wahl. Die ganze Fahrt über wägte ich diesen Gedanken ab. Ich hatte die Macht, anderen wehzutun, eine Macht, die ich nie zuvor besessen hatte, und das Gefühl machte mich konfus und ängstlich. Daher erinnere ich mich an alle Einzelheiten dieses Morgens, sogar noch vor dem Zusammentreffen mit Mays Freundin.

Als wir ankamen, lag die kleine Kirche verlassen da. May und ich spazierten im strahlenden Sonnenschein zwischen den Gräbern umher. Ich kratzte an den Flechten auf den Grabsteinen und buchstabierte einige der eingravierten Namen zusammen. Geliebte Frau, teuerste Mutter, Ehemann und Vater ... Schon damals verfolgte ich gern die Familienbeziehungen, die ich nie gekannt hatte. May und ich gingen zum Fluss hinunter; es war Flut, und das Wasser floss schnell. Ich warf einen Stock in die Strudel und stellte mir vor, wie er nach Kerrith, ins Meer und über den Atlantik schwimmen würde. Wenn ich May wehtun konnte, hieß das dann, dass sie mich gern hatte?

Dann führte May mich in das kühle, halbdunkle Innere der Kirche. Nicht besonders beeindruckend, dachte ich in meiner Unwissenheit. Finster betrachtete ich die schmucklosen, weiß getünchten Wände und die hohen, dicken Säulen. Das Altartuch war blau und golden, und unter meinen Füßen lagen die Toten. Ich kniete vor dem Messingbildnis eines de-Winter-Ritters nieder und starrte ihn wütend an. Er trug eine vollständige Rüstung und einen Helm, sodass ich nicht sein ganzes Gesicht erkennen konnte. Die Hände in den Panzerhandschuhen hatte er auf der Brust gekreuzt, und seine in Kettenpanzer gehüllten Füße ruhten auf einem kleinen Hund mit Ringelschwanz. Die Inschrift auf dem Banner, das über seinem Kopf wehte, war in Latein gehalten. Ich konnte kein Latein lesen, aber May, die es beherrschte, sagte, sein Name sei Gilles de Winter gewesen, und er sei 1148 bei seiner Rückkehr von den Kreuzzügen gestorben. Seine Frau Marguerite hatte ihm zehn Kinder geschenkt, von denen vier das Erwachsenenalter erreicht hatten. Sie lag neben ihm begraben.

May zeigte mir, was ich zu tun hatte. Sie machte mir vor, wie man das Papier mit Klebeband befestigte und wie man das schwarze Wachs hin und her rieb. Grob riss ich ihr das Wachs aus der Hand, und May meinte seufzend, sie wolle eine Weile auf dem Kirchhof spazieren gehen und mich meiner Arbeit überlassen. Ich bemerkte, dass sie auf die Uhr sah, und wusste, dass sie etwas verbarg. Dies war der Moment, in dem sie davonfahren und mich zurücklassen würde.

Du wirst schon sehen, dass es mir nichts ausmacht, sagte ich mir und kratzte mit dem dummen Wachs vor mich hin. Ich hörte, wie die Eichentür sich schloss. Mein Herz schlug sehr schnell, und mir war schlecht vor Angst. Ich lauschte darauf, ob May den Motor des Wagens anließ. Minuten vergingen, und ich überlegte, ob May vielleicht doch nicht gelogen hatte. Am liebsten wäre ich hinausgelaufen und hätte nachgesehen, ob sie noch auf dem Kirchhof war. Aber in meinem bitteren Stolz wollte ich lieber sterben, als sie sehen lassen, dass ich mich fürchtete.

Weiter rieb ich mit dem Wachs. Ein Paar gepanzerter Füße begann zu erscheinen, und Gilles nahm Gestalt an. Ich starrte auf ihn hinunter. Er war natürlich die ganze Zeit da gewesen, unter dem Papier, das wusste ich genau. Trotzdem hatte ich das Gefühl, das Bild erschaffen zu haben. Ich hatte den Ritter heraufbeschworen: Da waren sein Helm und seine Hände in den Panzerhandschuhen und sein Hündchen mit dem Ringelschwanz und dem lebhaften Blick. Ich hatte das Gefühl, wenn ich ganz genau hinhörte, könnte ich den kleinen Hund über die Jahrhunderte hinweg bellen hören.

Ich vertiefte mich ganz in meine Arbeit. May hatte ich fast vergessen, und als ich das Knarren der Kirchentür hörte, vermutete ich, sie sei zurück. Dann hörte ich Schritte, die zu schnell und zu leicht klangen, um von May zu stammen; ich setzte mich auf meine Hacken und sah auf. Eine Fremde war ein paar Fuß entfernt von mir stehen geblieben; sie war groß und schlank, hatte die Hand auf die Seite einer eichenen Gebetsbank gelegt und sah auf mich herunter.

»Du bist Tom, stimmt's? Wie schnell du arbeitest!«, sprach sie mich an. »Was, du bist ja fast schon fertig. Und du hast das sehr schön gemacht. Gerade habe ich May auf dem Kirchhof getroffen, und sie sagte mir, dass ich dich hier finde. Ich bin eine Freundin von ihr. Wie geht es dir, Tom?« Sie kam näher, beugte sich herunter und streckte mir die Hand entgegen. »Ich bin Rebecca.«

Argwöhnisch sah ich zu ihr auf und nahm dann zögernd die Hand, die sie mir bot. Damals misstraute ich allem und jedem, aber besonders Fremden. Die Frau betrachtete mich genau, und ich inspizierte sie meinerseits. Ich sah, wie ihr Blick über mein Haar und mein Gesicht glitt; ihr eigenes Haar, das sie lang, offen und an der Seite gescheitelt trug, war so dunkel wie meines. Ich fand, dass sie die seltsamsten Augen besaß, die ich je gesehen hatte. In der halbdunklen Kirche kam ich zu keinem Schluss darüber, ob sie von einem sehr dunklen Blau, Grün oder Violett waren; ich fand, dass sie die Farbe des Meeres hatten.

Die Fremde trug Segelkleidung: einen weiten, gestreiften Baumwollpullover, weiße Hosen und Schuhe mit aus Kordel geflochtenen Sohlen. Ihre Hand fühlte sich kühl in meiner an, und ihr Händedruck war kräftig, aber als sie sich von mir löste, sah ich, dass sie leicht zitterte. Ich fand es sehr seltsam, dass sie so nervös sein sollte wie ich.

Sie hockte sich neben mich auf den kalten Boden des Mittelschiffs, und nach einer Pause rieb ich weiter über das Messing. Ich beugte den Kopf über das Papier und weigerte mich aufzublicken. In einer Minute, das war mir klar, würde sie wie alle Erwachsenen zu reden anfangen, sie würde beginnen, mir Fragen zu stellen. Ich fuhr die Grate und Höhlungen nach, rieb meinen Wachsstift hin und her und wartete. Sie sagte nichts.

Nach einer Weile begannen ihre Nähe und ihr Schweigen mich zu beunruhigen. Ich sah zu ihr auf und stellte fest, dass sie mich immer noch aus ihren meerfarbenen Augen beobachtete. Ob ich mir sie nur einbildete, oder ob sie ein Zauberwesen war? Sie könnte eine Flussnymphe sein, dachte ich – Edwin und May hatten mir ein Buch mit Bildern von Göttern und Göttinnen geschenkt, und sie hatten mir Geschichten über Wesen vorgelesen, die aus den Wogen, aus Bäumen oder Winden entsprangen. Seltsame Namen hatten sie, die ich nicht buchstabieren konnte, aber auszusprechen lernte. Ein Zephyr. Eine Nereide. Eine Dryade. Ich versuchte es damit, die Augen zu schließen, für den Fall, dass sie dann verschwand, und als das nicht klappte, hielt ich es für besser, ihre Fragen zu beantworten, bevor sie sie stellte.

»Ich wohne jetzt in Schottland. Hier bin ich nur in Ferien«, erklärte ich und fuhr fort, auf der Messingplatte herumzurubbeln. Ich warf ihr einen schnellen Blick zu.

»Früher habe ich in einem Waisenhaus gelebt. Ich bin adoptiert.«

»Ich weiß«, gab sie zurück. »May hat mir davon erzählt«, setzte sie hinzu.

»Ich bin elf. Das ist alt, um adoptiert zu werden. Ungewöhnlich. Die meisten Leute wollen Babys.«

»Auch das weiß ich.«

»Ich habe zwei Namen. Meinen Namen aus dem Waisenhaus und meinen neuen.«

Um ihre Reaktion zu sehen, warf ich ihr einen weiteren verstohlenen Blick zu: May sagte, ich solle stolz auf diese Dinge sein, sie bedeuteten, dass Edwin und sie mich liebten und ausgesucht hatten – aber ich war mir nicht ganz sicher, ob ich ihr glaubte.

»Ausgezeichnet«, meinte die Frau ungezwungen. »Jeder sollte ab und zu seinen Namen ändern, findest du nicht? Man muss sich einen Namen suchen, der zu einem passt, und ihn dann für immer behalten. Hast du schon das Gefühl, dass ›Tom‹ passt?«

Ich dachte darüber nach. Es war mir noch nie in den Sinn gekommen, dass man Namen anprobieren konnte wie ein Paar Handschuhe. »Könnte sein«, antwortete ich vorsichtig.

»Ich finde, er passt zu dir«, sagte sie. »Das ist ein schöner Name. Und bei besonderen Gelegenheiten kannst du dich immer ›Thomas‹ nennen.«

Ich ließ mir ihre Worte durch den Kopf gehen; ich muss wohl gelächelt haben, weil sie ebenso reagierte. Ihr Gesicht leuchtete auf ganz außerordentliche Weise auf. Sie beugte sich nach vorn und berührte mein Gesicht mit den Fingerspitzen. Derart war der Zauber, den sie über mich warf, dass ich weder mit der Wimper zuckte noch zurückfuhr, sondern ihre Hand dort liegen ließ, während sie mich anschaute.

»Wohnen Sie hier?«, fragte ich, als sie die Hand schließlich fortzog.

Sie lachte. »Was, hier in der Kirche? Nein. Jedenfalls jetzt noch nicht.«

Sie zog eine Grimasse. Ich sah, wie ihr Blick sich auf meine Hände richtete. Meine Nägel waren abgekaut, und die Nagelhäutchen waren zerrissen, wo ich daran genagt hatte. Ich machte eine Faust, damit sie meine Hände nicht sah, und das Blut stieg mir über den Hals ins Gesicht.

»Früher habe ich auch an den Nägeln gekaut«, meinte die Fremde sachlich. »Meine Hände sahen entsetzlich aus, viel schlimmer als deine. Meine Mutter sagte, ich sei eine kleine Kannibalin. Sie ging dann zum Apotheker und kaufte ein Mittel, das bittere Aloe hieß. Angeblich schmeckte es so scheußlich, dass man mit dem Knabbern aufhörte. Na, das hat nicht funktioniert! Ich war so wütend, dass ich erst recht gekaut habe ...«

Ich sah auf ihre Hände hinunter. Sie waren lang, schmal und gebräunt, mit vollkommenen, makellosen Nägeln, die sie kurz geschnitten hatte. An der linken Hand trug sie zwei Ringe, von denen einer glitzerte wie Sonnenlicht auf dem Wasser.

»Weißt du, was du tun musst?«, fuhr sie im Plauderton fort, als wären wir gleichaltrig und würden uns seit Ewigkeiten kennen. »Wenn du weiter an den Nägeln kauen willst, dann mach es und scher dich den Teufel darum, was die Leute denken. Aber wenn du das nicht möchtest, wenn du aufhören willst, dann setz einfach deine Willenskraft ein. Wenn du etwas stark genug willst, dann kannst du Berge versetzen. Du kannst einfach alles ...«

Misstrauisch sah ich sie an. Das Wort »Teufel« beeindruckte mich, vor allem, da sie es in einer Kirche ausgesprochen hatte. Niemand hatte mir je von Willenskraft gesprochen; im Waisenhaus sollte angeblich der Glaube Berge versetzen, und die Betonung lag auf Beten. Ich hatte viel gebetet. Mindestens sieben Jahre lang hatte ich darum gebetet, adoptiert zu werden – aber vielleicht hatte ich ja gar nicht gebetet, sondern meine Willenskraft eingesetzt.

»Alles?«, fragte ich argwöhnisch.

»Absolut alles«, gab sie zurück. »Ich war zum Beispiel als Kind sehr klein; ich wuchs einfach nicht, und dabei wollte ich groß werden, also habe ich meinen Willen gebraucht. Und ich bin in sechs Monaten sechs Zoll gewachsen. Wie eine Topfpflanze. Das war ganz leicht.«

»Könnte man mit Willenskraft auch besser lesen lernen, wenn man wollte? Zum Beispiel?«

»Ganz einfach. Schnipp nur mit den Fingern und tu es.«

Ich runzelte die Stirn; das klang ermutigend, aber irgendetwas fehlte hier. Vielleicht Gott. Über die Schulter warf ich einen Blick auf den blau-golden geschmückten Altar. Ich betrachtete Gilles und seinen kleinen Hund und dann wieder die Fremde, und ich sah, dass sie nicht so überzeugt war, wie sie klang. Möglicherweise hatte sie ja einmal daran geglaubt, aber im Moment schien die Sache mit der Willenskraft bei ihr nicht besonders zu klappen. Tief in ihren Augen standen Zweifel – eine Flut aus Zweifel und Trauer stieg in ihnen auf. Finster sah ich sie an, verzog höhnisch das Gesicht und deutete auf Gilles de Winter.

»Was ist mit ihm? Ich wette, den können Sie nicht zurückholen. Der ist nämlich mausetot.«

»Nein, nein, du irrst dich.« Sie ignorierte meine Frechheit und seufzte. »Man kann die Toten aufwecken. Aber du musst aufpassen, Tom. Sie zeigen sich nicht immer ganz so, wie du erwartest. Daher ist es im Großen und Ganzen besser, sie ruhen zu lassen ... oder was immer sie dort unten tun.«

Sie sprach in ernstem Ton, die meerfarbenen Augen auf mein Gesicht gerichtet. Plötzlich kam es mir sehr kalt in der Kirche vor, und ich zitterte. Ich dachte an all die Toten unter unseren Füßen, und ich glaube, sie dachte dasselbe, denn ihr Gesicht zog sich zusammen. Dann schlug die Kirchturmuhr die volle Stunde. Der Zauber war gebrochen, und Mays seltsame Freundin sprang auf. Zum zweiten Mal streckte sie mir die Hand entgegen.

»Hat mich sehr gefreut, dich kennen zu lernen, Tom«, sagte sie. »Sag May, sie soll dich einmal zu Besuch zu mir bringen. Ich wohne auf Manderley – May weiß, wo das liegt. Es ist ganz in der Nähe. Wir könnten in meinem Boot hinausfahren. Es ist ein ganz hübsches Boot, sehr stabil und sicher. Würde dir das gefallen?«

Mir hätte das gut gefallen, und ich gab die Einladung fast sofort an May weiter. Aber May, die erfreut zu sein schien, »zufällig« ihre alte Freundin wiedergetroffen zu haben, äußerte sich nur unbestimmt zu dem Vorschlag. Wir standen auf dem sonnenbeschienenen Friedhof und sahen einem schimmernden Automobil nach, das schnell über den Feldweg verschwand. Verstohlen griff ich nach Mays Hand. Ich hatte entschieden, dass ich ihr nicht weh tun wollte, dass ich meine Willenskraft einsetzen würde, damit sie mich liebte – und der Trick schien zu funktionieren, denn ihr Gesicht nahm einen weichen Ausdruck an, und sie legte die Arme um mich und drückte mich. »Wann können wir deine Freundin besuchen und mit ihrem Boot hinausfahren?«, fragte ich auf dem Heimweg und dann immer wieder. »Oh, demnächst einmal«, antwortete May dann und warf Edwin einen kurzen Blick zu – aber sie schien den Besuch immer wieder zu vergessen, so oft ich sie auch daran erinnerte.

Irgendwie hatten wir nie Zeit, oder wir unternahmen gerade etwas anderes. Aber ich spürte, dass das nicht die Wahrheit war. Einen Teil fand ich heraus; ich entdeckte, dass die Frau mit den meerfarbenen Augen frisch verheiratet mit jemandem namens Maxim de Winter war, einem Nachkommen jenes Gilles, dessen Abbild ich kopiert hatte. May hatte sie als junges Mädchen kennen gelernt, als sie selbst zwanzig und ihre Freundin fünfzehn war und sie in Berkshire nicht weit voneinander entfernt lebten.

Mehr brachte ich aus May nicht heraus, und eines Tages nahm Edwin mich beiseite und erklärte mir, meine Fragen bedrückten May. Sie hätte dann das Gefühl, dass ich ihre Freundin lieber mochte als sie, sagte er, und das täte May weh. »Lass ihr Zeit, Tom«, bat er mich. »Wir lernen uns doch gerade erst kennen, und May möchte dich glücklich machen ...«

Ich hatte May gern, und so ließ ich danach das Thema fallen. Unsere Ferien gingen zu Ende, und wir fuhren heim nach Schottland. Nie mehr kamen wir nach Pelynt oder Kerrith, und ich begegnete Rebecca nie wieder und hörte nichts weiter von ihr. Ihre Faszination jedoch dauerte lange fort, und ich dachte oft an sie. Ich entdeckte, dass Mays seltsame Freundin mit ihrem Rat Recht gehabt hatte: Ich war wirklich in der Lage, mit dem Nägelkauen aufzuhören, ich konnte tatsächlich besser lesen, ich konnte weniger dumm sein. Aber natürlich sind der Willenskraft Grenzen gesetzt: Eines Tages sah ich Rebeccas Bild auf der Titelseite einer Zeitung. Ihr Boot war doch nicht so sicher gewesen. Es war auf See verschollen, fort, und sie mit ihm.

Einige Zeit verging. Als endlich ihre Leiche gefunden wurde, las ich die Zeitungsberichte über die gerichtliche Untersuchung und sah, dass das Urteil auf Selbstmord lautete. Das war wohl ein letzter Willensakt gewesen und das Ende der Geschichte, dachte ich. Nun würde ich nie erfahren, wer sie gewesen war und warum sie mich an jenem Tag hatte treffen wollen. Denn inzwischen war ich mir ziemlich sicher, dass Rebecca unser Zusammentreffen herbeigeführt hatte. Sie war entschlossen gewesen, mich kennen zu lernen, und hatte May dazu gedrängt.

Ich schob die Angelegenheit beiseite und dachte jahrelang nur noch selten an diese Episode. Aber die Geschichte war noch nicht vorüber, und anscheinend war ich immer noch daran beteiligt. Edwin Galbraith, ein guter und freundlicher Mann, starb, als ich noch zur Schule ging. May, der ich so viel verdanke, starb vor zwei Jahren an einem Herzanfall. Als dann letztes Jahr ihr Haus in Schottland schließlich verkauft wurde, musste ich all ihre Habseligkeiten durchgehen. Und zwischen ihren Papieren fand ich ein Schreiben, das sie vielleicht vernichtet hätte, wäre sie nicht so plötzlich und unerwartet gestorben. Seitdem trage ich den Brief mit mir herum, und als ich an diesem Morgen in dem Londoner Garten saß, zog ich ihn hervor und las die Zeilen noch einmal. Die Adresse lautete Tite Street, London SW3, und er war mit 1926 datiert. Wie ich heute weiß, muss Rebecca den Brief kurz nach ihrer Hochzeit geschrieben haben, einige Monate vor unserem einzigen Zusammentreffen.

Meine liebe May, schrieb sie. *Ich habe mich gefreut, dich gestern zu sehen – und ich war sehr traurig, von deinem schweren Schlag zu hören. Kein Kind bekommen zu können ist ein so hartes Los für eine Frau. Aber zu kannst trotzdem ein Kind großziehen, für es sorgen und es lieben. Du solltest eines adoptieren, und ich bin mir sicher, dass Edwin einverstanden ist, wenn du ihn fragst.*

Zufällig weiß ich von einem kleinen Jungen, der eine Familie braucht. Derzeit lebt er in einem Waisenhaus in der Nähe von London, einem grausamen, scheußlichen Ort. Er ist aus einem Heim für Findelkinder dorthin überstellt worden, das auf dem Land liegt, glaube ich. Man hat die Kinder nach dem Zeitpunkt ihres Eintreffens getauft. Dieser kleine Junge gehörte zum Kontingent »T«, daher nannte man ihn »Terence«. Die Nachnamen seines Jahrgangs wurden von Farben abgeleitet, die Kinder heißen »Brown«, »Black«, »White« oder »Green«. Terences Familienname lautet »Grey«. Ich finde, Galbraith würde viel besser zu ihm passen.

Meiner Meinung nach solltest du ihn dort herausholen. Ich würde ihn selbst retten, aber Max hält wahrscheinlich nicht viel von der Idee, und du wärest bestimmt eine viel weisere und bessere Mutter als ich.

Seine Mutter ist tot; ich kannte die arme Frau früher einmal und habe erst kürzlich entdeckt, dass ihr Sohn am Leben ist. Ich weiß, dass sie dich segnen würde, wenn du dich seiner annimmst, und ich ebenfalls. Du wirst ihm eine gute Mutter sein, und ich bin mir sicher, dass Edwin der beste aller Väter wird.

Ruf mich an, sobald du diese Nachricht erhältst, dann teile ich dir mit, wo du den Jungen findest.

Rebecca

Jedes Mal, wenn ich diesen Brief lese, interpretiere ich ihn anders. Als ich ihn zum ersten Mal las, fühlte ich mit schmerzhafter Gewissheit, dass ich endlich meine Mutter gefunden hatte. Später sagte ich mir, dass ich allerhöchstens die ehemalige Freundin meiner Mutter gefunden hatte – was mir nichts nützte, da diese Freundin jetzt tot war. Dann entdeckte ich, dass ich in diesem Dilemma einfach alles glaube – und mein Bedürfnis ist so groß, dass ich in der Lage bin, gleichzeitig an eine beliebige Menge gegensätzlicher Vorstellungen zu glauben. Und so ist meine Mutter Rebecca und nicht Rebecca, sie ist ihre Freundin, sie ist die Frau, bei der Gin und Stricknadel versagt haben. Sie hat hundert Gesichter – und ich kann nicht ruhen, bis ich das eine Gesicht gefunden habe, das ihres ist, und den Namen, der zu ihr gehört.

Aber als ich heute unter diesem Baum saß und die Blütenblätter auf die Seite fielen, während ich diesen Brief las, sah ich noch ein anderes Gesicht, das über die Schulter meiner Mutter schaute – die Züge waren verschwommen, aber ich wusste, dass es das Gesicht meines Vaters war. Ich bin 1915 geboren; mein Geburtsdatum ist nicht genau bekannt und wurde von der Leitung des Waisenhauses geschätzt, das hat man mir jedenfalls immer erzählt. Aber es kann nicht um mehr als einige Wochen abweichen. Das heißt, wenn ich Rebeccas Kind wäre, dann müsste sie mich bekommen haben, als sie selbst noch ein Kind war. Mit vierzehn, als sie in einem Haus namens Greenways lebte, zusammen mit einem Vetter, den ich auf den ersten Blick verabscheut hatte, und einem Vater, der sie anbetete.

Wollte ich also wirklich weitermachen? War ich mir sicher, dass ich meine Suche fortsetzen wollte?

Ich faltete das Blatt zusammen und steckte es wieder in meine Tasche. Zum ersten Mal an diesem Morgen nahm ich den Verkehrslärm der City wahr. Tief im Herzen wusste ich, dass ich weitersuchen musste. Zahlreiche Argumente sprachen dagegen; mir war klar, dass es vielleicht besser war, die Büchse der Pandora ungeöffnet zu lassen. Trotzdem, ich musste die Wahrheit herausfinden – und außerdem, wie hätte ich gerade jetzt aufgeben können, da ich wusste, dass ich der Lösung näher kam?

19. Kapitel

Mein Entschluss erfüllte mich mit frischem Tatendrang. Gleich ging ich ins Haus zurück und überlegte, was ich mit meinen verbleibenden Stunden in London anfangen sollte. Ich hatte für den Abendzug reserviert und würde kurz nach Mitternacht in Lanyon eintreffen. Aber der restliche Tag stand mir zur Verfügung, um meinen neuen Spuren zu folgen. Ich versuchte, Favell anzurufen, aber er ging unter keiner seiner beiden Nummern an den Apparat. Wahrscheinlich rührte er sich nicht, weil er noch an den Folgen des gestrigen Abends laborierte.

Ich setzte mich in Sir Archies Zimmer und borgte mir seinen Arbeitsplatz aus, von dem man auf den Regent's Park sieht. Nickys Vater ist jetzt pensioniert, aber er war ein hochrangiger Beamter, ein Mann von regelmäßigen Gewohnheiten und einem geordneten Geist, und auch sein Schreibtisch war außergewöhnlich aufgeräumt. Als einziger Schmuck stand darauf das Hochzeitsfoto von Nicky und Julia, auf dem ich selbst als Trauzeuge ein wenig abseits stehe und von der Kamera wegschaue. Ich wollte nicht an Julias Schönheit erinnert werden oder an Nickys Glück an diesem Tag, und ganz bestimmt mochte ich nicht an meine eigenen Gefühle bei dieser Gelegenheit denken. Daher drehte ich das Bild von mir weg und breitete meine Tagebücher, Notizen und Zeitungsausschnitte aus.

Jetzt hätte ich viel darum gegeben, mit Mrs. Danvers zu sprechen, die Rebecca noch länger kannte als Jack Favell und ihr auch während ihrer Ehe nahe gestanden hatte. Ich hatte mich darauf verlassen, dass ich von Favell erfahren würde, wo sie sich aufhielt. Da er mir nicht helfen konnte – und eigentlich nahm ich ihm die Behauptung ab, er habe den Kontakt zu ihr verloren –, hatte ich immer noch keine Ahnung, wie ich sie auftreiben sollte, obwohl ich es wirklich versucht hatte. Aus der Überlegung heraus, dass sie vielleicht immer noch als Haushälterin oder Gesellschaftsdame beschäftigt war, hatte ich jede einzelne der großen Agenturen für Hauspersonal und die meisten der kleineren kontaktiert; ich hatte versucht, alle ehemaligen Dienstboten von Manderley zu befragen, die noch in der Umgebung von Kerrith lebten, und trotzdem keinerlei Hinweise auf ihren Verbleib erhalten.

Um Mrs. Danvers rankte sich inzwischen, ebenso wie um die de Winters und Rebecca, ein Konglomerat aus Mythen und Geschichten. Eine ganzer Teil der Angestellten, die unter oder neben ihr gearbeitet hatten, einschließlich Friths, brachten sie auf die eine oder andere Weise mit dem Feuer in Verbindung, das Manderley zerstörte. Sie bezichtigten sie nicht offen der Brandstiftung, aber sie meinten, sie habe damit zu tun, und über einen Punkt waren sich alle einig: Seit der Nacht des Feuers hatte niemand sie mehr gesehen oder von ihr gehört. Sie habe an jenem Tag ihre Sachen gepackt, hieß es, erklärt, sie gehe für immer fort – und war verschwunden.

Immer wieder stieß ich in dieser Geschichte auf Mrs. Danvers. Der Weg zurück in Rebeccas Kindheit führte offensichtlich über sie. Wenn Rebecca vor ihrer Heirat in irgendeiner Verbindung zu Manderley gestanden hatte, dann wäre Mrs. Danvers diejenige Person, die davon wissen würde. Wenn man Favell glaubte, dann war Mrs. Danvers an der schicksalhaften Übergangsperiode in Rebeccas Leben beteiligt, als ihre Mutter starb und sie zu ihrem Vater nach Greenways zog. War dann nicht denkbar, dass sie auch Informationen über meine Person besaß? Jemand hatte mich im Jahr 1915 als Säugling in einem Waisenhaus abgegeben, und zwar ohne Rebeccas Wissen, wie aus ihrem Brief an May hervorzugehen schien.

Wen aber konnte ich in Ermangelung von Mrs. Danvers konsultieren? Ich musste auf meinen einzigen anderen Anhaltspunkt zurückgreifen, auf Sir Frank McKendrick und sein Tourneetheater. Immerhin war sehr gut möglich, dass es sich bei dem »Schmierenkomödianten«, von dem Favell gestern Abend gesprochen hatte, um McKendrick handelte, und das Foto von Rebeccas Mutter als Desdemona, das sie auf ihrem »Altar« aufbewahrte, eine Aufführung von McKendricks Truppe darstellte. Such die Mutter, und du findest die Tochter, sagte ich mir.

Ich rief den Informationsschalter der St. James's Library an, eine der besten Bibliotheken in London und mein liebster Arbeitsplatz in der City. Das Glück war mir hold: McKendrick hatte tatsächlich seine Memoiren geschrieben. Das Buch war nicht ausgeliehen; ich würde es im Magazin finden, und der Titel, erklärte mir der amüsiert klingende Bibliothekar, war passenderweise bei Shakespeare entliehen: *Ich nahm die Flut wahr.*

Ich musste kurz überlegen, dann erkannte ich das Zitat. Brutus zu Cassius, in *Julius Cäsar*. Zwar war ich mir keineswegs sicher, dass das menschliche Geschick einem Strom gleicht, der einen, wenn man die Flut wahrnimmt, zum Glück führt, aber ich fühlte mich ermutigt. Noch einmal versuchte ich erfolglos, Favell anzurufen, und meldete mich dann auf The Pines, um mich nach Oberst Julyans Befinden zu erkundigen. Ellie ging an den Apparat, und wir unterhielten uns eine Weile, bevor ich zur Bibliothek aufbrach.

Nebenbei fragte ich sie nach dem mysteriösen Anruf, den ich gestern Abend erhalten hatte. Aber Ellie bestätigte mir erwartungsgemäß, sie habe niemandem diese Nummer gegeben.

»Warum wollen Sie das wissen?«

»Gestern hat jemand angerufen, aber keine Nachricht hinterlassen ...«

Ich zögerte. Ellie hatte mich mit dem Namen Grey angesprochen, und ich kam mir schäbig vor. Ich führte sie hinters Licht, und ich wusste, dass das nicht mehr lange so weitergehen durfte. Ein Moment kam, in dem ich beinahe alles gestanden hätte, aber ich gebot mir gerade rechtzeitig Einhalt: Wenn ich ein Geständnis ablegte, dann von Angesicht zu Angesicht und nicht am Telefon.

Ellie berichtete, ihr Vater habe sich gestern müde gefühlt, sei heute Morgen aber wohl kräftiger gewesen. Am folgenden Tag würde er auf Anraten des Arztes zu einigen Tests ins Krankenhaus der Grafschaft fahren. Aber reine Routineuntersuchungen, versicherte sie mir. Den größten Teil des Tages würde sie mit ihm im Hospital verbringen, doch morgen Abend wollte sie mich in meinem Häuschen anrufen. Unterdessen würde ihr Vater sich freuen zu hören, dass ich heute Abend zurückkam. Er vermisse mich, erklärte sie nachdrücklich.

Das hielt ich für unwahrscheinlich; ich zögerte und antwortete dann, er fehle mir auch. Dies schien Ellie zu gefallen, denn sie klang plötzlich munterer – und ihre Stimmung steckte mich an. Entschlossen und beträchtlich fröhlicher als zuvor brach ich zur Bibliothek auf.

Um Viertel nach zehn ging ich auf der Suche nach Sir Franks Autobiografie die Karten des Katalogs durch, und um zwanzig nach zehn befand ich mich im Magazin und sah mich in den Regalen danach um.

Die St. James's Library ist ein altes Gebäude mit einem verwinkelten Grundriss. Wie sich herausstellte, befand sich die Abteilung für Theatergeschichte in einem abgelegenen Flügel in einem der oberen Stockwerke, das man über eine ganze Reihe von Treppenfluchten, Vorzimmern und engen Durchgängen erreichte. Wie gewisse andere Teile der Bibliothek war diese Abteilung schlecht beleuchtet, eng und etwas unheimlich. Ich fand mich eingezwängt zwischen Regalen, die nur wenige Fuß voneinander entfernt standen und sich in geschlossenen Reihen quer über die gesamte Fläche erstreckten. Fenster gab es keine; sowohl Decke als auch Boden bestanden aus eisernen Gittern, sodass ich andere Suchende in den Etagen über und unter mir wahrnahm.

Ich ging zwischen den schmalen Regalen umher, zog an den Lampenschnüren und beleuchtete einmal diesen, dann jenen Teil der Borde. Sir Frank McKendricks Autobiografie stand nicht an dem ihr bestimmten Platz, und ich nahm an, dass jemand anders, der hier gestöbert hatte, sie versehentlich in ein falsches Regal zurückgestellt hatte; so etwas kam manchmal vor. Ich ging an den Buchreihen entlang und sah mir jeden Titel an. Ein paar allgemeine Werke über die Geschichte des Theaters zu König Edwards Zeit und über Tourneetheater, die Shakespeare spielten, zog ich heraus, aber darin fand ich nur wenig mehr über McKendrick, als ich schon von Francis Browne wusste. Nirgendwo wurde sein Othello erwähnt, und über die anderen Schauspieler seiner Truppe waren keine Einzelheiten verzeichnet. Ich fühlte mich ärgerlich und frustriert: Das Buch musste einfach hier sein. Durch das Bodengitter drang ein schleifendes, schlurfendes Geräusch herauf, und auf einer metallenen Treppe gleich um die Ecke waren Schritte zu hören. Jemand Unsichtbares bewegte sich zwischen den Regalen weiter vorn im Raum, und in einem entfernten Teil des Gebäudes schloss sich eine Tür.

Noch dreimal ging ich die in Frage kommenden Regale durch, aber das Buch war nicht zu finden. Ich wollte schon in die Haupthalle zurückkehren und den Bibliothekar konsultieren. Doch als ich mich zur Treppe wandte, passierte ich eine dunkle Ecke, in der ein kleines Lesepult stand, eigentlich wenig mehr als ein Regalbrett und eher zum Nachschlagen geeignet als für eine konzentrierte Lektüre. Ich war schon vorhin an dem kleinen Tisch vorbeigekommen und war mir beinahe sicher, dass er leer gewesen war. Aber jetzt lag ein Buch darauf. Ich hob es hoch und stellte fest, dass ich die vermisste Autobiografie in Händen hielt.

Sie öffnete sich von selbst an einer bestimmten Stelle, und von der Buchseite stieg ein süßer, vertrauter Duft auf. Ich schrak zusammen und ließ den Band beinahe fallen. Zwischen den Seiten lag zusammengedrückt ein Azaleenzweig – die gleiche Sorte, wie ich sie an Rebeccas Bootshaus zu einem Kranz geflochten gesehen hatte. Er war braun und knittrig, duftete aber noch stark. Dies war kein altes Exemplar, das man gepresst und getrocknet hatte; der Zweig konnte noch nicht lange in dem Buch stecken. Ich fuhr herum und blickte an den Regalen entlang. Jetzt waren die Reihen leer, aber vorhin war jemand dort gewesen, denn ich hatte eine Bewegung hinter mir wahrgenommen.

Ich setzte mich an das Pult, knipste die Leselampe an und nahm vorsichtig den Azaleenzweig aus dem Buch. Dann sah ich mir die Seiten an, die er bezeichnet hatte. Auf der rechten war eine Fotografie von Sir Frank McKendrick in einem exotischen Kostüm abgedruckt. Mit geschwärztem Gesicht beugte er sich über ein Bett, auf dem eine hübsche junge Frau lag. Ihr Mund war in verzweifeltem Flehen geöffnet, und ihr langes blondes Haar floss über das Kissen, mit dem ihr Partner sie gleich ersticken würde. Die Bildunterschrift lautete: *Theatre Royal, Plymouth, September 1914. Mein dreihundertster Auftritt in der Rolle des Mohren. Meine Desdemona war Miss Isabel Devlin. »Eine ausgezeichnete schauspielerische Leistung, und Sir Frank übertraf sich selbst«, lautete das Urteil des »Plymouth Courier«.*

Beim Blick auf die gegenüberliegende Seite fiel mir auf, dass einige Absätze dünn mit Bleistift angestrichen waren. Oben auf der Seite begann ich zu lesen:

Für unsere übliche dreiwöchige Spielzeit in Plymouth, wo wir uns stets eines lebhaften und treuen Publikums erfreut hatten, hegte ich die schönsten Hoffnungen. Wir sollten unser aus neun Stücken bestehendes Repertoire aufführen, und am ersten Samstagabend würde ich meinen dreihundertsten Othello geben. Da meine liebe Gattin indisponiert war, übernahm eine jüngere Schauspielerin die Rolle der Desdemona, Miss Isabel Devlin, die seit Jahren unsere Truppe schmückte und deren Fortschritt zu anspruchsvolleren Rollen wohlverdient war. Miss Devlin besaß eine recht unkonventionelle Art und steuerte auf unseren Proben einige faszinierende Ideen bei, deren Großteil ich zu meinem Bedauern jedoch ablehnen musste. In Bezug auf Shakespeares Stücke bin ich schon immer der Meinung gewesen, dass nichts Gutes dabei herauskommt, wenn man sich über die bewährten Traditionen hinwegsetzt.

Miss Devlin sah bezaubernd aus und sang mit allerreinster Stimme das »Lied von der Weide«; ihre Szenen mit mir selbst und Cassio – bei dieser Gelegenheit von Mr. Orlando Stephens gespielt, der unsere Truppe kurz darauf verlassen sollte – waren äußerst gefühlvoll und rührend. Ich erinnere mich, dass ich am ersten Abend fand, der Todeskampf ihrer Desdemona sei zu verzweifelt, was einigen Aufruhr hervorrief, zumal meine Perücke nicht zuverlässig befestigt war. Anschließend nahm ich die junge Dame diskret beiseite. Ich riet ihr davon ab, den Augenblick für ihre Selbstdarstellung zu nutzen, und machte ihr klar, dass sie sich mit ihrem Glauben, Desdemona solle »sich wehren«, im Irrtum befand. Desdemona ist ein sanftes, passives Wesen, und, wie ich ihr vor Augen führte, während der schrecklichen Mordtat hat die Aufmerksamkeit des Publikums ausschließlich ihrem Ehegatten zu gelten.

Miss Devlin nahm sich meinen Rat zu Herzen, und hinfort verbesserte sich ihre darstellerische Leistung. Bei den Kritikern fand sie freundliche Aufnahme, obwohl – wie meine Gattin zu Recht anmerkte – ihrer Stimme die Kraft fehlte und sie vielleicht die Kunst der Projektion, die den größten Mimen angeboren ist, nicht beherrschte. Doch trotz dieser Geburtswehen und Kinderkrankheiten wäre diese Produktion beinahe zum Triumph geraten. Meine Bewunderer würdigten meine Leistung mit vielen Ovationen sowie der traditionellen Überreichung von Kränzen. Ich bin mir sicher, dass wir – wäre nicht kurz zuvor der Krieg ausgebrochen – mehr Plätze verkauft hätten, und unsere Einnahmen wären lohnender gewesen.

Als eine Art Postscriptum und Reverenz sollte ich hinzufügen, dass die Desdemona traurigerweise Miss Devlins letzte Rolle bei unserer Truppe sein sollte – tatsächlich ihre letzte überhaupt auf einer Bühne. Meine Gattin, die von Beginn an eine weniger hohe Meinung über Miss Devlins Begabung hegte als ich, sorgte sich um die Gesundheit der jungen Dame, die niemals gut gewesen war. Als ihr Zustand sich nicht besserte, gelangten wir zu dem Entschluss, auf ihre Dienste zu verzichten. Nicht lange danach hörten wir, dass sie unter höchst tragischen Umständen verstorben war. Miss Devlin stand in der Blüte ihrer Schönheit und besaß herrliches goldenes Haar; »April war in ihren Augen«, wenn ich mir die Abwandlung des Zitats erlauben darf. Sie war »das schönste Fraunbild« und eine Dame bis in die Fingerspitzen, empfindsam und von anmutigem Auftreten. Meine Gattin und ich konnten ihrer Bestattung nicht beiwohnen, aber ihr Ableben bekümmerte mich zutiefst.

Ich sollte noch erwähnen, dass zu dieser Zeit auch Miss Devlins Tochter unserer kleinen »Bruderschaft« angehörte und eine frühe Begabung als Shakespeare-Darstellerin zeigte. Sie gab in sehr frühem Alter neben meinem Oberon einen höchst ungewöhnlichen, kecken Puck und war uns in Knabenrollen sehr nützlich. Ich sehe sie noch als großtuerischen, aber tiefsinnigen Prinzen neben mir als Richard III., und ihr Mitleid erregender Tod als Macduffs Sohn in dem schottischen Stück trieb vielen Zuschauern die Tränen in die Augen. Ich hatte immer das Gefühl, ihr könnte eine Zukunft auf der Bühne beschieden sein, obwohl meine Frau bezweifelte, dass sie die nötige Disziplin und das entsprechende Temperament besaß. Doch nach dem Tod ihrer Mutter haben wir nie wieder von der jungen Dame gehört.

Nach unserer triumphalen Spielzeit in Plymouth fuhren wir weiter nach Bristol, doch die schon erwähnten Finanznöte belasteten uns weiterhin schwer, sodass wir schon fürchteten, wir müssten unsere Truppe auflösen.

Mehrmals sah ich der Niederlage ins Auge, doch unermüdlich setzte ich den Kampf fort. Meine Gattin und ich ...

Nachdem ich den Rest der Seite überflogen hatte, blätterte ich die Kapitel vorwärts und rückwärts durch. Ich überprüfte den äußerst unwissenschaftlichen und fehlerhaften Index und fand eine Liste der Mitglieder der Truppe. Isabel Devlin war nur an dieser einen Stelle erwähnt, und der Name ihrer Tochter wurde nicht genannt. Dennoch hegte ich nicht den geringsten Zweifel, dass ich Rebecca gefunden hatte – und jemand anders offensichtlich auch.

Mit einem Blick auf den Azaleenzweig schlug ich die erste Seite des Buchs auf, wo die Ausleihdaten festgehalten waren. Sir Franks langatmige Erinnerungen waren eindeutig wenig gefragt. *Ich nahm die Flut wahr* hatte wie Blei im Regal gelegen. Offensichtlich hatte jemand das Buch kürzlich konsultiert, doch entliehen worden war es seit drei Jahren nicht mehr.

Ich saß an dem kleinen Lesepult, stützte den Kopf in die Hände und suchte nach des Rätsels Lösung. Jemand hatte Oberst Julyan ein Notizbuch geschickt, das einmal Rebecca gehört hatte, und am gleichen Tag hatte Jack Favell ihren Ring erhalten. Eine unbekannte Person war in ihrem Bootshaus gewesen – und vielleicht auch auf Manderley, ging mir auf, als ich an das mit Brettern vernagelte Fenster dachte, das aufgebrochen worden war. Dieselbe Person hatte den Azaleenkranz am Strand niedergelegt und dieses Buch konsultiert – und wie mir jetzt einfiel, hatte kürzlich jemand Francis Brownes Ansichtskarten von Manderley durchgesehen.

Wer immer diese Person war – er oder sie schien es darauf anzulegen, eine Spur zu hinterlassen. Wer hätte Zugang zu Rebeccas Besitztümern haben können? Wer befand sich in diesem Moment möglicherweise in den Klauen einer abnormalen, an Wahnsinn grenzenden Besessenheit? Abgesehen von mir natürlich, dachte ich niedergeschlagen. Auf jeden Fall hatte dieser Jemand Rebecca sehr nahe gestanden und sie als Kind gekannt. Ellie hatte Recht, die wahrscheinlichste Kandidatin war eine Frau. Anscheinend hatte ich wieder einmal mit Mrs. Danvers zu tun, der nicht fassbaren, unauffindbaren Mrs. Danvers. Wenn sie das erste Notizbuch geschickt hatte und, wie der Oberst glaubte, mindestens ein weiteres existierte, dann bestand die Wahrscheinlichkeit, dass es sich in ihrem Besitz befand. Sollte sie denn wirklich vom Erdboden verschwunden sein? Ich hatte eine Spur, und Hinweise sind dazu da, dass man sie verfolgt.

Wohin führte also diese Spur, wohin sollte ich mich als Nächstes wenden? Greenways? Gern wäre ich einmal hingefahren, obwohl ich wahrscheinlich nichts Spannenderes vorfinden würde als ein Haus, in dem seit vielen Jahren andere Menschen lebten. Aber wenn nicht Greenways, wohin dann? Welchen anderen Ort brachte ich mit Rebecca in Verbindung?

Ich saß noch fünf Minuten da und grübelte, ehe ich auf die Antwort kam. Und doch war sie vollkommen offensichtlich und hatte mir praktisch den ganzen Morgen ins Gesicht gestarrt. Ich zog den Brief hervor, den Rebecca vor vielen Jahren an May geschrieben, das Blatt Papier, das mein ganzes Leben verändert hatte. 12 c Tite Street – die Wohnung in der Nähe des Flusses, die Rebecca unterhalten hatte. Bei vorhergehenden Besuchen in London hatte ich das Haus mehrere Male aufgesucht, aber obwohl mindestens eine weitere Wohnung in dem Gebäude vermietet war, hatte ich nie jemanden angetroffen. Vielleicht war es jetzt an der Zeit, noch einmal hinzugehen.

Am St. James's Square nahm ich ein Taxi und las auf dem Weg nach Chelsea noch einmal Sir Franks Beschreibung Rebeccas und ihrer Mutter. Einige seiner Formulierungen kamen mir merkwürdig vor, aber zumindest konnte ich jetzt den betreffenden Zeitraum eingrenzen. Ich bemerkte, dass er zu den Daten passte, die Francis Browne mir bezüglich der Ansichtskarte von Manderley genannt hatte.

Im September 1914 hatten Rebecca und ihre Mutter sich in Plymouth aufgehalten, das zufällig die nächste größere Stadt in der Nähe von Kerrith und Manderley ist. Heutzutage ist es von dort in etwa einer Stunde Autofahrt zu erreichen. Irgendwann »Anfang 1915« – das behauptete der Mann jedenfalls; genauer hatte er sich nicht festlegen wollen – war Jack Favell, aus Kenia kommend, in England eingetroffen, und Rebecca hatte Trauer getragen. Im Zeitraum eines Winters, von sechs oder höchstens sieben Monaten, hatten sich also große Veränderungen in Rebeccas Leben vollzogen: Ihre Mutter war gestorben, Mrs. Danvers hatte das Mädchen unter ihre Fittiche genommen, und Rebecca selbst war zu ihrem Vater nach Greenways gezogen.

Woran ihre Mutter wohl gestorben war? Sir Franks Darstellung deutete an, Isabel Devlins Gesundheitszustand sei chronisch schlecht gewesen. Vielleicht war sie ja einer der damals tödlichen Auszehrungskrankheiten wie Tuberkulose erlegen. Todesdatum und -ursache müssten eigentlich recht einfach festzustellen sein. Vorausgesetzt, dass Rebeccas Mutter keinen anderen Namen als Devlin benutzt hatte, sollte ich ihren Totenschein im Archiv des Somerset House ziemlich schnell auftreiben können. Wenn ich heute keine Zeit dazu fand, konnte ich immer noch einen Freund damit beauftragen, zum Beispiel Simon Lang.

Angesichts der zeitlichen Nähe war ich mir inzwischen sicher, dass Isabels Gesundheitszustand tatsächlich die Erklärung für Jack Devlins Rückkehr aus Afrika darstellte. Ich fragte mich, ob Favell richtig in seiner Annahme lag, Mrs. Danvers habe Devlin aufgespürt. Die Haushälterin war auf jeden Fall irgendwie in diese Ereignisse verwickelt, aber das hieß nicht unbedingt, dass sie diejenige gewesen war, die Kontakt zu ihm aufgenommen hatte. Wenn Devlin sich nie von seiner Frau hatte scheiden lassen, dann waren die beiden vielleicht auch nach ihrem Auseinandergehen in Verbindung geblieben. Und der Trennungsgrund ... darauf besaß ich keinerlei Hinweis bis auf Favells Andeutungen und seine zweideutige Äußerung, sie hätten »sechs Monate« miteinander gelebt. Hatten die beiden einfach nicht zusammengepasst, oder hatte Devlin etwas so vollständig Unakzeptables über seine Frau herausgefunden, dass er sie verließ? Zum Beispiel, dass sie eine Affäre hatte oder dass sie bei ihrer Heirat schwanger von einem anderen Mann gewesen war?

Das Taxi hatte auf der Uferstraße an der Ecke Tite Street angehalten. Ich zahlte und ging dann langsam die Straße hinauf zu dem hohen, prachtvollen roten Ziegelhaus mit dem holländischen Giebel, in dem Rebecca ihre Wohnung gehabt hatte. Es lag am südlichen Ende der Straße, nicht weit von der einstigen Schaffensstätte des Malers James Whistler. In vielen dieser Häuser hatten zum Zeitpunkt ihrer Errichtung Künstler gewohnt, und Rebeccas Haus besaß wie einige andere im Obergeschoss ein großes Rundbogen-Atelierfenster. Vom Gehweg auf der gegenüberliegenden Straßenseite sah ich hinauf.

Die Sonne spiegelte sich auf den Scheiben. Von diesem Fenster aus musste man die Themse sehen können. Rebecca hatte sich, wie ich bemerkte, eine Wohnung ausgesucht, die weniger als zwei Minuten Fußweg vom Fluss entfernt lag. Ich dachte an Favells seltsame Vorwürfe von gestern Abend, und mir ging eines auf: Wenn Rebecca ihrem Leben ein Ende setzen wollte, nachdem sie von ihrer tödlichen Krankheit erfahren hatte, dann hätte sie nicht bis nach Manderley zurückzufahren brauchen. Der Tod wartete gleich am Ende ihrer Straße, denn die gefährlichen Wasser der Themse strudelten praktisch unter ihrem Fenster vorbei.

Ich überquerte die Straße und untersuchte wie schon öfter die Türklingeln. 12 a war das Souterrain. Dort waren die Fensterläden geschlossen, und es schien unbewohnt. 12 b bezeichnete anscheinend das Erdgeschoss und 12 c das obere Stockwerk. Auf keiner der Klingeln stand ein Name.

Ohne große Hoffnung, dass man mir öffnen würde, klingelte ich bei 12 c und wartete. Als Ellie mich nach Lanyon zum Bahnhof fuhr, hatte ich sie nach dieser Wohnung gefragt. Erst gestern Morgen war das gewesen, obwohl ich das Gefühl hatte, als wäre seitdem ein Monat vergangen. Ellie war sich sicher, dass Rebecca diese Wohnung schon mehrere Jahre vor ihrer Heirat unterhalten hatte und dass sie sie nach der Hochzeit nur noch sporadisch benutzte. Andererseits behauptete ihr Vater, sie habe sich während der letzten sechs Monate ihres Lebens häufiger dort aufgehalten.

Noch einmal drückte ich den Klingelknopf. Ich hatte Ellie gefragt, was nach Rebeccas Tod aus der Wohnung geworden sei. Sie meinte, ihre Schwester hätte noch mehrere Jahre in der Nähe gewohnt, und ihres Wissens hatte Lily nie davon gesprochen, dass die Wohnung neu vermietet worden sei. »Vielleicht hat Rebecca ja den Mietvertrag offiziell über jemand anders laufen lassen«, vermutete sie. »Und diese Person muss eingezogen sein. Irgendjemand muss schließlich Rebeccas Sachen weggeschafft haben.« Ich fragte sie, wer das wohl gewesen sein könne, obwohl ich die Antwort schon kannte, ehe sie den Namen aussprach: Mrs. Danvers.

Immer wieder Mrs. Danvers. Noch einmal drückte ich die Klingel, und dieses Mal nahm ich den Finger nicht vom Knopf. Irgendwo in den Tiefen des Hauses schrillte es – und auf einmal hörte ich endlich eine Reaktion. Eine Tür schlug zu, Schritte näherten sich, und ich spannte mich an. Die Tür wurde aufgerissen, und ich stand vor einer jungen Frau von ungefähr fünfundzwanzig Jahren. Sie war von Kopf bis Fuß in intellektuelles Schwarz gekleidet und nicht besonders gut gelaunt.

»Sind Sie eigentlich noch zu retten?«, fuhr sie mich an. »Veranstalten hier einen Lärm! Da wird Ihnen niemand aufmachen, und wenn Sie den ganzen Tag hier stehen und auf die Klingel drücken ...«

Sie unterbrach sich und nahm mich genauer in Augenschein. Eine seltsame Verwandlung ging an ihr vor: Sie lächelte, errötete, entschuldigte sich dafür, »mich angeblafft« zu haben, und erklärte, sie wohne in 12 b im

Erdgeschoss. Mein Problem schien sie aufrichtig zu interessieren. Als sie entdeckte, dass ich etwas über die Mieter der Wohnung 12 c wissen wollte, nahm ihr kokettes Gehabe merklich ab, und sie schien nervös zu werden.

»O mein Gott«, rief sie aus. »Wissen Sie etwas über diese Frau? Kommen Sie doch herein – das ist eine ziemlich eigenartige Geschichte. Hätten Sie wohl gern einen Kaffee?«

Sie zog mich in eine weitläufige Eingangshalle mit schwarz-weiß gefliestem Boden. Eine breite, schöne Treppe führte in weitem Bogen nach oben. Die junge Frau warf einen Blick zu den Stufen hinüber, legte den Finger auf die Lippen und führte mich in ihre Wohnung. Vielleicht habe ich ein ehrliches Gesicht, oder sie war ziemlich vertrauensselig; möglicherweise war sie auch froh über den männlichen Schutz – diese Erklärung ging mir durch den Kopf und verfestigte sich, als sie mit ihrer Geschichte begann. Was immer sie bewog, auf jeden Fall saß ich zwei Minuten später in ihrem Wohnzimmer.

Ich erfuhr, dass die junge Frau Selina Fox-Hamilton hieß. Sie lebte seit etwas über einem Jahr in der Wohnung im Erdgeschoss und hatte vor, bei der allerersten Gelegenheit auszuziehen. Selina arbeitete in einer Kunstgalerie in der Cork Street und war an diesem Tag nur zu Hause, weil sie gestern zu viel getrunken hatte und sich auskurierte. Sie platzierte mich auf einem durchgesessenen Sofa, stellte mir ihre drei Katzen vor und begann zu reden. Sie erklärte, sie sei nicht nervös veranlagt und glaube auch nicht an Geister. Jedenfalls früher nicht – seit sie in dieses Haus gezogen sei, habe sie ihre Meinung geändert. Ich wolle also etwas über die Wohnung oben wissen? Ich fragte, ob sie unbewohnt sei. Nicht ganz, meinte Selina mit leisem Schaudern. Vermietet sei die Wohnung schon, aber die Bewohnerin sei merkwürdig. Sehr eigenartig.

»Okay«, begann Selina, nahm mir gegenüber Platz und zündete sich eine Zigarette an. »Die Sache verhält sich so. Als ich eingezogen bin, war ich richtiggehend begeistert.

Die Miete ist fast geschenkt, das Haus ist schön, die Wohnung ist nett, und die Katzen fühlen sich wohl. Die Verwalter haben mir gesagt, die Souterrain-Wohnung stünde leer, nur oben wohne eine Frau, aber die sei selten zu Hause und werde mich daher nicht stören. Das konnte mir nur recht sein – aber dann bemerkte ich etwas, nur Kleinigkeiten zuerst, aber merkwürdig. Manchmal, wenn ich spät von einer Party nach Hause kam, war oben alles hell erleuchtet. Und trotzdem höre ich nie jemanden und sehe niemals einen Menschen ein und aus gehen. Und wer immer dort wohnt oder sich gelegentlich dort aufhält, bekommt keine Post. Nicht ein Mal. Ich habe noch keinen einzigen Brief an diese Frau gesehen, und Sie müssen zugeben, dass das reichlich komisch ist.

Also habe ich mich umgehört«, fuhr die junge Frau fort. »Ein Stück weiter leben ein paar Künstler, die schon ewige Zeiten hier wohnen, und die haben mir die ganze Geschichte erzählt. Die Wohnung oben gehörte einer schönen Frau, die ganz jung gestorben ist. Sie ist vor zwanzig Jahren unter mysteriösen Umständen umgekommen, ertrunken. Manche Leute behaupten, sie hätte sich umgebracht, und andere sagen, ihr Mann hätte sie ermordet. Sie lebte auf einem wunderschönen Anwesen in Cornwall, aber das Haus ist am Tag nach ihrem Begräbnis niedergebrannt.

Also, die Nachbarn haben mir diese Geschichte erzählt, und dann fragten sie: *Hast du sie schon gesehen?* Na, Sie können sich vorstellen, dass mich das nervös gemacht hat. Ich hatte sie nicht gesehen, niemanden, aber die Nachbarn schon. Sogar noch kürzlich, behaupten sie. Einer von ihnen hat sie gleich am Ende der Straße gesehen, wie sie am Fluss stand und ins Wasser schaute. Ein anderer sah sie eines Abends aus der Eingangstür kommen. Und eine der Frauen sagte: *Hast du schon gehört, wie sie die Möbel rückt?* Denn damit beschäftigt sie sich anscheinend mitten in der Nacht – deswegen können die Verwalter keinen Mieter lange in dieser Wohnung halten, und aus demselben Grund ist die Miete so außergewöhnlich günstig. Das geht so seit ihrem Begräbnis, seit der Nacht des großen Feuers, sagten sie. Das sind immerhin zwanzig Jahre! Allein seit Kriegsende bin ich die siebte Mieterin hier, haben sie mir erzählt ...«

Mit großen Augen schaute Selina mich an. Ich fragte sie, ob sie diese Geschichten glaube.

»Jedenfalls konnte ich mir nicht vorstellen, warum diese Leute so etwas erfinden sollten. Aber ich sah und hörte niemanden, also habe ich nach einer Weile – da wohnte ich ungefähr drei Monate hier – nicht mehr daran gedacht. Doch schließlich bemerkte ich etwas – meine Katzen fingen an, sich eigenartig zu benehmen. Sie versteckten sich. Manchmal wollten sie nicht in die Eingangshalle hinauskommen, und nichts brachte sie dazu, auch nur in die Nähe der Treppe zu gehen ... Dann, eines Nachts, ging es los. Die Geräusche. Alles war genau so, wie die Nachbarn es mir beschrieben hatten – ein schreckliches Schleifen und Poltern, als zerre jemand schwere Gegenstände über den Boden. Es hörte einfach nicht wieder auf, und es war immer sehr spät, zwei, manchmal drei oder vier Uhr morgens ...«

»Erinnern Sie sich, wann es angefangen hat?«

»Das weiß ich ganz genau, weil ich es in mein Tagebuch geschrieben hatte. Letztes Jahr am zwölften April.«

Der zwölfte April war Rebeccas Todestag, aber ich hütete mich, Selina das zu verraten. Sie zündete sich noch eine Zigarette an und erzählte weiter. Das Gepolter hatte sich noch über eine Woche fortgesetzt und dann aufgehört. Darauf herrschte monatelang Schweigen, und Selina sagte sich, der »Spuk« sei wohl vorüber. Dann, ein einziges Mal, kam es zu einem Zusammentreffen. Im vergangenen November war Selina nachmittags früher als gewöhnlich nach Hause gekommen. Es war Winter und bereits dunkel, und dichter Nebel herrschte, eine dicke, feuchte Suppe, die London seit einer Woche in eine Waschküche verwandelte. Sie schloss auf und streckte die Hand nach dem Lichtschalter ein, als sie die Gestalt auf der Treppe sah.

»Ich konnte sie gerade so erkennen«, erklärte sie. »Das Licht unter dem Vordach war an, und die Tür stand weit offen. Der Nebel trieb herein, aber ein wenig Licht, ein schmaler Lichtstreifen, fiel auf die Treppe, und ich sah, wie sie hindurchging. Sie *glitt* irgendwie dahin. Ich war so erschrocken, dass ich gekeucht haben muss. Dann fand ich den Schalter, das Licht in der Eingangshalle ging an, und sie war verschwunden.« Selina unterbrach sich kurz. »Ich glaube nicht, dass sie ein Geist war – nicht wirklich. Aber damals hatte ich große Angst. Ich rief: Wer ist da? Was machen Sie da? oder so etwas. Sie gab keine Antwort. Dann hörte ich die Wohnungstür zufallen. Das war's. Seitdem habe ich sie nicht mehr gesehen, und ich hege auch nicht den Wunsch danach.«

Das war jedoch nicht Selinas letzte Begegnung mit der Mieterin von oben gewesen. Zwei weitere waren gefolgt, beide indirekt und höchst seltsam.

Nicht lange nach der Vision auf der Treppe begann das Möbelrücken von neuem, dieses Mal so häufig und lang anhaltend, dass Selina beschloss, etwas zu unternehmen. Eines Morgens in aller Frühe, nachdem sie nachts praktisch kein Auge zugetan hatte, nahm sie ihren ganzen Mut zusammen, stieg die Treppe hinauf und klopfte an die Tür von 12 c. Selina war sich sicher, dass die Frau sich in der Wohnung aufhielt, denn die Geräusche hatten erst ein paar Minuten zuvor endlich aufgehört, und seitdem hatte niemand das Haus verlassen. Sie war entschlossen, sich zu beschweren, aber die Unbekannte reagierte nicht auf ihr Klopfen und Rufen. Die Tür zu Nummer 12 c blieb geschlossen, aber Selina war sich bis heute absolut sicher, dass die Frau da gewesen war, gleich hinter der Tür, denn sie hatte sie atmen gehört.

Schließlich – das war vor weniger als einem Monat gewesen – hielt sie die Geräusche nicht länger aus. Als die Hausverwaltung auf ihre Klagen nichts unternahm, schrieb sie einen Zettel – eine höfliche Notiz, wie sie betonte –, stieg nach oben und schob ihn unter der Tür von 12 c durch. Dann ging sie zur Arbeit. Als sie an diesem

Abend zurückkehrte, lag ein Umschlag auf ihrer Fußmatte, ein weißer Umschlag ohne Anschrift. Nicht einmal ihre Wohnungsnummer war darauf vermerkt. Darin fand sie ihren eigenen Zettel wieder, zerrissen in Hunderte winziger Fetzen.

»Das hat mir echt Angst eingejagt«, sagte die junge Frau. »Ich meine, das ist noch nicht normal, oder? Seitdem bin ich ihr aus dem Weg gegangen, und ich kann es gar nicht abwarten, auszuziehen. Deswegen muss ich unbedingt eine andere Wohnung finden. Ich will nicht allein in einem Haus mit einem Geist oder einer Verrückten wohnen.«

Ich stellte Selina ein paar Fragen. Kannte sie den Namen der anderen Mieterin? Nein, die Verwalter hatten sich geweigert, ihn zu nennen. Ob sie die Frau beschreiben könne, die sie auf der Treppe kurz gesehen hatte? Sie hatte Parfüm getragen, antwortete Selina, das war ihr gleich aufgefallen, einen zarten, frischen Duft wie von Frühlingsblumen. Groß war sie gewesen, sie hatte Schwarz getragen und eine Kopfbedeckung. Aber sie hatte ja nur einen sekundenkurzen Blick auf sie werfen können. Ich erklärte Selina, Geister würden keine Zettel in Stücke reißen und sie auf die Fußmatte ihrer Nachbarn legen, wenngleich ich nicht glaubte, dass ihr das ein besonderer Trost war. Dann lieh ich mir einen Briefumschlag von ihr und ging damit in die Eingangshalle hinaus. Selina mochte sich der Treppe um nichts in der Welt nähern, daher blieb sie in ihrer Tür stehen, und ich ging allein nach oben.

Die Treppe war sehr schön und die Balustrade kunstvoll gestaltet. Vor der schweren schwarzen Tür auf dem ersten Treppenabsatz blieb ich stehen und lauschte aufmerksam. Ein merkwürdiger Hauch lag in der Luft, ein sehr schwacher Brandgeruch. Ich nahm den Umschlag, den Selina mir gegeben hatte, und steckte den Azaleenzweig, den ich in der Bibliothek gefunden hatte, hinein. Auf die Vorderseite schrieb ich »Terence Grey« und meine Adresse und Telefonnummer in Kerrith. Ich starrte die Tür an und dachte daran, was Selina gesagt hatte: *Das geht so seit dem Begräbnis, seit der Nacht des großen Feuers.* Und in der Nacht, als Manderley niederbrannte, war Mrs. Danvers verschwunden.

Die Chance war gering, aber einen Versuch war es wert. Ich beugte mich zur Tür. »Mrs. Danvers?«, rief ich leise. »Sind Sie da? Ich möchte mit Ihnen reden, über Rebecca sprechen …«

Von der anderen Seite der Tür war kein Laut zu hören. Ich klopfte leise, erhielt aber keine Antwort. Aus der Halle unten vernahm ich Selinas unterdrücktes Aufstöhnen, das, auf merkwürdige Weise durch die Akustik verstärkt, durch das ganze Treppenhaus hallte.

»Mrs. Danvers?«, sagte ich noch einmal, und dieses Mal war ich mir ziemlich sicher, dass ich etwas hörte, ein leises Gleiten, als streifte ein Stück Stoff, ein langer Rock oder dergleichen, über einen Teppich. Vielleicht bildete ich mir das Geräusch auch ein. Ich schob den Umschlag unter der Tür durch, wartete noch ein paar Minuten, und als sich nicht das Geringste rührte, ging ich wieder hinunter. Selina und ich tauschten unsere Telefonnummern aus. Dann verabschiedete ich mich von ihr, was nicht so einfach war, und flüchtete nach draußen.

Ich überquerte die Straße und nahm direkt gegenüber von Rebeccas hohem Atelierfenster auf dem Gehweg Aufstellung. Die Sonne spiegelte sich in der Glasscheibe. Wenn an diesem Fenster eine Frau stand, dann könnte ich sie durch den Lichteinfall nicht erkennen, sie mich aber schon. Ich ließ ihr Zeit, mich zu inspizieren – vorausgesetzt, sie war überhaupt da. Ein beunruhigendes Gefühl war das, sich beobachtet zu fühlen, ohne sich dessen sicher zu sein, und ich fühlte mich dabei zutiefst unwohl.

Die eigenartige Empfindung ließ sich schwer abschütteln und verfolgte mich noch den ganzen Tag. Meine restlichen Stunden in London verliefen ergebnislos und frustrierend. Selina hatte mir die Namen der Künstler genannt, die ihr die Geistergeschichte erzählt hatten, sowie den Namen und die Telefonnummer der Verwaltung des Hauses in der Tite Street. Doch die Verwalter weigerten sich rundweg, mir Informationen zu geben, und die Künstler waren nicht zu Hause. Ich verschwendete meine Zeit damit, an viele Türen in der Tite Street zu klopfen, auf der Suche nach Nachbarn, die etwas über die Bewohnerin von Wohnung 12 c wissen konnten. Aber alle waren erst kürzlich hergezogen und hatten keine Ahnung, wovon ich sprach. Dann vergeudete ich weitere Zeit im Bezirksrathaus von Chelsea, wo ich das Wählerverzeichnis durchsah, aber wer immer in Apartment 12 c wohnte, war dort nicht registriert. Selina schon, aber kein weiterer Bewohner.

Nachdem ich diese bedrückende Suche aufgegeben, in einem kleinen Café ein scheußliches Sandwich gegessen und mich über die dicht bevölkerte King's Road zur U-Bahn-Station am Sloane Square durchgekämpft hatte, verblieben mir nur noch wenige Stunden in London. Inzwischen brannte ich darauf, der Hitze, dem Verkehr und den Abgasen zu entkommen und wieder die Ruhe und saubere Luft von Kerrith zu atmen.

Mit der Untergrundbahn fuhr ich ins Zentrum zurück und erledigte einige Besorgungen. Ich ging zu Fortnum & Mason und kaufte die Veilchentrüffel, die ich den Briggs-Schwestern versprochen hatte. Dann ging ich zu Hatchards und erwarb zwei Bücher als Geschenk für Oberst Julyan. In der Auslage entdeckte ich mein eigenes Werk über Walsingham und sein Agentennetz, das er zur Zeit Elisabeths I. unterhalten hatte, und kaufte spontan ein Exemplar für Ellie. Ich konnte es ihr schenken, wenn ich ihr und ihrem Vater gestand, wer ich wirklich war. Zuerst erschien mir diese Idee vernünftig, aber sobald ich den Kauf getätigt hatte, bedauerte ich es. Dieses Buch ist in erster Linie für Wissenschaftler geschrieben; mich hätte es interessiert, aber der Band war mit Fußnoten gespickt, trocken und spezialisiert. Wollte ich Tom Galbraith so bei Ellie einführen? Sie würde ihn ziemlich langweilig finden – aber wahrscheinlich tat sie das ohnehin schon.

Ein Letztes blieb mir noch zu tun, ehe ich zum Regent's

Park zurückkehren, meine Tasche packen und flüchten konnte. Ich musste Jack Favell aufsuchen, ihm Rebeccas Ring zurückgeben und ihm einige Fragen stellen, falls sein Zustand dies erlaubte. Ich ging die Bond Street wieder hinauf und weiter nach Mayfair. Die Straßen waren jetzt belebt; die Fröhlichkeit und die Frühlingsgefühle, die das warme Wetter weckte, waren überall mit Händen zu greifen. Ein Mann und eine Frau schlenderten Hand in Hand vorbei; eine Nanny in Uniform schob einen Kinderwagen, und zwei Mädchen blieben stehen, um unter das Verdeck zu spähen und dem Baby zuzulächeln. An der Ecke blieb ich stehen. Ich spürte jene Verheißung, die Städte im Frühling ausstrahlen. Tausend Möglichkeiten liegen in der Luft, im Glitzern des Straßenpflasters, im Brausen des Verkehrs; Lockungen umgaben mich überall. Plötzlich fühlte ich mich sehr einsam und isoliert. Zu lange hatte ich mich in meine Suche nach der Vergangenheit vergraben; ich war ein Mann, der sein Leben damit zugebracht hatte, die Wahrheit im Kleingedruckten zu suchen, ein Gefangener der Bibliotheken.

Das Gefühl wollte nicht weichen und ließ sich nur mühsam verdrängen. Ich erreichte die ruhigere Straße in Mayfair, in der Favells Verkaufsräume lagen, aber zu meinem Erstaunen war der Laden leer und abgeschlossen. Ich klingelte, aber niemand öffnete mir. Einer der Wagen, die ich gestern bemerkt hatte – der Bentley –, war fort; vielleicht war Favell mit einem Kunden zu einer Probefahrt unterwegs. Ich wartete eine halbe Stunde, und als dann noch nichts von Favell zu sehen war, ging ich. Dann würde ich ihn eben von Kerrith aus anrufen; unterdessen musste ich Rebeccas Ring bei mir behalten. Immer wieder drehte ich ihn in meiner Tasche, während ich zum Regent's Park zurückging.

Im Haus der Osmonds nutzte ich meine restliche Zeit, um Briefe zu schreiben und Anrufe zu tätigen. Ich schrieb noch einmal an Frank Crawley, obwohl ich damit rechnete, dass er auch diesen Brief – meinen dritten – genauso höflich, aber ablehnend bescheiden würde wie die ersten beiden. Ich rief Simon Lang an und überredete ihn, für mich ein paar einfache Recherchen im Somerset House durchzuführen. Außerdem meldete ich mich telefonisch bei einigen Freunden und Kollegen am King's College, wohin ich im Herbst zurückkehren werde. Ich rief meinen Verlag an, redete mit meinem Lektor, versprach ihm, bald einmal mit ihm zu Mittag zu essen, und erklärte, dass ich etwas länger für mein neues Buch über Raleigh brauchen würde. Er ist ein optimistischer Mensch und klang nicht, als hätte ich ihm das Herz gebrochen. Anschließend packte ich, verabschiedete mich von Mrs. Henderson – niemand hatte für mich angerufen – und brach zum Bahnhof auf. Ich konnte es kaum abwarten, nach Kerrith zurückzukehren; ich sehnte mich nach einem Spaziergang am Meer, ich wollte Ellie und ihrem Vater von meinen Fortschritten erzählen und hoffte, dass der Oberst, wenn er sich kräftig genug gefühlt hatte, vielleicht auch ein paar Entdeckungen gemacht hatte.

Um sechs war ich in Paddington, und um halb sieben verließ der Zug London. Dieses Mal hatte ich ein Abteil für mich – der Zug war nicht voll – und war froh, allein zu sein. Nachdem ich meine Tasche auf die Gepäckablage gehievt hatte, überflog ich die Titelseite des *Evening Standard*, den ich am Bahnhof gekauft hatte, und warf die Zeitung dann beiseite. Ich sah aus dem Fenster und schaute zu, wie die Vororte vorbeizogen. Während ich dem Rattern des Zuges lauschte, wandten meine Gedanken sich wieder meinen Nachforschungen zu. Ich dachte noch einmal über die Ereignisse der letzten beiden Tage nach, über das, was man mir erzählt hatte und was nicht, denn Lücken und ausweichende Antworten sind natürlich ebenso bedeutungsvoll wie eine Information selbst.

Erst als wir die Stadt ein ganzes Stück hinter uns gelassen hatten und es dunkelte, nahm ich Sir Franks Autobiografie wieder zur Hand. Müßig blätterte ich darin und ärgerte mich dabei zunehmend über seinen weitschweifigen Stil. Der Zug durchquerte offenes Land, und draußen war es fast dunkel, bevor ich entdeckte, was mir heute Morgen entgangen war. Es stand auf der Seite vor derjenigen, auf die ich mich konzentriert hatte; nur eine beiläufige Bemerkung, die in seinen weit verzweigten Erinnerungen leicht zu übersehen war, und sie fand sich direkt vor seiner Erwähnung der regelmäßigen Spielzeiten in Plymouth.

Wie es seit vielen Jahren unsere Gewohnheit ist, stiegen meine Frau, ich selbst und mehrere Mitglieder unserer Truppe bei Millicent Danvers ab, die an der Marine Parade die ausgezeichnete Pension »St. Agnes« mit Blick auf den Sund von Plymouth unterhält. Sie ist inzwischen verwitwet und kommt in die Jahre, und ihre Tochter, die ihr zuvor eine große Hilfe war, ist in Stellung gegangen. Aber der Standard, den wir zu erwarten gelernt hatten, war nicht im geringsten gesunken. Die Sauberkeit und Ordnung in ihrem Haushalt sind exemplarisch – wollte, wir hätten das in all unseren Unterkünften so angetroffen! Mit großem Vergnügen plauderten wir über alte Zeiten und baten unsere Wirtin, ihre Tochter zu grüßen, die aber glücklicherweise in der Nähe beschäftigt ist und daher in der Lage war, eine unserer Othello-Aufführungen zu besuchen. Edith Danvers – oder »Danny«, wie wir sie zu nennen pflegten – war immer eine treue Anhängerin unserer Kunst und hatte von frühester Jugend an viele Freundschaften in unserer Truppe geschlossen. Wie sie uns erklärte, hätte sie unseren Auftritt um nichts in der Welt verpassen mögen, und bei dem Mord an Desdemona liefe es ihr immer kalt über den Rücken.

Edith Danvers: Die ganze Zeit hatte sie hier in diesem Buch gesteckt. Nun verstand ich endlich, woher sie kam; hier lagen vielleicht die Ursprünge ihrer Verbindung zu Rebecca – und wenn Edith Danvers diese Othello-Aufführung besucht hatte, ging mir auf, dann hatte sie tatsächlich in den Monaten vor Isabels Tod in Kontakt zu ihr und Rebecca gestanden. Ich nahm Sir Franks Autobiografie mit in den Speisewagen und las sie beim Essen durch; aber dies war die einzige Stelle, an der Mrs. Danvers erwähnt wurde. Ihr Bild war kurz aus der Vergangenheit aufgeschimmert und dann dorthin zurückgekehrt.

Ich ging in mein Abteil zurück, starrte in die Nacht hinaus und sah zu, wie die Dunkelheit vorübereilte. Im Fenster bewegte sich mein Spiegelbild, ein blasses Double. Nach einiger Zeit schloss ich die Augen; aber weil ich in der Nacht nicht länger als höchstens ein oder zwei Stunden geschlummert haben konnte und vor Erschöpfung ganz zapplig war, konnte ich auch jetzt nicht richtig schlafen. Ich fiel in einen unbequemen, unruhigen Dämmerschlaf, eher einen Zustand zwischen Bewusstlosigkeit und Wachen, in dem ich mich endlose Treppen hinaufsteigen und vor einer schwarzen Tür stehen sah, die niemals geöffnet wurde.

Irgendwann muss ich endlich tief geschlafen haben, denn als ich schließlich geräderter als zuvor erwachte, ratterten wir über den Tamar und eilten der düsteren, wilden und leeren Landschaft entgegen, die zwischen diesem Fluss und Manderley liegt. Um mich abzulenken, nahm ich die Zeitung zur Hand.

Der kurze Bericht stand ganz unten auf der zweiten Seite: Jack Favell, Kodirektor der Autohandlung Favell & Johnston in Mayfair, war am frühen Morgen in einen Autounfall verwickelt worden. Dieser war an einer berüchtigten Gefahrenstelle geschehen, einer nicht einsehbaren Kurve auf der Straße zwischen Lambourn und dem Dorf Hampton Ferrars in der Grafschaft Berkshire. Der Bentley, an dessen Steuer Favell saß, prallte gegen eine Mauer und ging in Flammen auf. Favell war sofort tot. Zwei Zeugen, Stallburschen, die draußen ihre Pferde bewegten, sagten aus, Favell sei sehr schnell gefahren und hätte nicht einmal versucht, an der Ecke zu bremsen. Die polizeilichen Ermittlungen waren noch nicht abgeschlossen.

Der Zug ruckte, verlangsamte die Fahrt und gewann dann wieder Tempo. Ich war schockiert – und ich fühlte mich schuldig. Ich zog den Ring hervor, den Favell mir gegeben hatte, und betrachtete ihn. Als ich jetzt noch einmal über unser Gespräch nachdachte, gewannen angesichts seines Todes Favells Äußerungen eine andere, neue Bedeutung. Ich hörte noch einmal, wie er Greenways beschrieb und erzählte, wie er in den Downs spazieren gegangen war, um Rebecca beim Reiten zuzusehen.

War sein Tod wirklich ein Unfall gewesen? Oder hatte Favell sterben wollen – und das unter Umständen, die wie eine bewusste Nachinszenierung von Maxims Tod wirkten? Hatten die beiden Männer Rebecca gesucht, oder waren sie auf der Flucht vor ihr gewesen, als sie mit dem Wagen verunglückten? Ich versuchte mir vorzustellen, wie Favell die Stunden zwischen unserem Abschied und seinem Aufbruch am nächsten Morgen verbracht hatte. Hatte er seinen Rausch ausgeschlafen, oder hatte er weitergetrunken, immer in dem Drang, seine Dämonen in Schach zu halten? Er musste weit verzweifelter gewesen sein, als ich erkannt hatte – ich hätte ihm besser zuhören, ihn genauer beobachten sollen, dachte ich. Ich betrachtete Rebeccas Ring, von dem Favell behauptet hatte, er bringe Unglück, und dachte daran, dass ich ihn selbst einmal an ihrer Hand gesehen hatte. Ich spürte, wie der Tod ganz nah an mir vorbeistreifte und mich aus meerfarbenen Augen ansah. *Wohnen Sie hier? Was, hier in der Kirche? Nein. Jedenfalls jetzt noch nicht ...*

Die dunkle Landschaft zog vorüber; am Horizont glitzerten Lichter, und hinter der Fensterscheibe bewegte sich mein Spiegelbild. Kurz nach Mitternacht kreischten die Bremsen, und der Zug verlangsamte seine Fahrt; um halb eins liefen wir in den Bahnhof von Lanyon ein. Ein einziges Taxi war im Dienst, und ich konnte den Chauffeur überreden, mich über das Moor zurück zu meinem Cottage zu fahren. Dann stand ich vor dem Haus und sah dem Wagen nach, dessen Scheinwerfer in der Ferne verschwanden. Kein Mond schien, wir hatten Flut, und das schwarze Wasser schlug wispernd an den Kiesstrand. Der Wind frischte auf, und es begann zu regnen. Einen Moment lang sah ich über das Meer nach Manderley hinüber.

Ich schloss die Tür auf und zündete die Öllampe an. Die Flamme flackerte. Die Geister, deren Gegenwart ich den ganzen Tag über gespürt hatte, schienen sich immer noch in meiner Nähe aufzuhalten, als wären sie mir hierher gefolgt. Sie schwebten durch den Raum und ließen sich in den Winkeln nieder. Ich zog Rebeccas Ring hervor, wendete ihn zwischen meinen Händen und sah zu, wie er das Licht einfing. Ob Favell wohl Recht gehabt hatte und dieser Ring Unglück brachte? Ich sagte mir, dass ich nicht an diese Art von Pech glaubte, und an Geister ebenso wenig. Der Wind seufzte, und der lose Fensterladen an der Rückseite des Hauses klapperte.

Morgen würde ich meine Nachforschungen fortsetzen und die Hinweise verfolgen, die mir zur Verfügung standen. Aber Favell konnte mir nicht mehr helfen, und Mrs. Danvers war weiterhin nicht aufzutreiben, daher hatte ich keine Ahnung, wie ich weiterkommen sollte – es sei denn, Oberst Julyan hatte in seinem so genannten Archiv neue Informationen entdeckt, eine Aussicht, die mir immer unwahrscheinlicher vorkam. Unterdessen konnte ich mein Leben und meinen Beruf nicht unendlich lange auf Eis legen, und meine befristete Stelle im Archiv der Grafschaft war seit zwei Wochen abgelaufen. Morgen sollte ich meine letzten Habseligkeiten aus dem dortigen Büro abholen. Allzu traurig war ich nicht darüber; das bedeutete, dass ich mehr freie Zeit zur Verfügung hatte, aber andererseits hatte ich dadurch keinen Vorwand mehr, mich in Kerrith aufzuhalten. Irgendwann würde der Zeitpunkt kommen, da ich gezwungen war, meine Nachforschungen einzustellen und zu akzeptieren, dass die Vergangenheit Rebecca verschluckt hatte und sie sich jetzt im Land der Verlorenen befand, in einer Unterwelt, in der sie für mich unerreichbar war.

Verstohlen wie der Nebel, der vom Meer heranzog, fühlte ich eine vertraute Melancholie in mir aufsteigen. Ich lauschte dem Murmeln der Wellen am Ufer und dem Regen, der auf das Dach prasselte. Und dann vernahm ich durch den Wind hindurch noch etwas anderes, zuerst

Schritte auf dem Kies, dann das Klirren, das zu hören ist, wenn man das Tor entriegelt. Ich drehte die Lampe hinunter, wartete, bis meine Augen sich an die Dunkelheit gewöhnt hatten, und trat dann auf Zehenspitzen auf die Vorderveranda. Am Horizont bewegten sich die Lichter eines Schiffs; auf dem Kieselstrand schlug seufzend die Brandung ans Ufer.

Ich spähte ins Dunkel; es regnete jetzt stark, und ich sah nur wenig. Das Tor schwang hin und her; wahrscheinlich hatte der Wind es geöffnet, obwohl das noch nie vorgekommen war. Leise ging ich den Weg hinunter und befestigte es wieder. Ich sah zum Ufer hinüber: Etwas Blasses bewegte sich vor den Felsen, und die Furcht presste mein Herz wie eine Faust zusammen. *Sie ist zurückgekehrt, um ihren Ring zu holen,* schoss es mir durch den Kopf.

Dann nahm ich mich zusammen. Eine optische Täuschung, sagte ich mir und ging in die Hütte zurück.

20. Kapitel

Mittwoch, 19. April – Heute Morgen rief ich Ellie an, bevor sie mit ihrem Vater ins Krankenhaus fuhr und ich zur Bibliothek. Ich freute mich darauf, mit ihr zu reden, aber unser Gespräch verlief kurz, ganz anders als unsere gestrige ungezwungene Unterhaltung. Ellie wirkte ängstlich, aber sie beharrte darauf, dass kein Grund zur Sorge bestand; wenn sie merkwürdig klinge, so sagte sie, dann läge das daran, dass sie sich beeilen müsse, ihren Vater zurecht zu machen. Er war misslaunig – anscheinend hasste er Krankenhäuser – und hatte schlecht geschlafen.

Auch ich war unausgeruht; den größten Teil der Nacht hatten mich Träume von Manderley verfolgt. Zu diesem Zeitpunkt ahnte ich noch nichts von den Enthüllungen, die heute auf mich zukommen würden; aber immer noch fühlte ich mich bedrückt. Weiterhin regnete es in Strömen, der Himmel war bedeckt, und der Westwind hatte über Nacht aufgefrischt. Das Meer, das während der letzten Woche so ruhig gewesen war, wirkte wütend und aufgewühlt und krachte auf die Felsen, an denen ich gestern die blasse Gestalt gesehen – oder mir eingebildet – hatte.

Wie gewohnt holte mich Jeremy Bodinnick, der Archivar, mit dem ich während der vergangenen sechs Monate zusammengearbeitet hatte, mit seinem kleinen Auto ab. Er lebt in einem Cottage nicht weit von dem der Briggs-Schwestern und arbeitet seit vierzig Jahren im Archiv der Grafschaft; ein rundlicher, freundlicher Mann und eingefleischter Junggeselle. Normalerweise besitzt er ein fröhliches Wesen, aber heute Morgen war er ebenfalls melancholisch.

»Ein trauriger Tag, Terence«, meinte er, als ich auf dem Beifahrersitz Platz nahm. »Ein wahrhaft schwarzer Tag. Die Arbeit mit Ihnen wird mir fehlen – die Bibliothek wird ohne Sie nicht mehr die gleiche sein. All die Arbeit mit der Katalogisierung der Grundbücher der de Winters, Ihre Hilfe bei diesen Ausstellungen ... Unschätzbar! Wenn der Rat sich nur durchringen könnte, eine feste Stelle zu finanzieren – aber das wird er natürlich nicht. Diese Leute sind Banausen, verstehen Sie, ausnahmslos. Begreifen nicht, wie wichtig regionale Archive sind, kein Interesse an Geschichte, kürzen meinen Etat bis zum Geht-nicht-mehr ... Ich habe ihnen gesagt ...«

Die Litanei war mir vertraut. Mr. Bodinnick führt seit Jahren einen heroischen Kampf gegen die Geizkragen im Rat der Grafschaft, die ihm seine Mittel zusammenstreichen. Gern lässt er sich über die raffinierten Komplotte aus, mit denen er sie zu übertölpeln versucht, seine häufigen Niederlagen und gelegentlichen Siege. Meine Einstellung hatte er jedenfalls als Sieg verbucht, obwohl das Gehalt für einen Assistenten nur genehmigt worden war, weil die Hauptbücher des de-Winter-Gutes nur unter der Bedingung gestiftet worden waren, dass sie katalogisiert wurden.

Man hatte mich mit einem Sechsmonatsvertrag eingestellt, damit ich bei dieser Katalogisierung mitwirkte und Mr. Bodinnick bei den Ausstellungen half, die er für das Archiv plante. Bis jetzt hatten zwei stattgefunden, über die traditionellen Industrien des Zinnbergbaus und der Porzellanerdeförderung. Beide waren gut recherchiert und ausgezeichnet erstellt, aber da die Bibliothek eine Art gut gehütetes Geheimnis ist, zogen sie nur eine Handvoll Besucher an. Mr. Bodinnick begann sofort mit der Planung einer dritten, spektakulären Ausstellung, dieses Mal über das ebenfalls so traditionelle wie altehrwürdige regionale Gewerbe des Strandraubs und Schmuggels. Er war wohl der Meinung, meine Anstellung auf diese Weise klammheimlich auf unbestimmte Zeit verlängern zu können.

Doch die Pfennigfuchser im Rat durchschauten seine List; mein Vertrag wurde noch einmal um zwei Wochen verlängert und lief dann aus. Dass ihm derart ein Strich durch die Rechnung gemacht wurde, traf Mr. Bodinnick hart. Seine Klagen über den Rat beschäftigten ihn auf dem ganzen Weg nach Lanyon, aber kaum in der Bibliothek angekommen, vertraute er mir seine dringenderen Sorgen an. Wie würde ich jetzt finanziell zurechtkommen? Er nahm seine Brille ab und begann sie hektisch zu polieren – bei ihm immer ein Zeichen akuter Nervosität. Freundlich und kurzsichtig sah er mich an und gestand, jemand habe ihm berichtet, ich wolle das Cottage kaufen, in dem ich derzeit zur Miete wohnte.

Ich fragte mich, von wem er diese Information hatte. Marjorie Lane? Den Briggs-Schwestern? Oberst Julyan? Dem Fleischer, dem Bäcker, dem Apotheker oder dem Milchmann? Düster sah ich aus dem Fenster auf die regennassen Straßen. Die Liste der Verdächtigen umfasste alle Mitglieder der Lokalgeschichtsgesellschaft von Kerrith, außerdem deren Vettern, Basen, Tanten, Großmütter und Bekanntschaften. Mit anderen Worten, sämtliche im Umkreis von zehn Meilen ansässigen Personen, die mit dem richtigen Handwerkszeug ausgerüstet waren: einer gesunden Neugier, Ferngläsern und hellseherischer Begabung.

Anscheinend stand ich nicht nur kurz davor, mich dauerhaft in Kerrith niederzulassen, sondern dachte auch daran, »einen Hausstand zu gründen«, was in dieser Weltgegend nur eines bedeuten konnte. Diese Aussicht besorgte Mr. Bodinnick noch mehr, denn ein »Hausstand« brachte Verantwortung mit sich. Er war sich sicher, dass ich für mich selbst sorgen konnte, aber »abhängige Personen« zu unterhalten sei eine ernstere Angelegenheit, meinte er und polierte an seinen Brillengläsern, bis sie blinkten. Als ich nicht reagierte, seufzte er. Er fand wohl, dass er ein zu pessimistisches Bild des Ehestands malte, denn sofort begann er das Familienleben in höchsten Tönen zu loben.

Er selbst habe ja nie geheiratet, erklärte er, aber die Ehe sei natürlich sehr zu empfehlen. Hektisch seine Gläser reibend, schilderte er die häuslichen Freuden, die er nie erlebt hatte: die angewärmten Hausschuhe neben dem Kamin, das Abendessen im Backofen, die ständige beruhigende Gesellschaft einer Seelengefährtin ... Als Mr. Bodinnick auf die illustre Geschichte der Familie Julyan abschweifte, sah ich das Gesicht meiner Braut deutlich vor mir. Ich versuchte ihm klarzumachen, dass Ellie und ich nur Freunde seien, aber natürlich glaubte er mir nicht. Danach sagte ich nichts weiter; mir fehlte die Kraft dazu, und ich mochte ihn nicht desillusionieren.

Indem ich ihn an »Tante Mays« nützliches Erbe erinnerte, konnte ich Mr. Bodinnick schließlich überzeugen, dass ich finanziell überleben würde. Das war zumindest nicht vollständig gelogen und schien ihn zu beruhigen. Weitere Fragen blieben mir erspart, denn der alte Bibliothekar hatte begonnen, seine Post zu öffnen, und darunter befand sich ein Brief von den kanadischen Anwälten, welche die zweite Mrs. de Winter vertraten. Durch das Schreiben ließ er sich ablenken; er freute sich sehr darüber und fand, der Brief sei liebenswürdig. »Du liebe Zeit, wirklich sehr liebenswürdig. Eine charmante Geste, Terence«, meinte er und reichte mir das Papier.

Sehr geehrte Herren,

wie wir hören, ist die Katalogisierung der Hauptbücher des de-Winter-Gutes inzwischen abgeschlossen. Unsere Klientin, Mrs. de Winter, hat uns gebeten, Ihnen ihre Anerkennung für diese Arbeit auszudrücken, und hofft, dass die Aufzeichnungen eine nützliche Ergänzung Ihres Archivs darstellen.

Hochachtungsvoll

Der Brief war von einem der Partner in der Torontoer Kanzlei unterzeichnet, die die ganze Transaktion von Anfang bis Ende durchgeführt hatte. Ich persönlich fand den Ton nicht besonders liebenswürdig. Ich heftete das Schreiben zu den früheren Briefen der Anwälte, die alle ähnlich dürftig waren.

Ganz zu Beginn meiner Suche hatte ich über diese Firma juristischer Wachhunde an Mrs. de Winter geschrieben und sie um ihre Hilfe gebeten. Einen Monat später hatte ich eine zweizeilige Notiz der Anwälte erhalten: Mrs. de Winter, so teilten sie mir knapp mit, habe nicht vor, sich in dieser Angelegenheit zu äußern; sie wären mir sehr verbunden, wenn ich nicht noch einmal schreiben würde. Diese Antwort erstaunte mich nicht. Zwar vermutete ich, dass Maxims zweite Frau durchaus die Wahrheit über Rebeccas Tod kannte, aber da ihr verstorbener Mann mit an Sicherheit grenzender Wahrscheinlichkeit darin verwickelt war, hatte ich gar nicht erwartet, dass sie bereit wäre, mich zu unterstützen. Vielleicht hätte ich noch einmal schreiben sollen, dachte ich, während ich die Akte zurückstellte. Ich hatte mich nicht dazu überwinden können, und der Gedanke, dass ich nicht skrupellos genug für diese Art von Recherche war, deprimierte mich zusätzlich.

Ich packte meine wenigen Habseligkeiten und sah auf Mr. Bodinnicks Bitte einige der Fotografien durch, die er für seine nächste Ausstellung zusammenstellte. Obwohl ich in Gedanken abwesend war, lauschte ich seinen Erzählungen über den gegenwärtigen Stand des Schmuggels, merkte aber erst auf, als Mr. Bodinnick, der sich in Schwung geredet hatte, mir anvertraute, die erfolgreichsten Schmuggler der Gegend seien Gerüchten zufolge Robert Lane, der einst Lakai auf Manderley gewesen war, und seine Frau. Ihr Mädchenname war Nancy Manack, und ihre Familie war seit Generationen in diesem Geschäft aktiv.

Ob ich nicht das Fischerboot der Manacks bemerkt habe? Es sei unverkennbar, da in Scharlachrot und Türkis gestrichen, und der Kapitän sei einer von Nancys fünf Brüdern. Die Leute erzählten, die Zollbehörde mache den Manacks momentan das Leben ziemlich schwer. Eine Reihe von Durchsuchungen hatte stattgefunden, und die verlassenen Buchten und Lagerplätze, die sie brauchten, waren jetzt schwieriger zu finden ... Mr. Bodinnick seufzte; ich glaube, er bedauerte diese staatliche Einmischung in ein ehrwürdiges, alteingesessenes Handwerk.

Ich hatte schon früher überlegt, ob das Bootshaus auf Manderley oder vielleicht die Ruinen des Hauses selbst in dieser Hinsicht genutzt wurden – obwohl jemand, der ungenießbaren Sherry oder andere Schmuggelware verstecken wollte, wahrscheinlich keine Azaleenkränze vor seinem improvisierten Lagerhaus ablegen würde. Ich merkte mir diese Information, um vielleicht später darauf zurückzukommen. Bevor ich mich verabschiedete, bat ich Mr. Bodinnick, mir noch in einer anderen Angelegenheit behilflich zu sein. Ob er mir wohl den Namen der gegenwärtigen Bewohner eines Hauses an der Marine Parade in Plymouth besorgen könne?

Mr. Bodinnick liebt derartige Probleme und stürzte sich begeistert in die Arbeit. Er begann, Karten, Ortsverzeichnisse und Stadtpläne zu durchwühlen, aber schließlich reichte ein einziger Anruf bei einem Kollegen und alten Freund im Archiv von Plymouth, und wir hatten unsere Antwort: Die Straße existierte nicht mehr. Wie ein großer Teil der Stadt waren die Marine Parade und mit ihr die Pension St. Agnes von der deutschen Luftwaffe in Grund und Boden gebombt worden.

Ich hatte schon mit einer negativen Auskunft gerechnet. Theoretisch hatte die Chance bestanden, dass Mrs. Danvers sich in ihr Elternhaus zurückgezogen hatte, genauso theoretisch, wie sie in der Tite Street hätte untertauchen können. Meine Theorien brachten mich nicht weiter.

Immer noch regnete es stark; ich ging über den Marktplatz von Lanyon zur Bushaltestelle und verfluchte mich erneut für den Entschluss, meinen Wagen in Cambridge zu lassen. Ich konsultierte den Fahrplan, der meiner Meinung nach ein ausgezeichnetes Werk fiktionaler Literatur darstellt. Angeblich sollte in zwanzig Minuten ein Bus nach Kerrith gehen, was aber ebenso gut heißen konnte, dass er schon vor zwanzig Minuten abgefahren war. Die

Haltestelle befand sich gegenüber dem Gerichtsgebäude, in dem die Untersuchung über Rebeccas Tod stattgefunden hatte. Während ich dastand und der Regen mir den Nacken hinunterlief, dachte ich noch einmal über die Protokolle dieser Untersuchung nach, die ich gelesen hatte, und besonders die Rolle, welche die zweite Mrs. de Winter dabei gespielt hatte.

Die Verhandlung war ohne besondere Ereignisse verlaufen, bis James Tabb in seiner Zeugenaussage darauf bestanden hatte, jemand habe sich an Rebeccas Boot, der *Je reviens,* zu schaffen gemacht. Kurz darauf, als Maxim de Winter in den Zeugenstand gerufen wurde und das Verhör einen für ihn ungünstigen Verlauf nahm, hatte seine zweite Frau genau im richtigen Augenblick für Ablenkung gesorgt, indem sie in Ohnmacht fiel. Dieser für ihren Mann so günstige Zeitpunkt ihres Schwächeanfalls hatte mich auf die Idee gebracht, die zweite Mrs. de Winter könnte gewusst haben, dass ihr Mann schuldig war. Hatte sie sich der Begünstigung schuldig gemacht, oder war sie wirklich das schüchterne, unschuldige Wesen, als das die meisten Bewohner von Kerrith sie mir geschildert hatten?

Angesichts der kühlen Reaktion ihrer kanadischen Anwälte war es ebenso unwahrscheinlich, dass ich die Wahrheit über sie herausbrachte wie über Rebecca, sagte ich mir. Ich schaute die Straße entlang in die Richtung, aus der der Bus kommen musste, und bemerkte erst nach einer Weile, dass eine ältere Dame mir zuwinkte. Es war Jocelyn Briggs, die sich, wie sie erklärte, von einem Freund nach Lanyon hatte fahren lassen, um einen Hut zu kaufen. Nach der Anzahl der Päckchen und Taschen zu urteilen, die sie trug, war sie allerdings noch einer Reihe anderer Versuchungen erlegen. »Oh, Mr. Grey«, rief sie aus, »Sie werden ja nass bis auf die Haut! Fühlen Sie sich gut? Sie sehen schrecklich niedergeschlagen aus! Was für ein scheußlicher Tag ... Ich wollte gerade eine Tasse Kaffee trinken gehen. Warum begleiten Sie mich nicht? Dann können wir Sie nachher mit nach Kerrith nehmen ...«

Ich wollte schon ablehnen, doch dann entdeckte ich, dass James Tabb derjenige war, der die Mitfahrgelegenheit anbot, und stimmte sofort zu. Jocelyn führte mich die Straße entlang zu einem in der ganzen Gegend berühmten Teesalon, dem »Blue Kettle«. Ich glaube, ich war der erste Mann, der seit Jahrzehnten einen Fuß hineinsetzte, und meine Ankunft mit Jocelyn Briggs an meinem Arm rief bei den anderen Frauen, die alle in ähnlichem Alter wie meine Begleiterin waren, ein gewaltiges Stimmengewirr hervor. Jocelyn bemerkte das allgemeine Interesse und wurde ganz rosig und aufgeregt.

Der vordere Raum war voll besetzt, daher führte man uns an einen ruhigen, etwas abgeschiedenen Platz in einem Hinterzimmer. Auf dem Tisch, den man uns zuwies, lag eine Spitzendecke, am Fenster hingen Spitzenvorhänge, und das Porzellan war mit pinkfarbenen Rosenknospen verziert; im Hintergrund war das beständige, einschläfernde Summen leisen Geplauders zu vernehmen. Eine hutzlige Kellnerin mit weißem Häubchen und weißer, gestärkter Rüschenschürze brachte uns Scones und hausgebackene Kekse. Und in diesem unwahrscheinlichen Rahmen, diesem Tempel der Weiblichkeit, wo ich mich so fremd fühlte wie ein Wesen von einem anderen Stern, eröffnete Jocelyn Briggs mir die Information, die alles veränderte.

Ich hatte noch nie eine der Briggs-Schwestern allein angetroffen und stellte jetzt fest, dass Jocelyn viel freimütiger sprach, wenn ihre strengere Schwester nicht in der Nähe war und sie zügelte. Sie besaß von beiden vielleicht das weichere Herz. Ich hatte sie immer herzlich und sympathisch gefunden, aber heute bemerkte ich noch eine andere Eigenschaft an ihr, oder vielleicht reagierte ich besonders darauf, weil ich mich bedrückt fühlte: Sie besaß eine mütterliche Ausstrahlung. Mit geschickten Bewegungen schenkte sie den Kaffee ein und überhäufte mich mit Gebäck und Fragen, die sanften, blauen Augen auf mein Gesicht gerichtet. »Jetzt erzählen Sie mal, mein Lieber«, begann sie. »Was bedrückt Sie? Sie sehen so blass und besorgt aus – machen Sie sich vielleicht Gedanken über den Oberst? Oder die liebe Ellie? Ich bin mir sicher, dass Arthur wieder gesund wird; wissen Sie, er besitzt eine solche Willenskraft. Und Ellie hat uns erzählt, diese Untersuchungen seien reine Routine ...«

Sie zögerte, und ich hatte das Gefühl, dass diese Erklärung sie selbst nicht überzeugte. »Wie traurig«, fuhr sie auf ihre freundliche und vage Art fort. »Ellie ist ihm wirklich eine Stütze. Sie hat Temperament – früher war sie ein ziemlicher Wildfang –, aber sie ist selbstlos. Und ihr Vater macht ihr das Leben manchmal ziemlich schwer, das haben Sie wahrscheinlich bemerkt. Natürlich macht er sich Sorgen um ihre Zukunft, wie wir auch. Was wird aus ihr, wenn der liebe Arthur einmal nicht mehr ist? Wir müssen realistisch sein; früher oder später ist es so weit, wie bei uns allen ...«

Sie seufzte leise und schüttelte den Kopf. »Was soll die arme Ellie nur anfangen, wenn Arthur etwas zustößt? In diesem riesigen Haus kann sie unmöglich allein leben, selbst wenn sie es sich leisten könnte. Also wird The Pines am Ende verkauft werden – wahrscheinlich wird man Bungalows dorthin bauen. Wie ich kürzlich zu Elinor sagte: Ich hoffe, dass ich das nicht mehr erleben muss ...« Sie unterbrach sich, um meine Hand zu tätscheln. »Wollen wir hoffen, dass bis dahin noch viel Zeit vergeht. Aber erzählen Sie mir doch von Ihrem Besuch in London. Hat Sie das vielleicht vorhin bedrückt? Hatten Sie keinen Erfolg?«

Ich zögerte. Aber dann, aus irgendeinem Grund – vielleicht beeinflusst durch ihre freundliche, mitfühlende Art, meine Sympathie für sie oder die auf merkwürdige Weise zu Vertraulichkeiten anregende feminine Umgebung – erzählte ich ihr alles. Offener als je zuvor sprach ich von dem Beweggrund meiner Suche, dem Maß, in dem sie inzwischen mein ganzes Leben erfüllte, und meiner Frustration darüber, bis hierhin, aber nicht weiter gekommen zu sein. Ich gestand ihr nicht alles – aber wie mir später klar wurde, muss ich mehr verraten haben, als ich in Worten sagte. Jocelyn lauschte aufmerksam, den Blick auf mein Gesicht gerichtet, und unterbrach mich kein einziges Mal.

Als ich endlich stotternd und verlegen meine Rede zu Ende gebracht hatte, seufzte sie. »Ich verstehe«, sagte sie. »Elinor und ich hatten immer das Gefühl, dass diese Sache Ihnen viel bedeutet. Finden Sie nicht auch, dass es eine schwierige Aufgabe ist, die Toten zum Leben zu erwecken, zu versuchen, sie zu sehen und zu begreifen? Elinor und ich haben das bei Mitgliedern unserer eigenen Familie erlebt – aber Familien verbergen nun einmal oft die Wahrheit über Menschen, und zwar sehr gründlich. Sie erfinden Mythen und Legenden. Man hört sie als Kind und glaubt daran, aber später, wenn man älter ist ... Nun ja, das ist jetzt nicht so wichtig ...«

Sie wandte den Blick ab, und ich fragte mich, an welches ihrer Familienmitglieder sie wohl dachte. Hatte ich mir tatsächlich vorgenommen, die Toten zum Leben zu erwecken?

»Verstehen Sie, selbst wenn Sie Mrs. Danvers finden sollten«, fuhr Jocelyn fort, »dann weiß ich nicht, ob sie Ihnen eine große Hilfe wäre. Sicherlich, sie könnte einige Hinterlassenschaften der lieben Rebecca aufbewahrt haben. Aber sie war schon immer eine seltsame Frau – zu Elinor pflegte ich zu sagen, dass sie mir wie ein Vampir vorkam. Sie hat niemals wirklich ein eigenes Leben geführt, sondern bezog ihre gesamte Energie von Rebecca. Nie wollte sie über jemanden oder etwas anderes reden; und wenn sie dann über Rebecca sprach, dann klang sie so merkwürdig erregt, fast wie berauscht. Das waren auch die einzigen Gelegenheiten, bei denen sie zumindest ein wenig lebhaft wurde. Aber Edith Danvers war schon als junges Mädchen eigenartig ...«

Sie ließ den Satz in der Luft stehen. Ich starrte sie verblüfft an; weder sie noch ihre Schwester hatten mir gegenüber je mit einem Wort erwähnt, dass sie Mrs. Danvers gekannt hatten, bevor sie als Rebeccas Haushälterin nach Manderley kam. »Als junges Mädchen?«, hakte ich nach.

»Oh ja. Sie war bei uns zum ersten Mal in Stellung. Sie arbeitete für meine Mama, sie war Dienstmädchen bei uns, als Elinor und ich Kinder waren und auf St. Winnow's lebten ...« Sie unterbrach sich. »Sie blieb nur ein paar Monate – Mama war unzufrieden mit ihr, und sie verstand sich nicht mit den anderen Dienstboten. Natürlich war sie damals noch sehr jung, erst fünfzehn oder sechzehn, nicht viel älter als wir beiden. Ich glaube, Mama hat sie auf Probe eingestellt, eher als einen Gefallen für Edith Danvers' Mutter, die sie sehr gern mochte.«

»Sie kannte ihre Mutter? Millicent Danvers?«

»Sehr gut sogar. Millicent ist jahrelang in Diensten gewesen – die Pension hat sie erst nach ihrer Hochzeit übernommen, und sie hat vergleichsweise spät geheiratet. Vorher stand sie den Kindermädchen in Mutters Familie vor. Sie hatte Mama als Kind versorgt ... Sie werden sich erinnern, dass Mama die älteste der Grenville-Schwestern war. Da war Evangeline, meine Mutter; die arme Virginia, die Lionel de Winter heiratete und jung starb, und dann das Nesthäkchen der Familie, Isolda. Sie wurden allgemein als Schönheiten betrachtet – in dieser Gegend waren sie berühmt. Es gab ein Porträt von Sargent von ihnen, wissen Sie, mit dem Spitznamen ›Die drei Grazien‹, das früher auf Manderley hing. Maxim hat es sehr geliebt, weil es das einzige Porträt seiner Mutter war. Auch Rebecca mochte es gern, wie ich mich erinnere. Aber leider wurde es bei dem Feuer zerstört ... Traurig, das alles ...«

Sie schüttelte sacht den Kopf. »Jedenfalls hat Millicent die drei Schwestern großgezogen, und meine Mutter war ihr sehr zugetan. Sie blieben nach Millicents Heirat in Verbindung, und Mama hat sich immer für ihre Angelegenheiten interessiert. Deswegen war sie auch bereit, Edith aufzunehmen – aber wie gesagt, war das kein Erfolg. Das Mädchen war sehr stolz, scharfzüngig, und mit ihr war schwer auszukommen. Noch eine Tasse Kaffee, Mr. Grey? Nehmen Sie denn keinen Keks? Sie haben gar nichts gegessen, und dabei sind sie köstlich ...«

Sie warf mir einen harmlosen Blick zu, aber ich nahm ihr keinen Augenblick lang ab, dass sie mir diese Geschichte in aller Unschuld erzählte. »Miss Briggs«, sagte ich, »warum haben Sie mir das nicht früher gesagt?«

»Nun ja, Sie haben nie nach Mrs. Danvers gefragt«, antwortete sie begütigend. »Außerdem haben Sie nie wirklich erklärt, was Sie eigentlich suchen – und Elinor und ich wollten uns nicht einmischen. Bis heute war mir nie richtig klar, wie wichtig diese Angelegenheit für Sie ist, oder warum. Irgendwie sehe ich jetzt alles viel klarer. Eine große Hilfe ist die Information ohnehin nicht für Sie. Sie hilft Ihnen nicht, Mrs. Danvers aufzuspüren ...«

Sie hielt inne. »Eines will ich Ihnen aber noch raten«, fuhr sie dann fort. »Sollten Sie Mrs. Danvers tatsächlich finden, dann nehmen Sie nicht alles, was sie sagt, für bare Münze, ja? Ich mag mich irren, aber ich hatte immer das Gefühl, dass sie Rebecca nicht verstand. Wenn man sie reden hörte, war Rebecca unbesiegbar – und ziemlich grausam, dachte ich immer; die Art Frau, die sich von nichts und niemandem aufhalten lässt. Ich bin mir nicht sicher, bis zu welchem Grad das stimmt; Rebecca war natürlich äußerst entschlossen und besaß außerordentliche Willenskraft, aber ich habe immer vermutet, dass sie dafür teuer bezahlte. Es gab bestimmt Dinge in ihrem Leben, die sie traurig machten. Sie hat nie darüber gesprochen, nicht ein einziges Mal, aber man spürte diese Trauer ...«

Jocelyn hielt inne, schlug dann die blassblauen Augen zu mir auf und sah mich direkt an. »Ich habe mich immer gefragt, ob sie wusste, dass sie keine Kinder bekommen konnte, oder ob diese schreckliche Erkenntnis sie erst kurz vor ihrem Ende traf, als sie diesen Arzt in London aufsuchte ...«

Ich erstarrte. Diese Information erwischte mich völlig unvorbereitet und schlug ein wie eine Bombe. Ich versuchte meine Reaktion zu verbergen, aber man kann sich nur schwer verstellen, wenn man gerade einen gewaltigen Schock erlitten hat. Ich starrte Jocelyn Briggs an und sah, dass ihr Blick voller Mitgefühl war.

»Ah, Sie wussten nicht davon. Das dachte ich mir«, sagte sie ruhig. »Ich habe immer vermutet, Arthur hätte ihnen das erklärt, aber ich sehe schon, dass er das versäumt hat. Verstehen Sie, die arme Rebecca hätte niemals Kinder bekommen können, und das hatte nichts mit ihrer tödlichen Krankheit zu tun. Sie hatte ... nun, ein gynäkologisches Problem, ich glaube, eine Missbildung der Gebärmutter. Auch wenn sie keinen Krebs bekommen hätte, auch wenn sie weitergelebt hätte, hätte sie nie ein Kind zur Welt bringen können. Sie hat diesen Londoner Arzt zweimal aufgesucht, wissen Sie. Zwischen den beiden Terminen lag eine Woche. Beim ersten Mal führte der Arzt Tests und Röntgenaufnahmen durch. Als sie sieben Tage später wieder zu ihm kam, teilte er ihr mit, dass sie todkrank war – und dass sie nie ein Kind hätte austragen können. Wir werden wohl nie erfahren, ob sie das bereits gewusst oder geahnt hat, die arme Frau.« Sie zögerte. »Sie müssen sich darüber klar sein, dass daran absolut kein Zweifel besteht. Wenn Sie Arthur darum bitten, wird er Ihnen bestimmt die Briefe des Arztes zeigen, die alles bestätigen. Ich weiß, dass ich manchmal etwas zerstreut bin, aber dieses eine Mal bringe ich die Einzelheiten nicht durcheinander. Es tut mir Leid, aber jeder Irrtum ist ausgeschlossen. Elinor und ich haben die Briefe des Arztes gesehen.«

Jocelyn war rot geworden; ich glaube, es fiel ihr sehr schwer, mit einem Mann über solche Dinge zu reden, und sie hatte sich dazu zwingen müssen. Es konnte nur einen Grund dafür geben, dass sie beschlossen hatte, so offen zu sprechen, und zwar gerade jetzt. Jocelyn hatte mich durchschaut. Sie weiß, dass ich ein Adoptivkind bin. Heute war ich nicht auf der Hut gewesen, und sie hatte das jämmerliche Gebäude aus Hoffnungen und Vermutungen gesehen, das ich aufgebaut habe – und begriffen, dass sie es einreißen musste. Sie war äußerst taktvoll und sanft vorgegangen, aber dennoch konnte ich meinen Schmerz nicht verbergen.

Ich bemerkte, dass sie ebenso bekümmert dreinsah wie ich. Was ich sonst noch tat, weiß ich nicht mehr. Dieser

Augenblick verschwimmt in meiner Erinnerung. Ich glaube, ich stand auf und begann eine Entschuldigung zu stammeln. Flucht war alles, woran ich denken konnte. Jocelyn blickte bestürzt und nervös drein.

»Oh, Mr. Grey – Terence –, bitte warten Sie doch. Gehen Sie nicht. Vielleicht hätte ich nichts sagen sollen. Ich hatte nur das Gefühl, ich sollte die Sache klarstellen, weil ich sah, was Sie glaubten ... Du meine Güte, was habe ich nur angestellt? Elinor wird schrecklich wütend auf mich sein. Verstehen Sie, das Seltsame daran ist, dass Sie tatsächlich wie Rebecca aussehen. Wir haben das beide vom ersten Tag an bemerkt. Ihre Augen sehen den ihren so ähnlich, und als ich Sie heute an der Bushaltestelle sah und Sie so traurig wirkten, da war die Ähnlichkeit sehr stark, überwältigend stark, aber das kann nicht sein. Ich hatte das Gefühl, Sie sollten das wissen. Es ist nicht möglich ...«

Ich kann mich nicht erinnern, was ich darauf sagte oder welche Entschuldigung ich vorbrachte. Wahrscheinlich erfand ich eine vergessene Verabredung oder eine andere holprige Ausflucht, auf die weder Jocelyn noch sonst jemand eine Sekunde lang hereingefallen wäre. Sie war so gütig und gescheit, mir nicht zu widersprechen. »Natürlich, natürlich«, meinte sie und stand auf. »Aber bitte – kommen Sie Elinor und mich doch heute Abend besuchen. Oder morgen. Ich werde meiner Schwester erklären, was ich getan habe, aber ich glaube, wir müssen reden. Oh, das tut mir so Leid. Bitte verzeihen Sie mir ...«

Sie nahm meine Hand; ich sah, dass sie den Tränen nahe war, und einen peinlichen Moment lang hätten wir uns beinahe umarmt. Dann riss ich mich von ihr los und polterte an den Tischen im vorderen Raum vorbei, wobei ich mir der erstaunten Blicke der anderen weiblichen Gäste bewusst war. Ich stürzte mich in den Regen und ging rasch davon, ohne zu bemerken, welche Richtung ich einschlug. Ich hasste mich für meine Sturheit und Dummheit und versuchte mir zugleich einzureden, dass ein Irrtum vorliegen könnte, obwohl ich wusste, dass dem nicht so war. Ich hatte die Gewissheit in Jocelyns Augen gesehen.

Bis zu diesem Moment erzwungener Einsicht war mir nie klar gewesen, wie leidenschaftlich ich geglaubt hatte, Rebecca sei meine Mutter.

Lanyon war hinter Regenschleiern unsichtbar. Ich überquerte den Marktplatz und ging immer weiter. Den Bus nach Kerrith bemerkte ich erst, als er mich beinahe überfuhr. Ich stieg ein, setzte mich und drehte das Gesicht zum Fenster. Vor dem dunklen Himmel draußen bewegte sich die blasse, verschwommene Silhouette meines anderen Ichs auf der Scheibe. An die Rückfahrt besitze ich keinerlei Erinnerung. Bei meinem Cottage angelangt, blieb ich am Meer stehen und sah zu, wie schwarz vor Tang die Wogen heranrollten und Wasserpflanzen und Treibgut an den Strand warfen, die ein Sturm weit draußen auf dem Atlantik vom Meeresgrund aufgewühlt hatte.

Die salzige Luft brannte auf meiner Haut und in meinen Augen. In der Absicht, die Tür hinter dem Rest der Welt zuzuschlagen, wandte ich mich zum Haus. Der Schlüssel hakte im Schloss. Als ich die Tür öffnete, riss der Wind sie mir fast aus der Hand, und gleichzeitig begann das Telefon zu läuten.

Am Apparat begrüßte mich ein überschwänglicher, redseliger Simon Lang. Er war soeben von seinem Besuch im Somerset House zurückgekehrt und wollte mir Bericht über die Angelegenheit Isabel Devlin erstatten.

Ihren Totenschein habe er ziemlich schnell gefunden, erzählte Simon. Das ganze Verfahren habe ihn fasziniert. Außerordentlich – all diese Millionen von Details über Geburten, Hochzeiten und Todesfälle, die nur darauf warteten, dass man sie abrief. Er habe richtig Lust bekommen, sich in die Ahnenforschung zu stürzen. Hätte er Zeit gehabt, dann hätte er auf der Stelle begonnen, seine Großeltern und Urgroßeltern nachzuschlagen ...

»Zur Sache, Simon, um des Himmels willen.«

»Schon gut, meinetwegen. Was hast du bloß? Du brauchst mich nicht anzubrüllen. Ich darf dich daran erinnern, dass ich dir gerade einen Gefallen tue. So, Tom, hast du etwas zum Schreiben?«

Ich nahm einen Stift und ein Notizbuch zur Hand und kritzelte mit.

Isabel Honor Devlin war am 6. Februar 1915 im Alter von zweiundvierzig Jahren gestorben; ihr Tod war für den Distrikt Lambourn, Berkshire, registriert. Sie war auf einem Anwesen namens Greenways im Dorf Hampton Ferrars verstorben. Als »Informant« ihres Todes war Edith Danvers, Haushälterin, angegeben. Die Spalte »Stand oder Beruf« nannte sie als Ehefrau von Jack Sheridan Devlin, Privatier – dass sie Schauspielerin gewesen war, wurde nicht erwähnt, wie ich bemerkte. Aber was mir tatsächlich den Atem stocken ließ, war ihre Todesursache, die ein Arzt aus Lambourn bescheinigt hatte: Isabel Devlin war nicht an einer Auszehrungskrankheit wie Tuberkulose gestorben. Jetzt begriff ich auch, warum Sir Frank McKendrick ihre letzten Monate in seiner Truppe so diskret umschrieben hatte: Umgebracht hatten sie Komplikationen, insbesondere eine Sepsis, infolge einer Geburt.

»Und ehe du mich löcherst – das Kind scheint überlebt zu haben«, fuhr Simon Lang fort. »Inzwischen hatte ich mich richtig in die Sache vertieft. In den Jahren 1915 oder 1916 taucht in der ganzen Gegend kein Totenschein für ein Kind mit dem Familiennamen ›Devlin‹ auf, das habe ich überprüft. Es gibt überhaupt keine Todesfälle bei Neugeborenen neun Monate vor und nach Isabels Tod ...«

»Hast du die Gegenprobe in der Abteilung ›Geburten‹ gemacht?«

»Natürlich. Falls du dich erinnerst, besitze ich ebenfalls ein Gehirn. Vielleicht nicht ganz so gut wie das gewisser anderer Leute, mein Lieber, aber vollkommen brauchbar. Ich habe alle Geburten überprüft, die im Dezember, Januar und Februar in Lambourn registriert sind. Nicht besonders viele – diese Dörfler scheinen ein unfruchtbarer Haufen zu sein. Nicht einmal taucht der Name Devlin auf. Nanu, dachte ich, seltsam. Das verschwundene Baby. Also habe ich noch einmal alles nachgesehen. Ich wollte schon aufgeben, aber dann kam der Durchbruch, Tom! Ich glaube, ich habe ihn gefunden ...«

»Ihn?«

»Ein Junge. Das Geburtsdatum wird mit dem ersten Februar 1915 angegeben, in anderen Worten fünf Tage vor Isabels Tod, was angesichts der Blutvergiftung ungefähr hinkommt. Das Kind wurde zwei Tage nach Isabels Tod, am 8. Februar, als uneheliche Geburt registriert, Vater unbekannt, Mutter unbekannt. Es erhielt den Namen ›Terence Grey‹ und wurde von einem Beamten des Findlingsheims für Lambourn und Umgebung eingetragen. Verstehst du, jemand hat das Kind abgeschoben. Was eher darauf hinweist, dass Isabel auf Abwege geraten ist und der Vater des Kindes nicht Jack Devlin, Privatier, war und so weiter ... Ich bin überzeugt, dass der Knabe Isabels Kind ist. Es war die einzige Geburt in dieser Gegend und im richtigen Zeitraum, für die keine legitime Abstammung verzeichnet ist ... Ich habe Kopien der beiden Dokumente anfertigen lassen und schicke sie dir. Jetzt sag mir, dass ich meine Sache gut gemacht habe.«

Das bestätigte ich ihm und sah zu, dass ich ihn schnell loswurde. Dann hängte ich den Hörer auf und starrte durch das Fenster auf das dunkle Meer.

Jetzt ergab Rebeccas Eingreifen in mein Leben einen Sinn, und auch meine Ähnlichkeit mit ihr, die bis heute niemand erwähnt hatte. Ich griff nach Sir Franks Buch, überflog hektisch noch einmal seine Kommentare und versuchte mich an alles zu erinnern, was Favell mir erzählt hatte. Was wusste ich über Isabel Devlin? Sie war Rebeccas Mutter. Sie hatte ihren Mann in Frankreich kennen gelernt und war von ihm verlassen worden. Später war sie Schauspielerin geworden und hatte geglaubt, Desdemona sollte sich wehren, wenn Othello sie tötet. Sie hatte das »Lied der Weide« mit sanfter Stimme gesungen, aber nicht gewusst, wie man sich vor Publikum zur Geltung bringt. Isabel hatte »wunderschönes goldenes Haar« besessen und war für den sentimentalen Sir Frank »das schönste Fraunbild« gewesen – und sie war am Beginn eines grausamen Krieges bei einer verpfuschten Geburt gestorben und hatte eine Tochter zurückgelassen, die zu ihrem Gedenken einen traurigen kleinen Altar errichtet hatte.

Ich fand diese Fragmente unerträglich: Sie deuteten zu viel an und verrieten zu wenig Konkretes. Keine Sekunde länger wollte ich im Haus bleiben. Ich ging nach draußen an die frische Luft, in den Regen und das Krachen der Brandung auf den Strand, und schlug den Weg zu der kleinen Kirche in der Nähe von Manderley ein. Dort war ich Isabels Tochter begegnet, und dort lag die Frau, die meine Schwester oder meine Halbschwester war, begraben.

Der Kirchhof war verlassen. Zwischen den nassen Grabsteinen schlenderte ich zum Fluss hinunter, an dem ich vor vielen Jahren einmal mit May gestanden hatte. Er führte Hochwasser; die schlammbraunen Massen wälzten sich auf das Meer zu. Noch einmal betrachtete ich die Carminowe-Gräber, die einfachen Granitsteine, die an die dunkeläugige, schwarz gekleidete Sarah Carminowe und ihren armen Sohn Ben erinnerten. Jetzt verstand ich nicht mehr, wo die Carminowes in Rebeccas Geschichte hineinpassten. Sie waren ein trauriges Postscriptum, sagte ich mir, Geister am Rande der Geschichte. Der Regen wirbelte und klatschte auf die Steine. Ich ging zum Kirchengebäude zurück, schob die schwere Eichentür auf und betrat einen Raum, in dem sich seit meiner Kindheit nichts verändert hatte, einen Ort, an dem im langsamen, ruhigen Verstreichen der Jahrhunderte fünfundzwanzig Jahre so gut wie nichts bedeuteten. Das Altartuch war immer noch blau und golden, und immer noch lagen unter meinen Füßen die Toten. Ich hatte das Gefühl, dass sie mich erwarteten.

Ich trat zwischen den Eichenbänken hindurch, und als ich auf Gilles de Winters bleiches, schimmerndes Abbild hinuntersah, wurde ich wieder zum Kind. Alle Schutzmechanismen, die ich mir aufgebaut habe, verschwanden. Ich berührte den kleinen kalten Hund zu Gilles' Füßen und sah dann zu einem Paar meerfarbener Augen auf. Ich dachte an alles, was ich Rebecca an jenem Tag hätte sagen können, wenn ich gewusst hätte, wer sie war, und jetzt, fünfundzwanzig Jahre zu spät, erzählte ich ihr in Gedanken meine ganze Geschichte, obwohl sie mich nicht mehr hören konnte.

Meine Schwester hatte mir versichert, Willenskraft könne alles vollbringen, und so versuchte ich, sie von den Toten zu erwecken. Dass sie mich einmal genau davor gewarnt hatte, war mir egal. Ich wollte sie sehen, und wo immer sie sich aufhielt, in welchem düsteren, entlegenen Teil ihrer Unterwelt, ich wollte sie zurückholen. Dieses Mal würde sie mir nicht wieder entgleiten wie eine neuzeitliche Eurydike. Lautlos sprach ich ihren Namen und spürte, wie sich in der Kirche etwas regte. Die kalte Luft lud sich auf, und ich fühlte ihr elektrisches Knistern. Überall um mich empfand ich Unruhe, und ich wusste, dass Rebecca in der Nähe war. Ihr Schatten versengte mir fast die Haut. Ich stand auf und verließ die Kirche. Auf dem leeren Friedhof sah ich mich um; der Regen blendete mich, aber ich fühlte, dass sie sich gerade eben außerhalb meines Gesichtsfelds befand, gleich vor mir. Ich schlug den schmalen, steilen Pfad ein, der nach Manderley führt.

Ich war durchnässt, und in einem kleinen Winkel meines Bewusstseins war mir klar, dass ich nicht mehr vernünftig handelte – aber das verdrängte ich mit Gewalt, und je weiter ich marschierte und je dichter der Regen fiel, umso mehr verstummte dieser rationale Teil meiner selbst. Ich stemmte mich gegen den Wind und wischte mir die Regentropfen aus den Augen. Im Wald kämpfte ich mich durch das Unterholz. Dann verweilte ich bei dem dunklen, regenumtosten Umriss des verfallenen Hauses, stand über der Bucht und betrachtete Rebeccas Bootshaus und die bedrohlichen Wogen in der Bucht. Ich roch blühenden Stechginster und Salz. Kein Schiff war zu sehen, das Meer war weit und leer. Als ich einen Schritt nach vorn tat, spürte ich, wie der Boden unter meinen Füßen nachgab. Ein Adrenalinstoß durchfuhr mich, und ich trat vom Klippenrand weg. Ich sah zu, wie die Brandung an den Strand rollte, und mein kindlicher Schmerz ließ nach. Möwen kreisten über den Wellen, ich betrachtete das Schwemmgut an der Gezeitenlinie, die glitschigen Haufen von Seetang. Etwas – oder jemand – besänftigte mein Herz, und ich fühlte mich ruhiger.

Ich wandte mich zurück zum Wald und dem vertrauten Pfad, der nach Kerrith hinunterführt, und machte mich an das letzte Stück des Weges, den rutschigen Abstieg zu meiner Bucht. Das schwache, graue Tageslicht verlosch, und zu meiner Linken ging tief über dem Meer bereits blass der Vollmond auf. Abrupt hielt ich an und spähte durch den Regenschleier: Vor meinem Cottage stand eine Frau. Sie war groß und schlank und drehte mir den Rücken zu. Ich sah, wie sie das Tor entriegelte und auf die Haustür zuging. Sofort war mir klar, dass es Rebecca war, und ich rannte los. Wahrscheinlich spricht das dafür, wie verwirrt ich immer noch war, denn ich nahm den vertrauten Wagen nicht wahr, obwohl er direkt vor meinem Haus parkte. Ich erreichte das Tor und kämpfte mit dem Riegel, dann bewegte ich mich wie ein Schlafwandler auf die Treppenstufen zu. Die Frau wandte den Kopf, und ich erkannte Ellie.

Sie erschrak ebenso wie ich. Mit einem Aufschrei fuhr sie herum und starrte mich an, mein tropfnasses Haar und meine durchweichten Kleider. »Gott, haben Sie mir einen Schreck eingejagt«, rief sie aus. »Bei dem Wind habe ich Ihre Schritte nicht gehört. Sie sind ja klitschnass – ich habe Sie gar nicht erkannt. Darf ich hineinkommen? Lange bleiben kann ich aber nicht ...«

Nervös schloss ich die Tür auf und hantierte ungeschickt mit den Streichhölzern und der Lampe. Ellie stand steif in der Tür und sah mich nicht an.

»Sie haben doch etwas«, sagte ich, als das Licht aufflammte. »Ellie, was ist los – geht es Ihrem Vater gut?«

»Ich glaube doch, hoffentlich – die Ärzte haben ihre Tests noch nicht abgeschlossen. Den ganzen Vormittag haben sie uns warten lassen, und jetzt sagen sie ... sie sagen, es gäbe Anzeichen für eine Arrhythmie, das war wohl das Wort. Daher behalten sie ihn über Nacht im Krankenhaus. Ich bin nach The Pines zurückgefahren, um seine Sachen zu holen, Pyjama, Waschzeug und so, und jetzt fahre ich wieder ins Krankenhaus. Sie lassen mich dort übernachten, darauf habe ich bestanden. Ich habe ihnen gesagt, dass ich nicht gehe. Ich muss bei meinem Vater sein. Sie sagten, das sei aber nicht üblich. Wenn sie dieses Wort noch einmal benutzen, dann weiß ich nicht, was ich tue. Schreien. Mit Gegenständen werfen ...«

Sie ließ den Kopf hängen und stieß ein leises Schluchzen aus. Ihre Stimme hatte beinahe normal geklungen, und es dauerte einen Moment, ehe mir klar wurde, dass sie weinte.

»Ellie, nicht. Bitte ...« Ich trat auf sie zu, und als sie nicht aufsah, zog ich sie in die Arme. »Ich komme mit Ihnen. Lassen Sie mich mitfahren ...«

»Nein. Ich möchte allein mit meinem Vater sein.« Sie schob mich weg. »Rufen Sie mich morgen an. Am späten Vormittag müssten wir zu Hause sein. Dann können wir miteinander reden. Aber ich bin aus einem bestimmten Grund hergekommen. Ich wollte Ihnen etwas geben ...« Sie griff unter ihren nassen Regenmantel und zog einen braunen Umschlag heraus. Er war in jeder Hinsicht identisch mit dem, in dem Rebeccas erstes Notizbuch gesteckt hatte.

»Das hier ist heute Morgen für meinen Vater angekommen, gerade als wir fahren wollten. Er hat es noch nicht gesehen, und ich möchte nicht, dass er davon erfährt. Das alles macht ihn krank, dieses Herumwühlen in der Vergangenheit, das endlose Grübeln darüber, was er vor zwanzig Jahren getan oder unterlassen hat ...« Sie schob ihren nassen Schal zurück und streckte mir den Umschlag brüsk entgegen. »Hier, nehmen Sie das. Sie werden genauso neugierig sein, es zu lesen, wie Daddy es wäre. Sagen Sie ihm nur nicht, dass Sie dies haben. Sprechen Sie nicht davon ... erst, wenn er wieder kräftiger ist ...«

»Lesen?«, fragte ich.

Ich glaube, sie hörte die Hoffnung in meiner Stimme; sie verzog das Gesicht. »Ja. Lesen. Dieses Mal ist es ein richtiges Dokument«, erklärte sie in schärferem Ton. »Genau Ihr Fall. Damit beschäftigen Sie sich doch schließlich. Dokumente lesen, die Vergangenheit zusammenstückeln und anschließend Bücher darüber schreiben.«

Schweigen trat ein. Sie hatte sich mir entwunden, sodass ich ihr Gesicht nicht sah. »Ellie«, sagte ich, »Sie haben es gewusst? Wie lange schon?«

»Oh, um Gottes willen – halten Sie mich für blöde? Wenn Sie gescheit lügen wollen, dann vermischen Sie Dichtung und Wahrheit nicht. Es ist viel besser, alles von Anfang bis Ende zu erfinden und fertig ... Glaube ich zumindest.« Sie öffnete die Tür halb und sah in den Regen hinaus. Es schüttete in Strömen; das Wasser kam herunter wie eine transparente Wand. »Warum sagen Sie die Wahrheit über die Universität, an der Sie studiert haben, den richtigen Namen des Colleges in Cambridge – Sie wissen doch, dass meine Tante Rose dort Dozentin ist. Ihnen muss doch klar gewesen sein, wie leicht diese Information sich überprüfen lässt ...«

»Vielleicht dachte ich ja, die Sache wäre niemandem wichtig genug, um ihr nachzugehen?«, unterbrach ich sie und wandte mich ab. »Warum sollte jemand etwas darauf geben?«

»Ich habe mich dafür interessiert, weil ich wissen wollte, wer Sie sind. Ich weiß nämlich gern, wer meine so genannten Freunde sind. Und besonders interessiert mich das, wenn sie meinen Vater Stunden um Stunden in Beschlag nehmen. Wochenlang habe ich abgewartet. Immer wieder dachte ich: Er wird es uns irgendwann sagen. Er wird alles erklären. An dem Tag, als ich Sie nach Lanyon fuhr, hoffte ich, Sie würden mit mir sprechen. Als Sie das nicht taten, als Sie ohne ein klärendes Wort in den Zug gestiegen sind, habe ich Rose angerufen und sie gebeten, einige Dinge zu überprüfen. Ich habe Sie beschrieben, das war eine Hilfe. Sie sind sehr auffällig, wissen Sie, ziemlich unverwechselbar. Und es hätte nicht leichter sein können. Der Dekan des King's College ist ein ganz alter Freund von Rose. Sie hat genau zwei Telefongespräche gebraucht ...«

»Ah, ich verstehe.« Ich drehte mich um und sah sie an. »Eins mit ihrem Freund, dem Dekan, und den Anruf bei mir in London. Das war Rose, stimmt's? Weil sie sich doppelt vergewissern wollte. Hatten Sie nicht gesagt, Sie hätten niemandem diese Nummer gegeben?«

»Dann habe ich eben gelogen. Warum auch nicht? Das haben Sie ebenfalls. Sie haben meinen Vater dazu gebracht, Sie zu mögen, sich sein Vertrauen erschlichen. Und die ganze Zeit haben Sie ihn und mich hinters Licht geführt. Ich begreife das nicht, das ist so hinterhältig. Einen falschen Namen zu benutzen ...«

»Er ist nicht falsch. Nicht wirklich.« Ich zögerte. »Ellie, erlauben Sie mir, Sie zu begleiten. Lassen Sie mich mit Ihnen reden. Ich kann alles erklären, ich will es erklären – fast hätte ich geredet, als wir gestern telefoniert haben ...«

»Das ist leicht gesagt. Gestern? Was für ein Zufall. Jetzt habe ich jedenfalls keine Zeit für Erklärungen. Ich muss weg, zurück ins Krankenhaus. Außerdem brennen Sie ganz bestimmt darauf, diesen Umschlag zu öffnen.«

»Warten Sie noch! Das hier habe ich gestern für Sie gekauft.« Ich drehte mich zu meinem Schreibtisch um und nahm mein Buch über Walsingham. Ich gab es Ellie, die den Band schweigend betrachtete, den Kopf gesenkt, sodass ihr Gesicht verborgen war.

»Sie haben das für mich gekauft? Gestern? Und das ist keine Lüge?«

»Ich sage die Wahrheit, Ellie.«

Sie hob den Kopf, und ich sah, wie ihre Miene sich veränderte. Ihre wunderschönen Augen sahen mich offen an; ein Regentropfen rann aus ihrem nassen Haar und lief ihr die Schläfe hinunter.

»Wieso ausgerechnet gestern? Warum nicht eher?«

»Aus keinem besonderen Grund. Wahrscheinlich hatte ich genug von den Lügen und Ausflüchten. Sie brauchen das Buch nicht zu lesen; es wird Sie garantiert langweilen. Sehr trocken, und voller Fußnoten.«

»Oh, ich fürchte mich nicht vor Fußnoten«, entgegnete sie.

Wir sahen einander an. Eine plötzliche Wärme trat in ihre Augen. Sie begann zu lächeln, drehte sich weg, wandte sich dann wieder um. Dann legte sie rasch und impulsiv die Hand auf meine Wange und küsste mich. »Sie schmecken nach Salz«, sagte sie, als sie sich zurückzog. »Sie sind am Meer spazieren gegangen, und Sie sind völlig durchweicht, Mr. Grey, Mr. Galbraith, Tom, wie immer ich Sie nennen soll ...«

Ich wollte etwas sagen und griff nach ihrer Hand, aber sie entzog sich mir und wandte sich zur Tür. »In diesem Cottage ist es schrecklich kalt – wenn Sie nicht Acht geben, werden Sie sich zu Tode erkälten.« Sie warf mir einen ironischen Blick zu. »Hören Sie auf meinen Rat. Ziehen Sie trockene Sachen an, machen Sie Feuer – und fangen Sie erst dann zu lesen an.«

Ich stand auf der Treppe und sah ihr nach, wie sie den Weg hinunterlief. Bis sie am Tor war, hatte der Regen sie in eine verwaschene Silhouette verwandelt, wieder zu einem Geist gemacht. Ich sah ihr nach, dachte an den unerwarteten Kuss und beschloss dann, nicht darüber nachzugrübeln. Stattdessen ging ich in meine Hütte zurück, nahm den Umschlag, den Ellie mir gegeben hatte, und untersuchte ihn. Die Handschrift war mit der auf dem ersten Päckchen, das der Oberst mit der Post erhalten hatte, identisch. Mir fiel auf, dass dieses Päckchen exakt eine Woche nach dem ersten gekommen war; ich sah, dass Ellie den Inhalt überprüft hatte, denn der Umschlag war geöffnet.

Ich zog ein weiteres schwarzes Notizbuch hervor, das genau wie das erste aussah. Meine Hände waren unruhig. Ich löste die Lederbänder. Dieses Mal stieß ich auf kein Foto, aber die Seiten waren beschrieben. Ich betrachtete die schwarze Tinte und die unverkennbare, schräg geneigte Handschrift mit den stark betonten Großbuchstaben. Die Seiten rochen schwach nach Salz; stellenweise war die Schrift verlaufen, als wären Tränen oder Meerwasser darauf getropft.

Widerstrebend schlug ich das Notizbuch wieder zu und beherzigte Ellies Rat. Das Cottage war feucht und eiskalt, und nachdem Ellie gegangen war, kam es mir noch kälter vor. Ich zog trockene Kleidung an und machte Feuer. Dann sperrte ich Regen und Wind hinter zugezogenen Vorhängen aus, drehte die Lampe hoch und setze mich an meinen Schreibtisch. Die Flammen im Kamin flackerten, knisterten und leuchteten grün auf, als sie das salzige Treibholz verzehrten. Wer hatte dieses Notizbuch geschickt, und warum? Welche der vielen möglichen Rebeccas würde ich in diesen Seiten finden?

Ich dachte an die Geschichte, die der Oberst mir erzählt hatte, über sein Zusammentreffen mit Rebecca in ihrem Bootshaus, kurz vor ihrem Tod. War dies das Notizbuch, in dem sie damals geschrieben hatte? Hielt ich die Geschichte ihres Lebens in Händen, die sie, wie sie ihm gesagt hatte, für ihre Kinder zu Papier bringen wollte? Wenn der Oberst sich richtig erinnerte, dann kannte ich die Antwort auf die Frage, die Jocelyn Briggs heute Morgen aufgeworfen hatte: Rebecca kann nicht gewusst haben, dass sie unfruchtbar war.

Ich stellte mir das Bootshaus vor, wie er es mir beschrieben hatte, mit dem hellen Treibholz-Feuer, den kleinen geschnitzten Booten und seiner Atmosphäre eines Orts kindlicher Zuflucht und Zurückgezogenheit. Ich dachte daran, wie Rebecca in mein Leben eingegriffen und es für immer verändert hatte: Nie habe ich daran gezweifelt, dass ich untergegangen wäre, hätte sie mich nicht aus der Unwissenheit und Qual meiner Kindheit errettet.

Ich hörte, wie die See an den Kiesstrand brandete. Aufgewühlt und bekümmert schlug ich den schwarzen Buchdeckel auf und begann zu lesen.

Teil 3

Rebecca

April 1931

21. Kapitel

Was für ein kalter, wilder, glitzernder Tag – ein herrliches flaschengrünes Meer, Brandung, die die Muscheln am Strand zu Pulver zermalmt, und ein hoher, klarer blauer Himmel. Welch ein Jubel! Heute habe ich an dich gedacht, den ganzen Tag an dich gedacht, mein Liebling.

Max ist fort, die Katze ist aus dem Haus, daher war ich frei, und früh am Morgen bin ich ihnen allen entwischt. Zuerst das Frühstück im Mausoleum, gebratene Eier und Nieren, aus denen Blut sickert, von silbernen Tellern, und Frith, der herein- und wieder hinausknarrt. Morgens kann ich keine Nahrung bei mir behalten, nur ein wenig Kaffee und trockenen Toast. Dann ging ich in meinen gewohnten Raum, setzte mich an meinen gewohnten Schreibtisch und plante mein Leben: Listen, Briefe, Menüs, Termine. Ich bin tüchtig, mein Liebling – meine Zukunft ist ein Alphabet, das ich in kleinen Fächern ordne. Um zehn spazierten Jasper und ich durch den Wald, wo die ersten Azaleen ausschlugen. Nur die Möwen leisteten uns Gesellschaft.

Wir kamen an den Strand; ich warf Stöckchen, die Jasper bis in die Wellen jagte. Dann kam er heraus und schüttelte sich, und aus seinem Fell sprühten Schätze – ein Regen von Diamanten, groß wie Hagelkörner und leuchtend wie die Steine an meinem Ringfinger. Eines Tages werde ich dich herführen, mein Liebes, und dir die Geheimnisse dieser Bucht zeigen: den Fels mit den blau-violetten Muscheln wie die Fingernägel einer Meerjungfrau; den Platz, an dem ich mein Treibholz sammle; den Felssims, auf dem der Eissturmvogel jedes Jahr im April ein einziges weißes Ei legt, und die Felstümpel, die so tief sind, dass man darin ertrinken kann.

Heute habe ich in diese Teiche geschaut und darin dein Spiegelbild gesehen. Der Seetang war dein Haar, deine fest geschlossenen Augen waren Herzmuscheln, und deine Hand, die sich öffnete und schloss, ein Seestern. Die Gezeiten wiegten dich, das Meer sang für dich, und deine Knochen wuchsen stark wie Korallen heran. Du warst flink wie ein Fisch und vollkommen wie die kleinen Wellen, die den Sand kräuseln. Beeil dich und komm zur Welt. Ich möchte dich in den Armen halten und dir Manderley zeigen. All dies wird eines Tages dir gehören.

Noch nie habe ich einen Ort gekannt, der Geister anzieht wie dieser. Hast du sie heute gespürt? Ich schon. Ich glaube, die Geister fühlen sich dem Meer verwandt – vielleicht sind der Grund seine Laute, das Seufzen und Plätschern und Wispern, die Gezeiten aus Abschied und Wiederkehr. Heute war meine Mutter hier. Barfuß tanzte sie am Ufer und warf ihr Haar zurück, das wirklich golden war, von einem tiefen, dunklen Gold, und ihr bis zur Hüfte reichte, wenn sie die Nadeln herauszog. Und auch mein Vater war da: Dort bei den Felsen stand er und betrachtete sie grüblerisch, groß und dunkel mit seinen schwarzen Kleidern und den umschatteten Augen. Ich habe sie beide im Blut, Hell und Dunkel – und sie sind auch in dir, mein geliebtes Wesen.

Wir können auch unsere eigenen Geister sein, uns selbst erscheinen – wusstest du das? Daher waren auch einige der anderen Rebeccas hier. Die Gebieterische kommt niemals an den Strand – sie bleibt dort oben, gehüllt in ihre Seidenkleider und Pelze. Sie wurde eines Tages in einem Haus namens St. Agnes geboren, und seither habe ich sie genährt. Ich kann sie heraufbeschwören, wenn ich sie brauche. Aber manchmal taucht sie plötzlich aus eigenem Willen auf – und dann erschreckt sie mich. Man muss vorsichtig mit ihr umgehen, und trotz all ihres Charmes darf man ihr nicht in den Weg kommen. Sie hat Messer in den Augen und Feuer in den Fingerspitzen, das Wesen einer Schlange und einen unstillbaren Blutdurst. Madame Medea nenne ich sie.

Auch heute blieb sie dort im Haus und sann wahrscheinlich auf Rache, denn Rache ist ihr Lebenselixier. Und jenes Mädchen war bei ihr, das Kind, das ich früher einmal war, das Mädchen, das Manderley sah und wusste, dass es endlich nach Hause gekommen war.

Ich schaute dieses unscheinbare Kind an und erinnerte mich, wie ich zum ersten Mal hergekommen war. Ich rannte aus dem Haus, um das Meer zu suchen. Es war ein strahlend heller Tag; die See war durchscheinend klar und unerbittlich. *Dieser Ort gehört rechtmäßig mir. Und ich werde ihn bekommen, was immer ich dafür tun muss*, dachte ich. Damals war ich so klein – das war, bevor ich mich lehrte zu wachsen. Ich war klein und mager und kaute auf den Nägeln, und obwohl ich dreizehn, fast vierzehn war, sah ich aus wie zehn, wirklich nicht attraktiv! Meine Mutter war anderswo, sie starb, bereitete sich auf ihren Tod vor, obwohl mir niemand davon erzählt hatte. Mein Vater war zu dieser Zeit nur ein Name für mich – er war noch nicht in mein Leben gesegelt –, und so war ich ganz allein, weder hübsch noch klug oder mächtig, sondern einfach nur ein unscheinbares Kind mit dem Kopf voller Theaterstücke. So stand ich an einem heißen Herbsttag dort oben am Weg und wünschte mir etwas so heftig, dass mein Herz davon schmerzte und es mir den Atem raubte.

Dann stieg Max, aus dieser Bucht kommend, den Pfad herauf. Ich hatte von ihm gehört, aber an diesem Tag sah ich ihn zum ersten Mal. Er musste fort, in die Schützengräben, in den Krieg ziehen; an diesem Tag reiste er ab, und er trug seine Uniform. In dem Turmzimmer hinter mir lag sein Vater im Sterben, im Haus ging alles drunter und drüber, die Dienstmädchen huschten eilig umher, und Max' Großmutter feuerte Befehle und Fragen in alle Richtungen. »Die Männer werden knapp«, erklärte sie. »Wie soll ich ohne Diener einen Haushalt führen?« Die Sonne schimmerte auf Max' Knöpfen und Schnallen; seine Stiefel glänzten wie Kastanien. Einen Revolver im Holster, braune Augen und ein hübsches Gesicht, das war der Sohn und Erbe von Manderley. Ich sah ihn an und dachte: Aha!

Mein Liebes, ich habe dir so viel zu erzählen.

Die Geister haben mich ein wenig geärgert – besonders dieses Mädchen, weil ich weiß, was aus ihm geworden ist. Die Wahrheit ist, dass ich mich außerdem schrecklich müde fühlte und mir übel war. Das passiert mir jetzt manchmal. Ein Baby wachsen zu lassen verschlingt viel Energie. All diese Nerven, Sehnen und Knochen, die in meinem Inneren Wurzeln schlagen! Also bin ich hierher in mein Haus am Meer gekommen. Ich habe mich hingelegt, zugesehen, wie es dämmerte, und versucht, dich zu überreden, dass du dich streckst, deine Seestern-Finger spielen lässt oder trittst. Ich wünschte, du würdest dich bewegen. Vier Monate sind es jetzt, und du bist so still, dass es mir Angst macht.

Ich habe versucht, ein wenig zu essen, weil ich einsehe, dass ich zu dünn bin, und das kann nicht gut für dich sein. Ich muss dich doch nähren! Ich schaffte es, mich nicht zu erbrechen, und behielt ein bisschen Tee und einen trockenen Keks bei mir, worauf ich mich besser fühlte. Ich machte Feuer, und jetzt brennt das Treibholz hell. Durch das Salz darin knattern die Flammen blau, grün und schwefelgelb. Wir haben Flut, und die Gischt klatscht gegen das Westfenster. Ich habe die Vorhänge zugezogen und die Lampe angezündet, und jetzt hast du es hier gemütlich und warm. Auf dem Boden liegt ein roter Flickenteppich, und auf einem Bord stehen ein paar Boote, die ich für dich gebastelt habe. Jasper, mein Beschützer, schläft vor dem Kamin. Die Wände sind vier Fuß dick. Selbst im Auge eines Wirbelsturms wären wir hier in Sicherheit und würden überleben. Ich fühle mich jetzt besser, allein und zufrieden. Alles, was ich jemals brauchen könnte, befindet sich in diesem Raum – und in meinem Inneren, mein Schatz.

In ein paar Tagen werde ich nach London fahren und einen Arzt aufsuchen. Ich hätte eher gehen sollen, aber ich war abergläubisch. Ständig sagte ich mir, das sei zu schön, um wahr zu sein; wenn ich zum Doktor ginge, würde ich wieder zu bluten beginnen. Also habe ich die Monate abgewartet, und nun brauche ich keinen Arzt mehr, der mir deine Existenz bestätigt, denn ich spüre dich unter meinem Herzen. Aber ich möchte mir sicher sein, dass du gut und kräftig wächst. Heute Nachmittag stieg eine seltsame blaue Melancholie vom Meer auf und kroch in meine Knochen, und ich musste an meine eigene Mutter denken, die bei der Geburt meines kleinen Halbbruders starb. Einmal bin ich ihm dort in der Kirche begegnet – ein nervöser kleiner Bursche mit Augen, nach denen er mein Zwilling hätte sein können, und er hielt den Kopf und neigte das Kinn exakt wie meine Mutter. Sie hat ihr Baby nie kennen gelernt, und er hat sie nie gekannt. Plötzlich wurde mir kalt. Und wenn uns dasselbe zustößt?

Ich bin stark und gesund – erst in den letzten paar Monaten habe ich überhaupt erfahren, wie es ist, sich krank zu fühlen –, aber dennoch sind Mütter nicht unsterblich. Es kommt vor, dass die Götter, und manchmal auch ihre Ehemänner, sie aus einer Laune heraus auslöschen, weil sie eifersüchtig auf ihre Freude sind. Sie bringen uns zum Schweigen. Sinnlos, sich etwas vorzumachen, so etwas geschieht ständig, mein Liebstes.

Ich will nicht, dass du aufwächst, ohne dass ich da bin, um dich zu beschützen. Niemals werde ich zulassen, dass Menschen, die mich weder geliebt noch verstanden haben, dir Lügen über mich erzählen. Ich möchte, dass du erfährst, wer ich bin, und ich will, dass du weißt, wo du mich findest. Dies verspreche ich dir: Ich bin so beharrlich wie der Geist des alten Hamlet mit seinem Rachegeflüster. Solltest du mich jemals brauchen, findest du mich auf Manderley, und ich werde den Hahnenschrei ignorieren – du kannst versichert sein, dass ich mich nicht in die Stunden zwischen Mitternacht und Morgendämmerung sperren lasse!

Ich schwöre: Geh am Meer entlang, und du wirst mich spüren. Stell dich ans Fenster, und du wirst mich sehen. Lausche in den Korridoren und auf den Treppenabsätzen, und du wirst meinen Herzschlag hören. Mit meinem Schweiß und Blut habe ich diesem Haus seine Schönheit wiedergeschenkt. Ich habe es für meine Mutter geschaffen, für mich und für dich. Jedes Mal, wenn du dort bist, werde ich dir nahe sein. Unterdessen, und nur für den Fall, dass die eifersüchtigen Götter mir doch einen Streich spielen, mein Liebstes, ist hier dein Erbe. Dies ist unsere Geschichte.

Ich bin in einem Haus am Meer geboren, keinem großen Palast wie Manderley, sondern in einem grauen Haus mit dicken Wänden, das an einer felsigen Küste stand, so dicht an der See, dass man sie Tag und Nacht rauschen hörte, als sänge die Loreley einem ihr Schlaflied.

Meine erste Erinnerung ist Lampenlicht in einem quadratischen Raum. Meine Mutter Isolda hält mich im Arm und wiegt mich, während das Meer für mich singt. Als Zweites erinnere ich mich daran, wie ich meiner Mutter entwischte und über den Strand aufs Wasser zukroch – es war lebendig, und ich wollte darin sein. Ich streckte die Hand nach einer glasgrünen Welle aus, und meine Mutter packte gerade noch meine Füße und zog mich heraus, als sie über mich hereinbrach.

Sie lehrte mich die Worte *la mer* und *ma mère*, die in meinen Ohren gleich klangen. So glaubte ich lange, ich hätte zwei Mütter, meine »Maman« und das Meer. Beide Mütter waren wunderschön und mächtig und würden immer über mich wachen. Du fragst, ob ich immer noch daran glaube? Vielleicht.

Unser Haus lag in der Bretagne, nicht weit von der Kirche und eine halbe Meile von dem baufälligen Château entfernt, in dem weitläufige Verwandte meiner Mutter lebten. Der Ort hieß Saint Croigne Dulac; er war ein winziges Fischerdorf, aber man erzählte sich viele romantische Geschichten darüber. Manche Leute behaupteten, in diesem Dorf habe einst der Palast von Sir Lancelots Vater gestanden – Lancelots Vater, verstehst du, war ein König aus der Bretagne. Mama pflegte zu sagen, wir wohnten in einem *far countrey*, einem fernen Lande, und doch ist die Bretagne gar nicht so weit weg, zumindest nicht von hier aus. Als mein Segelboot, die *Je reviens*, von Saint Croigne hierher überführt wurde, dauerte das nur zwei Tage. Wenn du auf den Klippen bei Manderley stehst und nach Südwesten blickst, siehst du meinen Geburtsort. Natürlich muss man dazu auf die andere Seite des Horizonts schauen, aber das ist ganz leicht. Ich kenne den Kniff, und eines Tages bringe ich ihn dir bei.

Dort lebten wir abgeschieden von der Welt, meine Mutter und ich, bis ich sieben Jahre alt war. Ich liebte unser Haus und Saint Croigne leidenschaftlich – dieser Ort ist tief in meinem Herzen verwurzelt, und ich träume ständig davon. Dann ist es immer Sommer, das Morgenlicht weckt mich, und ich empfinde nichts als Freude und Erwartung angesichts des langen Tages, der vor mir liegt. Ich war frei und konnte tun, was ich wollte, denn meine Mutter zog es vor, zu ruhen und ihre Tage mit Träumereien zuzubringen. Sie schrieb Briefe oder las Bücher, und manchmal erteilte sie mir Unterricht. Sie lehrte mich lesen, und wir deklamierten zusammen Gedichte; und manchmal spielte sie auf dem Klavier. Wir hatten nämlich ein Klavier, das Maman mit dem Schiff aus England hatte bringen lassen. Es war zu groß für unseren Salon und litt unter der feuchten Seeluft, und einmal weinte Maman deswegen, denn es musste gestimmt werden, doch in vielen Meilen Umkreis verstand sich niemand darauf, das Instrument zu kurieren.

Den ganzen Sommer lief ich ohne Schuhe umher. In der Küche frühstückte ich mit meiner Freundin Marie-Hélène, die für uns kochte, eine Schale Café au lait und Brot, und dann rannte ich aus dem Haus und gleich zum Strand. Ich konnte schwimmen wie ein Fisch; ich fing Garnelen in den Felstümpeln oder spielte mit den Dorfkindern. Sonntags ging ich zur Messe; ich kannte die Stationen des Kreuzwegs, und Maman hatte mir einen Rosenkranz aus Korallen geschenkt. Aber ich glaubte ebenso wenig an Gott wie Maman, und einmal, als ich den Priester besuchte, einen steinalten Mann und guten Freund von mir, lachte er, als ich sagte, ich wolle zur Erstkommunion gehen, weil ich einen Brautschleier und ein weißes Rüschenkleid haben wollte wie die größeren Mädchen. Lächelnd schüttelte er den Kopf und meinte, ich sei *une vraie petite païenne,* ein richtiges kleines Heidenkind.

Ich pflegte zuzusehen, wie die Fischer ihren Fang einbrachten, große Körbe mit violetten Makrelen, riesigen Krabben mit wachsamen schwarzen Augen und geheimnisvollen seeblauen Hummern mit bebenden Fühlern. Marie-Hélène lehrte mich, Fische zu schuppen und auszunehmen; die Innereien verfütterten wir an die Möwen, lange Schleifen Fischgedärm. Sie brachte mir bei, die Hummer in einen großen Topf mit kochendem Wasser zu werfen. Wir putzten Schalen, wir kochten Herzmuscheln und Scheidenmuscheln, die man zubereitet, indem man einfach brodelndes Wasser darüber gießt; man tötet sie durch Verbrühen. So lernte ich, dass die Zubereitung von Nahrung ein Vergnügen und eine Kunst ist, aber auch Tod und Gewalt beinhaltet. Einige der Rezepte, die ich von Marie-Hélène lernte, benutzen wir auf Manderley immer noch, und Max' englische Freunde sagen: Oh, Rebecca, wie köstlich und originell – wo haben Sie eine solche brillante Köchin gefunden? Und ich lächle und sage: Ach, darum kümmert sich Mrs. Danvers, sie führt die Aufsicht über die Küche. Das stimmt natürlich, aber beigebracht habe ich ihr alles, vor Jahren, als wir an einem Ort namens Greenways lebten, von dem ich dir noch erzählen werde. Und manchmal, wenn ich Max reizen will – denn er hat immer Angst, dass ich meine Vergangenheit gestehe, und es macht mir Spaß, ihn auf die Folter zu spannen –, dann sage ich, oh, ich habe französische Freunde, oder Cousins in Frankreich, und das ist eines ihrer Familienrezepte ...

Schließlich waren da wirklich diese Verwandten von Mamans Seite, und einmal in der Woche statteten wir ihnen einen Höflichkeitsbesuch ab. Ihnen gehörte das Haus, in dem wir wohnten, und Maman pflegte zu sagen, wir dürften nie vergessen, dass wir ihnen zu Dank verpflichtet waren. Dann warf sie ihr goldenes Haar zurück, und ihre blauen Augen blitzten verschmitzt. Sie hatten sie aufgenommen, als sie aus England fortging, und ihnen hatten wir dafür zu danken, dass wir ein Dach über dem Kopf hatten. »Zeig dich von deiner besten Seite, Becka«, sagte sie. »Und zapple nicht herum, wenn Luc-Gérard mit seinen Geschichten anfängt ...«

Was für ein Langweiler Cousin Luc war! Wahrscheinlich war er gar nicht so alt – fünfundvierzig vielleicht –, aber mir kam er steinalt und vertrocknet vor. Er lebte in diesem verfallenden Haus mit fünf Hunden und seiner Mutter, der Gräfin, die immer Schwarz trug und tief religiös war. Das Mittagessen bestand aus sechs Gängen, die auf altem Sèvres-Porzellan serviert wurden, und jedes Mal, wenn es Brathuhn gab, brachte man das weiße, erbsengroße Hirn des armen Tieres auf einem besonderen Teller herein, denn dies war eine spezielle, dem Hausherrn vorbehaltene Delikatesse. Cousin Luc schluckte das Gehirn hinunter, schmatzte genießerisch und begann mit einer seiner weitschweifigen Geschichten. Währenddessen unterhielt sich seine Mutter herablassend mit meiner. Sie schenkte ihre Mildtätigkeit aus wie sehr dünne Suppe und erklärte Maman zum millionsten Mal, wie traurig und schwierig ihre Lage sei. Sie habe mit dem Priester darüber gesprochen und bete ständig um Mamans Erlösung und Wohlergehen ...

Was für eine Heuchlerin! Soweit ich sehen konnte, hatten wir nur ein einziges Problem, nämlich Geldmangel. Und das entzückte die alte Gräfin ganz ungemein: Unsere Armut unterhielt sie die ganze Woche über; und die Hälfte ihres Elans und Schwungs lieferten ihr immer neue Überlegungen, wie ihre »chère Isolde« kleine Einsparungen vornehmen konnte ... »Ich soll keine Seidenkleider mehr tragen«, pflegte Maman zu erklären, wenn wir gingen. »Was für ein altes Biest. Keine schönen Kleider mehr, keine Bänder, keine Bücher ... Und meinst du nicht, Becka, dass ich aufhören sollte, mein Haar zu kräuseln? Wenn ich jemals in den Himmel kommen will, muss ich wohl so hässlich und langweilig und griesgrämig werden wie sie ...«

Aber so aufsässig war sie nicht immer. Manchmal, wenn der Scheck aus England nicht eintraf, kam es zu einer Krise. Ich verstand nie, wer diese Schecks schickte; Maman sagte, sie kämen von ihrer älteren Schwester Evangeline, aber ganz glaubte ich ihr das nicht. Seufzend trat Maman dann in die Küche und erklärte Marie-Hélène, wir müssten uns einschränken. »Vielleicht, wenn wir nicht immer eine Suppe essen«, sagte sie unbestimmt in ihrem stockenden Französisch. »Oder das Obst. Müssen wir immer Obst haben, Marie-Hélène? Das ist doch sicher sehr teuer ...«

Marie-Hélène verdrehte die Augen zum Himmel und ignorierte sie natürlich. Maman hatte ja keine Ahnung, dass Marie-Hélènes Vater uns das Obst schenkte. Und den Suppengang auszulassen, wäre ein schwerer Affront gegen Marie-Hélènes Vorstellungen von korrekter Haushaltsführung gewesen. Also wurde weiterhin Suppe aufgetragen, die Melonen wurden geliefert, und die Sahne und die schwarzen Kirschen und die braunen Eier vom Bauernhof und die Hummer mit den gewaltigen Scheren, die sangen, wenn sie im Topf verendeten ... Maman stieg vor Freude das Blut in die Wangen, sie zog eine Grimasse und vergaß das Sparregime, bis der nächste Scheck überfällig war und uns retten musste.

Die nächste Anweisung – oder das nächste Geschenk. Denn wir erhielten auch Geschenke, und sogar ziemlich regelmäßig. Jemand wusste, dass Maman hübsche Dinge liebte und eine fatale Schwäche für alles besaß, was sie »Frivolitäten« nannte. Dieser unbekannte Wohltäter kannte Mamans Geschmack ganz genau: Da waren ein winziges Paar Handschuhe aus malvenfarbenem Veloursleder oder mit Rosen bestickte Seidenbänder. Einmal kamen graue Glacéleder-Stiefelchen mit Perlmuttknöpfen – so hübsch und bezaubernd, und sie passten Maman wie angegossen.

Der unbekannte Jemand schickte einen Paisley-Schal und ein Taschentuch, ein winziges, exquisites Stück, fast vollständig aus Spitze bestehend und mit dem Namen »Isolda« in eine Ecke gestickt. Seidenblumen trafen ein, um einen Hut zu schmücken, und ein raffiniertes goldenes Medaillon mit einem Geheimverschluss, in das kunstvoll eine zusammengerollte, geflochtene Haarsträhne gefügt war. Und Briefe mit englischen Briefmarken kamen, die Maman in ihrem kleinen Reisepult wegschloss und über denen sie manchmal seufzend saß. Einmal, ein einziges Mal, schickte der unbekannte Spender eine Fotografie von einem großen, kargen, wunderschönen Haus. Maman zeigte mir das Bild und erklärte, das Anwesen heiße Manderley. Von der ersten Sekunde an liebte ich dieses Haus mit seinen vielen geheimnisvollen Fenstern; es wurde zum Palast meiner Träume. Ich erfand Geschichten darüber und bevölkerte es mit Heldinnen. Meine Mutter machte das Bild traurig; sie nahm es immer wieder heraus und betrachtete es. Ihre andere Schwester, Virginia, war einmal die Herrin dieses Hauses gewesen – aber die arme Virginia war jetzt tot. »Du und ich, wir sind Verbannte, Becka«, seufzte Maman. »Man hat mich ins Exil geschickt, das ist die schlichte Wahrheit.«

Ich gab nichts darum, ich wusste, dass ihre Stimmung vergehen würde – und wenn wir verbannt waren, was machte das schon? Meiner Meinung nach war unser Exil ein Paradies, ein Frauen vorbehaltener Himmel, in dem langweilige, aufgeblasene Männer wie Cousin Luc nichts zu bestellen hatten: Nur ich, meine schöne Mutter und Marie-Hélène gehörten hierher, und dazu noch Marie-Hélènes Cousine und ihre Tochter, die zum Putzen, Waschen, Schrubben und Bügeln kamen, die die Laken zum Bleichen in die Sonne hängten und ehrfürchtig die Spitze, die Stickereien und das Monogramm I. D. an Mamans Nachthemden und Unterwäsche betrachteten.

Wir Frauen verehrten das Haus, das lernte ich sehr früh. Ein Haus war ein Heim, sicherlich, aber es war auch ein Tempel. Wie ich all seine Rituale liebte! Sie wurden strikt beachtet; Marie-Hélène war in dieser Hinsicht eine *religieuse*. Sie legte die höchsten Maßstäbe an und duldete keine Abweichungen. Gewisse Tage waren sakrosankt: Donnerstag für den Markt, Freitag für den Fisch; Montag für die Wäsche, Sonntag für die Messe. Weihrauch und Butterfass, Kirchenlieder und Steppdecken säumen, Psalmen und Kuchenbacken. Auf die Knie: Ob wir schrubbten oder beteten, alles war heilig. *Nous sommes des dévotes*, pflegte Marie-Hélène zu erklären, polierend und keuchend, voller Stolz auf unser Handwerk. *Tu comprends, ma petite, il faut le faire pieusement* ... Mit Andacht musste die Arbeit verrichtet werden.

Noch immer sehe und höre ich alles, kann es herunterbeten wie die Perlen eines Rosenkranzes: die Eisen, die zum Aufheizen auf dem Herd stehen, um die Rüschen an Mamans Blusen zu bügeln; die blauen Tüten mit Wäschestärke, das Knattern der Laken im Wind, das Scheuern des Küchentischs, die Fensterscheiben, die mit groben Leinentüchern abgerieben wurden, bis sie glänzten, die Notwendigkeit, die Federmatratzen zu lüften, die riesigen quadratischen Kissen und die Tagesdecken. Das Holz, das aufgestapelt und gelagert werden musste, die Böden, die geschrubbt werden mussten, die Sünde, die ein Staubkörnchen bedeutete – das war Marie-Hélènes Religion, die ich von Kindesbeinen an bei ihr gelernt habe. Sie beherrscht mich noch heute, mein Liebling.

Nie wäre ich darauf gekommen, dass in unserem Leben ein Element fehlte, eine Stütze, derer wir bedurften, die aber nicht da war. Erst als ich fast sieben war, warf eines Tages am Strand einer der älteren Dorfjungen – ein großer, magerer Bursche, die mir nachlief und mich anglotzte und nicht wusste, dass Maman *la veuve jeune et tragique* war – einen Stein nach mir und rief höhnisch: *Wo ist dein Vater, kleines Mädchen, wo ist dein Vater?*

Ich antwortete ihm, dass mein Vater tot sei, sagte ihm, was Maman mir erzählt hatte: dass das Schiff meines Vaters auf dem Weg nach Südafrika untergegangen sei. Mein Vater liege am Kap der Guten Hoffnung auf dem Meeresgrund, seine Augen seien aus Perlmutt und seine Knochen Korallen – denn Maman las mir schon damals Shakespeare vor, lange bevor ich auf der Bühne stand, bevor wir Zigeunerinnen wurden und in Sir Frank McKendricks Truppe eintraten.

Wie der Junge darüber lachte! Er zog mich an den Haaren, küsste mich auf den Mund und zerriss mein Kleid. Böse und stolz sei ich, sagte er, und meine Augen quälten ihn. Ich würde in die Hölle kommen, in eine besondere Grube, die Bastarden vorbehalten war. Ich biss ihn in die Hand, bis Blut floss, und da schlug er mich quer über das Gesicht, so hart, dass ich Sterne sah und in den Sand fiel. Er warf sich auf mich, über mein schwarzes Kleid, legte mir die Hand an die Kehle, sodass ich nicht atmen konnte, und dann tastete er an mir herum und wand sich.

Als alles vorbei war, weinte der Junge. Er sagte mir, ich sei sündig, und bat mich um Verzeihung. Damals erfuhr ich zum ersten Mal, was für Narren Männer sind, so leicht in Versuchung zu führen und so erbärmlich. Ich hasste diesen Jungen mit seinen gierigen Blicken und seinem Stöhnen, der mich würgte und zu unterwerfen versuchte. Wäre ich stark genug gewesen, hätte ich ihn auf der Stelle niedergeschlagen – aber er war doppelt so alt und doppelt so groß wie ich, also zerkratzte ich ihm das Gesicht und verfluchte ihn. Eine andere Rebecca erwachte in mir zum Leben: Ich schrie ihn an, er sei in alle Ewigkeit verdammt, und mein toter Vater würde vom Meeresgrund auferstehen und ihn holen.

Er schlich davon und ging mir danach aus dem Weg, und drei Monate später ertrank er, als er mit dem Fischerboot seines Vaters hinausfuhr. In einem Sturm fiel er über Bord und ertrank, weil er sich in einem Netz verfing. Ich dankte meinem toten Vater, dem Devlin, von dem ich, wie meine Mutter sagte, das schwarze Haar hatte und der mich so schnell gerächt hatte. Aber ich glaube, im Dorf wurde geredet. Jedenfalls gab es Schwierigkeiten. Die Leute waren sehr abergläubisch, und manche hinterbrachten Marie-Hélène, ich hätte den bösen Blick. Cousin Luc tobte und machte uns Vorwürfe, die Gräfin verzweifelte an uns, und Maman wurde traurig und besorgt.

Nicht lange danach kehrten wir nach England zurück. Vielleicht waren der Junge und der Klatsch der Grund; oder es lag daran, dass die Schecks und die hübschen Geschenke versiegt waren. Jedenfalls kam es zu einer Krise, auch wenn Maman sich nicht darüber ausließ. Sie war stolz und hasste es, wenn man ihr Fragen stellte. »Was schert uns das, Becka?«, sagte sie zu mir und drückte mich fest an sich. Zwei rote Flecken flammten auf ihren Wangen. »Wir kommen zurecht. Wir haben immer noch Freunde. Ich werde nicht länger Versteck spielen, das ist demütigend. Wir fahren nach Hause, und ich zeige dir England – du wirst sehen, wir werden es im Sturm erobern, mein Liebes!«

Ich habe Max diese Geschichte einmal erzählt – nun ja, einen Teil. Max hatte sich unsere Hochzeit ganz konventionell vorgestellt, aber ich wollte in meiner Heimat heiraten, und so überredete ich ihn, mit mir nach Saint Croigne Dulac zurückzukehren. Wir werden in der kleinen grauen Kirche am Meer heiraten, dachte ich. Der alte Priester, der mich eine kleine Heidin nannte, wird uns trauen. Marie-Hélène kann das Hochzeitsmahl kochen, Vetter Luc, der Langweiler, bringt einen Toast aus – und der alten Gräfin, diesem Drachen, wische ich damit gehörig eins aus.

Die Szenen standen mir klar und deutlich vor Augen, aber ich hatte noch nicht gelernt, wie man so etwas plant. Wie dumm ich gewesen war – nach zwei Sekunden in dem Dorf begann sich alles in Luft aufzulösen. Der Priester war tot, die Gräfin war tot. Marie-Hélène war verwitwet und fortgezogen. Cousin Luc war ein verrückter alter Einsiedler, der irre redete, und die Bürokratie machte lauter dumme Schwierigkeiten. Ich war nicht richtig katholisch, Max war ein elender Protestant, daher kam eine kirchliche Trauung nicht in Frage. Wir würden auf dem Rathaus heiraten oder gar nicht ...

Natürlich war ich wütend – aber im Grunde gab ich nichts darauf. Zeremonien bedeuten nichts, und es hätte mir nicht das Geringste ausgemacht, von einem Voodoo-Priester verheiratet zu werden. Aber Max – ah, Max war da ganz anders. Er wagte ein wenig, aber nicht genug – und in Saint Croigne Dulac begann er zu zweifeln.

Ich nahm ihn mit ins Dorf, ich stellte ihn den Fischern und Marie-Hélènes Familie vor. Die Geschichte mit dem bösen Blick hatten sie wohl vergessen, denn sie nahmen uns mit offenen Armen auf. Und was tat Max? Er schreckte zusammen, er wich zurück; er gab sich unnahbar und hatte an allem etwas auszusetzen. Max versteht Deutsch, ich spreche Französisch – da hast du kurz und bündig den Unterschied zwischen uns, mein Schatz. Ein schreckliches englisches Ariertum legte sich um ihn wie ein Mantel, und all seine adligen Vorfahren standen aus dem Grab auf, um ihn zu schelten. Was tat er eigentlich hier; handelte er übereilt, beging er einen Fehler, den er später bereuen würde – hatte er noch Zeit, aus der Sache herauszukommen?

Verstehst du, Max liebt das Ungezähmte, es zieht ihn an, aber wenn es ihm zu nahe kommt, bekommt er Angst. Also zurück zu den Kricketergebnissen, dem Tee um halb fünf, Regeln und Vorschriften, ein Kniefall vor dem Altar der Konvention. Damit kann ich nichts anfangen, es erstickt mich. Aber hier tat sich eine Gefahr auf, das sah ich deutlich. Wir hatten das Aufgebot im Rathaus bestellt, aber Max war unwillig gewesen. *Liebling, was sollen die Leute denken?* sagte er. *Schatz, warum fahren wir nicht nach England zurück? Wir könnten auf Manderley heiraten. Niemand hätte etwas daran auszusetzen, schließlich sind deine Eltern tot. Meine Großmutter würde sich um alles kümmern. Möchtest du nicht lieber in einer Kirche heiraten – in einem wunderschönen Brautkleid? Sei nicht voreilig, Liebes, denk ein bisschen nach. Du kennst doch meine Stellung und weißt, was von mir erwartet wird.* Welche Besorgnis in seinem Blick! Plötzlich erkannte ich die Wahrheit: Bei jedem weiteren Aufschub konnte er in Panik verfallen, das Ganze platzen lassen und mir den Laufpass geben – mich verlassen, so wie mein Vater, so wie es meiner Mutter geschah. Nun, das konnte ich nicht zulassen: Er hatte geschworen, dass er mich liebte, und ich wusste, dass er die Wahrheit gesagt hatte. Und ich liebte Manderley von ganzem Herzen, also musste ich rasch handeln.

Eines dunklen Nachmittags führte ich Max zum Strand hinunter; es war der Tag vor unserem Termin auf der *Mairie*, und Max erhob immer noch Einwände. Ich hatte beschlossen, ihm klarzumachen, wer ich war, sehnte mich verzweifelt danach – Hochzeitsnervosität vielleicht. Also zeigte ich ihm meine Welt – das gefährliche Meer, die Teiche, in denen man sich spiegeln konnte, den knochenweißen Sand, meinen rächenden Vater, meine goldhaarige Mutter, die am Rand des Wassers tanzte, die malvenfarbenen Handschuhe, das Medaillon, die Religion des Hauses und das Klavier, das sich weigerte, eine Sonate von Mozart zu spielen, weil seine Saiten gestimmt werden mussten.

Ich glaube, er verstand. Das glaube ich wirklich. Er sagte, er liebe mich über alles – ich bin mir sicher, dass er das gesagt hat. Er sah mich aus seinen traurigen dunklen Augen an; er vergaß die Februarkälte, nannte mich seine Lady aus dem Meer. Und als der Nebel von Meer heranzog, zog er mich an sich, streichelte den Seehundfell-Mantel, den ich trug, und küsste mich. Wir würden morgen auf die *Mairie* gehen, wie ich es wolle, sagte er. In jedem wichtigen Sinne seien wir bereits Mann und Frau, und jetzt verstehe er, warum ich hier hatte heiraten wollen, warum mir das so wichtig sei. *Ich werde alles tun, was du von mir verlangst,* sagte er. *Das ist heute die Wahrheit und wird gelten bis zu dem Tag, an dem ich sterbe. Nimm meine Hand – Rebecca, ich schwöre es dir.*

Ich nahm seine Hand, die Wellen schlugen an den Strand, und dann – was für ein Fehler! – kam die Erinnerung hoch, und ich erzählte Max von diesem Jungen. Ich erklärte ihm, wie er mich verhöhnt und böse Dinge gesagt hatte, ich erzählte Max, wie ich ihn dafür in die Hand biss. Ich zeigte ihm die Stelle, wo ich Sterne gesehen und der Junge mich niedergeschlagen hatte. Ich erzählte ihm von den Blutflecken auf meinem Rock, dem fischigen Geruch und wie der Junge gebettelt, gekeucht und gezappelt hatte.

Ich wollte, dass er verstand – aber er begriff nicht. Seine Miene begann sich zu verändern. Zuerst sah ich Zweifel, dann diesen scheußlichen, angeekelten Widerwillen und dann – ganz im Hintergrund seiner Augen – eine verhaltene Erregung, die langsam wuchs. Und weißt du noch etwas? Er sah genauso drein wie der Junge – exakt der gleiche Blick! Das schockierte mich zutiefst, und das werde ich ihm niemals, niemals verzeihen.

Natürlich fing Max sich wieder. Er mobilisierte den Gentleman in sich und galoppierte zu meiner Errettung herbei, Jahre zu spät, da ich ohnehin keines Schutzes mehr bedurfte. All die wurmstichigen Konventionen seiner Klasse wanden sich an die Oberfläche. Was für ein schreckliches Erlebnis für ein Kind, sagte er; wie widerlich und abstoßend, und er bewundere mich so sehr, weil ich den Mut aufgebracht habe, ihm davon zu erzählen. Ich verachtete ihn, weil er solche Banalitäten von sich gab. Er glaubte wohl, ich schäme mich – da irrte er sich gründlich. Wofür hätte ich mich schämen sollen? Aber ich ließ ihm das durchgehen. Er legte die Arme um mich und versicherte mir, von nun an werde ich immer sicher sein, weil er mich beschützen würde. Nun, auch das stimmte nicht – ich bin tausendmal härter als Max und kann mich ganz ausgezeichnet selbst verteidigen. Gib Acht, dass du mir nicht in die Quere kommst – dieser Junge ist schließlich gestorben, oder?

Das sagte ich ihm auch, aber natürlich glaubte er mir nicht. Er küsste mich auf die Augen und dann auf den Mund; ich glaube, wenn es nicht so kalt gewesen wäre, hätte er sich mit mir in den Sand gelegt. Stattdessen brachte er mich zurück in unser kleines Hotel und warf mich in meinem Zimmer aufs Bett. Er zitterte. Immer wieder kam er zu mir; ich erkannte, dass dieser Junge ihn verfolgte und er verzweifelt versuchte, seinen Schatten auszutreiben. Aber zugleich wollte er dieser Junge sein. Sehr seltsam.

Was für eine Lust; wir waren wie berauscht. Max' Mut kehrte zurück. Wir wälzten uns aus unseren feuchten Laken, zogen uns an und gingen mit zwei Trauzeugen, die wir uns von der Straße holten, auf die *Mairie*. Um zehn Uhr morgens wurden wir getraut. Meine Unterwäsche war durchweicht von den Flüssigkeiten unserer Liebesnacht; die weißen Treibhausrosen in meinem Brautstrauß hatten scharfe Dornen und stachen mich in die Hand. Max leckte das Blut ab, dann tranken wir im Hotel roten Wein und gingen wieder zu Bett, und die ganze Nacht donnerte das Meer an den Strand. Damals nahm Max noch nicht alles so genau – ganz im Gegenteil. *Niemand braucht je davon zu erfahren*, erklärte er am nächsten Morgen triumphierend. *Wenn die Leute nach unserer Hochzeit fragen, werden wir eben lügen. Das wird unser Geheimnis sein, mein Liebling.*

So soll es sein, antwortete ich. Auch ich war in Hochstimmung, wie berauscht. Ich wickelte das feuchte Betttuch um mich und warf das Haar zurück. *Dies ist mein Hochzeitskleid*, verkündete ich. *Es hatte eine zwanzig Fuß lange Schleppe. Wir hatten sechs Brautjungfern und zwei Pagen. Der Chor sang mit engelsgleichen Stimmen. Der Empfang im Schloss fand bei Kerzenlicht statt. Das Messer blitzte auf, als wir unseren weißen Kuchen anschnitten. Mein Cousin brachte einen Toast aus, und Max hielt in perfektem Französisch eine elegante Rede. Er sagte ...*

Ich unterbrach mich. Max war ganz still geworden und sah mich durchdringend an. *Du hast doch selbst gesagt, die Hochzeit werde unser Geheimnis sein – und dass wir lügen sollten*, begann ich und beugte mich vor, um ihn zu küssen. Vielleicht hat ihn auch geärgert, dass ich zwei Ringe trug, meinen neuen Ehering und meinen Memoire-Ring. Max wandte sich ab. *Ich weiß, aber mir war nicht klar, wie gut du lügen kannst*, entgegnete er und warf mir einen seltsamen, blassen Blick zu. *Nichts von alldem ist wirklich passiert, aber du hast es so gut erzählt, dass ich alles vor mir gesehen habe ...*

Es würde Probleme geben, das witterte ich gleich. Wahrscheinlich wusste ich, dass Fragen unvermeidlich waren, jetzt, da der Zweifel gesät war. Hatte ich auch die ganze Wahrheit gesagt? Ihm wirklich alles erzählt? Wer war da noch gewesen außer dem Jungen am Strand? Wann, wo und wie oft ... Glaube mir, mein liebstes Wesen, in einer Ehe oder einer Affäre solche Fragen zu stellen ist ein schrecklicher Irrtum, eine schlechte Idee ... und eine noch dümmere, sie zu beantworten, und sogar wahrheitsgemäß. Rasende Eifersucht ist kein vernünftiger Geisteszustand; nach den Fragen kommen die Vorwürfe. Und bei Max brauchte ich nicht lange zu warten, nur drei Tage und eine lange Fahrt in unsere Flitterwochen. Ein Verhör auf dem Gipfel einer Klippe irgendwo in der Nähe von Monte Carlo, ein Hotel, weiß wie ein Hochzeitskuchen, eine selbstmörderische Straße über einem Steilhang, Fragen, die in ihm gegärt und gebrodelt hatten – und ein dreihundert Meter tiefer Abgrund, eine strudelnde See, die selbst diese herrliche Küste nicht zu zähmen vermochte.

Wahrheit und Lüge sind Zwillinge, Tod und Begehren sind zwei Seiten derselben Medaille – ich habe das immer gewusst, aber Max versetzte diese Entdeckung in Qualen. Ich sah in sein bleiches Gesicht, ich ermaß die Pein in seinen Augen und wusste, dass es von diesem Abgrund keine Wiederkehr gab.

Stoß mich doch hinunter, dachte ich. Und er war in Versuchung, mein Liebling.

Der Geist eines Mannes ist wahrhaft seltsam. Wie funktioniert die männliche Logik? Wieso verkehren Männer alles ins Gegenteil? Warum gehen sie von einer verrückten, unmöglichen Vorstellung aus und toben dann, weil die Welt – oder in meinem Fall ihre Frau – nicht hineinpasst?

Ich bin mir sicher, dass ich bei den Antworten, die ich Max gab, sehr vorsichtig vorging. Von einigen meiner Liebhaber erzählte ich ihm – schließlich war ich fünfundzwanzig, und allzu abscheulich erschienen mir meine diesbezüglichen Sünden nicht. Max war nicht unerfahren gewesen – warum sollte ich dann Jungfrau sein? Aber ich verriet ihm nicht, wer Maman gewesen war; ich nannte sie immer »Isabel«, gab ihr den Namen, der auf ihrem Totenschein stand. Äußerst vorsichtig ging ich mit der Frage nach meinem Vater um – nicht nötig, den Bogen zu überspannen. Ein paar Fragezeichen bleiben zwar, aber ich glaube schon, dass der schwarze Devlin tatsächlich mein Vater war. Meine Geschichten über Greenways und Vetter Jack zensierte ich stark. Natürlich war ich wütend, daher mögen mir aus Unachtsamkeit ein paar Enthüllungen entschlüpft sein – aber nichts Wichtiges, da bin ich mir beinahe sicher. Doch wie ich jetzt einsehe, hätte ich mir die Mühe ersparen können. Meinen Fehler hatte ich schon früher gemacht, als ich Max von dem Jungen am Strand erzählte. Das war eindeutig der *Coup de grâce* gewesen, und ich glaube, damit begann unser Kampf auf Leben und Tod, mein Liebling.

Max hat diesen Jungen nie vergessen können, die Zeit hat ihn nur verändert: Er ist kein Feind und auch kein Tier mehr, sondern der engste Gefährte meines Mannes, sein Doppelgänger. Wenn Max heute von ihm spricht – und er hält mir diesen Jungen immer noch bei jedem Streit vor –, dann sagt er, dass er ihm Leid tut.

Max behauptet, nicht der Junge sei schuld, sondern ich. Er sagt, dass ich verdorben und schlecht bin. Ich muss den Jungen aufgestachelt haben, anders kann es nicht gewesen sein.

Ich streite nichts mehr ab, was hätte das für einen Sinn? Soll Max doch denken, was er will. Seine Anschuldigungen bringen mich zur Weißglut: ein Druck auf diesen Knopf, und Starkstrom knistert. Aber ich lasse mich auf keine Diskussion mit ihm ein. Seine Meinung würde ich ohnehin nicht ändern, die steht felsenfest. In den Augen meines Gatten ist dieser arme tote Junge sein Leidensgefährte; er hat sich in meinen verworfenen Schlingen gefangen, nicht in einem Fischernetz. Verstehst du, ich war schon als Kind böse, sexbesessen und unnatürlich. Der englische Gentleman stimmt mit jenen französischen Bauern überein: Ich besitze tatsächlich den bösen Blick, und Gott möge dem Mann gnädig sein, der mir in die Hände fällt, denn in dem Evangelium nach Max bin ich eine Zerstörerin. Ich bin seine persönliche Delilah, und natürlich seine Isebel.

Dieser Junge war mein erstes Opfer, sagt Max, und mein werter Gatte hat die Absicht, das letzte zu sein. Das denke ich jedenfalls manchmal, wenn dieser Othello-Blick in seinen Augen aufleuchtet – und den habe ich in letzter Zeit immer häufiger gesehen.

Vor einer Woche habe ich Max dabei ertappt, wie er seinen Armee-Revolver ölte. Schieß die läufige Hündin nieder, und du tust jedermann einen Gefallen, ich glaube, das geht ihm durch den Kopf. Er möchte mich zum Schweigen bringen – aber wenn er glaubt, das mit einer Kugel zu erreichen, dann irrt er sich sehr.

Was immer Max unternimmt, zum Schweigen bringen wird er mich nie. Ich werde auf immer und ewig in seinem Kopf, seinem Herzen und seinem Leib weitersprechen. Außerdem kann er mich jetzt nicht umbringen, so sehr er sich das vielleicht wünscht. Ich trage ein Kind.

Schwangere Frauen sind schon dem Henker entronnen, wie schwer ihr Verbrechen auch sein mochte, wusstest du das? Man hat sie verschont – und Max wird auch mich leben lassen. Schließlich braucht er einen Erben, sehnt sich verzweifelt nach einem Erben. Er ist auf so viele verschiedene Arten so verzweifelt, dass er sich sogar gelegentlich aus seinem klösterlichen Bett in seinem Ankleidezimmer locken lässt. Dann streicht er mein langes schwarzes Haar zurück, und wir klammern uns aneinander und denken daran, wie anders alles hätte kommen können und wie anders es früher war. Wir hassen einander nicht immer. Wir beobachten, wie diese Erkenntnis im Auge des anderen aufblitzt, und wenn der Funke entfacht ist, dann sind wir wie trockener Zunder, dann brennen wir heißer als ein Höllenfeuer ...

Zum letzten Mal ist das vor einem Jahr geschehen. Jetzt ist mein Haar geschoren wie das einer Nonne. Manchmal verliere ich das Zeitgefühl. Ich glaube, das kommt daher, dass ich mich so schwach fühle. Oder es ist diese blaue Melancholie, die mit der Flut hereinkommt.

Wenn ich Max seinen Erben schenkte – egal wie und von wem –, wenn ich das täte, was würde dann geschehen? Würde sich der Knoten unserer Vergangenheit lösen?

Wahrscheinlich nicht. Oh, mein Liebling, wie müde ich bin. Ich fühle mich schwindlig, und mir ist schlecht vor Mattigkeit. Ich will, ich werde mich nicht zum Schweigen bringen lassen. Ich möchte sprechen, und ich werde die Toten durch mich reden lassen, aber dazu braucht es so viel Willenskraft.

Vielleicht schlafe ich ein wenig und schreibe dann weiter. Warte – habe ich da etwas gehört?

Ich muss eine Pause machen. In einer Weile werde ich meine Geschichte fortsetzen, Süßes. Ich werde dir erzählen, wie ich das Schauspielern lernte, wie ich nach Manderley kam und dort zum ersten Mal Max sah, den Sohn und Erben, in seiner Armeeuniform ...

Aber für den Moment muss ich mein kleines schwarzes Notizbuch schließen und verstecken. Wieder einmal spioniert man mir nach. Dort kommt jemand. Jasper knurrt, und ich höre Schritte auf den Kieselsteinen.

22. Kapitel

Mein Besucher ist gegangen. Als ich die Schritte hörte, dachte ich schon, es wäre Ehemann Max, der früh nach Hause gekommen war und hoffte, mich zu überraschen – er ist überzeugt davon, dass irgendwann seine Gebete erhört werden und er mich *in flagranti* erwischt. Dann überlegte ich, ob es der verrückte Ben Carminowe sein könnte, der an diesem Strand herumstreicht. Max sagt, dass er nach seiner kleinen Schwester sucht, die hier in einem der Felsteiche ertrunken ist. Was immer der Grund sein mag, er lässt sich nicht vertreiben und starrt mich durch die Fenster an. Wenn er mir noch einmal nachstellt, lasse ich ihn in eine Irrenanstalt stecken, habe ich ihm gesagt. Er erinnert mich an diesen Jungen an diesem Strand in der Bretagne, und ich hasse ihn.

Aber es war keiner der beiden, sondern Arthur Julyan, mein lieber Oberst, der zu meinen Kostümbällen als Cromwell kommt – mein Lordprotektor. Auf einem langen Spaziergang entlang der Küste hatte er mit seinem Gewissen gerungen und war, wie er sagte, vorbeigekommen, weil er Licht in meinem Fenster gesehen hatte. Er ist mein einziger richtiger Freund an diesem Ort, und ich ging so behutsam mit ihm um wie immer. Heute wusste ich: Eine falsche Bewegung, eine Bemerkung, und er würde die Fassung verlieren und gestehen, was er für mich empfindet. Ich mag ihn zu gern, um das zu riskieren – ein solches Geständnis würden wir beide bedauern –, also war ich äußerst vorsichtig. Trotz meiner verdorbenen Neigungen habe ich ihn nie ermutigt – nicht im Mindesten, das möchte ich betonen. Aber ich bin ihm weiter sehr zugetan. Er ist ehrenwert, einsam, antiquiert und klug, und ich bedaure, dass seine Gefühle ihm solchen Schmerz bereiten.

Abgesehen von Max' Großmutter ist er wahrscheinlich der einzige Mensch in dieser Gegend, der weiß, wer ich bin. Niemand sonst hat eine Verbindung hergestellt zwischen diesem dünnen, unscheinbaren Kind, das im Jahr 1914 einmal hier zu Besuch war, und Max' Frau. Warum auch? Schließlich habe ich mich neu erfunden und verwandelt. Aber ich bin mir beinahe sicher, dass Arthur Julyan mich erkannt hat. Als Mädchen wurde ich ihm kurz vorgestellt, und dann begegneten wir uns über ein Jahrzehnt später wieder. Er war gerade aus Singapur zurück, und ich war eine junge Ehefrau, gerade drei Monate verheiratet. Ich kam aus dem Garten nach drinnen gerannt, wo er in dem düsteren Salon von Manderley saß, um mir seine Aufwartung zu machen. Ich trug ein weißes Kleid und die kleine Schmetterlingsbrosche, die Maman mir geschenkt hat. Wir schüttelten uns die Hand, und ich bin mir sicher, beinahe sicher, dass er wusste, wer ich war. Und wenn er nicht mich erkannte, dann meinen Talisman.

Falls ja, dann hat er kein Wort darüber verloren, weder mir noch jemand anders gegenüber, und das finde ich bewundernswert. Ich habe selbst über lange Zeit sehr viele Geheimnisse gehütet und dabei gelernt, dass unerschütterliche Diskretion eine äußerst seltene Gabe ist. Irgendwann einmal muss ich Arthur Julyan dafür danken.

Heute ist er nicht lange geblieben, und ihm ist nicht viel entgangen. Nachdem er fort war, habe ich eine Weile geschlafen. Ich habe die Tür abgeschlossen und Wind und Regen ausgesperrt, und nun werde ich fortfahren. Hier ist der Rest deines Erbes, mein Liebling.

Während meiner ersten sieben Lebensjahre habe ich mich, wie ich dir erzählt habe, nicht vom Fleck gerührt. Während der nächsten sieben befand ich mich dafür ständig auf Reisen. Dies waren die Jahre, in denen ich die Schauspielkunst erlernte – und diese Lektionen sind mir seither sehr von Nutzen gewesen. Wir fuhren am Rückgrat Englands hinauf und hinunter, Requisitenkörbe und Züge, neun Aufführungen die Woche. Dann sonntags packen, zum Abschied winken und weiter in die nächste Stadt. »Wir sind richtige Zigeuner geworden, Becka«, pflegte Maman zu sagen, und lachend tat sie das Entsetzen und die Missbilligung ihrer Schwester Evangeline ab. »Ich will nicht von Almosen leben«, erklärte sie. »Schließlich müssen wir essen. Wir führen schließlich Shakespeare auf, habe ich zu Evangeline gesagt. Es ist ja nicht so, als stolzierte ich in einem Varietee herum ...«

Kannst du dir vorstellen, wie das ist, mein Liebling, mit diesen Worten, diesen Stücken zu leben? Sechs Abende pro Woche plus drei Matineen – ein Intensivkurs in Mord, Ehebruch und Thronraub, über Doppelgänger und hoffnungslose Liebe, Hexerei, weiße Magie und Ehe. Wir waren nie in Halifax oder Hull, sondern unsere Reisen führten uns weit über diese Grenzen hinaus: Illyrien am Montag, am Dienstag ein Wald bei Athen, mittwochs ein Schlachtfeld, donnerstags eine winddurchtoste Heide, am Freitag Tod in Venedig und am Samstag mein Lieblingsort, Calibans verzauberte Insel, das Reich seiner Mutter Sycorax – was für eine Ausbildung, besser als jede Schule oder Gouvernante, mein Liebstes!

Manchmal stand ich selbst auf der Bühne, weil der Anführer unserer Truppe, Sir Frank McKendrick, mich von Anfang an für Knabenrollen einteilte. Bei anderen Aufführungen hockte ich im Souffleurkasten, lauschte jenen geflügelten Worten und lernte sie auswendig. Immer noch vermag ich ganze Passagen herzusagen, wieder und wieder treten sie vor mein inneres Ohr. Ich höre den Sinn hinter den Worten und wiederum dessen Untertöne – was für eine Akustik! Max will die Worte immer in Ketten legen, damit »Liebe« dieses bedeutet und »Hass« jenes. Er sperrt sie in einen jämmerlichen Kerker aus Vernunft und schlägt ihnen die Tür vor der Nase zu ... Ich bin anderer Meinung: Worte sollten einen auf Reisen mitnehmen – und die Reise, auf der ich das lernte, begann und endete am selben Ort: in Plymouth, in einer Straße namens Marine Parade und einem Haus mit Namen St. Agnes.

Als wir in England ankamen, verließ Maman zum ersten Mal der Mut. Dabei war sie auf der Reise so aufgeregt gewesen und hatte voller Pläne gesteckt. »Da geht meine Jugend dahin«, sagte sie, als wir unser quadratisches graues Haus abschlossen. Sie sah die felsige Küste an, und ihre Augen blitzten trotzig. Aber etwas ging schief, nachdem wir St. Malo verlassen hatten. Kaum hatten wir den Ärmelkanal überquert, begannen die Probleme. Niemand kam, um uns vom Schiff abzuholen; wir fuhren wie geplant zu dem Hotel in Portsmouth, in dem Maman uns schriftlich angemeldet hatte, aber die Briefe, mit denen sie gerechnet hatte, erwarteten uns nicht.

Ich weiß immer noch nicht genau, auf wen meine Mutter gehofft hatte. Vielleicht auf ihre Schwester oder den Bewunderer, der in letzter Zeit mit seinen Schecks und hübschen Geschenken so nachlässig gewesen war. Wer immer es war, er ließ uns im Stich. Maman versuchte sich ihre Sorge nicht anmerken zu lassen. »Wir sind wie ein herrenloses Paket, Becka, bestellt und nicht abgeholt«, sagte sie und sah sich in dem trostlosen Zimmer um, das man uns zugewiesen hatte. »Aber wir lassen uns nicht unterkriegen. Ich sage den Leuten, dass wir ein Feuer im Kamin brauchen, und dann sollen sie das Essen nach oben schicken und vielleicht ein bisschen Wein. Du wirst sehen, gleich haben wir es gemütlich, Liebling ...«

Maman verfügte über großen Charme, Stil und Entschlossenheit – die sollte sie während der nächsten sieben Jahre auch dringend benötigen –, und so wurde das Feuer angezündet und das Essen kam. Maman trank zwei Gläser Rotwein, um sich aufzumuntern, und auch ich bekam ein Glas mit Wasser verdünnten Wein. Dann leerten wir unsere Börsen und zählten unsere irdischen Güter: Wenn wir sparsam wirtschafteten, würde unser Geld sieben Tage reichen. »Eine ganze Woche, Becka. Wir sind reich, mein Schatz.« Maman weinte. Sie steckte mich ins Bett, aber ich konnte nicht schlafen. Maman blieb die halbe Nacht auf.

Sie ging im Raum umher, holte dann ihr kleines Reisepult hervor, las und schrieb Briefe. Am Morgen brachten wir sie zur Post und warteten auf unsere Rettung.

Diese ließ fünf Tage auf sich warten, und als sie kam, war unsere Rettung, glaube ich, nicht die Person, auf die Maman gehofft hatte. Es war elf Uhr vormittags, als der Besuch eintraf und von einer der schlampigen Hotelbediensteten angekündigt wurde. Maman schlief noch – sie hatte wieder die halbe Nacht gewacht, war herumgewandert und hatte Briefe geschrieben. Daher ging ich hinunter, um unseren Gast zu begrüßen. Würde es Schwester Evangeline sein oder der Bewunderer? Inzwischen hatte ich mir ein ziemlich klares Bild von ihm gemacht: groß, dunkel, reich und energisch, vielleicht mit einem Schnurrbart.

Es war weder die Schwester noch der Held mit den Glaceehandschuhen, sondern eine große, schmale junge Frau, von Kopf bis Fuß in Schwarz gekleidet, mit einem schwarzen Hut, den sie fest auf ihr schwarzes Haar gerammt hatte, und Augen, die so scharf blitzten wie die Jettperlen an ihrer Jacke.

Stocksteif wartete sie unten in der Halle. Als ich mich näherte und sie auf mich heruntersah, fand ich sie wirklich sehr seltsam. Sie war so reglos und bleich, aber ich spürte, wie sie vor Energie summte, einer eigenartigen sirrenden Energie, als würde ihr Herz von einem Uhrwerk angetrieben, dessen Mechanismus rostig war oder zu stark aufgedreht.

Wir sahen einander an. Die Haut der Fremden war gelblich-weiß wie die einer Wachsfigur und ebenso leblos, aber während wir einander forschend in Augenschein nahmen, veränderte sie sich. Ein rosiger Hauch stieg von ihrem dürren Hals in ihr hageres Gesicht; sie öffnete und schloss die Hände in den dünnen, billigen Handschuhen. Unter dem langen, engen Rock konnte ich gerade noch ihre Knöchel erkennen und sah, dass einer ihrer schwarzen Strümpfe perfekt und peinlich genau gestopft war. Die Handschuhe und der geflickte Strumpf sagten: Ich bin arm. Die zusammengepressten Lippen schrien: Ich bin stolz. Und die Augen? In ihnen stand ein sehnsüchtiger Ausdruck, dachte ich. Ich fühlte ihre emotionale Bedürftigkeit wie Tentakel, die sich nach mir ausstreckten und sich an mir festsaugten.

Und als sie sprach, da klang ihre Stimme höchst eigenartig. Damals verstand ich die Botschaften der englischen Akzente noch nicht; erst später begriff ich, dass ihr Akzent der vom West Country war, mühsam und gewissenhaft hinter einer Oberschichtaussprache verborgen. Sie sprach in einem ausdruckslosen, unharmonischen Ton, so wie taube Menschen, mit einer seltsamen, kratzigen Stimme, die sich vorsichtig durch einen Satz tastete wie in ein Minenfeld. Jegliche Emotion war daraus verbannt und lauerte doch unter jedem Wort, wo sie sekündlich explodieren konnte. Wie gern hätte ich sie gleich nachgeahmt!

»Rebecca Devlin. Rebecca Devlin«, sagte sie und hielt meine Hand viel zu fest umfasst. »Lass dich anschauen. Du armes Kind. Wie dunkel dein Haar ist ... Ich bin gleich gekommen. Würdest du deiner Mama sagen, dass ich hier bin? Sag ihr, dass Millicent mich sofort geschickt hat, als ihr Brief ankam. Sag ihr ...«

»Und wer sind Sie?«, unterbrach ich die Frau überheblich. Ich ließ mich nicht gern »armes Kind« nennen, von niemandem.

Sie hätte mir meine Arroganz übelnehmen können. Manche Menschen taten das. Aber die Fremde reagierte genau umgekehrt. Sie sah mich voller Verehrung an, als hätte sie es gern, in die Schranken gewiesen zu werden. In ihren schwarzen Augen erkannte ich schmeichlerische Unterwürfigkeit und ein winziges Aufflammen von Bewunderung. Etwas glomm in ihr und fing dann Feuer. Seitdem habe ich diesen fanatischen Blick eine Million Mal gesehen und verabscheue ihn, aber ich habe gelernt, damit zu leben.

»Ganz die Mama!«, rief sie aus. »Jetzt sehe ich die Ähnlichkeit. Ich bin Edith Danvers. Meine Mutter hat auf deine aufgepasst, als deine Mama ein Kind war. Hat sie dir nicht davon erzählt?«

Ich beobachtete die Frau genau. Mama erzählte kaum jemals von früher, aber ich zögerte, das zu sagen.

»Deine Mama wird sich an mich erinnern«, fuhr die Fremde fort. »Sag ihr einfach, dass Danny unten ist. In St. Agnes ist ein Zimmer für euch beide vorbereitet, und wenn deine Mama es erlaubt, würde ich sehr gern für sie packen ...«

Ich ging nach oben, weckte Maman und überbrachte ihr diese Nachricht. Bei dem Namen »Danny« verdrehte sie die Augen und zog eine ihrer frechen Grimassen. »Grundgütiger«, meinte sie. »Diese Frau hängt sich an einen wie eine Klette. Ihre Mutter ist ein ganz liebes, süßes Wesen – sie war mein Kindermädchen, Schatz, und ich mag sie wirklich sehr gern. Aber die Tochter! Ach, was soll's. Einem geschenkten Gaul schaut man nicht ins Maul. Ich gehe besser hinunter und nehme es mit ihr auf. Wirf mir mein Kleid herüber, Liebling – nein, nicht das alte Ding. Man muss wenigstens den Schein wahren ... ich trage das Seidene.«

Ich schnürte Maman in ihr Kleid und half ihr, sich das Haar zu richten. Sekunden später sah sie hoheitsvoll, selbstbewusst und wunderschön aus. Was für eine Schauspielerin Maman sein konnte! Auf der Bühne leider nicht – da wirkte sie immer ein bisschen hölzern und gehemmt. Aber im wirklichen Leben war sie genial, immer schlagfertig, ganz herzlich und charmant. Niemand hätte erraten, dass sie nicht vollkommen aufrichtig war. An diesem Tag rauschte sie über die Treppe wie eine Herzogin und begrüßte die finstere Wachsfigur, die unten wartete, auf das Zärtlichste. Kein Mensch hätte ahnen können, dass sie alles andere als erfreut war, diese Danny zu sehen, niemand hätte vermutet, dass wir abgebrannt bis auf den letzten Penny waren. Angesichts ihres Auftritts schmolz die merkwürdige, spröde Danny dahin wie Butter in der Sonne. Ihr bleiches Gesicht leuchtete auf, ihre Augen wurden feucht, und sie konnte vor Rührung kaum sprechen. Diese feudale Demut! Sie tat mir beinahe Leid.

»Oh, Miss Isolda«, begann sie. »Ich kann es kaum glauben – das ist alles so lange her. Meine Mutter sagt, wenn wir irgendetwas tun können ...«

»Die liebe Millicent ... Ich freue mich so darauf, sie wiederzusehen«, fiel Maman ein. »Würdest du wirklich für mich packen, Danny? Ich weiß noch, dass du perfekt darin bist; und ich kann den Gedanken nicht ertragen, noch einen Nacht an diesem schrecklichen Ort zu verbringen ...«

»Selbstverständlich, Madam«, antwortete Danny unterwürfig. Und dieses kurze Gespräch sollte über den Verlauf unseres Lebens während der nächsten sieben Jahre entscheiden.

Danny führte uns im Triumph nach St. Agnes, das sich nicht, wie ich vermutet hatte, als Kirche erwies, sondern als sehr saubere und sehr gut organisierte Pension, alles sehr adrett. »Tipptopp und in bester Ordnung«, wie Millicent sich ausdrückte.

Das Haus lag etwas erhöht über dem Plymouth-Sund; vom Fenster aus konnte man Kriegsschiffe beobachten. Auf jedem Stuhl lagen gestärkte Schoner, in jedem Fenster standen Schusterpalmen in Messingtöpfen, und es gab englisches Essen. Als wir ankamen, setzte Millicent Danvers uns heißen Heringsrogen auf Toast vor. Sie stellte uns ihrem Mann vor. »Mr. D.«, wie sie ihn nannte, war alt; er trug falsche Zähne, einen Vatermörder-Kragen und seinen besten Anzug und litt an einem mysteriösen Gebrechen. Er wurde präsentiert und dann schnell wieder hinausgebracht. Tochter Edith goss den Tee ein, und ich sah, dass sie sich für den Heringsrogen, das Gebiss ihres Vaters und die Schürze ihrer Mutter schämte. »Oh, ich habe die Mundtücher vergessen, Edie, Liebes«, meinte ihre Mutter, und Edith wurde puterrot. »Es heißt Servietten, Mutter«, versetzte sie scharf. »Ich hole sie.« Ich aß einen kleinen Bissen von den Heringseiern. Wenn wir hier bleiben, dachte ich, werde ich dünn wie ein Stecken. Maman gab sich äußerst munter, charmant und zuversichtlich – aber inzwischen war ich in der Lage, die Gefahrensignale zu erkennen, und wusste, dass die Gegenreaktion nicht ausbleiben würde. Und ich hatte Recht. Sobald die anfängliche Erleichterung und Euphorie nachließen, würde Maman zuerst ihre ganze Kraft zusammennehmen, um anschließend innerhalb eines Tages in Apathie zu versinken.

Eine Woche lang zog sie jeden Nachmittag ihr bestes taubengraues Kleid an, ihren schönsten Hut und jene exquisiten malvenfarbenen Glaceehandschuhe. Sie kniff sich in die Wangen, damit sie Farbe annahmen, und zog den Hut schräg über die Augen, was ihr äußerst gut stand. Schließlich rückte sie ihren Schleier zurecht und machte sich mit entschlossener Miene zu geheimnisvollen Besuchen auf.

Edith Danvers war in das nahe gelegene Haus zurückgekehrt, in dem sie in Diensten stand, und so blieb ich mit Millicent allein. Sie war freundlich und erzählte mir alles über ihre Mieter, zwei Büroangestellte, einen Vertreter und regelmäßig auftauchende »Künstler«. Sie machte mich mit Lavendelwasser bekannt und tupfte mir extra zwei Tropfen auf die Handgelenke – ich fand, das Parfüm roch wie ein läufiger Kater. Ich durfte ihr in der Küche helfen; Millicent erklärte mir, all ihre Gemüse würden eine Stunde lang mit einer Prise Natron abgekocht, das sei das Geheimnis. Jeden Tag half ich ihr, Berge armer, unschuldiger Gemüse zu schlachten, und Millicent erzählte mir dabei Geschichten. Gestalten traten aus dem Dunkel: Leider nichts Neues über meinen toten dunklen Devlin-Vater – ihn erwähnte Millicent nie –, aber sie verlieh meiner geisterhaften englischen Familie eine Gestalt.

Maman war die jüngste von drei wunderschönen Schwestern – die bei weitem jüngste. Sie war ein Nachkömmling gewesen, erklärte Millicent geheimnisvoll. Die älteste Schwester, Miss Evangeline, war jetzt Lady Briggs. Sie lebte in einem hübschen Haus namens St. Winnow's, gar nicht weit von hier, und hatte zwei bezaubernde Töchter, Elinor und Jocelyn. Ihr Gatte war reich, ein richtiger Krösus. Seine Familie war nichts verglichen mit der, aus der Evangeline und meine Mutter stammten – dieser Zweig der Grenvilles war nicht wohlhabend, konnte aber seine Ahnen bis zum Anbeginn der Zeiten zurückverfolgen, während Sir Joshuas Abstammung nicht der Rede wert war, und es hieß, er sei ein schwieriger, sittenstrenger, engstirniger Mensch – aber immerhin war er reich und hatte als junger Mann gut ausgesehen. Und Miss Evangeline hatte ihn sich in den Kopf gesetzt – und wie die meisten Frauen der Grenvilles war sie entschlossen, um nicht zu sagen eigensinnig.

Die zweite Schwester war die arme, liebe, gute Miss Virginia gewesen, die jetzt tot war und die ich aus Mamans Erzählungen kannte. Sie hatte wirklich eine gute Partie gemacht und den begehrtesten Junggesellen der ganzen Gegend geheiratet, den Besitzer von Manderley, Mr. Lionel de Winter, keinen anderen – und der hatte sie nach Strich und Faden an der Nase herumgeführt, schimpfte Millicent und metzelte einen Kohlkopf. Die arme Miss Virginia, Gott habe sie selig, hatte zwei Kinder geboren, zuerst ein Mädchen, Beatrice, und dann einen Jungen, Maximilian, den ersehnten Sohn und Erben. Aber sie hatte nicht lange genug gelebt, um ihren Sohn groß werden zu sehen; als er drei Jahre alt war, hatte ein Fieber sie dahingerafft. »Innerhalb einer Woche war sie tot!«, rief Millicent aus. »Also hat die Großmutter ihn aufgezogen. Miss Virginia ist niemals von guter Gesundheit gewesen, nicht einmal als Kind, das arme Ding. Sie war nervös, überempfindlich – ich habe immer behauptet, dass Manderley ihr nicht bekommen würde. Ein großer düsterer Kasten meiner Meinung nach. Wind und Wetter ausgesetzt, zu nah am Meer. Man möchte nicht in einem Sturm dort oben sein, das kann ich Ihnen sagen, Miss Rebecca.«

»Ich habe einmal eine Fotografie von Manderley gesehen«, warf ich ein. »Jemand hatte Maman das Bild geschickt. Ich finde das Haus wunderschön.«

Millicent hatte ihr Hackmesser fallen lassen und bückte sich, um es aufzuheben. »Nun ja«, meinte sie nervös und errötete, »es ist schon auf seine Art ein prächtiges Anwesen. Die Geschmäcker sind verschieden.«

»Vielleicht ist Maman heute dort auf Besuch«, fuhr ich so beiläufig wie möglich fort. Ich brannte darauf zu erfahren, wohin sie ging, und ich wusste, dass Maman mir das nie verraten würde. »Vielleicht ist sie nach Manderley gefahren – das wäre doch sicher schön für sie, nachdem sie acht Jahre fort war, finden Sie nicht, Millicent?«

Millicent war anderer Ansicht; sie hielt einen solchen Besuch für unwahrscheinlich. Schließlich war Mamans Schwester inzwischen verstorben, daher würde das Haus sehr traurige Erinnerungen für sie bergen, und sie würde eher einen großen Bogen darum machen. Aber je mehr Millicent darauf beharrte, umso weniger glaubte ich ihr.

»Warst du heute auf Manderley, Maman?«, fragte ich meine Mutter, als sie endlich nach Hause kam. Wir saßen in unserem Zimmer in St. Agnes mit seinem Kruzifix an der Wand und dem Kamin aus schwarzem Marmor, der wie ein Sarkophag wirkte. Maman hatte sich gleich nach ihrer Rückkehr aufs Bett geworfen, und dort lag sie jetzt und sah bleich und erschöpft aus. Aber als ich meine Frage stellte, sprang sie auf und begann im Zimmer umherzugehen.

»Nein, das war ich nicht«, antwortete sie. »Warum sollte ich? Hat jemand das angedeutet? Wer hat dir solche Ideen in den Kopf gesetzt? Um Himmels willen, Becka, habe ich nicht schon genug Sorgen?«

»Niemand hat etwas gesagt. Millicent hat mir von deiner Schwester Virginia erzählt, das ist alles, und ich hatte überlegt …«

»Lass es bleiben«, versetzte Maman sehr scharf. »Die arme Virginia ist tot. Ich hasse dieses Haus und alle Menschen darin. Lionel de Winter und seine abscheuliche Mutter … sie hat die arme Virginia rücksichtslos untergebuttert, und mich konnte sie nie ausstehen. Sie hat sich alle Mühe gegeben, mir das Leben zur Hölle zu machen. Das alte Ekel! Sie ist eine arrogante alte Frau, die sich in alles einmischt – ich würde sie nicht einmal besuchen, wenn sie auf dem Sterbebett läge. Eigentlich müsste sie schon Jahre und Jahre tot sein – allen Ernstes, sie ist lange genug Witwe. Und ich wünschte bei Gott, sie wäre damals gestorben. Dann wäre alles anders gekommen. Als ich ein junges Mädchen war, waren Lionel und ich einmal Freunde. Die arme Virginia war immer so krank, und er hatte so viele Sorgen ... Wäre seine Mutter nicht gewesen, wären wir immer noch befreundet ...«

»Warum wünschst du dir das? Du hast doch gesagt, dass du ihn hasst.«

»Ich meine ja nur, dass es sein könnte, das ist alles. Nimm mich um Himmels willen nicht ins Kreuzverhör, Becka ... Jetzt ist er sowieso krank, hat mir jemand erzählt. Seit Monaten geht es ihm nicht gut ... Oh, was soll ich nur anfangen? Wohin sollen wir? Hier können wir nicht bleiben; wir haben kaum noch Geld. Ich kann Millicent nicht bezahlen, wir leben von Almosen, von der Mildtätigkeit meines eigenen Kindermädchens. Evangeline kann oder will uns nicht helfen. Sie sagt, ich hätte nicht nach Hause kommen sollen. Meine eigene Schwester behandelt mich wie einen Paria ... Es ist nicht zu ertragen. Ich weiß nicht mehr, was ich tun soll ...«

Sie brach in Tränen aus, warf sich wieder auf ihr Bett und wandte ihr Gesicht der Wand mit dem Kruzifix zu. Ich fühlte mich ganz krank und seltsam. Noch nie hatte ich sie so gesehen. Ich hatte keine Ahnung, was ich unternehmen sollte, aber ich dachte, es wäre vielleicht hilfreich, wenn ich die Wahrheit wüsste. Daher holte ich Maman Tee und Medizin für ihre Kopfschmerzen; dann setzte ich mich zu ihr und streichelte ihr übers Haar, bis sie einschlummerte. Und als ich mir sicher war, dass sie tief und fest schlief, tat ich Folgendes, mein Liebling. Ich schlich leise durch das Zimmer, holte den winzigen Silberschlüssel, den sie, wie ich wusste, in ihrer Schmuckschachtel versteckte, und schloss die Schubladen ihres kleinen Reisepults auf.

Ich nahm ihre geheimen Briefe heraus, die Briefe ihres Bewunderers, die mit dem rosenbestickten Band zu einem Päckchen gebunden waren. Zuerst hatte er jede Woche geschrieben, alle vierzehn Tage, einmal im Monat, und dann waren die Abstände größer geworden. Als ich vier war, kam nur noch ein Brief pro Vierteljahr und schließlich alle sechs Monate. Der allerletzte, fleckig von den Tränen, die Maman darüber geweint hatte, war fast ein Jahr alt.

Zum Glück waren die Briefe nicht lang und leicht zu lesen, weil Mamans Brieffreund eine große, kindliche Handschrift besaß. Ich verstand nicht alle Worte, die er gebrauchte, und einige Dinge, von denen er sagte, dass er sie tun wolle, klangen seltsam und ließen verstohlene kleine Schauer über meinen Körper laufen.

Ich will dir verraten, was ich entdeckte, mein Liebling. Mamans Bewunderer war Lionel de Winter, der Mann ihrer toten Schwester und mein angeheirateter Onkel. Er hatte Maman seit langer Zeit geschrieben, bereits vor meiner Geburt. Er hatte ihr schon Briefe geschickt, als mein Vater noch lebte, Monate bevor er zu dieser verhängnisvollen Seereise aufbrach. Es war nicht richtig, dachte ich, dass Lionel eine verheiratete Frau seinen »süßen Liebling« nannte. Wenn mein Vater davon gewusst hätte, dann hätte er ihn umgebracht, da war ich mir sicher.

Ob Maman wohl bemerkt hatte, wie sich im Lauf der Zeit der Tonfall der Briefe änderte, ob ihr das wohl wehgetan hatte? Zuerst war sie der »süße Liebling«, dann Lionels »liebstes Mädchen« und dann die »liebe Isolda«. Zuerst war er »besessen« gewesen von dem Gedanken, sie zu sehen, dann »wünschte« er, er könne sie besuchen. Später schrieb er, wenn die Umstände sich änderten, würde er gewiss »versuchen«, sie zu sehen. Unterdessen würde er ihr »unter die Arme greifen«, so oft er konnte, und er würde ihr etwas Nettes schicken – so hübsch wie sie selbst –, um sie aufzuheitern.

Später klangen die Briefe missmutig. Lionel hatte zu Hause schon genug Nörgeleien anzuhören, sagte er. Wusste seine kleine Isolda nicht, dass Männer Frauen nicht leiden konnten, die unablässig klagten? Das war lästig. Nichts von alldem war seine Schuld. Ja, er sah schon ein, dass die Situation schwierig für sie sei und dass sie sich vielleicht manchmal einsam fühle – aber sie war doch in einem hübschen, komfortablen Haus in Frankreich viel besser daran. Wenn sie nach England zurückkehrte, würde es nur noch mehr Gerede geben, besonders wenn sie mit einem Kind im Schlepptau auftauchte. Die Leute würden sich falsche Vorstellungen in den Kopf setzen und unzutreffende Schlüsse ziehen. Er wäre kompromittiert, und sie würde man schneiden. Die Idee war verrückt – würde sie sie bitte sofort vergessen?

Den letzten dieser Briefe stahl ich, um meinen Hass zu nähren. Gut, dass ich es tat, denn jemand – wahrscheinlich Danny – hat nach dem Tod meiner Mutter alle übrigen vernichtet. Ich kenne seine billigen Worte auswendig; hier ist eine Probe davon. Da hast du den unerschrockenen Lionel de Winter, den Feigling. Lies, was der Vater meines Mannes an meine Mutter schrieb.

Liebes Kind, ich will ganz offen sein. Du weißt, dass ich dir immer sehr zugetan war und sich daran nie etwas ändern wird. Du bist auf vielerlei Art ein liebes Mädchen – aber du bist dickköpfig. Du kannst nicht abstreiten, dass ich dich niemals über die Situation im Unklaren gelassen habe. Du weißt, Isolda, dass diese ganze Verwicklung nicht mein Werk war. Jetzt hast du leicht reden, dass du noch fast ein Kind warst und dich verliebt hattest – aber im Rückblick hat dieser ganze Betrug mich mehr belastet als dich. Ich war derjenige, der ein Gewissen hatte, Liebling. Erinnerst du dich an den Tag im Bootshaus?

Du scheinst die Probleme nicht zu sehen, mit denen ich damals zu kämpfen hatte – eine kranke, jammernde Ehefrau, eine Mutter, die mir ständig zusetzte, Einsamkeit und Langeweile. Ich fühlte mich miserabel, Liebes – also habe ich natürlich auf deine Jugend, deine Fröhlichkeit und dein Mitgefühl reagiert. Männer haben gewisse Bedürfnisse, und wenn ihre Ehefrau sie nicht auf legitime Weise befriedigen kann oder will, dann besteht immer eine Gefahr; aber meiner Ansicht nach kann man den Mann nicht dafür verantwortlich machen.

Ich habe dir immer versprochen, dass ich mich um alles kümmern werde, und dazu stehe ich. Doch Anklagen helfen dabei offen gesagt nicht. Du bist nicht »lebendig begraben«, wie du das ausdrückst, Isolda – soweit ich weiß, führst du ein angenehmes Leben. Au-

ßerdem hat deine Familie nach Virginias Tod beschlossen, uns zu trennen; sie haben dich nach Frankreich geschickt. Mutter und ich hatten mit dieser Entscheidung nichts zu tun – ich weiß nicht, wie du darauf kommst, dass wir in irgendeiner Weise daran beteiligt waren. Und du selbst bist dann übereilt und impulsiv eine Ehe eingegangen, was mich sehr geschmerzt hat und wovon ich dir, wenn ich mich recht erinnere, abgeraten habe. Es wäre hilfreich, wenn du gelegentlich daran denkst.

Ich bin dir und erst recht deinem Kind gegenüber in keiner Weise verpflichtet, meine Liebe; und angesichts der Haltung deiner eigenen Familie finde ich, du solltest die Großzügigkeit, die ich dir als Freund und Schwager erwiesen habe, stärker zu schätzen wissen.

Wie ich dir erzählt habe, Isolda, geht es mir in letzter Zeit nicht gut. Monatelang habe ich mit starken Schmerzen zu Bett gelegen, was mich zutiefst deprimiert hat. Ich musste mein Testament aufsetzen – eine trübsinnige Angelegenheit –, und soweit mir das möglich war, habe ich Vorkehrungen für dich getroffen. Es hat mich Tage gekostet und war nicht leicht, denn der gesamte Besitz und verdammt zu viel von dem Geld wird treuhänderisch verwaltet, aber ich war entschlossen, richtig an dir zu handeln, liebes Kind. Ich finde, dafür solltest du dankbar sein und dich nicht in Klagen und Drohungen ergehen, während ich nicht in der Lage bin, den Ärmelkanal zu überqueren und Besuche abzustatten. Wenn du auch nur eine Sekunde darüber nachdächtest, würdest du das einsehen.

Falls mir also etwas zustößt, bist du gut versorgt – du siehst, dass ich deine liebe Art nicht vergessen habe! Aber erwähne um Gottes willen nichts davon, wenn du schreibst; in diesem Haus gibt es gewisse Personen – du wirst wissen, wen ich meine –, die nur zu gern private Korrespondenz lesen. Tatsächlich, Isolda, meine ich, dass es hilfreich wäre, wenn du weniger häufig schreiben würdest. Deine Briefe, Liebling, sind sehr lang und bekümmern dich nur noch zusätzlich, besonders da ich sie nicht so schnell beantworten kann, wie mir das lieb wäre. Weißt du, ich muss mich mit tausenderlei Dingen auseinander setzen. Die Pächter sind ein undankbarer Haufen, nie hören sie zu klagen auf. Den größten Teil der vergangenen Woche hatte ich im Verwaltungsbüro zu sitzen, um den Norden des Gutes in Ordnung zu bringen. Da sind zum Beispiel die Carminowes – die Witwe machte Schwierigkeiten. Meine Zeit wird also von vielen Dingen mit Beschlag belegt, liebes Kind, und ich wünschte, du würdest dir das gelegentlich klarmachen.

Und jetzt Kopf hoch! Sei wieder mein strahlendes Mädchen. Ich schicke meiner unartigen kleinen Isolda ein Paar hübsche Handschuhe! Frith wird das Päckchen zurechtmachen, und sie werden dich bald erreichen.

Wie ich diesen Mann hasste, mit seinen billigen Worten und wohlfeilen Versprechungen, seinen kaum verhüllten Drohungen und seinem gönnerhaften Ton! Dieser Brief stellte meine ganze Vergangenheit auf den Kopf. Vielleicht hatte Maman ja gar nicht geweint, weil das Klavier verstimmt war, dachte ich. Vielleicht hatte sie Tränen vergossen, weil Lionel ihr einen solchen Brief geschickt hatte. Ich schnupperte an dem Papier: Es stank nach Verrat.

Ich fühlte gewaltigen Zorn unter meinem Herzen aufsteigen. Am liebsten hätte ich den ganzen Tand, den Lionel geschickt hatte, in Stücke zerfetzt. Ich wollte die Handschuhe zerreißen und das Medaillon mit der Haarsträhne unter dem Absatz zermalmen. Ich holte das Medaillon, öffnete seinen geheimen Verschluss und betrachtete die kunstvoll geflochtene Strähne rötlich blonden Haares: Jetzt wusste ich, dass es Lionel de Winter gehörte. Ich hasste sein Haar, und ich hasste ihn; er hatte meine Mutter angelogen und sie im Stich gelassen. Nun, ich hatte nicht die Absicht, ihm das durchgehen zu lassen. Ich würde Maman rächen, und ich wusste genau, wie ich mit Onkel Lionel umzuspringen hatte.

Ich blieb so kühl wie eine Messerklinge. Zuerst steckte ich die geheimen Briefe in ihre Umschläge und legte sie wieder in das Schreibpult. Dann brachte ich den Schlüssel und das Medaillon zurück, und als alles wieder ganz ordentlich aussah, sodass Maman nie Verdacht schöpfen würde, da rief ich von neuem meinen toten Vater an, so wie an jenem Tag in der Bretagne. Ich zwang seine Kraft in mich hinein, und als ich mich so stark fühlte wie ein Mann, zum Bersten mit Zorn und Hass angefüllt, da belegte ich Lionel de Winter, sein Haus und seine Nachkommenschaft für alle Zeiten mit einem Fluch.

Damals ging mir gar nicht auf, dass ich vielleicht mich selbst verdammte. Zu dieser Zeit war ich vollkommen unwissend, mein Schatz. Über Liebe wusste ich Bescheid, aber nicht darüber, was sich sonst noch zwischen Männern und Frauen abspielt. Erst Jahre später, als meine Mutter mir einen Teil dieser Geschichte gestand, begann ich darüber nachzudenken. »Als ich meinen ersten Bewunderer hatte, war ich erst sechzehn«, erklärte sie. »Ich war noch ein Kind, Becka, ich wusste gar nichts. Er war verheiratet – aber ich habe ihn angebetet. Und er war so überzeugend. Er konnte mich um den kleinen Finger wickeln ...«

Leiser Zweifel begann in mir zu nagen – aber diese Ängste plagen mich jetzt nicht mehr und brauchen auch dich niemals zu sorgen. Ich schwöre dir, sie verflogen in der Sekunde, als mein Vater Devlin von den Toten zurückkehrte, ich in den Raum auf Greenways trat und ihn sah. Ich habe sein Haar und sein Blut und sein irisches Glück geerbt – also ist der Fluch an mir vorübergegangen, und er wird auch dich verschonen, mein Liebling.

Aber Lionel ist ihm nicht entronnen. Du wirst dich freuen zu hören, dass er genauso starb, wie er es verdiente, langsam und unter Qualen.

Im Rückblick denke ich heute, dass mit diesem Tag meine Kindheit zu Ende war. Danach musste ich sehr schnell erwachsen werden. Maman entglitten die Zügel, und ich musste sie übernehmen. Ich fürchtete, dass sie bei ihren nachmittäglichen Besuchen Ausschau nach finanzieller

Unterstützung und einer Zuflucht hielt. Bestimmt hatte sie es bei Evangeline versucht – wie ich später herausfand, hatte ich Recht. Ich hatte große Angst, dass sie es auch auf Manderley probieren würde, wenn sie verzweifelt genug war – und das würde ich nicht zulassen. Maman besaß so viel Mut und Elan, und ich wollte auf keinen Fall, dass ihr Stolz gebrochen würde. Irgendwie, irgendwo, auf irgendeine Weise mussten wir zu Geld kommen oder welches verdienen.

Wie verdienten Frauen Geld? fragte ich jedermann. Ich sprach mit dem alten Mr. D. darüber, der jetzt öfter nach draußen durfte, da ich, wie Millicent sagte, nun »zur Familie gehörte«. Er hatte als Zimmermann auf den Werften von Plymouth gearbeitet und pflegte jetzt im Garten von St. Agnes zu sitzen und kleine Boote für mich zu basteln – genauso, wie ich sie für dich geschnitzt habe, mein Liebes. Er besaß tüchtige, ruhige Hände, ein sanftes Wesen und starb an einem Lungenemphysem – aber er konnte mir bei diesem Problem nicht helfen. Er sagte, Männer hätten einen Beruf, aber bei Frauen sei das etwas anderes – und bei Damen von Stand erst recht.

Millicent schlug zweifelnd eine Stellung als Gesellschafterin oder Gouvernante vor, und eines Tages, als Danny zum Tee kam, erwähnte Millicent, in gewissen Etablissements, die zum Beispiel Kleider verkauften, seien einige der Angestellten durchaus vornehme Damen ... Danny warf ihre Serviette auf den Tisch und lief dunkelrot an. »Rede nicht solchen Unsinn, Mutter«, rief sie aus. »Was fällt dir ein, dem Kind solche Ideen in den Kopf zu setzen?«

Kannst du dir diese Welt damals vorstellen, ein Irrenhaus, in dem eine Frau an Status einbüßte, wenn sie arbeitete? Nicht, dass sich daran in den vergangenen Jahren besonders viel geändert hätte. Lächerlich! Ich verachte solche Überzeugungen aus tiefstem Herzen; sie sind schlecht und machen die Frauen entweder zu Sklavinnen oder Intrigantinnen. Jahre später, als mein Vater starb und mir nichts als Schulden und gierige Gläubiger hinterließ, bin ich losgezogen und habe Geld verdient. Ich gab keinen Pfifferling auf das, was die Leute sagten oder dachten; ich hätte Fußböden geschrubbt, wenn es hätte sein müssen. Aber bei mir war das auch etwas anderes: Ich war an den Ufern der Bretagne von Marie-Hélène großgezogen worden, daher war ich eine praktisch veranlagte kleine Wilde, und ich wusste, dass die Religion des Hauses mich immer retten konnte.

Mamans Fall lag anders; sie hatte einen schweren Nachteil. Sie war als Lady geboren und aufgewachsen – und glaub mir, das hat sie fürs Leben verkrüppelt.

Geld, Geld, Geld. Einen ganzen Monat konnte ich an nichts anderes denken. Mach dir keine Sorgen, Liebchen, sagte Millicent. Sie sagte, ich hackte schließlich all dieses Gemüse und täte die Arbeit von zwei Küchenmädchen und außerdem unterhielte ich Mr. D. – aber ich wusste, dass das nicht stimmte. Sie wollte nur nett sein. Geld, Geld, Geld. Nachts ging ich zu Bett und träumte von dicken Geldbeuteln voller Guineen.

Dann kam ich eines Tages die Treppe hinunter, und da war die Rettung, da war unser Held. Die Komödianten waren gekommen. Sir Frank war damals tatsächlich noch nicht in den Adelsstand erhoben, das kam später; aber er war zum Ritter geboren und von Natur aus blaublütig. Er war sechs Fuß groß, ein prachtvoller Gentleman; er färbte sein graues Haar schwarz, und sein dröhnendes »Guten Morgen« war aus einer halben Meile Entfernung zu hören. Seine Frau war ein kleines fettes Insekt in einem rotbraunen Ensemble, mit gelben, eifersüchtigen Augen und bebenden Fühlern. Wie ich sie hasste!

Er hatte am Balliol studiert, woran er seine Umgebung gern alle zwei Minuten erinnerte, und hatte Geistlicher werden sollen, aber Shakespeare hatte ihn gerufen. Gleich nach seinem Studium in Oxford war er bei dem Größten der Großen in die Lehre gegangen: Henry Irving. »Wer sind Sie heute Morgen, Mr. McKendrick?«, pflegte ich nach dem Frühstück zu fragen. »Heute bin ich Hamlet, Miss Rebecca«, antwortete er dann augenzwinkernd und mit einer hoheitsvollen Handbewegung. Heute bin ich Hamlet oder Brutus, Richard III. oder Macbeth: So sollte das Leben sein, mein geliebtes Wesen; man müsste frei wie ein Vogel sein und jeden Morgen neu über seine Identität entscheiden können. Dann schlenderte Sir Frank zur Probe, die aber nie sehr lange dauerte – seine ganze Truppe führte diese Stücke seit urdenklichen Zeiten auf, sodass die Schauspieler ohnehin alle Rollen auswendig konnten.

Sir Frank McKendrick besaß eine empfindsame Seele. Manche Menschen durchschauten seinen Panzer aus Eitelkeit nicht, aber ich schon. Ich spürte sein weiches Herz und seine Schwäche für hübsche Frauen, besonders für schöne Damen in Nöten. Er war auch nicht frei von Snobismus, also ging die Grenville-Abstammung ihm hinunter wie Honig – Millicent hatte geklatscht. All dies erkannte ich, als er Maman vorgestellt wurde: eine junge, schöne Witwe aus guter Familie, die eine schwere Zeit durchmachte ... unwiderstehlich! Höchst galant beugte er sich über ihre Hand. Seine grässliche Ehefrau knirschte sofort mit den Zähnen, weshalb mir klar war, dass wir die Dame auf jeden Fall ausmanövrieren mussten. Aber die Möglichkeiten sah ich augenblicklich. Ich ging nach oben und packte unsere Gedichtbände aus. Bevor die Woche zu Ende war, hatte ich es zu Wege gebracht, dass Maman in Millicents vorderem Salon, dem Raum mit den Schusterpalmen, den Sesselschonern und den vorbeifahrenden Kriegsschiffen, einem beeindruckten Publikum Tennysons *Lady von Shalott* vorlas. Ein schicksalhafter Blick auf Sir Lancelot, und die Lady wand sich in Todesqualen:

Das Tuch zerriß – was bebte sie?
Der Spiegel barst – sie sank aufs Knie.
»Nun wird der Fluch mich treffen!«, schrie
Die Lady von Shalott.

Ich liebe dieses Gedicht über alles, und Maman trug es wunderschön vor, mit so reiner, harmonischer Stimme, dass wir alle fasziniert von diesen Rhythmen waren. Danach brauchte ich Mr. McKendrick nur noch zu erklären, dass wir in einer vorübergehenden finanziellen Verlegenheit steckten – damit kannte er sich aus –, und mein Werk war schon halb vollbracht. Ich nahm ihn mit auf einen Morgenspaziergang über die Marine Parade und rezitierte etwas aus der Rolle des Puck für ihn. Dann machte ich ihm klar, dass er ja tatsächlich zwei Schauspielerinnen zum Preis von einer bekommen würde, und erinnerte ihn daran, dass ihm eine Hofdame fehlte. Ich legte meine Hand in seine und erklärte ihm, wir beide müssten allerdings eine kleine Verschwörung aushecken; zuerst einmal könnte seine Frau Schwierigkeiten machen ...

»Wie wahr, nur allzu wahr«, meinte Sir Frank nachdenklich.

Zum Zweiten würde Maman sich weigern. Zur Bühne gehen? Eine solche Vorstellung würde sie niemals gutheißen, außer man überredete sie sehr geschickt dazu. Aber wenn man ihr erklärte, es handle sich nur um ein vorübergehendes Arrangement, wenn das Kleid der Hofdame hübsch war und man Maman auf das Wärmste ermutigte und lobte; wenn man andeutete, dass sie Mr. McKendrick und die Truppe rettete, weil ohne ihre Unterstützung die Besetzung nicht komplett wäre und vielleicht sogar der nächste Auftritt abgesagt werden müsste ...

»So, so, so«, meinte Mr. McKendrick, blieb stehen und schaute aus seiner lichten Höhe auf mich herab. »Ich ziehe meinen Hut vor dir, junge Dame.« Er ließ seinen Worten die Tat folgen. »Du bist ein veritabler Jago, ein kleiner Richard III., ein listiger Machiavell. Du steckst voller Verschwörungen und Kriegslisten – und als Puck bist du auch nicht übel, kleines Fräulein ...« McKendrick ging ein paar Schritte weiter, markierte Unentschlossenheit und legte die Hand an die Stirn. Er warf dem Plymouth-Sund den düsteren Blick des alten Hamlet zu und fuhr dann mit der Entschlossenheit eines Fortinbras wieder zu mir herum. Ich hätte beinahe applaudiert.

»Wir haben ein Abkommen, kleine Miss«, erklärte er und schüttelte mir die Hand. »Einen Pakt. Deine Mama wäre ganz entschieden eine Zierde für unsere kleine Truppe. Sie hat eine gute Kinderstube und angenehme Umgangsformen. Ich kümmere mich um Mrs. McKendrick, und du nimmst dich deiner Mama an. Wir werden getrennt schlagen und vereint siegen. Was sagst du – eine Woche?«

»Drei Tage«, widersprach ich, denn ich dachte an unsere Finanzen.

»Ah, das Ungestüm der Jugend«, gab dieser großartige Mann zurück und zwinkerte mir zu.

Frank McKendrick und ich waren ein gutes Team. Wir brachten die Sache in sage und schreibe zweieinhalb Tagen unter Dach und Fach. Maman änderte ihren Namen in »Isabel«, um ihrer Familie keine Schande zu machen. In dieser ersten Woche am Plymouth Royal spielte ich zwei zum Untergang verurteilte Knaben – todgeweihte Knaben wurden zu meiner Spezialität. Maman gab Lady Macbeths Zofe und war zweite Besetzung für die tugendsame Hermione, das Opfer der Eifersucht. In Dunsinane trug Maman ein blaues Samtkleid, und von ihrem ersten Wochenlohn kaufte sie mir meine Schmetterlingsbrosche aus blauem Email, die zusammen mit einem weiteren Gegenstand mein heiligster Besitz ist – eines Tages werden beide dir gehören.

Maman besaß auch eine verwegene Seite, und ich weiß, dass sie sich in unserer neuen Welt so wohl wie ein Fisch im Wasser fühlte, obwohl sie das außer mir nie jemandem eingestanden hat. Noch Jahre später, in ihrer letzten Rolle als Desdemona, erzählte sie immer noch allen aus der Truppe, dass dies natürlich nur ein vorübergehendes Arrangement sei.

Besseres wartete auf uns, deutete sie dann an. Aber das war nicht der Fall. Gleich um die Ecke erwartete sie nur der Tod. Mein einziger Trost ist, dass sie bis zu jenem letzten Aufbäumen, das dem Ende immer vorausgeht, nichts davon ahnte.

23. Kapitel

Wir haben eine Hitzewelle, mein Liebling.

Seit fast einer Woche geht kaum ein Windhauch, und der Himmel ist strahlend blau. Ich konnte nicht weiterschreiben. Ehemann Max ist zurückgekehrt, das Haus war voller Gäste, und ich konnte kein einziges Mal hierher entwischen. Wann immer ich eine freie Stunde hatte und zu meinem Häuschen am Meer gehen wollte, folgte Max mir eifersüchtig. Die ganze Woche über war er gereizt und launisch, ich glaube, weil ich für einen Tag nach London gefahren bin. Er hasst es, wenn ich gehe, und er hasst es, wenn ich bleibe; ihm kann man wirklich nichts recht machen! Ich bin vor fünf Tagen dorthin gefahren, um endlich diesen Arzt aufzusuchen, aber ich wollte Max nichts davon sagen, noch nicht. Also hat er seine üblichen Schlüsse gezogen. Ich habe eine Nacht in meiner Wohnung am Fluss geschlafen, ruhig wie eine Nonne und ebenso tugendhaft – aber für Max ist diese Wohnung mein Schlupfwinkel und eine Lasterhöhle.

Der Name des Arztes war Baker, und er ist weit und breit der beste Frauenquacksalber, jedenfalls habe ich das gehört. Seine Praxis liegt in Bloomsbury, gleich hinter dem Britischen Museum. Ich konnte meinen Termin kaum erwarten und war viel zu früh dort. So ging ich ins Museum, um mir die Zeit zu vertreiben. Ich durchschritt die marmornen Hallen, und das Klappern meiner hochhackigen Schuhe hallte derart wider, dass ich einen Moment lang glaubte, jemand folge mir! Ich starrte steinerne Eroberer und gemalte Pharaonen an, verlief mich in einem

Labyrinth von Gängen und endete in einem Totenzimmer, bedrängt von weißen Mumien. Jemand hat mir erzählt, dass man ihnen die Herzen entfernt und zu einem Päckchen gewickelt zu Füßen legt; anschließend schnürt man die Körper in Binden wie früher die Babys. Wie geduldig sie mich beobachteten!

Dann saß ich in Dr. Bakers Wartezimmer, wo der einzige Lesestoff Max' Bibel war, *The Field*. Ich las denselben Artikel zehnmal und begriff kein Wort davon. Endlich wurde ich ins Sprechzimmer gerufen. Alles ging sehr ernst zu. Der Federhalter des Arztes kratzte vor sich hin, und mein Herz pochte rasch wie das eines Vogels, so aufgeregt war ich.

Als ich den Termin festmachte, hatte ich mich »Mrs. Danvers« genannt. Eigentlich ziemlich töricht, aber ich hatte irgendwie die verrückte Vorstellung, Max könnte Wind davon bekommen, wenn ich meinen richtigen Namen benutzte. Jedes Mal, wenn Dr. Baker mich ansprach, sah ich über die Schulter und erwartete Danny zu sehen – ich konnte nicht klar denken, mein Liebes. Ich war ganz wirr vor Freude, und dabei wollte ich mich doch an jede kleinste Einzelheit erinnern, weil dies mein persönlicher Wendepunkt war und diese Stunde dir gehörte. Ein bedeutsamer Augenblick für uns beide.

Der Besuch verlief nicht ganz so, wie ich erwartet hatte. Ich glaube, Ärzte sind ohnehin von Berufs wegen mit Vorsicht geschlagen, und dieser hier war, wie sich herausstellte, die Umsicht und der Ernst in Person. Fragen über Fragen, und dann eine Untersuchung, die kein Ende nehmen wollte. Es tat weh. Mutter Gottes, verschone mich hinfort mit Spekula.

Er hörte deinen Herzschlag ab, und ich hätte ihm am liebsten das Stethoskop entrissen, um auch lauschen zu können. »Wann wird mein Kind sich bewegen?«, fragte ich. »Warum ist mir ständig übel? Warum hat mein Baby sich noch nicht geregt?« Er sah den Wandkalender an, knüllte seine Gummihandschuhe zusammen und meinte gelassen, ich solle es nicht so eilig haben. Erstens hänge viel vom genauen Datum der Empfängnis ab, und zweitens wolle er einige Röntgenaufnahmen machen, um ganz sicher zu gehen.

Zuerst weigerte ich mich. Ich bin mir sicher, irgendwo gelesen zu haben, dass Röntgenstrahlen gefährlich für Babys sind. Aber er versicherte mir, in diesem Falle könne kein Schaden geschehen. Und wenn ich ihn dann in einer Woche wieder aufsuchte, könne er alle meine Fragen beantworten.

Die Schwester legte mir ein Bleilätzchen um den Hals, um meine Brüste zu schützen, und richtete dann einen dicken, einäugigen Roboter auf meinen Unterleib. »Du meine Güte, Mrs. Danvers, was für eine herrlich schmale Figur Sie haben«, meinte sie und zog sich dann aus dem Zimmer zurück, während der Apparat mich mit Strahlen vollpumpte. Ich fragte sie, wie lange Frauen unter Übelkeit litten, wann ich damit rechnen könne zuzunehmen und wann ich meine Hände auf meinen gerundeten Leib legen dürfe. Ich kann nicht abwarten, das majestätische Gefühl der Mutterschaft auszukosten; ich möchte mich ruhig, schwer und milchvoll fühlen.

Sie erklärte mir, jede Frau sei anders, und ich sei so schmal und jungenhaft gebaut, dass man mir vielleicht erst im fünften Monat etwas ansehen würde. »Machen Sie sich deswegen keine Sorgen«, sagte sie. Ich glaube, sie verstand, wie nervös und ungeduldig ich war, und ich tat ihr Leid. Im Gegensatz zu mir besaß sie das perfekte gebärfreudige Becken, sodass ich am liebsten gelacht hätte. Aber sie meinte es gut, und ich fühlte mich so hektisch, dass sie mir wie ein barmherziger Engel vorkam.

Ich überließ den Leuten ein Röhrchen rotes, rotes Blut, an dem sie ihren Voodoo-Zauber üben konnten, und machte für eine Woche später einen Termin fest – jetzt müssen wir nur noch zwei Tage warten, mein Liebling. Dann trat ich auf die frühlingshaften Straßen hinaus, wo die Blätter sich gerade zu zeigen begannen und in den Gärten üppig die Kirschen blühten wie weißer Schaum. Ich ging geradewegs in einen exklusives Kindermodengeschäft in der Bond Street und verpulverte ein kleines Vermögen für eine Säuglingsausstattung: Ich kaufte dir Nachthemden mit Bändern und einen Schal, der so fein ist, dass man ihn durch einen Ehering ziehen kann. Ich kaufte Häubchen und gestrickte Babyschühchen, eine korallenbesetzte Silberrassel und zwei Dutzend der besten Frotteewindeln, nur um mir zu beweisen, dass ich auch praktisch dachte. Das war die herrlichste Verschwendung, die ich mir je geleistet habe, und ich war wie berauscht vor Freude darüber. Die Verkäufer packten alles in weiße Schachteln, und ich trug sie in meine Wohnung am Fluss und weidete mich den ganzen Nachmittag daran. Ich schrieb Namenslisten – ich habe mich immer noch nicht für den richtigen Namen entschieden. Ich werde einen Mädchenjungen zur Welt bringen. Wie möchtest du heißen? Das werde ich wissen, wenn ich dich in den Armen halte.

Und jetzt will ich mich fest an das halten, was der Arzt und die Schwester mir geraten haben, und mir um nichts Sorgen machen. Ich habe in meinem Terminkalender nachgeschlagen, meine Zeichen entschlüsselt und gesehen, dass du vielleicht ein paar Wochen später gezeugt worden bist, als ich dachte, ganz wie Dr. Baker sagte. Also deswegen hast du dich noch nicht bewegt; ich muss einfach noch ein bisschen warten und darf nicht ungeduldig werden.

Ich war der Meinung gewesen, ich hätte dich in meiner Wohnung am Fluss empfangen, aber nun sehe ich, dass es auch hier, in diesem Bootshaus, gewesen sein kann, in einer Winternacht, als ich mich entsetzlich einsam fühlte. Der Mond stand am Himmel wie eine fette weiße Scheibe, und der Himmel wirkte gewaltig und streng.

Ich bin froh, dass es hier geschehen ist. Und der Mann war passend, ungezähmter als der Londoner Kandidat, ein Grenzgänger. Er hat mich vor dem Kamin im Mondlicht geliebt. Mal sehen, woran erinnere ich mich noch? Er hatte dunkles Haar und nachdenkliche Augen; er war ein Dichter und zufällig irischer Herkunft. Aber er ist ohnehin nicht wichtig, das ist keiner von ihnen; die Männer sind nur Leim, ein weißes, nützliches Etwas, das ist alles. Und keine Angst, es wird keine Verwicklungen geben. Nur dieses eine Mal, sage ich ihnen, ehe ich mich niederlege, und das meine ich ernst.

Du solltest wissen, dass er bis zu einem gewissen Grad Max ähnelte, so wie sie alle, meine Liebhaber, die ich mir einmal im Monat gönne. In dieser Hinsicht bin ich immer vorsichtig gewesen, denn ich hege keinen besonderen Wunsch, meinen Mann zu demütigen. Du musst als sein Kind durchgehen, verstehst du, Liebling; keinen Augenblick lang werde ich dulden, dass über dich oder deine eheliche Abstammung geredet wird. Unendlich viele von Max' Vorfahren sind sowieso außerhalb des Ehebetts gezeugt worden, was soll's also? Jeder Gärtner wird dir bestätigen, dass Kreuzungen eine Art kräftigen.

Außerdem – angenommen, ich wäre doch Lionel de Winters Kind? Ich bin mir ziemlich sicher, dass dem nicht so ist, aber ich möchte nicht, dass du eine doppelte Dosis von dem blauen Blut der de Winters abbekommst – und der liebe pingelige Max würde bei der Vorstellung, dass er mit mir Inzest begangen hat, in Ohnmacht fallen. Man könnte also argumentieren, dass ich ihm einen Gefallen tue. Und zudem entgehen wir auf diese Weise dem Fluch, den ich in St. Agnes ausgesprochen habe – Vorsicht ist besser als Nachsicht! Welche Alternative hätte ich auch? Die meisten Frauen würden an dem, was ich ertrage, zerbrechen: Ich habe einen Eisberg geheiratet, ich habe mit der Kälte gelegen. Wenn ich heute Eissplitter im Herzen trage, dann sind die de Winters und ihr widernatürliches blaues Blut schuld daran. Meine Ehe spielt in der Antarktis.

Liebstes Wesen, dies ist mein Credo, und ich möchte, dass du das weißt: Es gibt nur eine wahre Legitimität, und die wird durch Liebe weitergegeben und nicht über die männliche Linie. Ich liebe Manderley, und ich liebe dich. Alles, was Manderley heute ist, habe ich geschaffen. Ich habe diesen Ort genommen, mich mit ihm vermählt und ihn perfekt gemacht. Als ich herkam, war das Haus ein Grabmal. Ich habe die Fenster aufgerissen und das Leben hereingelassen, und ich werde nicht erlauben, dass all das nichts gilt. Denk daran, deine Rechte leiten sich aus der weiblichen Linie ab. Du bist mein rechtmäßiger Erbe, und ich werde dafür sorgen, dass du dein Erbe antrittst.

Du darfst nicht an die Jahrhunderte des Patriarchats und des Erstgeburtsrechts denken, du musst all diese pompösen Väter und Söhne vergessen, mein Liebling. Ihre Herrschaft wird bald gestürzt werden. Spitz die Ohren: Hörst du es flüstern? Das ist ein Aufstand. Revolution liegt in der Luft. Die Frauen des Hauses haben lange genug gewartet, und nun proben sie die Revolte! Ich habe Manderley zu meiner Domäne gemacht, und jeder Schornstein, jeder Grashalm weiß das. Ich erhebe Anspruch darauf im Namen aller Frauen, die hier geschuftet und Kinder geboren haben, aller Frauen, die ihren eigenen Namen geopfert und ihre Identität verloren haben, die aufgesogen und zu einem Porträt auf der Galerie, einer Fußnote in der Familiengeschichte degradiert wurden. Ich beanspruche es im Namen lange verstorbener und der kürzlich verblichener Frauen, Frauen, die in der Gruft der de Winters liegen und deren Stimmen zu mir sprechen. Ich verlange es für Virginia und meine Mutter. Ich beanspruche Manderley für mich selbst, weil ich nicht nur eine Ehefrau bin, das jämmerliche Anhängsel eines Gatten. Ich spreche für eine lange, lange Linie von Enterbten. Ich bin diejenige, die unsere Art fortsetzt; ich gehöre hierher.

Und keine Angst, ich trage auch Waffen, ich bin bereit für jedes Scharmützel, das nötig ist. Gut möglich, dass ich um ein oder zwei Kämpfe nicht herumkomme! In meinen Adern fließt altes Unrecht; Mangel an Respekt und Vernachlässigung haben dazu beigetragen, mich zu formen. Meine Waffen heißen Zorn und Arglist – und kein Mann wird je wieder die Hand an meinen Hals legen und mich unterwerfen. Frauen, das schwache Geschlecht? Dass ich nicht lache, mein Liebling!

Heute bin ich purer Stahl, geschliffen, poliert und scharf

wie ein Bajonett. Nichts wird sich mir in den Weg stellen, das schwöre ich dir. Letztes Jahr habe ich beschlossen: Wenn mein Mann mir kein Kind schenkt, dann bekomme ich eben eines ohne ihn. Dieses Jahr habe ich entschieden: Wenn mein Mann versucht, mir einen Strich durch die Rechnung zu machen, bringe ich ihn um.

Ehemann Max soll sich also hüten. Ich werde ihn fragen, ob er nun einen Erben will oder nicht. Erzähl mir nichts von Scheidung, Max, werde ich ihm sagen – nicht, dass er an so etwas denken würde, dazu fürchtet er einen Skandal viel zu sehr, und er weiß nur zu gut, wie unschlagbar ich im Zeugenstand wäre. An deiner Stelle würde ich aufhören, meinen Revolver zu ölen, Max, werde ich ihm raten; weißt du nicht, dass ich die Schlüssel zur Waffenkammer in meinem hübschen kleinen Schlüsselbund am Gürtel trage? Denk darüber nach, mein Gatte, werde ich sagen, und vergiss nicht, dass es unendliche viele Todesarten gibt. Was hältst du von einem Jagdunfall? Einem Sturz von einer Klippe? Ertrinken? Erwarte keine weibliche Gnade von mir, Max, und halt dir den Rücken frei. Denn komme, was da wolle – mein Kind wird der Erbe von Manderley sein!

Zorn ist ein guter Treibstoff, mein Süßes, das wirst auch du eines Tages erfahren. Die Wut ist eines meiner Vermächtnisse an dich, aber die Energie ist so stark, dass ich unter ihr manchmal erbebe.

Jetzt fühle ich mich ruhiger. Ich habe Jasper mit auf einen Spaziergang nach Kerrith genommen. Letzte Woche hat James Tabb die *Je reviens* aus dem Trockendock geholt; heute habe ich ihn gebeten, sie mir so schnell wie möglich fertig zu machen. Vierundzwanzig Stunden, sagte er – und da er, anders als die meisten Männer, immer zu seinem Wort steht, kann ich morgen mit dir in meinem Boot hinausfahren. Bete, dass das Wetter sich hält. Wir beide gehen auf deinen ersten Segeltörn; die Gezeiten werden morgen Nacht perfekt für uns sein, und ich werde dir das Meer im Mondlicht zeigen.

Inzwischen sind alle Gäste abgereist, und heute sitzt Max wie üblich mit Frank Crawley im Verwaltungsbüro. Auf dem Rückweg von Kerrith kam ich an dem Gebäude vorbei. Ich konnte ihre Stimmen hören und fragte mich, worüber sie wohl sprachen. Über Anbauflächen? Die Pächter? Das Pflügen?

Ich muss es dir gestehen: Die verworfene Rebecca in mir hat einmal ein bisschen mit Frank gespielt – ich war wütend auf Max, und wenn man zurückgewiesen wird, fühlt man sich hässlich, weißt du. Eines Morgens wachte ich ganz allein in meinem breiten Bett auf Manderley auf. Ich zog die Vorhänge zurück, lauschte dem Meeresrauschen und dachte, dem werde ich es zeigen. Außerdem war ich neugierig: War unser Gutsverwalter ein Heiliger oder ein Eunuch?

Keins von beidem, stellte ich fest. Aber keine Sorge. Er ist ein kläglicher Mensch mit der Seele eines Trottels. Mehr als zwei schuljungenhafte Liebesbriefe sind dabei nicht herausgekommen, und vierzehn Tage, in denen er nach mir schmachtete. Er nahm sich selbst so ernst, dass er wahrhaftig zu Max ging, seine Sünden bekannte und kündigte. Welche Sünden? Welche Eitelkeit! Natürlich wurde er sofort wieder eingestellt, das brauche ich wohl nicht zu erwähnen. Ich lachte über seine Vermessenheit, und er hat mir nie verziehen.

Als ich heute am Verwaltungsbüro vorbeikam, schoss mir eine Idee durch den Kopf. Ich dachte: Vielleicht diskutieren er und Max überhaupt nicht über Pflügen und Düngen, sondern sitzen in diesem Büro und hecken mein Ableben aus. Überraschen würde mich das nicht. Im Laufe des vergangenen Jahres ist Max' Misstrauen immer mehr gewachsen, angefacht von seiner Frustration und meiner häufigen Abwesenheit. Liebe und Hass sind eine so berauschende Mischung, dass er möglicherweise wirklich glaubt, mich tot sehen zu wollen – aber er ist so erfüllt von der Milch der frommen Denkungsart, dass er keinen guten Meuchelmörder abgibt. Er wird jemanden brauchen, der ihm Mut macht und ihn über den kritischen

Punkt hinaustreibt – obwohl ich mir nicht vorstellen kann, dass Frank Crawley ihm in dieser Hinsicht besonders nützlich sein wird, denn er ist viel zu ängstlich. Ich könnte Max zum Mörder machen; mit Leichtigkeit könnte ich ihn so reizen, dass er mich umbringt. Und tatsächlich habe ich mich in der Vergangenheit häufig dazu versucht gefühlt, da mir der Tod als Bräutigam begehrenswerter erschien als der Ehemann, den ich hatte.

Aber angenommen, mir würde wirklich ein passender Unfall zustoßen? Dann könnte Max jemanden wie Frank gebrauchen, der ihm ein Alibi lieferte. Man würde Fragen stellen; mein guter Freund Arthur Julyan ist hier der Friedensrichter, und ich weiß, dass er auf einer gründlichen Untersuchung bestehen würde. Also würde Max Franks Hilfe brauchen, um die Wahrheit zu verschleiern. War es möglich, dass sie in diesem Moment etwas Derartiges planten?

Ich schob mich näher an die Fenster und versuchte zu hören, was die beiden sagten. Aber ich verstand kein Wort, und plötzlich ... war ich ganz erschrocken, Liebling. Ich fühlte mich ganz schwach und dachte: Wie ist das nur geschehen? Wie konnte es mit Max und mir so weit kommen? Wer hat diese Konstellation festgelegt? Können wir diese Muster nicht ändern?

Anfangs glaubte ich, irgendwann würde ich mich daran gewöhnen, gehasst zu werden, verstehst du, aber das habe ich nicht. Heute stach der Hass mir ins Herz. Ich habe versucht, mich stark zu machen, aber noch jetzt verlässt mich manchmal die Kraft. Mein Unterleib schmerzte. Ich habe wieder zu bluten begonnen, dachte ich; ich verblute innerlich, faserige Plazentastückchen und Blutklumpen quellen aus mir heraus.

Jetzt bin ich wieder in meinem Haus am Meer, Liebes, auf meinem Territorium. Ich blute nicht, und den Schmerz habe ich mir wohl nur eingebildet. Schon fühle ich mich besser. Sollen sie sich doch gegen mich verschwören! Die beiden Offiziersbrüder sind sowieso viel zu fantasielos und ehrenhaft, um zu handeln. Und sobald ich ihnen von dir erzähle, werden sie mich ganz bestimmt nicht mehr anrühren. Ein Mann, der einem ungeborenen Kind etwas zu Leide tut, ist verdammt in alle Ewigkeit ... Ich trage ein Kind, ich bin das Allerheiligste.

Es ist wie Hexerei! Das Leben, das ich in mir trage, ist durch einen Zauber geschützt, mein Liebling.

Im Bootshaus ist es kühl, obwohl draußen Mittagshitze herrscht. Diese dicken Wände schützen uns vor jedem Wetter. Ich habe das Fenster, das zum Meer geht, geöffnet. Man hört das Meeresrauschen, vom Wasser her weht eine frische, salzige Brise heran, und Jasper kaut auf einem Stock. Ich habe all meine Tintengläser zur Hand, eine frische Seite und meine Lieblingsfeder. Heute werde ich den Film sieben Jahre vorlaufen lassen, denn ich will dir von dem Sommer erzählen, als die Krise begann.

Es war das Jahr, in dem der Krieg erklärt wurde, und einer der heißesten Sommer, an die ich mich erinnere. Wir waren an Englands Rückgrat hinabgekrochen, von Stadt zu Stadt und Theater zu Theater. Sir Frank war im Jahr zuvor zum Ritter geschlagen worden, aber sein Adelstitel sorgte nicht für gute Zuschauerzahlen. Er wurde älter, und einige unserer besten Schauspieler hatten uns verlassen. Die Worte der Stücke hallten noch in die Ewigkeit, wie sie das immer tun – aber unsere Auftritte ... um die Wahrheit zu sagen, sie hatten ihren Glanz eingebüßt, mein Liebling. Dies war der Sommer, in dem Maman zu richtigen Sprechrollen befördert wurde – und die Einnahmen in dieser Saison waren so niedrig, dass wir alle Lohnkürzungen hinnehmen mussten.

Als wir zu unserem alljährlichen Besuch in Plymouth eintrafen, war der Krieg schon einen Monat im Gange, obwohl jedermann immer noch versicherte, bis Weihnachten würde er vorüber sein. Der Vorverkauf lief schlecht, aber Sir Frank war ein Mann von grenzenlosem Optimismus. Er bestand darauf, dass wir *Henry V.* in Sondervorstellungen aufführten; er glaubte, das Stück werde der herrschenden patriotischen Stimmung entsprechen. Aber selbst das beeindruckende Schauspiel von Sir Frank, der in Agincourt die zahlenmäßig unterlegenen Engländer zum Sieg anspornte, verkaufte keine Plätze. »Wir werden weiterkämpfen«, erklärte Sir Frank. »Am Samstagabend gebe ich den Mohren. Mein dreihundertster Auftritt – da werden die Leute in Scharen strömen, darauf kannst du dich verlassen, kleine Miss ...«

Gelegentlich hatte Sir Frank trotz seiner Naivität ein scharfes Auge für das, was das Publikum anzog. Seiner Aufmerksamkeit war nicht entgangen, dass eine mürrische alte Schachtel von einer fünfzigjährigen Ehefrau in der Rolle der Julia oder Rosalinde nicht gerade ein Kassenmagnet war. Maman spielte seit einiger Zeit die Prinzessin Katharina von Frankreich in *Heinrich V.*, aber das war bisher ihre größte Rolle, die sie nur erhalten hatte, weil sie Französisch sprach – eine Qualifikation, die ihr nicht einmal Mrs. McKendrick streitig machen konnte. Aber für den *Othello*, beschloss Sir Frank plötzlich, würde meine schöne Maman zur Desdemona befördert werden. Er kündigte ihren Auftritt auf den Reklametafeln an, bevor er seiner Frau davon erzählte, und als ich den eifersüchtigen Ausdruck in ihren gelblichen Augen sah, wusste ich, dass wir in Schwierigkeiten steckten. »Indisponiert?«, hörte ich sie unserer Garderobiere zuzischen. »Ich mag ja eine Halsentzündung haben, meine Liebe – aber ich bin nicht indisponiert. Wenn Mistress Hochnäsig das grüne Taftkleid tragen soll, dann werden Sie es wohl auslassen müssen, Clara ...«

Maman war den ganzen Sommer über bedrückt gewesen, unruhig und nervös. Sie hatte keinen Appetit, aber trotzdem stimmte es, dass sie zunahm. Das Brokatkleid, das sie als Prinzessin Katherina trug, hatte um die Taille und um den Busen weiter gemacht werden müssen, damit es ihr passte. Seit Monaten war sie quenglig und besorgt; sie suchte Streit mit Mrs. McKendrick und war bissig und kurz angebunden gegenüber unserem Neuzugang, dem hübschen Hitzkopf Orlando Stephens, der den Cassio spielen sollte. Mir wollte sie sich nicht anvertrauen; mein

Körper begann sich zu verändern, und Maman wollte nichts davon wissen. Sie mochte die Garderobe nicht mehr mit mir teilen, und wenn ich jetzt Knaben spielte, musste Clara mir helfen, meine Brust mit Bandagen zu schnüren. »Wenn du zum ersten Mal die rote Flagge hisst«, sagte Clara und gab mir einen Kuss, »dann komm zu mir. Ich zeige dir dann, was du tun musst, Liebchen. Lange kann es nicht mehr dauern, so wie du wächst …«

Ich wusste nicht, was das mit der »roten Flagge« zu bedeuten hatte, und Maman wollte es mir nicht sagen, aber zumindest wusste ich, dass Rot Gefahr signalisierte. Ich hasste diese Bandagen und meine knospenden Brüste. Am liebsten hätte ich sie abgeschnitten und wäre Amazone geworden. Sie kamen mir vor wie ein bösartiges Gewächs, und ich wusste, wenn sie noch weiter wuchsen, waren meine Tage als junger Prinz gezählt. Ich würde keine todgeweihten Jungen mehr spielen können. Und was dann? Ich liebte meine sterbenden Knaben, ich probte ihren Tod. Ich konnte wunderschön sterben; jeder sagte das.

Als Maman erfuhr, dass sie die Desdemona spielen sollte, schlug ihre Stimmung augenblicklich um. Was für eine Verwandlung von einem Tag auf den anderen! Die Sonne kam heraus, die Wolken verzogen sich, Mamans Augen blitzten wieder, und all der Mut, den ich liebte und bewunderte, kehrte zurück. Ich vergaß meine Bandagen und meine anderen kleinen selbstsüchtigen Nöte. Immer wieder hörte ich ihr den Text ab. In der blauen Abenddämmerung der Sommerabende am Plymouth-Sund übten wir das *Lied der Weide*. »Sie ahnt, dass sie sterben wird, meinst du nicht, Maman?«, fragte ich, und Maman blickte düster auf das Meer hinter den Fenstern von St. Agnes hinaus. »Vielleicht, Becka. Schon möglich, mein Liebling.«

Ein ums andere Mal sah ich Maman beim Sterben zu. Sie lehnte sich auf Millicents Chaiselongue aus schwarzem Rosshaar zurück, und zusammen stellten wir uns den mörderischen Ehemann vor und überlegten, wie er sie wohl umbrachte: Ersticken, Erwürgen oder Erstechen?

Shakespeare legt sich da nicht genau fest, aber Maman glaubte, dass er sie erwürgte. »Wie ist es besser, Becka?«, pflegte sie zu fragen. »Soll ich den Kopf in diesem Winkel halten, oder so?«

Und diese seltsamen Worte, die Desdemona spricht, nachdem sie anscheinend umgebracht worden ist, wenn das Publikum glaubt, dass sie tot und für immer zum Schweigen verdammt ist, von diesen Worten war Maman geradezu besessen. Sie hatte das Gefühl, dass sie eine kleine Vorwarnung geben sollte, indem sie mit der Hand zuckte, und dann sehr plötzlich aufstehen und sprechen sollte. Das würde die Zuschauer verblüffen, es wäre ein richtiger *Coup de théâtre* ... »Ich werde einen lauten Schrei ausstoßen«, erklärte sie. »Meine Desdemona wird nicht leise sterben – sie wird immer falsch gespielt, Becka. Ich weiß, dass sie sich wehren würde. Das ist schließlich die Frau, die ihrem Vater getrotzt hat und mit einem Mohren durchgebrannt ist. Sie ist nicht irgendein Grünschnabel, sondern eine beherzte Frau, und deswegen liebt der Mohr sie ...«

Das alles bekümmerte mich zutiefst. Ich teilte in allem ihre Meinung, und zugleich hatte ich nicht das Herz, ihr zu sagen, dass sich ihr Auftritt auf keinen Fall so abspielen würde, denn Sir Frank würde das keine Sekunde lang dulden. Egal, was Maman anstellte, er würde sie bearbeiten, bis sie einen schmählichen, unsichtbaren Tod starb. Er würde seinen Körper zwischen sie und das Publikum schieben und ihr wenn nötig mitten in ihrer Rede das Kissen auf den Mund pressen, und er würde sie einfach übertönen. Mamans leise Stimme drang ohnehin nicht über die ersten drei Reihen des Parketts hinaus. Was erhoffte sie sich, solange Sir Frank in der Mitte der Bühne stand, im hellen Rampenlicht, und mit seiner schrecklichen, wunderbaren Männerstimme dröhnte?

So sah ich ihr immer wieder beim Sterben zu, und mir blutete das Herz. Die Uhr auf dem Kaminsims von St. Agnes tickte, und sie hatte noch vier Monate zu leben, obwohl keine von uns das ahnte. Ein Kamin aus schwarzem

Marmor, so wie später ihr Grabmal. Keine Probe kann einen darauf vorbereiten, wie der Tod wirklich ist, mein Liebling. Als er zu Maman kam, als sie durch diese Tür trat und die Tür mir vor der Nase zuschlug – lieber Gott, das war furchtbar. Keine wundersamen güldenen Worte, keine zärtlichen Gesten, alles ist einfach nur unverständlich und hässlich. Es passiert so schnell. Ich war wie zu Stein erstarrt und konnte mich weder regen noch denken. Es war Danny, die ihr die Augen schloss und das Laken über ihr hochzog. Tu das nicht, sagte ich. Wer weint da, Danny? Ich höre ein Baby schreien. Und Danny sagte: Still, still, da ist kein Baby, wie kommst du denn darauf? Du hörst dich selbst weinen, Liebes ... Jetzt bleibst du ein bisschen ruhig bei ihr sitzen, und dann bringe ich dich nach unten. Da ist jemand Besonderes, der dich sehen will ...

Der Besucher war mein verstorbener Vater, Liebes. Jack Devlin war aus seiner Unterwelt zurückgekehrt. Aber ich greife den Ereignissen vor. Es gab eine Zeit dazwischen – und ich hatte dir versprochen, mit dir in diese Zeit zurückzugehen.

Stell dir einen vier Monate langen, finsteren Tunnel vor. An einem Ende stehen meine Mutter, St. Agnes und ein Theater, das noch mit Gaslicht beleuchtet wurde, und am anderen mein Vater und ein Haus namens Greenways, das schrecklich weit vom Meer entfernt liegt. Im Hintergrund donnert ein Krieg, den wir angeblich bis Weihnachten gewinnen, was aber nicht geschieht. Alle Frauen der Truppe haben zu stricken begonnen und fertigen unermüdlich Schals für unsere tapferen Burschen an der Front, und sämtliche interessanten Männer reden nur über Taktik und Rekrutierungsoffiziere.

Bei der ersten *Othello*-Aufführung starb Maman heftig, unter lauten Schreien, und ich glaube, Sir Frank hat ihr das nie verziehen. Danny und ich saßen nebeneinander im Publikum; Dannys inneres Uhrwerk sirrte hörbar, und sie vergoss Tränen, als Desdemona zum Schweigen gebracht wurde. Um dieser Tränen willen verzeihe ich ihr vieles, was später geschehen ist. Ich hielt ihre Hand fest, denn ich fürchtete um Maman und litt unter starken Bauchschmerzen; mein Kopf tat weh, und ich war so nervös, dass ich mich schwindlig fühlte. In der zweiten Pause entdeckte ich, dass ich blutete. War das die berühmte rote Flagge? Ich wischte das Blut ab und ging auf meinen Platz zurück. Ob ich verbluten würde, und wie lange das wohl dauerte? Wer würde zuerst sterben, Desdemona oder ich?

In der Woche darauf gaben wir *Heinrich IV., Teil 1*. Orlando Stephens spielte den Heißsporn Percy – und meiner Meinung nach war ihm die Rolle auf den Leib geschrieben. Er war ein schneidiger, hübscher, hitzköpfiger Tor. Jede Minute hatte er eine Million Ideen, und keine davon war vernünftig. An diesem Abend saßen Maman und ich im Publikum; nachher gingen wir hinter die Bühne, um ihn zu sehen, und Orlando verkündete noch im Kostüm, in der Tür seiner Garderobe, dass er sich an diesem Nachmittag freiwillig zum Militär gemeldet habe. Maman wurde kalkweiß, sie verdrehte die Augen und fiel in tiefer Ohnmacht zu Boden. Orlando flößte ihr Brandy ein, und ich rannte davon, um Riechsalz zu holen. Als ich zurückkehrte, lag sie in seinen Armen, und er nannte sie sein »Schätzchen« und gelobte, ganz bestimmt jeden Tag zu schreiben ... Ein Versprechen, das Orlando weniger als zwei Monate halten konnte: *Speise für Würmer, wackrer Percy*. Er fiel im November in der ersten Schlacht von Ypern.

Was diese Szene wohl zu bedeuten hatte, mein Liebling? Damals war ich vollständig unwissend; ich wusste wirklich nicht, woher die Kinder kamen. Immer noch setzte ich Hinweise zusammen und begriff nicht ganz. Aber jetzt habe ich den Doppelblick, der mit dem Alter kommt, im Nachhinein bin ich klüger, hellsichtig – auf der Karte beim Augenarzt hätte ich hundert Prozent Sehschärfe. Heute trage ich ein Kind, genau wie sie damals, und daher frage ich mich, ob Orlando, zwanzig Jahre jünger als meine Mutter, der Vater des Babys war, von dem ich nicht einmal wusste, dass sie es erwartete.

Denkbar wäre es, aber es existieren noch andere Möglichkeiten. Sir Frank hatte immer eine gewisse *Tendresse* Maman gegenüber empfunden, eine Schwäche für sie, und immerhin war sie kürzlich befördert worden ... Ab und zu waren da andere Männer gewesen, die Maman bewundert hatten, die ihren »angenehmen Umgang« mochten und auf die sie reagierte. Maman war manchmal unbesonnen, sie war empfänglich für das Interesse und die Schmeicheleien von Männern. Ohne weiter darüber nachzudenken, ohne etwas auf die Gefahren zu geben, folgte sie ihrem Herzen.

Für diese innere Großmut liebe ich sie noch heute, aber sie war keine gute Menschenkennerin und schenkte anderen zu leicht ihr Vertrauen. Die liebe Maman! Sie war unschuldig bis zu ihrem Todestag – weit mehr als ich. Aber ich hatte meine Lektion schließlich schon vor Jahren an einem Strand in der Bretagne gelernt: Ich wusste immer, dass die Männer der Feind sind.

Nachdem Orlando die Truppe verlassen hatte, schwanden Mamans Kräfte rasch. Zweimal wurde sie in den Kulissen ohnmächtig, und ich wusste, dass weder meine Listen noch Sir Franks Ritterlichkeit sie noch lange vor den gelben Katzenaugen seiner eifersüchtigen Gattin würden schützen können. Als die Spielzeit in Plymouth zu Ende war und die Truppe sich anschickte, nach Bristol weiterzureisen, kam es zur Krise. Mit beschämter Miene erklärte Sir Frank, die Einnahmen seien noch weiter zurückgegangen, und eingedenk der Unpässlichkeit meiner Mutter und meiner unglücklichen Neigung zu wachsen ...

»Meine teure Lady, ich fürchte, wir müssen uns trennen«, sagte er im Salon von St. Agnes und trat von einem Fuß auf den anderen. »Ich stehe zutiefst in Ihrer Schuld und der des kleinen Fräuleins hier, daher erlauben Sie mir ...« Er griff in seine Westentasche.

»Ich erlaube nicht!«, rief Maman aus, und die scharlachroten Flecken, die ich kannte, erschienen auf ihren Wangen. »Frank, Sie sind ein lieber, guter Mann, aber das kann ich nicht annehmen.«

Wir waren abgebrannt und hatten keine Ersparnisse, und ich hegte weniger Skrupel als sie. Ich folgte Sir Frank nach draußen, wo er sich tief zu mir herunterbeugte, mich auf beide Wangen küsste und ein letztes Mal »kleines Fräulein« nannte. Dann bat er mich, ihm zu schreiben, und gab mir den Scheck aus seiner Westentasche. In seiner schwungvollen Schrift stand darauf zu lesen: zehn Guineen, auszuzahlen an Mrs. Isabel Devlin.

Der Scheck platzte, und Sir Frank antwortete nie auf meine Briefe, aber das nehme ich ihm nicht übel. Er war ein Schwindler, aber auch ein Held, und die sind dünn gesät, mein Liebling, so selten wie Einhörner. Wir kamen sowieso ohne das Geld aus. Eine Woche lang war in St. Agnes die Hölle los, es herrschte ein ständiges Hin und Her, und hinter den Türen wurde geflüstert. Unbehagen, Panik und Hoffnungslosigkeit bestimmten die Atmosphäre. Ärzte kamen und gingen. Millicent und meine Mutter hielten zwar zusammen wie Pech und Schwefel, aber ich sah, dass Millicent alt geworden war und nicht wusste, was sie anfangen sollte. Maman weinte in ihr winziges Spitzentaschentuch – und ich war ausgeschlossen.

Ich ging auf der Marine Parade spazieren und sah mir die Kriegsschiffe an. Ich redete mit den Möwen. Helfen konnte ich nicht, alle meine Angebote wurden zurückgewiesen. »Du bist noch ein Kind, Liebes, und deine Mutter möchte nicht, dass du dir Sorgen machst«, sagte Millicent, aber ich wusste, dass das nicht stimmte. Ich war kein Kind mehr; doch ich war auch noch keine Frau. Ich konnte kein todgeweihter Knabe mehr sein. Ich besaß keine Aufgabe, kein Geschlecht und keine Identität. Andere Menschen trafen Entscheidungen, fanden Regelungen. Die Frauen setzten Himmel und Hölle in Bewegung, das spürte ich – und unterdessen war ich in einem unwirklichen Hinterland gefangen; ich schwebte in der Vorhölle, zusammen mit den ungeborenen und ungetauften Kindern.

Als Nächstes stellte ich fest, dass Danny gekommen war. Sie nahm alles in die Hand – und wie sie das genoss! Danny hat sich immer von Krisen angezogen gefühlt; sie fliegt darauf zu wie Eisenspäne auf einen Magneten. Plötzlich hatte sie ihre Stellung aufgegeben, wohnte wieder in St. Agnes und kommandierte alle herum, mich eingeschlossen. Maman war sehr schwer krank, sagte sie, und brauchte eine Liegekur, darüber waren sich alle Ärzte einig. Sie hatte sich überarbeitet, und die Übermüdung und die Sorge um mein Wohlergehen hatten ihre Nerven angegriffen. Maman musste sich einige Monate erholen und ihre Gesundheit kräftigen; möglicherweise konnte Danny sie in einem Sanatorium unterbringen, das sie kannte. In diesem Fall würde sie Maman begleiten; sie würde keinesfalls von ihrer Seite weichen ... Unterdessen hatte man, welche Aufregung, einen Zufluchtsort für mich gefunden. Nur eine Zeit lang, ein paar Monate, bis Mamans Gesundheit sich stabilisiert hatte, sollte ich bei Mamans Schwester Evangeline leben, auf ihrem wunderschönen Anwesen St. Winnow's.

Anscheinend hatte Evangeline Maman am Tag zuvor besucht, als ich zufällig mit Millicent beim Einkaufen war. Alles war geregelt, ich brauchte mir keine Sorgen zu machen: Meine Tante würde für die Kosten des Pflegeheims aufkommen, und mir bot das Ganze eine großartige Gelegenheit. St. Winnow's war ein vornehmer Haushalt; ich würde mich in den besten Kreisen bewegen und zweifellos alle möglichen nützlichen Dinge von den beiden feinen jungen Damen lernen, meinen Cousinen Elinor und Jocelyn.

Was für eine haarsträubende Lüge! Danny konnte mir dabei nicht in die Augen sehen. Ich betrachtete die Schusterpalme in ihrem Messingtopf und grub die abgekauten Fingernägel in meine Handflächen. Meine Tante? Meine Cousinen? Seit dem Tag meiner Geburt hatten sie meine Existenz ignoriert, seit fast vierzehn Jahren keine Notiz von mir genommen. Evangeline hatte dafür gesorgt, dass Maman sich wie ein Paria fühlte. Ich wusste, was hinter dieser Lüge steckte: Man schaffte mich aus dem Weg, um eine schreckliche Wahrheit vor mir zu verbergen. Aber welche? Würde Maman sterben?

Ich ließ Danny stehen und vor die Wand reden. Hals über Kopf rannte ich in das neue Zimmer hinauf, in dem sie Maman untergebracht hatten. Sie lag im Bett, hatte blaue Schatten unter den Augen und das kunstvolle Medaillon um den Hals. Auf der Tagesdecke lagen die gesammelten Werke von Tennyson. Ich warf mich über sie, und Maman drückte mich fest an sich und streichelte mein schwarzes Devlin-Haar. Als ich ging, weinten wir beide.

»Mein Schatz«, sagte sie. »Ich liebe dich von ganzem Herzen, das weißt du, Becka. Du bist der wichtigste Mensch auf Erden für mich, und ich würde dich niemals anlügen. Ich verspreche dir, dass ich nicht sterben werde. Ich bin nicht ernsthaft krank, sondern muss nur eine Weile ausruhen. Bloß ein paar Monate, dann sind wir wieder zusammen, mein Liebling, das schwöre ich dir ...«

Fait accompli. Ich wurde nach St. Winnow's geschickt. Niemand erfuhr, wer ich war; ich war einfach eine Verwandte, irgendjemand aus der großen, weit verzweigten Familie der Grenvilles. Man tarnte mich hinter verschwommenen Auskünften. Stein für Stein mauerten sie meine Mutter ein, begruben sie unter Schweigen. Maman durfte nicht erwähnt werden; niemand außer Evangeline sprach ihren Namen aus, und das auch nur, wenn sie allein mit mir war. Ich bin sicher, die Familie hätte mich nie aufgenommen, wäre der sittenstrenge Sir Joshua nicht für einige Monate auf Geschäftsreise im Ausland gewesen, wo er Werften besuchte. Man steckte mich in eine kalte Dachkammer und verbot mir, mit den Dienstboten zu sprechen. Alle in diesem Haus wirkten halb tot und blutarm. Ich sollte stillsitzen, Tee trinken, nähen und mein Benehmen ändern, anders reden und mir neue Ansichten zulegen. Ich durfte das Haar nicht offen tragen und nicht ohne Handschuhe, Hut und Sonnenschirm nach draußen gehen. Außer im Garten durfte ich mich nirgendwo allein bewegen. Ich sollte weder rennen noch die Stimme erheben und nur reden, wenn ich angesprochen wurde.

Liebstes, innerlich starb ich. Mein Herz verdorrte. Zweimal wöchentlich schickte Danny Berichte, in denen sie erklärte, Maman sei zu schwach zum Schreiben. Nur mein Zorn erhielt mich noch am Leben.

Niemand benahm sich wirklich unfreundlich. Man hielt mich im Käfig und fütterte mich regelmäßig – aber kein rotes Fleisch! Sie steckten ihre Hände durch die Gitterstäbe, streichelten mein Fell und machten Bemerkungen über meine seltsamen Angewohnheiten und mein merkwürdiges Aussehen. Ich war ein äußerst exotisches kleines Tier, ein *Chien méchant*, und sie waren misstrauisch. Wer hatte dieses kleine Hündchen mit dem zweifelhaften Stammbaum ausgebrütet? Vielleicht biss ich ja die Hand, die mich streichelte und fütterte; schaut doch, wie sie knurrt, was für scharfe kleine Zähne sie hat! Vorsicht, Vorsicht: Vielleicht beging ich ja plötzlich eine unaussprechliche, primitive Handlung und machte ihnen allen Schande.

Diese Dummköpfe! Innerhalb einer Woche konnte ich sie und ihre milchbärtigen Umgangsformen imitieren. Ein Tag reichte mir, um ihren Akzent und ihre Gesten zu beherrschen. Wenn nötig, konnte ich ihre Sprache sprechen ... Als Evangeline das sah, wurde sie langsam mutiger. Gelegentlich ließ man mich aus dem Zwinger.

Zuerst führte Elinor, die ältere und aufgewecktere meiner Cousinen, mich an der Leine aus. Elinor wohnte nicht auf St. Winnow's, sondern absolvierte in einem Hospital eine Ausbildung als Schwesternhelferin; bei einem ihrer seltenen Besuche führte sie mich nach Kerrith, und als ich sie in den Läden und auf den Straßen nicht blamierte, nahm sie mich mit zu einem Haus namens The Pines, um ihre Freunde zu besuchen, die alte Mrs. Julyan und deren Sohn Arthur, der bei der Armee war. »Arthur Julyan ist ein feiner Mensch«, erklärte Elinor, während sie flott den Hügel hinaufschritt. »Er hat zwei Tage Urlaub von seinem Regiment, weil seine Frau ihr erstes Kind erwartet. Ich muss mich nach ihr erkundigen.«

Die Gattin ließ sich nicht blicken – heute vermute ich, dass sie zu schwanger war, um präsentabel zu sein. Aber Hauptmann Julyan war wirklich ein sehr ansehnlicher Mann, groß, nachdenklich und schlank, mit klugen blauen Augen. Ich mochte ihn gleich. Wir tranken Tee im Garten, zwischen einer Palme und einer Araukarie. Elinor sprach in schroffem Ton, aber ich spürte eine gewisse *Tendresse;* falls sie jemals unerfüllte Erwartungen gegenüber Arthur Julyan gehegt hatte, verbarg sie diese. Mein Benehmen war perfekt; ich sprach kaum, baumelte nicht mit den Beinen und machte mich unsichtbar.

Wieder einmal verschleierte man meine Identität. Niemand erwähnte Maman. Ich betrachtete die großen, wogenden Rosenbeete am Haus. Ihre blutroten Hagebutten waren so groß wie eine Babyfaust. Die alte Mrs. Julyan erwähnte, dies seien Schösslinge der berühmten Grenville-Rosen, worauf Elinor sofort das Thema wechselte.

Hauptmann Julyan behandelte mich sehr höflich. Er sah mich aufmerksam an und bewunderte meine blaue Schmetterlingsbrosche, und da konnte ich nicht länger schweigen. Ich erklärte ihm, sie sei ein Geschenk meiner Mutter.

Kurz bevor wir gingen, führte Hauptmann Julyan mich in das Arbeitszimmer seines Großvaters. Was für ein Raum! Bücher über Bücher – es war damit vollgestopft. An allen vier Wänden standen sie vom Boden bis zur Decke. Er zeigte mir auch seine Sammlung von Schmetterlingen, die er als Junge angelegt hatte, und einer glich genau meiner Brosche. Er hatte ihn im Wald von Manderley gefangen, als er sieben war; es war ein Wiesenbläuling, nicht so selten oder auffällig wie ein Distelfalter oder ein Schwalbenschwanz, aber leuchtend blau und eines seiner Lieblingsstücke. Die armen *Papillons*! Man brachte sie mit Chloroform um und stach dann eine Nadel durch ihr bepelztes Herz. In diesen Magazinkästen steckten Tausende; in diesem Raum wohnten ebenso viele Schmetterlinge wie Bücher, mein Liebling.

Er packte den Bläuling in eine kleine Schachtel und schenkte ihn mir. Ich verwahrte ihn wie einen Schatz, aber er ging einige Monate später in der Hektik und Verwirrung verloren, als Danny nach mir schickte und mich nach Greenways an das Totenbett meiner Mutter rief. Vielleicht mochte ich den Schmetterling auch nicht mehr leiden und habe ihn weggeworfen, das weiß ich heute nicht mehr.

»Du bist ein gutes Mädchen, Rebecca«, sagte Elinor zu mir, als wir den Hügel wieder hinunterstiegen. »Wenn du willst, kannst du dich so schön benehmen, mein liebes Kind ...«

»Ich kann schauspielern«, erwiderte ich verächtlich. »Natürlich kann ich das. Ich habe sieben Jahre lang Shakespeare gespielt. Da ist der Tee auf The Pines nicht schwierig.«

»Wahrscheinlich nicht«, gab sie gelassen zurück. Elinor war keine Närrin, erkannte ich. Wie alt sie wohl war? Zwanzig? Vielleicht einundzwanzig oder zweiundzwanzig.

»Jeder muss manchmal so tun, als ob«, fuhr sie fort. »Da bist du nicht die Einzige. Krankenschwestern zum Beispiel müssen schauspielern, das bringt man uns im Hospital bei. Sie müssen sich gut darauf verstehen, die Wahrheit zu verbergen ...« Sie runzelte die Stirn, wurde langsamer, seufzte und ging dann wieder schneller. »Na ja, nicht so wichtig. Lass uns nach Hause gehen, Liebes. Und schlurf nicht.«

Mein erster Ausflug. Zum ersten Mal hatte ich in diese neue Welt hineingeschnuppert. Eine Wiederholung wagte man wochenlang nicht. Elinor kehrte in ihr Krankenhaus zurück. Ihre jüngere Schwester redete manchmal mit mir, aber die rundliche, hübsche Jocelyn war verliebt und verzehrte sich nach einem Verlobten, der irgendwo in Frankreich als Subalternoffizier diente. Jeden Tag schrieb sie ihm, und manchmal ging ich mit ihr zum Briefkasten. Bevor sie die Briefe einwarf, küsste sie die Umschläge, damit sie ihm Glück brachten. Sie war von sanftem Wesen, aber verträumt und nützte mir nicht viel. Meine neugierigen Fragen machten ihr Angst. »Erinnerst du dich an Maman?«, wollte ich wissen. »Kanntest du sie, als du klein warst, Jocelyn?«

Meine Cousine wurde puterrot. Mit aufgerissenen blauen Augen sah sie mich an und sagte, sie könne sich nicht an meine Mama erinnern, außerdem sei ihr verboten, über sie zu reden, und ihr Vater wolle nicht, dass ihr Name in seinem Haus ausgesprochen wurde. »Warum nicht?«, schrie ich und stampfte mit dem Fuß auf. »Wieso nicht? Sie ist eine Grenville. Die Grenvilles können ihre

Ahnen in alle Ewigkeit zurückverfolgen. Die Abstammung deines Vaters ist nichts, worauf er sich etwas einbilden könnte ...«

»Papa war mit ihrer Heirat nicht einverstanden«, platzte Jocelyn heraus. »Und du darfst nicht so über Papa sprechen. Das ist sehr unartig und nicht richtig. Schließlich ist Mama so gut zu dir ...«

»Ich pfeife auf deine Mutter«, rief ich. »Und dein Vater soll verdammt sein! Ich hoffe, seine Schiffe sinken alle! Die Würmer sollen ihn fressen!«

Jocelyn rannte davon. Bevor die Woche zu Ende war, hatte man sie zu Freunden verfrachtet, wo sie eine Zeit lang bleiben sollte, und mich steckte man wieder in den Zwinger. Jeden Morgen erteilte Tante Evangeline mir Lektionen in Gehorsam: Es gehörte sich nicht, die Autorität des Hausherrn in Frage zu stellen, verstehst du, und Fluchen war vollständig unakzeptabel ... Schläge bekam ich nicht, keine Angst. Evangeline war weder grausam noch dumm. Sie versuchte an meine Vernunft zu appellieren. Wenn die Herbsttage warm genug waren, saßen wir nebeneinander auf der Veranda. Evangeline arbeitete an ihren Stickereien und Gobelins, und ich sortierte das Garn und reihte die Seide nach den Regenbogenfarben auf. Zinnoberrot und Violett, und unter uns schlängelte sich der Fluss. Wenn ich seine Windungen betrachtete, hörte ich Mamans Stimme, die Tennyson las, und stellte mir vor, dass dieser Fluss bis nach Camelot floss.

»Ich versuche ja, ihr zu helfen«, meinte Evangeline. Ihre Nadel bewegte sich geschickt hin und her, kleine silbrige Blitze. Immer in dieselbe Richtung arbeiten und den Faden gleichmäßig spannen, hatte sie mir erklärt. »Aber Isolda war immer so starrköpfig! Sie will einfach keine Vernunft annehmen. Verstehst du, Rebecca, sie benimmt sich wie ein Elefant im Porzellanladen.«

Was sie damit wohl meinte? Warum war Maman nach Frankreich verbannt worden? Ich fragte Evangeline danach.

»Du meine Güte, sie wurde doch nicht verbannt! Was für ein Wort. Die Familie war nur der Ansicht ... nun ja, dass es Isolda gut tun würde, einige Zeit im Ausland zu verbringen. Deine Mutter ist sehr sensibel und leicht zu beeinflussen, und sie hat sich schrecklich über den Tod unserer Schwester Virginia gegrämt. Sie wurde ganz krank und war noch lange danach nicht sie selbst. Also ist sie nach Frankreich gegangen, und dann hat sie natürlich dort geheiratet – reich mir doch bitte die malvenfarbene Seide, Liebes, ja? Als Nächstes sticke ich diese Blume, da muss ich die Farbe wechseln.«

Ich gab ihr das Garn. »Wird Maman sterben?«, fragte ich.

»Nein, nein, nein«, antwortete Evangeline, stand schnell auf und legte die Arme um mich. »So etwas darfst du nicht denken. In ein paar Monaten ist sie wieder ganz gesund ...«

»Wie viele Monate?«

»Du bekommst deine Mutter im neuen Jahr zurück, spätestens im Februar. Ganz bestimmt. Das ist doch nicht lange hin, Liebes, oder?«

Nicht lange? Das bedeutete eine Ewigkeit. Noch drei Monate im Käfig. Bis Februar wäre ich zu einem Nichts zusammengeschrumpft. Und außerdem glaubte ich Evangeline sowieso nicht. Danny hatte geschrieben, dass ich immer noch nicht zu Besuch kommen könne. Wenn alles gut gehe, werde Maman in nächster Zeit in ein Erholungsheim in Berkshire übersiedeln – und was das bedeutete, wusste ich. Sobald man sie dorthin verbracht hatte, sobald diese Tore hinter ihr zuschlugen, würde ich sie nie wiedersehen. Sie würde in die Unterwelt zu meinem toten Devlin-Vater hinabsteigen; er würde sich seine Braut zurückholen. Er würde sie in seine Arme schließen, wie das manchmal in meinen Träumen geschah, und aus dieser langen Umarmung würde es kein Entrinnen geben. Mein Vater, mein Vater ... irgendwann um diese Zeit begann ich ihn zu fürchten.

Ob Evangeline mir diese Gedanken vom Gesicht ablas? Vielleicht, denn nach diesem Gespräch gab sie sich noch größere Mühe, mich abzulenken. Sie holte Jocelyns alte Puppen hervor und spielte für mich auf dem Klavier – ein großer Steinway, dessen Saiten gut gestimmt waren. Sie gab mir törichte Mädchenbücher zu lesen, während ich nach Shakespeares kraftvollen Worten dürstete. Sie brachte mir Puzzles und Sammelalben, sie lehrte mich Bezigue und Bridge, und eines Tages, als ihre Inspiration zu versiegen drohte, gab sie mir einen Stapel dicker schwarzer Notizbücher, die mit Bändern auf dem Rücken zugebunden wurden. Meine Mutter hatte als Kind ganz ähnliche Hefte gehabt, erklärte sie mir. Ich sei ein höchst ungewöhnliches kleines Mädchen und ebenso fantasievoll wie meine Mutter früher. Vielleicht hätte ich ja Freude daran, ein Tagebuch zu führen oder Geschichten zu schreiben.

Diese kleinen Büchlein faszinierten mich. Als an diesem Nachmittag Evangeline unten ihre Gäste empfing, setzte ich mich in das alte Schulzimmer. Ich nahm einen Federhalter mit Stahlspitze zur Hand und tauchte ihn in schwarze Tinte. Ich will Mamans und meine Geschichte schreiben, dachte ich. Ich werde unser Leben erzählen, und wenn sie wieder gesund ist, schenke ich ihr das Buch.

Sehr weit kam ich nicht, mein Liebling. Ich klebte ein Bild von mir ein, auf dem ich die Flügel aus dem »Mittsommernachtstraum« trage – Maman hatte das Bild extra aufnehmen lassen, und ich war damals sehr stolz darauf gewesen. Und ich klebte eine Ansichtskarte von Manderley ein, die ich an dem heißen Tag, als Elinor mich an der Leine ausführte, gekauft hatte. Ich schrieb die Worte »Rebeccas Geschichte« und zog das Ende des Buchstabens »e« über die ganze Seite hinunter wie eine dicke Schlange. Sie war mächtig, eine Python, eine Anakonda ...

Und jetzt? Ich wollte Maman unsere Vergangenheit schenken, unser Idyll am Meer und all meine herrlichen Kindheitserlebnisse. Das würde sie wieder gesund machen. Ich wollte über die Bretagne und unser quadratisches Haus schreiben, das Rauschen der Wellen und die Sünde, die ein Staubkörnchen bedeutete. Wenn ich exakt genug schrieb, da war ich mir sicher, dann würde Maman leben. Ganz bestimmt, dann würde sie weiterleben. Aber etwas schnürte mir den Atem ab, mein Mund war trocken, und die Seiten verschwammen vor meinen Augen. Maman fehlte mir, ich hatte Angst um sie, und trotzdem brachte ich kein Wort zustande.

Schließlich blieben die Seiten leer und erzählten eine Geschichte, die nur ich lesen konnte. Ich schloss den schwarzen Einband, schnürte die Bänder auf dem Buchrücken zusammen und versteckte das Buch. Später dachte ich, dass mein Versagen vielleicht verantwortlich für Mamans Tod war. Ich war schuld.

Ich besitze dieses kleine Buch noch; es liegt jetzt hier vor mir auf dem Tisch. Heute Nachmittag habe ich es hervorgeholt, um es anzusehen. Was für eine Veränderung! Damals konnte ich nicht schreiben, und heute kann ich nicht damit aufhören. Ich habe solche Lust dazu, und es drängt mich so sehr. Da ist so vieles, das ich dir mitteilen möchte, mein Liebstes. Die Erinnerungen stürmen geradezu auf mich ein, ich kann sie gar nicht rasch genug niederschreiben – meine Geschichte frisst sich in mich hinein.

Ist meine Mutter deinetwegen von den Toten zurückgekehrt? Ich hoffe es so sehr. Ich möchte, dass du sie kennen lernst. Kannst du ihre Stimme hören? Ich vernehme sie ganz deutlich. Aber nun muss ich noch andere Geister zum Leben erwecken und dir weitere Wendungen der Geschichte erzählen. Viele Seiten sind in diesem Buch nicht mehr frei, aber sie werden reichen. Ich werde dir berichten, wie ich zum ersten Mal nach Manderley kam, wie mein Vater von den Toten auferstand ... und wie ich mir einen Ehemann gewann. Das ist wirklich ein Märchen, eines von den Gebrüdern Grimm! Aber jetzt, mein Liebling ... es ist spät geworden, das Meer hat eine silbrige Farbe angenommen.

Ich muss zum Dinner ins Haus zurück; ab und zu muss ich mich dort sehen lassen. Morgen schreibe ich weiter, mein Süßes – sofern mein Gatte es gestattet. Übermorgen muss ich wegen meines Termins in London sehr früh aufbrechen, aber ich nehme dich auf jeden Fall mit dem Boot hinaus, und dann beende ich meine Erzählung, bevor ich fahre, das verspreche ich dir.

24. Kapitel

Du bist zurück von unserem ersten Segelausflug; die Wetterbedingungen waren perfekt. Jetzt hast du diese Bucht gesehen, mein Liebstes, diesen blauen Diamanten in deiner Krone von Manderley.

Du hast die Doppelfelsen gesehen, die Max als Kind – das muss Jahrhunderte her sein – Scylla und Charybdis getauft hat. Zwischen ihnen hindurch bist du gesegelt, aufs offene Meer hinaus und hast zum ersten Mal den Seegang gespürt. Ist das nicht berauschend, diesen Puls zu fühlen, diese Macht zu zähmen? Aber lass dich warnen: Heute Abend war das Wetter für diese Küste ruhig; nicht immer sind die Wellen so fügsam, und wenn der Wind umschlägt, kann ihre Stimmung sich sehr schnell ändern.

Was für eine Nacht! Eine Welt in Schwarzweiß: das Meer quecksilberfarben, hoch am Himmel ein greller Vollmond und das Wasser so transparent, dass man den Rücken der Sandbank draußen beim Riff erkennen konnte – eine tückisches unterseeisches Hindernis, blass und knochenfarben. Ich weiß, dass ich davon wegsteuern muss, und doch lockt es mich an. Wenn in dieser Bucht Sirenen wohnen – und ich weiß besser als die meisten Menschen, dass dem so ist –, dann liegen sie dort auf der Lauer und singen mir ihre Lieder.

Heute Nacht habe ich ihre Stimmen deutlich gehört; im Mondlicht klangen sie süß, klagend und mächtig. Vielleicht war ich müde, denn plötzlich sehnte ich mich danach, mich dort zur Ruhe zu legen und zu schlafen. Ich empfand eine solche Sehnsucht nach *Vergessen.* Ich wollte in Frieden auf dieser knochenweißen Bank ruhen, mich in die Felsen an ihrem Fuß schmiegen. Nicht mehr kämpfen, dachte ich.

Ich habe mich schon früher dazu versucht gefühlt, jahrelang spürte ich den Drang, diesen Weg zu gehen. Als Kind hörte ich die Sirenen, sie haben mir einmal aus den Wogen der Bretagne zugeflüstert. Aber Sirenen sind Überlebenskünstlerinnen und können sich, wenn nötig, an jede Umgebung anpassen. Sie sind sehr erfinderisch, habe ich festgestellt ...

Im Meer halten sie sich natürlich am liebsten auf, aber sie können sich fast überall niederlassen, auf dem Deck eines Ozeandampfers, im obersten Stockwerk eines hohen Gebäudes, in Rasiermessern, Gasdüsen und Revolvern. Sie passen bequem in eine Hand voll Tabletten, und auf einem zerbrochenen Flaschenhals vermehren sie sich wie Bazillen. Nach Mamans Tod sangen sie mir aus Rasierklingen zu, und in meinem einundzwanzigsten Jahr, als mein Vater sich den Hals brach, waren sie überall. Das ganze Haus wimmelte von ihnen, stank nach ihnen. Damals habe ich nachgegeben: Ich entkorkte eine Flasche, von der ich wusste, dass sie voll mit ihnen war, und trank sie in einem verschlossenen Zimmer auf Greenways aus. Ich schluckte einen halben Liter ihrer giftigen Verheißungen und war mir sicher, dass ihnen das genügen würde. Aber man machte mir einen Strich durch die Rechnung. Danny, meine Wärterin, ließ die Tür aufbrechen, man pumpte mir im Krankenhaus den Magen aus – und später war ich froh darüber. Nicht lange danach begann ich meine Pläne zu schmieden, Max zu heiraten. Wie gesagt: Der Tod besitzt unendlich viele Gesichter.

Ein einziges Mal im letzten Jahr, nicht lange nachdem ich mir das Haar kurz geschnitten hatte, fuhr ich mit der *Je reviens* hinaus und bin den Sirenen fast wieder erlegen. Aber das war die letzte Versuchung und geschah, bevor du gekommen bist, also mach dir keine Sorgen. Ich wusste, wie tödlich kalt dieses Wasser ist, keine Angst. Wie Odysseus habe ich meine Ohren verstopft, um diese Stimmen nicht zu hören, und mir die Augen verbunden, um ihre Zeichen nicht zu sehen. Ich verspreche dir, dass ich nicht zu meinen Schwestern am Riff gehe, nicht jetzt, da ich eine so wertvolle Fracht in mir trage, mein Liebling.

Jetzt ankern wir in einem sicheren Hafen, und alles steht zum Besten. Die *Je reviens* liegt an der Boje bei dem Wellenbrecher. Ich habe sie von Marie-Hélènes ältestem Sohn bauen lassen, und er hat ihr diesen Namen gegeben. Ein Glück bringender Name für ein glückliches Boot: Allen, die auf ihr segeln, ist eine wohlbehaltene Heimfahrt gewiss. Ihre Jolle ist am Bootssteg festgemacht; ihre Reservesegel sind verstaut, fest gewickelt wie Leichentücher. Alle Messingteile an ihr glänzen wie Gold, ihr Deck ist glatt wie Seide, und sie ist von fachmännischen Händen gesäubert, kalfatert und aufgetakelt worden. Sie ist seetüchtig, bereit, in den Ozean zu stechen – ach, in diesem Boot könnten wir überall hinfahren, sogar bis nach Neufundland.

Und ich bin ebenfalls bereit. Danny hat mir meinen Koffer gepackt, und ich habe mir den Wecker hier auf den Tisch gestellt, falls ich verschlafe. Um sechs Uhr fahre ich nach London. Dort werde ich mich zuerst frisieren lassen, weil ich morgen besonders gut aussehen möchte, dann werde ich in meinem Club zu Mittag essen. Mein ernster Doktor ist so gefragt, dass er mich erst um zwei Uhr empfangen kann. Wie frustrierend! Am liebsten würde ich gleich bei Sonnenaufgang mit dir zu ihm gehen. Vielleicht breche ich sogar noch früher auf – die Fahrt dauert so lang. Ich kann es nicht erwarten, dort anzukommen, und vor allem möchte ich Max nicht begegnen, wenn ich aufbreche. Er ist wütend darüber, dass ich wieder nach London fahre.

Ich möchte unsere Geschichte weitererzählen, aber zuerst muss ich dir berichten, was passierte, als ich Max über meine Pläne informierte. Dies tat ich gestern Abend beim Essen; ich hatte mit Schwierigkeiten gerechnet, doch was dann geschah, war sehr, sehr seltsam. Ich hatte zu

Ende geschrieben, wie du weißt, und dann meine Notizbücher versteckt. Unser Bootshaus ist feucht, und da der beste Platz, um etwas zu verbergen, ein ganz gewöhnliches, alltägliches Behältnis ist, bewahre ich sie in einer alten Keksbüchse auf. Dann schloss ich die Tür ab und ging den Pfad hinauf. Das war gegen halb sieben; das Licht war zartgrau, der Himmel rosig mit granatfarbenen Streifen. Als ich das obere Ende des Wegs erreichte, roch ich den Duft der Azaleen, der durch den Abendtau schwer und süß aufstieg. Manderley lag in seiner ganzen Schönheit vor mir. In einem solchen Licht wirkt es einladend und harmonisch, aber dies ist ein Haus, das viele Stimmungen kennt, manche davon sehr dunkel, und sie ändern sich so schnell wie das Wetter hier. Ich finde das herrlich, aber nicht jeder hier, nicht einmal Max, teilt meine Meinung.

Gestern Abend wurden die Fenster vom Licht der untergehenden Sonne angestrahlt; die lange Westfassade wirkte, als stünde sie in Flammen. Ich zog die Schuhe aus und ging barfuß über das kühle, feuchte Gras auf mein Heim zu. Die Drossel, die in den Fliederbüschen nistet, sang, und aus der Eibe grüßte eine Amsel den wunderschönen Abend. Ich befand mich im Auge des wirbelnden Universums, und die Zeit stand still. Es existierte kein Gestern mehr, das mir Rätsel aufgab, und kein Morgen, das ich hätte fürchten müssen, denn ich spürte dein Gewicht in meinem Leib und hörte hinter mir das Meer rauschen. Glücklicher als in diesem Moment kann man nicht sein, mein Liebling.

Ich ging ins Haus, und es war ebenso vollkommen wie der Abend draußen. In der richtigen Vase auf dem richtigen Tisch blühten weiße Fliederzweige von dem Busch, der jedes Jahr wieder austreibt, das Feuer im Kamin brannte ruhig, und die Luft duftete nach Flieder und Holzrauch. Manderley war so still, von so vollkommener Schönheit, und die ganze Inbrunst meiner alten Religion des Hauses stieg in mir auf. Was für ein verschlossener Ort dies war, als ich das erste Mal herkam. Eine Kaserne hätte einladender gewirkt; man konnte kaum atmen, weil die Luft so alt war. Jetzt ist mein Haus wieder es selbst, ein Heiligtum. Ich trat in die Halle, wo die kühlen Bodenfliesen meine Füße liebkosten und die dicken, uralten Wände alabasterweiß strahlten. Die eichenen Treppenstufen waren glatt, das Geländer schmiegte sich in meine Hand. Ich wusste, dass ich meine Arbeit gut getan hatte. Marie-Hélène wäre stolz auf mich gewesen.

Ich ging nach oben in mein Schlafzimmer. Danny ließ mir ein Bad ein, und ich wusch mich in dem weichen, duftenden Wasser. Sie bürstete mir das Haar, und ich zog ein seegrünes Seidenkleid an und legte mir Perlen um den Hals. Ich betupfte meine Handgelenke mit Parfüm und steckte mir einen Smaragd an die rechte Hand, ein Erbstück, das Max mir auf unserer Hochzeitsreise geschenkt hat. Ich hatte den Tag über sehr wenig gegessen, aber mir war nur zweimal übel geworden, was ich ermutigend fand. Ich fühlte mich gereinigt, gesalbt und ruhig. Ich ging die Galerie entlang, vorbei an all diesen Porträts, und grüßte die Frauen des Hauses: Caroline de Winter, die von allen am meisten gelitten hat, und jene drei Grazien, die Grenville-Schwestern Evangeline, Virginia und Isolda.

Ich hatte beschlossen, Max beim Abendessen mitzuteilen, dass ich morgen nach London fahren würde, und zwar solange die Dienstboten im Raum waren. Verstehst du, Liebstes, ich sorge dafür, dass das Haus oft tagelang voller Leute ist, aber früher oder später kommt ein Abend, den wir allein miteinander verbringen müssen. Ich weiß, dass Max solche Stunden fürchtet – wir sitzen hier und führen unsere Rituale auf für unsere geisterhaften Diener, die uns zusehen, zwei Schiffbrüchige, umgeben von Tang, Strandgut und Zerstörung.

Gott, ist dieses Esszimmer kalt, wenn nur wir beide darin sind! Soweit ich kann, treffe ich Vorsichtsmaßnahmen und sorge dafür, dass das Feuer mit den besten Eichenscheiten und Wurzelholz errichtet wird, und wenn wir eintreten, scheint der Raum auch warm genug zu sein. Die Weine sind immer gut und das Essen exzellent. Dann sehe ich über den langen Mahagonitisch zu Max, vorbei an den Bollwerken aus Blumengestecken und Silber. Ich betrachte sein steifes weißes Hemd und schaue ihm in die Augen, ich höre der Konversation zu, die wir den Dienstboten zuliebe treiben, und mein Blut beginnt zu stocken. Das Packeis rückt heran. In meiner Lunge bilden sich Eiszapfen. In Sibirien wäre mir wärmer.

Gestern Abend schimmerte mein blaugrünes Kleid im Kerzenlicht. Der Smaragdring sitzt mir jetzt lose am Finger. Ich sah, wie unsere blassen Doppelgänger sich auf der polierten Mahagonioberfläche bewegten. Zwischen uns stand eine Pyramide dunkler Früchte. Ich war schrecklich angespannt, aber meine Augen leuchteten. Ich bin wirklich zu dünn, aber ich weiß genau, dass ich schön aussah, wie ich da saß und fast erfror, und ich bin mir beinahe sicher, dass Max das bemerkte.

»Schon wieder?«, fragte Max. »Es ist weniger als eine Woche her, seit du zum letzten Mal in London warst.«

»Morgen ist es genau eine Woche«, gab ich zurück. Habe ich meine Macht verloren? dachte ich.

»Und wirst du über Nacht bleiben?«, fragte er um Friths & Co. willen, die in den dunklen Ecken standen und auf Anweisungen warteten. Er warf mir einen eisigen Blick zu. Er war nicht ruhig, aber wie gelassen er klang!

»Mir gefällt der Gedanke nicht, dass du an einem Tag hin- und zurückfährst, Liebling«, sagte er. »Der Weg ist zu weit, und du überanstrengst dich. So passieren Unfälle.«

»Bis jetzt bin ich noch nicht in den Graben gefahren«, gab ich zurück.

»Einmal ist immer das erste Mal«, meinte er.

Koseworte, gesprochen für die Ohren der Dienstboten – das bringt mich immer in Rage, und Max weiß das. Als wir endlich allein waren – und Gott weiß, dass es schwierig genug ist, auf Manderley ungestört zu sein –, erklärte ich ihm Folgendes: Wenn er mich gern in meine Wohnung verbannen wolle, nicht nur über Nacht, sondern für eine Woche, einen Monat oder besser noch für die Ewigkeit, dann solle er den Mumm haben, das auch vor Frith zu sagen. Mir sagt er es schließlich oft genug, warum dann nicht die Dienstboten in das Geheimnis einweihen? Warum nicht die Wahrheit der ganzen Welt verkünden, Max?

Ich bekam keine Antwort, aber ich spürte, dass sein Zorn und sein Kummer wuchsen. Wir saßen in der Bibliothek, diesem höhlenartigen Raum voller Bücher. Er riecht männlich, nach Leder, Hunden, Zigaretten, alten Zeitungen, altem Brandy und alten Fehden. Max hatte sich hinter einer Zeitung verbarrikadiert: eine neue Taktik. Heutzutage muss ich ihn ziemlich aufstacheln, bis er reagiert; er hat Angst, so zu kontern wie früher. Wenn er kann, vermeidet er die Schläge und das Blutvergießen, und wir wissen beide, warum. Die Wut ist ein Weg, sie reißt eine Tür weit, weit auf, und sogar jetzt lauert noch Sex auf der anderen Seite dieses Portals.

Ich saß ihm gegenüber in dem Ledersessel. Ich rauchte eine Zigarette und dann noch eine. Mein Zorn zerrann, wieder hatte ich dieses Schwächegefühl, als blutete ich, so wie gestern, als ich vor dem Verwaltungsbüro stand. Ich war müde, todmüde, und mir war furchtbar schlecht. Zum Dinner hatte ich kaum etwas essen können, und das ließ mich verzweifeln. Meine Gedanken drehten sich, als wären sie auf ein Folterrad geflochten. Zuerst beim Frühstück, dann beim Lunch, beim Tee und jetzt beim Abendessen. Ich hatte noch nie gehört, dass die morgendliche Übelkeit vierundzwanzig Stunden andauern kann.

Ich will dich nicht verhungern lassen. Die Uhr tickte, die Zeitungsseiten raschelten. Mich überkam das höchst eigenartige Gefühl, ich sei gestorben. Ich existierte nicht – war Rebecca jetzt unsichtbar?

Ich sah mich in dem Raum um, Max' Fuchsbau, seinem Zufluchtsort. Ganze Regale sind mit Bibeln über Stammbäume von Menschen und Pferden voll gepfropft. Andere Regale bergen weitere Autoritäten. Herzlich wenige Frauen und eine Tonne männlicher Autoren. Jesus, es müssen Tausende sein. Wie sie einander überschreien! Diesen

Raum habe ich nicht angerührt. Ich habe ihn so gelassen, wie Max ihn mag, einfach und schäbig. Wenn ich versuchte, die Muster auf dem dunklen Orientteppich zu lesen, was würden sie mir sagen? Bargen diese Vorhänge, Urgroßvaters Möbel, eine Botschaft? Was sagte die Luft hier?

Ich besitze ein sehr gutes kritisches Auge, und ich wusste, hier war alles seit dem Tag der Schöpfung unverändert! Die arme Virginia wird in diesem Sessel gesessen haben, und Max' Großmutter saß hier, bevor ich sie überredete, sich aufs Altenteil zurückzuziehen. Vielleicht hat sich hier einmal Max' Urgroßmutter niedergelassen, und vor ihr eine andere Mutter. All die Frauen der de Winters; die Linie reichte zurück bis zum Anbeginn der Geschichte – und gerade als ich das dachte, geschah das Seltsame. Da war ein neuer Geist, eine Frau. Sie war aus der blauen Nachtluft erschienen und drückte sich drüben an den blauen Vorhängen herum.

Was für eine verhaltene Präsenz, so still, aber beharrlich und entschlossen. In der Passivität liegt Kraft, und die spürte ich jetzt, als die Erscheinung sich an meinen Stuhl schlich. Max schien ihre Anwesenheit nicht zu bemerken, aber ich beugte mich vor, um sie genau anzusehen. Was für eine verstohlene, blutleere graue Maus von einem Geist! Zuckersüß, unschuldig wie ein Schulmädchen, keine Spur von Make-up. Sie trug kein Parfüm, ihr Haar war strähnig – verschlagener Blick, dachte ich, aber wahrscheinlich war ich voreingenommen. Ich roch eine Nachahmerin, eine Rivalin, und sie gefiel mir nicht, ganz und gar nicht, mein Liebling.

Die Unbekannte streichelte meinen Hund, in ihrer Tasche steckte mein Schnupftuch. Sie trug Tweedrock und Twinset und einen Ausdruck sanftmütiger Verzweiflung. Kein Feuer, kein Chic, kein Mumm. Wer in Gottes Namen ist das? dachte ich. Wie kann sie es wagen herzukommen?

Ob sie wohl einen Namen hatte? Sie legte einen Finger an die Lippen; anscheinend nicht. Wahrscheinlich beschwor Max diese anonyme Präsenz, dieses luftige Nichts herauf. Vielleicht stellte diese Halluzination ja seine Vorstellung der idealen Gattin dar, die ewig unterwürfige Frau, die die perfekte Mrs. de Winter abgegeben hätte.

Das erzürnte mich. Wie war das möglich? War ich derart verkehrt, so unpassend von Anfang an? Einst hatte ich Max den Aufruhr geschenkt, ihm Blitze in die Hand gelegt. Solche Gaben sind selten. Hatte er das vergessen? Wenn ja, dann betrog er sich selbst; er war ein geringerer Mann, als ich geglaubt hatte, armselig.

Ich spürte, wie mir das Blut zu Kopfe stieg; ich fühlte mich schwindlig und mordlüstern. Nicht möglich, sagte ich mir, das kann einfach nicht sein. Ich weiß doch, was zwischen uns gewesen ist; nichts und niemand wird diese Schrift auslöschen können, zu tief sind diese Worte in uns eingraviert. Die Zeit begann sich zu krümmen, der Raum bewegte sich, und ich stand auf. Mir war übel, ich war weiß vor Zorn und Verachtung. Ich hörte ein Geräusch wie das Rascheln von Karten, eine gewaltige, erfahrene Hand mischte sie, ein Päckchen nach dem anderen.

Vielleicht habe ich einen Laut des Widerspruchs von mir gegeben, denn Max erhob sich ebenfalls und kam auf mich zu. Und dann geschah das Erstaunlichste. Nicht Max legte die Arme um mich, sondern das stille Geistermädchen mit den großen, suchenden Augen. Sie trat zwischen Max und mich und umfasste mich haltsuchend; ich erkannte, dass ich sie hergerufen hatte, und sah, dass sie meine Verbündete sein konnte. Ich küsste sie auf die Wange wie eine Komplizin und dann auf den Mund wie ein Liebhaber. Blut stieg in ihre bleichen Wangen. So tief und schockierend war der Kuss, dass wir beide erschauerten. Sie seufzte und löste sich in Nichts auf, verschwand so rasch, wie sie gekommen war – und mein blinder Ehemann hatte nichts bemerkt.

Wie soll man das nun erklären? Was glaubst du, wer sie war, diese Erscheinung? Selbst nach den Begriffen von Manderley war es ungewöhnlich, einen so doppeldeutigen Geist zu erwecken.

Seitdem habe ich über diese Vision nachgedacht und bin zu dem Schluss gekommen, dass sie auf deinen Einfluss zurückzuführen ist. Du bist jetzt so tief in mir verwurzelt, dass du meinen Blickwinkel für immer verändert hast. Ich konnte schon immer um die Ecken sehen oder über den Rand des Horizonts hinaus, aber jetzt bin ich vollkommen. Meine neuen Kräfte sind außerordentlich. Ich kann bis in die Unendlichkeit und weit darüber hinaus schauen; ich erkenne alle Muster in meiner Vergangenheit, die ich damals nicht zu sehen vermochte.

Schwanger mit meinen neuen Kräften, werde ich also unsere Geschichte fortsetzen. Ich muss dir erzählen, wie ich nach Manderley kam, mein Liebling, zuerst als kleines Mädchen und dann später als Braut.

Der Tag, an dem ich Manderley zum ersten Mal sah, war der fünfte November 1914. Es war die Woche meines Geburtstags und außerdem Guy-Fawkes-Tag. Ich hatte gehofft, man würde mir einen Geburtstagsbesuch bei Maman erlauben, aber das geschah nicht. Auf dem Weg nach Manderley passierten wir einen gewaltigen Holzstapel, der in den Außenbezirken von Kerrith aufgeschichtet war; heute Abend würde man dort die Puppe des historischen Missetäters verbrennen. Den kleinen Ausflug hatte Evangeline mir am vorherigen Tag ohne Vorwarnung angekündigt und mich damit sehr erstaunt. Sicherlich, Evangeline hatte mich in letzter Zeit ein- oder zweimal ausgeführt, aber Manderley? Das schien das Unglück geradezu herauszufordern.

Die Vorbereitungen dauerten eine Stunde. Ein Dienstmädchen zog mich aus, schrubbte mich ab und erteilte mir Verhaltensregeln. Mein widerspenstiges Haar wurde geglättet und gebändigt, zu Zöpfen geflochten, in meinem Nacken wie eine tote Schlange zusammengerollt und mit Haarnadeln gespickt. Auf das Ganze wurde ein Hut gerammt; man inspizierte meine Hände, betrachtete seufzend die abgekauten Nägel und zwängte meine Finger in enge Handschuhe. Man schnürte mich in züchtige Stoffschichten: Leibchen und Mieder und kratzige gestärkte Unterröcke. Meine Füße wurden in Stiefelchen geknöpft, die mir zu klein geworden waren, und als letzten Hohn putzte man mich, da keines meiner eigenen Kleidungsstücke den Anforderungen genügte, mit einem abgelegten Kleid von Jocelyn heraus, das die Farbe getrockneten Blutes aufwies, und krönte das Ganze mit einem komischen Cape. Was für ein Triumph! Ich sah abscheulich aus.

Als das Mädchen seine Mission erfüllt hatte, wurde ich nach unten geführt, auf dass Evangeline mich inspizierte. Der Gesamteindruck schien ihre Billigung zu finden, bis sie zu meinem Gesicht kam. Sie nahm mein Kinn in die Hand und drehte es zu sich hinauf. Forschend, sehr aufmerksam betrachtete sie zuerst meinen Mund und dann meine Augen. Sie seufzte, runzelte die Stirn und schüttelte den Kopf, und mir war klar, dass meine Züge sie beunruhigten. Was stimmte nicht mit meinem Mund? Der hitzköpfige Orlando hatte einmal scherzhaft zu Maman bemerkt, er lade zum Küssen ein – was Maman den ganzen Tag lang in schlechte Laune versetzt hatte. Waren Münder zum Küssen nicht erlaubt? Und was war an meinen Augen nicht in Ordnung? »Was ist mit meinen Augen?«, fragte ich, während Evangeline ihre Musterung fortsetzte. »Ich kann nichts dagegen tun; ich bin damit auf die Welt gekommen.«

»Nichts ist mit deinen Augen, Kind«, gab Evangeline geschlagen zurück. »Es ist nur ... ich glaube, es liegt an ihrem Ausdruck, Liebes. Du hast so einen unverfrorenen Blick. Und die Wirkung – deine Augen weisen eine ungewöhnliche Farbe auf, und deine Wimpern sind sehr lang und dicht ... Ich bin mir sicher, dass dir das nicht bewusst ist, aber es wirkt irgendwie ungehörig. Eine junge Dame starrt niemanden an, meine Liebe, und wenn ihr etwas missfällt, verbirgt sie das.«

»Soll ich meine Stiefel ansehen?«, fragte ich. »Ich kann auf meine Schuhe schauen, wenn dir das lieber ist.«

Evangeline sagte mir, ich solle nicht frech sein, und wir brachen zusammen mit ihrem uniformierten Chauffeur in ihrem Automobil auf. Hügelaufwärts und talabwärts fuhren wir, durch ein hohes Eisentor und auf die endlose Anfahrt aus meinen Fantasien. Noch herrschte Spätsommer, und der Tag war heiß und gewittrig. Im Wald von Manderley waren die Blätter an den Bäumen vertrocknet, und die Gärtner harkten große goldene Laubhaufen zusammen und verbrannten sie. Der Kies knisterte und knirschte, die Luft roch nach Rauch, und als wir an einer Kurve abbremsten, konnte ich das Meer rauschen hören. Geister grüßten mich, und meine sanfte Tante Virginia trat heraus, um mich willkommen zu heißen. Als Evangeline in eine andere Richtung sah, fischte ich meine blaue Schmetterlingsbrosche heraus, die ich in meiner Tasche verborgen hatte, und steckte sie vorn an mein Kleid. Mein Wappen saß dort, wo niemand es übersehen konnte.

Wir betraten das einem gewaltigen Grabmal ähnelnde Nordportal. Ungefähr ein Jahrzehnt später, bei meiner Rückkehr als Max' Braut, würde ich hier einen meiner Handschuhe fallen lassen, sodass Frith gezwungen war, sich zu bücken und ihn aufzuheben – meine private Rache dafür, dass er diese malvenfarbenen Glaceehandschuhe verpackt hatte, um meine arme Maman zu beschwichtigen, dieses Geschenk eines Schurken. Doch bei diesem ersten Besuch war Frith noch nicht Butler; ein anderer Wachhund, ein älterer Zerberus, kam nach draußen, um uns zu begrüßen. Und dann traten wir ins Haus der Toten. Dunkel, düster, die Luft feucht vom Schweiß jahrhundertealter Geheimnisse. Willkommen im Hades!

Ein Salon, Liebstes, nicht mein Salon, nicht meine wunderbare Schöpfung, sondern so, wie er früher war: Die Fenster waren fest geschlossen, die dicken, hässlichen, barbarischen Vorhänge, alle behängt und bepaspelt und mit seidenen Henkerschlingen zurückgebunden, ließen nur winterlich schwaches Licht ein. Im Kamin hauchte ein erbärmliches kleines Holzhäufchen sein Leben aus, die Täfelungen waren verdüstert von großen, dunklen, mottenzerfressenen Wandbehängen, und in den Ecken standen scheußliche dicke Sessel in trübsinnigen Farben. Es gab tausend kleine Fallen und Befestigungen, winzige Tischchen auf gestelzten Beinen, verkrüppelte Schemel: Einen Weg durch diesen Raum zu finden war, als taste man sich durch ein Niemandsland. Eine kleine Drehung meines albernen Rocks, und ich könnte eine Katastrophe verursachen: Wie würden dann die Nippsachen aus Porzellan krachen und die Fotorahmen klirren, wenn sie zu Boden stürzten! Auf jeder freien Oberfläche standen Familienbilder; ich wusste, dass eines davon auch Lionel zeigen musste – ah, was für eine Freude, sein Abbild zu zerschmettern!

Und da war die Großmutter, das intrigante Biest aus Mamans Erzählungen. Sie stand auf und kam auf uns zu. In diesem Moment hegte ich nicht die geringste Absicht, auf meine Stiefel zu sehen – ich kann dir sagen, dass ich die Augen aufschlug und sie mit meinem Medusenblick fixierte!

Und noch etwas will ich dir erzählen, Liebstes, und das war wirklich seltsam: Ich mochte die alte Frau auf den ersten Blick. Vielleicht liegt das an meinen ungehörigen Instinkten, aber ich finde, man wittert immer gleich, ob man Freund oder Feind vor sich hat. Ich weiß immer sofort, ob man jemandem trauen kann oder nicht – und ich kann nicht behaupten, dass die alte Mrs. de Winter direkt vertrauenswürdig war, aber sie besaß Ausstrahlung, sie hatte Elan und auch Courage. Diese Frau hatte keine Angst, grob zu werden; ich sah, dass sie nicht an Evangeline interessiert war; sie fertigte sie in fünf Minuten ab. Ein Hausmädchen wurde gerufen, um sie nach oben zu führen, wo, wie der Drachen sagte, ihre Enkelin Beatrice mit ihrem neugeborenen Baby ruhte und sich freuen würde, Evangeline zu sehen.

»Und nun zu dir«, sagte das alte Biest und wandte sich in der Sekunde, in der die Tür zufiel, mir zu. »Weißt du, warum du hier bist, Kind? Du bist hier, weil ich dich kennen lernen wollte. Lass dich ansehen.«

Sie inspizierte mein Gesicht ebenso genau wie Evangeline zuvor. »So, so, so«, meinte sie und umfasste mein Kinn mit festem Griff. »Eine kleine Kämpferin, wie ich sehe. Gut. Sehr gut. Frauen, die gern auf sich herumtrampeln lassen, konnte ich noch nie leiden. Frauen sind das stärkere Geschlecht, und wenn du das noch nicht weißt, solltest du es lernen. Ich habe hier das Sagen – wahrscheinlich hast du das schon gehört. Ohne mich wäre dieser ganze Besitz schon vor langer Zeit vor die Hunde gegangen. Mein Sohn ist zu nichts nutze; ein hirnloser Schwächling. Er liegt im Sterben – hat deine Tante Evangeline dir davon erzählt?«

»Nein«, antwortete ich. Aber natürlich war ich hocherfreut, das zu hören. Unverfroren sah ich sie an. Groß, kräftig gebaut, attraktiv, arrogante blaue Augen: eine hungrige alte Gorgone – wenn man ihr auch nur die kleinste Chance gab, würde sie einen zum Frühstück verspeisen. Ob sie in den Sechzigern war? Oder in den Siebzigern? Evangeline hatte mir erzählt, dass sie früh verwitwet war, und das glaubte ich gern. Diese Frau konnte einen Mann innerhalb von Wochen auslöschen. Ich reckte herausfordernd die Schultern.

»Ihr Sohn hat meiner Mutter in seinem Testament Geld hinterlassen«, erklärte ich. »Wenn er im Sterben liegt, dann sollten Sie ihm sagen, dass er es ändern soll. Maman will sein Geld nicht, und ich ebenso wenig. Wir würden es nicht anrühren. Wir verachten es.«

»Tatsächlich? Du redest wirklich nicht um den heißen Brei herum. Da muss Isolda sich aber sehr verändert haben. Und woher weißt du von dem Testament meines Sohnes, Miss?«

»Ich habe einen Brief gestohlen und es gelesen.«

Sie warf den Kopf zurück und lachte. »Ausgezeichnet. Immer gut informiert sein, egal, was es kostet, das ist mein Motto. Du bist klein. Wie alt bist du?«

»In zwei Tagen werde ich vierzehn.«

»Ich verstehe.« Sie runzelte die Stirn, sann eine Weile nach und betrachtete mich von oben bis unten. Heute verstehe ich, was ich damals nicht begriff, nämlich dass sie einzuschätzen versuchte, ob ich einer von Lionels Fehltritten sein könnte. Gut möglich, dass sie auch anderes abwägte, mich für irgendeine zukünftige Rolle einstufte – zutrauen würde ich ihr das.

Ich bin mir beinahe sicher, dass sie zu dem Schluss kam, ich sei keine Frucht aus Lionels Lenden, denn nach einer Weile hellte ihr Gesicht sich auf. Sie streckte die Hand nach einem dieser spillerigen, instabilen Tischchen aus und nahm ein Foto in einem Silberrahmen hoch. Ein merkwürdiges, selbstgefälliges Lächeln trat auf ihr Gesicht. »Mein Sohn«, erklärte sie. »Sag mir, was du über ihn denkst.«

Ich hielt natürlich nicht viel von ihm, mein Liebling – und sah zutiefst erleichtert, dass Lionel genauso war, wie ich ihn mir nach seinen Briefen vorgestellt hatte: ein aufgeblasener Geck, ein Pfau. Selbstzufriedenes, süffisantes Grinsen, bleiche Wolfsaugen, schüttere blonde Locken, ein üppiger Schnurrbart, ein dicker Bauch, den auch die teure Weste nicht verbarg. Ein Ehebrecher bis in die fetten Fingerspitzen. Ich errötete bis an die Wurzeln meines schwarzen Devlin-Haars. Wie hatte Maman diesem Mann auch nur einen zweiten Blick schenken können?

»Dem würde ich keinen Schritt über den Weg trauen«, sagte ich. »Für mich sieht er wie ein Schurke aus, aber ›kein Wissen gibt's, der Seele Bildung im Gesicht zu lesen‹.«

»Findest du?« Sie runzelte die Stirn. Sie war beunruhigt, und sie erkannte das Shakespeare-Zitat nicht. Auf mich wirkte sie nicht wie eine Frau, die las, wahrscheinlich war sie ein bisschen eine Barbarin.

»Da bin ich anderer Meinung«, sagte sie. »Lionel ist nicht böse. Schwach vielleicht. Maßlos. Eine Enttäuschung für mich – aber er ist mein Sohn, daher vergebe ich ihm. Ich tue mein Bestes für ihn, räume hinter ihm auf, wenn er etwas angestellt hat – dazu sind Mütter meiner Ansicht nach da. Er ist mein einziges Kind und war schon als kleiner Junge sehr anspruchsvoll. Ich konnte ihm nie etwas abschlagen …« Ein seltsamer Ausdruck legte sich über ihr Gesicht. Einige Minuten lang starrte sie ins Leere, bis ich den Eindruck hatte, sie habe mich vergessen.

»So, jetzt erzähl mir von dir, Miss«, sagte sie dann. So plötzlich streifte sie ihre Apathie ab, dass ich zusammenfuhr. »Ich erkenne deine Mutter in deinem Gesicht. Du hast die Form deiner Lippen von ihr geerbt. Isolda war immer stur und hatte ihren eigenen Kopf. Das mochte ich an ihr. Sie war so ganz anders als Virginia. Meiner Meinung nach hat Lionel die falsche Schwester gewählt – aber Isolda war eben so viel jünger, dass er sie übersah. Warte noch ein paar Jahre, bis sie erwachsen ist, sagte ich zu ihm. Aber er wollte nicht hören. Virginia war schrecklich nachgiebig – sei niemals nachgiebig, Miss – man stirbt dabei langsam. Wer ist dein Vater? Ich habe da einige Geschichten gehört! Du kommst nach ihm, nicht wahr?«

»Mein Vater ist Jack Sheridan Devlin«, antwortete ich. Ich sprach sehr schnell. »Er ist Ire und ein Abenteurer. Er hat meine Mutter im Sturm erobert. Sie lernten sich am Montag kennen und heirateten am Dienstag, erzählt Maman. Ich habe sein Haar, seine Augen und sein Temperament geerbt. Aber er ist tot. Sein Schiff ist vor dem Kap der Guten Hoffnung untergegangen. Er war nach Südafrika gefahren, um unser Glück zu machen.«

»Ich verstehe. Verstehe.« Was für einen eigenartigen Blick sie mir zuwarf, mein Liebling! Bis heute weiß ich nicht, was er bedeutete. Sie wirkte von neuem besorgt und auch nachdenklich. Ich hatte den Eindruck, soweit das alte Ungeheuer ein Herz besaß, neigte es sich mir ein wenig zu, aber das gefiel mir nicht. Ich wollte kein Mitleid von ihr!

Sie sah weg und schaute zu den Fenstern und den dünnen Sonnenstrahlen, die mit Mühe durch diese Vorhänge drangen. Sekundenschnell kehrte sie zu ihrem schroffen Ton zurück. »Das waren jetzt genug Fragen für einen Tag. Ich freue mich, dich kennen gelernt zu haben, Miss. Grüß deine Mama von mir, wenn du sie das nächste Mal siehst.« Eindringlich betrachtete sie meine Schmetterlingsbrosche. »Wer hat dir diesen Hut aufgedrückt? Er ist absolut scheußlich.«

»Evangeline.«

»Dann nimm ihn ab, Kind. Geh nach draußen und renne herum. Junge Leute mögen das. Sieh zu, dass du ein bisschen frische Luft in die Lungen bekommst. Siehst du die Stufen dort drüben? Geh dort entlang und folge diesem Weg. Mein Enkel Maxim ist in diese Richtung spazieren gegangen. Er fährt heute zu seinem Regiment. Im Haus geht es drunter und drüber, alle Diener ziehen in den Krieg ... Geh und stell dich ihm vor. Wenn du diesen Pfad einschlägst, kommst du zum Meer. Wahrscheinlich möchtest du gern das Meer sehen?«

»Ja. Das will ich.«

»Dann lauf nur zu. Komm in einer Dreiviertelstunde zurück. Jetzt will ich mit Evangeline sprechen.«

Durch die Glastüren, auf die sie gewiesen hatte, ging ich nach draußen. Ich durchquerte einen hässlich reglementierten Teil des Gartens, wo scharlachrote Setzlinge paradierten wie Soldaten in roten Röcken. Im Laufschritt eilte ich die Treppe hinunter und über den Rasen, riss den abscheulichen Hut ab und lief so schnell ich konnte, sog die salzige Luft in tiefen Zügen ein. Ich wünschte, die alte Frau hätte nicht von meinem Vater oder meiner Mutter gesprochen, wünschte, Lionel der Verräter würde mit dem Sterben voranmachen. Wenn ich nur schnell genug rannte, bestand keine Gefahr, dass jemand mich weinen sah. Der Wind würde die Tränen wegwehen oder verbergen.

Holterdipolter, immer schneller. Als ich zum oberen Ende des Pfads kam, der hier herunterführt, blieb ich zitternd stehen. Ich knüllte den Hut zu einer Kugel und warf ihn in den Wind, und der Luftzug hob ihn hoch, wirbelte ihn davon, spielte damit und ertränkte ihn dann in einem Felsteich.

Als mein Blick sich klärte, sah ich diese Bucht zum ersten Mal in ihrer ganzen Herrlichkeit. Die Brandung schäumte weiß, das Wasser war aquamarinblau und purpurfarben. Das Licht gleißte. Die Wogen rollten heran und zogen sich zurück, immer wieder, endlose Verheißung, ewige Reinigung. Aller Schmerz in meinem Herzen begann sich zu entwirren und zu lösen. Über die Schulter blickte ich zurück zu dem lang gestreckten, pantherhaften Umriss des Hauses, das neben seinem Wald kauerte. Ich schaute zurück auf das Kommen und Gehen der Gezeitenflut, und da wusste ich, dass ich nach Hause gekommen war. Dieses Stück Erde gehörte mir. Ich sprach seine Sprache, und es antwortete mir.

War es möglich, mich seiner zu bemächtigen? Könnte ich den de Winters Manderley entreißen? Das wäre die richtige Rache für all die Ungerechtigkeiten, die sie an Maman verübt hatten, ein ausgezeichnetes Geschenk für sie. Aber wie in aller Welt sollte ich das vollbringen? Ich verzog die Stirn, überlegte hin und her und dachte über meine zurückliegenden Erfolge und Kriegslisten nach. Seit Frank McKendrick mir damals auf der Marine Parade jenes Kompliment gemacht hatte, war der gerissene, verkrüppelte Richard III. meine Lieblingsgestalt und mein Mentor. In diesem Moment fühlte ich mich ganz wie der Bucklige, und ich sagte mir: *Kann ich all das tun und die Krone nicht gewinnen? Ha! Wär' sie noch weiter fort, ich holt' sie mir herab.*

Und exakt in dieser Sekunde, mein Liebling – genau in diesem Moment, wie um mir klarzumachen, dass die Sterne es immer so gewollt hatten – kam ein hochgewachsener Mann in Uniform in Sicht. In den Schatten hinter dem Bootshaus war er nicht zu erkennen gewesen, doch nun trat er in das gleißende Sonnenlicht. Das musste er sein, der Sohn und Erbe! Er hatte zwei Kinder bei sich, einen großen, ärmlich gekleideten Jungen, der schwankenden Schrittes ging, und ein winziges, kümmerlich wirkendes Mädchen. Es hielt die Ecken seiner Schürze fest, die von etwas heruntergezogen wurde, aber sie waren so weit entfernt, dass ich nicht erkennen konnte, was es darin trug.

Ich glaube, der junge Mann wies die Kinder von seinem Besitz; so sah es auf jeden Fall aus. Er wies auf den Waldsaum, der am Bootshaus fast bis zum Ufer reichte; der Junge ließ den Kopf hängen, starrte auf die Kiesel und scharrte mit den Füßen; das mickrige kleine Mädchen ließ die Ecken seiner Schürze fahren, und Muscheln kullerten heraus. Dann fassten die beiden sich an den Händen und rannten in den Wald davon, und der Sohn und Erbe wandte sich, den Kopf gebeugt und die Hände hinter dem Rücken verschränkt, dem Pfad zu, der die Klippe hinaufführte.

Ich sah zu, wie er heraufstieg. Er war barhäuptig, und mir gefiel sein dunkles Haar. Ich inspizierte das Lederholster an seiner Hüfte, seine glänzenden Stiefel und seine Schnallen, die wie Gold schimmerten. Der Sohn und Erbe, die ganze Hoffnung von Manderley. Aha, dachte ich.

Er sah mich erst, als er oben ankam – er war wohl in Gedanken versunken gewesen und schien nicht allzu erfreut darüber, dass er beobachtet wurde. Sofort machte ich mich bekannt: Ich erklärte, mein Name sei Rebecca, und ich sei mit Lady Briggs hergekommen. Er stellte sich seinerseits vor und schüttelte mir kurz die Hand, aber er interessierte sich nicht im Entferntesten für mich und hörte mir kaum zu. Innerlich war er anderswo, ich war in einen Tagtraum geplatzt und fragte mich, worum es darin wohl gegangen war. Dachte er an seinen Vater, der dort hinten in dem Turmzimmer an meinem Fluch starb, oder daran, dass er in einen Krieg ziehen musste, der angeblich bis Weihnachten vorüber sein würde?

Der junge Mann schien sich unschlüssig, was er tun sollte: weitergehen und mich stehen lassen oder bleiben und anstandshalber ein paar Minuten lang Bemerkungen von sich geben? Schließlich entschied er sich für einen Kompromiss. Er blieb in meiner Nähe stehen, ein paar Meter entfernt, starrte stirnrunzelnd aufs Meer hinaus und sagte nichts.

»Wer waren diese Kinder?«, fragte ich nach einiger Zeit.

»Was, die Kleinen am Strand? Ihr Name ist Carminowe, Ben und Lucy Carminowe. Ihre Mutter ist eine unserer Pächterinnen. Sie stellen nichts an, aber sie lungern ständig dort unten herum. Mein Vater will nicht, dass sie unbefugt unseren Besitz betreten.«

»Und Sie?«, fragte ich. »Haben Sie etwas dagegen? Schließlich ist das nur ein Strand.«

»Stimmt. Aber es ist unser Strand.« Er warf mir einen raschen Blick zu. »Diese Bucht ist Privatbesitz.«

»Gehört Ihnen nur der Strand – oder auch das Meer? Ich glaube nicht, dass jemand den Ozean besitzen kann. Das ist gottlos.«

»Da magst du sogar Recht haben«, meinte er seufzend. Er zog eine Zigarette hervor und zündete sie an. »Wirklich, wenn ich jetzt darüber nachdenke, ist das lächerlich. Da könnte man gleich behaupten, dass einem der Himmel gehört. Aber so ist das nun mal, und so ist es immer gewesen.«

Von neuem verfiel er in Schweigen. Ich betrachtete ihn eingehend. Für ihn war ich nur ein langweiliges, unansehnliches Mädchen in einem hässlichen Kleid, irgendein Anhängsel von Evangeline, das in einer Minute da und in der nächsten verschwunden ist. Ich war so gut wie unsichtbar, was immer nützlich ist; denn dieser Umstand erlaubte mir, ihn in aller Ruhe zu betrachten. Er hatte ein fein geschnittenes, empfindsames Gesicht und schöne Hände. Aber vor allem faszinierte mich sein Revolver.

»Ist der geladen?«, fragte ich nach einer Pause. Inzwischen hatte er mich wahrscheinlich vergessen.

»Was?« Ich hatte ihn aufgeschreckt. »Mein Revolver? Nein.«

»Darf ich ihn anschauen?«

»Nein, das kannst du nicht. Waffen sind gefährlich. Sie sind kein Spielzeug für kleine Mädchen.«

»Ich hab noch nie einen Revolver gesehen. Ich fasse ihn auch nicht an, versprochen.«

Ich glaube, er war beinahe amüsiert. Noch einmal seufzte er, und schließlich öffnete er resigniert das Halfter und zog den Revolver heraus. Er zeigte mir, wie die Waffe funktionierte, und drehte die Patronenkammern für mich. Die Sonne fiel auf das stumpfe Metall und brachte es zum Schimmern. Begehrlich sah ich die Waffe an. Sie war elegant und anziehend.

»Und wann werden Sie den benutzen?«, fragte ich. »Werden Sie Deutsche damit erschießen?«

»Das bezweifle ich sehr«, versetzte er trocken. »Wie ich die Sache verstehe, klettere ich vor meinen Männern auf einer Leiter aus dem Schützengraben und führe sie durch das Niemandsland zu den deutschen Stellungen. Wir überwinden den Stacheldraht und die Bombentrichter, sie eröffnen das Maschinengewehrfeuer, und ich schieße mit dem hier. Im Gegensatz zu einem Maschinengewehr ist die Reichweite eines Revolvers nicht groß, und er verfügt nur über sechs Kugeln. Das ist also ein ziemlich ungleicher Kampf. Ich rechne nicht damit, dass ich das nächste Jahr überlebe. Zwei meiner besten Schulfreunde sind bereits gefallen. Meine Ausbildung hat vier Wochen gedauert. Ich habe ohnehin keine Ahnung vom Kämpfen.«

»Glauben Sie, dass Sie das Töten lernen können?«

»Ganz bestimmt. Wenn man mir Zeit genug lässt.«

Ich überlegte, ob ich ihm sagen sollte, dass er zwar verdammt war wie sein Vater, aber nicht sterben würde – schließlich hatte ich noch etwas mit ihm vor. Aber er würde mir nicht glauben, wenn ich ihm erklärte, dass er überleben würde, weil ich das so wollte, daher schwieg ich. Er steckte die Waffe weg – und natürlich war das genau derselbe Revolver, den Max ölte, als ich ihn kürzlich in der Waffenkammer überraschte. Man stelle sich vor, dass er ihn die ganze Zeit gehütet hat! Ich habe nie erfahren, ob er damit tatsächlich Deutsche erschossen hat. Max spricht nie über den Krieg, und ich dränge ihn nicht. Also versteht er sich vielleicht aufs Töten, oder auch nicht.

»Ich muss jetzt gehen«, sagte ich nach einer weiteren Pause und ließ ihn dann an dem Pfad stehen, wo er auf das Riff hinausblickte, das quer durch die Bucht verläuft. Er hatte mich schon vergessen, ehe ich mich zehn Meter entfernt hatte – damals war ich nicht besonders bemerkenswert, Liebstes, obwohl ich seither dafür gesorgt habe, dass niemand mich je vergisst. Ich rannte zum Haus zurück, wo Evangeline und das alte Biest tief in ihr Gespräch versunken waren.

Danach sah ich den Drachen jahrelang nicht wieder; eine ganze Reihe von Jahren verging. Als ich das nächste Mal Großmutters Höhle betrat, war ich fünfundzwanzig, hochgewachsen, vollständig verwandelt und Max' Verlobte.

»Sie sind das Schmetterlingsmädchen, habe ich Recht?«, fragte sie, als wir uns nach dem Dinner zurückzogen. Den ganzen Abend über hatte sie mich aus ihren blauen Raubvogelaugen beobachtet. Maxim und der einzige andere Gast, Frank Crawley, waren mit ihrem Portwein am Tisch sitzen geblieben. Dies war offenkundig der rituelle Moment, in dem Großmama die zukünftige Braut taxierte. Am nächsten Tag sollte mich bei einer größeren Zusammenkunft Max' Schwester Beatrice inspizieren.

Großmama betrachtete mich von oben bis unten; sie sah mein Kleid an, ein Geschenk von Max. Der kostbare Samt wies dieselbe Farbe auf wie meine Verlobungsrubine: blutrot, glühend wie das Herz eines Feuers ... exquisit.

»Eine sehr gute Tarnung, meine Liebe«, sagte sie. »Höchst vollendet – sogar ich habe Sie anfangs nicht erkannt. Aber schließlich haben Sie sich damals einfach in Nichts aufgelöst. Niemand schien eine Ahnung zu haben, wo Sie stecken – und nun sind Sie hier! Die kleine Kämpferin. Die Augen sind unverkennbar. Sagen Sie mir – haben Sie es bewusst darauf angelegt, Max zu erobern?«

»Nein. Ich verachte solche Techniken. Außerdem war das gar nicht nötig.«

»Das glaube ich gern.« Sie warf mir einen scharfen Blick zu. »Wie ich Max seit seiner Kindheit immer wieder erkläre, erwarte ich von seiner Ehefrau drei Voraussetzungen: Schönheit, Geist und gute Kinderstube. Schönheit besitzen Sie, meine Liebe, sogar in gefährlichem Maße. Geist zweifellos auch; wie gewitzt Sie sind, habe ich schon bei unserer ersten Begegnung bemerkt. Gute Kinderstube? Nun, an Isolda erinnere ich mich sehr gut. Und den irischen Abenteurer habe ich auch nicht vergessen. Alte Familien brauchen von Zeit zu Zeit frisches Blut .... Ein ungewöhnlicher Stammbaum, aber alles in allem nicht übel.« Sie runzelte die Stirn, überlegte ein wenig und schlug mit den Fingern einen militärischen Trommelwirbel. »Natürlich könnte ich diese Verlobung platzen lassen, das ist Ihnen doch klar? Ich habe das schon einmal geschafft, als Maxim sich in ein unpassendes Mädchen verguckt hat, und ich könnte es wieder tun. Bereitet Ihnen das Sorge?«

»Nicht im Geringsten«, gab ich zurück. Sie ließ sich auf einem der Friedhofs-Sofas nieder, und ich setzte mich neben sie.

Wie alt mochte sie sein, in den Siebzigern, den Achtzigern? Immer noch war sie eine prachtvolle Gorgone, doch nun war sie gebeugt und faltig; sie wurde müde. Meine Jugend war mein Vorteil, und ich hatte noch einen weiteren: Max war über alle Maßen in mich verliebt.

Er war wie besessen von mir. Sein Begehren verschlug ihm den Atem. Die Vorstellung von Ewigkeit hat mir immer gefallen, und Max führte die Worte »für immer« ständig im Mund. Er erklärte, ich sei die einzige Frau, die er je geliebt habe, die einzige, die er jemals lieben könne. Er sagte, er brauche mich und würde mich immer beschützen. Den ganzen Tag und die ganze Nacht wollte er bei mir sein, Tag und Nacht in mir sein. Manchmal konnte er es nicht abwarten, sich auszuziehen. Beeil dich, mein Liebling, sagte er. Er berührte mich unter dem Rock, und wenn er fühlte, wie feucht ich war, stöhnte er und sagte schnell, schnell. Er behauptete, er träume von meinen kleinen Brüsten und meiner blassen, blassen Haut. Er vergrub das Gesicht in meinem langen schwarzen Haar, und schon der Duft machte ihn hart. Er sagte, er ertrinke in meinen Augen, er würde sterben, wenn ich ihn nicht heiratete, sterben, wenn ich ihn abwies. All diese machtvollen Dinge sagte er. Damals waren sie wahr, und sie sind es immer noch. Sie waren so unvergänglich und unentrinnbar wie Ebbe und Flut, die Dinge, die er mir sagte.

Da ich dies wusste und Mrs. de Winter mir ein wenig Leid tat, weil die Zeit selbst die unbeugsamsten Frauen in die Knie zwingt, ging ich behutsam mit ihr um.

»Sie würden scheitern, wenn Sie versuchten, uns zu trennen. Ich bin Ihnen mehr als gewachsen«, sagte ich. »Ohnehin werden Sie es nicht einmal versuchen. Sie können Manderley nicht in alle Ewigkeit leiten. Sie sind alt, und Sie brauchen eine Verbündete und eine Nachfolgerin. Wäre es nicht beruhigend zu wissen, dass nach Ihnen eine geeignete Person antritt?«

Sie warf den Kopf zurück und lachte genauso, wie ich es in Erinnerung hatte. »Sehr direkt. Daran erinnere ich mich noch von unserer ersten Begegnung. Sie sagen alles offen heraus – bis zu einem gewissen Punkt jedenfalls. Weiß Maxim, dass Isolda Ihre Mutter ist? Ahnt überhaupt jemand etwas davon?«

»Nein. Ich bin Isabels Kind. Die Tochter einer Schauspielerin.«

»Das sind Sie wahrhaftig, meine Liebe«, meinte die alte Dame. »Nach Ihrer Bravourvorstellung beim Dinner würde ich sagen, dass Ihnen das Talent im Blut liegt. Keine Sorge, ich kann ein Geheimnis bewahren, wenn Ihnen das lieber ist. Wie steht es mit Ihrem Vater? Hegt Maxim da keine Vorbehalte? Mein Enkelsohn nimmt die Dinge manchmal sehr genau. Ich hätte gedacht, dass er sich vielleicht daran stößt.«

»Von meinem Vater habe ich meine Kraft«, entgegnete ich. »Und das weiß Max.«

Ich schaute in ihr faltiges Gesicht. Sollte ich ihr erzählen, wie mein Vater am Todestag meiner Mutter aus der Unterwelt zurückkehrte und dann an dem Tag, an dem ich großjährig wurde, wieder dorthin verschwand? Ihr erklären, wie seine Liebe mir Kraft schenkte? Sinnlos. Ich sah, dass sie sogar seinen Namen vergessen hatte. Es wäre vergebliche Mühe gewesen.

Die alte Frau war von neuem in eine grüblerische Stimmung verfallen. Ich sah, wie sie sich in dem stickigen Raum umschaute; ihr Blick ruhte in den dunklen Ecken. »Und wie haben Sie Maxim kennen gelernt?«, fragte sie. »Sie sind sehr plötzlich auf der Bildfläche erschienen. Haben Sie dem Schicksal nachgeholfen? Ich habe das immer getan. Männer brauchen jemanden, der an ihrer Stelle die Entscheidungen trifft.«

Ich sah keinen Grund zu lügen, daher erzählte ich ihr einige Einzelheiten, wenngleich natürlich längst nicht alle, mein Liebling! Ich hielt mich mit einem der Verehrer, die mich seit dem Tod meines Vaters umschwirrten, in New York auf, aber dieser Mann war besonders hartnäckig. Wir sollten weiterreisen und auf irgendeinem langweiligen patrizischen Anwesen landeinwärts seine antiquierte Familie treffen. Da hörte ich von einem Freund, unter den Passagieren irgendeines königlichen Schiffs, das kurz darauf nach England ablegen würde, befinde sich jene gute Partie, der Besitzer des legendären Manderley, Maxim de Winter.

Am nächsten Morgen verkaufte ich eine Halskette, die der Verehrer mir in der Woche zuvor geschenkt hatte. Ich besaß zwar eigenes Geld, aber nicht genug für ein Erster-Klasse-Billet, und ich mochte die Kette sowieso nicht: eisige Steine und so eng um den Hals, dass sie mir die Luft abschnürte. Auf der Reederei buchte ich die letzte freie Kabine und stach noch am selben Tag in See. Ich machte mir nicht die Mühe, dem Verehrer Lebewohl zu sagen. Er hatte ohnehin begonnen, mich zu langweilen. Und auf dem Schiff unternahm ich keinen Versuch, dem Sohn und Erben aufzulauern oder mich an seinen Tisch setzen zu lassen. Ich wusste, dass ich solche Manöver nicht nötig hatte. Nachdem mein Vater sich den Hals gebrochen hatte, ging es mir sehr schlecht, aber in den seither vergangenen Jahren hatte ich mich erholt. Hinter den grünen Wandschirmen der Krankenhausstation, von der ich sprach, wurde ich wiedergeboren und habe mich seither zu dieser Waffe von einer Frau geschmiedet, die ich heute bin, nicht mehr Becka, sondern Rebecca.

Der Sohn hatte unterdessen geerbt; er war noch unverheiratet, und ich wusste, dass er nur auf mich wartete. Seit Jahren hatte ich seine Fortschritte im Auge behalten – kurze Meldungen in Zeitschriften, Anekdoten von Freunden. Mehrere Male wären wir uns bei Gesellschaften fast begegnet; manchmal hörte ich, er sei gerade gekommen, als ich ging, aber das bereitete mir keine Sorgen. Ich war inzwischen selbst zu einer gewissen Berühmtheit gelangt, daher wusste ich, früher oder später würden wir einander treffen, wenn nicht hier, dann eben anderswo – und dieses Mal würde er mich bemerken, das war unvermeidlich.

Und schließlich, zwei Tage nach dem Auslaufen des Schiffs, begegneten wir uns. Die Überfahrt verlief stürmisch, und die meisten Passagiere hatten sich in ihre Kabinen zurückgezogen. Ich stand an Deck, beugte mich über die Reling und beobachtete die kalten, grauen Wogen des leeren Atlantiks. Der Wind wehte böig und scharf, sodass ich nicht hörte, wie Max hinter mich trat. Er hatte sich nicht sehr verändert, wenn er auch ohne die Uniform und die Waffe weniger interessant wirkte. Damals war er Mitte dreißig, und man zerriss sich schon das Maul darüber, dass er noch unverheiratet war.

»Ich hoffe doch, Sie wollen nicht springen«, sagte er, und weil ich erkannte, dass seine leise Frage ernst gemeint war und kein geistloser Witz, antwortete ich ehrlich.

»Im Moment nicht«, gab ich zurück.

Ich trug weder Hut noch Handschuhe. Er schaute mir ins Gesicht und dann nach unten auf meine Hände, die auf der Reling lagen, und ich sah, dass er den schmalen, diamantbesetzten Memoire-Reif an meinem Ringfinger bemerkte. Seine Miene verdüsterte sich, und er wirkte so niedergeschlagen, dass ich ihn aus seinem Elend erlösen musste.

Also erklärte ich, mein Vater habe mir diesen Ring geschenkt; er sei aus Diamanten gefertigt, die er aus einem Bergwerk in Südafrika mitgebracht habe. Ich erzählte ihm nicht, dass mein Vater mir den Reif bei unserer allerersten Begegnung als Symbol für unsere Wiedervereinigung an den Finger steckte, als ich aus Mamans Schlafzimmer hinunterkam, in dem die Spiegel verhängt waren. Aber ich sagte ihm, mein Vater sei inzwischen verstorben, und ich trüge den Ring zur Erinnerung an ihn.

»Ausgerechnet an diesem Finger?«, fragte er mit leisem Stirnrunzeln.

»An einen anderen passt er nicht«, antwortete ich wahrheitsgemäß. Und da überkam Max der Ehrgeiz, diesen Ring durch seinen zu ersetzen, jedenfalls hat er das später immer behauptet ...

»Und was geschah dann, meine Liebe?«, hakte die alte Gorgone neben mir nach. Aber dieses Mal gab ich ihr keine Antwort. Das ging sie nämlich nichts an!

Auf dem Rest der Reise trennten Max und ich uns nicht einen Augenblick. An diesem Abend aßen wir in einem so gut wie verlassenen Speiseraum zusammen; ein Pianist spielte nervöse Jazzmelodien, das Schiff stampfte und schlingerte. Angeblich hatte es das Nonplusultra an Stabilisierungstechnik an Bord, aber auf dieser Reise war sie nicht besonders wirkungsvoll, mein Liebling.

Ich erklärte Max, dass ich ihn auf keinen Fall »Maxim« nennen würde. Für mich besaß der Name einen doppelten Beiklang: Zum einen bezeichnete er eine Artilleriewaffe, und zum anderen ließ er mich an »Maxime« denken, eine in einen einzigen Satz gefasste Verhaltensregel – und keine der beiden Bedeutungen zog mich besonders an, denn ich mag kleine Waffen, die sich in die Handfläche schmiegen, lieber als große, und ich verachte alle Regeln, besonders die törichten, willkürlichen Konventionen, die den gesellschaftlichen Umgang beherrschen. Ich glaube, Max gefiel sein neuer Name, und vielleicht beeinflusste er ihn. In dieser allerersten Nacht kam er in meine Kabine – nicht sein übliches »Betragen« bei Frauen, da bin ich mir sicher. Wir redeten die ganze Nacht, wobei wir uns nicht ein einziges Mal berührten, und gingen dann am nächsten Morgen bei Sonnenaufgang auf den nassen Decks spazieren.

Wir brauchten einander nur in die Augen zu sehen und wussten, dass alles bereits entschieden war. Die Hochzeit und alles, was damit zusammenhing, waren nur noch unwichtige Einzelheiten. Der liebe Max! Er war einsam, vermute ich, auf der Suche nach etwas Unbestimmtem und nicht in der Lage, es zu finden. In der schönen neuen Nachkriegswelt fühlte er sich nicht wohl. Mir kam sie ganz ausgezeichnet entgegen, aber für Max drehte sie sich zu schnell und zu unbekümmert. Wie gewissenhaft er war, immer in Sorge, ich könnte ihn missverstehen, würde fürchten, dass er unsere Beziehung als bloße Reiseromanze betrachte, in Versuchung, aber voll schrecklicher Angst, ich könnte glauben, für ihn sei das nur eine flüchtige Verführung ... »Ich empfinde viel mehr als das«, erklärte er, als er wie ein verirrter kleiner Junge in meiner Kabine stand. »Ich möchte, dass du das weißt.«

Ich sagte ihm, ich wisse, was er fühle – und wenn ich mich irrte, dann müsse ich das eben auf meine Kappe nehmen. Wahrscheinlich hätte er die halbe Nacht mit seinen englischen Argumenten und moralischen Qualen vergeudet. Nun, dazu fehlte mir die Geduld. Ich trug ein avantgardistisches Hexengewand, ein Scheherezade-Kleid, das anlag wie eine zweite Haut, mit einem langen Reißverschluss im Rücken. Den ließ ich ihn aufziehen, und der Stoff glitt herab und umfloss meine Füße wie eine rote Lache. Ich wusste, dass dieses Ereignis wichtig war; es war wie eine Geburt, daher war ich nervös – aber nur sekundenlang. Zum Dröhnen der Schiffsturbinen, die das Schiff unerbittlich vorwärtstrieben, trat ich aus diesem See – und was dann geschah, als ich mich ihm ergab, das werde ich niemals einer lebenden Seele offenbaren, nicht einmal dir, mein liebstes Wesen.

Max und ich verstrickten uns ineinander; wir tauschten Mut gegen Verletzlichkeit. Ich muss wohl ein wenig blind gewesen sein, denn damals bemerkte ich nicht, dass er äußerst besitzergreifend war. Ich setzte die Ehe nicht mit Eigentum gleich, daher kam mir gar nicht in den Sinn, dass er so denken könnte. Wenn ich das erkannt hätte, dann hätte ich ihm erklärt, dass die Idee, einen anderen Menschen zu besitzen, sowohl respektlos als auch dumm ist! Ich sah, dass ich Max Genüsse und Möglichkeiten offenbart hatte, die er sich in seiner Fantasie vorgestellt, aber nie wirklich erfahren hatte. Ich gab ihm *Carte blanche* mit meinem Körper, obwohl das nichts Besonderes ist und ein Mann dafür auch eine Frau bezahlen kann; aber ich ließ ihm ebenso freie Hand mit meinem Herzen und meinem

Verstand, und das ist vielleicht seltener. Max schien das jedenfalls zu glauben.

Im Ergebnis befanden wir uns beide in einem Taumel der Verzückung, und das ist kein Zustand, in dem man Entscheidungen treffen sollte. Daher war ich fair; ich ließ Max warten, bis er sich sicher war, was er wollte, wenn ich auch im Wesentlichen zugestimmt hatte, Rebecca de Winter zu werden, bevor wir in Southampton anlegten. Schließlich war das mein Ziel gewesen, seit ich vierzehn war – ich hatte immer vorgehabt, mir diesen Namen anzueignen, und ich wusste immer, dass er zu mir passen würde. Rebecca de Winter, wohlgemerkt – ich würde mich keineswegs zu »Mrs. Maximilian« degradieren lassen!

Ich hatte nicht die Absicht, irgendetwas davon zu beschmutzen, indem ich es der Gorgone erzählte, also lenkte ich sie von der Wahrheit weg, worauf ich mich gut verstehe, Liebstes. Die alte Frau lauschte aufmerksam, und ein Ausdruck trat auf ihr Gesicht, an den ich mich von unserer letzten Begegnung her erinnerte. Ich glaube, sie hatte Angst um Max – aus gutem Grund, wie sich herausstellen sollte –, aber sie sorgte sich auch um mich, was ich eigenartig fand. In ihren blassen Augen stand eine gewisse Besorgnis und ein Mitgefühl, das ich nicht verstand, als empfände sie nicht nur Mitleid mit mir, sondern fürchtete auch um mich.

»Warum sehen Sie mich so an?«, fragte ich.

»Weil ich nicht so hart bin, wie man von mir glaubt, und Sie nicht so unbeeindruckbar, wie Sie tun«, gab sie mit einem Kopfschütteln zurück. Wie du dir vielleicht vorstellen kannst, ging ich darüber hinweg. Sie wurde nicht nur alt, wie ich schon sagte, sondern auch sentimental, was sie mir weniger sympathisch machte. Nicht unbeeindruckbar? Falsch, ganz falsch, Großmama: Ich bestehe aus Granit.

»Und Sie wollen das wirklich?«, fragte sie schließlich. »Sind Sie sich sicher? Manderley stellt hohe Ansprüche an Ehefrauen. Es verlangt ... Opfer.«

Wie fröstelnd sie das sagte! Vielleicht meinte sie das »Opfer« ja im konventionellen Sinne, aber da war ich mir keineswegs sicher. Ich konnte nicht sagen, ob sie an ihren verstorbenen Sohn dachte, an vergangene oder an zukünftige Opfer. Vor meinem inneren Auge sah ich die Bräute von Manderley, die in einer Prozession zum Altar der Ahnen geführt wurden. Dort bereiteten sie sich, gesalbt und aufgeputzt, darauf vor, ihren eisigen de-Winter-Bräutigamen geopfert zu werden. Erstochen? Erstickt? Verheiratet?

Ich lächelte. Wie jedermann weiß, geben Jungfrauen die besten Menschenopfer ab – und mein Blut war nicht das einer Jungfrau. Ich besaß dunkle Kräfte, und meine Willenskraft beschützte mich, eine verlässlichere Waffe für ein Mädchen als die Unschuld. Sexuell rein in diesem beschränkten Sinne zu sein ist schon immer ein schwacher Schutz gewesen, zumindest in den Geschichten, die ich gelesen hatte. Manderley barg für mich keine Gefahren, und das war eine Tatsache, keine Selbstüberschätzung.

Ich erklärte Mrs. de Winter, dass es wirklich das war, was ich wollte, was zu bekommen ich entschlossen war, und sie gab mir ihren Segen – was nützlich, wenn auch nicht unabdingbar war. Max war inzwischen so sehr in mich verliebt, dass er ihr sogar getrotzt hätte, wenn sie mich aus dem Haus gewiesen hätte. Das behauptete er jedenfalls, denn auf diese spezielle Probe wurde er nie gestellt. Seine Kühnheit steht also weiterhin in Frage, obwohl Max sofort zornig wird, sobald ich ihn darauf hinweise. Männer sind schon seltsam! Ich sage die Wahrheit, aber Max versteht das als Angriff auf seine Männlichkeit.

Und so war, um zum Anfang zurückzukehren, die Braut genehm, und drei Monate nachdem wir uns auf See begegnet waren, überquerten Max und ich den Ärmelkanal und fuhren in das Dorf in der Bretagne, in dem ich geboren bin. Wir standen an einem Februarmeer, der Himmel weinte salzige Tränen, und Max streichelte meinen Seehundmantel und küsste meine Augen. Wir unternahmen unseren morgendlichen Gang auf die *Mairie*, und wir erfreuten uns aneinander. Und jede Nacht träumte ich von meinem Haus wie ein heimlicher Liebhaber.

Als ich zurückkehrte, um meinen Anspruch auf Manderley zu erheben, war es Frühling, genau wie jetzt. Die Bäume trugen Hochzeitsblüten, der Flieder knospte. Nach dem Winter erwachte die Erde von neuem, und der Wald roch üppig und fruchtbar. Trotz der Probleme, die wir in den Flitterwochen hatten, ergriff ich voll überschäumendem Optimismus Besitz von meinem Haus. Als allererstes ließ ich die Dienstboten die Fenster aufreißen, eines nach dem anderen.

Die Seeluft strömte herein. Damals war ich mir sicher, dass ich unser Kind in mir trug, mein Liebstes, aber es stellte sich heraus, dass ich mich irrte.

Mein Liebling, mein Süßes, wie spät es schon ist. Ich fühle mich heute Abend so rastlos, aber ich muss bald schlafen, um unser beider willen. Auf der letzten halben Seite, zwischen diesem Abschnitt und dem darüber, schwappte mit der Flut eine gewaltige Woge der Niedergeschlagenheit über mich herein, und ich wurde von Zweifeln und Ängsten überrollt. Morgen früh werden sie wieder verschwunden sein; diese Stunden nach Mitternacht sind immer die gefährlichsten.

Ich ging nach draußen, um die kühle Nachtluft zu atmen; es ist so still, so still. Der Mond ist aufgegangen und wieder herabgesunken, er wird durch das massige, düstere Haus über mir verborgen, aber die Sterne leuchteten mir mit ihrem Licht. Eisklar stehen sie heute Nacht an einem wolkenlosen Himmel, als hätte ein riesiger Gott seine kalten Samenkörner verschwenderisch über ihn verstreut.

Wie nahe mein Vater mir heute ist! Selbst die Wellen trauerten um ihn. Ich weiß, ich habe kaum über ihn geschrieben; es ist schwierig, ein Leben in einem Notizbuch unterzubringen, viel schwerer, als ich dachte. Aber ich hoffe, du siehst ihn, wie er in meiner Geschichte umgeht und an ihrem Rande herumstreift, ein hungriger alter

Wolf, der den Mond anheult. Ich habe einen solchen Mythos aus ihm gemacht; für mich war er ein Riese, der meine Kindheit mit seinem Leuchtfeuer erhellte. Aber wer war Jack Devlin wirklich?

Er kehrte nach England zurück und kaufte eine protzige Villa. Nicht eben fantasievoll. Nie erklärte er mir, warum er sich mit Maman gestritten hatte oder nach Südafrika gefahren war. Er behauptete, er habe immer in Verbindung zu ihr gestanden und auf seine Weise immer etwas für sie empfunden, sagte, er habe sie sofort bei sich aufgenommen, als er erfuhr, dass sie krank war – aber wie viel davon stimmte? Ich habe niemals Briefe von ihm gesehen, und Maman war nicht krank gewesen, sondern schwanger, obwohl ich Letzteres erst zehn Jahre später entdeckte.

Ich saß in einem Netz von Lügen gefangen! Jeder log mich an: Maman hatte mir erzählt, mein Vater sei tot; Danny sagte mir, Maman sei an einem Fieber gestorben; sie ließen meinen kleinen Halbbruder verschwinden, und ich weiß immer noch nicht genau, ob mein Vater Danny dazu brachte, den neugeborenen Sohn meiner Mutter wegzubringen, oder ob das ihre eigene Idee war. Jahre später, nicht lange nach meiner Heirat, nicht lange nachdem ich nach Manderley kam, gestand Danny mir endlich die Wahrheit. War das, als mir klar wurde, dass ich nicht schwanger war? Gut möglich. Ich weiß noch, dass ich traurig über etwas war, vielleicht habe ich sogar geweint, ich erinnere mich nicht. Jedenfalls hat sie mir da von meinem verschollenen kleinen Bruder erzählt, dem Baby meiner Mutter.

Sie behauptete, ihn in das Findelheim zu bringen sei allein ihre Idee gewesen, aber das glaube ich nicht. Ich bin mir sicher, dass Devlin dabei die Hand im Spiel hatte, denn an dem Tag, als ich nach Greenways kam und Maman starb, befand das Kind sich noch in einem abgelegenen Zimmer dieses scheußlichen Hauses. Ich bin mir immer noch sicher, dass ich dieses Baby weinen hörte, als ich an ihrem Bett saß ...

Danny hatte Unrecht; das war nicht ich, ich konnte keine Tränen vergießen. Ich befand mich in einem Trancezustand. Noch wochenlang ging ich wie im Schlaf herum.

Devlin war ein harter Mann. Er wollte sich vergewissern, ob das kleine Hündchen nicht eine Promenadenmischung war. Wahrscheinlich hätte er mich verbannt wie meinen Bruder und keinen zweiten Gedanken an mich verschwendet, wäre da nicht der Umstand gewesen, dass ich ihm wie aus dem Gesicht geschnitten war. Ich war seine Devlin-Tochter mit seinen Augen und seinem schwarzen Haar. Ich kam aus Mamans Zimmer und ging die Treppe hinunter, und da stand er, von den Toten auferstanden. Sein Blick durchbohrte mich, und ich dachte: Er ist Luft, ich kann einfach durch ihn hindurchgehen. Wie eine Schlafwandlerin trat ich auf ihn zu, und er hielt mich auf Armeslänge von sich fern und betrachtete mein Gesicht. Eitel, eitel war er und nur an seinem eigenen Spiegelbild interessiert. Einen kleinen Spross vom alten Stamm wollte er sehen. Und sobald er das erkannte, wie veränderte sich da seine Miene! Er schloss mich in die Arme und steckte mir seinen Ring an den Finger.

Oh, mein Liebling, ich möchte nicht über ihn schreiben, ich will nicht. Eine Zeit lang betete ich ihn an, und er erwiderte meine Verehrung. Was für ein Götzendienst! Ein Ring an meinem Verlobungsfinger, Glöckchen an meinen Zehen. »Ich werde eine feine Dame aus dir machen, Becka«, pflegte er zu sagen. Zum Teufel mit ihm! Ich habe nie jemandem erlaubt, mich zu verändern, weder ihm noch Max, keinem Mann. Mein Daddy versuchte mich zu satteln: Gebissstange, Kandare und Zaum: Lasset die Gouvernanten kommen, trag dieses Kleid, tanz zu dieser Melodie. Mein Liebling, traue niemals Männern, die dir Geschenke bringen, denn sie verlangen einen Preis dafür, und der ist immer derselbe: deine Freiheit.

Auf Greenways wurde ich eifersüchtig bewacht, mehr brauchst du darüber nicht zu wissen. Ich war die Prinzessin meines Daddys, die Königin des Witwers. Er hielt mich in seinem Turm gefangen, und er war so lieb, so gut, dass ich erst Jahre später erkannte, dass er den Schlüssel an sich genommen und ihn mir nie zurückgegeben hatte. Zuerst verbannte er meinen Vetter Jack. Nicht, dass ich mir viel daraus gemacht hätte, denn wie mir ziemlich schnell klar wurde, ist er ein aalglattes, jämmerliches Exemplar von einem Mann, ein Spion, ein geschwätziger Mensch mit einem vulgären Geist. Diese Schwächen werden einmal sein Ende sein, du wirst es sehen.

Vetter Jack war der Sohn der Lieblingsschwester meines Vaters, und eine Zeit lang wurde er auf Greenways geduldet. Bis er mich einmal zu oft auf eine bestimmte Weise ansah. Ein Kuss in dem Verschlag unter der Treppe; Liebkosungen, die mich in mörderische Wut versetzten. Ich zerkratzte ihm das Gesicht, und als mein Vater die Schrammen sah, war Schluss mit Cousin Jack. Ich war froh, ihn von hinten zu sehen, obwohl man einen solchen Kerl niemals wirklich los wird. Er hat sich angewöhnt, auf Manderley aufzutauchen, und da er ein nachtragender Mensch ist und mir immer noch alle Fehlschläge seines Lebens vorwirft, die in Wahrheit alle sein eigenes Werk sind, erzählt er Max Lügen über mich, Lügen, die in ihm schwären.

Nicht mehr lange, dann werde ich ihn dafür bestrafen. Er steht auf meiner schwarzen Liste; seit Monaten schürt er jetzt Max' Qualen, und ich werde es ihm mit gleicher Münze zurückzahlen. Jack ist immer hinter Geld her, also werde ich ihm mit der rechten Hand einen Schuldschein reichen und es ihm mit der linken heimzahlen. Mein Daddy wäre damit einverstanden; er hat ihn ohne Federlesens aus Greenways verbannt. Aber andererseits wurden früher oder später sämtliche männlichen Wesen im Umkreis vertrieben. »Ich will sie hier nicht sehen«, brüllte mein Vater. »Ich lasse nicht zu, dass sie hier herumschnüffeln, hast du mich verstanden, Becka?«

Ich hatte eine Freundin namens May, ein sehr sanftes Mädchen, klug und ohne jegliche Allüren. May lebte auf dem benachbarten Gut, und ich durfte sie besuchen. Aber meine Freundin May hatte Brüder, drei an der Zahl, und gegen die hatte mein Vater etwas. May erwies mir unendlich viel Güte, und eines Tages, Jahre später, konnte ich ihr das vergelten, wie ich dir ein andermal erklären werde, mein Liebes. Mein Vater mochte May gut leiden, aber wenn ihre Brüder Fronturlaub hatten, wenn ich mit ihnen spazieren ging, mich unterhielt oder ausritt, dann beobachtete er uns mit Argusaugen. Er verfiel in dumpfes Brüten, schmollte und trank zu viel. »Sag mir, dass du deinen alten Vater liebst, Becka«, bat er. Aber ganz gleich, was ich beteuerte oder tat, um ihm meine Zuneigung zu bezeugen, es war nie genug, er war nie zufrieden ...

Der alte Lear, der angeberische alte Scharlatan. Über seinem Schreibtisch hing ein Revolver, und die Wand zierten Trophäen, die er aus dem Busch mitgebracht hatte, eine Gazelle, eine Löwin.

»Verdammt soll dieser Präparator sein«, bemerkte er einmal zu mir, als ich die Hand hob, um die mächtigen Köpfe zu streicheln. »Ein Kaffer. Sieh dir an, wie lausig er gearbeitet hat, Becka.« Ich schaute. Mein Daddy war ein guter Schütze, berühmt sogar, wie er sagte. Der große weiße Jäger, der wilde Bursche aus den Kolonien ... Der Schuss war denn auch sehr sauber und das winzige Loch, durch das die Kugel eingedrungen war, kaum zu erkennen. Aber die Stelle war nicht gut genäht und undicht, und aus der Todeswunde quoll die Sägemehlfüllung.

Was habe ich getan in den sieben Jahren, die ich mit ihm zusammenlebte? Nichts, was du zu wissen bräuchtest, mein Liebes. Er hat mir beigebracht, um Geld zu spielen; bis heute bin ich ein Teufel, wenn ich Karten in der Hand halte. Pokere niemals mit mir! Ich werde dir deine Gewinne abnehmen und dir das letzte Hemd ausziehen. Ich kann Asse im Ärmel verstecken, ich kann die Karten zinken. Ich muss gewinnen, und deswegen betrüge ich auf jede mögliche Art.

Mein Vater hat mich vieles über Bergwerke gelehrt, und ich will dir etwas Interessantes über Minen erzählen, das ich nicht wusste, bis Daddy es mir verriet. In ihnen lauert eine verborgene Gefahr. Nicht nur, dass die Männer in den

Tiefen der Erde arbeiten müssen, tief, tief unten in einem winzigen Stollen, der so eng und schmal ist, dass sie auf dem Bauch liegen müssen und nicht aufrecht stehen können, nicht nur, dass das Dynamit unsicher ist und die Deckenbalken zusammenbrechen können. Nein, die Gefahr ist eine andere. Dort unten in den Tiefen der Mine herrscht nicht Kälte, wie ich mir das immer vorgestellt hatte, sondern es ist heiß, höllenheiß, sodass sich Keime vermehren können. Dieses Gold wimmelt vor Bakterien, die über den Speichel in den Mund gelangen. Sie gedeihen prächtig in den Atemsekreten und werden dann in den Magen hinuntergeschluckt. Sie schlängeln sich in die Lungen, winden sich bis in die Herzkammern und brüten in der Aorta. Wenn man sich dort unten schneidet, infiziert sich die Wunde und kann, wie Daddy sagte, monate- oder jahrelang eitern. Manchmal heilt sie nie wieder richtig ab, egal, wie sehr man auf Hygiene hält, wie oft man die Verbände wechselt und seine Medizin schluckt und schluckt ...

Interessant. Dies ist eine Botschaft für dich, eine Flaschenpost, Daddy. Wirf sie ins Meer und sieh zu, wo sie an Land gespült wird.

Heute Nacht werde ich nicht weiter über meinen Vater schreiben. Er ist zu groß für meine Feder; meine Seite bietet nicht genug Platz für ihn. Er war nicht immer ein Scharlatan – Menschen stagnieren nicht auf diese Weise. Wie Frank McKendrick mir gezeigt hat, können sie an einem Morgen Prospero sein und am nächsten Mark Antonius. Sie können den Tag als Miranda beginnen, und, Abrakadabra, am Abend sind sie Lady Macbeth oder Kleopatra. Alles befindet sich im Fluss, ständig. Mein Vater Jack Devlin besaß das Herz eines Löwen. Er kämpfte bis zum bitteren Ende, und was auch immer andere dir einmal erzählen werden, mein Liebling, es waren die verborgenen Schulden und die Gläubiger, die ihn umgebracht haben.

Er konnte mir mit der Wahrheit nicht unter die Augen treten, die Schande nicht ertragen. Aus diesem Grund stieg er auf den Speicher, verschloss die Tür, warf ein Seil über einen Dachbalken und hängte sich auf. Verstehst du, an diesem Tag waren die Schulden endgültig fällig.

Wie ich dir erzählt habe, war dies auch der Tag meines einundzwanzigsten Geburtstags, der Tag, an dem ich volljährig wurde. Seitdem habe ich meinen Geburtstag nicht mehr gefeiert. Ich kann und will nicht. Von dem Moment an, in dem ich aufwache, rase ich vor Kummer. Für mich sind das keine Geburtstage, sondern Todestage.

Nichts weiter darüber, mein Liebstes. Genug, genug. Nun bin ich auf der allerletzten Seite meines kleinen schwarzen Notizbuchs angelangt. Ich hatte nicht vor, dass es mit einem so dunklen Akkord endet. All diese Saiten habe ich schon vor langer Zeit zerschnitten.

Wir wollen die Geister vergessen und von jetzt an nur in die Zukunft schauen. Ich möchte, dass du weißt, dass du erfährst ... wie teuer du mir bist. Wie sehr ich dich liebe. Welche Freude ich während der letzten Monate daran hatte, zu spüren, wie du wächst, an dich zu denken und Pläne für dich zu schmieden.

Wenn du zur Welt kommst, mein Kleines, werden wir Spätsommer haben, und das ist hier eine wunderschöne Jahreszeit. Oft erleben wir lange, warme Wochen mit mildem Wetter, bevor die Westwinde den Herbst ankündigen. Du wirst in meinem Zimmer auf Manderley geboren werden, von dem man über das Meer blickt, und wirst die See hören können. *La mer, ma mère*. Das Meer, meine Mutter. Ich werde dich nähren, für dich sorgen und immer über dich wachen.

Alles, was schlecht in mir ist, werde ich ausmerzen. Ich will die beste aller Mütter sein, damit du in der Gewissheit aufwächst, geliebt zu werden, und wenn Max dich erst einmal sieht, wird er dich ebenfalls lieben. Er wird dich als seinen kleinen Wechselbalg akzeptieren, so wie ich. Das ist unvermeidlich, weil ich es so will. Wer weiß, was im Lauf der Zeit noch geschieht? Werden wir uns versöhnen? Frieden schließen? Alles ist möglich, alles. Denk nur an die Jahrzehnte, die vor uns liegen.

Zwei Uhr morgens. In fünf Stunden sind wir auf der Straße nach London. Sobald ich zurück bin, werde ich eine neue Seite in einem frischen Notizbuch beginnen und die Lücken in meiner Geschichte füllen. Ich werde dir mehr aus dem Leben meines Vaters und von Max erzählen; ich werde die Blindenschrift übersetzen, in der die Geschichte meiner Ehe geschrieben ist – und natürlich werde ich dir alles berichten, was uns in der Stadt widerfährt, was der ernste Doktor sagt.

Wie müde ich plötzlich bin! Jasper ist unruhig und verstört; er sieht mich so voller Trauer an. Ich glaube, er weiß, dass ich wegfahre. Er spürt das immer.

Ich habe die Vorhänge aufgezogen, damit das erste Tageslicht mich weckt. Der Wecker ist gestellt. Hörst du ihn ticken? Ich werde mich jetzt hinlegen und ein Weilchen schlafen, mein Liebes.

Teil 4

Ellie

Mai 1951

25. Kapitel

Wir haben eine Hitzewelle, mein Liebling, dachte ich heute. Ich saß im Garten zwischen unserer Palme und der Araukarie.

Ich schrieb einen Brief an Tom Galbraith, was sich als sehr schwierig erwies. Die Worte ließen sich einfach nicht so zu Papier bringen, wie ich wollte. Ich wusste, dass ich ihm von den gestrigen Geschehnissen berichten musste, aber da waren wohl noch andere Dinge, die ich ihm gern gesagt hätte. Noch nie habe ich mich gut darauf verstanden, meine Gefühle zu verbergen. Immer noch denke ich an ihn als »Mr. Grey«, und nachdem ich eine Stunde lang an meinem Federhalter gekaut hatte, hatte ich nichts weiter geschrieben als »Lieber Tom«, gefolgt von einem einzigen hölzernen Absatz.

An diesem Morgen hatte ich Teile von Rebeccas Notizbuch noch einmal gelesen, und wenn mir nichts einfiel, was ich in meinem Brief als Nächstes hätte sagen können, drängten ihre Worte sich in mein Bewusstsein. Natürlich schrieb ich sie nicht nieder. Wir haben tatsächlich eine Hitzewelle – seit fünf Wochen scheint unablässig die Sonne –, aber leider konnte ich das Wort »Liebling« nicht benutzen, und außerdem würde Tom das Zitat wiedererkennen. Genau wie ich kennt er Rebeccas kleines schwarzes Buch auswendig.

Ich hatte mir zum Schreiben einen Tisch in den Garten gestellt und saß genau an der Stelle, wo die junge Rebecca 1914 mit meinem Vater, der einundzwanzigjährigen Elinor und meiner sanften Großmutter Tee getrunken hatte

– Letztere habe ich nicht mehr kennen gelernt; sie starb vor meiner Geburt. Rechts und links von mir standen die berühmten Grenville-Rosen in voller Blüte.

Daddy stutzt und verstümmelt sie, aber selbst seine extremen Beschneidungstechniken können den ihnen innewohnenden Überschwang nicht bändigen. Ich hatte sie heimlich gegossen und gedüngt, und nun umgaben mich gewaltige wogende Büsche, niedergebogen von herrlichen knautschigen Blüten, die jede Farbnuance vom zartesten Puderrosa über Weinrot bis hin zu Lavendel zeigten und einen intensiven Duft verbreiteten. Ich fühlte mich wie in einer Rosenlaube und sagte mir immer wieder, eine Rosenlaube sei kein Ort, um Trübsal zu blasen.

Diese Melancholie habe ich mir bei Rebecca eingefangen. Sie ist ansteckend. Das Gefühl stieg aus ihren Seiten auf, als ich sie zum ersten Mal las, und sechs Wochen später lässt es sich trotz allem, was inzwischen geschehen ist, nicht austreiben. Ich kann Rebecca für ungefähr eine Stunde auf Abstand halten, und dann gleitet sie mit der nächsten Flut wieder heran. Unablässig denke ich über das nach, was Rebecca schreibt – sie verfolgt mich, so wie sie meinen Vater nie in Ruhe gelassen hat. Viele Fragen stelle ich mir, von denen einige ernst und andere, ich weiß schon, trivial sind. Und ich überlege, ob Rebecca je geargwöhnt hat, dass sie kein Kind in sich trug, sondern den Tod.

Während ich an diesem Vormittag den sterilen Abschnitt in Augenschein nahm, den ich bis dahin verfasst hatte, drängten sich noch andere Fragen in mein Bewusstsein und mochten sich partout nicht beiseite schieben lassen. Ich betrachtete meine Handschrift, die ordentlich und weit leserlicher als die von Rebecca ist. Ich hasste diese Adrettheit. Ich hasste ihre Leserlichkeit. Falls ich diesen Brief wirklich jemals beendete und abschickte, würde Tom Galbraith ihn flüchtig überfliegen. Nur ein Teil würde ihn interessieren: mein geplanter Besuch in London, weil er Rebecca betraf. Zweifellos würde er meinen Bericht über das Neueste aus der Tite Street mit gespannter

Aufmerksamkeit lesen – aber darüber hinaus könnte er meinen Brief getrost vergessen; wenig bemerkenswerte Seiten von einer uninteressanten Frau, der Tochter des Obersts, dem langweiligen, pflichtbewussten Mädchen am Rande der Geschichte. Wie leid ich es war, die brave Tochter zu spielen, die unsichtbare, unhörbare Frau!

Ich knüllte meinen Brief zu einer Kugel zusammen, trug ihn in die Küche, steckte ihn in den Herd und verbrannte ihn. Wie macht man sich unvergesslich? dachte ich.

Rebecca hatte, wie sie behauptete, genau das getan: 1914, als sie Maxim bei ihrem Besuch auf Manderley zum ersten Mal traf, war sie unsichtbar gewesen, jemand, den man sofort vergisst. Aber als sie ihm an Bord jenes Ozeandampfers wieder begegnete, hatte sie sich verwandelt. Leider teilte sie keine praktischen Tipps dazu mit, wie sie diesen speziellen Zaubertrick vollführt hatte. Ich knallte die Ofentür zu. In der Küche herrschte unerträgliche Hitze. Wahrscheinlich fällt diese Art von Verwandlung leichter, wenn man schön ist.

Auf The Pines war es grabesstill. Mein Vater befand sich oben und hielt seine ärztlich verordnete Mittagsruhe. Mr. Latimer, der Kardiologe, an den man ihn überwiesen hatte, als er zu diesen anstrengenden Untersuchungen in Lanyon war, hat ihm neue Medikamente verschrieben. Meine Tante, die zu Ostern aus Cambridge gekommen und zu einem unbegrenzten Besuch geblieben war, saß in Daddys Arbeitszimmer an den offenen Terrassentüren und korrigierte die Fahnen ihres neuesten Buchs, einer gewichtigen Untersuchung über Tragödien aus der Zeit Jakobs I. Heute beschäftigte sie sich gelassen mit dem Teil über die Erotik des Todes aus ihrem Kapitel über Webster und Tourneur. Für Rose ist Mord ihr täglich Brot – heute Morgen hatten wir bei unseren Frühstückseiern angeregt über inzestuöse Leidenschaften, das Ersticken mit Diamanten und einen verhängnisvollen Kuss auf einen vergifteten Totenschädel diskutiert – aber die Texte, die Rose unterrichtet, sind auch so voll gestopft mit der Pyrotechnik des Todes, dass es praktisch nichts gibt, was sie noch schockiert oder erstaunt. Während ich an meinem traurigen fehlgeschlagenen Brief schrieb, hatte Rose ganze Seiten mit spinnwebartigen Hieroglyphen bedeckt und Kommata in Semikola verwandelt.

Ich konnte es nicht ertragen, noch länger im Haus Däumchen zu drehen, und ich hatte bereits entschieden, wohin ich mich wenden musste, daher trat ich an die Glastüren. Einen Meter von Rose entfernt nahm ich Aufstellung, und nach ungefähr fünf Minuten bemerkte sie mich sogar.

»Rose, ich gehe mit Barker spazieren«, erklärte ich. »Dieser Hund braucht etwas Auslauf, er wird fett und faul. Ich bin rechtzeitig zurück, um Daddy seinen Tee zu machen ...«

»In anderen Worten, du fährst nach Manderley«, sagte Rose, ohne aufzublicken. »Keine Sorge, ich verrate Arthur schon nicht, wo du steckst. Was in aller Welt schreibst du da eigentlich, Ellie? Das ist die fünfte Seite, die du heute Nachmittag verbrannt hast. Wenn du in diesem Tempo weitermachst, ist Mr. Galbraith aus der Bretagne zurück, ehe du deine Ergüsse beendet hast. Dann hast du keinen Vorwand mehr, ihm zu schreiben, was mir eine verschwendete Gelegenheit zu sein scheint.«

»Stimmt nicht«, erwiderte ich. »Wenn ich ihm nicht in die Bretagne schreibe, kann ich ihm Briefe nach Cambridge schicken. Wenn er aus Frankreich zurück ist, geht er wieder ans King's College. Er kommt nicht mehr nach Kerrith. Ich habe dir doch erzählt, dass er sein Cottage gekündigt hat. Und ich schreibe keine ›Ergüsse‹.«

»Du hast es mir gesagt«, meinte Rose, die sich, wie ich wusste, ganz genau daran erinnerte. »Und das ist auch sehr gut so. Galbraith kann seine Suche nicht in alle Ewigkeit fortsetzen. Er sollte einen dicken schwarzen Strich darunter ziehen und sein Leben wieder aufnehmen. Genau wie du, Ellie.«

»Danke, Rose.«

»Tss, tss«, machte meine Tante und sah zum ersten Mal von ihren Seiten auf. »Ich verstehe ja, dass du dich in einer schwierigen Lage befindest. Aber es hilft dir nicht weiter, dich um deinen Vater zu sorgen; und sich nach Mr. Galbraith oder sonst einem Mann zu verzehren ist ausgesprochen kontraproduktiv ...«

»Ich verzehre mich nicht, verflixt noch mal.«

»Nicht? Also, irgendetwas hast du jedenfalls. Du bist anders als sonst, in einem höchst eigenartigen Gemütszustand. Und jetzt geh um Himmels willen spazieren. Ich kann mich nicht konzentrieren, wenn du vor dich hinseufzt und das Meer anstarrst. Du lungerst sinnlos herum, Ellie, und das geht mir auf die Nerven.«

Ich pfiff nach Barker, half ihm in den Wagen und brach auf. Überflüssig, Rose zu antworten; meine Tante ist furchtbar scharfsinnig und hätte meine sämtlichen Argumente innerhalb von Sekunden auseinander genommen. Aber die hoch gelehrte Rose versteht sich besser darauf, Texte zu analysieren als Situationen des täglichen Lebens. Rose hat nie geheiratet, hat keine Kinder und war, soweit ich weiß, niemals verliebt, und das schränkt sie natürlich ein.

Früher war Rose meine Mentorin, aber jetzt hatte ich ein neues Vorbild gefunden, sagte ich mir, während ich den Wagen rasch um die Haarnadelkurve bei Tom Galbraiths ehemaligem Cottage steuerte. *Geh am Meer entlang, und du wirst mich spüren. Stell dich ans Fenster, und du wirst mich sehen. Lausche in den Korridoren und auf den Treppenabsätzen, und du wirst meinen Herzschlag hören.* Ich gab Gas und fuhr auf den Wald von Manderley zu. Am Four-Turnings-Eingang parkte ich und trat mit Barker durch das Tor und in den kühlen, bläulichen Schatten der Bäume. Wir näherten uns dem verfallenen Haus, das wie eine düstere Kasematte dalag. Aber in den vergangenen Wochen war das Gestrüpp ins Kraut geschossen, und jetzt versperrten Brennnesseln und dicke, gekrümmte Brombeerranken uns den Weg. Dennoch vernahm ich Rebeccas Atem in den Ruinen, so wie sie es ihrem imaginären Kind versprochen hatte. Mit dem Gefühl, als wäre ich dieses Kind, dieser »Mädchenjunge«, an den sie ihre Erzählung gerichtet hatte – diese Empfindung begleitete mich, seit ich ihr Notizbuch zum ersten Mal gelesen hatte –, wandte ich mich dem Ort zu, von dem ich wusste, dass ich sie dort finden würde.

Ich spürte sie, noch bevor ich das Ufer und ihr Bootshaus sah. Sobald ich das Murmeln des Ozeans hörte, wusste ich, dass sie da war. Irgendwann auf dem Weg hatte ich zu weinen begonnen; Barker fühlte den Kummer, der in mir aufstieg, kam zu mir und drückte seine feuchte Schnauze an meine Beine. Seine stumme, zärtliche Sorge raubte mir die letzte Kraft, und eine gewaltige, erstickende Woge des Unglücks überrollte mich. All meine Ängste um meinen Vater und vor einer Zukunft ohne ihn stiegen in mir auf. Außerdem fürchtete ich, als alte Jungfer zu enden, und verachtete mich zugleich deswegen. Ich legte die Arme um Barker und küsste ihn auf die Nase. Dann rang ich meine Dämonen nieder, trocknete mir die Augen und versuchte, ruhig zu atmen. Ich passierte den Stechginsterstrauch, der noch blühte und dicht an dicht mit Schmetterlingen bedeckt war. Am oberen Ende des Wegs schaute ich auf das lapislazulifarbene Meer und rannte dann zum Wasser hinunter. Auf meine Weise, die anders ist als die meines Vaters oder die von Tom Galbraith, suchte ich nach Rebecca, und ich hatte das Gefühl, wenn ich sie fand, würden sich alle Verstrickungen meiner Vergangenheit und Zukunft lösen.

Rebecca hatte Recht, was die Geister angeht: Sie sind dem Meer wesensverwandt. Barker und ich saßen eine Weile auf den Felsen, und ich wusste, dass er sie ebenso spürte wie ich. Ich sah die Geister, die Rebecca für mich beschworen hatte, aber auch meine eigenen. Ich bin jetzt so alt wie Rebecca bei ihrem Tod, aber irgendwo dort auf der Landspitze befand sich die Ellie, die ich einmal gewesen war: zwanzig Jahre alt, furchtlos, unschuldig und naiv – ein gefährlicher Cocktail.

Ich hatte meine Mutter gepflegt, sie war gestorben, und dann kam der Krieg. Mein Vater war fort. Er arbeitete in einer geheimen Einrichtung, knackte Codes und erfand Verschlüsselungen. Man hatte ihn »zurück in die Tretmühle« geholt, wie er gern erzählt, aber ich glaube, in Wahrheit stellte man ihn nur widerwillig ein, nachdem er ewig lange seine Beziehungen spielen ließ und den Leuten zusetzte, und dann arbeitete er in einer ziemlich stumpfsinnigen Funktion. Die brillanten Männer, die in der Organisation die wirklichen Durchbrüche schafften, waren größtenteils um etliches jünger und weniger aus der Übung als er.

Mir blieben drei Jahre Freiheit, die endeten, als mein Vater 1945 nach Kerrith zurückkehrte. Er war jäh gealtert, seine Gesundheit zerstört durch den Tod meiner Mutter und, gegen Ende des Krieges, den Tod seines Lieblingskindes, meines Bruders Jonathan. Ich wusste, dass ich ihn nicht verlassen konnte, und ihm wäre dieser Gedanke gar nicht gekommen. Die Entscheidung fiel innerhalb von Sekunden, und ich habe sie nie bereut. Die Leute in Kerrith reden ohne Unterlass davon, wie pflichtbewusst ich sei und welches Opfer ich gebracht hätte. Das Wort »Opfer« kann einen, wie Rebecca bemerkt, zu Recht frösteln lassen, und sie sind sehr dumm, es zu benutzen. Ich liebe meinen Vater, und mit Verzicht hatte das nie zu tun, obwohl die Leute mir das nicht glauben, so oft ich ihnen das auch erkläre.

Und was meine drei Jahre Freiheit angeht – wie habe ich dieses kostbare Gut genutzt? Gierig wahrscheinlich, dachte ich, während ich dort über dem Meer saß. Ich versuchte mir diese Zeit ins Gedächtnis zu rufen, mich genau daran zu erinnern, aber die Einzelheiten entglitten mir. Ich trat in das weibliche Armeekorps ein, trug Uniform und erlebte den Krieg einer Frau. Ich lernte Maschine schreiben und salutieren, ich fuhr Offiziere in Jeeps herum und exerzierte. Und ich verliebte mich in einen amerikanischen Marineoffizier, der in Plymouth stationiert war. Dort oben, wo mein Gespenst noch an dem Stechginster auf der Landspitze verweilt, verlor ich meine Unschuld.

Dieser Mann stammte aus den blauen Hügeln von Virginia, was mir so exotisch erschien wie Timbuktu oder Islamabad. Er schenkte mir Nylonstrümpfe, sein Herz – das behauptete er zumindest – sowie einen hübschen Ring, den ich an einem Band um den Hals trug, denn er hielt es für das Beste, dass wir diskret blieben und uns nicht offiziell verlobten. »Es ist inoffiziell offiziell«, sagte er, und das aus gutem Grund. In jenen blauen Hügeln von Virginia hatte er nämlich eine Frau und zwei Kinder zurückgelassen, aber das war ihm wohl in der Hitze des Gefechts entfallen. Nach Kriegsende schrieb er mir einen Brief, in dem er mir alles erklärte. Er sagte, er habe wirklich alles ernst gemeint, was er zu mir gesagt habe, aus tiefstem Herzen aufrichtig. Er hoffe, ich werde jetzt nicht schlecht von ihm denken ...

Und das tue ich auch nicht. Warum sollte ich? Ich bin froh, dass es geschehen ist. Sechs ganze Monate lang habe ich mich vollkommen lebendig gefühlt, und das ist, ganz gleich, welche Maßstäbe man anlegt, ein schönes Geschenk.

Vor einigen Jahren haben Barker und ich seinen Ring auf Manderley begraben. Ich hatte mich zu einer rituellen Läuterung entschlossen; wir zündeten auch ein Feuer mit seinen Briefen an – ein kleines, denn allzu viele waren es nicht, wie mir klar wurde. Vielleicht hätte ich die Warnzeichen sehen sollen, vielleicht war ich naiv gewesen. Zieh einen Schlussstrich und schau nach vorn, sagte ich mir damals, und ich beschloss, wählerischer zu sein, wenn die Versuchung das nächste Mal meinen Weg kreuzte. Doch die Versuchung ließ fünf Jahre auf sich warten, eine Zeit, die ich ungebührlich lang fand. Als sie schließlich auftauchte, kam sie in Gestalt eines hochgewachsenen, erschreckend attraktiven und schweigsamen Schotten. Eines Mannes mit falschem Namen, eines Mannes, der nicht der war, für den er sich ausgab. Jemand, für den ich Luft bin, die unsichtbare Ellie. Wie macht man sich unvergesslich? fragte ich an diesem Nachmittag das Meer und die Felsteiche. Aber Rebecca zeigte sich im Tod ebenso wenig auskunftsfreudig wie im Leben, und ich erhielt keine Antwort.

Ich stand auf und kletterte über die Felsen auf den Kiesstrand. Mit Barker auf den Fersen ging ich auf das Bootshaus zu – der Zweck, zu dem ich hauptsächlich hergekommen war. Ich fühlte mich schon viel gelassener. Die Luft war unbewegt, nicht der kleinste Windhauch ging, und das Meer war glatt wie Öl, so ruhig, wie ich es noch nie gesehen hatte. Draußen bei der Sandbank, wo Rebecca jene Sirenen gespürt hatte, konnte man bis auf den Grund schauen; über uns kreisten Möwen. Auf der Nordseite dieses Strandes war, wie Rebecca erwähnt, Ben Carminowes kleine Schwester Lucy in einem der Felsteiche ertrunken.

Ich blieb stehen, um die Tümpel zu betrachten, beschattete meine Augen mit der Hand und überlegte, wo das Unglück wohl geschehen sein mochte. Wie ich jetzt weiß, hat Tom Galbraith im Lauf seiner Nachforschungen Lucy Carminowes trauriges kleines Gespenst verfolgt; anscheinend hat er Tage damit zugebracht, herauszufinden, ob sie noch lebte und was aus ihr geworden war ... Was für eine Zeitverschwendung, dachte ich jetzt und spürte das vertraute Prickeln von Frustration und Ungeduld.

Wenn er einen beliebigen Pächter gefragt hätte, oder die Fischer – jeder hätte ihm Lucy Carminowes Geschichte erzählen können. Um Tom Gerechtigkeit widerfahren zu lassen, muss man allerdings sagen, dass die Menschen in dieser Gegend zusammenstehen und nicht viel von Fremden halten, die neugierige Fragen stellen. Ich weiß, dass Tom Galbraith von dem Moment seiner Ankunft mit gewissem Argwohn betrachtet wurde. Ich ahnte allerdings nicht, dass seine Gewohnheit, nach dem Dunkelwerden spazieren zu gehen, und seine häufigen Ausflüge nach Manderley in Kerrith für eine Menge Gerede sorgten. Das erfuhr ich erst diese Woche, als mir die entsetzliche Marjorie Lane auflauerte, die es nicht abwarten konnte, Toms Abreise aus Kerrith schadenfroh zu kommentieren. »Wie traurig für Sie, Ellie, und dabei hatten wir alle gehofft ... Sind Sie jetzt sehr niedergeschlagen?«

Sie behauptete, die Manack-Brüder, diese Abkömmlinge vieler Generationen ehrlicher Schmuggler, hätten seine

Aktivitäten sehr genau verfolgt, und entweder sie oder ihr Schwager Robert Lane hätten das Gerücht in Umlauf gebracht, Tom Galbraith arbeite als verdeckter Ermittler für die Zollbehörde. Das erklärt natürlich zum Teil, warum er bei den Einheimischen auf eine Mauer des Schweigens stieß – aber ich glaube, er hatte auch Probleme, die sein eigenes Werk waren. Wenn man möchte, dass Menschen sich mit einem anfreunden und sich öffnen, dann ist es eine große Hilfe, wenn man sich selbst ebenfalls zugänglich gibt. Aber an ihn kommt man einfach nicht heran. Wenn ein Mensch, der so misstrauisch und defensiv ist wie Tom, die Leute ausfragt, dann bekommt er keinen Pieps aus ihnen heraus. Warum begreift er das nur nicht?

Daddy hätte ihm die Geschichte auch erzählen können, wenn er nur danach gefragt hätte, und ich ebenfalls. Kurz genug ist sie wahrhaftig. Wie über ihren Bruder munkelte man auch über Lucy, sie sei einer von Lionel de Winters Bastarden, obwohl ich nicht weiß, ob das stimmt. Glaubt man allen Gerüchten, die über ihn umgehen, dann müsste halb Kerrith von ihm abstammen. Das Mädchen litt von Kindheit an unter einem geheimnisvollen Gebrechen: Lucy wuchs kaum und gedieh einfach nicht. Als sie ungefähr sieben war, schickte man sie zu einer Tante, die weiter landeinwärts einen Bauernhof besaß, aber sie lief immer wieder fort und kam hierher zurück, um ihren Bruder zu suchen, und als sie acht war, ertrank sie dort draußen in einem Teich – nur wenige Monate nach der kurzen Begegnung, die Rebecca in ihrem Notizbuch aufzeichnet.

Als sie ausrutschte und stürzte, hatte sie sich mit ihrem Bruder unerlaubt auf Manderley-Land befunden und Muscheln gesammelt. Sie liebte Muscheln über alles; abgesehen von ihrer winzigen Statur ist das praktisch alles, was man heute noch von ihr weiß. Armes Kind. Aber sie liegt auf dem Kirchhof von Manderley begraben. Ihr Stein ist mit Flechten überwachsen und verwittert und die Inschrift fast nicht mehr zu entziffern. Am Ende führte ich Tom Galbraith dorthin, aber ich hätte ihn wesentlich früher hinbringen können, wenn er nur gefragt hätte. Bei diesem

Teil des Puzzles hätte ich ihm helfen können, und bei anderen ebenfalls. Der Umstand, dass er mich fast nie etwas fragte, hat ihm nicht genützt, glaube ich. Immer noch verstehe ich nicht, warum er mich auf diese Weise auf Distanz gehalten hat. War es so schwierig, mir zu trauen?

Wahrscheinlich liegt es daran, dass ich eine Frau bin. Ich habe das falsche Geschlecht, glaube ich. Tom Galbraith fällt es schwer, mit Frauen zu reden; anscheinend findet er sie irrational und gefühlsselig, und Intuition hat für ihn keinen Wert. Er hat mir nicht zugehört, und er hat auch bei Elinor und Jocelyn nicht gut aufgepasst. Ich bin mir nicht einmal sicher, ob er Rebecca zugehört hat, richtig, meine ich. Im Rückblick spürte ich, wie ein gewaltiger Ärger über seine blinde männliche Arroganz in mir aufstieg. In dieser Hinsicht war Tom Galbraith trotz all seiner Gelehrsamkeit ein Dummkopf, denn er erkannte eine offensichtliche Wahrheit nicht: Frauen sind das redselige Geschlecht, die Seherinnen, die Geschichtenerzählerinnen. Irgendwann werde ich ihm sagen: Hören Sie hin, lieber Tom, weil es die Frauen sind, die die Geheimnisse bewahren.

Inzwischen hatte ich das Bootshaus erreicht. In der Nähe waren Spuren eines Feuers zu erkennen; jemand hatte kürzlich Holz und altes, verrottetes Material verbrannt. Ich stocherte mit dem Fuß in der noch warmen Asche; die Luft roch versengt. Barker ließ sich erleichtert in den Schatten an der Wand des Bootshauses plumpsen. Ich stieß die Tür auf. Die Fenster waren mit Sackleinen verhängt, und drinnen war es nach dem gleißenden Sonnenlicht dunkel und herrlich kühl. Ich wusste, dass ich eine Entdeckung machen würde; ich spürte, dass etwas unmittelbar bevorstand, so wie gestern, als ich den Anruf aus der Tite Street annahm.

Tom hatte mir erzählt, wie er das Haus durchsucht hat. Mehrere Wochen war das jetzt her, und seitdem hatte sich einiges verändert. Die Manack-Brüder hatten wohl eine Kiste ungenießbaren Sherrys zu viel herangeschafft; bis jetzt sind sie zu raffiniert gewesen, um sich erwischen zu lassen, aber die Zollbehörde hat jeden möglichen illegalen Lagerplatz in der Gegend von Kerrith durchsucht, einschließlich dieses Bootshauses. Ich nehme an, dass die Beamten nichts fanden – die Schmuggler hätten jede Spur längst verwischt –, aber Elinor und Jocelyn haben mir gestern erzählt, dass die Behörde sich bei der für Manderley verantwortlichen Verwaltungsgesellschaft beschwert und verlangt hat, dieses Bootshaus »abzusichern«. Mein Besuch kam also gerade noch rechtzeitig; wie ich sah, als meine Augen sich an das Licht gewöhnt hatten, waren einige erste Aufräumungsarbeiten im Gange, aber wie ich gehofft hatte, war die Aktion nicht abgeschlossen. Einige von Rebeccas Besitztümern befanden sich immer noch hier.

Das halb verfaulte Mobiliar, das Tom Galbraith mir beschrieben hatte, war bereits fort, wahrscheinlich in Flammen aufgegangen. Die Tür, die in den Lagerraum im rückwärtigen Teil führte, war ausgehängt, und dahinter war nichts mehr von den Tauen und Segeln zu erkennen, die Tom gesehen hatte, den Segeln, von denen Rebecca schrieb, sie seien so fest gewickelt gewesen wie Leichentücher. Ich spähte in den dunklen Raum und wünschte mir, ich hätte eine Taschenlampe mitgebracht. Dicke Spinnweben streiften wie Hände über mein Gesicht.

Ich trat in den Bereich zurück, wo Rebecca gesessen und in ihrem Notizbuch geschrieben hatte. Im Kamin lag ein Häufchen Asche und Ruß, und die feuchte Luft roch verbrannt. Mein Herz schlug schmerzhaft rasch. Ich war mir sicher, dass ich an der Stelle stand, an der Rebecca gestorben war. Jetzt weiß ich mit Gewissheit, was ihr in jener Nacht in dem Bootshaus widerfahren ist.

Rebecca hat Maxim dazu gebracht, sie zu töten; sie hat Mord als Methode zum Selbstmord gewählt. Ich bin mir sicher, so sicher, als hätte sie mich bei der Hand genommen und mir alles erzählt. In ihrem Notizbuch behauptet sie, sie könne ihren Mann dazu bewegen, einen Mord zu begehen, und ich glaube ihr. Sie besaß eine spitze Zunge, und ich kann mir beinahe vorstellen, wie sie es angestellt hat: mit Wut und Begehren als ihren beiden Waffen. Hat

Maxim sie geküsst, bevor er sie umbrachte? Hat sie ihn überzeugt, dass der Tod die vollendete Art war, sie zu besitzen? *Bedeckt ihr Gesicht – ihre Augen blenden mich.* Vielleicht hätte ich heute Morgen nicht mit Rose über diese blutrünstigen Stücke reden sollen. Den Kopf voller Theaterstücke zu haben ist für mich ebenso gefährlich wie für Rebecca, aber sie sind lehrreich, besonders wenn die eigenen Erfahrungen so begrenzt sind wie in meinem Fall. Ich schloss die Augen, und aus der nach Holzfeuer duftenden Luft kam eine dunkle, letzte Umarmung, die mich ein wenig erschauern ließ.

Sie hatte gewollt, dass Maxim ebenfalls starb, da war ich mir sicher. Nie hätte sie ihm gestattet, in eine Zukunft ohne sie zu entkommen. Hätte sie eine Sekunde lang die Vorstellung zugelassen, er könnte weiterleben, wieder heiraten und mit einer anderen einen Erben für Manderley zeugen – mit einer Frau, die nicht unfruchtbar war? Niemals. Sie hätte gewollt, dass Maxim für das Verbrechen an den Galgen kam, sich umbrachte oder aus Reue starb. Sie hätte ihn mit in ihre Unterwelt ziehen wollen – und das hat sie natürlich auch getan. Jetzt kann niemand Manderley mehr erben; das Haus ist eine ausgebrannte Hülle, eine Ruine ohne Dach. Maxim hat nie ein Kind gezeugt, und er hat sich nach Jahren des Exils mit seiner zweiten Frau tatsächlich das Leben genommen. Sein Tod war ebenso wenig ein Unfall wie der Rebeccas. Ist sie ihm als Geist erschienen, hat sie ihn in den Tod gehetzt? Oder hat er seinen Wagen vor den Toren von Manderley zu Schrott gefahren, weil sie ihn nach all den Jahren immer noch lockte und er sich wieder mit ihr vereint wissen wollte?

Ich öffnete die Augen. Leider fehlt mir der übersinnliche Blick, den Rebecca zu besitzen behauptet – ich kann weder um Ecken noch über den Horizont hinaus schauen –, aber trotzdem hat ihr Notizbuch meine Sicht verändert. Wie hat Maxim sie getötet? Hat er sie erstickt, erwürgt oder erstochen? Oder hat er diesen Dienstrevolver benutzt, den sie als Kind einmal begehrlich betrachtet hatte? Und wie hat sie ihn so weit gebracht? Hat sie ihm Geheimnisse über ihre Liebhaber zugeflüstert oder behauptet, sie sei schwanger von einem anderen? Für den Herrn von Manderley, den Abkömmling der direkten männlichen Linie, wäre dies das schlimmste aller Verbrechen. Aber hätte Maxim sie töten können in dem Glauben, dass sie ein Kind trug? Das wäre wahrhaftig eine Sünde gewesen. Rebecca hat Recht; wenn irgendeine Tat einen Mann in die Hölle bringt, dann diese.

Die Wellen schlugen gegen die Wand des Bootshauses; ich spürte, dass etwas Böses in der Luft schwebte und mir den Atem nahm. Schon verflog meine Überzeugung, dass meine Antworten nur wenige Zoll entfernt lagen. Ich konnte keine Gewissheit finden, sagte ich mir, höchstens Theorien aufstellen. Und ich hatte darauf geachtet, diese Theorien keinem Menschen anzuvertrauen. Sie würden meinen Vater bekümmern, der Rebecca in dieser Geschichte als das Opfer zu sehen scheint, vielleicht, weil er auf diese Weise Handlungen von ihr rechtfertigen kann, die er andernfalls unentschuldbar finden würde. Und Tom Galbraith würden meine Theorien zweifellos irritieren; er würde sich darüber lustig machen.

Tom glaubt, dass Rebecca Selbstmord begangen hat, und zwar mit Maxims Dienstrevolver. Er denkt, sie hat es wie Mord aussehen lassen, um Maxim zu belasten; dass sie Jack Favell in der Hoffnung zum Bootshaus beorderte, er würde ihre Leiche finden und die Polizei rufen. Aber Favell tauchte niemals auf, und es war Maxim, der sie entdeckte, in Panik geriet und versuchte, ihre Leiche auf See loszuwerden, das Boot aber zu nahe an der Küste versenkte. Eine unbefriedigende Theorie; entweder hört Tom, wie schon gesagt, Rebecca beim Lesen nicht richtig zu, oder er ist gestört. Im Moment redet Tom von nichts anderem als der Notwendigkeit, das Notizbuch zu »verifizieren«, er hat begonnen, von »Diskrepanzen« zu sprechen. Diese realen oder eingebildeten Unstimmigkeiten haben ihn und seinen Freund in die Bretagne geführt.

Ich stand in der Mitte des dämmrigen Raumes und schob die Gedanken an Galbraith und meinen Vater beiseite; ich weigerte mich, ihre Fehlinterpretationen in Betracht zu ziehen. Was verstehen Männer schon davon, ein Haus in Ordnung zu halten oder Kinder großzuziehen? Was mich interessierte, war nicht die äußere, sondern die innere Wahrheit in Rebeccas Handlungen, und ich hörte ihre Stimme so deutlich, dass es sich anfühlte, als komme sie aus meinem Inneren und kämpfe darum, sich Gehör zu verschaffen. Ich spürte, wenn ich die Lippen öffnete, dann würde sie durch mich sprechen. Sie würde mich gewissermaßen anerkennen, und das wünschte ich mir zutiefst. Ich wollte Rebecca mitteilen, dass sie doch nicht ohne Nachkommen geblieben war. Die gleichen Frauenstimmen, die sie gehört hatte, sprachen jetzt zu mir. Ich, Ellie, war ihre Erbin – und heute musste sie mir etwas mitteilen, das von höchster Wichtigkeit war.

Was war aus dem letzten ihrer Notizbücher geworden? Ich wusste, dass es existieren musste; seit Wochen war ich mir sicher, seit dem Moment, in dem ich ihr Versprechen auf der letzten Seite des Buches las, das wir bereits besitzen. Ich wusste, dass Rebecca ihre Geschichte auf jeden Fall beendet hätte. Sie hätte sich nicht zum Schweigen bringen lassen, nicht gerade in diesem Augenblick. Irgendwie musste ich das dritte Notizbuch finden, das ihre letzten Worte, ihren letzten Eintrag enthielt.

Ich hoffte, es bei meiner Fahrt nach London zu entdecken, aber tatsächlich konnte das Buch auch hier in diesem Raum verborgen sein. Angenommen, es hatte all die Jahre in seinem Versteck gelegen? Das wäre eine Erklärung dafür, dass die anonyme, immer noch nicht identifizierte Person, der Absender der ersten beiden Notizbücher, nichts weiter schickte. Ich sah mich im Bootshaus um. Ich wusste, dass Tom Galbraith es gründlich durchsucht hatte, aber ich habe auch schon erlebt, wie eingeschränkt sein Blick manchmal ist, und heute spürte ich die wachsende Überzeugung, dass er vielleicht auf die falsche Art geschaut hatte, an den falschen Stellen. Ich hatte das Gefühl, dass das Buch direkt vor seiner Nase hätte liegen können und er es trotzdem übersehen hätte.

Tom glaubt nicht an die Existenz eines weiteren Teils. Er behauptet, Rebecca habe ihre Geschichte zu Ende erzählt, und der fragmentarische, unzusammenhängende Charakter der letzten Seiten des uns vorliegenden Notizbuchs wies darauf hin, dass sie innerlich zu einem Abschluss gelangt war. Tom Galbraith meint, nachdem Rebecca mit diesem Arzt in London gesprochen hatte, sei ihr nur noch eines zu tun geblieben, nämlich zu sterben. Und das gelang ihr nur wenige Stunden nach ihrem Termin.

Er irrt sich. Mit jedem Instinkt meines Körpers weiß ich, dass er Unrecht hat. Immer wieder betrachtete ich die zersplitterten, verlassenen, zerbrochenen Besitztümer, die bei der jüngsten Aufräumaktion zurückgeblieben waren. Die Borde, die Tom mir beschrieben hatte, waren noch vorhanden, etwas verdrecktes Geschirr war darauf gestapelt. An einem Nagel hing ein gesprungener Spiegel und zeigte mir mein zersplittertes Gesicht. Auf dem Boden lag achtlos hingeworfen eines der kleinen Holzboote, die Rebecca geschnitzt hatte. Die anderen hatten wahrscheinlich dem Feuer als Nahrung gedient. Ich hob das Spielzeug auf und drückte es an mich.

In der Ecke standen ein rostiger Paraffinkocher und ein Wasserkessel ohne Deckel. Ein mit Feuchtigkeit voll gesogener Pappkarton enthielt Bruchstücke, die so nass waren, dass sie nicht gebrannt hätten. Ich steckte die Hand hinein und tastete zwischen dem schimmligen Inhalt herum. Eine leere Tintenflasche, ein Stück von einer zerbrochenen Schreibfeder. Ich empfand unbeschreibliche Trauer. So viel Mut und Unternehmungsgeist, reduziert auf diese Fragmente.

Aber etwas steckte hinter dem Karton. Zwischen der Kiste und der Wand war hochkant ein rechteckiger Metallbehälter eingezwängt, an dessen rostiger Oberfläche noch Reste bunten Lacks klebten. Ich starrte ihn an und hörte Rebeccas Stimme, die mich anwies: *Der beste Platz, um etwas zu verbergen, ist ein ganz gewöhnliches, alltägliches Behältnis.*

Barker hatte sich erhoben und war mir nach drinnen gefolgt; leise winselnd stand er an der Tür. Ich nahm die gewöhnliche, alltägliche Keksbüchse hoch. Sie war schwer. Ohne Probleme öffnete ich sie. Darin befanden sich vier Bücher: Tennysons *Gesammelte Gedichte,* zwei kleinformatige Ausgaben von Shakespeare-Stücken, *Othello* und *Richard III.,* und ein vertrautes topographisches Werk, verfasst von meinem Urgroßvater: *Die Geschichte der Gemeinden Kerrith und Manderley, mit Wanderrouten.*

Ohne die geringsten Gewissensbisse stahl ich die Bücher und das kleine hölzerne Boot, denn ich rettete sie nur vor dem Verbrennen. Ich nahm sie mit nach The Pines, und während ich jetzt schreibe, liegen sie neben mir auf dem Schreibtisch in meinem Schlafzimmer. Seit Stunden untersuche ich sie jetzt, denn ich habe das Gefühl, zu ihnen hingeführt worden zu sein. Jetzt besitze auch ich meine Talismane.

Die beiden in rotes Maroquin-Leder gebundenen Shakespeare-Bändchen müssen aus McKendricks Zeiten stammen. Sie sind voller Bleistiftanmerkungen, die Streichungen, Bewegungen, Auftritte und Abgänge bezeichnen.

In dem Tennyson steht auf der ersten Seite in verblasster Schönschrift eine Widmung: *Für JSD, meinen geliebten Mann – 25. Juli 1900, von seiner Isolda.* Devlin hatte sein Geschenk wohl zurückgelassen, als er seine Frau verließ und nach Südafrika segelte.

Auch die *Geschichte* meines Urgroßvaters trägt eine Widmung auf der Vorsatzseite. Sie ist in der Handschrift meines Vaters verfasst: *Rebecca, hoffe, dies findet Ihr Interesse. Mit den besten Wünschen zu Ihrem Geburtstag, 7. November 1929, von Ihrem »Cromwell« alias Arthur Julyan!*

Dieses fröhliche Ausrufezeichen und alles, was es verbergen sollte, bricht mir das Herz. Armer Daddy. Ich glaube, das Buch ist nicht gelesen worden. Es ist vergilbt und stockfleckig, doch der Rücken ist glatt. Aber zwischen seinen Seiten steckte, wie ich in heller Aufregung entdeckte, ein dünnes Blatt Papier mit dem geprägten Briefkopf von Manderley. Darauf war in zwei Spalten in Rebeccas Handschrift eine Liste von Vornamen festgehalten, Jungennamen auf der linken und Mädchennamen auf der rechten Seite. Ich hatte die Liste gefunden, die sie in ihrer Londoner Wohnung geschrieben hatte, als sie nach ihrer traurigen Kauforgie mit den Babykleidern heimgekehrt war.

Wie ich es von Rebecca erwartet hätte, sind die Listen alphabetisch sortiert. *Meine Zukunft ist ein Alphabet, das ich in kleinen Fächern ordne.* Und wie ich sehe, befindet sich unter den zwölf von ihr ausgesuchten weiblichen Namen auch mein eigener: Ellen.

Es ist spät in der Nacht, und in der Ferne höre ich das Meer seufzen. Rebeccas Denkweise ist ansteckend, daher werde ich den Umstand, dass sie meinen Namen niedergeschrieben hat, als Zeichen betrachten. Ich werde ihn als die Anerkennung werten, auf die ich gewartet habe. Jetzt werde ich mir nicht mehr das Hirn zermartern und Briefe an Tom Galbraith schreiben. Was hätte das für einen Sinn, wenn der Brief zwangsläufig ausweichend, gehemmt und unnatürlich klingt?

Nein. Der Bericht meines Vaters schildert den Beginn dieser Ereignisse, und ich werde aus meiner Sicht ihr Ende aufzeichnen.

Wie soll ich das Ganze nennen? *Ellies Geschichte* ist natürlich verführerisch, aber das werde ich nicht tun. Da käme ich mir respektlos vor.

26. Kapitel

Ich will am Anfang beginnen – und mit dem Regen. Rose behauptet immer, beim Lesen komme es zu einer chemischen Reaktion zwischen den Worten auf der Seite, die niemals unbeweglich sind, und dem Gemütszustand des Lesers, bei dem das leider der Fall sein kann. Viel hängt von seiner Stimmung ab, sagt Rose – und als ich Rebeccas Notizbuch zum ersten Mal las, befand ich mich in einem empfänglichen Zustand.

Während eines Wolkenbruchs hatte ich das Buch ungelesen bei Tom Galbraith abgeliefert, und im strömenden Regen fuhr ich mit dem Pyjama und dem Rasierzeug meines Vaters ins Krankenhaus zurück. Als der Facharzt, Mr. Latimer, seine Untersuchung beendet hatte, verkündete er, er werde Daddy nicht nur über Nacht dabehalten, wie es zuvor geheißen hatte, sondern für eine ganze Woche, zu Tests und zur Beobachtung. Immer noch im strömenden Regen fuhr ich heim. Ich war aufgeregt und ängstlich, ich hatte die Scheinwerfer eingeschaltet und die Scheibenwischer auf die höchste Geschwindigkeit eingestellt, aber die Windschutzscheibe trübte sich immer wieder. Ich spähte auf die Straße vor mir, aber das Einzige, was ich sah, waren zehn Fuß Asphalt und dahinter ein Dunstschleier aus nassen Reflexen und glitzernden Lichtern.

Ich konnte nicht geradeaus fahren, und ich konnte nicht richtig denken. Sieben Tage – was hatte das zu bedeuten? Hieß das, dass Mr. Latimer mich ruhig beiseite nehmen und mir erklären würde, mein Vater müsse sterben? Das wusste ich; wir alle sind vom Tag unserer Geburt an zum

Tode verurteilt. Die Frage war nur, wie bald. Hatte mein Vater noch ein Jahr Zeit, einen Monat, Wochen, Stunden, Minuten? Auf The Pines angekommen, schloss ich auf, und das Haus kam mir gähnend leer vor. Draußen prasselte der Regen auf das Dach, floss den Hügel hinunter und rann über die Fenster, sodass man den Ozean nicht mehr sehen konnte.

Barker und ich saßen am Küchenherd und hypnotisierten das Telefon, damit es nicht klingelte. Rose erzählt immer, dass sie auf langen Flügen wach bleibt, damit die Maschine nicht abstürzt. Ich habe zwar noch nie in einem Flugzeug gesessen, aber ich weiß genau, was sie meint: Indem ich die ganze Nacht nicht schlief, verhinderte ich, dass das Krankenhaus anrief. Tom Galbraith und das Notizbuch hatte ich vollkommen vergessen. Früh am nächsten Morgen brach ich in dem ohne Unterlass strömenden Regen zum Krankenhaus auf.

»Ist etwas passiert? Geht es meinem Vater gut?«, fragte ich die Stationsschwester in ihrer gestärkten Uniform. Sie erklärte mir, meinem Vater gehe es gut, es gebe keine Veränderung – aber das stimmte nicht. Solche Anstalten ändern Menschen, insbesondere ältere, mit Furcht erregender Geschwindigkeit, und als ich sah, was innerhalb einer Nacht aus meinem Vater geworden war, fühlte ich mich krank vor Zorn und Mitleid. Man hatte ihm einen Krankenhausbademantel angezogen, der ihm zu knapp saß. Irgendwie hatten die Leute es auch zu Wege gebracht, dass er kleiner erschien. Der Mann, zu dem ich immer aufgeschaut hatte, die Säule meiner Kindheit, war auf diese Gestalt geschrumpft: ein hinfälliger Patient mit einem schlecht funktionierenden Herzen, der sich nur in der Art seiner Symptome von all den anderen schwächlichen Männern auf der Station unterschied. Die schreckliche Anonymität von Krankenhäusern versuchte sich seiner zu bemächtigen.

Sie hatten Daddy an eine Reihe brummender, flackernder Monitore angeschlossen. Da lag er, und auf seiner halb entblößten Brust klebten Drähte und Pflaster. Er bedeutete mir alles, und seine Welt war jetzt auf ein Metallbett in einer engen, von geblümten Vorhängen begrenzten Kabine reduziert. Eine Sekunde lang, bevor mein Vater seine Gefühle verbergen konnte, sah ich die Angst und die unbestimmte Trauer in seinen Augen. Dann wurde sein Blick fest, er sah mich an, und alles, was zwischen uns gesagt werden musste, tauschten wir aus, während wir einander schweigend anschauten. Er legte die Hand auf meine. »Ah, Ellie«, sagte er. »Meine liebste Ellie.«

Ich verbrachte einen scheußlichen Morgen im Krankenhaus, bevor das Personal schließlich die Geduld verlor und mich hinauswarf. Man verbannte mich in ein von kaltem blauem Neonlicht erhelltes Wartezimmer, und während die Ärzte Tests mit meinem Vater anstellten, hielt ich grimmig und ohnmächtig Wache. Auf einem gelben Tisch lag ein hoher Stapel zerfledderter Zeitschriften über alles, was weiblichen Fleiß ausmacht – hausbackene Rezepte und Strickmuster, Ratschläge, wie man ein Kleid näht, Marmelade kocht oder einem zahnenden Baby hilft. Mir bedeuteten sie so wenig, dass sie ebenso gut in Sanskrit geschrieben hätten sein können. Ich versuchte, die Vergangenheit meines Vaters heraufzubeschwören, das schien mir die einzige Art, mich zu versichern, dass ich ihn nie verlieren würde. Aber diese Vergangenheit weigerte sich, irgendeine Ordnung oder Chronologie anzunehmen. Im Vorbeirasen der Jahrzehnte geriet alles durcheinander, sodass das Triviale und das Bedeutsame mir auf gleicher Ebene erschienen.

Ich sah meine Eltern als Ehepaar, die gestreifte Tapete in einem Haus, das wir in Singapur gemietet hatten, die Medaillen, die Daddy in seiner Schreibtischschublade versteckt. Ich sah meine Mutter als junge, kräftige Frau und auf dem Totenbett; ich sah meinen Bruder, der Gedichte deklamierte, und Daddy, der ihm erklärte, Lyrik sei etwas für weibische Männer. Ich sah mich selbst, wie ich selig auf meinem ersten Fahrrad den Hügel nach Kerrith hinunterrase, und meine Schwester Lily, wie sie in der Küche von The Pines zu einer Blues-Melodie tanzt, die sie herausfordernd laut auf ihrem aufziehbaren Grammofon abspielt. Ich sah Barker als fetten Welpen auf einem Paar Schuhe kauen, Rebeccas Wagen, der den Hügel nach The Pines heraufgedonnert kommt; ich hörte verbitterte Stimmen hinter geschlossenen Türen, sah das Gesicht meines Vaters, als das Telegramm mit der Nachricht von Jonathans Tod kam, und sah jeden einzelnen Faden an dem Kettstich auf einem Tabakbeutel, den ich mit acht Jahren als Geburtstagsgeschenk für Daddy liebevoll bestickt hatte.

War das ein ganzes Leben? Das Herz tat mir weh. Ich schuldete meinem Vater mehr als diese traurige Sammlung von Fragmenten – besonders jetzt, da das Krankenhaus und der Tod darauf warteten, seine Identität auszulöschen. Ich war sehr zornig auf mich selbst und verhielt mich zweifellos wütend und anklagend Mr. Latimer gegenüber, als er endlich kam, um mit mir zu sprechen.

Mr. Latimer ist erst vor kurzem aus einem hochgestochenen Londoner Lehrkrankenhaus gekommen und jünger, als ich gedacht hätte, um die Vierzig. Er ist groß – nicht ganz so groß wie Tom Galbraith, aber auf jeden Fall über einen Meter achtzig. Manche Frauen würden ihn gut aussehend finden; er besitzt dunkles Haar, graue Augen, aus denen er einen verwirrend fest ansieht, und scheint ein guter Beobachter zu sein. Vielleicht war ich ihm gegenüber voreingenommen. Ich nahm ihm übel, wie er meinen Vater überrumpelt und darauf bestanden hatte, dass er hierblieb. Überflüssig zu sagen, dass die Oberschwester ein Loblied auf ihn gesungen und geschwärmt hatte: was für ein ausgezeichneter Arzt, so distinguiert und von solch einem Ruf in medizinischen Kreisen ... Aber ich hatte gestern beobachtet, wie die Schwestern ihn umschwirrten, gurrten und vor ihm katzbuckelten, und ihn für arrogant gehalten.

Seitdem habe ich meine Meinung geändert. Mr. Latimer ist ein kluger Mann und hat meine Feindseligkeit gespürt; sogar möglich, dass er sich bewusst bemüht hat, sie zu zerstreuen. Auf jeden Fall nahm er sich an jenem Tag weit mehr Zeit für mich, als ich erwartet hätte, und erklärte mir geduldig, was er mit diesen Untersuchungen und der Beobachtung im Krankenhaus bezweckte. Er war ruhig und verständnisvoll – und vorsichtig optimistisch, obwohl wie immer, wenn Ärzte ein Urteil abgeben, viele Wenns und Abers dabei waren. Zu meinem Erstaunen wollte er auch einige persönliche Details von mir wissen, fragte mich nach meinem Alter und so weiter. Und er stellte mir viele eingehende, forschende Fragen über unser Leben auf The Pines, weit mehr, als mir notwendig erschien.

»Wir führen ein ruhiges Leben«, erklärte ich ihm. »Viel gehen wir nicht mehr aus, und mein Vater mag keine Gäste einladen. Ich versuche, eine gewisse Routine aufrechtzuerhalten: regelmäßige Mahlzeiten, jeden Nachmittag einen kurzen Spaziergang. Mein Vater neigt dazu, sich mit der Vergangenheit zu beschäftigen, und das belastet ihn manchmal sehr. Daher versuche ich ihn abzulenken. Ab und zu spielen wir Karten, oder ich lese ihm vor ...«

Latimer hatte mich aufmerksam angesehen. Mir war bewusst, wie langweilig das klang, und mir ging auf, dass er auch mich für langweilig halten musste – nicht, dass es darauf angekommen wäre. Das Blut stieg mir in die Wangen. »Und wer sucht die Bücher aus, die Sie ihm vorlesen?«, fragte er schmunzelnd. In dem festen Blick seiner grauen Augen sah ich Mitgefühl, vielleicht sogar Sorge, also log ich. »Ich«, antwortete ich. Mitleid kann ich wirklich nicht gebrauchen.

Schon merkwürdig, was Ärzte einem alles entlocken. Bestimmt liegt das daran, dass wir ihnen wie Priestern besondere Kräfte zuschreiben, weil wir nur zu gern an ihre Weisheit und ihr Verständnis glauben möchten. Ich stellte fest, dass ich Latimer Dinge verriet, über die ich nie zuvor gesprochen hatte. Ich erzählte ihm sogar von den Monaten, in denen ich keine Nacht durchschlafen konnte, den Schreien im Dunkel und den immer wiederkehrenden Albträumen meines Vaters.

»Ich verstehe«, meinte Latimer und machte sich eine kleine Notiz auf dem Klemmbrett, das er bei sich trug.

Später – und merkwürdigerweise bei einem ganz anderen Thema – fragte er mich ruhig, ob meinem Vater etwas »auf der Seele liege«. Die Redewendung fiel mir auf, obwohl ich mich aus irgendeinem Grund nicht genau erinnere, was ich ihm geantwortet habe.

Latimer verordnete meinem Vater ab sofort äußerste Ruhe – und mich verbannte er bis auf die strikt einzuhaltende Besuchsstunde am Nachmittag aus der Klinik. Also fuhr ich nach The Pines zurück, immer noch im strömenden Regen, der für den Rest dieser sieben Tage andauerte. Dies war ein merkwürdiger Zeitraum in meinem Leben, eine Phase wie keine andere, in der ich mich von der Außenwelt abgeschnitten fühlte. Und in diesem Zustand befand ich mich, als an jenem ersten Nachmittag plötzlich ein totenbleicher Tom Galbraith vor der Tür stand. In seinem durchweichten Regenmantel steckte Rebeccas kleines schwarzes Notizbuch.

Er wollte, dass ich es las, aber zuerst musste er mir erklären, wer er wirklich war und in welcher Verbindung er selbst zu den von Rebecca geschilderten Ereignissen stand. Das fiel ihm entsetzlich schwer; vielleicht wirken die Jahre im Waisenhaus in ihm nach und er fürchtet deshalb Vertrauen, Freundschaft und Intimität so sehr. Er verhält sich immer, als zögere er, sich auf Nähe einzulassen, weil sie ihm augenblicklich wieder entzogen werden könnte. Aus diesem Grund – oder aus anderen, die ich nicht kenne – scheint er sich davor zu ängstigen, »erkannt« zu werden, als könne dieses Wissen einem anderen Macht über ihn verleihen.

Er fand es unbeschreiblich schwer, mir ehrlich zu sagen, warum er ursprünglich nach Kerrith gekommen war, und als er auf den Inhalt des Notizbuchs kam und berichtete, was er daraus über seine Abstammung und seine Geburt erfahren hatte, da sprach er sehr schnell, auf eine kalte, wegwerfende Art. Ich kann mir vorstellen, dass er das für seinen besten Schutz hielt.

Was er mir erzählte, erstaunte mich, und ich freute mich sehr für ihn. Aber jetzt sehe ich, dass wir aneinander vorbeiredeten. Ich war der Meinung, für jemanden, der so wie er aufgewachsen war, mit seinem Hintergrund aus den Jahren im Heim und der ewigen Unsicherheit über seine Herkunft, müsse dieses Notizbuch ein kostbares Geschenk darstellen. Immer noch denke ich, wenn ich meine Mutter nicht gekannt hätte, wäre ich an seiner Stelle überglücklich gewesen, sie in der eigensinnigen und mutigen Isolda mit dem wunderschönen Haar zu finden, die barfuß in der Brandung tanzte. Ich glaubte, er müsse sich von Herzen freuen, dass er wirklich mit Rebecca verwandt war, wenn auch nicht so, wie er vermutet hatte. Das musste ihm doch ein Gefühl der Zugehörigkeit und Identität schenken. Jetzt hatte er eine Familie und eine Geschichte – warum gab ihm das nicht ein Gefühl der Sicherheit, nachdem er so lange damit zugebracht hatte, nach beidem zu suchen?

»Was, das heißt ja, dass Sie mit Elinor und Jocelyn verwandt sind«, rief ich aus. »Die beiden sind Ihre Cousinen, Tom, wie erstaunlich! Sie werden selig sein; Sie werden das Kind sein, das sie niemals hatten. Wann wollen Sie ihnen davon erzählen? Oder haben Sie es den beiden schon gesagt?«

»Nein. Ich habe ihnen nichts davon verraten – und ich weiß gar nicht, ob ich das tun werde. In nächster Zeit jedenfalls nicht. Da ist so vieles, über das ich nachdenken muss ...«

Ich nahm mich zusammen. Natürlich hatte ich das Notizbuch noch nicht gelesen, daher konnte ich nicht wissen, wie aufwühlend dieses Dokument besonders für Tom war. Es sind dunkle Punkte darin, es ist von Düsternis durchwebt, und als ich in sein Gesicht sah, begann ich das zu spüren. Mir wurde klar, dass ich meine Grenzen überschritt, dass ich nicht die geringste Ahnung hatte, wie er empfand. Ich kam aus einer so normalen Welt und er aus einer so abnormen; meine Gedanken waren vom Tod erfüllt und seine von seiner Wiedergeburt. Diese Kluft erschien mir unüberwindlich.

Eine seltsame, traumartige Unterhaltung war das. Sie fand in der Küche statt, aber ich war mir nicht ganz sicher, wo wir uns befanden oder welches Jahr wir schrieben. Ich hatte das Gefühl, als seien wir beide in den Strudel der Vergangenheit gezogen worden und wirbelten durch die Jahrzehnte. Beim Blick in Toms besorgtes Gesicht fühlte ich mich tieftraurig und ausgelassen, nüchtern und benommen zugleich, als stünde ich am Rand einer Klippe und könnte jede Minute in einen Abgrund stürzen. Völlig konfus konnte ich nur eines denken: Er brauchte Liebe – das war das einzige Mittel, ihn aus seiner Verwirrung zu reißen. So durcheinander und panisch war ich, dass ich ihm beinahe gesagt hätte, was ich für ihn empfinde. Aber Gott sei Dank hielt ich den Mund.

Ich schluckte den Satz hinunter und fühlte mich erst recht wie erstickt von dem ohnmächtigen Wunsch, etwas zu unternehmen. Tom schob seinen Stuhl zurück und erhob sich. Auch ich stand auf. Der Regen prasselte, Barkers Pfoten zuckten im Traum. Ich befand mich in einem schrecklich verworrenen, bekümmerten Gemütszustand, ängstigte mich um meinen Vater und um Tom und war zornig auf mich selbst, weil ich so normal und unzulänglich war. Ich glaube, er sah, wie einige dieser Empfindungen sich auf meinem Gesicht malten, und er war ebenso besorgt um mich wie ich um ihn. Sanft zog er mich in die Arme, und als Nächstes erinnere ich mich daran, dass ich ihn küsste. Etwas anderes fiel mir nicht ein, um ihn zu erreichen. Schon einmal hatte ich ihn geküsst, als ich ihm das Notizbuch brachte – Gott weiß, warum –, aber das war eine kurze, beiläufige Geste gewesen. Dieses Mal war das anders.

Viel Erfahrung in dieser Hinsicht besitze ich nicht, aber ich erkenne Verzweiflung. Dieses Mal erwiderte er meinen Kuss, und der Kuss dauerte sehr lange. Dann war er zu Ende. Merkwürdig beschämt und abrupt machte Tom sich von mir los und verabschiedete sich kurz darauf. Seitdem haben wir uns oft gesehen, und er hat mich über alles, was er entdeckt hat, auf dem Laufenden gehalten. Aber als ich ihn das nächste Mal sah, standen seine Barrieren wieder an ihrem Platz.

Zuerst glaubte ich, er gehe auf Distanz, weil er sich durch seine uneheliche Geburt mit einem Makel behaftet fühlte, was mir nicht das Geringste ausmacht, ihm aber schon. Dann wurde mir klar, dass zwischen uns eine offensichtlichere Schranke verlief. Endlich verstand ich: Er liebte jemand anders, und deswegen hatte er so schuldbewusst reagiert. Er begann Andeutungen in dieser Richtung zu machen, aber er sprach nie direkt von dieser Frau, und ich hätte nicht gewagt, ihn danach zu fragen. Daher verriet er mir ihren Namen erst mehrere Wochen später. Inzwischen schien er mir mehr als früher zu vertrauen und begann mich wie einen Freund zu behandeln, auf den man sich verlassen kann, was irgendwie auch ein Fortschritt war. Natürlich kam es zu keinem weiteren Kuss; wahrscheinlich war schon der eine von seiner Warte aus eine Verirrung gewesen.

Sobald Tom gegangen war, begann ich Rebeccas Aufzeichnungen zu lesen. Spätabends in meinem Schlafzimmer las ich immer noch und näherte mich dem fragmentarischen Ende. Rebeccas Worte flogen von der Seite geradewegs in mein Herz. Dieses geflügelte Mädchen schenkte mir Flügel – aber, wie ich in der Folge feststellte, andere Menschen, die ihre Geschichte lasen, reagierten ganz unterschiedlich.

Also war vielleicht mein eigener Gemütszustand an meiner Reaktion schuld. Sollte die trockene, kluge, skeptische Rose mich jetzt bitten, diesen Zustand zu beschreiben, was sollte ich antworten? Ich fühlte mich zwischen Leben und Tod eingequetscht wie zwischen zwei Buchdeckeln. Rebecca schrieb, dass sie ein Kind zur Welt bringen würde, während sie in Wirklichkeit den Tod in sich trug. Geburt, Tod, Liebe, Hass, die vielen Gestalten, in denen Mord daherkommen kann, diese Mächte wirbelten mir aus Rebeccas Seiten entgegen, und meine eigenen Unsicherheiten, Hoffnungen und Ambitionen gesellten sich stürmisch hinzu. Das war wie ein Mahlstrom, und inmitten eines Strudels ist niemand objektiv. Genau das würde ich Rose erklären, sollte sie sich je die Mühe machen, mich danach zu fragen.

Auf Tom Galbraiths Vorschlag fertigte ich als Nächstes eine Kopie des Notizbuchs an. Tom bestand darauf, der anonyme Spender habe es an meinen Vater geschickt, daher sei es Daddys Eigentum. Er solle es lesen dürfen, sobald er kräftiger war – bis zu einem gewissen Punkt war ich da seiner Meinung. Aber Tom wollte ebenfalls in der Lage sein, das Buch nach Belieben zu konsultieren. Er sagte, er wolle eine Reihe von Angaben überprüfen; bei dieser Gelegenheit gebrauchte er zum ersten Mal das Wort *verifizieren.*

Mir gefiel das Wort nicht, es klang so kalt. Aber ich sah, wie stark Tom sich wünschte, diese Geschichte in seiner Nähe zu haben. Und ich sah noch andere Vorteile, daher war ich einverstanden. Abgesehen von allem anderen hätte ich dann etwas zu tun.

Den Rest der verregneten Krankenhauswoche verbrachte ich damit, Rebeccas Worte abzuschreiben. Ich hätte meine alte Hermes-Reiseschreibmaschine benutzen können, aber meine Tippfähigkeiten sind nicht mehr das, was sie waren. Außerdem hatte ich im Krieg beim weiblichen Armeekorps in einem Schreibsaal gearbeitet und danach – bevor die Gesundheit meines Vaters sich verschlechterte – eine Zeit lang als Teilzeitsekretärin in einem Anwaltsbüro in der Nähe, und im Ergebnis assoziiere ich Maschinenschreiben mit Sklaverei.

Ich entschied mich für Feder und Tinte. Eine Handschrift ist so unverwechselbar wie eine Stimme, und in meiner ordentlichen, leserlichen Schrift sah Rebeccas Geschichte ganz anders aus. Sie wirkte irgendwie schlecht übersetzt, und ihre Eigentümlichkeiten waren deutlicher wahrzunehmen. Ich bin eine aufmerksame Leserin – darin hat Rose mich trainiert –, daher hatte ich die Lücken in Rebeccas Aufzeichnungen schon bemerkt, mir aber keine Gedanken darüber gemacht, sondern sie als zum Ton ihrer Erzählung gehörend akzeptiert. Jetzt, in meiner Handschrift, hatten diese Lücken sich zu Abgründen aufgetan, und was mir zuvor unschuldig erschienen war, wirkte jetzt wie eine bewusste Verschleierung. Ich bemerkte an etlichen Stellen Anspielungen auf das Ausweichen vor der Wahrheit, auf das Betrügen beim Spiel. Darüber machte ich mir Gedanken, aber ich war überzeugt, dass ein drittes Notizbuch existieren musste, und sagte mir, die meisten meiner Fragen würden dort, in Rebeccas letztem Eintrag, Aufklärung finden.

Ich war eine getreue Sekretärin. Nur eine Veränderung nahm ich vor. Ich hatte bereits entschieden, dass wir meinem Vater meine Kopie der Erzählung geben würden – Tom sollte das Original ruhig behalten. Das bedeutete, dass ich eine kleine Korrektur anbringen konnte. Dort, wo Rebecca schreibt, falls sie stürbe oder plötzlich verschwinden würde, könne sie sich darauf verlassen, dass ihr »guter Freund Arthur Julyan« auf einer umfassenden Untersuchung bestehen würde, griff ich ein und nahm den Satz heraus. Mein Vater hegt in dieser Hinsicht schon genug Schuldgefühle, und ich war entschlossen, ihn vor einer Bemerkung zu schützen, die ihm Schmerz bereiten würde. In anderen Worten, ich zensierte den Absatz.

Eine Woche war vergangen, als ich meine Arbeit beendet hatte, und ich glaubte, dass wir mit der nächsten Lieferung rechnen könnten. Tom sagte, Jack Favell habe Rebeccas Diamantring am selben Tag erhalten wie mein Vater das erste Notizbuch. Sieben Tage später war dann das zweite Notizbuch gekommen. Dieser anonyme Absender ging merkwürdig methodisch vor! Ich war davon überzeugt, dass an diesem Donnerstagmorgen mit der frühen Post ein drittes Notizbuch auftauchen würde. Barker und ich lungerten in der Diele herum und warteten auf den Briefträger. Er brachte eine Mitteilung vom Finanzamt und eine Rechnung vom Lebensmittelladen. Wir warteten auf die zweite Post: nichts.

Ich war enttäuscht und frustriert, denn ich brannte darauf, mehr zu erfahren. Tom Galbraith beschäftigte sich mit seinen langweiligen »Verifizierungsarbeiten« und war auf der Suche nach sekundären Quellen, die Rebeccas Aussagen belegen sollten. Mich machte das ungeduldig. Am liebsten hätte ich unmittelbar die primäre Quelle angezapft; ich wollte Rebeccas Stimme noch einmal hören.

Das Abschreiben ist ein merkwürdiger Prozess. Inzwischen war sie meine Freundin und Vertraute geworden, und es ist möglich, dass ich ihren Verlockungen gegenüber besonders empfänglich war. Ohne meinen Vater fühlte ich mich einsam in The Pines, und ich wusste, dass unvermeidlich eine noch größere Einsamkeit auf mich wartete. Ich wünschte, ich könnte lernen, das Leben so furchtlos anzupacken wie Rebecca.

Als keine weitere Sendung eintraf, gab ich der Versuchung nach, ging ins Arbeitszimmer meines Vaters und sah die Aktenordner an, die er ordentlich auf seinen Schreibtisch gelegt hatte, bevor er ins Krankenhaus gefahren war. Darin befanden sich die Früchte der Nachforschungen, die er in den vergangenen Wochen durchgeführt hatte. Er hatte mir nicht verboten, die Ordner zu öffnen. Andererseits hatte er mich auch nicht ausgesprochen dazu ermuntert.

Ich umkreiste seinen Schreibtisch, betrachtete die Bücherwälle, zog die Schubladen mit den Schmetterlingen auf und schloss sie wieder. Barkers Knochen knackten arthritisch, als er sich auf dem Kaminvorleger niederließ und mich erwartungsvoll anschaute. Kurz kämpfte ich mit meinem Gewissen, dann gab ich nach und öffnete die diversen Ordner und Kästen.

Armer Daddy. Nicht erstaunlich, dass er sein »Archiv«, wie er es nennt, so eifersüchtig hütet, und kein Wunder, dass er zögerte, es Tom oder mir zu zeigen. Eine solche Inspektion hätte seinen Stolz schwer verwundet, denn der Inhalt war kläglich. Woraus bestanden nun die viel beschworenen exklusiven Informationen meines Vaters? Da waren seine eigenen Aufzeichnungen über seine »Suche«, die ich ein andermal lesen würde, falls er es mir gestattete; Einladungskarten zu Gesellschaften auf Manderley; ein paar hingekritzelte Notizen von Rebecca, lokale Wohltätigkeitsveranstaltungen betreffend; die Programme der jährlichen Regatten in Kerrith, an denen sie immer teilgenommen hatte; einige Rezepte aus Manderley, um die meine Mutter gebeten hatte.

Ich hatte das Gefühl, mich auf verbotenem Terrain zu bewegen, aber ich setzte meine Suche fort. Zunächst entdeckte ich nur einen Anhaltspunkt von Interesse, nämlich eine Fotografie von vier Frauen in üppigen Kleidern, die im Garten auf Manderley Tee tranken. Auf der Rückseite bezeichnete eine Notiz in der Handschrift meines Vaters sie als die drei schönen Grenville-Schwestern und Max' Großmutter, das »alte Biest« aus Rebeccas Erzählungen.

Die Großmutter sah gebieterisch aus, Evangelines Züge wurden durch einen riesigen Hut verdeckt, und die arme Virginia hatte das Gesicht abgewandt. Die schöne Isolda war auf dem Bild ungefähr sechzehn. Sie saß zu Virginias Füßen im Gras, und ihr prachtvolles Haar, das sie offen trug, fiel ihr über die Schultern. Ich holte mir das Vergrößerungsglas meines Vaters: Isoldas sepiafarbene Miene war ärgerlich; die Lippen leicht geöffnet, blickte sie stirnrunzelnd in die Kamera. Auf allen Fotografien gibt es eine geheimnisvolle Macht, eine Person, die nicht zu sehen ist, nämlich den Fotografen. Wer hatte dieses Bild aufgenommen? Lionel de Winter?

Abgesehen von diesem Foto war der einzige weitere Fund von Interesse ein Bündel Briefe von Maxim de Winter, die sich zuerst ebenfalls als trocken und enttäuschend erwiesen. Doch dann, ganz unten in dem Stapel, entdeckte ich den letzten. Er war nach Singapur adressiert und in einer kleinen, engen, schrägen Handschrift auf dünnem Luftpostpapier verfasst.

Mein lieber Julyan,

habe mich gefreut, von Ihnen zu hören. Es ist eine ausgezeichnete Neuigkeit, dass Sie und Ihre Familie in Kürze nach Kerrith zurückkehren werden. Machen Sie sich keine Sorgen, Sie könnten »unterbeschäftigt« sein, wie Sie das ausdrücken. Sobald Sie hier sind, werden Sie rasch feststellen, dass jedes verdammte Komitee von Wohltätern versuchen wird, Sie zu kooptieren. Wie ich höre, wird auch am Gericht ein Posten vakant. Wenn Sie also interessiert daran sind, sich das Amt eines Frie-

densrichters und Magistrats aufzuladen, dann sagen Sie es nur, und ich lege ein Wort für Sie ein. Ihre Ernennung ist Ihnen dann gewiss.

Aber ich habe Ihnen etwas Wichtiges mitzuteilen. Ich werde bald heiraten und damit all die vermaledeiten Langweiler Lügen strafen, die fest der Meinung waren, ich sei auf dem Weg, ein knurriger alter Hagestolz zu werden. Endlich bin ich der einzigen Frau begegnet, die ich jemals zu meiner Gattin machen könnte. Ihr Name ist Rebecca; ihr inzwischen verstorbener Vater lebte im Ausland und hat durch Investitionen in südafrikanischen Bergwerken ein Vermögen gemacht. Wir haben gemeinsame Bekannte und bewegen uns zum Teil in den gleichen Kreisen, wenn auch Rebeccas engerer Kreis ein wenig zu freizügig und modisch für meinen Geschmack ist. Zum ersten Mal habe ich sie letzten Sommer bei verschiedenen Gesellschaften in London gesehen, aber nicht erreicht, ihr vorgestellt zu werden. Sie ist das wunderschönste Wesen, das mir je unter die Augen gekommen ist; von dem Moment an, als ich sie zum ersten Mal sah, war ich überwältigt.

Weiter will ich nicht versuchen, Rebecca zu beschreiben. Wenn Sie zurückkehren, werden wir bereits verheiratet sein. Wir haben vor, die Hochzeit in großem Stil in Frankreich zu feiern, wo Rebecca Verwandtschaft hat. Unsere Flitterwochen werden wir vielleicht in einem Château verbringen, das sie dort besitzen, und dann nach Monte Carlo weiterreisen, der Sonne entgegen. Wir werden im Frühling zurückkehren, wenn Manderley am bezauberndsten ist. Sie werden sich also zu gegebener Zeit selbst davon überzeugen können, welch außerordentliche Frau Rebecca ist und was für ein Glückspilz ich bin, diesen Preis errungen zu haben – gegen eine mörderische Konkurrenz, wenn ich das bemerken darf! Ich glaube, Beatrice wusste nicht so ganz, was sie mit ihr anfangen sollte – Sie wissen ja, wie konservativ Bee sein kann –, aber meine Großmutter ist ihr vollständig erlegen. Wenn ich noch Zweifel gehegt hätte –

was natürlich nicht der Fall war –, dann hätte Gran sie vom Tisch gefegt!

Letzte Woche habe ich Rebecca zum ersten Mal nach Manderley gebracht. Wie Sie sich vorstellen können, war ich sehr nervös. Aber sie hat sich auf den ersten Blick in das Anwesen verliebt, was mich enorm erleichtert hat. In meiner Dummheit hatte ich gefürchtet, sie könnte es zu entlegen finden oder ihren schicken großstädtischen Standards nicht angemessen. Manderley entspricht nicht jedem Geschmack, und manche Frauen finden es Furcht einflößend – aber wie ich festgestellt habe, lässt Rebecca sich von nichts schrecken.

Gott weiß, dass der alte Kasten ziemlich heruntergekommen aussieht. Seit dem Krieg hatte ich genug damit zu tun, das Gut wieder in Schwung zu bringen, und selbst mit Crawleys Hilfe war das ein harter Kampf. Und was das Haus anging, wusste ich einfach nicht, wo ich anfangen sollte – seit dem Tod meines Vaters ist dort kaum etwas verändert worden –, aber das schüchtert Rebecca nicht ein. So wie ich sieht sie sein Potenzial und sagt, dass sie kaum abwarten kann, ans Werk zu gehen.

Kaum vermag ich den Aufruhr der letzten Monate zu beschreiben und die Veränderung, die Rebecca in mein Leben gebracht hat, Arthur. Ich erinnere mich, dass Sie mir einmal sagten, die Ehe sei so etwas wie ein sicherer Hafen. Aber ich kann nicht behaupten, dass ich im Moment dieses Gefühl habe; mir ist eher, als segle ich aufs offene Meer hinaus. Dort sind die Wetterbedingungen unvorhersehbar, und ich fühle mich durch mächtige Strömungen hin und her gerissen. Zu lieben und zu glauben, dass diese Liebe erwidert wird, große Freude zu empfinden, aber zugleich von den Zweifeln und Ängsten eines Liebenden geplagt zu werden ... Nun, wahrscheinlich erhalte ich jetzt meine gerechte Strafe für die Jahre, in denen ich nicht an Romantik geglaubt habe. Endlich entdecke ich alle Qualen, die ich zu verlachen pflegte, und das Ergebnis ist, dass ich nicht ver-

nünftig schreiben kann – ja, wie ich sehe, nicht einmal leserlich. Vergeben Sie mir.

Kommen Sie uns besuchen, sobald Sie zurück sind, aber machen Sie sich auf einige Überraschungen gefasst. Rebecca ist anders als alle Frauen, die ich je gekannt habe. Von ihr geht eine Art Leuchten aus, sie ist so furchtlos wie ein Mann und Gott sei Dank nicht die Art von konventioneller Frau, die ich nach Meinung der Leute heiraten sollte. Sie werden feststellen, dass sie eine erstaunlich direkte Art besitzt, und das mag in dieser Gegend zu einigem Naserümpfen führen. Aber da Sie mich besser kennen als die meisten Menschen, werden Sie gewiss verstehen, warum ich nicht zögerte, als ich ihr endlich begegnete – vollkommen zufällig, auf dem Schiff, als ich kürzlich von meiner Amerikareise zurückkehrte. Damit Sie vorgewarnt sind, möchte ich Ihnen im Vertrauen und ganz unter uns ...

Ich schlug das Blatt um, aber da war keine nächste Seite. Ich durchwühlte die Papiere in dem Ordner, aber nein ... die Fortsetzung von Maxims Brief fehlte. Anscheinend würde ich nicht erfahren, was Maxim meinem Vater im Vertrauen hatte mitteilen wollen.

Mehrere Wochen später, als ich meinem Vater beichtete und ihm gestand, dass ich seine Akten angesehen hatte, fragte ich ihn nach der fehlenden Seite. Er behauptete, sie sei schon vor langer Zeit verloren gegangen und hätte nur enthüllt, dass Rebeccas Mutter Schauspielerin gewesen sei. Ich bin mir sicher, dass mein Vater mich nicht anlügt, aber an diesem Tag war ich misstrauisch. War es möglich, dass er die Unterlagen aus einem bestimmten Grund zensiert hatte, so wie ich? Könnte er sonst noch Dokumente vernichtet haben? Das wäre jedenfalls eine Erklärung dafür, warum seine Sammlung so schmal war.

Ich betrachtete das Aschehäufchen im Kamin, aber das war kein Beweis, denn bis mein Vater ins Krankenhaus gegangen war, hatten wir dort jeden Abend ein Feuer angezündet.

Als mein Vater nach The Pines zurückkehrte und Rose für eine Weile zu uns kam, musste ich diese Themen für einige Zeit ad acta legen, bis ich mir sicher war, dass Daddys Zustand sich stabilisiert hatte. Eine Operation hatte Mr. Latimer ausgeschlossen und stattdessen eine große Anzahl Tabletten verschrieben, von denen die Hälfte nur den Zweck zu haben schien, die Nebenwirkungen der übrigen auszugleichen. Außerdem hatte er ein strenges Regiment angeordnet: leichte, regelmäßige Mahlzeiten, viel Ruhe, maßvolle Bewegung und keine Sorgen oder Aufregung. Ich hatte immer noch abergläubische Angst, die Krankheit meines Vaters könnte teilweise durch seine Schuldgefühle über Vergangenes verursacht sein. So weihte ich Rose in das Geheimnis um die anonymen Päckchen ein. Sie und Tom Galbraith mussten mir aber versprechen, Daddy gegenüber weder Rebecca noch ihr Notizbuch zu erwähnen.

Dies war einfacher, als ich gedacht hatte, zum Teil, weil Tom sich zu seinen Recherchen häufig in London aufhielt, und zum Teil, weil mein Vater sich, wie ich rasch entdeckte, einen neuen Favoriten zugelegt hatte. Daddy misstraut allen Ärzten und hegt tiefe Verachtung für die Medizin, aber Mr. Latimer hatte es ihm angetan. Mein Vater schluckte nicht nur widerstandslos alle Pillen, die er verschrieb, er lud ihn nicht nur mehrmals nach The Pines ein, sondern er lobte ihn auch bei jeder Gelegenheit in den höchsten Tönen. Francis Latimer sei ein brillanter Arzt und ein angenehmer Zeitgenosse; er sei klug und belesen; seine politischen Ansichten seien ein wenig radikal, aber er sei ein anregender Gesprächspartner und »ein Gewinn für die Gemeinde«. Was Latimer über die Funktion des menschlichen Herzens nicht wisse, könne man an fünf Fingern abzählen; er allein sei verantwortlich für den außerordentlich verbesserten Gesundheitszustand meines Vaters, und vor allem »sagte er seine Meinung«, »nahm die Dinge in die Hand« und »fackelte nicht lange« – im Gegensatz zu gewissen anderen Leuten, die mein Vater jetzt nennen könnte.

Latimer war im Begriff, nach einigen nicht genau benannten Problemen in seinem Leben einen Neuanfang zu machen. Für den Übergang hatte er ein Haus in der Nähe der Klinik gemietet, wollte sich aber auf Dauer näher am Meer niederlassen. Er hatte zwei kleine Söhne, Michael und Christopher. Wie sich herausstellte, war er außerdem geschieden, und als ich das hörte, war ich noch erstaunter über die Freundschaft zwischen meinem Vater und ihm. Mein Vater glaubt an die Unauflöslichkeit der Ehe, lehnt die Scheidung kategorisch ab und geht Menschen, die mit diesem Makel behaftet sind, für gewöhnlich aus dem Weg. Die langjährige Affäre meiner Schwester Lily mit einem verheirateten Mann hatte zum endgültigen Bruch mit meinem Vater geführt, und ich hatte nie den geringsten Hinweis darauf gesehen, dass Daddy seine antiquierten Ansichten geändert hätte, obwohl die Entfremdung von meiner inzwischen verstorbenen Schwester ihm großen Schmerz bereitet hat und immer noch bereitet.

Später sollte Francis Latimer auch in meinem Leben eine gewisse Rolle spielen, doch anfangs stand ich ihm argwöhnisch gegenüber. Er besuchte uns mindestens zweimal wöchentlich, angeblich als Gast, aber ich sah, dass hier nicht alles so war, wie es schien. Ich war mir sicher, dass der Doktor ebenso aus beruflichen wie aus gesellschaftlichen Gründen kam, und die Motive meines Vaters waren nicht so selbstlos, wie er glauben machen wollte. Latimer behielt seinen Patienten im Auge, und mein Vater schien zu meinem Erstaunen Latimer als potenziellen Käufer für The Pines zu betrachten.

Jedes Mal, wenn er kam, verabreichte mein Vater ihm eine Führung. Er rühmte die Aussicht, er wies auf die Palme und die Araukarie hin; er schlurfte in die Küche und sang ein Loblied auf den Herd, der jede zweite Woche den Geist aufgab, obwohl Daddy davon natürlich nichts erwähnte. Nonchalant ging er über das undichte Dach, die verrosteten Regenrinnen und die morschen Fensterrahmen hinweg. »Sie können von hier aus das Meer sehen, Latimer«, pflegte er zu sagen. »Und Sie können es fast von jedem verdammten Fenster aus sehen.«

Francis Latimer, dem kaum etwas entgeht, bemerkte die

Baufälligkeit des Hauses durchaus, glaube ich. Die Ruhmeshymnen meines Vaters amüsierten ihn, was er jedoch hinter einer ernsten Pokermiene verbarg. Einmal standen wir am Rand unseres Gartens an der verfallenen Begrenzungsmauer, und er fing meinen Blick auf, während mein Vater die Aussicht hinter mir in den höchsten Tönen lobte. Ich sah das belustigte Aufflackern auf Latimers intelligentem Gesicht, als er ihm beipflichtete, wahrhaftig, der Blick hier sei wunderschön – unvergesslich.

Mich verblüffte dieser neue Impuls, sich »The Pines vom Hals zu schaffen«, wie mein Vater sich ausdrückte, während er die Vorzüge gemütlicher, pflegeleichter Bungalows lobte. Wenn mein Vater stirbt – das hat er mir immer klar gemacht –, dann wird The Pines verkauft werden müssen. Unser Kapital ist zusammengeschmolzen, daher ist dieses wacklige Haus unser einziger richtiger Vermögenswert. Vom dem Geld aus dem Verkauf von The Pines werde ich in Zukunft leben müssen, sagt mein Vater. Tatsächlich werde ich mich selbst unterhalten. Ich stimme Rebecca in allem zu, was sie über die Berufstätigkeit von Frauen bemerkt, und ich habe alles schon geplant. Wie ich das vor so vielen Jahren vorhatte, werde ich auf die Universität gehen; ich werde einen Abschluss machen und dann arbeiten. Aber meinem Vater habe ich nie etwas davon gesagt, weil es ihn furchtbar in seinem Stolz verletzen würde.

Nie wäre ich auf die Idee gekommen, mein Vater könnte daran denken, das Haus vor seinem Tod zu verkaufen. Er hatte mir immer erklärt, er werde es nur mit den Füßen voran verlassen. Ich begriff nicht, warum er ausgerechnet jetzt seine Meinung änderte, es sei denn, Latimer hätte ihm den Gedanken in den Kopf gesetzt. Und ich wusste, was für eine verheerend dumme Idee das war. Ich konnte mir meinen Vater ebenso wenig in einem Bungalow vorstellen wie in einem Wolkenkratzer in Manhattan. Dieses Haus war für ihn so wichtig, wie Manderley es für Maxim gewesen war, und es zu verlassen würde ihn umbringen.

Das sagte ich Francis Latimer dann auch; es mag bei seinem dritten oder vierten Besuch gewesen sein. Ich wollte nicht, dass er sich in Hoffnungen hineinsteigerte, denn trotz der Nachteile und Eigentümlichkeiten schien er das Haus tatsächlich zu mögen, und die neue *Idée fixe* meines Vaters machte mir inzwischen ernsthafte Sorgen. Langsam sah ich, dass der Krankenhausaufenthalt ihn sehr verändert hatte. Er schien zwar kräftiger zu sein, und sein Gesundheitszustand hatte sich verbessert, aber er war viel weniger aufbrausend und energisch, wurde gelegentlich vergesslich und verbrachte viele Stunden in einem sanftmütigen, nachdenklichen, beschaulichen Zustand, der mich verwunderte. Dies war nicht der Vater, den ich kannte, wenngleich ich froh war, dass er so friedlich schien. Ich argwöhnte, dass sich unter dieser Unzahl von Pillen eine befand, die ihn ebenso gründlich ruhig stellte, wie andere seinen Blutdruck senkten.

Francis Latimers Antwort war interessant; wie ich jetzt sehe, bezeichneten seine Worte einen Wendepunkt in unserer Beziehung. Er erklärte mir, er wisse, dass es katastrophale Auswirkungen auf meinen Vater hätte, The Pines zu verlassen. Außerdem sagte er, keines der von ihm verordneten Medikamente könne der Grund für den veränderten Gemütszustand meines Vaters sein, der ihm während der langen Gespräche, die er im Krankenhaus mit ihm geführt habe, ebenfalls aufgefallen sei. Von diesen Unterhaltungen hörte ich zum ersten Mal, und ich begann mich zu fragen, ob Latimer mehr über die Seelenlage meines Vaters wusste als ich; ob mein Vater ihm vielleicht ein Geständnis gemacht hatte, von dem ich nichts ahnte. Aber auch das stritt Francis Latimer ab. Andererseits nehmen Ärzte ihre Schweigepflicht so ernst wie Priester das Beichtgeheimnis, sodass ich ihm nicht ganz glaubte.

Mit eindringlichem Blick setzte er hinzu, dass ich mit Veränderungen rechnen müsse. »Menschen wandeln sich eben, Ellie«, sagte er mit einer plötzlichen Vehemenz, die mich erstaunte. Wir saßen auf unserer Gartenmauer und schauten über das Wasser. Latimer schien rastlos und besorgt, was bei ihm ungewöhnlich war. Ich glaube, bei dieser Gelegenheit sah ich ihn zum ersten Mal als Menschen statt nur als Arzt, und ich spürte, dass ihn etwas umtrieb.

»Stellen Sie nicht selbst fest, dass Sie sich verändern, Ellie?«, fuhr er fort. »Lieber Gott, ich bin heute jedenfalls ein anderer. Vor zwei Jahren, bei meiner Scheidung ...« Er unterbrach sich und nahm dann zu meiner großen Überraschung meine Hand. »Machen Sie nie den Fehler zu glauben, dass jemand stillsteht, Ellie – vor allem nicht bei alten Menschen«, sagte er sanft. »Menschen im Alter Ihres Vaters und in seinem Gesundheitszustand verändern sich mit großer Geschwindigkeit – sie dringen in Regionen vor, die für jemanden Ihres oder meines Alters unvorstellbar sind. Ihr Vater ist ein bemerkenswerter und mutiger Mann. Er muss sich mit einem ganzen Leben aussöhnen. Wenn er das ruhig tut, zumindest gelassener als früher – glauben Sie mir, das ist ein Gottesgeschenk.«

Von dem Tag an mochte ich Francis Latimer, obwohl es mich betrübte, wie schnell er Tom Galbraith aus Daddys Gunst verdrängt hatte. Das kam mir irgendwie schäbig vor. Aber Latimers Worte gaben mir zu denken. Manchmal behüte ich Daddy zu sehr. Ich sah ein, dass ich kein Recht hatte, ihm Rebeccas Geschichte vorzuenthalten. Das Buch war schließlich sein Eigentum.

Ich bat zuerst Tom und dann Rose um Rat, und mit beider Zustimmung gab ich meinem Vater schließlich, etwa dreieinhalb Wochen nach seiner Heimkehr aus dem Krankenhaus, die Abschrift von Rebeccas Geschichte, die ich angefertigt hatte. Am Abend zuvor hatte ich stundenlang wach gelegen und mir Sorgen gemacht. Ich war das Notizbuch noch einmal durchgegangen und hatte nach weiteren Passagen gesucht, die meinen Vater verletzen könnten. Schließlich beschloss ich, noch an einer weiteren Stelle die Schere anzusetzen. Radikalchirurgie: Ich entfernte den ganzen Teil, der Rebeccas Zusammenleben mit ihrem Vater auf Greenways betraf, aus ihrer Geschichte.

Mir kamen diese Passagen ohnehin schwer verständlich und aufwühlend vor. Warum schrieb sie in so heftigem

Ton und so ausführlich über Bergwerke? Und ich wollte ganz bestimmt nicht, dass Daddy ihre Bemerkungen sah, sie sei von ihrem Vater in einen Turm eingeschlossen worden und habe ihre Freiheit verloren. Ich habe das Gefühl, manchmal schießt Rebecca über das Ziel hinaus und übertreibt. Ohne diese abstrusen Seiten las ihre Erzählung sich entschieden besser.

Mein Vater schläft jetzt viel und brauchte schrecklich lange, um die Seiten zu lesen, die ich ihm kopiert hatte. Fast zwei Wochen waren vergangen, und er war immer noch nicht fertig. Eines Tages, als er in der Sonne saß und ein Nickerchen machte, zog Rose ihm das Manuskript aus den Händen und überflog es an einem Nachmittag. Aber durch ihren Beruf verschlingt Rose Geschriebenes nur so, und sie war nicht in dem Maße wie mein Vater in die Ereignisse verwickelt. »Sehr weiblich«, lautete ihr Kommentar, doch weiter mochte sie sich nicht auslassen.

»Wie war Maxim nun eigentlich, Rose?«, fragte ich sie eines Abends in der Küche und dachte an die legendäre Zeit kurz vor dem Ersten Weltkrieg, als Rose jung und hübsch war und Gerüchte wissen wollten, dass ihr Maxims Zuneigung gegolten hatte. Rose hatte schließlich die meisten Personen aus Rebeccas Geschichte gekannt.

»Welcher Maxim?«, gab Rose zurück, die den Salat für das Abendessen anmachte. »Mein Maxim? Der von Rebecca? Seiner zweiten Frau? Der Maxim, den dein Vater kannte? Es gibt zig, unter denen du wählen kannst.«

»Ich meine deinen«, sagte ich. »Lass die Haarspaltereien, Rose.«

»Geschlagen mit seinen Vorfahren, aber trotzdem mochte ich ihn gern. Er war tief auf Manderley verwurzelt, träumte aber immer von der großen Welt. Ich war nicht verliebt in ihn und er nicht in mich, obwohl er sich das vielleicht eingebildet hat. Beantwortet das deine Frage?«

»Warst du denn jemals verliebt, Rose?«, fragte ich übellaunig und blickte in die Ferne, auf das Meer. Tom Galbraith war an diesem Tag von einer weiteren Verifizierungs-Reise zurückgekehrt, dieses Mal nach Greenways, jenem Haus in Berkshire. Er bereitete sich darauf vor, Kerrith zu verlassen, und würde morgen in die Bretagne fahren. Ich hatte eingewilligt, ihn später an diesem Abend zu treffen, damit ich ihm alles Gute für seine Reise wünschen konnte. Er hatte gesagt, er würde die Verbindung halten und uns auf jeden Fall wieder besuchen, aber ich wusste, dass wir einander im Grunde Lebewohl sagen würden.

»Natürlich«, antwortete Rose. »Am Girton war ich über alle Maßen in eine Studienkollegin verliebt, Helen war ihr Name. Sie ist inzwischen tot. Und später liebte ich jahrelang eine Frau namens Jane Turner. Ganz früher, bevor ich an Studenten zu vermieten begann, lebten wir zusammen in meinem Haus in London. Als du jünger warst, bist du ihr ein oder zwei Mal begegnet – erinnerst du dich an sie?«

Ich drehte mich um, starrte Rose verblüfft an und kramte in meinem Gedächtnis. Ein Nachmittag in Roses Haus in St. John's Wood, eine ruhige, vergeistigte Frau in einem Tweedkostüm, die Tee einschenkte und mich nach meinen akademischen Ambitionen fragte. Ich stand damals kurz vor der Aufnahmeprüfung für Cambridge, und sie schenkte mir ein Buch über die Brontë-Schwestern, das sie geschrieben hatte und das ich immer noch irgendwo habe. Liebe? Wie blind ich gewesen war.

»Ach, um Himmels willen, Ellie«, versetzte Rose schnippisch. »Hast du dir vorgestellt, ich hätte wie eine Nonne gelebt? Jetzt bin ich wirklich empört. Daran ist nichts Bemerkenswertes, weißt du. Sexualität ist reine Geschmackssache. Manche Menschen mögen Orangen, andere Äpfel, und manche mögen beides. Du glaubst doch hoffentlich nicht, dass diese Vorliebe etwas mit Moral zu tun hat? Dein Vater würde das natürlich – aber von dir erwarte ich mehr. Darf ich keine Äpfel essen, nur weil er Orangen mag? Ist es böse, die eine Frucht vorzuziehen, und tugendhaft, die andere zu mögen? Ich finde nicht. Gebrauche deinen Verstand, Ellie, Liebes. Und schäl diese Kartoffeln, ja?«

Ich tat, wie mir geheißen, und während die Kartoffelschale sich ringelte, dachte ich über Rebecca nach. Welche Frucht sie wohl bevorzugt hatte? In ihrer Geschichte hat sie keine Beziehungen zu Frauen erwähnt, aber da waren all diese Lücken und ausweichenden Formulierungen, und sie hatte ja tatsächlich geglaubt, Männer seien der Feind. Ich hatte schon überlegt, wie man die krassesten dieser Lücken füllen könnte. Wenn mir das gelang, würde ich vielleicht Antwort auf meine Frage finden. Unterdessen stellte ich sie Rose, aber meine Tante, die einen in den Wahnsinn treiben kann, dachte nur kurz darüber nach. Die Sache schien sie nicht zu interessieren.

»Beide? Keine? Ich habe nicht die geringste Ahnung. Obwohl mir schon aufgefallen ist, dass sie sich mir gegenüber da nie klar geäußert hat. Schwer zu entscheiden, wen oder was sie liebt, dachte ich immer. Abgesehen von Manderley natürlich.«

Rose kann manchmal derart begriffsstutzig sein! »Was für ein Unsinn, Rose«, sagte ich und ließ die geschälte Kartoffel in den Topf fallen. »Sie hat ihre Mutter geliebt. Sie hat ihren Vater geliebt. Und ich glaube, sie hat Maxim ebenfalls geliebt, obwohl sie das nicht zugeben mochte ...«

»Wie unschuldig du bist!«, rief Rose aus, warf mir einen scharfen Blick zu und küsste mich flüchtig auf die Stirn. »Wir beide müssen demnächst mal ein kleines Seminar abhalten. Dein kritisches Denken ist eingerostet.« Sie schob mich zur Tür. »Jetzt sag deinem Vater, dass das Abendessen in einer halben Stunde fertig ist. Er wandert wieder mit Barker im Garten herum.«

Ich trat nach draußen in das schimmernde Licht eines herrlichen Abends. Nach der Hitze des Tages begann die Luft jetzt abzukühlen, und vom Meer her wehte eine salzige Brise. Kleine Boote mit flatternden bunten Wimpeln kreuzten unten in der Hafenmündung, und die Rufe der Segler schallten über das Wasser. Der Himmel war rosafarben und am Horizont von einem milchigen Malventon. Mein Vater hatte seinen üblichen Posten bezogen und saß auf unserer niedrigen Grenzmauer, zu seinen Füßen sein treuer Schatten Barker. Er stützte sich auf seinen Stock, eine stille, gebeugte Gestalt, die auf den Ozean hinausblickte.

Sofort sah ich, dass er an das Ende von Rebeccas Geschichte gelangt war. Seine Augen waren feucht, und seine Miene zeigte Trauer und Resignation. Obwohl er sich zu mir umgewandt hatte, dauerte es einige Zeit, bis er meine Anwesenheit registrierte. Ich streckte ihm die Hand entgegen, und er umfasste sie fest und zog mich hinunter, neben sich. So saßen wir in der Abendstille und schauten den heranrollenden Wellen zu. Ich sagte nichts, aber ich wunderte mich über seine Gelassenheit.

Fühlte er sich nicht mehr von der Vergangenheit verfolgt? Ich hatte große Angst gehabt, Rebeccas Notizbuch würde alle Dämonen seiner Vergangenheit zu neuem Leben erwecken, aber ich sah kein Anzeichen dafür. Seit seiner Rückkehr aus dem Krankenhaus hatte er jetzt mehrere Wochen bis zum Morgen durchgeschlafen, ohne einmal aufzuwachen, und keine Albträume hatten ihn um die Ruhe gebracht.

Und doch hatte er das ganze letzte Jahr unter entsetzlichen Albträumen gelitten. Ein spezieller Traum, der mehrere Male wiederkehrte, hatte ihm auch tagsüber keine Ruhe gelassen. In einem Schneesturm fuhr er einen schwarzen Wagen diese endlose gewundene Zufahrt nach Manderley hinauf. Obwohl er am Steuer saß, bewegte sich das Automobil von allein vorwärts. Es schien sich selbst zu steuern, und die Gänge glitten lautlos ineinander über. Neben ihm, auf dem Beifahrersitz, stand ein winziger Sarg. Er wusste, dass es seine Aufgabe war, ihn sicher zu überbringen.

Irgendwann während der Fahrt begann der kleine Sarg sich zu bewegen, und eine flehende Kinderstimme drang hervor. *Lass mich heraus, oh, lass mich sofort heraus*, jammerte sie zuerst. *Lass mich sofort frei*, verlangte die

Stimme dann und klang herrisch. Mein Vater, der Rebeccas Stimme erkannte, versuchte das unerbittliche Auto anzuhalten, wollte die Flügelschrauben lösen, die den Sargdeckel verschlossen. Aber der Wagen fuhr weiter durch den Schneesturm, und die Schmetterlingsschrauben aus poliertem Messing ließen sich nicht bewegen. Die Wutschreie über die Gefangenschaft und die flehentlichen Bitten um Befreiung klangen immer lauter, immer verzweifelter, und endlich erwachte mein Vater in einer Panikattacke, in der er manchmal meinen Namen rief und manchmal den Rebeccas.

Mein Vater hat ganz vergessen, dass er mir diesen Traum, von dem ich übrigens nie jemandem etwas verraten habe, erzählt hat; und in den letzten Wochen ist mir klar geworden, dass er sich selbst nicht mehr daran erinnert. Während er Rebeccas Geschichte las, hatte ich ständig auf Anzeichen gewartet, dass seine alten Ängste wieder aufflammen würden. Aber das war nicht geschehen. Mein Vater hatte gedöst, gelesen und war erneut in einen Zustand träumerischen Nachsinnens verfallen. Manchmal dachte ich, dass er einen eigenen Film sah und dessen Bilder mit denen auf der Seite verglich. Ein andermal schüttelte er den Kopf, als sei er nicht einverstanden. Größtenteils reagierte er auf die Worte der Frau, die er einmal geliebt hatte, als stammten sie aus weiter Ferne, aus einer Fantasiewelt, aus einem Roman.

»Genauso war sie, die alte Mrs. de Winter«, bemerkte er einmal zu mir. »Mein Kindermädchen Tilly pflegte sie den ›Drachen‹ zu nennen. Mein Großvater allerdings sagte immer, Hunde, die bellen, beißen nicht. Tilly kam aus London, weißt du. Sie war gut zu mir, als mein Vater starb. Wie ich jetzt alles wieder vor mir sehe!«

Bei einer anderen Gelegenheit hatte ein Teil der Geschichte – ich bin mir nicht sicher, welcher – ihm die Tränen in die Augen getrieben. Aber er erklärte mir nie den Grund, und kurz darauf heiterte seine Stimmung sich wieder auf. »Ich habe immer gedacht, dass sie das Mädchen mit dem Schmetterling war«, hatte er zu mir gesagt. »Verstehst du, ich erinnere mich aus meiner Kindheit an ihre Mutter Isolda. Ich bin froh, dass Rebecca den Schmetterling behalten hat, den ich ihr geschenkt habe, Ellie – jedenfalls für eine Weile.«

Keine Spur von Schock oder Zorn – ich stand vor einem Rätsel. Viele von Rebeccas Handlungen verstießen eklatant gegen die Weltanschauung meines Vaters. Sie hatte nichts übrig für die Konventionen und Glaubenssätze, die sein ganzes Leben geprägt haben, und dennoch schien er das nicht zu bemerken, oder es war ihm gleich. An diesem Abend, während wir aufs Meer hinausschauten, die kühler werdende Luft nach Rosen duftete, die kleinen Boote hin und her huschten und es fast unmerklich dunkelte, begann er endlich zu sprechen – auf seine neue, grüblerische Weise. Er stellte mir sogar Fragen: Was ich von dieser Passage hielte, wie ich jene deutete ...

»Armes Kind«, meinte er. »An dem Tag, an dem sie zum Tee kam, nahm Elinor mich beiseite, verstehst du, und sagte, wir dürften unter keinen Umständen ihre Mutter erwähnen. Was für ein kämpferisches kleines Mädchen! Und eine tapfere Frau ist aus ihr geworden, die es mit den de Winters und mit Manderley aufnahm – ich hatte immer das Gefühl, dass dieses verdammte Haus niemanden gerne mochte, aber sie hat es gezähmt. Was habe ich diesen Kasten als Kind gehasst, Ellie! Und wie ich Lionel de Winter verabscheute! Ich hatte die Gerüchte über Lionel und Isolda gehört, verstehst du, und eine Zeit lang fürchtete ich ...«

»Was, Daddy?«

»Nichts, nichts.« Er zögerte und wandte den Blick ab. »Ich erinnere mich an die Schlussphase seiner Krankheit, das ist alles. Wie er aussah, als er starb. Ich war einer der Zeugen bei seiner Testamentsänderung. Keine Sache, auf die ich stolz bin. Jetzt kann ich sie natürlich nicht mehr rückgängig machen.« Er seufzte und tätschelte meine Hand. Unter uns flüsterten die Wellen.

Er sprach noch eine Weile weiter und schritt die gewundenen Pfade der Vergangenheit ab. Manchmal bezog er sich auf Ereignisse, die Rebecca in ihrer Geschichte beschreibt, aber ich sah, dass sie in seinem Geist bereits verschwammen. Sie verwandelten sich noch beim Sprechen und traten in ein Zwielicht ein, wo sie sich unentwirrbar mit seinen eigenen ergänzenden, übereinstimmenden oder widersprüchlichen Erinnerungen vermischten.

»Ich glaube nicht, dass Rebecca das so sagt, Daddy«, warf ich irgendwann ein, und er lächelte kopfschüttelnd.

»Nicht?«, fragte er auf seine neue, ruhige Art. »Ah, schön, wahrscheinlich komme ich durcheinander. Werde langsam senil, verdammt. Egal. Was soll's. Nach all diesen Jahren des Schweigens hat es mir das Herz erwärmt, ihre Stimme zu hören. Aber ich werde die Geschichte nicht wieder ansehen. Das ist jetzt alles aus und vorbei. Ich bin alt. Das ist alles lange her. Jetzt habe ich an Dringenderes zu denken – erzähl mir, was du so getrieben hast, Ellie.«

Rebecca war meinem Vater so fern und mir so nahe. Wir aßen früh zu Abend – das gehörte zu dem neuen Regiment –, und dann ließ ich meinen Vater mit Rose allein, die Karten mit ihm spielte. Ich stürzte nach oben, zog ein ziemlich neues Kleid an und schlich mich durch die Hintertür nach draußen, damit mich niemand peinlich zurechtgemacht in unbekannter Kluft sah. Ich nahm den Wagen und fuhr zu Tom Galbraiths Cottage.

Er schlug vor, zur Kirche von Manderley hinüberzufahren und am Fluss spazieren zu gehen. Das taten wir, und dort erzählte er mir einige überraschende und bedeutungsvolle Neuigkeiten, unter anderem, was er entdeckt hatte, als er in Greenways war.

27. Kapitel

Rebeccas Vater hat sich nicht umgebracht, Ellie«, sagte Tom. Wir gingen zwischen den grasbewachsenen Hügeln des Kirchhofs zur Windung des Flusses.

Wir schritten nebeneinander; Tom sah nicht mich an, sondern schaute auf das Wasser vor uns. Wir hatten Ebbe, also hatte sich der Fluss zu einer schmalen Rinne zusammengezogen. Auf den Schlammbänken suchten Vögel nach Futter. Mein Vater hätte sie identifizieren können, aber ich war dazu nicht in der Lage. Als wir uns näherten, erhob sich der Schwarm wirbelnd und schimmernd in dem schräg einfallenden Licht, schwarz und silbern, ein plötzliches Aufsprühen wie von Diamanten oder Regentropfen. Wir setzten uns an die dicht mit Butterblumen bewachsene Uferbank. Ich wand einen drahtigen Grashalm um meinen Finger. Nach kurzem Schweigen sprach Tom weiter.

»Das weiß ich schon seit einiger Zeit«, fuhr er fort. »Natürlich habe ich als Erstes seinen Totenschein überprüft. Ganz abgesehen von allem anderen stimmte Rebeccas Version von seinem Tod nicht mit den Informationen überein, die Jack Favell mir gegeben hatte. Ich wollte mir über alle Einzelheiten Gewissheit verschaffen, und das habe ich. Es besteht kein Zweifel, Ellie.«

Wie gründlich er vorgegangen war! Tom hatte alles doppelt und dreifach überprüft. Er befand sich im Besitz seiner geliebten Beweise, sämtlicher Dokumente: der Totenschein, der Nachruf aus der Lokalzeitung aus Berkshire, die Protokolle der amtlichen Untersuchung. Er hatte an das Ehepaar geschrieben, das Greenways erworben hatte, als das Anwesen nach Jack Devlins Tod verkauft wurde. Das Paar war schon älter, lebte aber noch dort. Man hatte Tom im Haus und in den Ställen herumgeführt. Er hatte mit Dorfbewohnern gesprochen, die sich noch an die Ereignisse um Devlins Tod erinnerten, und er hatte den kleinen ländlichen Friedhof aufgesucht, auf dem Jack Devlin und Isabel-Isolda Seite an Seite begraben lagen.

»War es ein schwarzes Marmorgrab?«, fragte ich und blickte über das silbrige Watt hinaus. Ich wusste, angesichts dessen, was er mir gerade erzählt hatte, war das nicht die relevanteste Frage, aber aus irgendeinem Grund war sie mir am dringlichsten. Ich wollte diese Einzelheit wissen, die Rebecca am Herzen gelegen hatte und die auch ihm wichtig sein musste, wenn er genau vorgehen wollte.

»Wie bitte? Der Grabstein? Ja, das war er. Schwarzer Marmor mit goldener Inschrift. Devlins Geschmack wahrscheinlich.« Er runzelte die Stirn. »Haben Sie mir wirklich zugehört, Ellie?«

»Und welcher Name stand auf dem Stein – Isabel oder Isolda?«

»Isabel. Ellie ... ich wusste, dass diese Information Sie erschüttern würde. Ich weiß, dass Sie Rebeccas Aufzeichnungen große Bedeutung beimessen, aber verstehen Sie, ich musste ihre Angaben überprüfen. Diese Sache ist so wichtig für mich, dass ich mir keine Ungenauigkeiten erlauben darf.«

»Erzählen Sie es mir noch einmal«, sagte ich, obwohl ich mich ganz genau erinnerte, was er eben gesagt hatte. Ich drehte den Grashalm um meinen Finger. In erster Linie wollte ich Zeit zum Überlegen gewinnen.

Also erzählte er mir alles von vorn, und tatsächlich war kein Irrtum möglich. Jack Devlin war bis über beide Ohren verschuldet gewesen und hatte kurz vor dem Bankrott gestanden, und er war an Rebeccas einundzwanzigstem Geburtstag gestorben. Das stimmte alles. Aber er hatte sich nicht auf Greenways erhängt, und sein Tod war ein

Unfall gewesen, kein Selbstmord. Früh an jenem Morgen war er in den Hügeln hinter dem Haus ausgeritten, begleitet von Rebecca und einem der Stallburschen. Ungefähr eine Meile weiter, in einem einsamen, höher gelegenen Gebiet, war Devlins Pferd durchgegangen.

Das Wetter war freundlich, die Sicht gut, aber der Boden war durch den Frost steinhart. Keine idealen Reitbedingungen. Devlin wurde abgeworfen und brach sich den Hals. Seine beiden Begleiter konnten nichts tun, er war schon tot, als sie ihn erreichten. Rebecca war zu krank gewesen, um an der darauf folgenden Untersuchung teilzunehmen, aber der Stallbursche, dessen Name Richard Slade lautete, hatte ausgesagt. Die Meinung des Richters war klar, die Geschworenen machten sich nicht die Mühe, sich zur Beratung zurückzuziehen, und kamen zu dem Urteil »Tod durch Unfall«.

»Lassen Sie mich von Richard Slade erzählen«, fuhr Tom fort. »Er war zwanzig, ein Junge aus der Gegend. Seit vier Jahren arbeitete er für Devlin und wurde sehr geschätzt. Anscheinend hat er sich die Schuld an dem Unfall gegeben, obwohl dafür offensichtlich kein Grund bestand. Sein Verhalten veränderte sich danach jedenfalls, und er begann stark zu trinken. Die neuen Eigentümer von Greenways beschäftigten ihn weiter, aber er wurde zu einer Belastung, und nach neun Monaten entließ man ihn. Und auf den Tag genau ein Jahr nach dem Unfall erhängte er sich dort an einem Dachbalken im Stall.«

»Daran besteht ebenfalls kein Zweifel?«, fragte ich, aber ich wusste, wie die Antwort ausfallen würde. Der Mann, der neben mir saß, hatte bestimmt alles doppelt und dreifach nachgeprüft.

»Nicht der geringste. Ich habe alle offiziellen Aufzeichnungen gesehen. Zwei von Slades Brüdern leben noch in Hampton Ferrars, und ich habe auch mit ihnen gesprochen und sie über den Unfall befragt. Jack Devlin war ein erfahrener Reiter, und ich wollte wissen, ob er an diesem Tag, wie Favell mir gegenüber angedeutet hatte, ein schwieriges Pferd geritten hatte. Anscheinend nicht. Ich stellte auch die Frage, warum sein Pferd wohl gescheut habe. Richard Slade hatte dafür bei der Untersuchung keinen Grund angeben können; nicht erstaunlich also, dass auch seine Brüder keine Erklärung hatten.«

»Ein Pferd kann aus Dutzenden von Gründen durchgehen, Tom.« *Mein Vater versuchte mich zu satteln: Gebissstange, Kandare und Zaum*, dachte ich. »Unfälle wie dieser passieren ständig, auch geübten Reitern. Ich verstehe nicht, worauf Sie hinauswollen.«

»Auf nichts.«

Mit abgewandtem Gesicht saß er da und betrachtete den Streifen Wasser unter uns. Die Flut kam, und das Wasser strömte von neuem flussaufwärts. Kaum wahrnehmbar wurde die Rinne breiter. Einige Zeit schwiegen wir, bis Tom wieder das Wort ergriff. »Warum mag Rebecca das getan haben?«, fragte er. »Wieso hat sie die beiden Todesfälle auf diese Weise vermengt? Warum die Geschichte ihres Vaters und die von Slade zusammenwerfen? Ich begreife das einfach nicht. In ihrem Notizbuch klingt diese Passage ...« Er schien sich zusammenzunehmen und warf mir einen Blick zu. »Nun ja, sie wirft zwar eine Reihe von Fragen auf, aber sie wirkt tief empfunden. Das dachte ich jedenfalls.«

»Rebecca ist damals krank geworden, Tom«, hielt ich ihm entgegen. »Nach dem Tod ihres Vaters erlitt sie einen Zusammenbruch und versuchte sich umzubringen. Über ihren Vater zu schreiben fiel ihr schwer, das geht aus ihren Aufzeichnungen ganz deutlich hervor. Vielleicht konnte sie nur mit dem Tod ihres Vaters umgehen, indem sie die Umstände veränderte. Oder sie hatte das Gefühl, dass der Unfall beabsichtigt war, dass er eine Art Selbstmord darstellte – angesichts der Umstände wäre das doch möglich. Wenn, dann hat sie die Wahrheit eben indirekt erzählt. Das tut sie oft, jedenfalls glaube ich das.«

»Es gibt noch eine andere Möglichkeit, eine einfachere. Sie lügt.«

Das Wort schockierte und erzürnte mich. Ich hatte an Rebeccas Bemerkungen über das »Eintreiben von Schulden« gedacht, und aus irgendeinem Grund hatte ich ein ungutes Gefühl dabei. »Das glauben Sie doch selbst nicht«, erwiderte ich scharf. »Haben Sie sie sonst noch beim Lügen erwischt? Als Nächstes werden Sie noch behaupten, dass Rebecca ihren Vater und diesen Stallburschen getötet hat. Sie sind dabei, Partei zu ergreifen, Tom, ist Ihnen das schon aufgefallen?«

»Sie etwa nicht?«, entgegnete er ebenso ärgerlich.

Stimmte das? Ich hatte nicht das Gefühl, mich auf eine bestimmte Seite zu schlagen, aber früher oder später passiert einem das. Diese Entwicklung habe ich in Kerrith jahrelang beobachtet. Tiefschwarz oder makellos weiß. Die Leute treten an, um den Ehemann oder die Gattin zu verteidigen, und immer rechtfertigen sie den einen auf Kosten des anderen. Die offizielle Version stützt Maxim und stellt ihn als unschuldig dar. Wahrscheinlich hat er sie nicht getötet, und wenn doch, dann hatte er allen Grund dazu, und sie hatte ihn dazu getrieben. Ich habe nie begriffen, warum es moralisch akzeptabel sein soll, eine Frau zu töten, weil sie mit mehreren Männern schläft, aber anscheinend ist das so – jedenfalls in der Weltanschauung des männlichen Teils dieser Gemeinde. Wie mir auffällt, hat die Opposition sich aber nie zum Schweigen bringen lassen, und ich würde nicht gestatten, dass dies Tom Galbraith jetzt gelang.

»Ich ergreife keine Partei, und ich spreche auch kein Urteil«, gab ich zurück. »Ich versuche nur, Rebecca zuzuhören.«

»Tue ich das nicht?«

»Im Augenblick nicht, nein. Sie lassen sich von Vorurteilen beeinflussen ...«

»Tatsächlich lasse ich mich von meiner eigenen Vergangenheit leiten«, antwortete er steif. »Wenn Sie es unbedingt wissen müssen, von meiner Adoptivmutter. Wie ich heute verstehe, war May Galbraith sehr daran gelegen, mich von Rebecca zu entfernen. Sie erlaubte dieses eine Zusammentreffen, und danach – nichts mehr. Warum? Das hat mir immer Rätsel aufgegeben. May war keine Besitz ergreifende oder eifersüchtige Frau. Früher dachte ich, sie sei vielleicht unsicher gewesen, aber jetzt frage ich mich etwas anderes. Vielleicht wollte sie mich von Rebecca fern halten, um mich zu beschützen.«

»Beschützen? Wie kommen Sie darauf?«

»Weil männliche Wesen, die mit Rebecca in Berührung kamen, erstaunlich regelmäßig tödlichen Unfällen zum Opfer gefallen sind«, antwortete er. »Ein Junge in der Bretagne, der angeblich bei einem Sturm auf See umgekommen ist – vielleicht entdecke ich die Wahrheit darüber, wenn ich dort bin, wenngleich ich das bezweifle. Maxim de Winter. Rebeccas Vater. Ein zwanzigjähriger Stallbursche. Sogar die Brüder meiner Adoptivmutter – erinnern Sie sich, dass Rebecca kurz von Mays drei Brüdern spricht? Sie sind alle früh gestorben, Ellie: einer im Ersten Weltkrieg, einer bei einem so genannten Unfall beim Bergsteigen. Der dritte beging Selbstmord, nicht lange, nachdem May mich adoptiert hatte – in anderen Worten, kurz nach Rebeccas Hochzeit. Ich will natürlich nicht behaupten, sie hätte den bösen Blick gehabt, aber sie scheint eine *Femme fatale* gewesen zu sein und litt auf jeden Fall unter einem Todestrieb ...«

»Tom! Sie können doch Rebecca nicht den Tod eines Mannes im Ersten Weltkrieg anlasten – Millionen Männer sind damals gefallen. Ich kann einfach nicht glauben, dass Sie so etwas denken ...«

»Ich auch nicht«, gab er mit dem Anflug eines Lächelns zurück. Er stand auf. »Wir wollen nicht mehr darüber reden, Ellie. Ich habe entschieden, dass ich noch in die Bretagne fahre, und dann ist für mich die Geschichte zu Ende. Weiter werde ich sie nicht verfolgen. Sie wirft noch hundert Fragen auf, die niemals eine Antwort finden werden, weder durch mich noch sonst jemanden. Kürzlich abends habe ich sie aufgelistet und bin auf zwei Seiten gekommen. Ein paar Beispiele: War Jack Devlin wirklich Rebeccas Vater? Warum hat er seine Frau verlassen? Hat Maxim je die Wahrheit über Rebeccas Herkunft herausgefunden – und die Fragen, die damit verbunden sind?

Und wenn, hat er angesichts von Lionel de Winters Vergangenheit und der Art seines Todes ...«

»Tom, die Antworten stehen da, jedenfalls soweit Rebecca sie kannte«, unterbrach ich ihn. »Ich bin mir sicher, dass Devlin ihr Vater war – beinahe zumindest. Ich glaube, Devlin hat herausgefunden, dass Isolda die Geliebte von Lionel de Winter war. Er könnte Lionels Briefe entdeckt haben. Vielleicht glaubte er, das Kind, das seine Frau erwartete, sei nicht von ihm, und hat aus diesem Grund mit ihr gebrochen ...«

»Das ist eine Interpretation, aber man könnte sich noch andere denken.« Er warf mir einen Blick zu, und wieder spürte ich, dass er sich zurücknahm. Er zögerte, als wolle er noch etwas sagen, und fuhr dann in verändertem Tonfall fort. »Tut mir Leid«, erklärte er resigniert. »Ich weiß, ich suche nach Gewissheiten – und ich weiß auch, meine Fragen fänden immer noch keine Antwort, wenn wir Rebecca und ihren Mann hier vor uns hätten und sie ihnen stellen könnten. Sollen wir auf dem Rückweg in die Kirche hineinschauen? Ich hätte Lust dazu.«

Ich sah, dass er das Thema beenden wollte; ein weiser Entschluss. Wir standen kurz davor, uns zu streiten, und ich wollte nicht, dass eine Auseinandersetzung den letzten Abend, den ich wahrscheinlich je mit ihm verbringen würde, verdarb. Wir hatten nur noch so wenig Zeit, da sollte Rebecca keinen Keil zwischen uns treiben.

Tom streckte mir eine Hand entgegen und zog mich hoch. Ich glaube, auch ihm tat unsere Meinungsverschiedenheit Leid. Im Rückblick glaube ich jedenfalls, dass sein Verhalten sich von diesem Moment an zu ändern begann. Ich folgte ihm zur Kirche und verweilte ein wenig bei den Grabsteinen. Der Abend war so ruhig und still, und ich wollte ihn ausspinnen wie den feinsten Goldfaden, damit er so lange wie möglich währte. Der Druck seiner Hand hatte meine Abwehr durcheinander gebracht, und ich konnte ihn nicht ansehen, ohne jenes schmerzliche Gefühl zu empfinden, das man wohl »Sehnsucht« nennt. Und das machte mich nervös. Ich war in der Lage, mich ebenso zurückhaltend wie Tom zu geben, und ich wollte nicht schwach werden und ihm meine Gefühle gestehen – das hätte den Abend ebenso sicher ruiniert wie ein Streit.

In der Dämmerung regte sich kein Lüftchen. Zwischen den Gräbern schlenderten wir zurück. Unter uns schlängelte sich silbern der Fluss, und die Kirchenuhr schlug. Ich versuchte das Thema zu wechseln, fragte Tom Galbraith nach seiner Rückkehr nach Cambridge und seiner Arbeit dort, und zu meinem Erstaunen antwortete er tatsächlich.

Er beschrieb mir alles, und ich versuchte, mir sein mit Büchern voll gestopftes, einer Mönchszelle ähnelndes Arbeitszimmer im ersten Hof des King's College vorzustellen, wo Tom, wie er sagte, im ersten Stock des ersten Treppenaufgangs wohnte. Ich versuchte ihn mir in den Bibliotheken vorzustellen, wo er, wie er ironisch sagte, einen viel zu großen Teil seiner Zeit damit zubrachte, im Kleingedruckten nach der Wahrheit zu suchen. Wenn ich ihn schon in Zukunft nicht wiedersah, wollte ich ihn mir wenigstens vergegenwärtigen.

Seine Bilder von Cambridge mischten sich mit denen aus meiner Erinnerung, und ich sah die Stadt wie in dem einen Winter, als ich Rose besuchte. Die Türmchen und Spitzen erhoben sich aus dem blassen Dunst über den Niederungen, Schnee lag auf den schönen Ufern des Cam. Der Ostwind trug bitterkalte Luft heran, und die Lichter der Colleges waren eine leuchtende Verheißung. Tom lebte und arbeitete dort, aber mir war die Universität wie ein strahlendes Märchenschloss vorgekommen, obwohl ich davon nichts sagte.

Wir traten in die Kirche und beugten uns über Gilles de Winters Messing-Gedenktafel. Ich umfasste die Lehne einer eichenen Kirchenbank und stellte mir Tom Galbraith als kleinen Jungen vor, dachte an Rebeccas meerfarbene Augen und daran, dass sie in der Krypta unter uns lag. Ich wusste, sowohl Tom als auch ich waren uns verpasster Gelegenheiten bewusst. Sie lassen einen nicht los, und ich spürte ihre traurige, körperlose Anwesenheit überall um uns herum.

Als wir nach draußen gingen, passierten wir das Taufbecken. Früher einmal hatte ich gedacht, meine Kinder würden hier getauft werden. Im Vorbeigehen berührte ich es abergläubisch. Dann traten wir in das sanfte Licht des Kirchhofs hinaus. Alle Worte, die ich Tom Galbraith gern gesagt hätte, stiegen in meinem Herzen auf, aber ich unterdrückte sie.

Er erzählte mir von dem Mann, den er in der Bretagne treffen würde. Nicholas Osmond war ebenfalls Dozent in Oxford und sein bester Freund, den er schon aus Studentenzeiten kannte. Osmond, dessen besonderes Interesse mittelalterlicher französischer Literatur und der Tradition des Ritterromans galt, hatte eine Reihe von Gastvorlesungen an der Sorbonne gehalten. Er war seit kurzem Witwer; seine Frau war vor ungefähr einem Jahr an Leukämie gestorben.

Tom Galbraith verhielt den Schritt. Wir standen direkt vor dem Kirchenportal, und der Goldton des Abendlichts verblasste inzwischen. Ich fühlte mich nervös, denn hinter seinen Worten spürte ich etwas Unausgesprochenes, hörte eine emotionale Unterströmung.

»Das ist ja furchtbar«, hörte ich mich in dem betretenen Ton sagen, in dem man solche unzulänglichen Bemerkungen von sich gibt. »Wie traurig für ihn, und auch für Sie. Waren Sie auch mit seiner Frau befreundet, Tom?«

»Ja. Ich kannte sie gut. Wir standen uns alle drei sehr nahe. Die Krankheit – nun, sie war kurz und kam ganz unvermittelt.«

»Wie war ihr Name?«, fragte ich in neutralem Tonfall, den Blick auf die Gräber gerichtet.

»Julia«, antwortete er, und dieses eine Wort verriet mir alles. Ich hörte das starke Gefühl, das er dahinter zurückhielt, und sekundenlang, bevor er es verbergen konnte, erblickte ich es auf seinem Gesicht. Da wusste ich mit Gewissheit, dass nicht nur meine eigenen Unzulänglichkeiten schuld daran waren, dass ich für ihn unsichtbar war.

Ich gestehe, dass in mir – glücklicherweise nur kurz – ein Impuls aufkam, ihn auszufragen. Ich wollte all die üblichen dummen Dinge wissen, die man nicht erträgt und nach denen zu fragen man dennoch nicht widerstehen kann. War sie schön gewesen, hatte sie seine Liebe erwidert, diese Frau seines besten Freundes? War etwas passiert oder nicht? Dann gewann ich die Beherrschung zurück. Ich hatte kein Recht zu fragen, und wenn, dann würde er mir nichts sagen – und es war auch besser, es nicht zu wissen. Wenn ich in den letzten Monaten etwas gelernt habe, dann, dass es sinnlos ist, gegen die Ansprüche der Verstorbenen zu kämpfen. Die Toten sind unwandelbar und daher zu mächtig.

Ich sagte nichts weiter, obwohl meine Gefühle aufgewühlt waren. Stattdessen nahm ich Toms Arm, ließ ihn wieder los und führte ihn zwischen den größeren Grabmalen und den kleineren, schiefen Steinen zu einem hoch gelegenen Teil des Kirchhofs. Von hier aus war in der Ferne das Meer zu erkennen. »Bevor wir gehen, will ich Ihnen noch Lucy Carminowes Grab zeigen«, erklärte ich. »Erinnern Sie sich, dass Sie die Stelle nicht finden konnten? Der Stein liegt gleich hier drüben, Tom.«

Jetzt dunkelte es rasch. Ich ging vor Tom her, der mir in einigem Abstand folgte. Ich spürte, dass ich ein Gespräch abgebrochen hatte, das er vielleicht fortsetzen wollte. Möglicherweise hatte er mir noch mehr zu sagen, aber ich wollte nichts weiter hören. Ich beschleunigte den Schritt und hielt Ausschau nach dem vertrauten Gedenkstein aus Granit. Doch das Gras stand so hoch und dicht, dass ich ihn zuerst nicht finden konnte. Als ich den Stein dann entdeckte, fuhr ich heftig zurück. Jemand hatte dieses Grab besucht, und zwar noch vor kurzem. Die Flechten waren von dem niedrigen, rautenförmigen Stein abgekratzt worden, und davor, wo das büschelige Gras geteilt und flach getreten war, hatte der Besucher eine Gabe hinterlassen, aber nicht etwa ein Blumengebinde, sondern Muscheln. Ein ganzer Berg Muscheln, ein Korb voll oder, dachte ich erschauernd, eine Schürze voll.

Ich kniete nieder und berührte sie. Da waren Kammmuscheln, Napfschnecken, Rankenfüßer, Herzmuscheln, deren Hälften wie Kastagnetten zusammenhingen, Miesmuscheln wie die Fingernägel von Meerjungfrauen ... Mit dem Daumen zog ich die Spiralen einer perfekten, unversehrten Wellhornschnecke nach und hob sie an mein Ohr. Ich lauschte dem darin verborgenen Meeresrauschen und legte sie dann zurück.

Tom Galbraith stand neben mir. Er sah auf das Grab hinunter, und ich wusste, dass er an dasselbe dachte wie ich: den Azaleenkranz, der vor Rebeccas Bootshaus niedergelegt worden war. »Leben in dieser Gegend noch Verwandte der Carminowes?«, fragte er. »Familienmitglieder oder Freunde? Wer könnte dahinterstecken?«

»Verwandte nicht mehr. Und keine Freunde, von denen ich wüsste, Tom. Das Mädchen ist seit fast vierzig Jahren tot.«

»Jemand hat jedenfalls an sie gedacht«, meinte er leise. »Und das freut mich, Ellie.«

Auch ich war froh, verwirrt, aber bewegt, und ich sah, dass er ebenso empfand. Und ich glaube, dass diese geteilten Gefühle dazu beitrugen, seine gewohnte Zurückhaltung und die Befangenheit zwischen uns zu zerstreuen. Ich fuhr ihn zu seinem Cottage zurück, das nun, da er alle seine Bücher eingepackt hatte, sehr traurig und kahl aussah.

Zum ersten Mal zeigte er mir Rebeccas Memoire-Ring. Ich hielt das winzige Ding in der Hand. Wie schmal ihre Finger gewesen sein mussten!

Er schenkte mir ein Glas Whisky ein, und wir setzten uns nach draußen und sahen zu, wie das letzte Tageslicht verblasste. Auf der steinernen Treppenstufe neben uns glitzerte der kleine Reif. »Ich habe wegen des Rings an Favells Freundin geschrieben«, erklärte Tom nach einer Pause, den Blick auf das Meer gerichtet. »Sie behauptet, er bringe Unglück, und will ihn unter keinen Umständen zurück. Was soll ich damit anfangen, Ellie? Ich finde nicht, dass ich ihn behalten darf ...«

»Warum eigentlich nicht?«, fragte ich zurück. Inzwischen fühlte ich mich viel ruhiger. »Wenn er jemandem zusteht, dann Ihnen. Ich glaube, Rebecca hätte das so gewollt.«

»Ellie«, sagte er, und als ich seine plötzlich veränderte Stimme hörte, erkannte ich zu spät, dass er schon seit Minuten mit dem Bedürfnis kämpfte, etwas zu sagen, und der Angst davor, es auszudrücken. »Ellie ... bevor ich Kerrith verlasse, muss ich Ihnen noch einiges mitteilen, von dem ich möchte, dass Sie es erfahren ...«

»Ich glaube, das weiß ich schon«, warf ich rasch ein und legte ihm die Hand auf den Arm. Ich hätte es nicht ertragen, wenn er jetzt anfing, mir von Julia zu erzählen. »Und Sie brauchen mir nichts zu erklären, Tom. Wirklich nicht. Wir sind doch Freunde, oder?«

»Natürlich, und das bedeutet mir sehr viel. Aber ich möchte, dass Sie etwas verstehen ... Mein Aufenthalt hier hat mich verändert. Sie haben mich verändert, Ellie ...«

»Ich?« Verwundert sah ich ihn an.

»Selbstverständlich.« Er zögerte und nahm dann behutsam meine Hand. »Ellie, Sie besitzen so viele Eigenschaften, die ich bewundere und um die ich Sie beneide. Ich wollte, ich besäße diese Offenheit, diese Fähigkeit zu vertrauen, wirklich, das wünsche ich mir von Herzen. Aber Vertrauen fällt mir schwer, oder über meine Gefühle zu sprechen. Ich mauere mich ein, so hätte Rebeccas das ausgedrückt. Ich bin nicht der Mitteilsamste, das ist mir klar. Also habe ich einen Entschluss gefasst. Bevor ich mich heute Abend von Ihnen verabschiede, will ich so ehrlich zu Ihnen sein, wie Sie zu mir waren ...«

»Oh, Tom, ganz so ehrlich war ich in Wirklichkeit nicht«, rief ich aus, bevor ich mir Einhalt gebieten konnte. »Wahrscheinlich wissen Sie das. Ich verstehe mich nicht sehr gut darauf, meine Gefühle zu verbergen.«

»Warum sollten Sie auch?«, fragte er sanft. »Warum sollte jemand das versuchen? Das ist nur Selbstschutz, oder falscher Stolz. Ich muss es wissen, Ellie; was Defensive angeht, bin ich Fachmann.« Er zögerte. »Ellie, ich muss dies sagen, und, nein, unterbrechen Sie mich nicht. Vor Jahren habe ich herausgefunden, wie man sich fühlt, wenn man jemanden liebt und nicht in der Lage ist, diesem Gefühl Ausdruck zu verleihen. Ich habe erfahren, wie qualvoll das sein kann. Ich weiß, dass man in dieser Situation Hoffnungen hegt, wie man immer weiter hofft und wünscht zu hören, dass diese Liebe erwidert wird, ich kenne die Freude, die man empfindet, wenn man eine Reaktion zu erkennen glaubt ...«

Wieder unterbrach er sich und sah aufs Meer hinaus. Ich spürte, welche Anstrengung es ihn kostete, so zu sprechen. »Ich rede nie darüber«, fuhr er ruhig fort, »grundsätzlich nicht. Aber so viel will ich sagen: Ich weiß, dass in dieser Lage die Ungewissheit fast mehr Schmerz hervorruft als alles andere. Daher möchte ich nicht, dass zwischen uns etwas unklar bleibt. Ich mag Sie und bewundere Sie zutiefst, Ellie. Ich hoffe, wir werden immer Freunde bleiben und dass ich niemals etwas tue, das dazu führt, dass Sie mir diese Freundschaft entziehen. Aber Sie müssen eines wissen: Ich hege sehr tiefe Gefühle für eine andere Person, und daran wird sich nichts ändern. Ich liebe diesen Menschen schon fast mein ganzes Erwachsenenleben lang, und selbst jetzt spüre ich immer noch dieselbe unerschütterliche Liebe, obwohl wir uns nicht sehen und nicht miteinander sprechen können. Verstehen Sie das?«

»Ja«, antwortete ich ruhig. »Natürlich, Tom. Ich wollte nur ... Sie klingen so traurig. Ich wünschte, Sie ....« Ich hielt inne: Was wünschte ich ihm? Glück selbstverständlich, dass er sich weniger einsam fühlte. Ich hoffte, dass er in der Zukunft eine Frau fand, die ihn trösten konnte – und ich war mir sicher, dass das eines Tages geschehen würde. Ich war nicht die richtige, das war alles; er fühlte sich nicht zu mir hingezogen. Das sprach ich nicht aus, weil ich nicht die Worte dazu fand, aber er las meine Gedanken trotzdem.

»Ellie, ich würde bei jeder anderen Frau so empfinden. Ich möchte, dass Sie das begreifen«, fuhr er fort, und ich wusste, dass wir jetzt an dem Punkt angelangt waren, wo ein freundlicher Mann mir schonend einen Korb gab. »Jede Beziehung zu jemand anders würde mir wie Verrat vorkommen – an dieser Person und an mir selbst. Ich kann nichts an meinen Gefühlen ändern, verstehen Sie, ganz gleich, wie die Umstände sind. Zwischen uns kann nicht mehr als Freundschaft bestehen, Ellie, das müssen Sie wissen. Es ist nicht möglich.«

Noch nie hatte ich ihn mit so viel Gefühl sprechen hören. Natürlich war das irgendwie eine Standardrede, und ich erkannte, dass er sie vorbereitet hatte. Aber trotzdem ließ sie seine starken Emotionen durchscheinen, und das bewegte mich. Wahrscheinlich fürchtete er, dass ich Hoffnung schöpfte, nachdem ich erfahren hatte, dass Julia tot war – und er hatte Recht. Tatsächlich begleitete mich in den Tagen nach diesem Gespräch noch eine winzige Spur von Hoffnung, obwohl ich jetzt stärker bin und entschlossen, sie zu besiegen. Deswegen hatte er so deutliche, unmissverständliche Worte gewählt, und ich war ihm dankbar dafür. Aber natürlich empfand ich Schmerz und auch Verlegenheit, und als er weitersprach und mir klar wurde, dass er mir noch mehr sagen wollte, unterbrach ich ihn.

»Tom, sagen Sie nichts weiter«, fiel ich hastig ein, leerte das Whiskyglas und stand auf. »Ich verstehe, wirklich. Ich weiß, wie schwer es Ihnen gefallen sein muss, das alles zu sagen, und ich bin froh, dass Sie gesprochen haben. Sie waren freundlich, Sie haben sich klar ausgedrückt und mir Ihr Vertrauen geschenkt – dafür werde ich Ihnen immer dankbar sein. Und Sie sind nicht in Gefahr, meine Freundschaft zu verlieren, weder jetzt noch in der Zukunft. Ich hoffe, das wissen Sie. Aber Freunde brauchen einander auch nicht alles zu erklären. Niemals entschuldigen, niemals erklären, das sagt Rose immer zu mir ...« Ich zögerte, denn ich kam mir sehr töricht vor. »Wenn sich überhaupt jemand entschuldigen sollte, dann ich. Normalerweise küsse ich Männer nicht einfach ohne Vorwarnung – ich hoffe, das wissen Sie.«

»Das war mir klar. Diesbezüglich habe ich gar keine Zweifel gehegt, Ellie.« Er stand ebenfalls auf. Ich hätte es nicht ertragen, wenn er an diesem Punkt rituelle Bemerkungen von sich gegeben hätte – dass ich ohnehin jemand Besseren verdient hätte, dass ich eines Tages einen guten Mann glücklich machen würde. Aber Tom sagte nichts dergleichen – dazu ist er zu intelligent und einfühlsam –, und ich segnete ihn im Stillen. Er sah auf mich herunter, und im letzten Tageslicht sah ich, wie sich seine Miene veränderte und er zögerte. Er schaute zärtlich, zerrissen und unentschlossen drein und riskierte es schließlich, die Arme um mich zu legen.

Ich spürte den Geist, der ihm über die Schulter blickte, und wollte ihn beziehungsweise sie nicht kränken, daher verhielt ich mich peinlich korrekt, und wir verabschiedeten uns vernünftig und freundlich. Ich versprach, nach seinem Cottage zu sehen und eventuelle Post nachzuschicken, und er gelobte, mich und meinen Vater besuchen zu kommen, sobald er aus Frankreich zurück sei. Er sagte, wir würden ihm beide fehlen, was ich ihm glaube, und schließlich, als ich mich zum Gehen wandte, zog er mich an sich und gab mir einen Abschiedskuss.

Nie werde ich diesen Kuss vergessen, sanft und bedauernd, ein brüderlicher Kuss. So würde ich in Zukunft an Tom denken, als einen Ersatz für den Bruder, den ich im Krieg verloren habe. Ich habe beschlossen, meine früheren Gefühle für Tom als Gebrechen zu betrachten, und begonnen, mich zu kurieren. Auf Latimer-Art habe ich mir selbst Medizin verschrieben, ich habe gesunden Menschenverstand und Ablenkung geschluckt wie Pillen. Sicher sind Nebenwirkungen aufgetreten, aber ich sagte mir, dass das nur zu erwarten war. Ich hoffe, dass Zeit die beste Medizin ist, und vertraue auch auf die Entfernung, denn ich weigere mich zu glauben, dass die Liebe mit ihr wächst, wie das Sprichwort sagt. Das ist ein Mythos und ein Altweibermärchen.

Eine Woche nach Toms Abreise erhielt ich eine Postkarte mit dem Bild eines fröhlichen bretonischen Fischerdorfs. Und als ich eineinhalb Wochen nach seinem Abschied in seinem Cottage vorbeischaute, um nach seiner Post zu sehen, klingelte das Telefon. Die Anruferin war Selina Fox-Hamilton, die Frau, die Tom Galbraith mir beschrieben hatte, als er von seinem Besuch in der Tite Street erzählte.

Sie war sehr aufgeregt und schien enttäuscht, Tom – oder Terence Grey, wie sie ihn nannte – nicht anzutreffen. Aber nachdem ich ihr erklärt hatte, wer ich war, führten wir ein langes, interessantes Gespräch. In der Tite Street gibt es neue Entwicklungen, und ich werde morgen in London unter anderem Selina aufsuchen.

Ich habe mit Rose vereinbart, dass ich in ihrem Haus übernachte, und werde am folgenden Tag zurückkehren. Wenn ich mich auf Selinas Aussagen verlassen kann, und das glaube ich, dann müsste ich morgen herausfinden, wer der anonyme Absender dieser Päckchen ist. Und anschließend ist es nur noch eine Frage der Zeit, bis ich Rebeccas letztes Notizbuch in Händen halte.

28. Kapitel

Ich nahm den frühestmöglichen Zug und erreichte London kurz nach Mittag. Seit dem Herzanfall meines Vaters im letzten Herbst hatte ich keine so weite Fahrt mehr unternommen, und so war allein diese früher so vertraute Reise aufregend. Ich schob mich nahe an das Zugfenster und sah zu, wie wir durch die Vororte langsam in das Herz der City vorrückten. Der Lärm und das geschäftige Treiben der Menge am Bahnhof Paddington erschienen mir fremd und berauschend. Ich trug ein gestreiftes Kleid mit weitem Rock, das mein Vater mir zu meinem letzten Geburtstag gekauft hatte. In Kerrith hatte es sehr schick ausgesehen, aber hier wirkte es altmodisch, was mir jedoch nichts ausmachte. Ich hatte meine Route mit der U-Bahn auswendig gelernt, damit ich nicht ständig die Karte zu konsultieren brauchte und aussah wie eine dumme Gans vom Lande. Der Tag war sehr heiß, und in der Untergrundbahn herrschte eine infernalische Hitze. Am Sloane Square stieg ich aus, und während ich in Richtung Tite Street ging, stellte ich mir vor, wie es sein müsste, hier in der Hauptstadt zu leben. Jeden Tag in der Woche Theater, Konzertsäle und Kunstgalerien besuchen zu können! Das musste wirklich erstaunlich sein – obgleich ich natürlich auch das Meer vermissen würde.

Als ich die King's Road hinaufspazierte, fühlte ich mich sehr unbekümmert und aufgeregt. Ich stellte mir schon vor, wie ich Tom Galbraith diesen Tag schilderte, wenn er aus Frankreich zurückkehrte und ich ihm erklärte, dass ich in seiner Abwesenheit außerordentliche Entdeckungen gemacht hatte. Diese Woge aus Hochstimmung und Optimismus trug mich bis in die Tite Street. Erst als ich mich dem hohen Haus am Fluss näherte, in dem Rebecca ihre Wohnung unterhalten hatte, änderte sich meine Stimmung. Diese Straße rief Erinnerungen an meine Schwester Lily wach, die mir immer noch sehr fehlt, und ich verzagte ein wenig. Außerdem war mir etwas bange angesichts dessen, was ich mir vorgenommen hatte.

Ich sah einen kleinen Umzugslaster vor dem Haus stehen und vermutete, dass es sich bei dem schlanken Mädchen in Bluejeans, das auf dem Gehweg stand und den Möbelpackern Anweisungen erteilte, um Selina handelte. Im Näherkommen wurde mir klar, dass Tom sie schlecht beschrieben hatte. Sie hatte langes dunkles Haar, das sie an diesem Tag zu einem Pferdeschwanz hochgebunden hatte, und ihre Augen waren interessant geschminkt. Tom hatte sich abschätzig über ihr Make-up geäußert, aber ich hätte es am liebsten gleich kopiert. Das Bemerkenswerteste an Selina war jedoch, dass sie wirklich sehr hübsch war – und das hatte er zu erwähnen versäumt.

Als sie mich sah, erschien sie ein wenig erstaunt – wahrscheinlich, weil ich wie eine Landpomeranze aussah –, aber ich fand sie sympathisch, und ich glaube, auch sie mochte mich fast sofort. Die Männer von der Spedition hatten eingeladen und waren gefahren, aber Selina führte mich wie vereinbart in ihre Wohnung, und ich saß auf einer Teekiste und unterhielt mich angeregt mit ihren Katzen, während sie uns einen Pulverkaffee machte. Ich versuchte mir vorzustellen, wie es wohl wäre, in einer eigenen Wohnung zu leben und nach Belieben zu kommen und zu gehen. Für mich strahlte der kahle weiße Raum einen märchenhaften Glanz aus.

»Man sollte den Wasserkessel immer zuletzt ein- und als Erstes wieder auspacken«, meinte Selina, als sie zurückkehrte. »Den ganzen Vormittag habe ich Tee für die Möbelpacker gekocht. Die Katzen stören Sie doch nicht? So langsam werden sie sehr nervös. Sie können es nicht abwarten, hier zu verschwinden, genau wie ich. Ich kann nicht glauben, dass ich endlich aus diesem Haus wegkomme ...«

Sie streckte sich auf dem Boden aus, zündete eine Zigarette an und musterte mich eingehend. »Der hübsche Mr. Grey hat sich also in die Bretagne verdrückt, was? Hatten Sie wenigstens Glück bei ihm? Ich habe wirklich alles probiert: ein langes Gespräch hier, dann habe ich ihm eine Postkarte geschickt und mindestens zweimal angerufen. Ergebnis? Null. Ich dachte schon, ich würde langsam alt. Aber wo ich Sie jetzt kennen gelernt habe, sehe ich, dass ich wahrscheinlich von Anfang an keine Chance hatte. Sind Sie beide ... na, Sie wissen schon?«

»Nein«, versicherte ich. »Leider«, setzte ich nach kurzem Überlegen hinzu.

»Ach, auch andere Mütter haben hübsche Söhne«, meinte Selina nonchalant. »Natürlich sind auch viele kleine Fische dabei, aber was will man machen? Zigarette?«

Ich nahm die Zigarette – ich rauche gelegentlich, wenn ich modern aussehen möchte. Das Eis schien gebrochen zu sein, und wir plauderten eine Weile. Selina erzählte mir von ihrer neuen Wohnung und ihrer Arbeit in der Galerie. Wie sie davon sprach, klang alles so einfach. Sie war einfach eines Tages hineinspaziert und hatte so lange geredet, bis sie eine Stelle bekam. »Das könnten Sie doch auch, Ellie«, sagte sie lässig. »Ein hübsches Mädchen kriegt immer einen Job. Meine Arbeit macht mir Spaß, aber sie ist nicht schwierig. Größtenteils verschicke ich Einladungen und organisiere die Vernissagen. Überlegen Sie vielleicht, nach London zu ziehen? In der neuen Wohnung bräuchte ich eigentlich eine Mitbewohnerin – anders als hier ist die Miete ziemlich happig.«

Ich erklärte, dass so etwas für mich nicht in Frage kam. Mein Vater brauchte mich, und falls ihm etwas zustieß, hatte ich mein Leben schon geplant. Ich würde da weitermachen, wo ich aufgehört hatte, und an die Universität gehen. »Cambridge«, sagte ich. »Falls sie mich noch nehmen.«

Selina warf mir einen höchst eigenartigen Blick zu. »Sagen Sie mir nicht, dass Sie einer dieser Blaustrümpfe sind«, rief sie aus. »Gott helfe uns. Sie wollen an eines dieser Frauen-Colleges? Warum machen Sie nicht gleich Nägel mit Köpfen und sperren sich in einem Kloster ein, Ellie?«

Ich hatte mich noch nie als Blaustrumpf betrachtet, aber wahrscheinlich könnte man mich so sehen. Roses Einfluss ist sicher spürbar, und ich lese wirklich leidenschaftlich gern. Aber das Girton ist bestimmt kein Kloster, sondern ein Palast des Wissens, eine Fahrkarte in die Zukunft – obwohl ich mir schon vorstellen konnte, dass Cambridge nicht nach Selinas Geschmack wäre. Über all das plauderten wir, und dann fragte ich Selina, wie sie diese wunderbaren rußigen ägyptischen Augen hinbekam. Sie holte etwas, das sie Eyeliner nannte, und zeigte es mir. Nachdem wir uns eine halbe Stunde in oberflächlichem Geplänkel ergangen hatten – ich bin ausgehungert nach etwas Leichtigkeit, daher genoss ich das Gespräch sehr –, kamen wir zum Wesentlichen. Detaillierter als am Telefon klärte mich Selina über die Entwicklungen auf, die mich nach London geführt hatten.

In der vergangenen Woche war ein Päckchen eingetroffen, das an die Wohnung im ersten Stock adressiert war; soweit Selina wusste, die erste Post für die andere Mieterin, seit sie hier wohnte. Sie hatte es gefunden, als sie eines Tages von der Arbeit kam, einen braunen Umschlag, gerichtet an eine »Mrs. Danvers«. Sie hatte ihn inspiziert und dann auf das für die Post vorgesehene Bord in der Eingangshalle gelegt. Sofort hatte sie versucht, in Kerrith anzurufen, aber in Toms Cottage war niemand ans Telefon gegangen. Vier Tage später hatte das Päckchen immer noch da gelegen, und dabei wusste Selina, dass die Wohnung oben nicht leer war – die unheimlichen Geräusche, als rücke jemand Möbel, waren mit Unterbrechungen immer wieder aufgetreten.

Am fünften Tag hatte Selina sich die Treppe hinaufgewagt und an die schwarze Tür auf dem Treppenabsatz geklopft. Sie hatte durch die Tür gerufen, wobei sie den Namen »Mrs. Danvers« gebrauchte, aber nur das übliche Schweigen zur Antwort erhalten. Sie war sich aber sicher, dass die Frau sie hörte, daher erklärte sie, ein Päckchen sei gekommen, und sie würde es vor der Tür, auf dem Treppenabsatz, liegen lassen. Zwei Tage später hatte sie sich neugierig hinaufgeschlichen, um nachzusehen. Das Päckchen lag noch genau da, wo sie es zurückgelassen hatte. Das war der Tag gewesen, an dem sie noch einmal bei Tom anrief und ich ans Telefon gegangen war. Heute Morgen, kurz bevor ich gekommen war, hatte sie ein letztes Mal nachgesehen: Der Umschlag war verschwunden, also musste die Frau ihn endlich hereingeholt haben – das war jedenfalls anzunehmen.

»Was heißt, dass sie da sein muss«, fuhr Selina fort. »Aber seit ich das Päckchen nach oben gebracht habe, ist sie vollkommen ruhig gewesen. Seit drei Nächten hat sie keinen Laut von sich gegeben!« Sie zog eine Grimasse. »Vielleicht habe ich mich schon an die Geräusche gewöhnt, sodass die Stille schlimmer war. Möglicherweise ist sie tot, oder sie plant ein neues Spiel, schleicht sich mitten in der Nacht nach unten oder so ...«

Sie erschauerte sichtlich. »Wollen Sie das wirklich machen, Ellie? Soll ich ganz bestimmt nicht hier bleiben, während Sie nach oben gehen? Wenn Sie wollen, warte ich – lange kann es sowieso nicht dauern, weil sie die verdammte Tür eh nicht aufmachen wird.«

Tatsächlich hätte ich mich wohler gefühlt, wenn Selina geblieben wäre. Als sie mich nach drinnen bat, hatte ich mir das Treppenhaus genau angesehen. Es war schlecht beleuchtet, und von dem oberen Treppenabsatz floss ein blutroter Teppich herunter wie ein Wasserfall. Ich verstand, warum Selina und ihre Katzen ihn nicht mochten. Aber ich wusste, dass ich nur Erfolg haben konnte, wenn ich allein im Haus war. »Ich glaube, ich habe bessere Chancen, wenn sie Sie gehen hört oder sieht«, erklärte ich. »Wahrscheinlich haben Sie Recht, und sie wird die Tür nicht öffnen, aber wenn, dann hat sie keinen Grund, mir etwas zuleide zu tun.«

Selina war anzusehen, dass ich sie nicht überzeugt hatte. »Glauben Sie wirklich, Ellie? Wer immer sie ist, eines weiß ich über die Frau da oben. Ganz normal kann sie nicht sein.«

»Wenn sie die Person ist, für die ich sie halte«, entgegnete ich, »dann war sie das ohnehin nie.«

Schließlich konnte ich Selina begreiflich machen, dass mir die Sache ernst war. Ich half der jungen Frau, ihre letzten Besitztümer zusammenzupacken und ihre Katzen in Reisekörbe zu schmeicheln. Selina gab mir den Schlüssel zur Vordertür; ich versprach, ihr alles zu berichten, und wir tauschten unsere Adressen aus. Als die Deckel der Körbe geschlossen waren, begannen die Katzen jämmerlich zu miauen. Selina ging und knallte die Haustür laut hinter sich zu. Sogar aus der Diele hörte ich die Tiere immer noch jammern, als Selina sie draußen in den Wagen lud. Sie startete den Motor, dann entfernte sich das Geräusch, bis es sich in dem ständigen Hintergrundsummen des Verkehrs verlor.

In der Eingangshalle war es kühl. Ein trüber grauer Schein aus dem Oberlicht erhellte die schwarz-weißen Kacheln und die geschwungene Treppe. Ein leises Knirschen lag in der Luft, und ich sagte mir, dass wohl die Mauern des Gebäudes arbeiteten. In dem Lichtstrahl, der über der Tür schräg einfiel, wogten Staubkörner. Sie strudelten, als zöge es, obwohl ich keinen Lufthauch wahrnahm.

Ich ging zum Fuß der Treppe, zögerte und stieg dann hinauf. Auf Tom Galbraith hatte die Bewohnerin der ersten Etage nicht reagiert, und ich wusste, dass ich ebenfalls scheitern würde, wenn mir nicht die richtigen Worte einfielen. Was würde hier als »Sesam öffne dich« wirken? Vielleicht barg ja Rebeccas Notizbuch die Antwort.

Auf dem roten Teppich, der die Stufen und den Treppenabsatz bedeckte, waren meine Schritte nicht zu hören. Endlich stand ich vor der schwarz gestrichenen Tür. Ein leichter Brandgeruch lag in der Luft. Ich fühlte mich beobachtet und musste mir ins Gedächtnis rufen, dass mich niemand sehen konnte. Kein Mensch vermochte durch die dicke holzgetäfelte Tür zu schauen, kein Guckloch und keine Ritze war vorhanden, durch die mich jemand ausspähen konnte.

Ich zählte bis zehn und klopfte dann leise an die Tür. »Danny, bist du da? Bitte lass mich herein. Ich muss mit dir reden.«

Stille. Die Luft fühlte sich auf meiner Haut feucht an. Vielleicht bildete ich mir das ein, aber der Brandgeruch schien intensiver zu werden. Ich zwang mich, noch einmal anzuklopfen. »Danny, öffne bitte sofort die Tür«, rief ich noch einmal, dieses Mal schärfer, bestimmter. »Ich habe nicht vor, den ganzen Tag hier auf dem Treppenabsatz zu stehen. Mach augenblicklich auf.«

Wieder nichts, aber dann hörte ich dieses Geräusch, das Tom mir beschrieben hatte, so als streife Stoff leise über etwas Festes. Ein Schleifen und Klicken; Riegel wurden zurückgeschoben und Schlüssel gedreht. Langsam schwang die Tür auf. Die Diele dahinter war in grelles Licht getaucht; durch ein Fenster am anderen Ende schien direkt die Abendsonne. Nach dem Halbdunkel im Treppenhaus stand ich in meiner Angst und Aufregung wie geblendet in dem plötzlichen Gleißen. Dann begann ich die Gestalt vor mir wahrzunehmen, erkannte, wen ich vor mir hatte.

Von Licht umflossen stand da eine Frau mit weißem Haar. Ich hatte sie immer nur mit dunklem Schopf gesehen, den sie zu einem festen Knoten zurückgebunden trug, aber dieses dünne weiße Haar fiel ihr offen über die Schultern und ließ sie schockierend mädchenhaft wirken. Sie war reglos wie der Tod und bleich wie eine Wachsfigur, aber genau wie Rebecca es beschrieben hatte, spürte ich diese besondere Energie, die von ihr ausstrahlte. Sie versuchte zu sprechen, doch ihre blassen Lippen bewegten sich lautlos. Selbst in meiner Kindheit hatte diese Frau sich im Stil einer vergangenen Zeit gekleidet, und auch jetzt trug sie ähnliche Kleidung, als sei ihre Uhr im Jahr 1918 stehen geblieben. Ihr langer schwarzer Rock endete gleich oberhalb ihrer Knöchel. Bestürzt und schockiert, wie ich war, suchte ich nach der kleinen, sorgfältig gestopften Stelle in ihrem Strumpf, die die siebenjährige Rebecca gesehen hatte. Diese Strümpfe waren durchlöchert. Die Frau war furchtbar abgemagert, aber ich wusste, dass ich Mrs. Danvers vor mir hatte.

Sie schien über meine Schulter zu schauen und hatte jetzt heftig zu zittern begonnen. Einen Moment blieb sie ruhig stehen, und dann tat sie etwas Schreckliches. Sie beugte sich zu mir herüber, kam immer näher. Lieber Gott, sie versucht, an mir zu schnüffeln, dachte ich.

Ich konnte sie jedenfalls riechen. Sobald sie sich bewegte, stieg ein widerlicher säuerlicher Grabesduft aus ihren Kleidern auf und schlug mir mit ihrem Atem entgegen. Ich fuhr zurück. Ob sie mich sehen konnte? Ich war mir nicht sicher. Ihre Augen waren milchig weiß, als wäre Haut über die Iris gewachsen. Grauer Star, vermutete ich. »Ihre Hand, geben Sie mir Ihre Hand«, sagte die alte Frau mit einer trockenen, kratzigen Stimme, die unharmonisch und sehr leise klang, als wäre sie das Sprechen nicht mehr gewöhnt.

Obschon ich mich fürchtete, ließ ich sie gewähren. Sie umfasste meine Hand sehr fest, und aus ihrer Kehle stieg ein gepresster, singender Ton auf. Sie begann sie zu streicheln, und ich sah, wie ihre Miene sich veränderte. Meine Hände sind zart, keineswegs so lang und schmal wie die von Rebecca, aber wahrscheinlich war ihre Sehnsucht so groß und das Warten so lang gewesen, dass ihr Fehler verständlich war.

Die alte Frau stieß einen erstickten Laut aus und begann zu meinem Entsetzen, mir die Finger zu küssen. Ich riss die Hand zurück, und augenblicklich geschah vor meinen Augen eine Verwandlung. Ich spürte, wie das Räderwerk ihrer Willenskraft malmte. Sie drängte ihre Gefühle zurück und versuchte sich zitternd vor Anstrengung wieder in eine Dienstbotin zu verwandeln.

»Endlich, endlich«, sagte sie mit ihrer vom Nichtgebrauch rauen Stimme. »Ich wusste, dass Sie kommen würden, dass Sie mich niemals enttäuschen. Alles ist für Sie bereit, so wie Sie es früher mochten. Ihre Lieblingsblumen, all Ihre hübschen Möbel, Bilder und Bücher. Erinnern Sie sich an den besonderen Tee, den Sie gern tranken? Ich habe ihn hier, und alles ist fertig. Ich brauche nur noch das Wasser aufzusetzen. Treten Sie ein, Madam, treten Sie ein. Wie war Ihre Reise?«

Bevor ich ein Wort sagen konnte, führte sie mich den Korridor entlang. Wir stiegen ein paar Treppenstufen hinauf, und ich trat durch einen Türbogen in einen weitläufigen und entsetzlichen Raum. Ich kam mir vor wie in einem Traum befangen. Dies war der Raum mit dem hohen bogenförmigen Atelierfenster, das von der Straße aus zu sehen ist, und ich weiß nicht, wie ich ihn beschreiben soll. Verwirrung, Bestürzung und Mitleid mit der alten Frau überwältigten mich – und ich fürchtete mich, denn es war Grauen einflößend, so nahe, von Angesicht zu Angesicht, jemandem gegenüberzustehen, der schon vor langer Zeit den Verstand verloren hatte und zugleich über eine solche Willenskraft verfügte, dass die Luft um mich herum davon zu knistern schien.

»Sie haben Ihr Haar wieder wachsen lassen«, bemerkte Mrs. Danvers, während sie mich zu einem Stuhl führte. »Das freut mich. Lang hat es mir immer besser gefallen. Wissen Sie noch, wie ich Ihnen immer das Haar gebürstet habe? ›Haarappell, Danny‹ pflegten Sie mich zu rufen. ›Du bist die beste Zofe von allen, Danny‹, sagten Sie. Ich habe mich um alles gekümmert. Viel konnte ich nicht mitnehmen, als ich von Manderley fortging, aber ich habe Ihre Lieblingskleider mitgebracht. Erinnern Sie sich an das meergrüne Seidene? Und dieser Seehund-Mantel. Kein teures Stück, nicht wie einige von den anderen Pelzen, aber ich wusste, dass Sie ihn haben wollten, und er ist hier. Aber ich konnte Ihren Ring nicht finden, Ihren kleinen Diamantring – ich habe überall danach gesucht, aber ich konnte ihn nicht finden.« Sie begann zu weinen.

»Mrs. Danvers«, sprach ich sie so sanft und ruhig an, wie ich konnte. »Mrs. Danvers, bitte. Sie sind krank. Wollen Sie sich nicht einen Moment setzen …«

»Ich hole den Tee«, entgegnete sie und hatte sich wieder unter Kontrolle. Ich bin mir nicht sicher, ob sie meine Worte überhört hatte oder nicht hören wollte. »Jetzt bringe ich den Tee, und Sie setzen sich hierher. Ich bin ganz schnell wieder da, Madam. Und dann muss ich Ihnen etwas zeigen, eine Überraschung für Sie ...«

Ehe ich sie daran hindern konnte, wandte sie sich um und ließ mich allein. Ihre leisen Schritte entfernten sich über die kleine Treppe. Eine Tür wurde geschlossen. In dem Raum herrschte eine erstickende Hitze. Der Stuhl, zu dem sie mich geführt hatte, wimmelte von Motten. Ich wich zurück und sah mich um.

Das Atelier war doppelt so hoch wie ein normaler Raum und reichte bis zu den Dachsparren hinauf. Es musste einmal schön gewesen sein. Früher waren die Wände wohl weiß gestrichen gewesen, aber jetzt waren sie gelblich und räudig. Der Raum war mit einer Unmenge von Gegenständen voll gestopft, aber die alte Frau musste sie während ihrer langen nächtlichen Rituale so oft umgeschichtet haben, dass der Zweck, dem sie einmal gedient haben mochten, nicht mehr erkennbar war. Tische lagen hochkant, Kissen hingen an Haken von den Wänden, Bilder waren mit der Vorderseite zur Fußleiste gestapelt, aus Büchern errichtete Barrikaden teilten den Raum in Bezirke. Ich dachte an Rebeccas »Religion des Hauses«. Führte dieser Glaube schließlich zu so etwas? Ich schob mich zwischen den Bücherstapeln auf die hintere Ecke zu, in der ein Flügel stand.

Als ich näher kam, huschte etwas unter dem Instrument hervor. Ich nahm meinen Mut zusammen und trat heran, obwohl es in diesem Teil des Zimmers so übel roch, dass es mir den Magen umdrehte. Der Deckel war aufgeklappt, sodass das Innere des Flügels zu Tage lag: Jemand hatte ihn geradezu ausgeweidet. Die Saiten waren zerschnitten, und es sah aus, als hätte jemand sie zuerst mit dem Messer bearbeitet, dann gepackt und versucht, sie herauszureißen. Das Ergebnis war ein gewundenes Wirrwarr von Drähten und Schlingen wie metallische Gedärme. Vor langer Zeit hatte sich dort ein kleines Tier, eine Ratte oder eine Maus, verfangen, denn ich sah einen staubigen, mumifizierten dunklen Körper in den Tiefen des Drahtgewirrs und roch den abgestandenen Verwesungsgeruch aus drei Fuß Entfernung.

Ich trat zurück. Es war heiß, und mir war übel. Wer hatte das getan? Mrs. Danvers?

»Machen Sie sich deswegen keine Sorgen, Madam«, sagte eine Stimme hinter mir. »Jetzt sind Sie ja da, und wir können das Klavier reparieren lassen. Ich hätte das schon früher veranlasst, aber ich mag nicht, wenn Männer herkommen – und ich war mir nicht sicher, dachte, vielleicht wollen Sie es so haben. Als ich damals herkam – nachdem Sie verreist waren –, war alles wunderschön, so wie immer, bis auf den Flügel. Ich wusste, das mussten Sie getan haben, nachdem Sie diesen Arzt aufgesucht hatten. Sollte ich es richten lassen? Dann beschloss ich zu warten, bis Sie mir die Anweisung geben. Oh, oh je ...« Sie stieß einen erstickten Laut aus. Ich wandte mich um und sah, dass ihr Gesicht sich zusammengezogen hatte. »Ich habe den Tee gebracht, Madam ... aber ich habe keine Zitrone. Ich hätte Zitronen kaufen sollen ...«

Sie war zutiefst niedergeschlagen. Wenn ich sie »Mrs. Danvers« nannte, schien sie das noch mehr zu bedrücken. Sie tat mir schrecklich Leid, und ich wusste nicht, was ich tun sollte, also nannte ich sie schließlich wieder »Danny« und erklärte ihr, der Tee sei trotzdem köstlich. Ich hob die staubige Tasse an die Lippen und tat, als nähme ich einen Schluck. Der Tee war mit kaltem Wasser aufgegossen.

»Soll ich ein Feuer anzünden, Madam?«, fragte sie und sah sich hektisch im Raum um. Hier oben unter dem Dach mussten bei den fest geschlossenen Fenstern, auf die die Sonne knallte, fast dreißig Grad herrschen. Ich erklärte ihr, ich bräuchte kein Feuer, und sah mir den Kamin an. Sie hatte Bücher verbrannt, wie ich sah – vielleicht waren sie in den Wintermonaten ihr einziges Heizmaterial. Auf dem Rost lag ein großer Haufen aus Asche und den versengten Resten halb verbrannter Seiten und Kalbsledereinbänden. Auf dem Kaminsims darüber stand eine exquisite Porzellanfigur in einem Blumenbocage neben einer stehen gebliebenen Uhr. Der Spiegel dahinter war verhängt.

»Oh, Madam, wie das gebrannt hat!«, rief Mrs. Danvers aus und sah über meine Schulter. »Diese Holztäfelungen waren trocken wie Zunder und gingen im Nu in Flammen auf, genau wie Sie das gewollt hätten. Man konnte den Brand aus zehn Meilen Entfernung sehen, wie ein großes Leuchtfeuer. Und man hörte es auch, ein Geräusch wie ein Tosen. Das Feuer raste nur so von einem Ende des Hauses zum anderen – ich konnte kaum glauben, wie rasch es sich ausbreitete. Ich sagte mir: Das ist mein kleiner Liebling; sie hat es ihnen gezeigt. Miss Rebecca lässt sich von niemandem unterkriegen. Und dann bin ich hergekommen. Kümmern Sie sich um die Wohnung, Mrs. Danvers, hatte der Herr gesagt, erledigen Sie alles Nötige ... Ihm war ganz egal, was aus dieser Wohnung und Ihren hübschen Dingen wurde. Zu sehr damit beschäftigt, Sie zu vergessen. Ich wusste, dass ihm das nie gelingt. Er hätte hundert Frauen heiraten können, aber keine hätte Ihre Stelle einnehmen können. Sie haben ihn fürs Leben gezeichnet, das sah ich, wenn ich ihm in die Augen schaute. Nicht einmal sie konnte das, die andere. Ohne Sie zu sein brachte ihn um. Soll ich Ihnen Ihre Überraschung zeigen? Sie kam vor ein paar Tagen, oder letzte Woche, das habe ich vergessen. Zuerst der Azaleenzweig und dann das. Ich wusste, das waren Zeichen, ich wusste, dass Sie kommen. Ich kann Ihnen nicht sagen, wie glücklich ich war – ich wusste, dass ich nicht mehr lange zu warten brauchte. Schauen Sie her, Madam.«

Sie legte die dünnen Finger auf meinen Arm und begann an mir zu ziehen. Obwohl sie praktisch keine körperliche Kraft besaß, übte ihre Willenskraft eine hypnotische Wirkung aus. Ich folgte ihr und blieb dann wie angewurzelt stehen. Von allen Zeugen der Vergangenheit, die ich an diesem schrecklichen Ort hätte finden können, war dies hier das Letzte, das ich sehen wollte. Aber da war es, ausgebreitet auf dem einzigen Tisch im Raum, der aufrecht stand.

Da lagen zwei elegante Schachteln, die einmal weiß gewesen, jetzt aber vergilbt waren. Die Deckel waren abgenommen und das Seidenpapier war zurückgeschlagen, damit ich den Inhalt betrachten konnte. Darin befanden sich, sorgfältig zusammengelegt, Babysachen, so wie Rebecca sie beschrieben hatte: kleine Bettjäckchen, Nachthemden, Häubchen, gestrickte Schühchen und ein Schal, so fein, dass man ihn durch einen Ehering hätte ziehen können. Winzige Perlmuttknöpfchen, verblasste Bändchen, kostbare Handstickerei, und alles aus der feinsten Wolle, mit den dünnsten Nadeln gestrickt. Eine fürstliche Garderobe für ein nie geborenes Kind. Die Kleidungsstücke waren noch erkennbar, aber erbarmungslos mottenzerfressen. Auf den Überresten des Schals lag eine blaue Emailbrosche in Form eines Schmetterlings, und daneben, achtlos beiseite geworfen, der braune Umschlag, in dem sie gekommen war. Der anonyme Absender hatte ihn in der Handschrift, die ich schon kannte, an »Mrs. Danvers« adressiert.

Ich starrte die Babykleider und die Brosche an und konnte mich nicht überwinden, sie zu berühren. Wahrscheinlich hatte ich von dem Moment an, als Mrs. Danvers mir die Tür öffnete, gewusst, dass sie unmöglich diese Notizbücher oder Rebeccas Ring an jemanden hätte schicken können. Sie war viel zu schwach, um auf diese Weise aus ihrer Besessenheit auszubrechen. Jemand anders musste die anonymen Päckchen versandt und auch dieses hier geschickt haben, dachte ich und sah die Brosche an, die Rebeccas Talisman gewesen war, ihr Wappen. Mir war übel, ich fühlte mich unruhig und eingesperrt. Inzwischen interessierte mich nicht mehr, wer diese Gegenstände geschickt hatte und warum. Ich wollte nur noch fort vor dieser Frau und diesem Ort und wieder frische Luft atmen.

Aber ich konnte die Alte nicht allein lassen; ich konnte nicht einfach weggehen und nichts unternehmen. Ihr Anblick war abstoßend, aber ich zwang mich, sie anzusehen. Ich bemerkte, dass sie furchtbar krank war, körperlich wie geistig, und die Auszehrung war weit fortgeschritten. Wie lange versteckte sie sich schon hier? Woher bekam sie zu essen? Wie existierte sie? »Danny«, fragte ich leise, »wie kommen Sie hier zurecht? Gehen Sie einkaufen? Was essen Sie?«

Sie blickte auf, als wäre ich diejenige, die nicht bei Verstand war. »Dosen«, antwortete sie so abrupt, dass ich zusammenfuhr. »Schränke voll mit Büchsen. Bis letztes Jahr habe ich noch gearbeitet, Madam. Die Leute brauchen immer Haushälterinnen und Gesellschaftsdamen. Hier habe ich immer eine Nachricht für Sie hinterlassen, damit Sie wussten, wo Sie mich erreichen. Ich habe vorgesorgt; ich bin vorsichtig mit dem Geld umgegangen, und als ich noch kräftiger war als jetzt, habe ich die Vorräte angelegt. Verstehen Sie, Madam, ich wusste ja nie, wann Sie zurückkommen. Ich gehe sogar immer noch aus – manchmal, aber in letzter Zeit nicht so oft ...«

Sie zog eine kleine Grimasse. »Über Tag, wenn sie unterwegs ist, diese Spionin da unten. Ich warte, bis sie fort ist, und dann komme und gehe ich. Weil ich nicht will, dass sie mich sieht. Ich mag nicht, wenn mich jemand sieht. Jetzt fällt mir alles schwerer. In den letzten Wochen habe ich starke Schmerzen gehabt. Und meine Augen sind nicht mehr, was sie waren – das erkennen Sie wohl, Madam.« Sie wandte mir ihren getrübten Blick zu. »Aber Sie sehe ich – ganz genau. An dieses Kleid erinnere ich mich. Ihr Daddy hat es Ihnen einmal auf Greenways gekauft.«

»Danny, hast du einen Arzt?«, fragte ich. »Suchst du einen Doktor auf? Jemanden, der dir hilft, wenn du krank wirst ...« Ich zögerte. »Oder wenn mir etwas zustoßen würde?«

Hätte ich letztere Andeutung nicht gemacht, wäre ich auf blanke Ablehnung gestoßen, aber dass ich die Sache so drehte, schien sie zu überzeugen.

»Oh ja, aber ja«, antwortete sie und blickte um sich. »Letztes Jahr war ich wirklich krank, Madam. Übel, mir war so übel. Ich konnte einfach nicht essen, und die Schmerzen waren furchtbar. Da bin ich zu einem Arzt gegangen, ich musste. Und dann lag ich Monate lang im Krankenhaus, bis diesen Januar. Man hat mich ausgezeichnet behandelt – irgendwo habe ich noch eine Karte, Madam. Mal sehen – wohin habe ich die gesteckt?«

Ich dachte an die aktiven Perioden, die Selina beschrieben hatte, und die Zeiten, in denen es in der Wohnung still war: War der Krankenhausaufenthalt die Erklärung?

Endlich fand Mrs. Danvers die Karte; sie steckte in einer mit Muscheln gefüllten Vase, die auf dem selben Tisch stand wie die Babykleidung. Im Vorbeigehen nahm sie die Schmetterlingsbrosche und steckte sie zu meiner Bestürzung und Scham an mein Kleid. Voll kindlichem Vertrauen gab sie mir die Karte des Arztes. Ich sah, dass ich nur weiterkam, wenn ich ihr in entschiedenem Ton sagte, was sie zu tun hatte. Die traurigen Instinkte aus feudaler Zeit beherrschten sie immer noch; sobald ich ihr Befehle erteilte, schien sie sich weniger unwohl zu fühlen.

Auf diese Weise brachte ich sie dazu, wieder die Treppe hinunterzugehen. Trotzdem bestand sie darauf, dass ich »mein Zimmer« ansah, das sie so bewahrt habe, wie ich es immer gemocht hätte. Sie öffnete eine Tür, und ich sah in ein großes, quadratisches Zimmer, das von einem Himmelbett beherrscht wurde. Die Jalousien waren heruntergezogen, ein düsteres Halbdunkel herrschte. Hier gab es keine Unordnung wie oben. Abgesehen von der dicken Staubschicht, die jede Oberfläche überzog, musste dieses Schlafzimmer genauso sein, wie Rebecca es verlassen hatte.

Auf dem Frisiertisch lagen silberne Haarbürsten, und auf einer Kommode stand ein kleines Triptychon von Fotografien in einem schwarz angelaufenen Silberrahmen. Zögernd trat ich darauf zu. Unter einem Staubschleier erkannte ich die Fotos von Rebeccas Mutter, die Jack Favell Tom beschrieben hatte: Da war Isolda-Isabel als ewige zweite Besetzung, als Hofdame und als Desdemona zu sehen. Hier also hatte der Schrein, den Rebecca ihrer Mutter auf Greenways errichtet hatte, seine letzte Ruhestätte gefunden. »So schön und begabt«, sagte die leise Stimme hinter mir. »Als sie starb, lief es mir eiskalt über den Rücken. Das werde ich nie vergessen. Es ist mir ins Gedächtnis gebrannt.«

Dachte sie an den Tod der wirklichen Isabel, an Desdemonas Hinscheiden – oder an Rebecca? Unmöglich zu sagen. Ich begann mich schwindlig und benommen zu fühlen, und mir war, als rufe dieser Raum Halluzinationen hervor. Als ich das Bett genauer betrachtete, sah ich, dass der Schleier, den ich für einen dünnen Musselinüberwurf gehalten hatte, aus Spinnweben bestand. Das ganze Bett war damit überzogen.

Ich schloss die Tür des Schlafzimmers und überredete Mrs. Danvers, sich hinzulegen und auszuruhen. Ich sah, dass sie ihre allerletzten Energien verausgabt hatte. Sie stützte sich auf meinen Arm, und ich half ihr in eine kleine, dunkle Kammer nebenan. Ich nahm an, dass Mrs. Danvers sich dort eingerichtet hatte, als sie Manderley verließ. Aber wie ich entdeckte, hatte sie schon viel früher hier gelebt.

»Wissen Sie noch, wie wir herkamen, nachdem Ihr Daddy gestorben war?«, fragte die alte Frau leeren Blickes, als ich die Bettdecke zurückschlug. »Ich hatte meine Ersparnisse, und Sie haben Ihre Armbänder verkauft. ›Da, Danny‹, sagten Sie, ›damit können wir uns eine Zuflucht kaufen.‹ Ich habe diese Wohnung gefunden, die Miete bezahlt und Sie hergebracht. Sie waren furchtbar krank, und ich war außer mir vor Sorge. Nacht für Nacht diese schrecklichen Träume, so sehr hat der Gedanke an Ihren Daddy Sie verfolgt. Aber ich war immer hier. Jede Nacht habe ich bei Ihnen gewacht. Sie waren wie eine Tochter für mich, mein kleines Mädchen, und Sie wussten, dass ich Sie nie verlassen würde. ›Jetzt flicke ich mich wieder zusammen, Danny‹, sagten Sie. ›Ein Stück nach dem anderen. Du wirst mir helfen, und wir sorgen dafür, dass man die Nahtstellen nicht mehr sieht.‹ Und das haben Sie geschafft. Ich habe Ihre Mutter geliebt, aber sie konnte Ihnen nicht das Wasser reichen. Nie habe ich jemanden gekannt, der auch nur den Bruchteil Ihrer Tapferkeit und Willenskraft besaß.«

Tränen waren ihr in die Augen getreten. Ich nahm ihre Hand und sagte ihr, sie müsse ausruhen. Zuerst wirkte sie zapplig und verwirrt, aber ich brachte sie dazu, sich auf ein schmales Bett zu legen, und zog die muffige Decke über sie. Ich versuchte, das Fenster zu öffnen, um etwas Luft in das Zimmer zu lassen, aber es bewegte sich keinen Zentimenter. Dann machte ich mich auf die Suche nach einem Telefon, aber da war keines. Ich fand die Küche und holte der alten Frau ein Glas Wasser. Als ich eine der Schranktüren öffnete, standen da Bataillone von Dosen, manche, glaube ich, sogar aus der Zeit vor dem Krieg, so wie sie behauptet hatte. Bei dem Anblick hätte ich weinen mögen. Als ich mit dem Wasser zurückkehrte, hatte Mrs. Danvers die Augen geschlossen. Ängstlich stand ich in der Tür, doch dann sah ich, dass ihr Brustkorb sich langsam hob und senkte. Sie atmete.

Ich weiß, dass es manchen Menschen schwerfällt, mit Krankheit in Berührung zu kommen oder mit alten und gebrechlichen Menschen. Abgesehen von allem anderen kommen sie nicht mit dem Geruch nach Krankheit zurecht. Auch ich habe einmal so empfunden, aber das hat sich geändert. Nachdem ich meine Mutter gepflegt und für meinen Vater gesorgt habe, bin ich von dieser Art Empfindlichkeit geheilt. Also trat ich wieder an das Bett und nahm Mrs. Danvers' Hand. Ich erklärte, dass ich kurz ausgehe, aber zurückkommen werde, und dass ich den Wohnungsschlüssel mitnehme.

Ich glaube nicht, dass sie mich hörte oder verstand, aber angesichts dessen, was später geschah, bin ich froh, dass ich ihr noch die Hand gehalten habe. Sie umklammerte meine Finger mit verblüffender Kraft, flackernd öffneten sich ihre milchigen Augen und richteten sich auf die Leere hinter mir. Mich einzulassen, mit mir zu reden und mir diesen eiskalten Tee zu bereiten hatte den Rest ihrer Energien und ihrer Willenskraft aufgezehrt. Jetzt bewegten sich ihre Lippen und formten Worte, aber sie brachte keinen Ton hervor. Ein freudiger Ausdruck huschte über ihr Gesicht, dann schlossen sich zuckend ihre Augenlider, und ich sah, dass sie eingeschlafen war.

Was ich darauf im Einzelnen unternahm, ist nicht wichtig. Ich fand den Arzt, überredete ihn, mich zu empfangen, überzeugte ihn, dass gehandelt werden musste, und bewegte ihn schließlich nach endlosem Hin und Her, mich zurück in die Wohnung zu begleiten, aber das war nichts Besonderes, reine Organisation. Er verabreichte Mrs. Danvers eine Injektion und nahm mich dann im Atelier beiseite. Die offensichtlichen Anzeichen geistiger Verwirrung schienen ihm kaum etwas auszumachen. Als Arzt mit einer gut gehenden Londoner Praxis und vielen armen, älteren Patienten sah er vielleicht täglich ähnlichen Verfall und Wirrwarr, jedenfalls gab er keinen Kommentar dazu ab. Bei der Operation im letzten Oktober, erklärte er mir, sei der Krebs schon sehr fortgeschritten gewesen. Durch den Eingriff habe Mrs. Danvers' Zustand sich für einige Monate gebessert; sie habe zunächst im Krankenhaus gelegen und dann bis Januar diesen Jahres in einem Pflegeheim. Er war sich seiner Daten sehr sicher, und ich lauschte aufmerksam. Damit konnte die Person, die Selina letztes Jahr im Novembernebel auf der Treppe gesehen hatte, nicht Mrs. Danvers gewesen sein.

Der Arzt konsultierte seine Notizen und sagte, Mrs. Danvers habe ihn zuletzt im Februar in seiner Sprechstunde aufgesucht. Damals war ihm klar, dass der Krebs sich ausgebreitet hatte. Als er nicht wieder von ihr hörte, hatte er angenommen, sie sei verstorben oder habe London verlassen. Dass sie noch drei Monate weitergelebt hatte, verblüffte ihn, mich aber nicht.

Ich wusste, was – und wer – sie am Leben erhalten hatte, und mir war klar, dass das Ende nicht lange auf sich warten lassen würde. Nun, da die alte Frau sich mit Rebecca wieder vereint wähnte, würde sie leichter gehen. Ob ich ein schlechtes Gewissen wegen meiner Täuschung hatte? Natürlich nicht. Ich habe die letzten zehn Jahre meines

Lebens mit alten und kranken Menschen verbracht, und ich weiß, dass die Wahrheit durchaus Schaden anrichten und eine Lüge segensreich sein kann.

Mrs. Danvers sollte nicht mehr aus ihrem letzten Schlaf erwachen. Sie erlangte das Bewusstsein nicht wieder, und ich war froh darüber. Ich fand, dass es eine Gnade war. Man brachte sie noch ins Krankenhaus von Chelsea, aber als ich am nächsten Tag hinging, die Schmetterlingsbrosche immer noch angesteckt, teilte man mir mit, sie habe die Nacht nicht überlebt. Mrs. Danvers war um drei Uhr morgens gestorben, in der Zeit, die Rebecca die gefährlichen Stunden nach Mitternacht genannt hatte.

An diesem Punkt hätte ich London am liebsten verlassen. Die vergangene Nacht hatte ich in Roses Haus in St. John's Wood verbracht und mich mit den Studentinnen unterhalten, die dort zur Untermiete wohnten. Ich erzählte ihnen nichts von meinen Erlebnissen an diesem Tag, und ich muss meine Gefühle gut verborgen haben, denn sie schienen nichts Ungewöhnliches zu bemerken. Die Mädchen waren freundlich und aufgeschlossen, redeten über Vorlesungen und Prüfungen, Partys und Männer und glaubten anscheinend, diese Welt, die sie heraufbeschworen, könne auch mir gehören, wenn ich nur wolle. Ich nickte und lächelte, aber ich spürte, wie diese Welt immer weiter vor mir zurückwich. Ihre Aktivitäten und Freuden lagen wie hinter einer dicken Glasscheibe, und ich konnte mich den jungen Frauen auf der anderen Seite nicht anschließen. Ich befand mich in einer anderen Welt, zusammen mit den Alten, den Gespenstern, den Kranken und Sterbenden.

Ich hatte das Gefühl, Unrecht zu tun, wenn ich mit meinem Leben haderte, aber beim Zubettgehen rangen in mir unentwirrbar verknäult Sehnsüchte, Wünsche und Pflicht miteinander. Als ich am nächsten Vormittag aus dem Krankenhaus trat, wäre ich am liebsten nur noch nach Paddington geeilt, in den Zug gesprungen und nach Hause geflüchtet, nach The Pines und zum Meer. Einmal dort, könnte ich vielleicht dieses entsetzliche Atelier vergessen und meine widerstreitenden, illoyalen Gefühle. Aber ich hatte ein Gespräch mit Lilys Freunden aus dem Künstlermilieu vereinbart, mit denen meine Schwester zusammengewohnt hatte und die Selina jene Gespenstergeschichten erzählt hatten. Sie lebten immer noch in der Tite Street. Früher einmal hatte ich sie gut gekannt, und sie freuten sich, mich wiederzusehen, daher konnte ich den Besuch schlecht absagen.

Diese Freunde bewohnten ein weitläufiges, unkonventionelles Haus, nur ein paar Meter von Rebeccas Wohnung entfernt. So lange ich mich erinnere, war dieses Haus immer voll gestopft mit Übernachtungsgästen, Geliebten, Ehefrauen, Exfrauen und Horden von Kindern gewesen, bei denen man nie so recht wusste, zu wem sie gehörten, und ein angeregtes, fröhliches Kommen und Gehen herrschte. Das Haus hatte sich wenig verändert, seit ich zuletzt dort war. Kurz vor dem Krieg war das gewesen, als Lily mit ihrem verheirateten Liebhaber London verlassen hatte, um in Australien ein neues Leben anzufangen. Immer noch eignete dem Haus die üppige, zigeunerhafte Schönheit, die mich als junges Mädchen so fasziniert hatte. Immer noch die gleichen bunten Teppiche und die leuchtend blau und knallrot gestrichenen und mit Bildern voll gepfropften Räume. In der Küche breitete sich auf dem langen, blank gescheuerten Tisch das Stillleben eines ewigen geselligen Mahles aus; aus einem dicken Krug quollen Hundsrosen und scharlachrote Mohnblumen. Oben spielte jemand Geige, und hinter dem Haus lärmten Kinder.

Meine Gastgeber führten mich in den Garten, der immer noch ein Eden war, genau wie ich ihn in Erinnerung hatte, ein lang gestreckter ländlicher Garten mitten in London, voller Unkraut, zugewuchert und wunderschön, der berauschend nach Rosen und Orangenblüten duftete. Ich wurde geküsst und umarmt, lernte neue Bewohner kennen und traf alte Bekannte wieder. Man führte mich zu einem wackligen Holztisch, der im Schatten eines japanischen Sonnenschirms stand. Eine Wespe kroch auf die Fülle von Pflaumen und Äpfeln auf dem Tisch zu. Eine Frau, die ich nicht von früher kannte und die ihr rostbraunes Haar zu einem langen präraffaelitischen Strang frisiert hatte, brachte den Männern Rotwein und Zigaretten. Sie war hochschwanger, gedankenverloren und majestätisch und trug einen lebhaft gemusterten Bauernrock sowie einen nachlässig drapierten seidenen Schal, der mit Blumen und Schmetterlingen bestickt war. Von der anderen Seite der Glasscheibe, die mich von ihrer Welt trennte, sah ich sie voller Neid an. Sie lächelte mir zu und schlenderte dann in die Küche zurück. Ich rief mir ins Gedächtnis, dass in diesem Haushalt bei aller Liberalität Frauen von jeher entweder als Musen oder Dienstbotinnen galten.

Im hellen Sonnenlicht sah ich – immer noch von der anderen Seite meiner geheimnisvollen Glasscheibe – Lilys frühere Bekannte an, die einmal auch Rebeccas Freunde gewesen waren. Nichts in dem Haus hatte sich verändert, und auch sie waren die Gleichen geblieben – mit nur einem Unterschied. Ich erinnerte mich an junge Leute, doch diese waren inzwischen in den Fünfzigern.

Die drei Männer, denen Lily am nächsten gestanden hatte und die seit dreißig Jahren zum Inventar dieser Karawanserei gehörten, waren als die »drei Rs« bekannt: Richard, Robert und Rayner. Die ersten beiden waren Maler, Rayner war Bildhauer. Sie setzten sich zu mir an den Tisch, rauchten, schenkten Wein ein – und redeten. Und wie sie redeten! Sie erzählten mir Geschichten über Rebecca, die ich vor Jahren von Lily gehört hatte und die seither offenkundig immer wiederholt worden waren. Diese Anekdoten waren verändert, geschönt, verbessert, retuschiert und frisiert worden, bis sie sich zu Mythen wandelten, und obwohl die drei sie gut erzählten, sogar witzig, mit vielen Unterbrechungen, großem Gelächter und Gezänk darüber, wer genau was, wo, wann und zu wem gesagt hatte, waren sie bedeutungslos, ohne Sinn. Irgendwo im Dickicht dieser Geschichten erhaschte ich ab und zu ein Leuchten, von dem ich wusste, dass es Rebecca war, oder einen Flecken kühlen Schattens, und ich dachte, ach, da ist sie ja. Und dann glitt sie wieder unsichtbar davon, verloren in dem Unterholz aus Abschweifungen und unwichtigen Einzelheiten.

Ich hatte gehofft, sie wüssten Bescheid über diese Männer, die Rebecca sich einmal monatlich gönnte, und wären vielleicht sogar in der Lage, den Dichter irischer Abstammung zu identifizieren, den Rebecca erwähnt. Aber sie konnten mir nicht helfen. Meinte ich vielleicht diesen modischen Fotografen – oder den reichen Amerikaner, mit dem sie eine Zeit lang zusammen war? Dann war da dieser schottische Graf gewesen. Den Heißsporn aus dem Norden hatten sie ihn genannt, aber mit ihm hatte sie es nicht lange ausgehalten. Und dieser witzige, freche Romanschreiber, wie war sein Name noch gewesen? Aber ein Dichter? Nein, an einen Dichter erinnerten sie sich nicht, und auch an keinen Iren – aber möglich war natürlich alles. Männer konnten Rebecca nicht widerstehen. »Wir alle waren irgendwann einmal in sie verliebt. Jeder liebte sie«, meinte Robert, ein Mann, der einst eine goldene Zukunft gehabt hatte. Dass diese nicht eingetroffen war, schien ihn nicht zu verbittern. »Sie war eine herrliche Frau, wunderbar – sehr eigenwillig. Ah, die Tage des Weins und der Rosen«, meinte Rayner und hob lächelnd sein Glas.

Die Männer ergingen sich in einer weiteren Anekdote voller berühmter Namen und inzwischen vergessener Personen. Richard ging ins Haus, kramte herum und fand eine Bleistiftskizze, die er einmal von Rebecca angefertigt hatte. Er war ein guter Porträtist und einst ein Schützling von Augustus John gewesen. Die Zeichnung war hübsch, aber sie ähnelte Rebecca nicht im Geringsten.

Als ich aus Kerrith aufgebrochen war, hatte ich eine Liste spezieller Fragen im Kopf gehabt, die ich den Männern stellen wollte. Ich wollte wissen, was Rebecca während der ungefähr vier Jahre zwischen dem Tod ihres Vaters und ihrer Heirat mit Maxim konkret getan hatte. Sie schreibt, dass sie aus dem Haus ging und »Geld verdiente«, aber wie genau? Wahrscheinlich hätte ich auch gern erfahren, was ihre sexuellen Präferenzen waren und ob sie jemals verliebt gewesen war, aber vor allem suchte ich einfach eine Antwort auf die ewig unbeantwortbare Frage: Wie war sie wirklich gewesen? Was hatte sie in der Zeit erlebt, über die sie niemals sprach, die Jahre zwischen Greenways und Manderley?

Aber eindeutige Antworten bekam ich natürlich nicht. Sowohl Richard als auch Robert hatten im Ersten Weltkrieg den Kriegsdienst verweigert und auf einem Hof gearbeitet, der zu dem Gut von Richards Vater in Sussex gehörte. Dann, nach Kriegsende, waren sie hierher gezogen. Sie erinnerten sich an Rebeccas Ankunft in der Tite Street drei Jahre später. Beide wussten noch, dass sie eine Zeit lang bei schlechter Gesundheit war; der eine behauptete, dies habe ein paar Monate gewährt, und der andere widersprach ihm kategorisch und behauptete, es habe mindestens ein Jahr gedauert, bis sie genas und gefeiert, umworben, beneidet und nachgeahmt wurde.

Richard war sich sicher, dass sie bei der französischen Botschaft irgendeiner sozialen Tätigkeit nachgegangen sei, Robert meinte, sie sei der kluge Kopf hinter einem kleinen Modegeschäft gewesen, das von zwei adligen Damen der Gesellschaft geleitet wurde und kurze Zeit lang der Inbegriff des Chics gewesen war. Rayner behauptete, ein befreundeter Finanzier habe ihr geholfen, an der Börse zu spekulieren und in Immobilien zu investieren. Aber alle drei waren sich darin einig, dass Schönheit, Geist, Wagemut, eine originelle Art zu reden und Charme sie nach oben getragen hatten und sie praktisch über Nacht zum unabdingbaren schmückenden Inventar einer langen, Schwindel erregenden Kette von Jazz-Age-Partys aufgestiegen war.

»Sie war eine Muse!«, rief Rayner aus, der mehr Wein getrunken hatte als alle anderen. »Ich war so jung, und sie nur anzuschauen war schon eine Inspiration!«

»Ah, ihre Augen, diese gefährlichen Augen«, warf Richard ein – vielleicht auch Robert, das ist mir entfallen.

Und obwohl ich die drei sehr gern mochte, wusste ich, dass dieses ganze Geflecht aus Halbwahrheiten und Erfindung vielleicht aus wirklichen Begebenheiten gewoben, aber von Nostalgie verklärt war.

Als ich aufstand, um mich zu verabschieden, tauchte aus dem Gebüsch am anderen Ende des Gartens eine Gruppe von Kindern auf, schmuddlig wie kleine Zigeuner und hungrig wie Welpen. Auf der Suche nach etwas Essbarem drängten sie sich in die Küche, und die hübsche, hochschwangere Frau, die ich vorher gesehen hatte, begann ruhig und gemächlich Brot und Obst auf den Tisch zu stellen. Sie nahm einen Krug und goss Milch in Gläser, während die Kinder sich begierig um sie drängten. Ich wollte vorbeigehen, da legte sie mir eine Hand auf den Arm.

»Sie tragen Rebeccas Brosche«, sagte sie leise und sah über die Schulter zu der Gruppe von Männern, die immer noch an der Tür zum Garten standen und über ein Ereignis diskutierten, das sich 1921 oder 1922 begeben oder überhaupt nie stattgefunden hatte. Ich bemerkte, dass sie älter war, als ich gedacht hatte. Etwas in ihrer Stimme oder vielleicht im Ausdruck ihrer Augen ließ mich innehalten.

»Dann haben Sie sie gekannt?«, fragte ich und sah, wie ihr Gesicht aufleuchtete.

»Zu einer bestimmten Zeit sehr gut«, antwortete sie. Sie sah zurück zu den Männern und lächelte, ein verhaltenes, sehr warmes Lächeln. »Sofern überhaupt jemand Rebecca richtig kannte«, setzte sie abschließend hinzu. Dann wandte sie sich ab und kümmerte sich um die Kinder, und ich verließ kurz darauf das Haus.

Ich trat wieder auf die Tite Street, wo es heiß und stickig war. In meiner Tasche steckte noch Rebeccas Hausschlüssel; ich hätte in die Wohnung gehen und wie ein Dieb ihre Besitztümer durchwühlen können. Ich hätte nach dem letzten Notizbuch suchen können, obwohl ich mir sicher war, dass ich es nicht gefunden hätte, und ich hätte diesen kleinen Schrein mit den Fotos ihrer toten Mutter retten können. Aber ich ertrug den Gedanken nicht, noch einmal einen Fuß in dieses Totenreich zu setzen. Ob das nun richtig oder falsch war, ich trat zurück und ging auf Distanz. Mochte doch jemand anders sich mit dieser Wohnung und dem, was darin war, befassen; sollte jemand anders die Überreste beseitigen. Gestern hatte ich gesehen, wie krank es machen kann, von der Vergangenheit besessen zu sein. Ich war einer Frau begegnet, die an ihrer Vergangenheit starb, und ich wollte keine Talismane mehr.

Bevor ich London verließ, gab ich die Schlüssel in der Praxis des Arztes ab. Im Zug sah ich jedes Mal, wenn wir aus der Sonne in den Schatten kamen, mein Ebenbild, das sich in der Glasscheibe bewegte, sah die Schmetterlingsbrosche, die an meinem Kleid steckte, und fühlte mich, als wäre ich nicht ich selbst. Ich versuchte über das nachzudenken, was ich bei diesem Besuch gesehen und erfahren hatte, aber die Einzelheiten blieben fragmentarisch. Warum hatte Rebecca nach ihrem letzten Besuch bei dem Londoner Arzt den Flügel attackiert? Ich dachte an das Klavier im Haus ihrer Kindheit, dessen Saiten hätten gestimmt werden müssen. Wir rumpelten westwärts, und im Wagon wurde es immer heißer; der Fenstergriff war defekt. In dem stickigen Zug fühlte man sich wie eingepfercht.

Ich sagte mir, dass Tom Galbraith Recht hatte, wenn er seine Nachforschungen abbrach, und dass ich es ihm nachtun sollte. Alles Wichtige, was es über Rebecca zu erfahren gab, wusste ich bereits, und der Rest waren bloße Einzelheiten. Vielleicht wäre ich sogar bei meinem Entschluss geblieben, aber wie ich feststellen sollte, ist die Vergangenheit launisch: Manchmal spürt man ihr mit Absicht nach, und dann wieder verfolgt sie selbst einen und lässt sich nicht abweisen.

»Gute Nachrichten«, begrüßte mich Rose, die mich mit dem Wagen vom Bahnhof abholte. »Dein Mr. Galbraith hat gestern aus der Bretagne angerufen. Er kehrt in vier Tagen nach England zurück. Er und dieser Freund von ihm wollen vorbeikommen und uns besuchen ...«

»Tom ist nicht ›mein‹ Mr. Galbraith, Rose«, erwiderte ich und drehte das Fenster herunter. »Hör auf, ihn so zu nennen. Ist das heiß!«

»Und heute Abend kommt Francis Latimer zum Essen. Ich bin dem Fischhändler ein bisschen um den Bart gegangen. Es gibt Seeforelle.«

»Heute? Oh, Rose, ich bin erschöpft. Ich habe das Gefühl, eine Woche lang in diesem Zug gesessen zu haben. Wessen Idee war das? Deine?«

Meine Tante warf mir einen mitleidigen Blick zu. »Ellie, du kennst mich doch. Nein. Den Einfall hatte dein Vater.«

Rose sagte nichts weiter, bis wir die schmalen Straßen passiert hatten, die landeinwärts führen. Auf verschlungenen Wegen fuhren wir zwischen Böschungen und Hecken dahin, die hier so hoch sind, dass die Straßen wie üppige grüne Tunnel wirken. Sommerdüfte erfüllten den Wagen, und die Niedergeschlagenheit, die mich den ganzen Tag beherrscht hatte, begann zu weichen. Ich betrachtete den wilden Wein und die Hundsrosen, die an den Hecken entlangrankten, dachte an Tom Galbraiths Rückkehr, und das Herz wurde mir leichter. Wir erreichten die Kuppe des Hügels, der sich hinter Kerrith erhebt, und vor uns breitete sich das weite, blaue Panorama des Ozeans aus. Der Horizont schimmerte. Alles ist möglich, sagte ich mir. Denk an die Wochen, Monate, Jahre, die vor uns liegen.

»Ach, übrigens, wir hatten eine Besucherin«, bemerkte Rose. »Die Frau sprach gestern Nachmittag vor, als dein Vater sein Nickerchen hielt. Sie kam mir etwas seltsam vor, daher habe ich ihm gegenüber nichts davon erwähnt.«

»Eine Frau? Wer war sie? Was wollte sie?«

»Keine Ahnung. Ich kannte sie nicht, und sie hat keinen Namen hinterlassen. Auf mich wirkte sie ausweichend. Meinte, sie würde eventuell noch einmal wiederkommen. Sie hatte gehofft, deinen Vater sprechen zu können.«

»Sie hat ihren Namen nicht genannt? Wie eigenartig. Wie sah sie aus?«

»Nicht sonderlich bemerkenswert«, meinte Rose. »Ohne jeden Schick. Graues Kleid, graues Haar. Unscheinbar.«

Jemand vom Gemeinderat, dachte ich, oder eine der unzähligen Altruistinnen, die ständig versuchen, meinen Vater in irgendein Komitee zu schleppen. Ich vergaß den Vorfall fast sofort, und es sollte noch mehrere Tage dauern, bis mir seine Bedeutung aufging. Schwer von Begriff, aber ich war halt mit den Gedanken anderswo. Ich dachte an Tom Galbraiths Rückkehr, und wie die unbekannte Besucherin mir hätte bestätigen können, kann eine solche Beschäftigung einen merkwürdig blind machen.

29. Kapitel

Die Nachricht, dass Tom Galbraith zurückkehrte, wenn auch nur kurz, verbreitete sich in Kerrith mit erstaunlicher Geschwindigkeit. Einen Tag nachdem Rose mir davon erzählt hatte, stellte ich fest, dass jedermann Bescheid wusste. Ich ging zur Apotheke, um neue Medikamente für meinen Vater zu holen, und man lächelte mir wissend zu. Am Tag bevor Tom und sein Freund eintreffen sollten, fuhr ich nach Kerrith, um für das von Rose geplante Mittagessen einzukaufen, und bemerkte, dass die Ladenbesitzer mich schon für mein Brautkleid taxierten. So rasch wie möglich flüchtete ich vor ihren gönnerhaften Blicken. Doch der schrecklichen Marjorie Lane entkam ich nicht. Als ich ihr schmuckes Cottage passierte, kam sie nach draußen gestürzt und ergriff meine Hände. Vor unterdrückter Boshaftigkeit zischend erklärte sie mir, sie wolle die Erste sein, die mir gratulierte.

»Wusste ich doch, dass Mr. Grey zurückkommt!«, rief sie aus. »Morgen, habe ich gehört. Wie aufregend! Ein oder zwei Leute hier – ich will die Namen ja nicht erwähnen, Ellie – behaupteten, er sei nicht interessiert. Also, meine Liebe, denen habe ich etwas erzählt. Ellie macht aus ihrem Herzen keine Mördergrube, sagte ich. Der liebe Mr. Grey muss gewusst haben, wie sie empfand – na, das war ja auch für jeden offensichtlich! Er würde sie um keinen Preis der Welt lächerlich machen. Ihr werdet schon sehen, er kommt zurück, sagte ich. Ellie, Liebes, nun erzählen Sie aber! Haben Sie beide denn schon endgültige Pläne? Das muss doch alles sehr schwierig sein, schließlich kann ein Mann nur eine begrenzte Menge an Verantwortung tragen. Was werden Sie mit Ihrem Vater anfangen?«

»Sie irren sich«, entgegnete ich. »Diese Gerüchte sind vollkommener Unsinn. Mr. Grey wird sich höchstens einen Tag hier aufhalten, nur ein kurzer Besuch, der vor allem meinem Vater gilt. Und jetzt entschuldigen Sie mich.«

»Natürlich, Ellie, wenn Sie es sagen! Und wie geht es Ihrem lieben Vater? Ich bin ihm kürzlich nachmittags begegnet, zusammen mit Ihrer Tante. Sie ist sehr knapp, nicht wahr? Ziemlich kurz angebunden zu mir. Ich konnte meinen Schrecken über den Zustand Ihres Vaters nicht verbergen. Wie rasch er abgebaut hat! Vielleicht fand sie, ich hätte mich besser verstellen sollen. Aber Sie kennen mich ja, Ellie. Ich sage, was ich denke, und habe nichts für Umschweife übrig! Und dabei mag ich Ihren Vater und seine putzigen kleinen Schrullen schrecklich gern. Es hat mir regelrecht das Herz gebrochen, ihn so in sich gekehrt zu sehen – und so abgemagert! Lange kann es jetzt nicht mehr dauern, sagte ich zu Jocelyn Briggs, ich hoffe nur, die arme Ellie ist auf alles vorbereitet. Ich nehme wohl an, dass Sie The Pines verkaufen werden, oder? Ein kleines Vögelchen hat mir ins Ohr geflüstert, dass Mr. Latimer vielleicht daran interessiert ist. Das ist nicht alles, wofür er sich interessiert, sagte ich darauf. Natürlich ist er geschieden ... Aber das wissen Sie ja wohl.«

»Selbstverständlich bin ich im Bilde. Und wenn meine Vater jetzt kräftiger ist, dann ist dafür ausschließlich Mr. Latimer zu danken. Ich muss wirklich gehen, Mrs. Lane ...«

»Marjorie, meine Liebe! Nicht so förmlich; alle meine Freunde rufen mich Marjorie.«

»In diesem Fall werde ich Sie weiter Mrs. Lane nennen«, erwiderte ich und wünschte ihr einen guten Morgen.

Ich hatte das Gefühl, dass wir mit dieser Bemerkung zumindest quitt waren. Aber Marjorie Lanes Worte hatten mich verletzt, was mit Sicherheit auch ihre Absicht gewesen war. Da ich ganz genau wusste, wo der Großteil der Gerüchte von Kerrith entspringen, begab ich mich sogleich zu den Briggs-Schwestern.

Glücklicherweise traf ich Elinor allein an. Einzeln hören die Schwestern einem leichter zu; wenn sie zusammen sind, ist es schwer, überhaupt zu Wort zu kommen. Jocelyn besuchte eine Freundin, und Elinor stand in ihrem exquisiten Garten und sammelte Blattläuse ab. Sie schien erfreut, mich zu sehen, und bat mich, mit einem kühlen Glas selbst gemachter Limonade auf ihrer schattigen Terrasse Platz zu nehmen. Elinor besaß wenigstens den Anstand zu erröten, als ich ihr meine Vorwürfe darlegte.

»Du meine Güte, wo kommen bloß diese Gerüchte immer her? Diese Lane ist eine abscheuliche Person. Ich bin mir sicher, dass ich nichts in der Richtung gesagt habe. Himmel, ich bin die Diskretion selbst, zum Beispiel habe ich kein Sterbenswörtchen über Tom Galbraith verloren und wer er wirklich ist – Jocelyn und ich mussten es ihm versprechen. Nein, nein, ich fürchte, Jocelyn muss die Übeltäterin sein! Sie mag Tom so gern – wir fanden ihn schon sympathisch, bevor wir wussten, wer er ist. Ein ganz zuvorkommender junger Mann. Er bringt uns immer Pralinen aus London mit, unsere geliebten Veilchentrüffel, so aufmerksam von ihm! Und wir haben Sie sehr gern, Ellie, und als wir hörten, Tom käme nach Kerrith zurück, da hofften wir natürlich ... Ja, Jocelyn muss eine Andeutung gemacht haben, und dann haben die Leute ihre eigenen übereilten Schlüsse gezogen ...« Sie warf mir einen verstohlenen Blick zu. »Und wer weiß, vielleicht haben sie ja sogar Recht, Liebes.«

»Elinor, das haben sie nicht. Sie irren sich gründlich. Und ich wünschte, die Leute würden zu reden aufhören. Können Sie nicht dafür sorgen? Ich bin es leid. Tom und ich sind befreundet, mehr ist nicht daran. Ich möchte überhaupt nicht heiraten, bin vollkommen glücklich damit, allein zu bleiben. Was ist so schlimm daran? Ich bin daran gewöhnt, und ich fühle mich sehr wohl so.«

»Natürlich, Ellie. Wir wollen nicht mehr darüber reden. Keine Angst, ich werde die Sache schon richtig stellen. Aber trotzdem freuen Sie sich bestimmt, Tom wiederzusehen und zu hören, was er aus der Bretagne zu berichten hat – Jocelyn und ich brennen jedenfalls schon darauf. Hat er Ihnen erzählt, Liebes, dass er uns einen Teil von Rebeccas Notizbuch gezeigt hat? Ich meine, nicht das Buch selbst, verstehen Sie, aber er hat die Abschnitte über ihre Zeit auf St. Winnow's, ihre Bemerkungen über unsere liebe Mama und so weiter herausgeschrieben ...«

»Das wusste ich nicht. Sie haben nie darüber gesprochen, Elinor.«

»Ich weiß, und das hatte auch seinen Grund. Um Ihnen die Wahrheit zu sagen, Liebes, wussten wir nicht so recht, was wir davon halten sollten. Jocelyn war ganz verstört, sie möchte nicht darüber sprechen. In den alten Zeiten von Manderley mochten wir beide Rebecca so gern, verstehen Sie. Und wir hätten nie vermutet, dass sie etwas mit dem merkwürdigen Mädchen zu tun hatte, das eine Zeit lang bei uns wohnte. Aber Jocelyn und ich haben die Kleine damals auch kaum gesehen und hatten sie ganz vergessen. Ich bin ihr nur das eine Mal begegnet, als ich sie zum Tee mit nach The Pines nahm, und Jocelyn war zu der Zeit bis über beide Ohren verliebt, das arme Schätzchen, hat ständig Briefe geschrieben, und natürlich ist ihr Verlobter im Jahr darauf gefallen ... Aber was Rebecca da schrieb ... das war so verletzend und ganz und gar unrichtig, Ellie. Das verstehe ich eben nicht ...«

»In welcher Weise unrichtig, Elinor?«

»Zum Beispiel schreibt sie, man hätte sie in eine ›kalte Dachkammer‹ gesteckt«, platzte die alte Dame empört heraus. »Und das kann auf keinen Fall stimmen – so etwas wäre Mama im Traum nicht eingefallen. Sie unter dem Dach bei den Dienstboten unterzubringen? Was für ein Unsinn. Sie hat in einem der Kinderzimmer geschlafen, sehr wahrscheinlich in Jocelyns altem Zimmer, oder in einem der Gästezimmer. Und kalt war es bestimmt nicht; Mama hätte dafür gesorgt, dass sie dort ein Feuer bekommt. Sie erzählt, an dem Tag, an dem sie nach Manderley fuhr, hätte man sie gezwungen, ein altes Kleid von Jocelyn zu tragen, aber die Wahrheit ist, dass sie mit den allerschäbigsten Kleidern nach St. Winnow's kam, aus denen sie zum größten Teil herausgewachsen war, und Mama hatte Mitleid mit ihr und dachte, sie hätte sicher gern etwas Hübsches anzuziehen ... Jedenfalls glauben wir, dass die Sache sich so zugetragen hat, obwohl natürlich keine von uns an diesem Tag dabei war.«

»Vielleicht hat Rebecca nur die Einzelheiten durcheinander gebracht, Elinor. Während ihrer Zeit auf St. Winnow's stand sie unter großer Anspannung. Sie fürchtete um das Leben ihrer Mutter. Und sie erwähnt jedenfalls, wie freundlich Evangeline zu ihr war.«

»Das ist ja auch das Mindeste! Mama war die freundlichste Frau, die man sich vorstellen kann. Sie hat sich jede erdenkliche Mühe gegeben, damit das Mädchen sich wohl fühlte. Natürlich war die Situation nicht so einfach, aber Rebecca hat auch nicht dazu beigetragen, uns alles leichter zu machen, das können Sie mir glauben, Liebes! Sie war wirklich ein schwieriges Kind, kratzbürstig und unhöflich, mit lauter abstrusen Ideen, merkwürdigen Manieren und einer äußerst eigentümlichen Art zu reden! Sie schreibt, wir wären ›blutarm‹. Das hat uns sehr verletzt. Was in aller Welt kann sie nur gemeint haben, Ellie?«

Ich wusste genau, was Rebecca meinte, aber das verriet ich Elinor lieber nicht.

»Kurz gesagt, Jocelyn und ich sind sehr, sehr froh, dass wir nur diesen einen Teil gelesen haben. Das reicht wirklich, mehr brauchen wir nicht zu sehen, haben wir Tom gesagt! Wenn sie schon auf ein paar wenigen Seiten so irreführend und unfair sein kann, dann weiß der Himmel, was von dem Rest überhaupt stimmt. Sogar Tom hat zugegeben, dass er seine Zweifel hegt. Er sagte, er habe ihr Notizbuch äußerst sorgfältig studiert, und es sei voller ausweichender Formulierungen und Andeutungen. Angeblich schreibt sie mehrere Male von Schusswaffen. Stimmt das, Ellie?«

»An mindestens drei oder vier Stellen, ja.«

»Tom sagt, dass sie viel Aufhebens darum macht, dass sie Maxim kurz vor ihrem Tod dabei gesehen hat, wie er seine Waffe reinigte – und wie Tom meinte, kann man diese Art Detail unmöglich überprüfen, was ihr gut zupass kommt! So, wie sie die Sache darstellt, deutet sie an, dass Maxim vorhatte, sie umzubringen. Und das kann ich nicht glauben. Wir haben schon manchmal geargwöhnt, er könnte etwas mit ihrem Tod zu tun gehabt haben, aber wir haben immer geglaubt, es müsse ein ... nun ja, so eine Art *Crime passionel* gewesen sein, Ellie, ein Verbrechen aus Leidenschaft. Was meinen Sie, Liebes?«

»Ich denke, das kommt darauf an, wo und wie Rebecca getötet wurde«, gab ich vorsichtig zurück. »Wahrscheinlich kam sie ja in ihrem Bootshaus um. Wenn sie erwürgt oder mit einem Gegenstand, der zufällig zur Hand war, niedergeschlagen wurde, dann könnte es eine Eifersuchtstat gewesen sein. Aber wenn eine Schusswaffe im Spiel war, dann muss der Mörder sie mit zum Bootshaus genommen haben, was auf eine vorsätzliche Tat hindeutet.« Ich unterbrach mich und sah stirnrunzelnd aufs Meer hinaus. Tom Galbraith hatte seine Zweifel mit den Briggs-Schwestern ausführlicher erörtert als mit mir, und das tat mir weh.

»Die Wahrheit werden wir sowieso nie herausfinden, Elinor«, fuhr ich fort und sah sie wieder an. »Ja, wenn Rebeccas Leiche rasch gefunden worden wäre, hätte man bei einer Obduktion wohl die genaue Todesursache feststellen können. Aber so ...«

»Also, ich kann mir überhaupt nicht vorstellen, dass ein Revolver damit zu tun hatte«, widersprach Elinor energisch. »Von Schusswaffen verstehe ich vielleicht nicht viel, aber mit den Verletzungen, die sie verursachen, kenne ich mich aus. Vergessen Sie nicht, dass ich im Ersten Weltkrieg Krankenschwester war. Als ich nach Frankreich versetzt wurde, habe ich Männer mit den schrecklichsten Verwundungen gepflegt. Ich sagte zu Tom, wenn Rebecca andeutet, Maxims Revolver sei die Mordwaffe gewesen, dann hege ich da meine argen Zweifel, mein Guter. Denn Kugeln zerschmettern Knochen, sie hinterlassen Spuren. Tom muss in die gleiche Richtung gedacht haben, weil er sich genau über diese Frage mit einem Londoner Pathologen beraten hat, und der hat meine Meinung bestätigt: Selbst wenn man die Verwesung in Betracht zieht, wäre es höchst ungewöhnlich, wenn eine Schusswunde bei einer Autopsie unbemerkt bliebe. Eine Schusswunde am Kopf wäre leicht zu erkennen, und selbst ein Einschuss in den Brustkorb müsste mit an Sicherheit grenzender Wahrscheinlichkeit zu identifizieren sein. Dann wären nämlich die Rippen beschädigt. Wenn die Knochen keinen Schaden aufwiesen, sagte der Mann, hätte eine Kugel lediglich dann eine tödliche Wunde verursachen können, wenn sie nur in Weichteile eingedrungen sei und den Körper glatt durchschlagen habe. In anderen Worten, wenn der Schuss in den Magen gegangen wäre.«

»Eine Magenwunde?« Ich starrte Elinor an. Sie hatte Rebeccas Notizbuch nicht ganz gelesen und erkannte die Bedeutung ihrer Bemerkung nicht, aber ich schon.

»Genau. Was, wie Tom uns erklärte, trotz Rebeccas Andeutungen eher dafür spricht, dass Maxims Revolver als Tatwaffe nicht in Frage kommt. Maxim war Soldat. Er ist mit Feuerwaffen groß geworden und wusste mit Sicherheit, dass man einen Menschen nur rasch und sicher tötet, indem man auf eine von zwei Regionen zielt: das Herz oder den Kopf. Man feuert nicht auf den Magen, was einen langsamen, schmerzhaften und blutigen Tod nach sich zieht. Tom ist der Meinung, dass dieser Umstand praktisch einen Beweis für Maxims Unschuld darstellt. Und ich muss sagen, dass ich seiner Ansicht zuneige.«

»Das ist das spitzfindigste Argument, das ich je gehört habe«, stieß ich erregt hervor, obwohl ich zorniger auf Tom Galbraith war, der die Einzelheiten der Ereignisse kannte, als auf Elinor, die nicht im Bilde war. Plötzlich hatte ich eine Vision von Rebecca, wie sie blutend auf dem Boden des Bootshauses lag. War sie schnell gestorben? War sie wenigstens tot gewesen, als sie zu ihrem Boot getragen und die *Je reviens* versenkt wurde? »Elinor«, sagte ich. »Was ist nur mit Ihnen los? Wir reden hier über eine Frau, die beinahe mit Sicherheit ermordet wurde. Sie sind doch immer so standhaft für Rebecca eingetreten ...«

»Ich weiß. Aber das war, bevor ich all dies erfahren habe. Bevor ich diese vielen unfreundlichen Bemerkungen über Mama und St. Winnow's gelesen habe. Ganz abgesehen von den unrichtigen Behauptungen gefällt mir Rebeccas Ton nicht. All diese Auslassungen über Hunde, Zwinger und rotes Fleisch – um ganz ehrlich zu Ihnen zu sein, Ellie, ich fand das vollkommen geschmacklos. Schrill, übertrieben und ganz und gar unweiblich.« Sie war dunkelrosa angelaufen und unterbrach sich. »Was sagt denn Arthur dazu? Ich würde meinen, dass ihn das Ganze ebenso bestürzt hat wie uns.«

»Er hat das Notizbuch inzwischen ausgelesen, und, nein, er ist nicht bestürzt. Wenn überhaupt, dann wirkt er ruhiger als zuvor. Und Rebecca schreibt ja sehr freundlich über ihn.«

»Na, da bin ich ja froh, dass sie wenigstens über eine Person ein paar nette Worte findet!«, meinte Elinor verschnupft. Ich glaube, sie spürte meine Feindseligkeit und mein Unwohlsein, denn sie wechselte das Thema. Und damit gab sie mir eine Information, die sich als entscheidend erweisen sollte, wenn ich das auch nicht sofort erkannte.

»Ach, lassen wir das lieber ruhen«, fuhr sie fort. »Und apropos ruhen, Ellie, haben Sie die neuesten Geschichten aus Kerrith schon gehört? Wir haben einen neuen Geist, meine Liebe! James Tabbs kleiner Enkel hat ihn kürzlich abends auf dem Friedhof von Manderley gesehen ...«

»Ein neues Gespenst? Nein, noch nicht. Ich war vor gar nicht langer Zeit dort, das heißt, mit Tom, aber einen Geist haben wir nicht gesehen ...«

Ich hatte nicht richtig zugehört. Geistergeschichten kursieren in Kerrith zuhauf, und außerdem grübelte ich noch über die Bedeutung unseres vorhergehenden Gesprächs nach. Ich dachte an tödliche Wunden, und mir standen dunkle und beunruhigende Bilder vor Augen. Ich war ärgerlich auf Elinor gewesen und hatte gehen wollen, aber jetzt zögerte ich und dachte an den Haufen Muscheln auf dem Grab des toten Mädchens.

»Der kleine Junge hat sich alles natürlich nur eingebildet, aber er war sehr verängstigt. Er sagte, diese seltsame Frau sei hinter den Grabsteinen aufgetaucht, als er auf dem Weg vorüberging, und sie hätte ihn zu sich gewinkt. Er ist nach Hause zu seiner Mutter gerannt, so schnell ihn die Beine trugen. Und soll die ganze Nacht kein Auge zugetan haben.«

»Eine seltsame Frau? In welcher Hinsicht seltsam?«

Elinor lächelte. »Darüber drückt sich niemand so richtig klar aus, meine Liebe. Ich hatte mir einen Furcht erregenden Ghul vorgestellt, aber anscheinend war sie nur grau. Graues Kleid, graues Haar – kein besonders eindrucksvoller Geist! Aber seitdem haben sie schon viele Leute gesehen. Die Frau des Kaufmanns behauptet, sie an den Toren von Manderley angetroffen zu haben, und Jennifer Lane ... Sie erinnern sich doch, Liebes? Sie ist Robert Lanes Tochter, ein Rotschopf wie ihre Mutter. Arbeitet auf St. Winnow's, und wie ich höre, ist sie die Lieblingsschwester des alten Frith ... Jennifer jedenfalls sagt, sie hätte die Frau gestern dort gesehen. Sie stand im Garten und schaute zum Fluss hinunter. Und dann war sie von einer Minute zur anderen verschwunden. Ist das nicht absurd? Oh, müssen Sie schon gehen, meine Liebe? Vorher muss ich noch die Gläser mit dem Chutney finden, das Jocelyn und ich eingekocht haben. Ich wollte sie Ihnen mitgeben – ich weiß doch, wie gern Ihr Vater unser Chutney mag ...«

So schnell wie möglich verließ ich Elinor; mit einem Mal war mir die Unbekannte eingefallen, die auf The Pines aufgetaucht war. Ich eilte durch das Städtchen und den steilen Hügel hinauf, der zu unserem Haus führt. Auf halber Höhe blieb ich stehen. Mir war, als drehe sich ein Kaleidoskop, und die Puzzlestücke, die mir die meisten

Rätsel aufgegeben hatten, begannen sich zu einem neuen Muster zusammenzusetzen.

Ich dachte an Elinors Beschreibung des »Geistes« – und an die Orte, die er gewählt hatte, um zu erscheinen. Ich dachte an den Azaleenkranz, an den Muschelhaufen auf Lucy Carminowes Grab; ich dachte an die Notizbücher und Rebeccas Diamantring, die Schmetterlingsbrosche und ihre persönlichen Besitztümer – und ich rollte die Frage noch einmal auf, die Tom, meinen Vater und mich selbst von Anfang an umgetrieben hatte: Wer hätte Zugang zu diesen Gegenständen haben können? Mrs. Danvers wahrscheinlich – aber wenn sie es nicht war, wer sonst? Wer war die einzig andere denkbare Kandidatin?

Rebeccas Schilderung der Erscheinung, die sie auf Manderley gesehen hatte, huschte mir durch den Kopf: *Was für eine verstohlene, blutleere graue Maus von einem Geist* ... Bevor ich das gelesen hatte, wäre ich nie darauf gekommen, dass jemandem die Zukunft erscheinen könnte, aber Rebecca hatte es erlebt. Ich hatte diesen Geist erkannt, sobald ich ihre Beschreibung gelesen hatte, und jetzt wusste ich auch, wer die Frau war. Ich rannte den Hügel hinauf und stürmte in die Küche, wo Rose das Mittagessen vorbereitete.

»Rose«, begann ich, »die Besucherin, die kürzlich hier war. Die ihren Namen nicht genannt hat – beschreib sie mir noch einmal.«

»Himmel, ich weiß nicht – einfach eine ganz gewöhnliche Frau. Ganz nett, obwohl sie nervös zu sein schien. Grauhaarig, Anfang vierzig ...«

»Hatte sie etwas bei sich?«

»Nein. Na ja, eine Handtasche natürlich.«

»Bist du dir sicher? Nichts sonst? Kein Buch – oder Papiere?«

»Nein, bloß die Handtasche. Bestimmt. Eine praktische Tasche, tatsächlich ganz ähnlich wie meine.«

Ich betrachtete Roses Handtasche, die am Tisch lehnte. Sie war groß, denn Rose geht ohne ein Buch nirgendwo hin, und da ein Buch leicht in diese Tasche passt, findet sie sie unbezahlbar. Das gab den Ausschlag. Jetzt war ich mir sicher, dass ich wusste, um wen es sich bei der anonymen Absenderin von Rebeccas Notizbüchern handelte – und ich wusste auch, warum sie nach The Pines gekommen war. Sie war erschienen, um ihre letzte Sendung persönlich abzuliefern.

Ich schlang mein Mittagessen herunter, und danach drängte Rose mich dazu, bei der Vorbereitung des Essens für den nächsten Tag zu helfen, an dem wir Tom Galbraith und seinen Freund Nicholas Osmond erwarteten. Ich quirlte Eiweiß und schmolz Gelatine für eine Mousse; ich würfelte Gurken für die geeiste Suppe, die eine von Roses Spezialitäten ist, und die ganze Zeit über wäre ich am liebsten geflüchtet und auf die Suche nach unserer geheimnisvollen Besucherin gegangen. Um drei, nachdem ich meinen Vater für seinen Nachmittagsschlaf fertig gemacht hatte, konnte ich endlich fort. Ich schob Barker in den Wagen und fuhr geradewegs nach Manderley.

Fast zwei Stunden wartete ich an einer Stelle, von der ich das Ufer und das Haus selbst überblicken konnte, aber das Gespenst, die graue Dame, zeigte sich nicht. Enttäuscht und frustriert fuhr ich vorbei an der Kirche von Manderley, die verlassen dalag, und St. Winnow's nach Hause. Ich sah Frith, der in seinem Rollstuhl saß und seine ewige Wache auf der Veranda hielt, genau dort, wo Rebecca Stickseide sortiert und die Windungen des Flusses betrachtet hatte.

Ich befragte die kleine rothaarige Schwester, Robert Lanes Tochter. Im Verlauf weniger Stunden hatte die Geschichte, die Elinor mir erzählt hatte, neue und makabre Details hinzugewonnen, aber etwas Nützliches erfuhr ich nicht. Ich fuhr nach The Pines zurück, stellte das Auto in die Garage und ging durch die Hintertür ins Haus. Rose saß am Küchentisch, ein Buch vor sich aufgeschlagen, und las, während sie Erdbeeren putzte. Als ich eintrat, sah sie auf. »Diese Frau ist schon wieder hier«, erklärte sie. »Diese Besucherin – sie ist vor ungefähr einer Stunde aufgetaucht. Dein Vater hat sie eingelassen, und jetzt sitzen sie zusammen in seinem Arbeitszimmer ...«

»Er hat dich nicht dazugebeten? Hat er sie nicht vorgestellt?«

»Offensichtlich nicht«, antwortete Rose und widmete sich von neuem ihrer Lektüre.

Gefolgt von Barker schlich ich mich in den Garten. Zwischen der Palme und der Araukarie zögerte ich. Die Glastüren, die zum Arbeitszimmer meines Vaters führten, standen offen. Ich hörte die gedämpfte Stimme einer Frau; mein Vater schwieg. Ich nahm Rebeccas Schmetterlingsbrosche ab, die ich seit meiner Rückkehr aus London trug, und steckte sie in die Tasche. Dann ging ich die Stufen hinauf und trat in das Zimmer mit den Bücherwänden. Meine Augen brauchten einen Moment, um sich an das Halbdunkel zu gewöhnen.

»Ah, da ist ja meine Tochter«, sagte mein Vater. Erleichterung schwang in seiner Stimme. Mühsam versuchte er aufzustehen, aber ich trat rasch zu ihm und legte ihm die Hand auf den Arm.

Ich wandte mich um und sah seine Besucherin an. Sie saß meinem Vater gegenüber, eine Frau mittleren Alters in einem unvorteilhaften Sommerkleid, dessen Muster verschlungene graue Ranken und winzige Blumen zeigte. Ihr feines graues Haar war an der Seite gescheitelt und zu einem mädchenhaften Bubikopf geschnitten – eine Frisur, die man mir oft beschrieben und die sie wahrscheinlich nie geändert hatte. Sie saß auf der Vorderkante ihres Stuhls, den Rücken gerade und die Hände gefaltet wie bei einem Vorstellungsgespräch. Sie sah mich mit der gezwungenen, fröhlichen Aufmerksamkeit an, mit der schüchterne Menschen oft versuchen, in Gesellschaft ihre Nervosität zu verbergen.

Als sie nach Manderley gekommen war, da war sie sehr jung gewesen, einundzwanzig und, wie der Klatsch in Kerrith wissen wollte, mit dem Benehmen eines Schulmädchens. Fast zwei Jahrzehnte nach ihrem kurzen Aufenthalt hier redeten die Leute immer noch von ihrer Unbeholfenheit, ihren ständigen Fragen nach Rebecca und dem Umstand, dass sie halb so alt gewesen war wie ihr Mann, jung genug, um seine Tochter zu sein.

Diese Frau war nicht mehr das zierliche Persönchen, das die Klatschmäuler von Kerrith beschreiben: Mit dem Alter war sie um die Taille herum fülliger geworden, was ihr matronenhaftes Kleid noch betonte. Linien durchzogen ihr blasses Gesicht, aber sie besaß hübsche, sanfte Augen. Auf dem Tisch neben ihr lag ein Paar Sommerhandschuhe, und darunter erkannte ich einen vertrauten schwarzen Umriss und wusste, das musste Rebeccas letztes Notizbuch sein.

»Lass dich vorstellen, Liebes«, sprach mich mein Vater an, und ich vernahm den warnenden Unterton in seiner Stimme. »Mrs. de Winter, das ist meine Tochter. Ellie, ich habe dir von Maxims Frau erzählt: Dies ist Mrs. de Winter.«

Während wir uns die Hände schüttelten, spürte ich, dass Maxims Witwe am liebsten geflüchtet wäre. Was immer das Thema ihrer Unterhaltung mit meinem Vater gewesen war, eindeutig widerstrebte es ihr, sie in meiner Gegenwart fortzusetzen. Ich sah, dass sie nach einer Ausrede suchte, um sich zu befreien, aber ihr schien dieses elementare gesellschaftliche Geschick zu fehlen. Stattdessen griff sie schüchtern und ganz durcheinander nach der ersten Bemerkung, die ihr in den Sinn kam, und traf dabei keine glückliche Wahl.

»Ellie. Wie geht es Ihnen?«, fragte sie mich in munterem Ton. »Natürlich. Natürlich. Wir sind uns nie begegnet, aber ich erinnere mich, dass Ihr Vater von Ihnen gesprochen hat. Sie spielen Golf, nicht wahr? Genau, Golf. Sie liebten das Spiel und waren schrecklich gut darin ...«

»Das war meine ältere Schwester, Mrs. de Winter«, erwiderte ich und warf meinem Vater einen Blick zu. Lily war niemals gut im Golf gewesen; sie hatte aus reiner Langeweile gespielt und in der Hoffnung, dabei Männer kennen zu lernen. Ich hatte keine Ahnung, wie Mrs. de

Winter darauf kam, Lily sei eine gute Spielerin gewesen. Außerdem schien sie nicht zu wissen, dass meine Schwester tot war. Sie runzelte die Stirn und schüttelte verdutzt den Kopf. Dann heiterte ihre Miene sich wieder auf.

»Oh ja, richtig, jetzt fällt es mir wieder ein. Sie hatten zwei Töchter. Und einen Sohn. Ich erinnere mich, dass Sie von ihm erzählt haben, Oberst Julyan. Er verfasst Gedichte, stimmt's? Ich glaube, Sie haben sich deswegen ein wenig Sorgen gemacht ...«

»Mein Bruder hat nur eine Zeit lang Gedichte geschrieben, als Junge«, fiel ich rasch ein. Ich sah den Ausdruck auf dem Gesicht meines Vaters und wusste, dass ich diese Frau stoppen musste, ehe ihre Bemerkungen noch mehr Schaden anrichteten. »Er ist im Krieg gefallen, Mrs. de Winter.«

Ein Schweigen trat ein. Mrs. de Winter warf mir einen höchst eigenartigen Blick zu, als zweifle sie an meinen Worten, und errötete dann. »Das tut mir schrecklich Leid. Hätte ich das gewusst, hätte ich nicht davon gesprochen. Bitte verzeihen Sie mir.« Mit kindlich flehender Miene wandte sie sich an meinen Vater. »Manchmal vergesse ich, wie lange ich fort gewesen bin, Oberst Julyan. Ich benehme mich, als wäre alles so wie früher, und dabei hat sich natürlich alles geändert. Und ich hatte mir Ihre Tochter immer auf dem Golfplatz vorgestellt, und Ihren Sohn, wie er seine Gedichte schreibt – ich sah alles richtig vor mir!«

»Vollkommen verständlich«, meinte mein Vater in einem Ton, der mir verriet, dass er genau das Gegenteil dachte. Er beugte sich nach vorn, um Barker zu tätscheln, und verbarg so seine Miene. »Ich kann mich gar nicht erinnern, dass ich Ihnen gegenüber meine Kinder erwähnt hätte«, setzte er schroff hinzu.

»Aber ja, das haben Sie!« Mrs. de Winter errötete noch tiefer. »An dem Tag, als Sie zum Mittagessen nach Manderley kamen. Wir sprachen über den Fernen Osten, über Ihre Kinder ...« Sie warf mir einen Blick zu. »Das ist eine schreckliche Angewohnheit von mir. Ich stürze mich auf ein Detail, das mir jemand erzählt, gerate ins Träumen, und ehe ich mich's versehe, habe ich mir eine ganze Lebensgeschichte ausgedacht. Das passiert mir manchmal sogar mit vollkommen Fremden, Menschen in Cafés, anderen Hotelgästen ... Ich stelle mir ihre Geschichten vor, die wahrscheinlich ganz und gar falsch sind, nur törichte Erfindungen – aber sie fühlen sich im ersten Moment so richtig an. Maxim pflegte mich deswegen aufzuziehen ...«

Peinlich berührt verstummte sie abrupt und rang nervös die Hände im Schoß. »Was für ein lieber, netter Hund«, fuhr sie so unbeirrbar munter fort, dass sie mir beinahe Leid tat. »Es fehlt mir, Hunde zu halten. Sie sind so treue Gefährten, meinen Sie nicht? Sie haben keine Launen, machen einem keine Vorwürfe und freuen sich immer, einen zu sehen ... Du meine Güte, ist es schon so spät? Dann muss ich wirklich gehen. Morgen fahre ich wieder nach London und fliege von dort aus nach Kanada zurück, und ich muss packen ... Und dabei geht mir leider immer alles drunter und drüber. Ich verlege Sachen. Maxim hat das immer rasend gemacht ...«

Sie warf mir einen nervösen Seitenblick zu, tastete nach ihren Handschuhen und ihrer Tasche und stand auf. Auch mein Vater erhob sich; ich sah, dass sein Gesicht grau vor Anspannung und Erschöpfung war. Als Mrs. de Winter in ihrer Aufregung einen Handschuh fallen ließ und sich bückte, um ihn aufzuheben, trafen sich Daddys und mein Blick, und er übermittelte mir eine lautlose Nachricht. »Mrs. de Winter ist mit dem Bus hergekommen«, erklärte er bestimmt. »Sie ist in einem Hotel ein Stück weiter unten an der Küste abgestiegen. Du kennst das Hotel ›The Rose‹, Ellie. Meine Tochter würde sich freuen, Sie zurückfahren zu dürfen, Mrs. de Winter.«

Während ich zur Tür ging, begann Mrs. de Winter eine höfliche Ablehnung zu stammeln, aber ich ignorierte sie. Ich wusste, dass sie einwilligen musste, sich von mir fahren zu lassen und allein mit mir zu sein – mein Vater mochte krank gewesen sein, aber wenn nötig, besaß er immer noch eine beeindruckende Willenskraft.

Wir fuhren mit heruntergekurbelten Fenstern, und die warme, duftende Abendluft erfüllte den Wagen. Eine Weile schwiegen wir. Ich wartete, bis wir Kerrith hinter uns gelassen hatten, dann sprach ich meine Begleiterin an. Ich war mir sehr genau bewusst, dass unser Weg uns an der Four-Turnings-Einfahrt nach Manderley vorbeiführen würde.

»Mrs. de Winter«, sagte ich schließlich, als wir den Hügel hinter Kerrith erklommen, »ich kenne die Notizbücher Rebeccas, die Sie meinem Vater geschickt haben. Ich war mir sicher, dass ein drittes existieren muss. Haben Sie es ihm gegeben?«

»Ja. Ja, das habe ich. Oh, ich kann mir vorstellen, was Sie jetzt von mir denken«, gab sie zurück. Plötzlich sprach sie sehr schnell. »Die Bücher einfach so anonym zu schicken wirkt so hinterhältig und abscheulich, das erkenne ich jetzt. Ich habe schon daran gedacht, einen Brief beizulegen, aber dann wusste ich einfach nicht, was ich schreiben sollte. Ich war mir nicht einmal sicher, ob Ihr Vater sich an mich erinnern würde. Das geht den Leuten oft so. Ich fürchte, ich war immer eine eher anonyme Person – im Gegensatz zu Rebecca!«

Sie warf mir einen kleinen Seitenblick zu, als wartete sie darauf, dass ich widersprach. Dann runzelte sie die Stirn. »Ich wollte die Notizbücher nicht bei mir behalten, verstehen Sie – und Rebecca bezeichnet Ihren Vater als ihren einzigen wirklichen Freund, daher dachte ich, er würde sich freuen, sie zu bekommen. Dann hörte ich, er habe kürzlich einen Schlaganfall erlitten – jemand sprach in einem Laden in Kerrith über seinen Gesundheitszustand –, und ich fühlte mich furchtbar schuldig. Ich beschloss, dass ich das wieder gutmachen musste. Wahrscheinlich ist mir das nicht gelungen. Mit meinen dummen Bemerkungen über Ihren Bruder habe ich wahrscheinlich alles nur noch schlimmer gemacht.«

Ich beschloss, diese Erklärung zu akzeptieren, obwohl ich mir ganz und gar nicht sicher war, ob ich daran glaubte. »Ganz bestimmt hat er das verstanden – Sie konnten ja nicht davon wissen«, meinte ich und beschleunigte den

Wagen. Wir näherten uns den Toren von Manderley. Der so genannte Unfall, bei dem Maxim ums Leben gekommen war, war auf dieser Strecke geschehen. Ich warf Mrs. de Winter einen Blick zu. Blass, mit unbewegter Miene betrachtete sie den von blauen Schatten umflossenen Wald.

»Sind Sie sehr in Eile, Miss Julyan?«, fragte sie mit einem Mal. »Hätten Sie etwas dagegen, wenn ich kurz durch den Wald gehe? Sehen Sie, ich werde nicht wieder hierher zurückkehren, und ich träume so oft von diesem Ort. Manchmal denke ich, dass ich mein halbes Leben damit zugebracht habe. Träume und Tagträume.«

Ich hielt den Wagen an. Ich hörte die Tränen in ihrer Stimme, bevor ich sie in ihren Augen sah. Mrs. de Winter stieg aus. Mit abgewandtem Gesicht stand sie am Tor. Die Brise zauste ihr glattes, graues Haar, und sie drehte ihren Ehering – das einzige Schmuckstück, das sie trug – immer wieder um den Finger.

Ein paar Minuten wartete ich. Sie hatte einen Schlüssel hervorgeholt, schickte sich aber nicht an, das Tor zu öffnen, sodass ich zu ihr ging, um ihr zu helfen. Als ich neben sie trat, war ich bestürzt über die Trostlosigkeit, die sich auf ihrem Gesicht malte. Sie sah aus wie ein verwirrtes kleines Mädchen, und die Zeichen des Alters auf ihrem Gesicht betonten die kindliche Art ihres Kummers nur noch stärker.

»Ich muss Ihnen von diesen Notizbüchern erzählen«, sagte sie, lehnte sich gegen das Tor und schaute durch das Gitter auf die Bäume. »Ich wollte mit Ihrem Vater darüber reden, aber dann begannen wir, von anderen Dingen zu sprechen. Vielleicht wären Sie so freundlich, ihm alles zu erklären? Ich entdeckte die Aufzeichnungen nach Maxims Tod – das heißt, ich fand die Metallkassette, die sie enthielt. Sie stand verschlossen in einer Schublade von Maxims Schreibtisch, in dem Haus, das wir nach unserer Rückkehr gekauft hatten. Ein wunderhübsches Haus, so weit vom Meer entfernt, wie das in diesem Land nur möglich ist, und ziemlich groß – verstehen Sie, ich hatte gehofft, wir würden Kinder bekommen ...« Sie nahm sich zusammen. »Wussten Sie eigentlich, dass wir nach dem Krieg wieder nach England gezogen sind, Miss Julyan?«

»Ja. Mrs. de Winter ...«

»Ich nahm die Kassette mit nach Kanada«, fuhr sie fort, als hätte sie mich nicht gehört, den Blick auf die Einfahrt vor uns gerichtet. »Ich wollte alles bei mir haben, was mich an Maxim erinnerte, also habe ich auch die Kassette behalten und gedacht, vielleicht würde der Schlüssel irgendwann auftauchen. Dann, eines Tages im letzten Jahr, habe ich sie geöffnet. Ich musste das Schloss mit einem Schraubenzieher aufbrechen und habe mir in die Hand gestochen. Aber Maxim fehlte mir so. Wissen Sie, die Trauer überfällt einen in Wellen. An manchen Tagen komme ich ganz gut zurecht, und dann wieder ... wache ich auf und empfinde diesen schrecklichen Verlust ...

Ich hatte keine Ahnung, was ich finden würde«, sprach sie weiter. »Ich war mir sicher, dass es etwas sein würde, das mich an meinen Mann erinnerte. Alte Fotos vielleicht, oder Kindheitserinnerungen. Nie wäre mir in den Sinn gekommen, dass ich etwas entdecken würde, das mit Rebecca zu tun hatte. Maxims erste Ehe war zutiefst unglücklich, verstehen Sie, und hat ihn beinahe zerstört. Also war das Letzte, das ich erwartet hätte, etwas zu finden, das ihr gehört hatte. Das war ein furchtbarer Schock für mich.«

Sie schob das Tor auf, das ich ihr aufgeschlossen hatte, und trat hindurch. Nach kurzem Zögern folgte ich ihr. Vor uns neigten sich die Bäume in einem Bogen zueinander und schufen einen schattigen Tunnel. Ich dachte an den Traum meines Vaters und jenen winzigen Sarg. Mrs. de Winter ging schweigend die Auffahrt entlang und sah sich mit benommener Miene um. Sie kam an einen umgestürzten Baumstamm und setzte sich, und ich nahm neben ihr Platz. Wir hatten die Wegbiegung erreicht, an der mein Vater immer gern eine Pause einlegt, die Stelle, an der man aus der Ferne die Brandung hört. Mrs. de Winter allerdings schien das Meeresrauschen nicht wahrzunehmen. Nach einer Weile ergriff sie von neuem das Wort, das blasse, müde Gesicht immer noch abgewandt.

»In der Kassette befanden sich fünf Gegenstände«, fuhr sie fort. »Die drei Notizbücher, ein winziger Diamantring, der viel zu schmal für einen meiner Finger war, und eine blaue Schmetterlingsbrosche. Ich wusste nicht, was der Ring und die Brosche zu bedeuten hatten, das verstand ich erst, nachdem ich das zweite Notizbuch gelesen hatte. Ich fürchte, ich habe dieses Notizbuch immer wieder studiert. Ich hätte es auswendig hersagen können. Verstehen Sie, ich wollte immer wissen, wie Rebecca wirklich war. Nun, jetzt weiß ich es.«

»Sie brauchen nicht darüber zu sprechen, Mrs. de Winter. Nur wenn Sie möchten. Ich verstehe, dass dies schmerzlich für Sie ist ...«

»Oh, zu Anfang war es das auch«, antwortete sie ernst. »Zu Beginn war ich schrecklich bestürzt. Ich begriff einfach nicht, warum Maxim ihre Sachen behalten hatte. Er hasste es, an Rebecca erinnert zu werden. Warum hatte er die Gegenstände dann aufbewahrt? Ich war so durcheinander und unglücklich, und ich schlief schlecht – schreckliche Träume über Rebecca suchten mich heim, genau wie damals in meiner ersten Zeit auf Manderley ... Da beschloss ich, noch einmal nach England zu fahren. Ich musste mich meiner Vergangenheit stellen. Das hätte Rebecca auch getan, dachte ich. Und was sie konnte, das vermochte ich auch. Ich wollte kein Feigling sein.«

Den Blick immer noch in die Bäume gerichtet, erzählte sie mir von den letzten Wochen hier, wobei ich den Eindruck hatte, dass sie nicht ganz aufrichtig sprach. Zuerst, sagte sie, habe sie sich bemüht, mehr über Rebecca herauszufinden – was sie anging, hätte Rebeccas ganze Geschichte ebenso gut von vorn bis hinten erfunden sein können. Also hatte sie Bibliotheken aufgesucht, McKendricks Autobiografie entdeckt und so viele Details wie möglich überprüft. Aber langsam erkannte sie, dass diese Suche ihr Unglück nicht linderte, sondern eher verstärkte.

Sie beschloss, Rebeccas Besitztümer, die sie seit ihrer Abreise von Kanada mit sich herumtrug, loszuwerden. Vernichten mochte sie sie nicht, daher beschloss sie, sie den passenden Empfängern zuzusenden. Die Notizbücher erhielt mein Vater. Der Ring ging an Jack Favell, der im Übrigen leicht aufzuspüren war, weil Devlin sein Onkel gewesen war. Die Brosche schickte sie Mrs. Danvers, die sich noch an Rebeccas Mutter erinnern würde. Aber Mrs. de Winter hatte lange gebraucht, um sie zu finden. Wie sie sagte, hatte sie die alte Frau eines Tages rein zufällig gesehen, als sie vor Rebeccas Wohnung in der Tite Street stand und Mrs. Danvers aus dem Haus kam. Obwohl sie stark gealtert war, wusste Mrs. de Winter gleich, wen sie vor sich hatte. »Die Adresse hatte ich aus einem von Maxims alten Terminkalendern. Ich hätte Mrs. Danvers überall erkannt«, erklärte sie. »Ich konnte sie nie vergessen. Sie hat mir das Leben auf Manderley zur Qual gemacht. Wenn sie nicht gewesen wäre, dann hätte ich mich bestimmt viel, viel besser geschlagen ...«

Ich fand, dass diese Erklärung ebenso viel verbarg, wie sie enthüllte, und fragte mich, wie oft Mrs. de Winter wohl vor Rebeccas Londoner Wohnung gestanden hatte. Mir fiel auf, dass sie die zwanghafteren Aspekte ihrer Suche nicht erwähnte. Kein Wort von den Azaleenzweigen ... Gerade als mir dieser Gedanke kam, brachte Mrs. de Winter das Thema auf, als hätte sie meine Gedanken gelesen. Sie habe zum Gedenken an Rebecca einen Kranz an ihrem Bootshaus zurückgelassen, sagte sie, und später hatte sie die Muscheln auf das Grab des kleinen Mädchens gelegt, das Rebecca einmal gesehen hatte. Ihre Begründung verblüffte mich.

»Verstehen Sie, ich glaube, die beiden ähnelten sich in mancher Hinsicht«, erklärte sie zögernd und warf mir einen vorsichtigen Blick zu. »Rebecca und Lucy Carminowe meine ich. Beide konnten sie nicht wachsen, keine von ihnen ist je erwachsen geworden. Das Kind tat mir Leid, und als ich die Ähnlichkeiten zwischen den beiden erkannte, empfand ich zum ersten Mal Verständnis für Rebecca. Es ist sehr traurig, von solcher Gewissheit erfüllt zu sein wie sie, und sich dabei nur selbst etwas vorzumachen, finden Sie nicht, Miss Julyan?«

»Etwas vormachen, Mrs. de Winter?«

»Aber ja.« Ihre Miene hellte sich auf. »Rebecca hält so große Stücke auf ihre Willenskraft; ständig brüstet sie sich damit. Aber sie konnte damit nicht erreichen, dass Maxim sie liebte, oder? Er hat nämlich mich geliebt, nicht Rebecca. Sie behauptet, sie habe sich unvergesslich gemacht – aber nachdem Maxim und ich hier fortgegangen waren, hat er sehr selten an sie gedacht. Und schließlich habe ich erkannt, dass Maxim deswegen ihre Sachen aufgehoben hat. Am Ende hat sie ihm Leid getan, genau wie mir. Der Ring ihres Vaters, die Brosche ihrer Mutter: Rebecca war kindisch, zu diesem Schluss bin ich gekommen. Sie gefällt sich vielleicht bei dem Gedanken, sie hätte sich größer gemacht, aber im Grunde ist sie nie erwachsen geworden, nicht emotional. Sie schreibt sogar sehr kindlich, finden Sie nicht?« Sie sah mich voll gespannter Ungeduld an.

»Das würde ich nicht sagen«, gab ich zurück. »Sicher, ihre Art zu schreiben ist sehr eigentümlich.«

»Oh, ich finde ihre Geschichte höchst infantil. Wie ein törichtes Märchen, voller Flüche und Menschen fressender Riesen. Das hat mich erstaunt. Ich hatte Rebecca für intellektueller gehalten.«

Mrs. de Winter runzelte die Stirn. »So wie sie sich verhielt und wie sie schrieb, kann sie doch nicht ganz normal gewesen sein, oder? Jetzt verstehe ich, warum sie Maxim unglücklich gemacht hat. Er war ein Mensch, der hohe Maßstäbe anlegte, und sie besaß überhaupt keine Prinzipien. Rebecca war gefühllos und zynisch – und so schrecklich unruhig. Maxim muss das gehasst haben. Er führte gern ein geordnetes Leben, liebte Frieden, Sicherheit und Kameradschaft. Rebecca hätte das nie verstanden oder etwas darum gegeben. Sie war mit jeder Menge egoistischer, romantischer Ideen vollgestopft. Wie ich Ihnen schon sagte: Sie war kindisch. Infantil. Mich hat sie ziemlich enttäuscht. Sie war nicht annähernd so interessant, wie ich mir vorgestellt hatte. Soll ich Ihnen sagen, zu welchem Schluss ich gelangt bin?«

Ernst sah sie mich an. »Ich finde sie ziemlich Mitleid erregend, wie sie an ein Fantasiekind schreibt, während sie die ganze Zeit über unfruchtbar war. Das klingt unfreundlich, aber es ist die Wahrheit. Ich glaube, sie war in vielerlei Hinsicht steril, bar jedes normalen Gefühls. Ihr fehlte das Warmherzige, Weibliche. Nachdem ich das erkannt hatte, fühlte ich mich sehr viel besser, sehr viel stärker, Miss Julyan. Verstehen Sie, ich wusste, dass es stimmte: Maxim konnte sie nie geliebt haben ...«

Bevor Mrs. de Winter zu ihrer Rede ansetzte, war mir beklommen zu Mute gewesen. Jetzt war ich zornig. Ich glaubte nicht, dass Rebecca herzlos, zynisch oder prinzipienlos gewesen war. Und was Maxims Ehrenhaftigkeit anging, so hatte er bei der Gerichtsverhandlung, die Rebeccas Todesursache untersuchte, höchstwahrscheinlich einen Meineid geleistet. Mit an Sicherheit grenzender Wahrscheinlichkeit hatte er seine Frau umgebracht und war seiner gerechten Strafe entgangen. Falls überhaupt jemand die Wahrheit über diese Geschehnisse kannte, dann die Frau mit dem sanften Gesicht, die neben mir saß. Und wenn, dann hatte sie sich juristisch gesehen der Begünstigung schuldig gemacht. Ihre Hauptsorge mochte sein, ob Maxim Rebecca je geliebt hatte. Meine war es nicht.

»Mrs. de Winter«, sagte ich leise. »Ich möchte gern die Wahrheit wissen. Hat Ihr Mann Rebecca umgebracht?«

»Aber ja.« Zu meinem Erstaunen antwortete sie ohne Zögern. »Heute kann ich das zugeben, weil Maxim tot ist und mein Geständnis keinerlei Folgen nach sich zieht. Außerdem habe ich seine Tat nie als Mord betrachtet – Rebecca hat Selbstmord begangen, und Maxim war bloß das Instrument dazu. Nachdem sie aus London zurückgekehrt war, ging er am Abend zu ihrem Bootshaus hinunter – er dachte, sie hätte vielleicht einen Mann dorthin gebracht, einen ihrer Liebhaber oder ihren Cousin Favell. Er nahm seine Dienstwaffe mit – den Revolver, von dem Rebecca schreibt –, weil er dem Paar einen Schrecken einjagen wollte. Er hatte sich entschlossen, Rebeccas Betragen nicht länger hinzunehmen. Sie war schamlos, hat er mir erzählt. Was sie in London tat, war ihm gleich, aber er wollte nicht zulassen, dass sie ihre Männer mit nach Manderley nahm ...«

Sie hielt inne. »Er traf Rebecca allein an, und sie hat ihn verspottet, ihn auf die böseste, verletzendste Weise verhöhnt, Miss Julyan. Sie erklärte ihm, sie erwarte ein Kind von einem anderen und habe vor, es ihm unterzuschieben. Ihr kleiner Bastard würde Manderley erben, sagte sie, und alle Pächter, die so lange auf einen Erben gewartet hätten, würden jubeln. Am Ende verlor Maxim die Beherrschung. Er richtete die Waffe auf ihr Herz und erschoss sie. Sie war sofort tot. Dann musste er das ganze Blut aufwischen – überall war Blut, hat er mir erzählt. Er musste Meerwasser holen und den Boden des Bootshauses säubern. Anschließend brachte er Rebeccas Leiche auf ihr Segelboot in der Absicht, es im tiefen Wasser zu versenken. Aber ... es ging etwas schief, ich weiß nicht genau, was. Der arme Maxim muss in heller Aufregung gewesen sein; der Wind frischte auf, und er war seit Jahren nicht gesegelt. Jedenfalls verlor er die Kontrolle über das Boot, und so hat er die Ventile geöffnet, schlug Löcher in die Bodenplanken und kletterte in die Jolle.

Die *Je reviens* kenterte und ging unmittelbar vor dem Riff, bei der Sandbank unter. Es war zu nah am Ufer geschehen – hätte Maxim nur das tiefe Wasser erreicht, wäre er sicher gewesen. Dann wäre das Boot nie gefunden worden, und Maxim und ich wären auf Manderley geblieben. Wir würden heute noch hier leben, wir hätten Kinder gehabt und eine Zukunft. Ich denke oft an diese Zukunft, die uns nicht vergönnt war. Ganz deutlich sehe ich alles vor mir. Ich hatte mir zwei Jungen und zwei Mädchen gewünscht. In diesem Moment säße ich im Salon von Manderley und würde aus dem Garten Kinderstimmen hören, die Maxim etwas zurufen ...«

Sie fuhr herum, als hätte sie gerade eine Stimme hinter sich vernommen. Dann senkte sie den Kopf und begann lautlos zu weinen. Nach einer Weile zog sie ein Taschentuch hervor und trocknete sich die Augen. Zu meinem Erstaunen schien sie ihre Fassung wiederzugewinnen; als sie sich mir zuwandte, trug ihr sanftes, müdes Gesicht denselben Ausdruck ernster, entschlossener Munterkeit wie zuvor. Diese Miene schockierte mich beinahe mehr als alles, was sie mir erzählt hatte.

»All das habe ich heute auch Ihrem Vater erklärt«, sagte sie. »Er hätte Ihnen beim Heimkommen ohnehin alles berichtet. Aber ich wollte, dass Sie die Geschichte unmittelbar von mir hören – wie ich Oberst Julyan sagte, ist es sehr wichtig, die Einzelheiten des Geschehens wirklich zu verstehen. Rebecca hat Maxim in jener Nacht angelogen. Sie wusste, dass sie kein Kind erwartete; sie wusste, dass sie sterben würde. Sie hat Maxim absichtlich dazu provoziert, sie zu töten. Rebecca hat ihn nur benutzt, Miss Julyan. Dieser Arzt hat uns damals gesagt, dass sie sowieso nur noch ein paar Monate zu leben hatte. Also war Maxims Tat in gewisser Weise eine Gnade. Er hat ihr Monate des Leidens und der Qualen erspart ...«

»Ja, aber dessen war er sich nicht bewusst, Mrs. de Winter.«

»Oh, ich weiß.« Sie ignorierte meinen vorwurfsvollen Ton und wischte meinen Einwand beiseite. »Aber das ist unwichtig. Kein Gericht hätte Maxim jemals des Mordes schuldig gesprochen. Nicht, wenn die Geschworenen erfahren hätten, wie Rebecca war, welches Elend sie über ihn gebracht hat. Aber Gott sei Dank ist es nie zu einem Prozess gekommen, und das haben wir zumindest teilweise Ihrem Vater zu verdanken. Ach, ich weiß schon, dass er keine Verdachtsmomente gegen Maxim benennen konnte, ich weiß, dass es keine Beweise gab – aber Maxim und ich haben immer geglaubt, dass Ihr Vater erraten hat, was er getan hatte. Ihr Vater hat Gnade walten lassen, und das war der wirkliche Grund, aus dem ich ihn heute aufgesucht habe. Ich wollte ihm sagen, wie dankbar ich ihm bin. Verstehen Sie, Maxim und ich waren fünfzehn Jahre verheiratet. Wenn Ihr Vater auf einer erschöpfenden Untersuchung bestanden hätte, wären uns diese glücklichen

Jahre vielleicht nicht geschenkt worden. Ich wollte, dass er das weiß, bevor ich England verlasse und bevor er ...«

»Bevor er stirbt, Mrs. de Winter?«

»Ja doch. Natürlich. Der Oberst war krank, und er ist ja kein junger Mann mehr. Ich wollte ihn nicht in Unkenntnis lassen. Das hätte ich nicht mit meinem Gewissen vereinbaren können.«

Meiner Meinung nach war ihr Gewissen merkwürdig dehnbar, daher sah ich nicht ein, warum es sich ausgerechnet an diesem Punkt melden sollte, aber ich ließ ihr die Bemerkung durchgehen. Sie erhob sich und sah zum Haus hinüber; als habe sie eine Entscheidung getroffen, wandte sie sich dann zum Tor. Langsam schritten wir die Auffahrt entlang. Mrs. de Winter, die neben mir ging, gab ein Bild heiterer Gelassenheit ab. Gelegentlich neigte sie den Kopf, als höre sie etwas, das ich nicht wahrnehmen konnte, und manchmal schaute sie zwischen den Bäumen hindurch und lächelte, als komme jemand, den sie kenne, auf sie zu. Ich glaube, sie sah immer noch ihre Zukunft, die niemals eingetreten war und die für sie dennoch vollkommen real zu sein schien.

Ich schwieg und dachte über die Ungereimtheiten in der Geschichte nach, die ich gerade gehört hatte. Ohnehin stammte sie aus dritter Hand, war wiederum Mrs. de Winters Version von Maxims Darstellung der Ereignisse, und für mich enthielt sie viele Schwachpunkte, nicht zuletzt die Frage nach der Mordwaffe. Warum sollte jemand, der regelmäßig mit Waffen umging und sich ihrer Gefährlichkeit bewusst war, seinen Revolver geladen mit zum Bootshaus nehmen, wenn er nur vorhatte, Rebecca mit einem Liebhaber zu überraschen und die beiden zu erschrecken? Maxim de Winter mochte behaupten, »auf ihr Herz« gezielt zu haben, aber wo genau hatte der Schuss getroffen? War es möglich, dass ein Mensch, der ins Herz getroffen wird und »sofort tot« ist, so viel Blut verlor? Wenn das Herz nicht mehr schlägt, hört die Blutung auf, das wusste ich. Und was genau hatte Rebecca in jener Nacht zu Maxim gesagt, dass er die Beherrschung verloren hatte? Mrs. de Winters Anspielung auf die Pächter von Manderley hatte mich an Maxims überwältigendes Bedürfnis nach einem Erben erinnert und mich auf eine neue Idee gebracht. Zwei kinderlose Ehen: Konnte Rebecca ihren Mann in dieser Nacht im Bootshaus einer sexuellen Unzulänglichkeit beschuldigt haben?

Natürlich hatte es keinen Sinn, diese Fragen gegenüber der Frau, die neben mir ging, anzusprechen. Das wäre grausam gewesen. Ich spürte, dass Mrs. de Winter weniger gelassen war, als sie schien, und weniger überzeugt von ihrer Geschichte, als sie vorgab. Sie beherrschte sich mühsam. Ich bemerkte, dass sie ihre Schritte beschleunigte, als wir uns dem Tor näherten. Ohne einen Blick zurück trat sie hindurch, und als wir wieder im Auto saßen, schnitt sie noch einmal das Thema der Notizbücher an.

»Ich weiß auch, wann mein Mann diese Notizbücher gefunden hat, Miss Julyan«, erklärte sie, als wir weiterfuhren. Die Mauern des Gutes und der Wald lagen nun zu unserer Linken. »Das war nach dem Feuer auf Manderley, an dem letzten Abend, den wir je hier verbracht haben, dem Abend, bevor wir aufs Festland fuhren. Maxim wollte allein spazieren gehen, um dem Anwesen Lebewohl zu sagen, und ich weiß, dass er zur Bucht hinuntergestiegen ist. Er war stundenlang fort, und als er zurückkehrte, sah ich den Sand an seinen Schuhen und wusste, wo er gewesen war. Furchtbar still und blass war er – ich wusste, dass etwas absolut nicht in Ordnung war, sagte mir aber, das sei wohl der Kummer, weil wir Manderley verließen. Heute ist mir klar, dass er in das Bootshaus ging und Rebeccas Notizbücher fand. All ihre Besitztümer waren noch dort – das Bootshaus war nach ihrem Tod nicht angetastet worden, genau wie Manderley. Das habe ich nie verstanden – alles wirkte, als wäre Rebecca nur kurz ausgegangen und könnte jede Minute zurückkehren. Man hätte doch gedacht, Maxim hätte das Bootshaus ausräumen lassen. Schließlich war Rebecca schon über ein Jahr tot ...«

Sie riskierte einen Seitenblick zu mir; von neuem hatte sie begonnen, nervös die Hände im Schoß zu kneten. »Was glauben Sie, warum er diese Notizbücher aufbewahrt hat, Miss Julyan? Wieso hat er das bloß getan? Und Rebeccas Memoire-Ring – wussten Sie, dass er an ihrem Finger steckte, als man die Leiche barg? Man hat diesen Ring sowie ihren Ehering gefunden, und an den Ringen wurde sie auch identifiziert. Warum hat Maxim den Ring ihres Vaters behalten und nicht den, den er ihr geschenkt hatte?«

Ich zögerte. Mir kam Rebeccas Bemerkung in den Sinn, dass Maxim von dem Moment an, als er Jack Devlins Memoire-Ring an ihrem Finger gesehen hatte, den Ehrgeiz hegte, ihn durch seinen eigenen zu ersetzen. Wahrscheinlich war Rebeccas Ehering mit ihr begraben worden, und so hatte Maxim am Ende sein Ziel erreicht. Aber es erschien mir barmherziger, dies seiner Witwe gegenüber nicht zu erwähnen. »Darauf weiß ich keine Antwort«, gab ich zurück. »Ihr Mann war der Einzige, der die Frage hätte beantworten können. Niemand sonst hat eine Ahnung, welche Erinnerung der Ring für ihn barg.«

»Er kann ihm nichts bedeutet haben«, erwiderte Mrs. de Winter mit plötzlichem Nachdruck. »Nichts von alldem kann Maxim etwas bedeutet haben. Ich sagte Ihnen doch, er hat Rebecca nie geliebt, er hat sie gehasst. Sobald er herausfand, was sie wirklich war ... danach konnte er ihre Nähe kaum noch ertragen. Wenn Sie Maxim gekannt hatten, würden Sie das verstehen. Er verhielt sich Frauen gegenüber sehr fürsorglich, und er erwartete von einer Frau ... nun ja, die offensichtlichen Eigenschaften. Liebenswürdigkeit, Reinheit, Unschuld ...« Sie errötete.

»Vielleicht existieren verschiedene Arten von Reinheit«, warf ich so milde wie möglich ein. »Nach Rebeccas Notizbüchern zu urteilen, finde ich sie rein. Sie ist dort einfach, was sie ist – lauter und unverfälscht.«

»Ich verstehe wirklich nicht, was Sie meinen«, entgegnete Mrs. de Winter in trotzigem Ton. »Ich glaube ohnehin nicht die Hälfte von dem, was sie schreibt. Wie ich schon sagte, bin ich zu dem Schluss gelangt, dass man sie, wenn überhaupt, nur bemitleiden kann. Schließlich kann man ihr nicht vorwerfen, wie sie aufgewachsen ist. Aber ihr fehlt das rechte Maß. Sie schreibt so töricht und übertrieben ... Sagt, sie hätte Maxim die Gabe des Aufruhrs geschenkt! Ich war so bestürzt, als ich das gelesen habe. Aber jetzt sehe ich, wie absurd das war. Maxim hasste diese Art von Tumult. Er liebte Ruhe und Frieden und ein geregeltes Leben ... Wenn Sie hier links abbiegen, Miss Julyan, dann liegt das Hotel gleich zur Rechten ...«

Ich bog an der von ihr bezeichneten Stelle ab und fuhr einen schmalen, tief eingeschnittenen Weg hinunter, der zum Wasser führte. Vor uns sah ich es blau glitzern. Mrs. de Winter hatte ein Hotel gewählt, das über dem Meer erbaut war, ein kleines, bescheidenes, traditionelles Haus, das bei älteren Besuchern sehr beliebt war.

»In dem Hotel bin ich unter meinem Mädchennamen abgestiegen«, erklärte sie, als wir auf den Parkplatz bogen. »Ich ziehe es vor, anonym zu bleiben. Maxim und ich waren nie sehr gesellig. Was hat es für einen Sinn, Bekanntschaften zu schließen, wenn man sowieso bald weiterreist? Außerdem sind die Leute schrecklich neugierig ...«

Sie zögerte. »Mein Mann fehlt mir sehr, Miss Julyan. Ich hatte immer nur einen Ehrgeiz im Leben – Maxim glücklich zu machen –, und ich weiß, dass mir das gelungen ist. Das sagt mir mein Herz. Maxim und ich waren selten getrennt, verstehen Sie, er war vollkommen abhängig von mir geworden. Aber jetzt kann ich natürlich nicht mehr mit ihm reden und fühle mich manchmal einsam. Deswegen mag ich kleine Häuser wie dieses ...«

Sie wandte sich zu mir, und ihr Gesicht hellte sich auf. »Es erinnert mich an all die hübschen kleinen Hotels, in denen wir in Frankreich gewohnt haben. Manchmal am Abend sitze ich hier auf der Terrasse und stelle mir vor, Maxim säße neben mir. Ich erzähle ihm kleine Geschichten über die anderen Gäste, und er tut, als langweile er sich, gibt mir knurrige Antworten, wie das seine Gewohnheit war. Aber ich weiß, dass er überhaupt nicht gelangweilt ist, sondern mich nur aufzieht. Er ist glücklich, schrecklich glücklich, so wie wir es immer waren ...«

Wie schon vorhin fuhr sie plötzlich herum, als hätte sie etwas wahrgenommen, das für mich unhörbar war. Sie starrte auf das Meer hinaus. »Haben Sie das gehört?«, fragte sie nervös. »Ich dachte, jemand hätte mich gerufen ...«

Ich erklärte ihr, ich hätte nichts bemerkt, aber sie wirkte nicht überzeugt. »Möwen wahrscheinlich«, sagte sie schnell. »Ja, das war es wohl. Irgendein Seevogel. Sie klingen manchmal ganz unheimlich, nicht wahr? Jetzt muss ich aber gehen. Morgen habe ich eine lange Reise vor mir, und wenn ich wieder in Kanada bin ... ich habe beschlossen, all das ein für alle Mal hinter mir zu lassen. Ich werde ganz neu anfangen, mehr ausgehen, mich bemühen, andere Menschen kennen zu lernen. Vielleicht suche ich mir sogar eine Arbeit – ich brauche natürlich kein Geld zu verdienen, dafür hat Maxim gesorgt, aber ich würde mich gern nützlich machen. Vielleicht etwas bei einer Wohltätigkeitsorganisation. Dort werden doch immer helfende Hände gebraucht, oder?«

Ihre Miene zeigte wieder diese unbeirrbare Munterkeit, aber in ihren Augen stand ein verlorener Ausdruck, und ich hörte den panischen Unterton in ihrer Stimme. In diesem Moment tat sie mir Leid, und ich glaube, das bemerkte sie, denn sie errötete, tastete nach ihrer Tasche und den Handschuhen und öffnete die Beifahrertür, um zu flüchten.

»Das war sehr freundlich von Ihnen.« Sie ergriff meine Hand. »Sehr nett von Ihnen, dass Sie mir so geduldig zugehört haben. Ich habe mich gefreut, Ihren Vater wiederzusehen. Ich hoffe nur, ich habe das Richtige getan und ihn nicht zu sehr ermüdet ... Du liebe Güte, wir haben schon nach sieben. Wie die Zeit vergeht! Ich muss mich verabschieden. Nochmals danke, und leben Sie wohl, Miss Julyan.«

Ich sah ihr nach, wie sie zu ihrem Hotel ging, eine gewöhnliche, wenig bemerkenswerte Frau mittleren Alters. Sie nickte einigen der anderen Gäste zu, älteren Ehepaaren, die von ihren Spaziergängen zurückkehrten. Auf der

Terrasse blieb sie stehen. Ihr graues Kleid verschwamm mit dem perlfarbenen Abendhimmel, und sie schaute aufs Meer. Ich wandte mich ab, um ihrem Blick zu folgen, und als ich wieder hinsah, war sie verschwunden.

Ich löste die Handbremse, wendete den Wagen in einem engen Kreis, gab Gas und fuhr den Hügel hinauf. Dann drehte ich das Fenster herunter und ließ die Seeluft in den Wagen. Ich fuhr schnell, denn ich wollte Mrs. de Winter so rasch wie möglich hinter mir lassen. Und ich glaube, ich kenne den Grund. Plötzlich hatte ich die Möglichkeit gesehen, dass ich wie sie wurde. Das war eine der Optionen, die vor mir liegen mochten. Wie die meisten Menschen sehnte ich mich nach Liebe – aber wenn die Ehe so etwas aus einer Frau machte, wollte ich so schnell wie möglich davor flüchten.

Als es ihr einziges Ziel war, ihren Mann glücklich zu machen, hatte sie da die langen Tage als Witwe vorhergesehen? War Maxims Liebe ein solches Geschenk gewesen, dass es sie dafür entschädigte, mit einem Mörder zu leben? Wenn Liebe eine Frau so weit brachte, dann fürchtete ich mich davor. Ich wollte der zweiten Frau nicht länger zuhören, ich brauchte jetzt die Stimme der ersten, und ich wusste, dass sie in The Pines auf mich wartete, zwischen den Deckeln dieses letzten schwarzen Notizbuchs. Rebecca würde mir die Wahrheit über ihren Vater und ihren Ehemann sagen. Sie würde *die Blindenschrift ihrer Ehe übersetzen ...*

Auf The Pines angekommen, ließ ich den Wagen im Hof stehen und lief sofort in das Arbeitszimmer meines Vaters. Er und Rose saßen da, tief in ein Gespräch versunken. Rose wirkte besorgt, das Gesicht meines Vaters war blass und abgespannt. Wortlos reichte er mir das schwarze Notizbuch. Ich wog es in der Hand. Noch bevor ich es aufschlug, spürte ich, dass dieses Buch sich von den zwei vorherigen unterschied. Es war leichter.

Ich löste die auf dem Rücken gebundenen Bänder und schlug den schwarzen Einband auf. Auf der ersten Seite, die zur Hälfte abgerissen war, las ich ein Datum – der zwölfte April, Rebeccas Todestag. Weiter unten stand in Rebeccas Handschrift, die deutlich zeigte, dass die Schreiberin unter großer Belastung gestanden hatte, ein einziges Wort: »Max«.

Darunter waren gerade eben die Fragmente eines ersten Satzes zu erkennen. Ich sah die abgetrennten Bögen einzelner Buchstaben, aber der Riss verlief so, dass er die Worte unleserlich machte. Der Rest der Seite fehlte, und ein ganzer weiterer Teil des Buches war ebenso entfernt worden. Die übrigen Seiten waren leer. Rebeccas letzter Eintrag, ihre letzte Mitteilung, war an ihren Ehemann gerichtet gewesen, und jemand hatte sie zerstört. Kein Abschiedsbrief, keine letzten Worte. Am Ende war Rebecca doch zum Schweigen gebracht worden.

»Wer hat das getan?« Ich war entsetzt und wütend, meine Hände zitterten. »Maxim?«

»Wahrscheinlich.« Mein Vater seufzte. »Oder Mrs. de Winter, obwohl sie es abgestritten hat.«

»Rebecca selbst hätte das tun können. Ausschließen kann man das bestimmt nicht. Aber ich weiß, auf welchen der drei Kandidaten ich tippe«, meinte Rose. »Ziemlich dumm. Schweigen spricht bekanntlich Bände«, setzte sie hinzu.

30. Kapitel

Zu meiner Erleichterung schlief mein Vater in dieser Nacht gut; ich selbst allerdings nicht. Am Morgen brachte ich ihm das Frühstück ans Bett, aber er war bereits aufgestanden. Ich hatte mit Fragen über Mrs. de Winter gerechnet – gestern Abend hatte er bemerkenswert wenige gestellt –, aber die neu erworbene Fähigkeit meines Vaters, die unmittelbare Vergangenheit zu verdrängen, hatte bereits Besitz von ihm ergriffen. Die letzten Wochen hatten ihn die Kunst des Vergessens gelehrt. Jetzt stellte er sich innerlich auf das heutige Mittagessen und auf die Ankunft von Tom Galbraith und dessen Freund Nicholas Osmond ein. Die Vorbereitungen waren bereits in vollem Gange: Auf dem Bett lagen mehrere Anzüge; mein Vater hielt ein Bündel Krawatten in der Hand und nahm strengen Blickes seine Garderobe in Augenschein.

»Muss präsentabel aussehen, wie aus dem Ei gepellt. Francis Latimer kommt auch. Hatte ich das erwähnt, Ellie? Dachte, er würde vielleicht ein bisschen Leben in die Runde bringen. So – ich brauche dein weibliches Urteil. Welchen Anzug soll ich nehmen, Ellie – diesen oder den da?«

Wie mein Vater sehr wohl wusste, hatte er natürlich nicht erwähnt, dass Francis eingeladen war. Beide Anzüge, die er vorschlug, waren aus schwerem Tweed geschneidert. Wir hatten neun Uhr morgens, der Himmel war wolkenlos und die Temperatur lag gut über zwanzig Grad und würde weiter steigen. Ich versuchte meinen Vater zu einem der leichten Anzüge aus seiner Zeit in Singapur zu überreden, aber davon wollte er nichts hören, und ich wusste auch, warum. Er mag es nicht, wenn andere bemerken, wie dünn und gebrechlich er geworden ist, und der dicke Tweedstoff kaschiert seine Magerkeit. Ich gab nach, und schließlich entschied er sich für einen kratzigen grünen Tweedanzug und eine absolut nicht dazu passende Regimentskrawatte.

»Famos!«, rief er aus und hielt beides in die Höhe. »Freue mich schon darauf, Ellie. Wann wollen diese beiden jungen Spunde kommen?«

»Gegen Mittag, Daddy.«

»Gegen? Gegen? Zu meiner Zeit waren die Leute pünktlich und legten großen Wert darauf. Na schön, jetzt mache ich besser voran. Ich muss mich um die Drinks kümmern, mal den Keller durchstöbern ... Finde diesen Sherry einfach nicht wieder, den ich so günstig erstanden habe. Ich weiß genau, dass noch ein paar Flaschen übrig sind, aber ich kann sie verflucht noch mal nirgends entdecken ...«

Ich stürzte nach unten und brachte die billigen Sherryflaschen in ein noch besseres Versteck. Dann trugen Rose und ich den Esstisch in den Schatten der Araukarie. »Tweed«, brummte ich. »Und dann auch noch den grünen ...« Ich setzte eine Vase mit Blumen auf die weiße Tischdecke. Die Luft schien voller Erwartung, das Meer sang und die Zukunft lockte. »Ach, Rose«, seufzte ich. »Was für ein herrlicher Tag.«

»Du siehst sehr hübsch aus«, meinte Rose. »Ich hoffe nur, dein Vater macht keine Schwierigkeiten. Sag bloß kein Wort, wenn ich die Muscheln auftrage – dein Mr. Galbraith hat versprochen, mir Knoblauch mitzubringen ...«

Tom Galbraith war ein Mann, der zu seinem Wort stand. Um genau fünf Minuten nach zwölf fuhr er mit seinem Freund in dessen exotischem Wagen vor. Sie waren früh am Morgen mit der Fähre aus St. Malo eingetroffen und brachten die Erzeugnisse Frankreichs mit, die sämtlich in Kerrith nicht aufzutreiben sind. Da waren Champagnerflaschen und herrlicher junger Wein; Büschel von rosa

Trauben, Körbchen mit schwarzen Kirschen, ein rosiger Knoblauchzopf, Bündel von stark duftendem Thymian, Majoran und Rosmarin, ein Beutel mit schwarzen Kaffeebohnen und, in einer exquisiten, mit Bändern verschnürten Schachtel eine Auslese winziger handgefertigter Kekse, die wie Palmblätter geformt waren. Rose stürzte sich auf diese Köstlichkeiten, als sie in unserer Küche aus einem Korb ausgepackt wurden, und ich betrachtete von Staunen erfüllt zuerst diesen ganzen Luxus und dann Tom Galbraith und seinen Gefährten.

Die zwei Wochen in der Bretagne hatten Tom verwandelt: Sonnengebräunt, lächelnd und entspannter, als ich ihn je gesehen hatte, stand er vor mir. Und sein Freund? Ich konnte nur mit offenem Mund starren. Ich hatte einen vertrockneten Gelehrten erwartet, einen trauernden Witwer, aber Nicholas Osmond war ein hinreißender junger Mann, wahrscheinlich der schönste Mensch, den ich je gesehen habe oder sehen werde. Er hatte goldenes Haar und goldene Haut, seine Augen wiesen das allerklarste Saphirblau auf, und wenn er still stand – was selten vorkam –, dann eigneten ihm die Haltung, die Perfektion und der Ernst eines Engels aus einem italienischen Renaissancegemälde. Er gehörte nicht in eine Küche neben einen Herd, der jede zweite Woche zusammenbrach, sondern unter einen blauen Fresko-Himmel, wo er der Jungfrau Maria eine Lilie reichte.

Selbst Rose war wie vom Donner gerührt. Als er ihr vorgestellt wurde und die beiden sich die Hände schüttelten, war sie sichtlich fassungslos und sah sich genötigt, ihre Aufmerksamkeit rasch auf die Freuden dieses Korbs zu lenken. Wie geschickt er gepackt war, mit Eisbehältern, Stroh und Wachspapier! »Sollen wir den Champagner öffnen, Dr. Julyan?«, fragte Osmond sie und erhellte den Raum mit seinem Lächeln. »Ich glaube, er ist gerade kühl genug. Einer der Stewards auf dem Schiff hat uns heute Morgen frisches Eis gegeben. Und wir müssen doch feiern – ich habe so viel von Ihnen allen gehört ... Was für ein wunderschönes Haus! So ein herrlicher Tag! Miss Julyan ... nein das geht nicht, so kann ich Sie nicht ansprechen –

darf ich Sie Ellie nennen? Ellie, wo bleibt Ihr Vater? Wie geht es ihm? Ich muss ihn unbedingt begrüßen. Tom hat mir so viel von Oberst Julyan erzählt, dass ich das Gefühl habe, ihn schon zu kennen ...«

Ich wusste, wo mein Vater war. Er schmollte in seinem Arbeitszimmer. Ich überredete Daddy, wenigstens bis an die Glastüren zu kommen. »Schön, Sie wiederzusehen, Galbraith«, sagte er und schüttelte Tom die Hand – und dann wurde er dem Engel vorgestellt. Ich spürte, dass er sich widersetzte, sah den kalten Blick aus blauen Augen, mit dem er das goldene Haar bedachte, das sich schamlos lockte und bis auf Osmonds Kragen reichte, sah den Zorn, der sich auf Osmonds offenes Hemd richtete, das er ohne Krawatte trug. Mein Vater wirkte so spröde wie sein kratziger Tweedanzug.

Osmond, der von alldem nichts bemerkt hatte, drückte Daddy fröhlich die Hand. »Ich freue mich, Sie endlich kennen zu lernen, Sir. Tom hat mir so viel von Ihnen erzählt«, begann er – und dann erspähte er Barker. »Oh, was für ein prächtiger Hund«, rief er aus. »Ich liebe diese Rasse. Eine Neufundländer-Kreuzung, Sir? Ich hatte als Jungen einen ... diese Tiere sind immer hochintelligent. Wir beiden gingen überall zusammen hin. Er heißt Barker, nicht? Nein, blieb ruhig liegen, alter Junge ...«

Barker, der sich Fremden gegenüber stets unnahbar gibt, stand arthritisch auf. Osmond ging zu ihm und streckte die Hand aus. Barker schnupperte daran, blickte zu dem jungen Mann auf, schnüffelte nochmals und leckte ihm die Hand. Unerhört bei einer ersten Begegnung! Osmond ging auf die Knie und umschlang Barkers übel riechendes Haupt. Ich sah meinen Vater an. Der finstere blaue Blick wich, ein belustigtes Glitzern war in seine Augen getreten, und er lächelte breit. Der Engel hatte ihn bezwungen, dachte ich bei mir.

Der Lunch war wundervoll, aber wenn ich heute daran zurückdenke, erinnere ich mich kaum noch an den genauen Ablauf, und ganz bestimmt habe ich keine Zeichen gesehen, die mir bedeutet hätten, wie sehr mein Leben sich kurz darauf verändern sollte.

Bevor wir uns zu Tisch setzten, zog Tom Galbraith mich beiseite. Er nahm meine Hand und erklärte mir ohne seine übliche Befangenheit, er habe endlich entschieden, was mit Rebeccas Ring anzufangen sei – er wisse jetzt, wohin er gehöre. Ob ich ihn und seinen Freund heute Nachmittag nach Manderley begleiten würde? Er müsse mit mir reden. »Es ist schön, Sie wiederzusehen, Ellie«, sagte er und schlang den Arm um meine Schultern. »Wir haben so viel nachzuholen ...«

Das hatten wir wirklich, und die Aussicht auf diesen Ausflug reichte aus, um der Mahlzeit, die ihm vorausging, Farbe zu verleihen. Ich weiß nicht mehr, wie lange das Essen dauerte, zwei oder drei Stunden vielleicht, aber sie erscheinen mir von einem goldenen Schleier umwoben, der zeitlos ist.

Ich sehe meinen Vater am einen Ende der Tafel sitzen, mit Rose zu seiner Rechten und Nicholas Osmond zur Linken. Ich sehe mich selbst am anderen Ende, zwischen Tom und Francis Latimer, der später gekommen war, weil es im Krankenhaus einen Notfall gab. Ich erinnere mich an das Essen – Rose ist eine sehr gute Köchin –, und so schmecke ich noch die geeiste Suppe, die Fischmousse, den frischen, erst heute Morgen gefangenen Lachs und die Muscheln, die mein Vater ohne zu klagen aß, denn er schien nicht zu bemerken, dass sie mit Knoblauch verschandelt waren. Ich erinnere mich an die Erdbeeren, die Palmblatt-Kekse und den starken, herrlichen Kaffee, den wir tranken. Ich erinnere mich an den Wein, der nach Sommer schmeckte, und den Schatten der Araukarie, die einen bläulichen Schimmer über die weiße Tischdecke warf. Aber das alles versinkt dennoch im Hintergrund. Was mir hauptsächlich vor Augen steht, ist nicht greifbar. Ich war glücklich.

Ich glaube, bei diesem Essen verstand ich die Gabe des Charmes. Jahrelang hatten die Menschen, wenn sie mir von Rebecca erzählten, ihren Charme hervorgehoben, und ich erinnerte mich auch selbst daran. Aber bis er mir an jenem Tag in der Person von Nicholas Osmond von neuem begegnete, hatte ich vergessen, was für eine wahrlich machtvolle Kraft er darstellen kann und wie selten er vorkommt. Wenn die Leute von »Charme« reden, meinen sie manchmal etwas Künstliches, eine bloße Technik, andere zu manipulieren. Wahrer Charme, denke ich, ist eine Gabe der Götter; immer unbewusst und vollkommen natürlich. Er geht einfach von einer Person aus, und seine Wirkung, die der Magie ähnelt, ist unwiderstehlich.

Nicholas Osmond legte es nicht darauf an, seine Umwelt zu bezaubern, ebenso wenig, wie Rebecca dies getan hatte. Beide strahlten eine pure *Joie de vivre* aus, die jeden ansteckte. Als ich Osmond an diesem Tag ansah – und es fiel schwer, dies nicht zu tun, ebenso wie man von Rebecca kaum den Blick hatte losreißen können –, veränderten sich die Einzelheiten des Tages: Das Gewöhnliche wandelte sich zum Außergewöhnlichen, das Licht, das uns alle beschien, war kristallklar. Mich beschlich das unerklärliche Gefühl, dass Rebecca über uns wachte.

Ich weiß nicht mehr, worüber wir redeten. Die Bretagne bestimmt, Cambridge, glaube ich, über Gott und die Welt wahrscheinlich. Selbst der verschlossene Francis Latimer erlag dem Zauber – bei diesem Mittagessen erfuhr ich mehr über ihn als während all seiner Besuche in den vergangenen Wochen. Als man ihm Tom Galbraith vorstellte, war er anscheinend entschlossen gewesen, ihn nicht zu mögen – vielleicht hat er in Kerrith Klatschgeschichten gehört, oder mein Vater hatte eine Bemerkung über Tom gemacht. Aber während des Mahls verschwand seine Feindseligkeit, obwohl ich bemerkte, dass er sowohl Tom als auch seinen Freund sehr genau beobachtete. Wie immer versetzte Francis' Gegenwart meinen Vater in gute Laune. Er vergaß, unwirsch zu sein, und erzählte Anekdoten aus Singapur, die ich seit Jahrzehnten nicht gehört hatte. Er aß seine kleinen Portionen mit Genuss und ließ keine seiner üblichen Klagen über »überkandideltes Gekoche« hören. »Nicht für mich, Galbraith«, sagte er, als Tom versuchte, sein Weinglas nachzufüllen. »Stehe unter ärztlichem Kommando. Ich würde ja ein zweites riskieren, aber der Doktor sitzt gleich da unten am anderen Ende des Tisches und hat mich verflucht noch mal im Auge …«

»Stimmt nicht. Meine Aufmerksamkeit ist anderswo«, gab Francis lächelnd zurück, und ich sah, wie mein Vater und er einen kurzen Blick austauschten, als amüsierten sich über einen Scherz, den nur sie beide verstanden.

»Hören Sie, Osmond«, hob mein Vater großmütig an, als die Mahlzeit ihrem Ende zuging und er sich anschickte, sich zu seinem vorgeschriebenen Schläfchen ins Haus zurückzuziehen. »Kommen Sie uns doch einmal wieder besuchen, ja? Überreden Sie Galbraith, sich am Wochenende mal von Ihnen herkutschieren zu lassen. Wenn das Wetter gut ist, kann Francis Sie auf seinem Boot mit hinausnehmen – er gibt Ellie Segelstunden, wissen Sie. Wir könnten Sie beide unterbringen. Wäre mir eine Freude. In diesem verdammten Haus stehen zu viele Zimmer leer. Die Hälfte davon benutzen wir ohnehin nicht. Ellie, du musst die beiden überreden …«

Rose zog die Brauen hoch. Abgesehen von ihr hat seit Kriegsende kein Gast mehr auf The Pines übernachtet; ein Essen mit sechs Personen stellte einen Zehnjahresrekord dar. Ich runzelte die Stirn, weil mir nicht ersichtlich war, warum Vater die Segelstunden erwähnen musste, von denen ich erst zwei erhalten hatte.

Ich ging ins Haus, um meinen Vater nach oben zu bringen. In seinem Zimmer angekommen, öffnete ich das Fenster und zog die Vorhänge zu. Im Garten unter uns sah ich Francis Latimer; er hatte sich von den anderen Gästen entfernt, stand allein in der Nähe unserer Grenzmauer und sah aufs Meer hinaus. Während ich zu ihm hinunterschaute, begann er hin und her zu gehen, als wühle ihn etwas auf; ich sah, wie er auf die Uhr und dann wieder zum Haus schaute. Er blickte zum Fenster meines Vaters hinauf und wandte sich dann abrupt ab. Die Sonne musste ihm in die Augen geschienen haben, und ich war mir nicht sicher, ob er mich gesehen hatte.

Ich zog die Vorhänge halb zu. Barker ließ sich auf dem Kaminvorleger nieder. Mein Vater zog sein scheußliches Tweedjackett und seine festen Schuhe aus und legte sich aufs Bett. Er schloss gleich die Augen, und ich dachte, er schliefe. Auf Zehenspitzen schlich ich zur Tür, doch gerade als ich dort ankam, öffnete er die Augen und fixierte mich mit diesem blauen, eindringlichen Blick.

»Will dich versorgt wissen, Ellie«, sagte er. »Das ist alles, was ich mir jetzt noch wünsche. Sobald ich weiß, dass du in guten Händen bist, kann ich glücklich sterben. Bis ich mir da nicht sicher bin, gebe ich den Löffel nicht ab – ich hoffe, das ist dir klar.«

»Wenn das so ist, dann kannst du noch lange warten«, gab ich zurück.

»Sei nicht frech«, erwiderte mein Vater. Er seufzte. »Hör doch das Meer, Ellie. Die Flut kommt.«

Ich wandte mich ab, um ihn allein zu lassen, und hielt dann inne. Ich hörte das Meeresrauschen, und plötzlich fühlte ich mich, als wandelte ich auf einem schmalen Grat. Tränen und Glück befanden sich in einem absoluten Gleichgewicht. Ich ging zum Bett zurück und küsste meinen Vater auf die Stirn.

»Das war ein schönes Essen, Ellie.« Vater fielen die Augen zu. »Ich mag diesen Osmond. Witwer, wie ich höre ... sollte sich mal die Haare schneiden lassen. Galbraith war ziemlich gut in Form, fand ich. Habe ihn kaum wiedererkannt, als er hereinkam. Latimer hat sich wohlgefühlt, das weiß ich. So froh habe ich ihn noch nie gesehen. Ein Jammer, dass Rose Knoblauch an die Muscheln tun musste. Ohne sind sie viel besser. Was hast du heute Nachmittag vor?«

Ich antwortete ausweichend auf diese schon im Halbschlaf gestellte Frage. Nicholas, Tom und ich wollten spazieren gehen; die beiden wollten noch die Briggs-Schwestern besuchen, aber ich wäre zum Tee zurück. Francis Latimer blieb; für heute Abend stand eine weitere Segelstunde auf dem Programm.

»Bist ein gutes Mädchen, Ellie«, sagte er und umklammerte meine Hand. »Eigensinnig natürlich, aber das warst du immer, und daran ändert sich auch nichts. Du hast deinen eigenen Kopf und bist für meinen Geschmack verdammt ein bisschen zu selbständig, und auch eine Geheimniskrämerin – lässt dir nicht in die Karten sehen. Deine Mutter war genauso. Aber sie wäre stolz auf dich, Ellie, das weiß ich. Ich bin auch stolz auf dich. Lange Rede kurzer Sinn, ich weiß nicht, was ich ohne dich angefangen hätte. Und jetzt lauf zu ...«

Ich wartete, bis ich mir sicher war, dass mein Vater friedlich schlummerte, dann stürmte ich die Treppe hinunter und hinaus in die Sonne. Der Nachmittag war herrlich, die See ruhig und der Himmel wolkenlos. Ich berührte Rebeccas Schmetterlingsbrosche, die ich heute Morgen an mein blaues Kleid gesteckt hatte. Ich wollte rennen, singen ...

»Sie sehen glücklich aus. Das steht Ihnen gut, Ellie«, meinte Francis Latimer lächelnd, als ich bei der Araukarie an ihm vorbeikam.

»Ich bin auch glücklich«, gab ich zurück.

»Wohin sollen wir heute Abend segeln? Den Fluss hinauf oder aufs offene Meer?«

»Aufs Meer«, sagte ich und tänzelte vorüber. Auf alle Fragen existiert eine richtige und eine falsche Antwort, und ich wusste, dass diese ihm gefiel, denn ich sah, wie seine Miene sich aufhellte. Er blieb im Garten zurück und plauderte mit Rose, und wir brachen in Nicholas Osmonds tiefgelegtem Wagen auf. Ich saß neben dem Engel auf dem Beifahrersitz, und Tom quetschte seine lange Gestalt in den winzigen Notsitz hinter uns. Das Verdeck war zurückgeklappt, und der Fahrtwind rauschte. Ich hatte noch nie in einem Sportwagen gesessen und hatte nicht geahnt, dass es so aufregend sein könnte.

Wir umrundeten die Haarnadelkurve bei Toms altem Cottage und fuhren dann den steilen Hügel hinauf, der zum Wald von Manderley führt. An den Four Turnings parkten wir, drückten die schweren Torflügel auf und traten in den kühlen, bläulichen Schatten der Bäume.

»Du hast doch den Ring mitgebracht, Tom?«, fragte Osmond, und ich sah, dass sie einen kurzen Blick, eine unausgesprochene Botschaft austauschten.

»Ich werde ein wenig umhergehen und mir ein Bild von Manderley machen«, erklärte Osmond. »Nachdem ich es mir all diese Wochen vorgestellt habe, muss ich den Besitz selbst sehen. Ich treffe euch beide dann am Strand wieder, ja?«

Er verschwand zwischen den Bäumen, und ich wurde nervös. Jetzt war ich allein mit Tom Galbraith, und ich hegte keinen Zweifel, dass dies zwischen den beiden so abgesprochen war. Hätte Tom sich so reserviert gegeben wie gewöhnlich, wäre meine Anspannung wohl nicht verflogen. Aber sein neu erworbenes Selbstvertrauen verließ ihn auch jetzt nicht.

Gern hätte ich gewusst, was diesen Wandel hervorgerufen hatte. Tom wirkte wie ein Mensch, der eine Entscheidung getroffen hat und nun in Frieden mit sich selbst lebt. Aber meine Überlegungen vergaß ich rasch, als wir zwischen den Bäumen einherspazierten. Ich hörte das Rauschen der Brandung, die uns zum Weitergehen einlud, und begann ihm zu berichten, was sich in seiner Abwesenheit zugetragen hatte. Ich schilderte meine Begegnungen mit Mrs. Danvers und Mrs. de Winter und erzählte ihm von den Büchern, die ich im Bootshaus gefunden hatte, der Liste mit den Mädchen- und Jungennamen, der Schmetterlingsbrosche und zum Schluss von dem zensierten Notizbuch.

Er lauschte aufmerksam und stellte mir die erwarteten Fragen. Aber als wir den Waldrand erreichten und die sonnenbeschienene Landschaft vor uns lag, war mir klar geworden, dass er eine gewisse Distanz an den Tag legte. Sogar als ich ihm von Mrs. de Winters Enthüllungen über Rebeccas Tod berichtete, fiel seine Reaktion merkwürdig gedämpft aus. Was ich sagte, interessierte ihn schon – aber nicht so sehr, wie das früher der Fall gewesen wäre. Ich spürte, dass er mit den Gedanken anderswo war. Ein-

oder zweimal bemerkte ich, wie er mich mit einer Mischung aus Belustigung und Zuneigung ansah, aber ich wusste, dass er mit anderen Dingen beschäftigt war.

Ich hatte mich wohl zu lange mit diesen Details aufgehalten und all den Fragen, die sie aufwarfen. Wahrscheinlich brannte er darauf, mir zu erzählen, was er in der Bretagne entdeckt hatte, und das wollte ich ja auch hören.

»Ja, wie ich beim Essen schon sagte, haben wir uns dort sehr wohl gefühlt«, begann er, als wir in die Sonne hinaustraten und uns in Richtung Meer wandten. »Die Küste ähnelt dieser hier sehr, und ich habe gleich verstanden, warum Rebecca bei ihrem ersten Besuch das Gefühl hatte, nach Hause gekommen zu sein. Nicky und ich haben einige sehr hübsche Fischerdörfer entdeckt, die noch ganz ursprünglich sind. Die Kirchen sind interessant.«

»Aber waren Sie denn auch in Saint Croigne Dulac selbst?«

»Zum Schluss ja. Am Anfang sind wir ein wenig herumgestreift. Nicky brauchte Erholung, und ich wollte mich orientieren. Daher sind wir die bretonische Küste ziemlich langsam hinuntergefahren. Saint Croigne haben wir in unserer zweiten Woche besucht ...«

»Sie haben eine ganze Woche gewartet? Lieber Himmel, ich wäre sofort dorthin gestürmt. Oh Tom, haben Sie denn Rebeccas Haus gefunden, das quadratische Häuschen am Strand?«

»Aber ja. Man hätte es auch kaum verfehlen können. Saint Croigne ist ein winziger Ort. Das Haus steht ein Stück weit vom Rest des Dorfes entfernt. Aus der Tür tritt man direkt auf den Sand. Es ist genauso, wie Rebecca es beschreibt. Aber das Haus war unbewohnt und die Fensterläden geschlossen, sodass wir nicht hineinsehen konnten. Wir hatten gehofft, an den Schlüssel zu kommen – einer der Fischer fungiert als eine Art *Gardien* – aber irgendwie kam es nie dazu. Wir haben ihn immer wieder verpasst.«

»Und wo haben Sie gewohnt? Haben Sie die Kirche gesehen, und das Schloss von Rebeccas Cousin? Haben Sie noch lebende Verwandte von Marie-Hélène angetroffen? Ich dachte, dass vielleicht der Sohn, der die *Je reviens* getauft hat, noch dort leben könnte ...«

»Wir sind in einem kleinen Hotel abgestiegen, eher einer Pension. Die Frau des Besitzers kochte wunderbar. Sie schwärmte für Nicky – na ja, das tut jeder, wie Sie wohl schon bemerkt haben. Aber wir haben keine Familienmitglieder von Marie-Hélène aufgespürt. Der Sohn ist im Krieg gefallen. Und es ist uns nicht gelungen, die Wahrheit über den Jungen, der mit dem Fischerboot untergegangen ist, herauszubekommen – eigentlich hatte ich auch gar nicht damit gerechnet. Diese Küste ist äußerst gefährlich; zu viele Unfälle, zu viele Menschen ertrinken ...«

Da stimmte etwas nicht. Solche Worte von dem Mann, der alles doppelt und dreifach überprüfte?

»Natürlich war die Reise keine reine Zeitvergeudung«, fuhr er fort und sah über die Schulter zum Haus. In der Ferne erkannte ich Nicholas Osmond, dessen göttliches Haar in der Sonne schimmerte. Tom und ich schlugen den Pfad ein, der zum Strand hinunterführte. Die Flut lief jetzt schnell auf, und bald wären die Felsen und das Riff nicht mehr zu sehen.

»Ich hoffe nicht«, meinte ich. Ich spürte, wie meine Hochstimmung verflog, und bemühte mich verzweifelt, sie festzuhalten. »Ich hätte so gern alles gesehen ... wie wünschte ich mir, dorthin zu fahren ...«

Tom nahm meinen Arm. »Seien Sie nicht traurig«, sagte er lächelnd. »Alles ist genau, wie Rebecca es beschrieben hat, das schwöre ich Ihnen. Keine Diskrepanzen in diesem Punkt.« Er zögerte und fuhr dann begütigend fort: »Wissen Sie, Ellie, in gewisser Weise sieht man einen Ort in der Vorstellung ohnehin besser. Die Fantasie verleiht einem hundert Prozent Sehkraft, das behauptet Nicky jedenfalls immer.«

Unsere Schritte knirschten auf dem Kieselstrand. Wir gingen zum Bootshaus hinüber, aber die Verwaltungsgesellschaft hatte das Gebäude inzwischen gesichert. Die Fenster waren mit Brettern vernagelt, und an der Tür hing ein Vorhängeschloss. Als ich das Haus betrachtete, wurde mir klar, dass das gestrige Gespräch mit Mrs. de Winter nichts verändert hatte: Sie hatte mir in gewisser Weise die Antworten gegeben, aber die Fragen, von denen noch viele blieben, waren interessanter. Wir wandten uns ab und gingen am Strand entlang zurück. Ich beschleunigte meinen Schritt, und Tom Galbraith wurde langsamer, sodass wir uns allmählich voneinander entfernten.

Ich schleuderte meine Sandalen weg, ging am Ufer entlang und ließ meine Füße vom Wasser überspülen. Ich spürte, wie die Verheißung und der Schwung, mit denen der Tag begonnen hatte, verebbten. Ich blieb stehen und sah aufs Meer. Rebecca war hier gestorben. Ihr Körper hatte direkt vor mir unter dem Wasser gelegen. Einmal war das Tom Galbraith ebenso wichtig gewesen wie mir, aber ich war mir nicht mehr sicher, ob das noch galt. Er war weitergezogen, das fühlte ich. Vielleicht war das richtig von ihm, vielleicht waren all diese Ereignisse für mich auch nur so wichtig, weil mein sonstiges Leben so eingeschränkt und innerhalb enger Grenzen verlief.

Wirklich? Ich betrachtete die Wellen. Nein, das stimmte nicht. Die Vergangenheit ist wichtig. Die Toten haben etwas zu sagen. Und außerdem hätte ich diese Reaktion nicht von einem Mann erwartet, der im Kleingedruckten nach der Wahrheit sucht.

»Sie haben das Interesse verloren«, warf ich Tom, der neben mich trat, bedrückt vor. »Ihnen ist nicht mehr so an der Sache gelegen wie früher. Deshalb haben Sie heute auch Rebeccas Ring mitgebracht, nicht wahr? Sie wollen ihn dem Meer übergeben, und dann fahren Sie nach Cambridge zurück und vergessen das Ganze. Oh Tom, für Sie wird alles nur eine Episode bleiben, das weiß ich.«

»Ellie, schauen Sie nicht so niedergeschlagen drein. Das ist es nicht, ganz bestimmt.« Er nahm meinen Arm und zog mich näher zu sich. »Ich konnte nicht mit dieser Besessenheit weiterleben, das war nicht gesund. Die Reise in die Bretagne und die Gespräche mit Nicky haben mir das gezeigt. Dieser Besuch ... nun, er hat mir gezeigt, wo meine Prioritäten liegen. Kein Mensch – weder ich selbst, Nicky oder Sie – kann seine gesamten wachen Stunden damit zubringen, über die Toten nachzudenken. Ich will mein Leben weiterführen, Pläne für die Zukunft schmieden. Jetzt habe ich das Gefühl, dass ich weiß, wer ich bin. Was ein Mensch ist, wird durch sein Handeln bestimmt und nicht dadurch, wer seine Eltern waren – davon bin ich jetzt überzeugt, zumindest glaube ich das. Ellie, bitte sehen Sie mich an. Ich habe Ihnen etwas zu sagen …«

Ich drehte mich um und sah ihn an. Er schaute mit besorgter Miene zu mir herunter, und sein Gesicht zeigte einen zärtlichen Ausdruck, den ich zuvor nicht wahrgenommen hatte. »Hören Sie mich an, Ellie«, begann er. »Da ist etwas, das Sie erfahren sollten. Ich habe mich verändert, die Reise in die Bretagne hat mich verändert. Rebecca hat mich beeinflusst, und Sie ebenfalls. Aber es ist mehr als das. Vor einem Monat hätte ich Ihnen dies noch nicht sagen können, vor zwei Wochen habe ich es versucht, konnte es aber nicht herausbringen. Jetzt kann ich es. Wahrscheinlich ist Ihnen ohnehin schon klar, wie ich empfinde – das ist sehr offensichtlich, zumindest glaube ich es. Ich kann meine Gefühle nicht verbergen …«

Er unterbrach sich. Hinter ihm stieg gerade Nicholas Osmond den Klippenpfad hinunter. Er rief nach Tom, und dieser fuhr herum und sah ihn an. Mein Verstand versuchte, Toms Worten zu folgen, aber mein Herz war schneller. In zwei Wochen hatte ich meine Neigung zu hoffen doch nicht ganz kurieren können. Ich fühlte Freude in mir aufsteigen, so durchdringend und unmittelbar wie ein Adrenalinstoß. Aber dann sah ich Toms Gesichtsausdruck.

Er sah seinen Freund an und war verwandelt. Da wusste ich Bescheid oder begann es zumindest zu ahnen. Ich sah Liebe in seinem Gesicht, die ich schon früher hätte erkennen müssen, denn derart starke Empfindungen sind unverwechselbar. Das Gefühl ließ seine Augen erstrahlen, und ich trat vor diesem Glanz zurück. Ich sah zur der Gestalt seines Freundes, der den Pfad herunterstieg, betrachtete sein leuchtendes Haar und wusste, dass Toms Veränderung nichts mit mir zu tun hatte oder damit, dass er Rebeccas Notizbücher gelesen hatte. Er zog vielleicht vor, das zu glauben, aber ich war mir sicher, dass der Einfluss des Engels daran schuld war.

Auf halbem Weg begann Osmond zu rennen. Sorglos und fröhlich sprang er auf den Kieselstrand und kam auf uns zu. Er war zu früh zurückgekehrt, aber das machte nichts. Tom Galbraith brauchte mir nicht zu erklären, wie er empfand; das las ich in seinem Gesicht und dem seines Freundes. Niemand, der diese beiden ansah, hätte Zweifel daran hegen können, ob ihre Liebe erwidert wurde.

Ich glaube, Tom Galbraith las das Erkennen auf meinem Gesicht und wusste, dass ich keine weiteren Erklärungen brauchte. »Ellie«, sagte er verlegen und wandte sich wieder zu mir. »Verstehen Sie jetzt? Ich hätte es Ihnen erklären sollen, aber ich wusste nicht, wie Sie reagieren würden. Wenn ich irgendetwas getan habe, das Sie zu falschen Schlüssen verleitet hat ...«

»Das haben Sie nicht. Natürlich nicht«, fiel ich hastig ein. »Und ich freue mich für Sie, für Sie beide. Wie ich Ihnen schon sagte: Sie sind mein Freund, Tom, und ich hoffe, das wird immer so bleiben.«

Sobald die Worte heraus waren, wusste ich, dass sie der Wahrheit entsprachen. Ich freute mich wirklich für ihn. Schmerz empfand ich immer noch, also war es mir vielleicht nicht gelungen, ihn so vollständig aufzugeben, wie ich das versucht hatte. Und ich fühlte mich peinlich berührt von meiner eigenen Dummheit, aber diese Empfindungen waren unwichtig. Merkwürdigerweise löschte die Freude, die ich über das Glück Toms und seines Freundes empfand, den Schmerz beinahe aus, für den Moment jedenfalls. Ich umarmte Tom, und als der Engel näher kam, schloss ich auch ihn in die Arme. »Den Ring, den Ring«, rief der Engel, der mir den Ausbruch anscheinend nicht übelnahm. »Beeil dich. Die Flut kommt, und in zehn Minuten liegen die Felsen unter Wasser ...«

Zu dritt liefen wir über den Strand und erkletterten die Felsspitze, Tom voran und Nicholas Osmond und ich ein Stück hinter ihm.

»Ich sehe, dass Tom Ihnen alles gesagt hat. Dann macht es Ihnen nichts aus?«, fragte Osmond und sah mich aus seinen saphirblauen Augen an.

»Nein. Warum sollte es das?«

»Den meisten Menschen geht es so. Solche Neigungen werden praktisch als Schwerverbrechen betrachtet.« Osmond blieb stehen, und ich sah, dass er zögerte. Er schaute zu Tom, der sich vor uns über die Felsen bewegte.

»Ich habe ihn immer geliebt«, gestand er. »Fast von unserer ersten Begegnung an. Ich bin mir sicher, dass meine Frau davon gewusst hat, obwohl ich es ihr nie gestanden habe. Auch Tom habe ich nichts gesagt. Ich bin nicht so mutig wie er, verstehen Sie, Ellie. Das ist der große Unterschied zwischen uns. Ich fürchtete mich davor, zuzugeben, was ich war – Tom hat nie so empfunden. Ich dachte, wenn ich heirate, könnte ich vielleicht ein anderer Mensch werden, das sein, was alle immer von mir erwartet hatten, und ich habe es wirklich versucht ...«

Er zögerte, dann hellte sein Gesicht sich auf. »Und dann hat Tom mir geschrieben und mich gebeten, für ihn in die Bretagne zu fahren. Aber sobald ich den Brief öffnete, wusste ich, dass er in Wirklichkeit nicht darum bat. Er gab mir eine zweite Chance. Ich hatte mir gelobt, nie wieder eine Lüge zu leben, und so habe ich die Chance ergriffen.«

»Kommt schon«, schrie Tom von der Felsspitze vor uns aus. Osmond legte die Hand auf meinen Arm und sah mich scharf an. »Sie sind doch nicht verletzt, Ellie? Waren Sie verliebt in ihn?«

»Das weiß ich nicht«, gab ich zurück, und während ich sprach, wurde mir klar, dass das stimmte. »Ich hatte das Gefühl. Aber ich war vorher erst einmal verliebt, daher kann ich das möglicherweise nicht so gut beurteilen. Tom hat mich jedenfalls nicht ermutigt, darin war er sehr gewissenhaft. Aber ein Gefühl kann man nicht so leicht abstellen, nicht wahr? Vielleicht wird es jetzt leichter. Ich bin mir sicher, dass ich mich irgendwann vollständig erhole. Das ist normal. Unterdessen verspreche ich Ihnen, dass ich mich nicht vor Kummer verzehren werde ...«

»Oh, das halte ich für äußerst unwahrscheinlich«, entgegnete Osmond lächelnd. »Beim Mittagessen habe ich Sie beobachtet und hatte den Eindruck, dass der Trost nicht weit ist. Kommen Sie, Ellie ...«

Er nahm meinen Arm und führte mich über die Felsbrocken. Ich dachte über das Wort »Trost« nach. Wir kletterten über Felsteiche, bis wir so weit draußen in der Bucht standen, wie wir auf der Landzunge kamen. Wir nahmen neben Tom Aufstellung, der Rebeccas winzigen Ring aus der Tasche gezogen hatte. Zu unserer Linken konnten wir das Riff erkennen, das sich wie ein Säbel ins Meer hinaus krümmte, und dahinter, knochenweiß unter dem transparenten Wasser, die Sandbank, vor der die *Je reviens* untergegangen war, die Untiefe, an der Rebecca ihren Sirenen gelauscht hatte.

Über uns kreisten Möwen und schrien; hinter uns hockte vor seinem Wald der dunkle, gedrungene Umriss von Manderley. Vom Wasser wehte eine salzige Brise heran, und die Luft duftete wie neu geschaffen. Ich sah zum milchigen Dunst am Himmel auf und dann hinunter zum Azur des Meeres. Die Wellen klatschten ans Ufer und zogen sich wieder zurück. Ich trat ein Stück von den beiden Männern weg und schaute zu dem Pfad hoch, von dem aus die vierzehnjährige Rebecca diesen Ort zum ersten Mal gesehen und gleich gewusst hatte, dass sie seine Sprache verstand. Ich betrachtete den winzigen Ring, der zwischen Tom Galbraiths Fingern glitzerte, und dachte daran, wer ihn ihr gegeben hatte, und wann, und was das Schmuckstück ihr vielleicht bedeutet hatte. Ich rief ihn herbei, ihren strahlenden Geist ... Unruhiger als zuvor schlug das Wasser gegen die Felsen, und Tom schleuderte den Ring hoch in die Luft. Im hellen Licht beschrieb er einen Bogen, glitzerte und war nicht mehr zu sehen. Dann blitzte er ein letztes Mal auf und verschwand unter dem grünblauen Wasser bei der Sandbank.

Ich werde nie wieder hierher kommen, dachte ich. Aus und vorbei. Tatsächlich sollte ich mich irren. Einmal bin ich seitdem zurückgekehrt, aber zu dieser Zeit konnte ich nicht voraussehen, welche Umstände mich wieder herführen würden.

Ich wandte mich um, und wir kletterten ans Ufer zurück. Wir erstiegen den Pfad, passierten an seinem höchsten Punkt den Stechginsterstrauch und wanderten durch den Wald mit seinen blauen Schatten. Als die Nachmittagshitze nachließ und es kühler wurde, erreichten wir das Tor. Tom und Nicholas Osmond fuhren mich nach Kerrith zurück, setzten mich bei den Briggs-Schwestern ab, von denen sie sich verabschieden wollten, und gingen hinein zu Elinor und Jocelyn. Froh, allein zu sein, ging ich durch die Stadt zurück und den Hügel nach The Pines hinauf. Keine Vorahnung warnte mich, obwohl ich mir diesen Moment oftmals vorgestellt und immer geglaubt hatte, ich würde spüren, was geschehen würde.

Ich betrachtete das Geißblatt und die Hundsrosen, die sich durch die Hecken rankten, ließ die Ereignisse des Nachmittags Revue passieren, und ein Schmerz ließ sich in meinem Herzen nieder. Tom konnte ich aufgeben, erkannte ich, aber es war schwer, sehr schwer, Rebecca loszulassen. Unter mir, in der Hafenmündung, huschten kleine Boote hin und her; eine Zukunft, von der zu träumen ich mir erlaubt hatte, wehte davon, aber ich wusste, dass hinter dem Horizont eine andere liegen musste. Ich sah auf den schimmernden Ozean hinaus, und dann bemerkte ich, dass jemand meinen Namen rief. Ich blickte den Hügel hinauf und sah Rose, die am Tor von The Pines stand, das kalkweiße Gesicht verzerrt vor Angst und Sorge. »Ellie, Ellie«, schrie sie. »Oh, Gott sei Dank. Komm schnell ...«

Im Laufschritt stürzte ich den Hügel hinauf, vorbei an Rose, die kaum sprechen konnte, und dann durch unseren Garten. Vorbei an den Grenville-Rosen, zwischen der Palme und der Araukarie hindurch rannte ich auf einen verschwommenen Fleck, ein Bündel am Ende unseres Gartens zu. Bei unserer Grenzmauer kniete Francis Latimer und hielt meinen Vater in den Armen. Er war zusammengebrochen und gegen die Mauer gesackt, und sein Gesicht ... sein Gesicht war entsetzlich verändert.

Sprechen oder aufschreien konnte ich nicht, aber wenigstens war ich nicht zu Stein erstarrt und vermochte mich zu bewegen. Ich ging in die Knie und legte die Arme um meinen Vater. Seine Augen waren geöffnet, und er atmete noch, wenngleich sehr flach. Ich glaube, er wusste, dass ich da war, und spürte meine Berührung, obwohl ich ihm vom Gesicht ablas, dass er sehr schnell zu einem Ort reiste, an dem ich ihn nicht erreichen konnte. Er sah diesen Punkt näher kommen, und der Weg dorthin schien seine ganze Kraft und Aufmerksamkeit zu erfordern. Daher sah er mich nicht an, aber trotzdem bin ich mir sicher, dass er mich wahrnahm, und meine Gegenwart schien ihm den Übergang ein wenig zu erleichtern. Ein Teil der Spannung wich aus seiner Miene, seine Hand zuckte und legte sich dann auf meine. Er sagte etwas, ich glaube, meinen Namen, obwohl er Schwierigkeiten hatte, die Silben auszusprechen.

Dann seufzte er und lag in meinen Armen still. Ich wartete darauf, dass er noch einmal sprach, denn ich wusste, dass er jetzt reden musste, dass das von höchster Wichtigkeit und Dringlichkeit war. Liebe durchströmte mein Herz so machtvoll, dass sie ihn wiedererwecken musste, und ich hielt ihn fest und versuchte, diese Kraft auf ihn überfließen zu lassen. Ich bemerkte, dass er eingeschlummert war, und begriff nicht, warum er mit offenen Augen schlief. Und dann legte Francis Latimer ruhig die Hand auf meinen Arm. »Es ist vorbei. Er ist von uns gegangen, Ellie.«

»Nein«, widersprach ich. »Nein, Sie irren sich.« Aber natürlich hatte er Recht. Alles war so unmerklich geschehen, dass ich immer noch nicht genau weiß, wann mein Vater durch diese Tür trat und sie mir vor der Nase schloss. Ohne Worte, von einem leisen Atemzug zum anderen, hatte er mich verlassen, während ich ihn in den Armen hielt. Für immer fort, das begriff ich nicht und wollte auch nicht verstehen, bis im Haus, wo Rose ihn eingeschlossen hatte, der Schatten meines Vaters, sein schweigender, treuer Gefährte, zu bellen begann.

Was ich hier niederschreibe, ist vor drei Monaten geschehen. Jetzt rieche ich frühmorgens den Herbst in der Luft. Das Wetter ist warm, wir haben Wochen mit langen, milden Tagen erlebt und befinden uns jetzt mitten im Altweibersommer, der Jahreszeit, zu der Rebecca glaubte, ihr Kind zur Welt zu bringen.

Ich lerne, allein zu leben, an meinen Vater zu denken, aber meine Tage ohne ihn zu verbringen. Auf seinen Tod folgten keine weiteren Entdeckungen; keine versteckten Briefe, kein Dokument tauchte auf, das meine Fragen beantwortet und meine Unsicherheiten ausgeräumt hätte. Ich war eher froh darüber, denn ich trauerte und war zu der Einsicht gelangt, dass nicht Gewissheiten die Wahrheit ausmachten, sondern der Zweifel. Mit dem Verlust meines Vaters war für mich Rebeccas Geschichte vorüber. Aber ihr Einfluss dauerte fort.

Wir haben Daddy begraben, und viele Menschen haben mir Briefe über meinen Vater geschrieben. Gelegentlich erkenne ich darin den Mann, den sie schildern, aber häufiger ist das Gegenteil der Fall. Doch darauf war ich durch die Monate vorbereitet, die ich damit zugebracht hatte, Rebecca aus den Geschichten und Erinnerungen anderer Menschen zu retten. Francis Latimer, dem ich seit Vaters Tod näher gekommen bin, hat The Pines gekauft. Ihm begegnet im Krankenhaus täglich das Leid, und er versteht, dass seine Wege langsam und verschlungen sind.

Während des Sommers habe ich viele Stunden in seiner Gesellschaft verbracht. Er hat mir die Geschichte seines Lebens und seiner Ehe erzählt, und die Zeit, die ich mit ihm und seinen zwei kleinen Söhnen verbrachte, in der wir spazieren gingen, picknickten und segelten, hat mir wohlgetan. Auch auf praktischem Gebiet war Francis mir die größtmögliche Hilfe. So wie früher meine Mutter, hatte mein Vater auch mich vor der realen, alltäglichen Welt behütet. Er hatte sich immer rundweg geweigert, mich zum Beispiel in seine Finanzen einzuweihen, und erklärt, so etwas sei nichts für Frauen. Daher war ich beklagenswert unwissend und sehr schlecht darauf vorbereitet, mich mit den Verwicklungen von Investitionen, Testamentsbestätigungen und Erbschaftssteuern auseinander zu setzen, die ein Todesfall unvermeidlich nach sich zieht. Plötzlich hatte ich mich einem Bataillon eingebildeter Anwälte, Bankangestellter und Testamentsvollstrecker gegenübergesehen, deren leicht ungeduldige Höflichkeit nicht verbarg, dass sie von mir erwarteten, dass ich tat, was sie mir sagten: auf der gepunkteten Linie unterschrieb und mir nicht das »hübsche kleine Köpfchen« – das sagte tatsächlich einer zu mir! – über die Einzelheiten dieser männlichen Mysterien zerbrach.

Und da war Francis unbezahlbar. Er erklärte mir alles, und wenn ich nicht verstand, erklärte er es noch einmal und legte unendliche Geduld an den Tag. Ich wünschte nur, er hätte manchmal nicht so amüsiert gewirkt, als wäre dies nur ein Spiel, das wir vorübergehend betrieben, aber ich schob diesen Gedanken beiseite, der mir undankbar vorkam. »Versuchen Sie nicht, mich zu beschwichtigen, Francis«, sagte ich einmal zu ihm. »Dies ist eine ernste Angelegenheit, und ich muss das verstehen.«

»Natürlich«, entgegnete er und warf mir einen nachdenklichen Blick zu. »Es ist nur so ungewöhnlich, das ist alles, Ellie. Die meisten Frauen geben sich damit zufrieden, solche Dingen ihren ...« Er unterbrach sich. »Nun, sie überlassen sie ihren Vätern. Oder ihren Ehemännern.«

»Dann bin ich vielleicht nicht so wie die meisten Frauen«, erwiderte ich. Vielleicht war mein Ton ein wenig scharf.

»Da haben Sie nun wirklich Recht«, meinte er leise, nahm meine Hand und küsste sie. Und plötzlich fühlte ich mich in die Enge getrieben. Mein Kummer war noch frisch; ich sehnte mich nach dem Schutz, den Francis mir bot, und fürchtete zugleich diese Nähe.

Francis ist intelligent und feinfühlig. Ich glaube, er kennt die Gefahren offenen Widerspruchs; er weiß, dass man einen Menschen so dazu bringt, sich abzuschotten, und ich hege den Verdacht – einmal hat er scherzhaft davon gesprochen –, dass mein Vater ihm erklärt hatte, ich könne widerspenstig sein. Daher lauschte er immer ruhig und verständnisvoll, wenn ich ihm von meinen Plänen erzählte, zu Rose nach Cambridge zu gehen, wohin sie im Spätsommer zurückgekehrt war. Und dann brachte er es immer fertig, das Thema zu wechseln. Ich erinnere mich, wie wir das letzte Mal darüber diskutierten. Wir befanden uns im Arbeitszimmer meines Vaters und packten seine Bücher ein. Einige würde ich behalten, aber den Großteil musste ich an einen Auktionator geben. Es waren einfach zu viele.

Ich kniete auf dem Boden und stapelte Thomas von Aquin und Homer in Kisten. Vor dem leeren, ausgefegten Kamin dämmerte der arme, verlassene Barker, und Francis, der mir geholfen hatte, musste bald ins Krankenhaus zurück. Jetzt schritt er auf und ab und hörte mir nur mit halbem Ohr zu, jedenfalls kam mir das so vor. Ich hätte erkennen müssen, dass diese Unrast und seine leichte Nervosität noch auf etwas anderes hindeuteten als die Sorge, zu spät zu kommen. Aber ich war mit einer für mich sehr schmerzhaften Arbeit beschäftigt. Jetzt sehe ich, dass ich dadurch viel zu langsam begriff, dass er sich in einem Zustand befand, der für die meisten Frauen offensichtlich gewesen wäre.

Eben setzte ich ihm die Pläne auseinander, die ich schon so lange hegte. Ich erklärte, im Herbst könne ich die Aufnahmeprüfung ablegen, und wenn ich das erhoffte Stipendium erhielt, würde ich im nächsten Jahr mit dem Studium beginnen. Schon bei anderen Gelegenheiten hatte ich Francis zu bewegen versucht, diese Pläne mit meinen Augen zu sehen, hatte versucht, ihm von meinem Besuch bei Rose damals zu erzählen und der schmerzlichen Sehnsucht nach einer Zukunft, die ich hatte aufgeben müssen, diesem Gefühl, das ich empfunden hatte, als ich am Ufer des Cam spazieren ging und die Lichter der Colleges betrachtete. Dann hatte ich immer diese leichte männliche

Ungeduld bei ihm gespürt, also beschränkte ich mich dieses Mal darauf, die Einzelheiten trocken, knapp und exakt zu schildern. Ich würde studieren, ich würde endlich meinen Verstand benutzen, bevor er vollständig einrostete wie ein Auto, mit dem niemand fuhr. In drei Jahren hätte ich meinen Abschluss, und dann könnte ich ...

»Was tun, Ellie?«, fragte Francis und blieb stehen.

»Das weiß ich noch nicht«, sagte ich, sah auf und begegnete dem wachsamen, intelligenten Blick seiner grauen Augen. Immer noch nicht, nicht einmal jetzt, begriff ich, was geschehen würde. Plötzlich fühlte ich mich tief aufgewühlt. »Das ist doch gerade der Punkt. Verstehen Sie das, Francis? Alles kann geschehen. Ich habe die Wahl. Zum ersten Mal in meinem ganzen Leben kann ich entscheiden. Diesen Luxus habe ich nie gekannt. Verstehen Sie das?«

»Du hast jetzt eine Wahl«, stieß er merkwürdig abrupt hervor, so rau, dass ich erschrak. Dann kam er rasch auf mich zu und kniete neben mir nieder. Er warf einen Bücherstapel um – Jane Austen und die Brontës, glaube ich, nicht, dass es darauf ankäme –; ich ließ eine dicke, ledergebundene Ausgabe von Shakespeares kompletten Werken fallen. Barker knurrte. Jetzt hatte ich den Ausdruck in Francis' Augen wahrgenommen, der trotz meiner Unerfahrenheit nicht zu verkennen war. Ich wusste, was als Nächstes passieren würde.

Er zog mich an sich und küsste mich stürmisch. Seine gewohnte Sanftheit war verflogen. Ich bin das Begehren nicht gewöhnt und hatte vergessen, wie scharf und rasch es einem die Klauen ins Fleisch schlägt. Zehn Minuten später hatte es uns beide vollständig erfasst. Wir standen in dem leeren, staubigen Raum, in einem Meer vom Büchern. Das Sonnenlicht überzog die Wände mit Streifen, in der Ferne rauschte das Meer, und Francis bat mich, ihn zu heiraten. »Werde meine Frau, Ellie«, sagte er. Ich zitterte; seine Hände waren unstet. In einer Woche sollte ich das Haus meines Vaters verlassen, und er würde einziehen.

In diesem Zustand vermag man nicht zu denken – und Francis wusste das. Er nutzte ihn so rücksichtslos aus, wie ich das nie von ihm erwartet hätte. »Jedes Mal, wenn du das Wort ›denken‹ aussprichst, Ellie«, erklärte er mir, »werde ich dich küssen. Ich will nicht, dass du denkst. Du brauchst nicht zu denken. Ich liebe dich. Vielleicht hast du noch nicht erkannt, dass du mich liebst, aber das kommt noch. Dafür sorge ich. Monatelang habe ich auf diesen Augenblick gewartet. Ich bin geduldig und zurückhaltend und verständnisvoll gewesen, und ich habe die Nase voll davon. Kannst du das verstehen?«

»Ich denke schon«, antwortete ich. Das Ergebnis war vorauszusehen gewesen. Solche Tändeleien sind verführerisch, aber ich wusste, das hier war mehr als ein Spiel, und daher würde ich nicht nachgeben und mich von ihm nicht drängen lassen. Wenn ich mit Francis zusammen war, wollte ich nur eines; wenn ich von ihm getrennt war, wünschte ich mir etwas anderes, obwohl ich ihm das nicht verriet. Dieses Etwas, das mich lockte, war nebelhaft, immer wieder fragte ich mich, wie Rebecca es genannt hätte. Freiheit, Ungebundenheit? In Ermangelung eines besseren Wortes nannte ich es Unabhängigkeit. Wie Francis diesen Ausdruck hasste! Wenn ich ihn gebrauchte, wurde er ärgerlich. Er schob ihn beiseite, erklärte mir, er wolle mich beschützen, für mich sorgen ... Und dann hörte ich in Gedanken Rebeccas Stimme, wie sie auf genau die gleichen Versprechen von Maxim reagiert. »Mein ganzes Leben lang haben andere für mich entschieden, Francis«, sagte ich ihm. »Jetzt kann ich für mich selbst einstehen.«

Und dann spielte er seinen Trumpf aus. Ich wünschte, das hätte er nicht getan! »Dein Vater hätte es so gewollt, Ellie«, erklärte er. »Liebling, er wusste, dass ich dich glücklich machen werde. Das hat er mir gesagt. Wir haben oft darüber gesprochen.«

Das rührte und ängstigte mich zugleich. Von einem Tag zum nächsten, von einer Stunde zur anderen, erkaufte ich mir Bedenkzeit. Schließlich einigten wir uns darauf, dass ich Francis meine Antwort an dem Tag geben würde, an dem The Pines übergeben wurde. Ich kaufte mir eine einfache Fahrkarte nach Cambridge, die ich an diesem Vormittag benutzen konnte – oder auch nicht. Bevor ich eine Entscheidung traf, hatte ich noch etwas zu erledigen, etwas, das Francis nicht verstanden hätte. Ich musste Manderley einen letzten Besuch abstatten.

Ich stellte mir den Wecker, aber ich wachte vor Spannung von allein auf. Als der Morgen dämmerte, gingen Barker und ich durch den stillen Wald von Manderley. Tau von dem hohen, süßen Gras hatte meine Hosenbeine durchweicht; die Brombeerranken, die den Weg zu der Ruine versperrten, bogen sich unter schwarzen Früchten. Wir sahen zu, wie sich hinter den Bäumen der Himmel, der die bleiche Farbe entrahmter Milch aufwies, am östlichen Horizont rötete; hinter dem dunklen Umriss des Hauses ging die Sonne auf. Wir verließen den Wald und hielten auf das Meer zu. Die Küste unter uns lag noch im Schatten, und das metallisch glänzende Wasser in der Bucht war unruhig.

Der Wind frischte auf. Im Schutz des Stechginsterstrauchs setzte ich mich und beobachtete die vielen Geister, die an diesem Ort wohnen: Rebecca, meinen Vater, mich selbst. Ich berührte Rebeccas blaue Schmetterlingsbrosche, die ich an meinen Kragen gesteckt hatte. Statt in die Vergangenheit zu sehen, wie ich das hier so oft getan hatte, wartete ich darauf, dass mein zukünftiger Weg sich vor mir auftat, und nahm die beiden verlockenden Möglichkeiten in Augenschein: Zu meiner Linken lag die Liebe und zu meiner Rechten die Freiheit.

Ich versuchte, die beiden Wahlmöglichkeiten trocken und emotionslos zu betrachten. Ich konnte Francis' Frau werden; aber war ich bereit für eine Ehe? Diese Möglichkeit beinhaltete alles, was man mich als Frau zu erstreben gelehrt hatte, Kinder eingeschlossen. Ich hätte gern Kinder gehabt. Oder ich schlug meinen erträumten Weg an der Universität ein, wie ich das immer gehofft und geplant hatte. Ich konnte auch nach London gehen, mir eine Arbeit suchen und vielleicht eine Wohnung mit Selina teilen. Nach dem Tod meines Vaters hatte sie mir geschrieben und mich eindringlich darum gebeten. Mit dem Geld, das der Verkauf von The Pines eingebracht hatte, konnte ich fast alles tun und beinahe überall hingehen. Wenn ich Lust hatte, konnte ich alles verschleudern, nach Amerika oder Afrika segeln und sehen, was dann passierte. Den Arm um Barkers Hals gelegt, sah ich aufs Meer hinaus. Wenn man an Entscheidungsfreiheit nicht gewöhnt war, entdeckte ich, ist sie verwirrend.

Ich wusste, wozu mein Vater mir geraten hätte, und ich war versucht, seinem Wunsch zu folgen, weil er das gutgeheißen hätte. Obwohl er nicht mehr bei mir war – nein, gerade deswegen –, versuchte ich immer noch, ihm zu gefallen. Ich schaute auf das Riff und die Sandbank hinaus, wo Tom an jenem Tag den glitzernden Ring ins Wasser geworfen hatte, und fühlte mich von meiner Unentschlossenheit wie von einer Flut hin und her gerissen.

Ungeduldig mit mir selbst, stand ich auf und ging zum Haus zurück. Ich wusste, dass ich jetzt eine leitende Hand brauchte. So weit wie möglich näherte ich mich dem verfallenen Gebäude und sah zu den zerbrochenen Mauerzinnen hinauf, den dunklen Fensterhöhlen, die hinter den Efeuranken kaum zu erkennen waren. Ich pflückte eine Hand voll Brombeeren; die taubedeckten Früchte waren kalt, durchdringend süß und befleckten meine Hände mit ihrem Saft. Ich dachte an das Versprechen, das Rebecca ihrem Kind gegeben hatte. *Geh am Meer entlang, und du wirst mich spüren. Stell dich ans Fenster, und du wirst mich sehen. Lausche in den Korridoren und auf den Treppenabsätzen, und du wirst meinen Herzschlag hören.* Ganz still stand ich, so nahe wie mir möglich an den Mauern von Manderley, und lauschte, lauschte auf ihre Stimme, auf diesen Herzschlag.

Als ich sie dann gehört, unmissverständlich vernommen hatte, kehrte ich nach Hause zurück. Methodisch packte ich meine letzten Besitztümer, darunter den verblassten Schnappschuss von Rebecca und das verknitterte Foto meiner Mutter, die ich beide zusammengefaltet in der Brieftasche meines Vaters gefunden hatte. Zuletzt packte ich Rebeccas Kindernotizbuch ein. Zuvor betrachtete ich noch einmal seine leeren Seiten, die, wie sie gesagt hatte, eine Geschichte erzählten, die nur sie lesen konnte. Ich hatte das Gefühl, dass auch meine eigene darin stand. Ich fuhr den blassen Umriss der Flügel nach, die das Mädchen auf dem Foto trug, dann klappte ich das Notizbuch zu und schloss meinen Koffer.

Ich ging nach unten, durch leere Räume, und blieb im Arbeitszimmer meines Vaters stehen, dessen Regale keine Bücher mehr enthielten. Dort wartete ich auf Francis Latimer, und als er kam, lehnte ich seinen Antrag ab.

Leicht fiel mir das nicht, denn Francis ist ein guter, ein attraktiver und ein ehrenhafter Mann, und ich hege durchaus Gefühle für ihn. Hätte ich anders empfunden, wäre die Entscheidung einfach gewesen. Meine Antwort traf ihn tiefer, als ich erwartet hatte. Zum ersten Mal erlebte ich, dass er die Fassung verlor, und das schmerzte mich zutiefst.

»War es noch zu früh für dich – ist das der Grund?«, fragte er. »Ellie, bitte sag, dass es daran liegt. Hätte ich länger warten sollen, ehe ich dich gefragt habe? Lieber Gott, jetzt wünschte ich, ich hätte nicht eine Minute verloren. Ich hätte dich an dem Tag bitten sollen, an dem wir im Krankenhaus zum ersten Mal miteinander gesprochen haben. Am liebsten hätte ich das getan. Wusstest du das nicht?«

Verblüfft sah ich ihn an. Nein, das wäre mir nie in den Sinn gekommen. »Francis, versuch doch bitte, mich zu verstehen«, sagte ich. »Mir fällt das auch sehr schwer. Aber ich bin noch nicht bereit, jemanden zu heiraten. Ich bin einunddreißig Jahre alt, und ich habe gerade erst aufgehört, vor allem Tochter zu sein.«

»Ich bitte dich nicht, irgendjemanden zu heiraten, sondern mich«, entgegnete er hart, und mir wurde klar, dass ich ihn verletzt hatte. »Liebling ... komm her. Sieh mich an. Tu das nicht. Ich liebe dich. Schatz, hör mir zu ...«

Ich hörte zu. Ich hörte Francis zu, dem Mann, den mein Vater für mich ausgesucht hatte, und ich lauschte den anderen Stimmen, die während der vergangenen Monate so oft zu mir gesprochen hatten. Der zweiten Mrs. de Winter, deren einziges Lebensziel gewesen war, ihren Mann glücklich zu machen, und Rebecca, die mich vor Männern warnte, die Geschenke brachten und einen Preis dafür verlangten. Je länger ich all diesen widerstreitenden Stimmen lauschte, umso verwirrter und bekümmerter fühlte ich mich. Das nahm kein Ende – was für eine misstönende Symphonie! Aber ich hatte eine Entscheidung getroffen, und sie zurückzunehmen wäre mir unrecht vorgekommen, ein Zeichen von Schwäche. Und als Francis ruhiger war und ich weit weniger gelassen als zuvor, gab ich ihm zum zweiten Mal einen Korb.

Ein langes Schweigen trat ein. Francis wandte sich ab. Tränen verschleierten meinen Blick, und meine Gedanken waren ein wildes Chaos aus Unentschlossenheit und unzusammenhängenden Überlegungen. Wir haben 1951, dachte ich. Was wird mit mir geschehen, wohin werde ich gehen, was wird in dieser zweiten Jahrhunderthälfte aus mir werden? Die Zeit verstrich langsam; Francis sah mich lange, eindringlich und forschend an.

»Nun gut«, erklärte er schließlich. Ich hätte nicht sagen können, ob er amüsiert oder zornig war. »Wenn das so ist, warte ich. Und dann frage ich dich noch einmal, Ellie.«

»Nein, nein«, gab ich zurück. »Das darfst du nicht. Vielleicht werde ich schwach ...«

»Genau daran hatte ich gedacht«, entgegnete er trocken, und dann ging er mit mir nach draußen, damit ich seine Söhne begrüßte, die im Wagen warteten. Er weiß, wie gern ich die beiden mag, daher fand ich das ein wenig gemein von ihm.

Die beiden Jungen sagten mir guten Tag und rannten ins Haus, und ich hörte etwas, das ich auf The Pines seit zwanzig Jahren nicht vernommen hatte – Kinderstimmen. Ich hörte sie die Treppen, auf denen keine Teppiche mehr lagen, hinaufrennen, ich hörte sie aus den Zimmern rufen. Sie öffneten eines der Fenster und beugten sich heraus, um aufs Meer zu schauen. Auch ich sah über das Wasser, ein letzter schmerzlicher Blick, während ich meinen Entschluss traf. Dann leinte ich Barker an, gab Francis einen Abschiedskuss und wandte meinem Zuhause und meiner Kindheit den Rücken.

Mein Weg führte zum Bahnhof und in mein neues Leben; zu meiner Arbeit und meinem eigenen Zimmer in Cambridge. Barker saß zu meinen Füßen vor der Rückbank des Taxis; wir rauschten den Hügel hinab und nach Kerrith hinein, durch vertraute Straßen, die ich durch meine Tränen nicht sehen konnte. Die kleinen Häuschen, der Hafen, die Stationen meiner Kindheit ... hier hätte ich mich blind bewegen können. Ich kurbelte das Fenster herunter und ließ die frische, salzige Luft in den Wagen dringen. Sogleich fühlte ich mich gestärkt. Als wir den Hügel hinauffuhren, der zur Landspitze von Manderley führt, stellte ich fest, dass meine Tränen getrocknet waren und eine Empfindung sich in mir ausbreitete, etwas Neues, Lebendiges, das sich nach Hochstimmung anfühlte. Diese Energie war stark, berauschend wie Wein und so schockierend und machtvoll wie die Freiheit.

Gleich würden wir das Tor von Manderley passieren. Ich beugte mich nach vorn. »Halten Sie bitte hier an«, bat ich den Fahrer. »Nur für einen Augenblick.«

Ich stieg aus und rannte auf das Tor zu. Plötzlich war das Licht diamantklar, und die Luft roch nach Zukunft. Mein Herz ging schnell, und meine Hände zitterten. Von hier aus kann man das Meer nicht hören, aber an diesem Morgen vernahm ich sein Raunen. Hatte ich die richtige Wahl getroffen, oder irrte ich mich? Zumindest hatte ich einen Anfang gemacht, entschied ich, und dieser Beginn fühlte sich gefährlich und freudvoll zugleich an. Zum ersten Mal in meinem Leben brauchte ich niemandem Rechenschaft abzulegen. Ich war weder Tochter noch Ehefrau, von nun an würde ich so oder so allein die Weichen für meine Zukunft stellen.

Neben mir jaulte Barker leise, und ich fühlte, wie sein weiches Nackenfell sich sträubte. Ich bückte mich, um ihn zu beruhigen, und dann, als ich mich aufrichtete, sah ich – ich bin mir dessen beinahe sicher –, dass jemand zwischen den Bäumen auf mich zukam. Sie ging sehr schnell; ich erhaschte nur ein vorüberhuschendes Strahlen, eine rasch aufblitzende Bewegung. Aber ich spürte das Brennen ihres Blickes, und das schenkte mir Mut.

Ich glaube, wir entboten uns einen letzten Gruß, jedenfalls hatte ich das Gefühl, obwohl ich mir vielleicht alles nur eingebildet hatte. Ich wartete, bis die Luft sich wieder normal anfühlte, dann ging ich zum Wagen zurück und bat den Chauffeur, mich zum Bahnhof zu fahren.